宁夏文艺评论

2015年卷

杨梓 ◎ 主编

黄河出版传媒集团
宁夏人民出版社

图书在版编目（CIP）数据

宁夏文艺评论. 2015年卷 / 杨梓主编. —银川：宁夏人民出版社，2015.12
ISBN 978-7-227-06230-1

Ⅰ. ①宁… Ⅱ. ①杨… Ⅲ. ①文艺评论—宁夏—当代—文集 Ⅳ. ①I209.943-53

中国版本图书馆CIP数据核字（2015）第321206号

宁夏文艺评论 2015年卷	杨梓 主编

责任编辑　姚小云
封面设计　田美丽
责任印制　肖　艳

黄河出版传媒集团 出版发行
宁夏人民出版社

地　　址	银川市北京东路139号出版大厦（750001）
网　　址	http://www.yrpubm.com
网上书店	http://www.hh-book.com
电子信箱	renminshe@yrpubm.com
邮购电话	0951-5052104
经　　销	全国新华书店
印刷装订	银川泓昌彩色印刷有限责任公司
印刷委托书号	（宁）0000197

开　　本	787mm×1092mm　1/16
印　　张	20
字　　数	460千字
印　　数	1000册
版　　次	2015年12月第1版
印　　次	2015年12月第1次印刷
书　　号	ISBN 978-7-227-06230-1/I·1600
定　　价	48.00元

版权所有　翻印必究

序：长风破浪清激浊

郑歌平

塞上江南，鱼米之乡，天蓝水清，人杰地灵。在六盘山与贺兰山之间的大地上，黄河浩荡，奔流不息——黄河文化、农耕文化、游牧文化、西夏文化、回族文化等相互碰撞、相互交流、相互融会，使塞上及宁夏的文学艺术呈现出思想性艺术性俱佳、地域和民族特色独具、雄浑与典雅并存的繁荣景象。

宁夏回族自治区成立后，尤其是改革开放以来，在自治区党委和政府的正确领导下，宁夏发生了翻天覆地的巨变。半个多世纪以来，宁夏文联牢牢把握"高举旗帜、围绕大局、服务人民、改革创新"的总要求，坚持"二为"方向、"双百"方针，以"出人才、出作品"为中心，团结引导全区广大文学艺术工作者，深入生活、抒写人民、勇于实践、努力耕耘，创作出一大批优秀的文学艺术作品。宁夏文学艺术伴随着自治区的发展而繁荣，枝叶繁茂，硕果累累，已成为对外宣传宁夏的一个明亮窗口，引人关注的一张精彩名片。

然而，对宁夏优秀文艺作品的评论明显滞后，文艺评论人才也出现了青黄不接的现象。而文艺评论机构和阵地的缺乏，长期以来成为宁夏文艺事业发展的瓶颈，严重影响宁夏文艺事业的繁荣发展。

习近平总书记《在文艺工作座谈会上的讲话》中指出："要高度重视和切实加强文艺评论工作。文艺批评是文艺创作的一面镜子、一剂良药，是引导创作、多出精品、提高审美、引领风尚的重要力量。""要以马克思主义文艺理论为指导,继承创新中国古代文艺批评理论优秀遗产,批判借鉴现代西方文艺理论,打磨好批评这把'利器',把好文艺批评的方向盘,运用历史的、人民的、艺术的、美学的观点评判和鉴赏作品,在艺术质量和水平上敢于实事求是,对各种不良文艺作品、现象、思潮敢于表明态度,在大是大非问题上敢于表明立场,倡导说真话、讲道理,营造开展文艺批评的良好氛围。"

《中共中央关于繁荣发展社会主义文艺的意见》首次对文联的职能做出了新定位,从"联络、协调、服务"六字基本职能扩充到"团结引导、联络协调、服务管理、自律维权"十六字职能,而且十分鲜明地强调要在行业建设中发挥主导作用,这是一个重大的理论创新、实践创新和制度创新。而在"引导"方面,就是要加强文艺评论工作,对文艺作品、文艺活动、文艺现象做出价值判断,为优秀作品鼓呼,为优秀人才仗言。同时,文艺评论引导人民群众甄别美丑,潜移默化地影响民众的价值判断和审美追求,树立中国特色社会主义共同理想和正确的世界观、价值观、人生观,不断增强社会主义先进文化的吸引力和感召力。

加强文艺评论工作,根本在人才。针对宁夏文艺评论人才不足的严峻现状,宁夏文联高度重视,支持宁夏文学艺术院于2014年举办了第二期文艺(评论)研修班,面向全区招收有志于文艺评论的青年才俊27名,邀请中国文联的专家和我区的评论家授课,进行了为期5天的封闭式研修;并纳入文艺院的考核管理体系,每年公布学员的创作情况,对成绩突出的学员予以奖励。举办研修班的方式就是紧紧抓住人才,为宁夏的文艺人才提供一个新起点,让他们自此走上"只能快,不能慢,更不能靠边站"的文艺创作高速公路。

加强文艺评论工作,关键在阵地。2014年12月,宁夏文联针对文艺评论园地缺乏的现状,支持宁夏文学艺术院编辑,以《朔方》增刊的形式推出一期《文艺评论专号》。这是宁夏第一次公开出版的文艺评论专号,其中推出两位年轻评论家的个人评论作品专辑也属首次,得到文艺评论界的广泛好评。为了贯彻落实习近平总书记《在文艺工作座谈会上的讲话》精神和《中共中央关于繁荣发展社会主义文艺的意见》,加强文艺理论和评论工作,加强文艺阵地建设,促进宁夏文艺评论工作更上新台阶,宁夏文联决定创办《宁夏文艺评论》,面向全国公开发行,由此开创宁夏文艺评论事业的美好未来。

《宁夏文艺评论》具体由宁夏文学艺术院负责编辑。期望文艺院坚持"二为"方向、"双百"方针,发挥"培扶人才,编研作品"的职能,选取思想深刻、内容健康、见解独到、论述清晰的论文,做好稿件组织、编辑校对、设计印刷等各项工作,将《宁夏文艺评论》办成一个深化文艺研究、力推文艺人才、品评文艺作品的重要阵地,一个学术性与可读性、专业性与综合性、前沿性与实际性相结合的耕耘园地,一个探讨文艺领域重要问题、追踪当代文艺发展趋向、关注文艺创作实情的展示窗口,为宁夏、西部乃至全国的文艺评论工作,为文学艺术事业的繁荣做出新的贡献。

是为序。

2015年12月1日

目 录

序：长风破浪清激浊   郑歌平 001

○理论研究○

书法艺术的审美体验与审美品格   荆 竹 001
　　——中国传统书法美学思想意义阐释
宋人胸次论   杨开飞 015
诗学本体论   杨 梓 024

○探析与批评○

当前我国长篇小说创作面临的三个艺术问题   郎 伟 035
我们这代人的困惑与王蒙文学思想   牛学智 040
探析元朝与前朝宁夏风物诗的情感差异   牟 彪 左宏阁 048
马河杂文：来自生活的良知、理性与民主精神
             王 丹 李生滨 054
文学性的坚守与学科话语的构建   许 峰 062
书体篆、隶关系再探   李洁琼 067
郭店楚墓竹简临摹及其创作初探   关宁国 073

○文艺思潮○

少数民族影视文学的民俗表现   杨继国 077
当代音乐创作中的宁夏风格问题   雷兴明 082
新世纪宁夏城市中短篇小说简论   张 晨 085
宁夏中青年作家群创作中的底层意识   杨慧娟 090
从"恒艺轩"管窥当代艺术公共领域的角色建构   王 艳 100
美学角度下审视真人秀节目《奔跑吧兄弟》的配乐   高 敏 104
浅谈手机摄影对大众摄影认知的影响   陶萌萌 108
试谈回族舞蹈身体语言中的文化个性与艺术品格   金 晖 112
民俗义化与当代回族作家创作   马慧茹 115
再听《走了走了》，谈"山花儿"之创新与发展   马晓红 120

○个人专辑○

浅论《宁夏诗歌史》   瓦楞草 123
以《宁夏诗歌选》为例浅析宁夏诗歌的四个方面   瓦楞草 131
杨森君诗歌语言美学简析   瓦楞草 140
王怀凌诗歌凸显的两方面   瓦楞草 145
季栋梁《我与世界的距离》：对一个时代的文学清算   房继农 150
拓兆农《黄河风云》：一条大河的开合与奔流   房继农 155
石也《尘事》：文学的拯救与拯救的文学   房继农 162
黑占财《红柳堡》：历史急行中的悲剧细节   房继农 164

○专著品读○

价值中立的《一亿陆》   白 草 166
读《宁夏诗歌选》《宁夏诗歌史》   吴淮生 175

主编：杨 梓
编辑：马 星　王晓静
地址：（750004）银川市兴庆区文化东街59号，宁夏文学艺术院
电邮：nxwxysy@163.com
电话：0951-3971037

目 录

读《儒人的图腾》笔记	高耀山	179
《遍地香草》：漠月小说的生态意义	赵炳鑫	183
张学东《人脉》："后'文革'时代"的文化寻根与精神还乡	张富宝	190
读《新时期宁夏小说评论史》	张 蕾	194
评韩银梅中短篇小说集《我厮守的终结》	宁雅娣	196
李敏《背面》：放大生活、命运及心灵体验	王自忠	200

○文学评论○

张贤亮诗词中的情感分析	左宏阁	202
品诗四十八首	安 奇	206
试论马金莲的小说	李 旺	219
略论马占祥诗集《半个城》	杨 钊	226
读李进祥短篇小说《四个穆萨》	非飞马	230
古原乡土叙事的审美乌托邦	杨风银	232
透视生命的亮度：读韩聆散文	马君成	236
山谷里的百合：陈莉莉散文印象	籍利平	240

○艺术论坛○

西方战争电影中的动漫镜像	黄书亭	243
简评舞剧《沙湾往事》	余媛媛 郭晶晶	249
书法简评二题	宋 琰	253
浅议相声中人物的典型性、写意性、喜剧性	李国强	256
略论宁夏回族歌谣的历史价值	李 亮	260

○创作谈○

《游戏侠》：一匹雪白的黑马	南 台	264

○序与跋○

张嵩诗词集《渐行渐远集》序	张 铎	269

○随笔○

路展，值得尊敬的文艺家	马知遥	272
文艺随笔四题	钟正平	274

○文艺家访谈○

杨继国：手捧硕果报桑梓	杨继国 马 星	278
柳 萍：重唱梅边新度曲	柳 萍 王晓静	283

○对话○

张学东小说创作三人谈	张元珂 鲁太光 王 雪	289

○跨时空研讨○

《画皮》：人皮易画，人心难求	赵芳婷	296
《画皮Ⅱ》：华语电影创作的新尺度	孟庆雷 房留祥	300
季栋梁《上庄记》带给我们的思考和启示	李建军等	306

本书网络传播权由中国知网独家代理。宁夏文学艺术院收到作者来稿，即得到该作品的专有出版权和网络传播权，报酬在作品出版后由本院一次性支付。如作者有不同意见，敬请在投稿时向本院声明。

○理论研究○

书法艺术的审美体验与审美品格
——中国传统书法美学思想意义阐释

荆 竹

纵观中国书法美学的学术谱系，其美学品格是书法家作为主体对其所从事的书法创作世界的本能体现，是书法家同书法美学世界发生联系的必然反映。但是，不同的书法家对于书法美学世界又确有其不同的审美体验形态。尽管通过审美体验形态所折射出来的书法美学品格遵循着一些最基本的感觉分解、知觉完型、统觉融合等一般法则，但由于书法家在不同时空语境中活动的个体差异性，他们的书法美学品格又不可避免地具有个体性与独特性。书法家往往比常人有着更强烈的审美体验能力，故其书法的美学品格的个体性与独特性也就更为明显。解读书法家，了解其书法思想的美学品格当是一个必要之前提。我以为，对于书法前贤从事的书法艺术创作，以及通过创作所彰显出来的书法美学品格做一必要梳理，对当今书法美学的发展具有重要意义。

那么，中国书法美学学术谱系究竟如何建构？书法美学学科发展应该走什么样的道路？此当不能定于一尊，但却是笔者在此将书法家美学思想作为整体书法美学学术谱系资源来予以关照的。这也许会引起同仁之讥哂，或以为这不过是"九斤老太"之心态，其实我的着眼点主要是想通过对前贤书法美学品格的勾勒，是出于自己对书法美学性质及学术谱系的理解。牵强之处在所难免，但确实是一个特殊的视角。换言之，前贤书法美学资源仍是我们当代书法创作的宝贵财富。在当下，现代文化艺术或后现代文化艺术似乎成为最具人气的艺术形态，艺术的内涵与外延也发生了很大变化，在很多时候，一些书法艺术家的书法规矩与日常性情之界限漫漶不清，但由于对书法艺术创作之审美经验提升出的书法学理，仍然是书法美学发展的重要路径。在此种价值理性的意义上，探寻前贤书法艺术的美学品格与书法学理之间的关系，即可见出此一学术命题之价值所在。

一、书法的审美意象与人格造型

单就书法家的书法美学思想来说，究竟它在何种价值理性上能够成为中国书法美学的学术资源？此命题是否有着伪命题之险？此处需要给出一个差强人意之答案。这就需要对前贤的书法美学思想加以阐释，并指出其对书法美学学术谱系之裨补与建构价值。

当代书法家的美学思想多数出自对中国传统书法经典的品藻与梳理之中，通过对中国传统书法理论的剖析而展示其各个时代的艺术思潮、审美趣尚和批评方式。著名书法理论史家王镇远在他的《中国书法理论史》（上海古籍出版社，2009年）专著中认为，中国的书法是一种极为特殊的艺术，"它是具体的造型艺术，通过点画的组合而构成千变万化的图像，表现出人们对平衡与倚侧、协调与矛盾、统一与变化、整齐与错落、疏散与紧密等种种形态美学的认识；它又是抽象的表意艺术，仅凭着线条的流动而展现作者的情感心绪与品格修养。它是实用的，每个文明社会的成员都依靠它交流思想、传递感情；它又是超实用的，历来论书者往往强调书家淡泊无为的心态和超乎名利的品格"。（《中国书法理论史》，第1页）这一论点，为我们研究书法美学思想品格提供了颇有价值的学术视角，为建立中国书法美学理论与方法体系，有着不可忽视的重要价值。王镇远自幼酷爱书法，治学之外，临池不断；他专修文学史与文学批评史，师从著名文学批评史家郭绍虞、朱东润等，他认为自己是用研究文学批评史的方法来研究中国书法美学理论史的，他在研究中国书法美学思想时的材料来源，除了一些关于书法的专论与专著外，也在大量的前人诗文集、笔记、题跋、杂著中去搜罗剔抉，意在清理出一条我国书法美学理论发展的线索和揭橥各家书法美学之特点，从而将书法美学理论的长河汇入到整个中国艺术和文化发展的洪流中去。因此，中国书法的魅力不在表现真实的物象，而在图像所造成的美感以及由此而体现的韵味意趣，故它比绘画更具有含蓄深蕴之美，更直接地展现作者的心灵气质与审美趣尚。因此，"美感"之于书法审美活动，是最为本质的状态，它是主体与客体之沟通，也是对主体与客体之超越。对于书法艺术创作与鉴赏而言，美感是获得其中三昧之关键。没有美感也就无从谈论书法艺术创作。当杜甫吟"感时花溅泪，恨别鸟惊心"时，并非反映"花""鸟"之本身特性，而是通过一花一鸟呈现诗人当时忧国伤怀之独特心理体验。所以，书法作品的品格，本身亦并非是对所书写对象内容之再现，而是书法家在其审美体验中对书写内容之再创。虽然在审美体验中包含着对内容之再现，但其呈现或折射的是书法家对内容之审美体验关系，而非仅仅是再现。

所以，从审美体验入手探寻书法家的书法作品之美学品格，也许是一条可行之路。审美体验是主体感受客体时大脑皮质层从抑制到兴奋之过程，是相对稳定的审美经验之激发流动、重新组合之过程，其高级形态往往表现为通过笔墨传达心志的审美体验时所达到的无穷意味的心灵战栗与人格震动。亦即它借助于固定的笔法和字形，在其中变幻出千姿百态的图像和体现繁复纷呈的个性心态，它是有依傍而又超越依傍的"心手合一"（朱长文语，《中国书法理论史》第 2 页）之状态。此种状态，是书法家在审美活动中产生的对于审美客体价值的心理体验。审美体验直接产生审美意象并经艺术家外化为艺术造型。书法家通过审美体验状态之后的书法意象造型之美感效果，关键点在于它有生命意趣，它能唤起人们获得具有生命意识的美感享受，也就是说，它是生命之意象。书法创作，无论从认识功能还是从美感功能来说，皆不以再现原始之象为手段与目的。它是一种生命意识促使书法家从运笔、结体到成行成篇，从不同层次与环节，力求捕捉恰似现实生命意象构成之形、质、意、理，乃至生命形态之筋骨血肉意味，从而使抽象之文字符号变为有生命意识之品格。说抽象，并非说书法作品只存在于逻辑维度关照之中，而是说，书法作品只抽取宇宙间各种事物之形质意理，使文字书写变为有生命意趣之形象。书法作品作为二度空间存在，它是具体的，可由视觉把握的。但是，它只是一种凭借点画挥写而成的符号结构，却能唤起人们种种具有某种对应性之联想，当联想到的东西能反映出某种生命意趣，表达出现实的人之生活情意，激发振奋人们的生命活力，它就能唤起人们的美感。它是书法家审美体验之迹化，能使人以生命的神采与形质的意味去品赏。而此种审美效果，却往往在恍惚之意味中。这也许就是"心手合一"之精髓。

朱长文（1039—1098）的"心手合一"说，意谓审美体验首先是一种心灵的、精神的与总体的情感体验；它往往由对象形式美的愉悦进入到对人生未来之感悟，并能直接进入到人之潜意识深层领域，是照亮人格心灵内海之光。其次，审美体验乃一种心理震撼之强效应，"心手合一"乃一种深度审美体验，它可以唤醒蒙蔽的自我意识，达到一定高度的精神自觉。再次，"心手合一"乃审美体验过程中始终相伴相随的一种心理愉悦状态与心理沉思状态，并在意象纷呈中获得美感享受，或审美反思。"心手合一"之本质，乃在于审美体验对自身局限之不断超越，它是超出常规的直觉，乃心灵之味觉，亦乃内在之眼睛。"心手合一"，必须超出日常经验而心驰神往，即在生活表层上那连绵不断的因果链条中之断处探测进去，做超越时空之探索。此刻，获得审美体验之主体也许暂时失落了常态或日常之平衡心理，找不到安置激情玄思之秩序与归宿，但正是在这表面之失落中才获得了本质的人生境界之升华，诞生了书法审美意象，建构了美的世界与美的人生。"心手合一"，就是说审美体验是以过去的审美经验为基础而又超越它进入当下语境之中，并在当下书写气氛中直接悟到永恒和未来。这是一种过去、当下与未来之瞬间合一。

"心手合一"，就是在书法艺术的审美体验中，重在主体心理感受。就是用审美态度去把握书法传统，把握书法世界，把握书法对象，有了"心手合一"的审美状态以后，具体的审美对象也就凸显了出来。不难看出，书法家"心手合一"的美学思想，因其注意到了书法家在审美活动中的主体能动性，故在审美体验的主体性建筑方面具有相当的价值。因为"心手合一"的主体审美体验张力场，随着感知、情感、想象、感悟等多种心理层次交融；重叠，震荡，回流而出现各个不同之形态。故又可以说，"心手合一"乃一种特殊的书法艺术的审美体验，是书法审美经验强烈而充分、丰富而高妙之动态形式。书法审美经验重在主体心理感受，而书法艺术的审美体验除了美感心理学上个体亲历性以外，还有其实践性与总体性意味。处在审美体验中的书法艺术家不仅能表现自我意志，方能提升无我之境，而且还能超越人生；不仅能忘我地去体味，而且还能从书法美感那里获得快乐；书法忘我地投入到传统的审美活动中，去身体心验，以心换心，在"心手"体验中超越。超越，就是书法家在鉴赏前贤经典书法时所说的：源于碑帖，脱胎于碑帖。褚遂良的一笔骨肉匀停，风神具足、宽绰大度、瘦润清朗、刚柔相济之楷书不仅启立自家门户，更是脱胎于前代楷书趋于成熟之标志。也可以说是盛世景象在书法艺术中之投射，褚氏受前代之影响，由此可见一斑。但楷书到了颜鲁公之手方才写出了盛唐气象，写出了顶天立地之大性情。颜体者，唐楷之极则也。故所倡言之书法美学思想，就是要在书法艺术创作中先要"心手合一"，然后在激情中超越，在灵与肉的俱释中升华，使自己在"技巧熟练"中窥见人生之奥秘，将自己深蕴的内在生命力融入于历史与社会之中，在个体与总体、自我与社会的双向建构中，完成自身人格造型，承担起所肩负的时代使命，创造出书法艺术本真的审美价值。东坡论书即以神为上，李之仪也以精神为书法之根本，故他于前代书家中特重杨凝式，因杨氏之书貌似无法而尤以神韵见长。故其论书法创作则提倡"神遇"。"神遇"就是指作书时心手两忘，不经意而自然工妙之境界，苏轼的《兰皋园记》能乘兴而书，纯以意行，故为"神遇"之作。（《中国书法理论史》第170页）此乃历代书法家思想中的主要美学规律，它关涉到在书法艺术创作中审美主体与审美客体两个方面。书法家必须以书法世界的审美信息为基础，受一个直观对象性质的制约。但书法家并不沾带于对象，而是在多种心理功能如审美动机，审美感知，审美想象之不断整合中，产生出对书法作品的一种特定态度与超越性本能，使审美体验的超越性在主客体交互过程中得以实现。我对书法家这一美学思想的理解是，一般来说，这种主客体相生相发相感相合之审美体验过程，大致可分为如朱长文所表达的"心手合一"（初级直觉）、"心手两忘"（想象）、"神遇"（灵感）几个不同层面。这几个层面不同、深浅有异的审美形态，构成了一个完整的书法艺术审美体验共同体，它呈现出书法家在从事书法创作时由初级层次向高级层次，由书法外部观照体验（机体觉）向书体内部观照体验（心意状态与人格结构），由浅层感触到深层感悟之层递性。《庄子·人间世》中说："无听之以耳，而听之以心；无听之以心，而听之以气。"这就告诉我们，可以将书法的审美体验划为三个层次：一是"耳目"感官之初级体验；二是"心意"情感之中级体验；三是直觉精神人格之"气"的高级体验，是全部身心、灵魂与人格之震动。南朝宗炳在《画山水序》中也用"应目""会心""畅神"三个层次来阐明自己对审美感知进程之看法。对于书法艺术创作来说，"应目"是指书法家的视觉与临或写之字（对象）的接触，"会心"是指书法家之眼睛一接触到欲临或写之碑帖（物象）时，内心立即就有了感应，把自己的心灵世界融入到书写对象中去。这时，书法作品就成了书法家心灵世界之寄托。所以说，对书法美学思想中以上几个范畴的划分，在书法艺术创作审美体验动态发展中有着不可忽视的重要价值，但当联系到书法创作过程中更深层次的审美体验问题时，就感到这个问题仍有继续深入探讨之必要。在此方面，宋人论书的共同特点是都重视书法创作中的主观因素，即以"意"的作用。欧阳修提倡学书为乐，重在自然兴会，以为书宜出自胸臆，真实地表现书家人格。朱长文的《续书断》则体现了人本主义的思想，将书法的成败归结为人的精神与学养。苏轼则标举"意造无法"，要求作书须能"寓意"，以"意"为书法创作之灵魂。黄庭坚则强调"得妙于心"；晁补之则以为"学书在法而其妙在人"；李之仪主张"神遇"；米芾提出"意足我自足"之说法；董逌则认为学书在于发挥

"笔意"二字;《宣和书谱》在对历代书家的评述中也体现了以"心画"为本,极重视胸次学养的祈尚。(王振远:《中国书法理论史》,第135页)

当然,书法艺术创作不是单纯临摹碑帖或率性而就,也不是单纯表达主观之情思,而是面对古贤圣哲,要将书法中超乎笔墨蹊径之外的意趣归结于书家的天赋才情与修养品格。在书法创作或临帖之情感体验中将客观书写变为书家之创化,然后以完美之形式将这一"神遇"(李之仪语)之人格意象表达出来,成为以"神气"(蔡襄语)为核心之心灵妙品。先贤强调"韵胜"(黄庭坚语)与提倡"真趣"(米芾语),就是意在表达书法作品是与人之道义学养有关的风神萧散的美学理想,欲于自然率真的书法创作中表现真情雅趣。(《中国书法理论史》,第135页)这是书法家由客观书写变为主观创作这一过程,所要表达的"本真"之义之妙品过程。究其实,所谓"神遇""韵胜""真趣"过程似乎可分为三个层级。首先是书法家面对纸墨笔砚将要书写或临摹之对象,为其字势形态(对象)所动,悠然会心。这是对客观书写对象外形之审美感受,可称之为表层体验(或初级直觉)。其次是书法家从字势形态之美感中体验到一种气韵与力量,所产生的已不同于客观的字势形态,已经有书法家的审美态度与审美评骘融入其中,已经突破了对"形似"之体验层次,而进入到对"神遇"之体验的中级层次。最后是书法家眼中之字势形态与心中之本真与"真趣"之字势形态相激相荡,主体将自己的感觉分解、知觉完型、统觉融合等统统融入字势形态之想象之中——它那千岩竞秀之气象,灵趣飞动之意表,冲虚简静之精神与书法家自己的胸襟抱负、高尚人格与精神气质同构。正如颜真卿那宽绰浑厚、气势雄伟的书法作品顿时直立在人的面前一样,成为书家自身人格造型的

襟怀之外现,于是审美主客体瞬间融一,从而达到"化境"之感悟——高级审美体验层次,诞生出心灵之妙品这一审美意象。生命是整体的,能把握到字势形态之整体,就能把握到书法艺术作品之生命。书法家面对的点画、笔墨、字形、偏旁、字体,是以枯补润、以小补大、以欹补正,皆是面对的整幅书法作品世界,从而使书法家从现实的书写时空中超越出来,再对书法作品的审美观照中看到自己,甚至在此种"神遇"之境界中,不但忘却审美对象以外之世界,而且忘记自身之存在,"意境两忘,物我一体"(王国维语),达到一种悠然意远之境界。只有如此,书法作品才能成为一个有筋骨血肉之生命意象,一个具有大美之书法整体。

我们应该看到,古代圣贤所强调的"神遇""韵胜""真趣"之美学思想,就是要让书法家达到高度的审美体验时,使所孕育成熟的书法审美意象能获得自身之生命与勃勃生气。此时,书法审美意象所表现的书法对象之本质,已经不完全是客观的字势形态本身,它同时也是书法家人格主体之本质。书法审美意象是客体本质与书法家人格主体本质之精神融化。一旦形成此种"神遇",书法审美意象就不完全是对客体之再现,亦非全是人格主体之自我表达,而是主客融一,产生一种审美新质。亦即是说,书法审美意象是书法的形式与书法家的内在情感达到统一,达到共鸣与同构,然后由书法家在审美体验过程中将自己独特的体验转嫁予字势形态,使书写对象具有原来所没有的情感色彩与生命韵律。故书法家审美体验的直接成果就是书法美感意象之诞生。没有此种深度的审美体验,书法家就不可能从字势形态上获得情感共鸣与心理同构,就只能是原生态的看碑是碑,看帖是帖,产生不出美感新质,诞生不了书法审美意象,当然也就无法创造出书法与人格造型完美统一的艺术作品。

二、书法美学的"无声之乐"境界

通过以上对一般书法美学思想之解读，现在可以对一些书法审美体验的动态过程稍作概括。书法创作中的审美体验过程表现为相互独立而相互依存的三个方面：

首先是书法家对书写对象产生积极的审美注意，这是求真"神遇"所表征的一种极端兴会之生命状态。根据书法家的审美体验过程，书法家的审美注意力主要是以感官注意焦点之转移为最基本表现形式。这不但是因为书法家的审美活动是从感官到对书写对象的感觉分解开始，而且是因为在书法审美体验过程中，随着书法家的感官注意力的转移，会使书法家的自我感受发生质的变化。这种变化一般体现为：当书法家的注意力的焦点集中在自身某一感官对象时，此时所获得的感受就带有明显的生理快感之特征，类似于意境美学中之"有我之境"；而当书法家注意力的焦点集中在字势形态即书写对象（包括临摹）时，此时书法家获得的感受则是更多的带有非功利性之美感，相当于意境美学中之"无我之境"。

书法家的审美注意力与书法作品的审美价值之间的此一必然联系向我们揭示，当书法家将自己置身于具体之审美环境，与书写对象建立起审美关系之后，书法家的注意力在关系两端所搭成的视线上游移时，实际上就已经决定着书法作品的审美效果。当书法家的注意力的焦点越接近自身，他所获得的感受就越接近快感；当书法家的注意力离自身越远，书法家所获得的感受就越倾向于审美感受。在书法创作的审美体验中，书法家注意力焦点的不同所产生的书法作品审美价值的不同，为研究书法家的书法创作实践与书法思想的美学品格提供了思路。在书法审美体验活动中，书法家自觉调整自己的注意力，不但有助于自己获得不同的审美感受，也有助于我们从实现快感到美感的跨越，从而去享受书艺的真正美感。

其实，在书法创作的审美体验过程中，能决定审美注意力转移之因素不是别的，正是书法家的人格主体之情感状态。这是因为，书法家对书写对象以及字符信息的认识皆从感官与其建立联系开始，即书法家必须通过自身之书法创作实践与审美体验，将自己的感官对应于来自不同书写对象和不同层面的字符意义之刺激，并通过这些刺激形成感觉分解、知觉完型、统觉融合之表征，再经大脑之消融，最终内化为书法家对书写对象的总体认识（消化）。在这种认识（消化）过程中，书法家依凭之书写对象与认识及吸纳的信息不同，其作品之价值也就不同。当书法家此种认知方式停留在借助感官知觉外物之刺激，而不带入任何人格主体之情感状态时，目的只是获得对字符形似之认识，此种认知方式就是感性的；此种认知方式如果借助感官知觉，同时又借助逻辑思辨而取得对书写对象的更深层之认识，也不带入人格主体情感状态时，此种认知方式方可称之为理性认识；当书法家认知方式借助感官知觉，不借助逻辑思辨，却强调人格主体情感之积极参与时，书法家对书写对象与自身所体验获得的认识，既不是感性的，亦非理性的，而是美感。由此可见，书法前贤所说的"神遇""韵胜""真趣"乃一种带有人格主体情感状态之认识，而只有具备人格主体情感状态，才是书法家的美感认识。如果要给感性认识（消化）、理性认识（吸收）、美感认识（化为己有）三者划清界限，那么感性认识（消化）与理性认识（吸收）的区别，主要在于是否运用了抽象的逻辑推论；而前两者与美感认识（化为己有）之不同，则在于是否具有人格主体情感态度之融入。从这个意义上来说，只要书法家的认知过程有明显的情感体验相伴相随，那就是美感体认。美感体认必须有书法艺术家的情感融入作基础，当这个基础被确立为美感生成之基础时，书法作品的审美价值所依赖的许多属性便显露出来。此种书法艺术作品必须有可感可知的生动形象；书法作品也必须带有明显的情感（化为己有）状态等。我认为在这三个要素中，书法作品的形象要素既是基础，也是关键。基础，就是要继承传统。继承传统，就是要以书写汉字为基础，通过布局、结构、用笔、用墨及点画运动来表达情感和意蕴。关键就是要普遍重视书法作品的风神意趣而不断断断点画形似，由此去把握书家的内在精神气质。如何才能继承传统？就是要把书法创作当作一个生命形象来创造，把书法艺术形象当作主体感悟的生命形象来营构，把书法艺术作为民族文化、民族哲学和美学精神的直观形态来表现，把书法作为时代的人的精神品格的对象来观照。正是从这一根本点出发，才能将前贤成果继承下来，化为己有，才能有中国书法的艺术生命，才能派生出一系列法度（基础）。基于此，不仅书法家之本能生命意识，而且民族特有之时代伦理、人文风采、人格理想，亦皆反映在书法创造与审美要求中。所以，当人们发现书法作品确实可以"达其情性，形其哀乐"时，便要求书法反映出性情之率真、修养之高尚、宗趣之雅洁与形式之完美。故对书法艺术有"尽善矣又尽美矣"（李世民：《王羲之传论》）的理想。当书法家片面追求形式、忽视美感性情之真时，书法作品就会出现刻意做作。所以，我们在强调继承中国传统书法成果时，同时还应强调"生中求熟，熟中求生"（黄宾虹语）的真挚艺术变幻之美感。人们常说的书法艺术的审美即是书法生命意象之美，无生命意象则无书法艺术之审美，也就更谈不上所谓的书法家之审美体验了。书法家对书写对象进行审美把握，离开了视听感官也无法完成，可以

这么说，书法家的视听感官是为捕捉书法意象神韵而设的，即便是我们通常所说的书法的心象、意象，也是书法家视听意象之扩展和延伸，世上不存在视听意象之外而独立存在的书法造型。刘勰说："陶钧文思，贵在虚静，疏瀹五脏，藻雪精神。"（《文心雕龙·神思》）唐代书法家虞世南也说："欲书之际，当收视反听，绝虑凝神，心正气和，则契于妙。……故知书道玄妙，心资神遇，不可以力求也。机巧必须心悟，不可以目取也。"（《笔髓论·契妙篇》）齐梁时王僧虔在《笔意赞》中陈述他书法创作之感受时也说过："书之妙道，神采为上，形质次之，兼之者方可绍于古人。以斯言之，岂易多得？必使心忘于笔，手忘于书，心手达情，书不忘相，是谓求之不得，考之即彰。"（《中国美学史资料选编》上册，中华书局1980年版）这里所讲的"虚静""凝神""神采""神遇""韵胜""真趣""化境"等，皆为一个意思，即是说，书法的审美体验要真正悟得真义才行。真义之目的就在于使书法家能够虚心澄怀，摆脱日常经验中之各种名利杂念，对书写之作品精细入微，独到殊相之审美观照。同时，书法家之心为书写对象所独占，即视听感官。遂在凝神之瞬间，书法家对书写的对象之外在形式产生直觉的审美愉悦，勃然而起一种兴发感动之情，这种感物起兴之情感激荡，使书法家迅速进入一种激情之中，这是书法艺术创作审美体验之第一阶段。

其次是当书法家迅速突破对书写对象之外的形式掌握，而以其心灵之味觉去体验形式之意蕴。此时，书法家就已进入"凝神"之域，进入"神遇"之境界。人书交融，情感重叠，书法家遂在交融中"寂然凝虑，思接千载，悄焉动容，视通万里"，（刘勰：《文心雕龙·神思篇》）从而"观古今于须臾，抚四海于一瞬"，（陆机：《文赋并序》）达到对时空之超越。这种"收视反听，耽思傍讯，精

鹜八极，心游万仞"（陆机：《文赋并序》）之对自身局限不断超越之特征，使书法家能将自己统摄的宇宙之气与内在生命之气融入书写对象之中，建立一个生气灌注的完整的书法艺术世界，达到书法艺术家在具体的生命意识中，抉发出道德之根源与人生价值之根源，使书法之生命意象纷至沓来，达到不可遏止之境界。

再次，书法家最深层的体验表征为物我互化之境界，主客体之间所有对立面皆化为动态之统一，书法家各种体验皆归融到艺术的审美体验这一生命诗性体验之中，这就是所谓"凝神""神遇"之"化境"状态。"化境"，是说书法家在物（字）我互化中，由于思维极端活跃，书法家有时可能处于物（字）我难辨之精神状态，物（字）有情思是一种必然。我们书写汉字，不是要求再现文字之原貌，而是说书写之对象只是书法家格物之对象，用对象之形，寄书家之浩然之气。此时的书法作品会哭、会笑，能够与人对话，成为人的知己。这不仅是一种修辞手段，而是书法审美创造的表达形式。总览古代先贤的书法创作实践，无不达至物（字）我互化、物（字）我同一之境界。他们的书法作品之物化，就往往包含着华夏民族深层之文化心理，有着独特的文化内涵。如果将前人书法思想的美学品格与当下主体间性的理论联系起来看，书法的物（字）化过程中的物（字）也同书法家本人一样，乃一种主体间性之存在，书写对象不完全受书法家之支配，有时还左右着书法家思想情感之运演。当然，单独的物（字）又没有意义，它必须与书法家产生主体间性之心灵共振才有意义。

物（字）我互化的另一个表征，就是书法家心灵的超越。这在字义论中之地位相当重要。如果说，物（字）我难辨，物（字）有情思，是物（字）化之外在表征形态，那么，心灵之超越就是物（字）化之精神意义了。物（字）化所追求之神妙与忘我之艺术境界，自然是为了更好地表征书法艺术家之心灵，追求主观情思与客观物（字）象相融合之统一。正如我们在宋代欧阳修、蔡襄、黄庭坚、米芾等人的理论中均可见出：他们均寓于古代法书中，特别是晋、唐人之书法作品中吸取自己创作之养料，化古人为己有，主张学习古人之神气，而黄伯思的理论更重在尚古守法，与当时普遍之风尚不侔。如朱长文、苏轼等人则强调道与艺合一，以为道便寓于艺中，艺可通于大道，故主张神与法之结合，法由神出，神以法显，故求无法之法。（《中国书法理论史》第135页）这里的"化古人为己有"、"道"与"艺"、"神"与"法"，均讲的是书法作品的互化。所有书法创作中之"道"与"艺"，"神"与"法"，皆要彰显书法家之道德人格生命意识，彰显书法作品的美学生命意识，只有如此，才能实现对心灵一隅之超越；只有"求无法之法"，才能达到书法艺术创造之最高境界。书法家也即在书写对象中融入进自己的人格与生命，也就打上了书法艺术家主观精神世界之印痕，甚至主体化为客体、物（字）我不分。书法家与书写对象之间消除了疏远与陌生，产生出一种忘怀一切之自由感，获得高度的精神解放，达至那悠远无限之境界。书法艺术的最高境界乃"无声之乐"的境界，亦即《老子》中所说的"大音希声，大象无形"之境界。故见人之所未见之"大象"，听希声杳冥之"大音"，以一瞬凝千古，以一字存乾坤。这种对宇宙人生之瞬间感悟乃一种"至乐"之境，乃书法艺术对现实时间与宇宙空间之超越所呈现的心灵空间与精神实践之自由融一。此时，书法艺术家往往感到一种极为强烈的情感与意绪在心中跃动并统摄整个身心，一股汹涌的心潮迫使自己去表现。故处于深度审美体验的书法艺术家往往情不自禁地用字符、线条、墨色等媒介将自己所获得的深度审美体验传达出来。此时的书法家会产生一种心灵之感叹，也会在书写过程中产生一种无形的张力场，即作品与内涵之间造成的中间地带，既融会了书法家审美体验的澎湃激情，也留出了可供观赏接受者再度体验之广阔空间。此时，书法作品字面表现出的东西越少，观赏者接受的东西就会越多。故"法由神出，神以法显"，此乃前贤通过长期书法创作实践后产生的书法艺术创作经验之结晶。这个结晶，就是书法艺术审美体验的物化品，亦即书法艺术作品的再度体验是书法家审美体验整个过程中不可缺少之一部分，这是前人书法思想美学品格中最宝贵的体现，也是他们书法作品审美价值实现之关键。同时，也是他们书法人格精神境界的升华与整个书法艺术作品高度统一之结晶。

三、书法的审美思辨性品格

以上，从书法艺术的审美体验路径，对书法美学品格进行了初步的分析与梳理。书法史家王镇远虽不以书家闻达，但就从其所刊行的书法史专著《中国书法理论史》一书，也颇可观。其书论的运思方式，也多从对具体书法作品的实践或品鉴中升华的审美判断或理论命题。书法家创作的审美体验是纯个体心理不断深化的过程，是由耳目感官愉悦向心灵的精神沉醉之拓进过程，乃一种融合宇宙精神、把握人生境界、渗透自然之气、追求灵肉内修之流动过程，从而获得书法艺术创作中真正审美体验的深度。

当然，书法美学思想所凝结的许多重要学术命题，皆可从审美体验之层面上予以解析，如历代书法家高度的审美思辨品格。这种审美思辨品格，所体现出来的不是纯然的逻辑思辨方式，而是由审美思辨与逻辑思辨相融合的一种认知方式。这种认知方式因其创作的体验性质，而更多地将书法美学思想蕴含其中，在审美思辨的认知方式上更显独特的概括力。其"法由神出，神以法显"的书法美学思想，就已经充分地表达了这一思辨概括力与认知方式。前人的这些书法论语，既有对书法创作的切身体验，又有关于书法创作关系及书法创作形态的理论提炼，其美学价值相当高。这对中国当代书法创作具有普遍的导向价值。因为出自古代书法家直接的具体的审美体验，故这些书论蕴含着非常丰富厚实的美学价值；而古人的书论多不走逻辑推论路径，只从具体书法作品与书法形态的审美品格中直接发出感叹，而此感叹正是书法美学的学术命题。这就使他们的书论所凝结的学术命题，有着更加鲜明的审美思辨性质，同时又与逻辑思辨相融合。它最为突出的体现就是，以有充分的自明性与完整性的书法理论命题形式而凸显。所谓自明性，指无须进一步论证和解释，就可以使人明确理解命题之含义。所谓完整性，是指在前人的书法美学思想体系中得以凸显的经典化命题，本身就很完整自足，在语法上也是一个完整的结构，而无须后缀、补充和演绎。自明性与完整性，只是两个角度的说明，其实在形态上完全一致，并形成了经典性的书法美学命题。这其实是与前贤书法思想由审美思辨而获致理论命题的认知路径紧密相连。"审美思辨"，乃笔者对前贤书学思想以及延伸至整个书法艺术领域的认知方式的一种概括，纯属自创。可以说，中国书法美学的范畴与命题，在相当多的时候也是由审美思辨而得来，但其最后之产物，则是理论凝结之形态。前贤的书法美学思想品格的最终体现就是如此。易言之，由审美思辨而获得理论命题，这是前贤书法美学思想的一个基本致思路径。这种由审美思辨而获取的认知方式，对于当今中国书法美学理论的构建与发展，也有着相当的可操作性。如果以书法艺术作为书法美学的主要土壤，那么，审美思辨也是美学学术谱系构建的可能性途径。我以为，书法艺术的审美思辨可以导致两种结果：一种是在书法创作中之意义蕴含，另一种则是书法美学理论的有关命题。这里除以上论述的审美体验特征的品格外，另一种美学品格就是由这种审美思辨而升华的学术命题。此处不赘。

四、书法的人生境界与理性自觉

书法美学思想品格的另一个表征，就是其书法与人生。在前贤看来，书法乃人生之一部分，是人的生命活动之超越形式与创造形式。书法依附于人生，又影响着人生。书法作为人的生命活动，或是欣赏、创造，或是教育、修养，皆可以直接导致个体人格心理结构之建立与不断完善，以及个体人格完整、自由之发展与实现。朱长文的论书贯穿了以人为本的思想，他以为书法之优劣取决于人品的贤与不肖，故其首重书家的道德品格。他说："夫书者，英杰之余事，文章之急务也。虽其为道，贤不肖皆可学，然贤者能之常多，不肖者能之常小也(《续书断序》)。"(王镇远：《中国书法理论史》，第143页)朱氏认为书法本乎人品，贤者与不肖者同样学书，然贤而能工者多，古往今来留名后世的大书法家，无不人品高尚，气节超拔，因而他在评骘具体书家极重其人格品行。我们引述朱长文有关书法与人本思想之体现，并非扬古抑今，而是重在讨论书法与人生本就是理性之自觉。我的意思是说，一方面书法作品的高度的开掘与锻造，不独是对书法形态之自由观照，而是对书法形态自由之创造，从而导向书法艺术家人格的全面发展。这主要是由于书法艺术创作使感性介入并融合于理性，并导致理性向感性回归，从而呈现对书法形式的自由直观与自由创造。一方面是书法作品需要向人生理想提升，强化人生境界之锻造，导致一种超越实在意识的人生态度之形成。另一方面则是由于书法创作活动使人生信念介入并渗透于感性，导致感性再向理性升华，从而呈现为对人生实体存在之自由超越状态。书法作品不能仅仅被理解为导致理性向感性之积淀，使感性成为人生理性化之感性，也应当被理解为感性向理性之冲击，从而对人生具有重要价值和意义。朱长文即从其个性精神上去解释其书风："张长史，苏州吴人也。为人倜傥闳达，卓尔不群，所与游者，皆一时豪杰。李白诗云：'楚人尽道张某奇，心藏风云世莫知。三吴郡伯皆顾盼，四海雄侠争追随。'太白，奇士也，称君如此，君之蕴蓄浩博可知矣。主荒政庞，不见抽擢，栖迟卑冗，壮猷伟气，一寓于毫牍间，盖如神虬腾霄汉，夏云出嵩华，逸势奇状，莫可穷测也。虽庖丁之刲牛，师旷之为乐，扁鹊之已病，轮扁之斫轮，手与神运，艺从心得，无以加于此矣。又其志一于书，轩冕不能移，贫贱不能屈，浩然自得，以终其身"。(《中国书法理论史》，第143页)由于张旭为人倜傥闳达，心藏风云，所以产生逸势奇状之书法，故朱氏得出"手与神运，艺从心得"之结论。朱氏十分重视书法之优劣关键取决于人之精神品格，其实质就在于提高与拓展书法人格对书法形式的自由观照力，在于提高、强化、延伸书法人格对书法形式的自由操作与创造能力，从而创造一个书格与人格浑然一体之审美世界。更为重要的是书法人格主体可以把这种书法的自由创造形式的能力融入并转化为改造社会的物质造型活动中，创造一个现实的物化的书法文化世界，从而去鼓舞和推动人类文明进程。换句话说，书法艺术作品给予或赋予人格主体以审美能力，即自由操作与创造形式的能力，可以直接促进人格主体掌握和改造社会形式之实践能力，逐步转化为伟大的物质实践的造型力量，创造一个书法文化世界，创造历史，推动人类社会进步。书法艺术可以导向创造，书法艺术的合目的性可以走向人类对自然的创造这个终极目的，这正是把书法之目的引入书法美学品格之原因。如此的书法目的论，之所以为我们所取，就是因为朱氏把书法与人生的终极目的联系了起来。朱氏以人为本的书法思想贯穿于《续书断》全篇，如他评虞世南："世南貌儒谨，外若不胜衣，而学术渊博，论议持正，无少阿徇，其中抗烈，不可夺也。故其为书，气秀色润，意和笔调，然而合含刚特谨守法度，柔而莫渎，如其为人。"评柳公权揭出其答穆宗"人正则笔正"之语，称赞其笔谏。(《中国书法理论史》第144页)凡此皆说明朱氏注重于人品对书品之影响，因而人生之终极目的不是自然给予人的慈善，即满足人的欲求之幸福，亦非对自然所使用的人之能力倾向与熟练技巧，而是能够成为"识锐于内，振华于外"的君子之器，"天下之事唯有心灵的悟通"(《中国书法理论史》，第144页)之审美理性；亦即康德称之为的"文化"，亦称之为最高的"善"。(《判断力批判》下卷，商务印书馆，1996年版，第95~100页) 故从这个意义来说，书法之于人生，不仅能给人生以自由快乐，而且还能赋予人生以自由创造。书法人生，应该是创造的人生。前贤将人生境界与书法境界看成是融为一体的作品，这在本质上是一回事，即超越功利的心灵自由活动。所不同的是，人生境界是主体人格内在心灵的一种自由状态，一种超越性的体察，书法境界是主体人格自由心灵的外显意向，一种超越性的情感形态。书法艺术家如果具有这种人生境界，以一种超越功利之态度去对待生活，就会超脱一点，就不会时刻为追求功利的书法目的所左右，就会减少乃至解除烦恼、焦虑、痛苦，就会以"天下之事唯有心灵的悟通"的审美理性为需要，为目的、乐趣、进取，从而达到"道与艺合一"（朱长文语）的人本主义思想之目的。如果以此种超越功利之书法人生态度去对待他人与自己，就会摆脱因意欲而引起之个体内在心理矛盾与不平衡，就会摆脱因利害计较而引起的人际关系之矛盾与不和谐，严于律己，宽以待人，淡远、旷达，有助于人际关系之和谐与社会之有序。如果以此种超越功利之书法人生态度去对待困难、艰险乃至不幸与死亡，就会不计利害得失，不顾艰难险阻，不怕不幸与死亡。但这并非感性冲动，而是书法人生之自由选择，知难而进，显示一种超越性之无畏状态。无私才能无畏，超越功利之书法人生就是走向无私，从而对困难与不幸就会高扬一种从容乐观之精神。书法融入道德行为，可以净化行为中感性冲动之盲目性，走向理性之自觉；弱化行为中理性冲动之刻板性与强制性，走向感性与理性融合之自由，从而提高与完善人格之道德行为，变书法即所谓"心通"之自由选择。就这个意义说，书法之于人生，就是净化与提升人的生命活动中意欲——冲动机能，提高与完善书法人格的超道德之自由选择能力。书法给予人生的不独是创造，而且是超越。书法人生，应该是超越的人生。书法对个体人格造型之培育，使之走向完整而自由，对社会文化之建构与提高，使道德走向自由自律，使道德、习俗、制度走向和谐有序，使科学技术走向自由直观与自由创造，其功能独特而彰显。这也是中国书法思想美学品格中的一个重要特征。

五、书法的道与艺合一和人格内省

朱长文关于中国书法美学思想中"道与艺合一"的人本主义思想具有很重要的理论价值。朱氏在评价欧阳询说："其正书，纤浓得中，刚劲不挠，有正人执法、面折廷诤之风"；评怀素的草书"如壮士拔剑，神采动人"；形容沈传书的书法"如许迈学仙，骨轻神健，飘飘然欲腾霄云"；比况韩择木的分书"如山东老儒，虽姿宇不至峻茂，而严正可畏"（《中国书法理论史》，第144页）等等。这些以人喻书之风气虽在南朝的书评中已可见出，然在朱长文之书论中大量复现，也足以说明他的论书中"道与艺合一"的人本主义思想。他"道与艺合一"的书法人本主义思想，还含有在书法创作中达到（获得）与推行的双重含义。从"达到"这一维度看，书法与人的精神统一之目标首先指向内在之德行良知，这一点同样体现于道与艺合一之功夫。当然，内在德行良知作为一个哲学范畴最早见于孟子："人之所不学而能者，其良能也；所不虑而知者，其良知也"。（《孟子·尽心上》）这里的良知，就是指先天之道德良知意识。后经程（颐、灏）朱（熹）陆（象山）王（阳明）大加发挥，将其引入心学体系，并赋予多种含义。朱长文不但继承发展了这些思想，而且从书法美学角度，进一步拓展并注入了新的内涵。他讲"道与艺合一"，就是书法实践活动要将道与艺融为一体，就是一种把手与心融为一体的高度统一，就是强调精神与实践的统一。这是朱氏对中国传统经典文化之深度挖掘与高度融合之产物。故他用"道与艺合一"之思想来概括书法艺术创作，有其非常独到的价值。这也是构成中国书法美学思想品格的独特之点。

正因为朱氏强调书法与人的精神的高度统一，故他对书法认识不再视其为一艺之阶段上，而以为书法是可以通于道的，他在《续书断》中说："书之至者，妙与道参，技艺云乎哉！"他在《墨池编》卷一《徐浩书法论》说："技之至精者，父子所不能教；理之至妙者，文字所不能传，盖目击而道存，志专而

神凝，乃可以至矣"。（《中国书法理论史》，第144页）可见成功的书法是体现道与艺合一的，因为书通乎人心，心而妙契于道，故道通过人而表现为艺，这就是中国艺术论中道与艺合、天与人一的理论在书论中的表现。在中国传统书法美学中，从达到、获得之角度，道与艺的合一并不表现为一个动态之转化过程：它以预设的先天之审美（含道德）感知为出发点，通过后天的书法创作践履，最后达至书法与人的精神、道与艺合一之目的状态。作为出发点的人，虽然具有先天之普遍必然性，但尚未取得现实的理性意识的形式，作为终点之道与艺合一之完型，固然仍以"艺"为内容，但这种"艺"已扬弃了自在性而获得了自觉之品格。朱氏书法与人的精神、道与艺合一的创作过程，可以简要地概括为书法（本然形态）、人（实际践履）、精神（终极形态）是一个自足的逻辑/诗学之统一体。书法乃是一种经验性活动，人则是先天之本体，通过后天的践履以达到对先天本体的自觉意识，升华为至高境界、道与艺合一之完型，无疑涉及先验之知与经验活动之关系。在书法本体与书法功夫之辩中，朱氏在赋予书法本体以先天性的同时，又强调书法本体唯有在后天之功夫中才能获取"道与艺合一"的审美品格，故将道与艺合一可看作是对中国以前书法美学思想之引申、拓展。道与艺合一作为一个过程，以书法—人—精神为其内容。从达到对道之自觉意识这一角度看，重要的首先是书法与人精神总过程中的后两个环节。朱氏强调"心通"，其内在意蕴即在于将"心通"纳入书法与人的精神、道与艺合一之过程。在论证人获得自觉意识离不开精神时，朱氏借助日常书法经验事实，即"手与神运，艺从心得"。从严格意义上讲，手与神运，属经验领域之知识，这些知识由践履而获得。朱氏在此似已超出了该阈限而旁及一般意义上的

认识活动，并注意到了这一领域的认知对实践之依赖性。"手与神运"作为"艺从心得"过程的一个环节，还在于其构成了判断"心通"之准则。这一书法思想的突出点乃在于神与心之不可分离，不过，其侧重点在于以"道与艺合一"来判断知识：唯有付诸实践，才能"洁然自得"。道与艺关系的此一面，拓展了"艺"与"心"之辨的另一价值内涵：艺应当落实于心。按朱长文的理解，学书"字必有象，象必有意"，他所谓"象"乃指每个字的表达形式，这种表达形式并非随意，而须符合一定原则与意图，这就是"意"，或称之为"义理"，因而所谓的"意"，并非指书法创作时的主观意志，而是指合乎造字之原则，故朱氏认为学书须先通其意，而道与艺合一使眼光之视角会更高，而这一永无止境的"书法与人的精神"，"道与艺合一"，"手与神运，艺从心得"之关系表达，辄真正包含着运用于"心通"之向度，并且只有在付诸"心通"时才具有现实性。在此意义上，神运不仅是达到（理解）道与艺合一之中介，而且构成了道与艺合一完型之具体存在，所谓道与艺合一，便同时包含了以上之双重含义。

从书法人格之角度看，道与艺合一，同时意味着人格境界培育与书法实践之统一。冯友兰说过，中国传统文化之核心价值，简要地说就是"仁学"，中国传统的学问皆是围绕着如何做人展开的。中国的书法艺术正是朱长文所倡导的人本主义思想的价值取向，就是以人的标准作为书法的审美标准，以人格标准作为审美价值取向。我们之所以将学书视作是书法主体人格之内省状态，其着眼点即在于精神上的畏谨与收敛。中国历代书法大家一般均强调学书侧重于人格培养中理性之自觉这一向度。在前贤看来，书法与人格乃一回事，本质上皆是"心通"的。楷者，乃人生之楷模也。恰似书法必须从临摹楷书开始乃一个道理。书法与人生境界本身即形成于实践之中，书法与人生理想也只有在具体实践中才能化为现实，离开了现实的人生与书法实践而囿于虚寂之玄思，则很难使书法与人生成为实有诸己之品格。朱长文认为张旭之所以能见担夫争道和观公孙大娘舞蹈而悟通书道，乃由于"积虑于中，触物以感之，则通达无方矣，天下之事不心通而强为之，未有能至焉者也"。他以为人的内心涵养与积累乃第一位的，外物之感召只是一种触机，要使这种触机能发挥效用，其关键还在于心灵之悟通，即所谓"心通"。可见朱长文的论书均是以人为本，特别注重人格实践在书法培养中之作用。因此，书法人格造型之形成，关联着人的精神展现与心灵贯通。道与艺合一，不仅意味着在书法实践中成就人生，铸造人格，而且以化书法为人生旨归，此乃中国传统书法美学思想在书学实践中的具体表现。

总之，在中国书法美学的学术谱系构建中，我们要善于运用中国历代书法美学思想，创变属于自己，同时也属于中国书法美学的辉煌。前贤的许多书论话语，就是表达了中国历来书法艺术创作和书法艺术鉴赏中的美学思想，因其来源于他们自己本身的审美体验，并形成了中国传统书法美学学术谱系的独特篇章。这些书论，有着与中国当代书法艺术创作内在之相通性与一致性，它能给我们以深刻的理论启迪。前贤的书论散发着墨香四溢的美学魅力，其中所升华出的书法美学理论命题，对我们今天的书法家有着"画龙点睛"之作用。或许说，这些书学思想，皆有着鲜明独特的美学属性，乃是书法美学思想之天然养分。他们的许多书论话语与书法创作中所显现的书法美学思想，能调动起我们强烈的审美宗趣，其内容凝练而思想明晰，我之所以从朱长文的书法美学中，择其目而提起要，撷其言而释其义，就是与朱氏的书法美学思想品格直接相通有关。总的来说，中国的书法美学思想内容丰富，意涵深邃，是历代书法家人生心路历程之体现，也是历代书法大师生命之印痕。故中国传统书法美学思想就像江水一样，经胸中激荡，一波一波，滔滔不绝。笔者很难取其一勺，说清这一波与另一波之关系。但是，从朱氏书法美学思想实践中，以及人格精神等方面来做一审美品读，仍可抉发出中国书法美学的走向与书法思想创变之路径。当我们站在中国当代书法美学的话语立场来观察时，就会感到中国传统书法美学思想的思维路径与理论形态，很值得深入反思与品鉴。

○理论研究○

宋人胸次论

杨开飞

胸次论是宋人区别于以往书论的显著标志，是宋人书论的精华和特色。本文通观宋人书论，重点围绕《宣和书谱》，揭示了胸次论以道德为首，以学问为根，以诗文为体，以气节为骨的精神内涵，并明确提出正是胸次论的孕育和成熟，才使心画书学理论在宋代最终形成并确立，同时剖析了胸次论的二律背反现象，一方面胸次论丰富并提高了书法的内涵和品位，另一方面它对书法采取了一种轻蔑和虚无主义的态度，对后世书法的生存和发展产生了无法消除的恶劣影响。胸次论的产生与宋代社会文化环境有着密切的联系。

在宋人书法美学批评当中，一个非常值得人们关注的问题就是胸次。胸次论是宋人区别于以往书论的显著标志，是宋人书论的精华和特色。黄庭坚是一个典型的胸次论者，他在《跋周子发帖》中说："盖美而病韵者王著，劲而病韵者周越，皆渠侬胸次之罪，非学者不尽工也。"（黄庭坚《跋周子发帖》，《豫章黄先生文集》第二十九，《四部丛刊初编》，第164册）把胸次作为书法批评的主要内容，已经深深扎根于宋人书法意识形态。最能说明这一问题的莫过于《宣和书谱》。这部反映宋代最高统治者书法审美趣味的著作中，至少有十余次直接涉及胸次方面的论述。本文据此着重探讨胸次的具体内涵及其与心画的关系，还有胸次论的二律背反问题及其产生的历史根源。

一、《宣和书谱》中的胸次内涵

《宣和书谱》是宋徽宗钦定的一部重要的书法批评著作。这部书凡二十卷，其中历代帝王一卷包括12人，篆书一卷7人另有隶书1人，正书四卷46人，行书六卷58人，草书七卷70人，八分书一卷4人。总共为一百九十七名书家立传。每人的传记又附录御府所藏法帖目录，凡一千二百四十余件。表面上看，《宣和书谱》为御府所藏法帖鉴别真伪，重修谱表，实则是对御府所藏法书的作者的人品、学问、诗文、事功、忠义、守操等生平业绩的圈点。名曰"书谱"，其实对每位作者书法方面的评论文字并不占优。这似乎有悖常理，然而这里正好反映了宋人品评书法的惯性思维模式，集中反映了宋人的书学理念。这里我们重点剖析一下宋人胸次的内涵。宋人品评书法，最重胸次，通过胸次的解读，即可得知宋人进行书法批评时所关注的重要内容。具体有以下几个方面：

（一）道德人品。宋人书法批评中，把道德人品作为首要的条件。这种对道德人品的苛求，每每是评判其人书法的生死攸关的第一道防线。这种思维方式在宋代这种特定时代氛围中，大放异彩，与其说是书法品评，倒不如说宋人是在进行道德审查。《宣和书谱》是这样评价颜真卿书法的："初登进士第，又擢至科。以御史出使河陇，五原大旱，为决冤狱，而雨乃降，一郡霈足，人呼为'御史雨'。守平原日，河朔二十三郡皆陷贼，平原独以有备完。奏至明皇，为之叹息，想见其人。然为奸邪辈所疾，卢杞尤不喜。李希烈陷汝州，杞固遣真卿宣诏，士论惜之。而真卿必行，见希烈知其不可以训，骂而死之。惟其忠贯白日，识高天下，故精神见于翰墨之表者，特立而皆括。自篆籀分隶而下，同为一律，号书之大雅，岂不宜哉。"（潘运告主编：《宣和书谱·颜真卿》，湖南美术出版社，1999年，第59页）

平原书法之美并不在于书法，而在于颜平原用七尺之躯彰显了其忠臣烈士的道德情操，是这样一种感天撼地，抚恤民情的"御史雨"，殉国捐躯的义无反顾，才使他的书法"特立而皆括"，堪称"大雅"之作。

《宣和书谱》对柳公权书法的评价是："帝问公权用笔法，对曰：'心正则笔正'。帝改容，悟其笔谏也。……当时大臣之家碑志，非公权书以子孙不孝。凡公卿以书赆遗，盖钜万，至奴盗其怀盂，而贮笥縢识如故，公权知而笑曰：'银杯羽化矣。'人盖服其德量云。（潘运告主编：《宣和书谱·柳公权》，第69页）

如果说颜真卿的书法之高尚雅正，是其道德实践中的忠君报国思想的表征，那么柳公权的书法则是直言敢谏、摆脱名利束缚的正君修德思想的外化。对于宋人来说，道德的最高层次莫过于忠君直谏，而颜、柳书法的可贵就在于他们道德上的不可企及。《宣和书谱》不仅以道德论书，同时也以德喻书。比如，在评价陆经正书时说："其典严以规矩自窘，譬之椎鲁如参，厚重如勃，亦盛德君子浑金朴玉所自表发也。"（潘运告主编：《宣和书谱·陆经》，第125页）

陆经的书法具有浑朴之美，这是盛德君子的个性所成，这种道德人品虽难于颜柳忠义媲美，但也是士人所应该具有的诚实厚重的美德。宋人以为这种"雅重之气发于笔端而有典则，亦足以昭示于世也。"（潘运告主编：《宣和书谱·陆玩》，第148页）

宋人所尊尚的道德人品实际上是儒家思想所极力推行的一套为人处世准则。《宣和书谱》谈到释齐己云："操行自高，未始妄谒侯门以冀知遇，人颇称之。是以无今昔远近，人知齐己名，是亦墨名而儒行者耶，故世之所传多诗什稿草。"（潘运告主编：《宣

和书谱·齐己》，第208页）

这里再一次说明人们对释子齐己的诗文草稿欣赏和喜爱，并非其诗文本身，而是因为他有儒家的操行。

当然对于道德品行恶劣者如王敦之流，《宣和书谱》也著录了其一幅草书《蜡节帖》，但明确表示，从他书法当中已经看出了其道德品质之"恶逆"，本不应该采用。但又不得不收录的两个理由是，首先，它是淳化年间太宗收入法帖的，"故不可得而削去。"其次，可以作为反面教材训诫后人。"因其字而见其行，因其行而得其恶，亦足以为万世奸臣贼子诫云。"（潘运告主编：《宣和书谱·王敦》，第270页）总之，为艺者德行修养通过人的胸次，作用于书法，书家胸次中的道德水准直接决定其书法的地位和影响，这是宋人论书的特色之一。

（二）学问诗文。《宣和书谱》对李磎的书法所作的评价耐人寻味："大抵饱学宗儒，下笔处无一点俗气，而暗合书法，兹胸次使之然也。至如世之学者，其字非不尽工，而气韵病俗者，政坐胸次之罪，非乏规矩耳。如磎能破万卷之书，则其字岂可以重规叠居之末，当以气韵得之也。"（潘运告主编：《宣和书谱·李磎》，第75页）

饱学宗儒者并不是只顾读书，下笔就自成书法，而是说他们字体本身就合乎规矩，再加上胸藏书卷气韵，书法自然就高出流辈了。饱学宗儒者与一般的学书者都懂得书法的法度规矩，他们根本的区别在于胸次。饱学宗儒者胸次高雅，举笔作书从心为上，而世之学者则胸次浅陋，挥毫落墨从眼为下。换句话说，饱学宗儒者因胸次而书法超逸，世之学者因胸次而仅仅沦为字匠。由此可见，宋人的胸次论，对作者的学问是极其推重的。宋人论书以气韵取胜，实质就是以学问读书为能事。

在宋人书法意识当中，书法应该是儒家之业余，学问应该为书家之实业。《宣和书谱》谈陆机时说："自少以文章得名，初受知于张华，谓人之为文恨才少，而机患其多，至有见文而自欲弃其所学者。以故虽能章草，以才长见掩耳。然机自归晋，闭门十年，笃志儒学，无所不窥，书特其余事也。"（潘运告主编《宣和书谱·陆机》湖南美术出版社1999年第263页）

陆机虽能章草，然出名的不是书法，而是学问文章。根本原因不在于陆机不具备书家的资质和机会，而是他不愿意把自己令人歆羡的才华更多地放在书法上，而是更多地放在读书学问上。

宋人重视书家的学问是一种较为普遍的现象。《宣和书谱》主要表现在：（1）对于很多书家总是先介绍其学问，然后再谈其书法。（2）对于一些书家主要篇幅是介绍他们的学问，而对其书法则蜻蜓点水，一带而过。《宣和书谱》是这样介绍王子韶的书法的："宿学醇儒，知古今，师资为己任。方王安石以《字书》行天下，而子韶亦作《字解》二十卷，大抵与王安石之书相违背。故其《解》藏于家而不传。尤长于《孟子》而学者师其说。一日子韶访一县令，正见令与举子谈《孟子》，县令者寡闻人也，不知子韶善此书，而与客谈不已，置子韶一隅，盖旁若无人也。了韶曰：'孟子不见诸侯，而首篇称"见梁惠王"何也？'令与客皆无对。久之知子韶也，为腼颜。喜作正书，然亦出于力学。至于三过笔，真可以挂万钧之重，盖其学本宗褚遂良、颜真卿而暮年自变为一家耳。"（潘运告主编：《宣和书谱·王子韶》，第126页）这种行文方式是有意而为之。凸显学问之重，它的根源在于，宋人把学问作为书法之源，书法乃学问之流也。《宣和书谱》在谈到薛道衡时说："生六岁而孤，虽能刻意学问；甫十三岁，通《左氏春秋》，尝作赞以嘉之，颇有词致，如宿语自尔，声誉益彰。……盖文

章、字画,同出一道,特源同而派异耳。"(潘运告主编:《宣和书谱·薛道衡》,第 55 页)

宋人认为文章字画,同出于读书学问。但就诗文、书法而论,也是轻重有别的。这表现在宋人论述书家的书法往往先谈其诗文,从未有先言书法而后言诗文的情况。吴通玄"词翰之妙,为时器重如此";李邕"文章书翰具重于时";郑覃"未尝须臾废词翰也;"景审"工作诗,留心翰墨"。究其原因宋人对书家的诗文更为看重。书法固然要好,而诗文绝诣则更是值得称赏的事情。《宣和书谱》评张籍"善书翰,行草为最,……观夫字画凛然,其典雅斡旋处,当自与文章相表里,不必以书专得名也"。(潘运告主编:《宣和书谱·张籍》,第 180 页)杜牧"作行草气格雄健,与其文章相表里。"即使书法并不出众,而只要诗文成一规模,同样给予表彰。《宣和书谱》论唐代许浑:"古今学诗者,无不喜诵,故浑之名益著,而字画因之而并行也。"(潘运告主编:《宣和书谱·许浑》,第 90 页)

宋人认为许浑的书法是因为他的诗文而流行起来。总之,宋人的书学思想当中,崇儒宗学的观念无以复加,他们认为诗文、书法皆滥觞于学问,甚至认为只要学问好,书法不用专工,也是相当可观的。这是宋人论书的特色之二。

(三)抱负气节。古人书法崇尚刚健威武,宽厚博大之气象。清代刘熙载精辟的揭示了古人书法的这种审美趋向。他说:"灵和殿前之柳,令人生爱;孔明庙前之柏,令人起敬。以此论书,取姿质何如尚气格耶?"(刘熙载:《书概》,《历代书法论文选》,上海书画出版社,1979 年,第 713 页)古人书法的气格之美由何而来呢?无非是其胸次所养而形之于笔墨而已。《宣和书谱》论王安石曰:"当时安石慨然以真儒之道为倡于天下后世,盖自比于孟轲,其视杨雄、韩愈为不足道。

暮年归之金陵,浮沉渔樵间,跨驴挟册往来北山下,道傍醉尉虽谁何不复介意。作小诗如壮岁语,出奇凌轹,脱去流俗,学者编为《北山诗》。生平视富贵其如浮云,不溺于财力声色,信宗公伟人也。凡作字,率多淡墨疾书,初未尝略经意,惟过其辞而已。然而使积学者尽力莫能到,岂其胸次有大过人者,故笔端造次便见不凡。"(潘运告主编:《宣和书谱·王安石》,第 222 页)

宋人以为只有胸次大过人者,笔端才见出不凡。那么王安石的胸次大过人的地方在哪里呢?就是他的抱负。"慨然以真儒之道为倡天下后世,盖自比于孟轲,其视杨雄、韩愈为不足道","生平视富贵其如浮云,不溺于财力声色",这样一种不同凡响的抱负气节从胸次流出,发言成诗"出奇凌轹",落墨为书"自是一世翰墨英雄"。

如果说王安石主要以抱负著于翰墨,那么石延年以气节闻名于当时。《宣和书谱》云:"(石延年)跌荡不羁,剧饮尚气节,视天下无难事,不为小廉曲谨以投苟合。上书论事有谠语,朝廷用其计,令奉使河东籍乡兵。……其在宝元、康定间,文词笔墨映照流辈,得之者不异南金大贝,以为珍藏。"(潘运告主编:《宣和书谱·石延年》,第 121 页)

平心而论,王安石、石延年在书法史上并不显赫,然而宋人推重其人书法,特别是对他们的抱负气节大书一笔,表明了宋人独特的思维方式。《宣和书谱》云:"昔人以书传于时,未必以字得名,盖或以忠义称,或以文章称。"(潘运告主编:《宣和书谱·裴潾》,第 181 页)以此推论,王安石、石延年书法,实以抱负气节见称。当然作为儒学中兴的宋代,宋人对抱负气节见称的书家,评点尤多。蔡襄"博古尚气节",杜牧"刚正有奇节",司空图"志节凛凛与秋霜争严,考其书,抑又足见其高致云。"(潘运告主编:《宣和书谱·司空图》,第 190 页)刘正夫

"謇謇有大臣节"，王浑"事君立朝有巨臣节"。徐娇之"耿耿有高节"，杜衍"考其大节，伟如也"。以抱负气节论书是宋人书论的第三大特色。

二、宋人胸次论与"心画"书学思想的确立

宋代是中国书法美学思想的成熟期，其主要标志是"书为心画"理论真正在宋人书法批评中确立并运用。（尹旭：《中国书法与传统文化》，中国社会出版社，2002年，第309页）书法美学研究领域的有识之士对这一问题的认识，促使我们对宋人"心画"书学思想作了进一步的探究。

"书为心画"虽然由汉代杨雄提出，但真正作为书法美学命题提出，并将它付诸于书法批评当中，无疑是在宋代。目前统计宋人在书法批评时使用"心画"一词不下七次，仅《宣和书谱》出现"心画"一词不少于四次，这种情况在唐代以前的书论著述当中是无法看到的。

《宣和书谱》中"心画"一词有两种解释。第一种意思是指书法，使用了借代手法。比如："观其(桓温)《收东道表》与夫法帖石刻，字势遒劲，有王、谢之余韵，小其英伟之气形之于心画也。"（潘运告主编：《宣和书谱·桓温》，第142页）

这里说桓温的书法字势遒劲，实质是他心中英伟的气概显现于他的书法。又云薄绍之的书法"'婉丽清闲'所以论其常，而'发越照映'所以言其变。此心画之妙兼得乎为人耳。"（潘运告主编：《宣和书谱·薄绍之》，第302页）第二种意思是指书者的胸次。"(元稹)其楷字，盖自有风流蕴藉，侠才子之气而动人眉睫也。要之诗中有笔，笔中有诗，而心画使之然耳。"（潘运告主编：《宣和书谱·元稹》，第65页）

这里着重阐明元稹诗歌书法所呈现出的风流才气是他的胸次渊博所形成的。这正好符合宋人的书法审美心理。事实上，如前所述，书法确实也是与作者胸次中的道德修养，人品学问，抱负气节等诸多方面有着密切的联系。

"书为心画"的书法美学思想为什么能够在宋代，也只能在宋代瓜熟蒂落？为什么晋、唐书法美学思维当中没有像宋人那样高度自觉地使用"心画"来观照书法呢？这无疑是一个需要我们思考的问题。迄今为止，许多书法美学研究方面的文章还尚未对这一话题展开讨论，还尚未发现"心画"美学思想的成熟与宋人胸次论之间存在的因果关系。我们认为，正是胸次论美学思想的孕育和准备，才使得"心画"理论充实而丰盈，具备了宋人品评书法所特别关注的一些内容。宋人魏了翁《魏鹤山集》云："石才翁才气豪赡，范德孺资禀端重，文与可操韵清逸。世之品藻人物者，固有是论矣，今观其心画，各如其人也。"（魏了翁：《鹤山集·跋阆中蒲氏所藏石范文三家墨迹》卷六十，《四库全书》第1173册，上海古籍出版社，1987年，第16页）

宋人通常把书法用"心画"借代，这正是宋人书法美学思维的独特之处。"今观其心画，各如其人也"。宋人看到了心画（即书法）不是看这个人的"画"（即书法）怎么样，而是看这个人的"心"（即胸次）如何。宋人看到书法直接联想这个人的为人，接着就对这个人的道德人品，学问文章，胸襟抱负，风骨气节等开始了他们独擅胜场的审视和品评。《宣和书谱》对绝大多数书家都采用了这样一种品评方式。《宣和书谱》论陆缮云："其作字，故亦象其为人之可喜也。大抵人心不同，书亦如之。颜真卿之笔，凛然如社稷臣；虞世南之笔，卓乎如廊庙之器；以至王僧虔之字若王谢家子弟；是岂独由外入之学？其性以成之也，故有自矣。"（潘运

告主编:《宣和书谱·陆缮》,第 314 页)

胸次异殊,心画随之,即所谓"大抵人心不同,书亦如之"。胸次对心画的影响是决定性的,直接的。心画(即书法)不是从别人那里一下就能窃取的,而是靠个人的长期修养方可造就。"是岂独由外入之学?其性以成之也,故有自矣"这里的"性"不仅仅指书家个性气质,更指的是一个人后天的道德情操,学识水平,理想抱负等诸多修养。

宋人对书法所反映人的道德境界,深信不疑,且非常执著于对书家的道德裁判。在宋人看来,书家的道德恶逆,书品亦坏。学习书法要取法道德人品高尚的书家。朱熹《题曹操帖》说:"余少时曾学此表,时刘共父方学颜鲁脯帖,余以字书古今诮之,共父正色谓余曰:'我所学者唐之忠臣,公所学者汉之篡贼耳。'余默然无以应,是则取法不可不端也。"(朱熹:《晦庵先生朱文公集·题曹操帖》卷第八十二,《四部丛刊初编》181 册)这里刘共父批评朱熹书法,就是从道德人品的角度来考察的。宋人一贯的评书标准是"苟非其人,虽工不贵"。(苏轼:《书唐氏六家书后》,《苏轼文集》第五册,中华书局,1986 年,第 2206 页)为什么人品道德受到责难的人,他的书法即便工稳也不值得学习呢?用郝经的话回答是再恰当不过的了。"苟其人品凡下,颇僻侧媚,纵其书工,其中心蕴蓄者亦不能掩,有诸内者,必形诸外也。"(郝经《移诸生论书法书》,《历代书法论文选续编》,上海书画出版社,1993 年,第 175 页)刘共父训导朱熹的道理就在这里。宋人对心画不仅仅有道德要求,还要在学问、气节方面进一步深造。郝经说:"故今之为书也,必先熟读《六经》,知道之所在,尚友论世,学古之人其问学,其气节,其行义,其功烈,有诸其中矣,而为秦篆汉隶。玩味大篆及古文,以求皇颉本意,立笔创法,脱去凡俗。(同上)

《宣和书谱》中则说索靖"经史之暇,喜作字,遂以章草名动一时,学者宗之",郗鉴"沉酣经史,刻意翰墨,以儒雅得名,间自乐处",羊欣"该博经史,尤长于隶书",张徐州"业儒学,喜翰墨,志趣旷达,不以利名芥蒂于胸次",韦庄"不以小节自拘"。

宋人"心画"书法观念的提出,正是对书家主体精神的强调和振作,对人的道德规范的约束,对人的学问修养的追求,对人的抱负气节的讴歌,正是人的胸次之美形之于书法,故"心画"理论得以确立和完善。

三、宋人胸次论中的二律背反

宋人胸次论以道德为首,以学问为根,以诗文为体,以气节为骨。胸次论具有明显的儒学倾向,为书家规定的字外功夫明显多于字内功夫,字外学问重于书法本身,这种情况导致了胸次论中出现了二律背反现象。《宣和书谱》云:"(崔龟从)初以进士登第,复以贤良方正拔萃三中其科,天下翕然以师匠尊之。故当时片文遗帖往往为世所宝,想见其儒宗气味,盖不必以书得名也。今《宛陵行书帖》,乃其一耳。大抵儒家者流,虽使不善书,其点画顿放本自不恶,况唐人类皆善书,龟以又具学者之规范也。"(潘运告主编:《宣和书谱·崔龟从》,第 185 页)

宋人对学问道德的重视,使得他们在品评书家的时候,有意突出这方面的内容。崔龟从以"以贤良方正拔萃三中其科,天下翕然以师匠尊之。"这当然是值得推尊的。按照宋人胸次论的观点,"大抵胸中所养不凡,见之笔下者皆超绝。"(潘运告主编:《宣和书谱·沈约》,第 305 页)这里首先值得肯定的是,胸次高,修养深,对书家来说确实是很重要的财富。书家在掌握笔墨技法之后，能否更上层楼，名垂青史，为后世垂范，关键就看他的精神境界，看他的学问人品气节抱负是否出人头地。但是反过来说，学问高，修养好对造就书法家来说是一个必要条件，并不是一个充分条件。我们只能说，学问道德有利于培养一个真正的书法家，并不能说学问道德一定能培养出真正的书法家。如果这个学问家只是热衷于他的学问和道德，他对书法一点儿精力也不去投入，或者投入得很不够，那他仍然不会也永远不可能成为真正的书法家。我们既应该看到道德学问对书法所提供的有益的营养和支撑，又不能因此就简单地认为道德学问高，书法就好。宋人正好在其胸次论上犯了一个错误。他们认为只要学问高道德好，书法也就不会赖到哪里。"大抵儒家者流，虽使不善书，其点画顿放本自不恶。"这从正面来说，是褒奖儒者，号召书家都来探寻道德学问的奥妙，注重个人修养。反过来说，宋人的这种书学观实际上为书法艺术的发展泼了一瓢凉水。

千百年来，宋人的胸次论对后世产生了巨大的影响，人们重视学问道德，特别对于书家来说，尤其如此。与此同时，胸次论又使书法在后世的发展当中始终处于低迷的状态。受宋人影响人们尊重儒家的学问道德，而把书法视为余事和末技，甚至"想见其儒宗气味，盖不必以书得名。"从这个角度看，宋人胸次论反而使书法的地位极其卑微，甚至到了使人不屑一顾的地步。宋人因为书法而提出胸次说，想竭尽全力提升书法的内涵和品味。当他们触摸到胸次这座巍峨的高峰的时候，却又自得学问道德之乐，全然把书法这个本来承载他们向着理想目标挺进的飞行器推下悬崖，弃之如草芥。宋人在重视书家修养的同时，又把书法看得无足轻重，简直到了不可思议的地步。那么宋人为什么在重视人生修养的同时，如此鄙弃书法呢？翻检《宣和书谱》，下面这段文字似乎能给我们一些答案："前人论此者，谓往昔字学之流，其初笔法安在，惟其胸次笔端超逸绝尘，暗合法度，则其草创便为一物之宗。"（潘运告主编：《宣和书谱·韦玩》，第335页）

原来宋人胸次论轻薄书法是有他们自己的理由的。在宋人看来，书法之法度规矩最初都是由那些"胸次笔端超逸绝尘"者所为，因为"胸次笔端超逸绝尘"，所以他们的书迹"暗合法度"，虽然是草创，便成为"一物之宗"。表面上看来，这种说法似乎不无道理，但只要略加思索，其荒谬之处便不攻自破。

书法的法度是胸次超逸者所组成的整个集体智慧的结晶，并不是某个人的奇思妙想所能独创。对于宋人而言，书法的法度是在他们之前各个朝代的所有书法家们毕其一生创造的书法总和。当然，宋人也许会认为，王羲之的书法就是王羲之个人智慧的结晶，而我们认为就单个人的书法来说，一部分可能是他个人胸次超逸所独创的内容，但这是他在继承前人基础上积学所致，是汲取前人书法经验的基础上完成的创新，他的创新本身就包含着继承，并以继承为前提。宋人所谓的"胸次笔端超逸绝尘，暗合法度"纯粹是自欺欺人。在这种错误思想的支配下，宋人总是对书法怀有几分亵渎和妄想，好像只要道德学问出众了，书法自然就会可观。甚至"端是学者之书，盖不必工字而字自然佳耳。"（潘运告主编：《宣和书谱·薛存贵》，第354页）"以是心画之妙，可以不学而能，盖绪余以及于此耳"。（潘运告主编：《宣和书谱·诸葛亮》，第250页）即使字体不工，只要做好儒家的学问，也就大不可为书法而费尽周折，辛苦操劳了。

宋人胸次论的二律背反，一方面他们以"胸中渊著，流出笔下便过人数等"（潘运告主编：《宣和书谱·白居易》，第186页）为荣，丰富并提高了书法的内涵和品位，另一方面，在强调学问修养的时候，厚此薄彼，对书法采取了一种轻蔑和虚无主义的态度，对后世书法的生存和发展产生了无法消除的恶劣影响。当我们每每在现实生活中，感受到书法所处的尴尬境地时，我们不得不为宋人的胸次论抱以深深地惋惜。

四、宋人胸次论产生的历史根源

宋人胸次论所揭示的精神内涵打上了明显的时代烙印，它是宋代儒学复兴背景下所产生的书学思维成果。归根结底，它与宋代社会现实状况有着密切的联系。换句话说，只有宋代独特的社会环境才能使儒学复兴，儒家文化才能贯穿于社会生活的各个领域，成为人们意识形态中起主导作用的价值标尺。

宋初统治者对唐末、五代以来干戈相向，丧乱不止的社会惨状作出深刻反思，并极力寻找救亡图存，治国安邦的良策。赵匡胤对宰相赵普说："天下自唐季以来，数十年间，帝王凡易十八姓，兵革不息，苍生涂地，其故何也？吾欲息天下之兵，为国家建长久之计，其道何如？"（司马光：《涑水记闻》卷一；《长编》卷二，建隆二年七月记事）太祖最终确立了加强中央集权，抑武扬文的施政方略。《宋史》载："乾德改元，……（宋太祖）乃大喜曰：'作相须读书人。'由是大重儒者。"（脱脱：《宋史·本纪·太祖三》卷三，中华书局，1977年，第50页）

事实上宋人的国家意识十分强烈，他们对成败兴亡作了深入思考，欧阳修说："礼仪廉耻，国之四维，四维不张，国乃灭亡。"（欧阳修：《新五代史》卷五十四，中华书局，1974年，第611页）宋人将国家复兴的希望寄托于儒学，并做出了不懈努力。北宋官僚队伍的知识结构从宋初到仁宗朝，完成了从吏材到文章到综合型的转变。（陈植锷：《北宋文化史述论》，中国社会科学出版社，1992年，第14页）所谓综合型就是要求官员既明经术，又尚文辞，并能将两者施行于吏事之中，宋代上层意识形态重儒崇儒倾向与日俱增。我们可以从北宋皇帝选用的两位宰相身上可以更清楚地看到这一点。赵普以开国之功而累任太祖、太宗两朝宰相，"少习吏事，寡学术，及为相，太祖常劝读书。"（脱脱：《宋史·赵普列传》卷256，中华书局，1977年，第8940页）《宋史》明确指出他从小主要钻研吏事，而儒学与经术方面的造诣相对欠缺，后来人们称他是"半部《论语》治天下"。到仁宗时期著名的政治家范仲淹，《宋史》云："仲淹泛通六经，长于《易》，学者多从质问，为执经讲解，亡所倦。尝推其奉以食四方游士，诸子至易衣而出，仲淹晏如也。每感激论天下事，奋不顾身，一时士大夫矫厉尚风节，自仲淹唱之。"（脱脱：《宋史·范仲淹列传》卷314，中华书局，1977年，第1026页）

由此可知，太祖的"大重儒者"的施政原则产生了深远的历史影响，从对仁宗时期政治家范仲淹的评述可以得出这样一些认识：（1）"大重儒者"在宋代相沿成风，宋代最高统治者将它作为治国要略代代相传；（2）官僚集团的知识结构中儒学修养不断得到优化和强化，儒家经典著作不仅是从政者经世致用的法宝，而且也是知识阶层人生必备的修养，更是整个国家精神生活中最重要的支柱；（3）范仲淹把儒家经典著作的研习与现实生活紧紧联系在一起，"每感激论天下事，奋不顾身"。他把儒学的社会价值得以充分彰显，把儒学由"诚意、正心、修身、齐家"的工具，最后变成"治天下"的有力武器，他因为其良好的儒学修养而赢得了朝廷的器重。（4）"一时士大夫矫厉尚风节"，实际上北宋的政治生活当中儒家所倡导的道德修养、学问、诗文、气节、抱负成为官员们共同追求的目标。

正是出于"为国家建长久之计"的政治原因和"息天下之兵"的社会背景,儒家文化成为宋代统治者济世安民的教科书推而广之。从学校教育到科举考试都将儒家文化作为核心内容。"大重儒者"作为上层社会选择人才的标准使儒家观念逐渐渗透到政治、经济、文化、艺术等各个层面。书法作为儒者修饰吏治的必要技能和修养,宋人在理论方面作了进一步的丰富和完善。如果仅仅从技艺的角度审视,宋人胸次论多少显得高不可攀,令人望而却步;但如果站在儒者的角度来看,胸此论的提出理所当然,势在必行。在宋代,儒家精神对书法的影响尤其值得一提的是,崇宁三年朝廷专门设立了书学。《宋史》云:"书学生,习篆、隶、草三体,明《说文》《字说》《尔雅》《方言》,兼通《论语》《孟子》义,愿占大经者听。"(脱脱:《宋史·选举志三》卷157,中华书局,1977年,第3688页)

总体看来,朝廷优选儒者为官,实际上看中的是儒者的综合修养,书法当然包括在内。更何况宋代儒者、官僚、书法、文学集于一身者比比皆是,这既是古代教育制度的产物,更是宋代政治生活的必然要求;既是儒者诉诸心灵的自觉追求,也是朝廷选用人才的实际需要。想要把儒者、官僚、书法、文学隔离开来,既是社会不允许,也是无论任何人都无法做到的事情。正是宋代社会现实,成为儒学重新崛起的端绪,从而酝酿出书学思想史上的胸次论具有鲜明的儒学特征,这是宋人胸次论产生的根本原因。

小结:胸次论是宋人书论的精华和特色,也是宋人创新思维在书学领域的反映。胸次论揭示了以道德为首,以学问为根,以诗文为体,以气节为骨的精神内涵,标志着"书为心画"书学理论在宋代最终形成并确立,并打上鲜明的时代烙印。胸次论对后世书法的发展具有双重影响,一方面胸次论丰富并提高了书法的内涵和品位,另一方面它对书法采取了一种轻蔑和虚无主义的态度,对后世书法的生存和发展产生了无法消除的恶劣影响;胸次论具有明显的重内轻外倾向。胸次论的产生与宋代社会环境有着密切的联系,宋代儒学的崛起,使儒家观念渗透到书学领域,这是胸次论产生的根本原因。

○理论研究○

诗学本体论

杨　梓

　　古今中外对诗学有着不同的表述。我国古代，诗学主要有两重含义：一是专指《诗经》研究；二是泛指一般诗歌的创作技巧和其他理论问题的研究。在古代西方，诗学是指一般的文学艺术理论。这源于亚里士多德的《诗学》，此后，西方古典文艺著作习惯采用这类名称，如贺拉斯的《诗艺》、布瓦洛的《诗的艺术》等。现在有比较诗学、认知诗学、空间诗学等，这些都是文艺理论体系。

　　我谈论的诗学是中国式的，就是关于诗歌的学问，是对诗歌本质的、规律的、方法的认识。诗是最基础的艺术形式，每个人都可能写过诗，哪怕写在日记上；诗又是最高的艺术表现，能把诗写好的诗人，肯定具有不低的人生境界。

　　诗歌创作需要天赋，需要天生的感觉、想象、领悟、观察、发现等能力；需要文化底蕴，需要对中外文化遗产的刻苦钻研，总结诗歌创作的内在规律，经过一个较长的文化积淀过程，才有厚积薄发的可能；更需要个性，需要高尚的人格魅力，并且不断地向真、向善、向美的修炼和完善。

　　诗是以语言为载体的艺术，诗的本质特征在于抒情。不论是小说还是散文或者其他文学样式，最美之处都闪烁着诗歌的光环，诗歌之美是艺术美的最高体现。小说和诗歌是可以虚构的文本，正因为可以虚构，集合生活中众多人物的特点于一人，融会现实与想象的情节于一体，所以才有达到艺术高度的可能。而散文具有纪实性，不便于过多虚构，往往是实有余而虚不足。实是现实的、物质的、形而下的，而虚则是想象的、心灵的、形而上的。所以散文可以很优美，但艺术价值往往不会太大。

一个文艺工作者如果具有诗歌素养，经过诗歌的训练，那么不管是写小说、散文，还是从事美术、书法等其他艺术门类，都会有不俗的表现；一个诗人转行写小说、散文都会写得不错，反之则不太可能。正如张贤亮所言："文学的核心，文学的精髓，并不是小说，不是散文，更不是杂文，而是诗。从事文学创作的人如果他首先不是一个诗人，那么他写的任何其他文学体裁都不会写好。"（《好个诗情画意》，《边缘小品》，陕西人民出版社，1995年）

而本体论是一个哲学概念，是在理论思维的最抽象层次上，把握思维与存在或人与世界的本质联系，以及这种联系产生和发展的规律，是与现象对立的事物的本身。而我谈论的诗学本体论是比较狭义的，就是有关诗歌的本质的部分，是对诗歌本质的认识和对诗歌规律的把握。

1. 感觉

感觉是诗的眼睛。感觉是想象的基础，想象是感觉的飞翔。没有感觉的想象是空想，没有想象的感觉是平庸。诗歌从感觉出发，经过想象提升、语言锤炼、结构全篇、创新求异等等，最后又回到了读者的感觉，即对某首诗的印象。

视觉、听觉、嗅觉等各种感觉之间相互交错，此起彼伏，稍纵即逝。比如我们感到的一片颜色、一些声音、一缕芳香等，那里都可能有诗存在。只是很多人错过了，而白居易被那一片颜色留住了匆忙的步履，便有了"一道残阳铺水中，半江瑟瑟半江红"。（《暮江吟》）

敏锐的感觉是成为诗人的第一条件，也只有敏锐的感觉才能发现平凡生活中不凡的诗情画意。比如"一阵急骤的马蹄声，或者一群野狼的嚎叫"这是感觉；"整个草原正伸长脖子，探望远方"，便是由感觉升腾的想象了。"风正吹弯草原的天空"，使人产生"弯"的错觉，隐含着风力的强大。

是的，诗的感觉表面上看往往是一种错觉或者幻觉，这正是万物心灵化、情思具象化的结果。比如"月亮落到鸟巢里"、"把歌谣拴在树上"等。

比如一个人在城市的某个角落，在华灯初上的傍晚，静静地望着树阴笼罩下的一把椅子。这把椅子从何而来，谁在上面坐过，有过怎样的故事，这些均无从谈起，只有椅子知道。他为什么如此关注这把空椅子，他联想到了什么，是别人的故事引发了自己内心的伤感，还是椅子本身与自己有过一段刻骨的记忆？他站了很久，夜色渐浓，喧嚣淡出，他终于感到椅子空出的那部分。那部分正好是诗意的部分，是只可意会而难以言说的部分，是诗人所感到的大自然或者人们心灵的秘密。

与其说是人类创造了灿烂文化，倒不如说这些灿烂的文化都来自人类的心灵，所以感觉客观存在和感觉内心世界同等重要。

同时，诗人必须要超越人们对事物习惯性的感觉，而进入一种诗人在深层的体验之中获得的感觉状态，尽力使自己与事物相互协调，使事物本身不受自我的影响，使事物获得自身具足的意义，使诗本身构成一种自足的存在。

2. 想象

诗是"想象的表现"（雪莱），"诗歌是

想象和激情的语言"（布莱士列特），"没有想象就没有诗"（艾青）。诗的想象在于使触及的一切事物变形。安徒生在他的童话中写道，一个青年人因为写不出好诗而苦恼，于是他去找巫婆。巫婆给他戴上眼镜、安上听筒，他听到野李树在唱歌，马铃薯在讲自己家族的历史。

想象来自生命体验，来自生活回忆，更来自心灵深处。将过去、现在和未来融在一起，超越万物，超越生死，超越时空，将瞬间具体的体验化为普遍的永恒。只有想象，我们周围的事物才被赋予一种特质，犹如月光洒在大地之上。

从根本上讲，想象是诗的翅膀，就是要创造另一个时空。这个时间快似闪电，慢如花开；这个空间比针尖还小，比宇宙还大。从大地到月亮，从现在到秦汉，从一颗心到另一颗心，只在眨眼之间，一个新的世界便创造出来。所以我们在写诗的时候，与其说在写自由不羁的想象，倒不如说要创造另一个时空。

然而，想象是脆弱的，它的天敌就是经验。

3. 抒情

抒情一向都是诗歌的本质之一。诗在叙述之时常常抒情，抒情之际亦可叙述，二者往往相互渗透，相互融合。如果说叙述是流水，具有线条的连贯性；那么抒情便是行云，具有面积的弥漫性。一个是奔流的河，常与时间纠缠；一个是行走的云，常与空间关联。

然而，不管是河流还是云雾，都具水性，行云流水便是我对抒情叙述的一种浅释。

叙述即流水。不管是迂回还是直泻，不管是清澈还是浑浊，关键在于作者为流水提供了怎样的大地，为漂流的人物注定了怎样的命运。

抒情即行云。云行则需风，针对作者而言则需要气息，抒情是诗的气息，或一气贯通，或一唱三叹，抒情的氛围便如云雾弥漫。而气息的强弱则取决于作者内心的情感，以及对情感的适度把握——既能放开又有所节制。正如云雾，太浓则遮天盖地，太淡则一览无余。

比如"那夜／好凉／你我／相别雨中的小站／灯光稀疏／和着细雨洒落长长的站台"。（朱安宁《雨别小站》）这首小诗犹如抒情的墨点落在宣纸上，并且向着四面泅散而开。尤其是"那夜／好凉／你我"的另起成行，不仅在视觉上给人以独伫之感，而且使人感到一种《天净沙·秋思》的苍凉。这就是抒情的魅力，让人感到火车站台的悠长，感到秋雨的冰凉，感到灯光的若隐若现；让人联想到眼眶里的泪水，心中尚未说出的话语，何时才能相逢的无可奈何，最后只剩下一个轻轻的挥手，并且连这一挥手也被汽笛声无情淹没。但读者从中感到了美的历程和情感的分量。

所以，叙述是事件的流动，抒情是情感的弥漫。

4. 语言

诗是最高形式的语言艺术，语言是诗的血肉，这就有别于音乐、美术和雕塑等艺术形式；诗的本质在于简约、节奏、意境等，这就有别于小说、散文和其他文本。诗是我们感受生活、观照世界、栖息灵魂的最佳方式，是自然美、人生美和艺术美的具体呈现，因而唤醒我们沉睡于世俗之中的心灵，使我们的天地更加蔚蓝、更加清澈、更加明亮。而承载这一神圣使命的就是语言，就是浅显而又深刻的诗性语言。

诗性语言是物象内心化、感觉具象化了的语言，是情思与具象融合的语言。不管是中国的寄情于景、动中有静、虚实结合，还是西方的"思想知觉化"、"抽象的肉感"，甚至是"扭断语法的脖子"，都是为了让普通的语言放射出诗性的光芒。

就像孩子说出的话，"太阳跳得真高啊""我把月亮看扁了""电视黑了"等等，因为孩子的天性是自然的、淳朴的、诗意的，只是在成长的过程中，被教育成另外一种类型的人。更因为诗的语言是发自内心的，诗也就成了直指心灵的审美活动。

但各民族之间在语言上有着很大的差异，现仅以汉语与英文为例。

汉字是形音意三者合一，以意为本的表意文字；而英文的形音意并非合一，只是记录语音的符号，是以音为本的表音文字。汉语重意，是主观思想与客观事实的融合，讲究意义的指向；英文重形，不仅要意义贯通，而且形态必须对应，重视语法意义和逻辑关系。汉语以意统形，多是句内与句间的直接组合，缺少明显的衔接；英文以形统意，语法严谨，层次分明，很少歧义。汉语的结构是立体的、形象的、动态叙述的、实用性强的、突出话题的，注重思维的连贯，形散神聚，常以具体的形象表达抽象的内容，具有诗性语言的禀性，或者说汉字和汉语本身就具有诗意；而英文的结构是流线形的、符号化的、静态叙述的、多用虚词的、突出主语的，注重语义的连贯，衔接严谨，诉诸理性，具有科学性语言的特质。

但是，诗的语言一直被误解，被看成表现情感的工具。实质上，诗性语言并不是为了表现什么，而是为了清除挡在我们与真物之间的东西——一种我们知道却看不见的东西。

我们首先需要认清，我们与真物之间充填着什么，并有多远的距离。比如我们看到一片竹林，"前松后修竹，偃卧可终老"（白居易）、"叶扫东南日，枝捎西北云"（李峤）、"宁可食无肉，不可居无竹"（苏东坡）等等诗句会在脑海跳跃，并遮蔽了我们的视线，甚至辨不清竹子的青绿。此刻，我们要走进竹林，看看竹子的颜色，摸摸竹竿的茎节，听听竹叶的声音，哪怕被竹子扎了手指，也是自己的感受，而不是被附加了意义的僵死的东西。

比如成语，大部分是自古沿用下来的，是一个故事或者典故的凝聚，是定型的词组或短句。画蛇添足、刻舟求剑、自相矛盾、破釜沉舟等等，第一次被创造出来是有诗意的，而去使用这些成语还有创造性可言吗？所以写诗用成语是犯忌的。

清除这些挡在我们与真物之间的东西，需要创建一种自我的全新的语言，并且体验自我语言的活动，自觉抵制其他语言的阻挠、干扰和侵略。如此以来，自我语言就有了原初性和独创性，有了风格与生命，并且超越生命——即存在于生命里，离开生命又存在于另一个生命之中。

正如庞德所言，找出明澈的一面，不要解说，直接呈现。也就是说诗歌创作要遵从语言的指引，删除常识的、概念的、理性的等没有新意的东西，摈弃附在事物上的其他语言的象征意义，从而抵达真实的事物，直接呈示。因为万事万物本身就是一个自足的象征体，是一只鸟就说一只鸟便已足够。

5. 意象

天地间的一切事物，不管是日月星辰、风云雷电，还是飞禽走兽、花草树木等等，都是具有诗意的事物。诗人就是要把万物心灵化，把情思具象化，从而达到主观情思和客观形象的融合，即意和象的浑然一体。

黑格尔说："诗的出发点就是诗人的内心和灵魂。"创作过程即物象—心象—幻象—意象这四维心理结构的统一。

意象是诗的原型，意找到象，并能和谐相处。物是客观存在的，物象进入诗人的眼中，就会蒙上一层主观的色彩，正如"登山则情满于山，观海则意溢于海"。（《文心雕龙·神思》）因此，意象就成了渗透着诗人情感而有所变形的形象。在万物面前，诗人要心存敬畏，要看重万物的生命，感受万物的灵魂，让万物活在诗中。只有这样，当作者长眠，他诗中的万物还在呼吸，意象还在跳跃。

"它们生活在我们旁边，/我们不认它们，它们也不认识我们。/而它们有时和我们说话"。（帕斯《物体》）这里看似没有什么意象，没有时间的踪影，但谁能说这里没有意象和时间？意象已经融在"说话"里，"它们"已经具有了时间的性质——恒久性。帕斯去了，他用过的物体可能已被损坏，但他的这个《物体》依然完好如初。

庞德在《一位意象派者所提出的几条禁例》中，提出诗要具体，避免抽象；要精练，不用废字，不用修饰等等。他说一个意象要在转瞬间呈现给人们一个感情和理智的综合体，也就是说意象的形成意味着感情和理智融为一体。

现在我们再读庞德的《在地铁车站》："在人群中突现的这些脸庞，黑黝黝的潮湿枝条上的花瓣。"（裘水龙译）尽管这首被尊为意象派代表之作，追求的是一种绘画的美感。尽管我们联想到"黑黝黝"就是黑压压的人流，"潮湿枝条"就是雨中或雾中人们的身体，"花瓣"就是人们的脸庞，但也仅仅如此，我们还能从诗中感到什么？

是的，诗歌与雕塑、绘画等视觉艺术相比，其长处在于表达视觉艺术难于表达的或细腻、或奔放、或深沉的情感，以及形而上的一些理念。再如"枯藤老树昏鸦，小桥流水人家，古道西风瘦马，夕阳西下，断肠人在天涯"。（马致远《天净·沙秋思》）这也是一首典型的意象诗作，不仅形象丰富，而且意义深远。所以说庞德从中国古典诗词中学到了象，而没有学到意，或者说他未能将意象熔为一炉。

6. 形象

形象是诗的外貌。诗歌的形象一般说来就是人物、事物和景物。

人物形象。古典诗词中的人物形象往往以片段的形式表现出来，可以是人物的一个眼神、一个动作、一个微妙的心理变化，或是一个典型的细节。孟郊的《游子吟》："慈母手中线，游子身上衣。临行密密缝，意恐迟迟归。谁言寸草心，报得三春晖。"塑造了一个缝补衣服、疼爱儿子的慈母形象。

抒情主人公形象。抒情主人公形象实际上是诗人自己。如李白傲视权贵，豪放洒脱的形象，"安能摧眉折腰事权贵，使我不得开心颜"；（《梦游天姥吟留别》）如杜甫胸怀天下、忧国忧民的形象，"安得广厦千万间，大庇天下寒士俱欢颜"；如陶渊明寄情山水、钟情田园的形象，"采菊东篱下，悠然见南山"；如王维友人送别、思念故乡的形象，"渭城朝雨浥轻尘，客舍青青柳色新，劝君更尽一杯酒，西出阳关无故人"；如贾岛归隐山林的隐士形象，"松下问童子，言师采药去。只在此山中，云深不知处"；等等。

物象。诗人借助事物来表明自己的某种情感，即以人格化的事物为具体描写对象，来曲折地表现诗人的思想感情。作者描写物象是为了言志、言情、言心声。"千锤万凿出深山，烈火焚烧若等闲。粉身碎骨浑不怕，只留清白在人间"。（于谦《石灰吟》）诗人借石灰寄托自己不畏艰苦的考验、坚决保持清廉品质的志向。

景象。景物是诗人感情的外在表现。"情动于中而形于外",诗人触景生情,寄情于物,虽不直接言情,情已充溢其间。"远上寒山石径斜,白云深处有人家。停车坐爱枫林晚,霜叶红于二月花"。(杜牧《山行》)诗中写寒山、石径、人家、白云、枫林、红叶等景物,构成了一幅秋山晚景图,流露出诗人对秋天喜爱之情。

从诗歌主客体角度来看,诗歌形象可分为客体形象和主体形象。

客体形象是指诗人在诗中描绘的物象、景象、事物等;主体形象是指蕴藏在客体形象之中的带有作者主观色彩的自我形象。"故人西辞黄鹤楼,烟花三月下扬州。孤帆远影碧空尽,惟见长江天际流"。(李白《送孟浩然之广陵》)诗中所描绘的"孤帆""远影""碧空""长江"等景象属于客体形象。我们可以想象出由渡口相送以至"远影"消尽,站在江边目送友人的诗人自己的形象,这就是主体形象。

写诗要用形象思维,要在形象感受的基础上捕捉形象。艾青曾说:"写诗的人常常为了表达一个观念而寻找形象。"为了寻找形象,诗人往往展开想象;而创造形象,就是要寻找情思的客观对应物,就是慢慢泅开的那一点。马雅可夫斯基大约在1913年,他坐火车从萨拉托夫回莫斯科,为了表示对同座的少女没有邪念,他说道:"我不是男人,而是穿着裤子的云。"他随意说出了诗。后来,他用《穿裤子的云》作了一首诗的题目。

艾略特认为诗人直接抒发思想感情,而要找到"客观对应物"。所谓客观对应物,是指诗中用于表达某种思想感情的一些意象、情景、事物或事件。

蓝天白云、山水田园、大漠孤烟、梅兰竹菊、春夏秋冬等等都是客观对应物,关键是对应诗人的何种思想感情。艾略特说:

"诗歌是生命意识的最高点,具有伟大的生命力和对生命的最敏锐的感觉。"《离骚》中的香草和美人形象。美人比喻君王或者是自喻,香草象征人格的高洁。

7. 节奏

诗歌节奏就是在朗读诗作时,声音所表现出来的或轻重、或缓急、或高低、或抑扬、或间歇的状态。节奏是诗人情感抒发的节拍,也是情绪流动的涛声。诗歌的节奏与呼吸、心跳有关,甚至能与生命融在一起。节奏是诗的心跳。

小河的淙淙流淌,大海一浪一浪的涛声,森林里的阵阵风声,还有生活中的音乐,都让我们感到节奏的无处不在。

要谈节奏离不开语言,因为节奏隐藏于语言之后。这也正是诗歌与小说、散文等文本的区别之处。但诗歌发展至今,歌的元素在不断减少甚至消失,只在歌词里尚有其迹,诗歌已经成为诗了。关键是诗的节奏也在减少甚至消失,我们现在读到的很多诗作,如果把诗行连接起来,就成了小散文或小故事,毫无抑扬顿挫之感。

所以写诗不仅仅是写,而是要读,反复地读,直到读出节奏,再对语言进行修改,从而形成自己的诗歌节奏。

比如"撑着油纸伞,/独自彷徨在悠长、/悠长又寂寥的雨巷,/我希望逢着/一个丁香一样的/结着愁怨的姑娘"。(戴望舒《雨巷》)这是一首现代汉诗节奏优美的典范之作,个中节奏的韵味在吟诵之中自然能够感到。

8. 结构

结构是诗的骨架。古典诗歌的结构在"起、承、转、合"的基础上,又探索出了许多结构形式，常见的有首尾照应、开门见山、层层深入、重章叠句、先景后情、卒章显志等。

中国现代诗与中国古典诗歌相比，在根本上改变了的是"本体结构"，这主要表现在抒情方式上：中国古典诗词的抒情方式是借景抒情；而中国现代诗的抒情方式却是借事抒情。所以，中国古典诗歌的"本体结构"是"情景结构"，而现代诗的"本体结构"却是"情事结构"。这是理解现代诗的一把钥匙，因为现代诗的一切问题几乎都与此有关。比如"你站在桥上看风景，／看风景的人在楼上看你。／明月装饰了你的窗子，／你装饰了别人的梦。"（卞之琳《断章》）而即使写景的现代诗，也在其中贯穿着细节、事情、哲理等。

在现代诗的创作上，要借鉴古典诗歌的结构方法。

而美国"新批评"的代表布鲁克斯在他的《精致的瓮：诗歌结构研究》中说：诗是一棵"伟大的花繁根深的树"，读诗就像观赏一树开满花朵的树，更应该去观察树干和树根，尤其是它们之间的内在联系。

布鲁克斯明确地指出阅读、分析一首诗应该以"结构"为本体，而不是"内容"或"题材"。真正导致普通读者"读不懂"的是悖论、隐喻、释义、格调这样一些结构性因素，它们才是真实的诗歌结构。

9. 意义

庄子说："言无言，终身言，未尝言，终身不言，未尝不言。"还有言外之意、弦外之音、韵外之致等都在指向诗的意义。诗的意义就是语言的意义，但又不在语言里，而在语言之外。也就是说诗在语言之外具有时空的延展性，而由此延展出来的东西就是意义。意义是诗的气质，不是能说出来的，而是作品以外的个性和风格。

比如"大漠孤烟直"，这个上升的大漠之烟，我们不能将其视为表面之烟，烟已在烟以外的事物里，让我们感到烟之外的意义，即狼烟升起、号角吹响、将士集合、战马长啸等等。

再如一则禅宗公案。问：如何是佛？答：麻三斤。这可以说是庄子"言无言"的另一种形式。回答没有？可以说回答了，也可以说没有回答。但没有回答并非不知道。这里有一种语言的超越问题，也正因为这个超越才让人感知到：道无处不在，道不可言说，言说即局限。

又如，问：如何是佛法大意？答：春来草自青。回答了没有，好像没有，但又回答了。因为春天来了，草就青了，这正是自然规律，是自然之道，也是佛法大意。

维特根斯坦也说，"确实有一些东西是不能用言语表达的。它们使自身显示出来。它们是神秘的东西。"他在早期哲学探索中，贯穿着这种思想线索：透过语言看世界，通过对语言的分析达到对世界的分析，使"有意义"成为他哲学研究的主题，让不可言说的东西显示出来，比如宗教、伦理等问题。

10. 境界

境界，包括思想觉悟和精神修养两个方面。境界有高低之分，也有大小之别，就像VCD和DVD，前者读不了后者，后者却能兼容前者。

道教有地界、人界和天界三个境界，佛家有欲界、色界和无色界三个精神层次。而参禅的三重境界：起初看山是山，看水是水；有所悟时看山不是山，看水不是水；彻悟时看山还是山，看水还是水。还有自然、功利、道德和天地四个境界之说。

苏东坡在江北瓜洲任职时，其衙门与佛印住持的金山寺只有一江之隔。有一天，苏东坡作了一偈，"稽首天中天，毫光照大千；八风吹不动，端坐紫金莲。"个中的傲然脱俗不言而喻。佛印看后却在上面批了两个字："放屁！"苏东坡一看批语，立刻乘船过江，刚到南岸就见佛印已在江边恭候，便上前责问："为何秽语相加？"佛印一脸的若无其事："何以此言？"苏东坡说："你的批语不是秽语吗？"佛印哈哈大笑："你不是'八风吹不动'吗？为何一屁过江来？"苏东坡听后自愧弗如。

这虽是一则禅宗公案，显示的却是苏东坡和佛印习佛参禅的境界。

王国维所谈的三种境界，其前提是"古今之成大事业、大学问者"，但对诗歌创作所达到的层次并不适宜。境界是诗的品位，现归纳出五个境界：

第一，掬水月在手，弄花香满衣。以手掬起清水，月亮留在手上；轻轻触及花瓣，满身皆是芳香。身处美景，以我观物，陶醉忘返，借景抒情。这一境界可概括为"我观物"。

第二，山花开似锦，涧水湛如蓝。这虽是两个比喻句式，但用现代汉语表述却有着难度。正如法融所说的"恰恰用心时，恰恰无心用；无心恰恰用，常用恰恰无"。然而，无论山花怎样盛开、开成什么形状，无论涧水怎样流淌、流得多么清澈，都是大自然真理的再现，更是物我难分、人境如一、主客统一的体现。当肉体死去，灵魂却化成山花依然绽放，化为涧水潺潺流淌，依旧在大千世界显示真理，从而显现出艺术生命的价值。这一境界可概括为"我是物"。

第三，两头俱截断，一剑倚天寒。两头就是生死，要将这两头全部截断，就是要切断生与死的二元对立，切断甘与苦、得与失、成与败等相对认识。生时随心而生，不与死亡相比，只要生的这一段；死时坦然面对，不忆生命甘苦，只是含笑九泉。只有切断二元认识，才能领悟到生命的真谛，认清真正的自己，如冰雪天地上一把直指苍穹的剑。我就是我，就是敢于独创的我，就是独一无二的我，而且要有一种天上天下唯我独尊的气概。不要崇拜偶像和权威，他们会禁锢你的头脑，束缚你的手脚；不要附和众议，丧失独立思考的习性；也不要无原则地屈从他人，从而剥夺自主行动的能力。我就是我，从我做起，从现在做起，竭尽全力发挥自己的才能，做好你能够做的每一件事。这一境界可概括为"我是我"。

第四，少女棹孤舟，歌声逐水流。一个少女在江面上荡着小舟，她的歌声和水一起流动。这是拙劣的翻译，诗意尽失。诗不可翻译却可理解，只需闭上眼睛默默吟咏。在这句诗里，主体的诗人已经隐去，但诗人可以是少女、歌声、孤舟或者水流，也可以是读者想象中的轻风、夕光、蛙鸣或者犬吠。这便达到了中国传统诗学所认为的最高审美境界——天人合一。这一境界可概括为"我无我"。

第五，空中一片石，黄河无滴水。尽管人类创造了十分丰富的语言，但人生在世，总有一些感受、心绪、情境等难以或者不能用语言来表述。老子说：道可道，非常道。庄子说：言不尽意。禅说：莫道无语，其声如雷。施勒格尔说："最高的东西人们是无法说出来的，只有比喻地说。"也有人说："所有的比喻都是蹩脚的。"这些都肯定了一种可以感到却无法言说的东西，一种存在于人与人、人与万物、人与时空之间的诗意。一位日本女诗人千代写过一首俳句："啊，牵牛花！／把水桶缠住了，／我去要水。"六月的早晨，千代到屋外打水，发现放在井边的水桶被盛开的牵牛花缠绕着。在太阳升起之前，牵牛花的开放极其娇美，紫色的花瓣含着露珠，鲜艳夺目而且无比娇嫩。千代只是一个乡下女人，她完全可以把牵牛花从水桶上解下来，打上水回家就是。但她没有这样做，没有用手伤害牵牛花怒放的美，没有用语言亵渎牵牛花绽开的神圣。这一境界可概括为"我无言"。

这五种境界有无高低，因人而异，因诗不同。

11. 意境

王昌龄说，诗有三境：物境、情境和意境。而意境融合了物境和情境的精华，是主观情思即意的具象化与客观世界即境的心灵化的融合，是情与景、虚与实、神与形的完美结合，具有隐秘性、联想性、多义性、非确定性等特点。意境是诗的灵魂。意境的创造，是诗人意寻境的实践活动。

意境与意象的区别在于境与象的区别，是共相与具象、整体与个别、普遍与特殊的区别。

评论一首诗词的优劣，主要看其意境的审美。一首好诗或意境高远，或回味无穷，或令人联想，或给人启示。而缺乏意境美的诗，或视野狭窄，或格调低下，或浅露直白，或平淡无味。

比如"悄悄的我走了，正如我悄悄的来；我挥一挥衣袖，不带走一片云彩"（徐志摩《再别康桥》）。感受这首诗的意境，我们可以边读边闭上眼睛，而出现在眼底的那个场景，实际上就是意境。我们闭眼感受一下"挥挥衣袖，不带走云彩"，似乎看到了西天飘荡着云彩，河畔的垂柳被镀上了一层金色，在轻轻摇曳，倒映在水中的影子，仿佛一位美丽的新娘。尤其是这位新娘的艳影在诗人的心中荡漾，这正是该诗的核心所在。这样的离别能不感人吗？其后是做不了水草、寻不到梦、放不成歌，只有沉默的夏虫和康桥，非常巧妙地烘托出与新娘离别的无比惆怅。

所以，在诗歌创作中，不管是语言、意象、抒情、结构等，都是为了意境的描述、营造或者独创，为了这个灵魂而进行的一番情思活动。灵魂无法阐释，但我们可以通过诗的其他元素而感知灵魂的存在。反之，一首诗没有灵魂，也就是说没有意境，不过只是一堆分行文字而已。

12. 思想

古人云：诗言志。"志"就是志向、报负、愿望等。一般地说，唐诗重情，宋诗重理。按内容可以把诗歌分为：咏史诗、咏物诗、写景诗、送别诗等。古诗中常见的思想感情有：忧国忧民、建功报国、怀古伤今、蔑视权贵、愤世嫉俗、怀才不遇、寄情山水、归隐田园、登高览胜、惜春悲秋、思乡怀人、长亭送别、思乡念亲、相知相思、别恨离愁等。

但这些都是来自诗歌鉴赏的内容，而诗歌创作中的思想，也可以说是观点、倾向、或者情感。思想是诗的心脏，就像一个苹果的核，横向切开后才能发现里面的五角星。

诗人们谈诗怕谈思想，觉得思想过于高深。但思想本身只是一个词汇，不过在应用这一词汇时被附着了很多的象征意义。现在让思想回到其本身，思想就是所思所想，就是心上的"田"和心上的"相"，就是古典的境由心造与相由心生。在诗人的眼里，一只小鸟、一朵桃花、一条河流也会思想，只是人们不懂它们表达思想的言行方式而已。

诗歌不能没有思想，没有思想的诗歌就是没有语言，只是字词的堆积。因为思想要结晶并隐藏于语言之中，所以思想才是诗歌真正的核心。

诗人的思想决定着境界的高低和诗作的深浅。一个优秀的诗人会写出令人过目难忘的佳句，具有与众不同的感觉、想象和发现能力；一个杰出的诗人一定是诗歌理论家，对诗歌艺术有着独到而深刻的见解，并形成自己的诗歌观点；而一个伟大的诗人一定是一个思想家，对客观存在和内心世界的认识形成一个完整而独立的体系。比如屈原、李白、苏东坡、毛泽东等，他们不仅创作了大量的诗词佳作，开创了一代诗词之风，而且对客观存在的深刻见解独成体系，并且影响深远。

是的，诗人就像一朵梅花，是天地间柔弱而易凋的东西，但因为能思敢想，才有了傲视冰雪的品格、尊严和力量。而使思想丰富并强大的途径，无非是读书万卷、行路万里，因为学识形成观点，经历决定想象。

13. 艺术

在古代，艺术指六艺以及术数方技等各种技能，后来表述为现实生活和精神世界的形象表现。如文学、绘画、雕塑、音乐、电影、建筑等。

艺术也可以说就是才能和技术。才能有天生的成分，而技术全靠后天的锤炼。这就是说艺术是一种手法，是可以学来的。艺术与魔术有着相近的地方，就是运用手法让不可能成为可能。所以从事文艺创作，我们在了解某个门类艺术本质的同时，就是要学习技巧，就要技高一筹。艺术是诗的双手。

诗歌创作也有技巧，初学者一定要精通修辞，怎样运用比喻、拟人、夸张等等。比如我写的《春雨》，其中一节是："尤其是初春的雨越下越细／千万根喑哑的琴弦／只待枝头的叶子弹出旋律／但小草还在沉睡"。这里有比喻但没有喻词。

熟练了技巧，便可洗尽铅华了。比如陶渊明田园诗开创了诗歌的意境美，平淡之中有无限的丰采，简练之中有深厚的韵味。

"结庐在人境，而无车马喧。问君何能尔？心远地自偏。采菊东篱下，悠然见南山。山气日夕佳，飞鸟相与还。此中有真意，欲辨已忘言"。（《饮酒》其五）这首诗之所以能流传千古，激动人心，找不到任何技巧的痕迹，人、山川、空气、飞鸟，都是自然平淡之物，却创造出一个宁静平和的精神境界。这样一个精神境界，留给人一种无尽的向往，这就是韵味。外表上很质朴，实际上很华美；外表上很简单，实际上很丰富。这说明他的诗平淡，不是淡而无味，而是意味隽永，也就是平淡自然却韵味醇厚。

诗歌是最高形式的语言艺术。是以简单、精炼、富有情感、讲究韵律的语言进行有序组织，用以反映特定事物的价值关系。

诗歌是一种注重情感而不注重现实的艺术，表现情感十分真切和强烈，而对于客观事物的描写则十分含糊。这不是给读者造成限制，而是给读者留下广阔的想象空间。

14. 时间

高尔基说过，"世界上最快又最慢，最长又最短，最平凡又最珍贵，最易被忽视而又最令人后悔的就是时间。"

诗歌创作作为一种艺术的思维方式，除了对可能性的呈示而外，有其向后性的特点，即对已经消逝或正在消逝的事物的怀念，对人类生活和自己往事的回忆；并依据种族记忆、传承密码、情感链接等内在途径返回生命的源头，从而激活遥远的原型而发出一万个人的声音。这种声音便是原音，具有本真、朴素、自然的要素。

而这里隐藏着一个元素，这就是时间，往往被赋予了其他的含意。比如春天，与时间有关，也会让人们想到花的盛开。所以在诗中，时间是以雨霜雪冰、花开叶落、日暮月升等形式表达的，更是以轮回的方式反复出现的。这就是我们读到唐诗中的月亮也感到亲切的缘故，因为"今人不见古时月，今月曾经照古人"；反过来说，我们抬头望月，自然就想起了李白。

诗中的时间是具象化了的时间，时间是诗的衣裳，是以一朵花或者一滴雨而代替，一朵盛开的丁香肯定比四月更接近诗歌。所以，诗从本质上讲是要取消作品里的时间性。一是抽象的时间缺乏诗意；二是消除作品中的时间性，就意味着延伸了作品的艺术生命力。

作为诗人，在时间的意义上，必须站在人类未来的巅峰俯视现在，为众人指明精神前行的方向，并且持久地慰藉人们的心灵。比如人们未来的家园建立于天蓝水清、鸟语花香、麦黄草绿的大地上，人们过着夜不闭户、路不拾遗、四海升平的日子，那么我们就要为这一目标而奋斗，并且抵制与其相悖的东西，不管经历多少挫折，哪怕是面对死亡也决不退却。

同时，诗人还要站在人类历史的巅峰俯视现在，眺望人类走过的道路、总结的经验、留下的教训，从而视察我们今天所选择的目标、道路、做法是否正确。比如自然，是原初的人性和素朴的生存方式，是人们在自然中获得并由心滤过而升华的启示，表现为对自然的亲近和对率真人格的审美追求。但后工业时代的自然已失去天性，科技是为了发展，环保更是为了发展，终究还是人的利益居于首位。正是这种以人为自然主宰的地位，使我们陷入四面楚歌的境地，精神家园被无情消费。那么对于精神家园，我们既要极力抵制被消费，还要责无旁贷地去重建。

○探析与批评○

当前我国长篇小说创作面临的三个艺术问题

郎 伟

我心目中杰出的长篇小说起码应该具有以下几个特征：

首先，它是具有一定的时间长度的生活描述和岁月讲述。这个时间长度到底应该是多少？古典的杰出的长篇小说是百年或者是数十年，到了现代，这个时间长度被缩减了，这可能带来了长篇小说天然本质的一些损伤。因为无论是西方还是中国，长篇小说都是来源于史诗讲述和历史讲述，是一种跨越漫长时间的具有沧桑感的讲述。20世纪以后，长篇小说的岁月沧桑感遭到了破坏，什么样质地的生活都可以进入长篇小说的取材领域，这是导致长篇小说杰作缺乏的重要原因之一。

其次，杰出的长篇小说是对非常具有密度的复杂生活的描述。被选择进入长篇小说艺术空间的生活应该具有足够的丰富性和复杂性，经得起作家创造力的强力拉扯和锻造。意大利作家卡尔维诺认为：长篇小说应该是"一种百科全书，一种求知方法，尤其是世界上各种事件、人物和事务之间的一种关系网。是一种繁复的文本。"（卡尔维诺：《未来千年文学备忘录》，杨德友译，辽宁教育出版社，1997年，第74页）巴赫金在《长篇小说的话语》一文中则指出："长篇小说是用艺术方法组织起来的社会性的杂语现象，偶尔还是多语种现象，又是个人独特的多声现象。统一的民族语内部，分解成各种社会方言、各类集团的表达习惯、职业行话、各种文体的语言、各代人各种年龄的语言、各种流派的语言、权威人物的语言、各种团体的语言和一时摩登的语言，一日甚至一时的社会政治语言。每种语言在其历史存在中此时此刻的这种内在分野，就是小说这一体裁必不可少的前提条件；因为小说正是通过社会性杂语现象以及以此为基础的个人独特的多声现象，来驾驭自己所有的题材、自己所描绘和表现的整个实物和文意世界。"(巴赫金：《巴赫金全集》第3卷，白春仁译，河北教育出版社，1998年，第40~41页)

第三，杰出的长篇小说应该提供深邃宽广、敏锐尖端的社会人生思索和人性思索。它是一个优秀作家对复杂人间和多变人性的长时期智慧性思索的结晶，是对包围着人类的生活世界和人性世界的锐利穿透。

第四，杰出的长篇小说应该是一种能够永远深入地传达人类的激情、向往、恐惧、痛楚、忧伤等等不可视的内心生活的绝佳文体。杰出的长篇小说可以全方位地呈现个人心灵的全部内容，但是不能够把个人的精神生活与喧嚣和沸腾的整个人类生活世界隔绝开来。

第五，杰出的长篇小说，在文体结构上应该有足够的熔铸百家的能力和创新突破的能力。

第六，作为用汉语写作的长篇小说，应该充分体现古典汉语雅洁蕴藉富有韵律之美和现代汉语流畅清通之美。语言不讲究的长篇小说不能称之为好的长篇小说。

我以为，当前我国长篇小说的创作存在着三个亟待解决的艺术问题。

目前我国长篇小说创作首先要解决的第一个艺术难题是从事长篇小说创作者思想和艺术准备不足的问题。

新世纪以来，我国的长篇小说创作数量一路攀升，从事长篇小说写作的人员数目呈现跃进景象。然而，一个突出的艺术问题摆在了我们面前，那就是好长篇太少，精品力作罕见。阅读已经出版的大量的长篇小说，突出的感觉是许多小说并非"青灯古佛"旁的苦心孤诣之作，而是在外力推动之下的草率之笔墨。通常的文学惯例是，一个从事长篇写作的人起码应该具有十年以上的正规的文学训练。我所谓的"正规"，指的是一个作家即使不是正规的大学中文系毕业生，也应该有十年左右的边读书边写作的训练。其中，读书的准备尤其重要。没有十年磨一剑的超常耐心，不能熟读唐诗宋词，不能深刻领会《史记》的愤怒、《红楼梦》的沉痛、鲁迅作品对绝望的抗争，不能体会托尔斯泰的悲天悯人情怀和加西亚·马尔克斯的神奇博大，甚至连短篇小说的创作技法都不甚了了，谈什么宝剑出鞘，"今日把示君"呢？我想，对于长篇小说的创作者而言，有生活积累，哪怕是有极其丰富复杂的大面积的生活积累，也不能构成可以创作长篇小说的最为充足的理由。因为，长篇小说的创作并不仅仅是生活经历的问题，它还与作者的文学天赋、个人修养，学问积累和不倦的精神探索有关。开得出菜单并不意味着一定能够成为著名厨师，这个道理想必谁都能明白。然而，创作的冲动和盲目自信的洪水总是不停地淹没写作者本应清明的理智。在外力的鼓动之下，甚至在世俗欲求的牵引之下，许多人一厢情愿地从事着长篇小说的创作，既不熟识中外文学史上长篇小说经典的写作方式，也不左顾右盼当代同仁的创新之处，只埋头拉车，不抬头看路。结果，很多人所创作的长篇小说出版的时候，因为传媒的宣传，煞是风光了一阵。而过不了多久，其中的不少作品竟成为过眼烟云。还是那句老话，长篇小说的写作对任何一位创作者而言，都是一次艰难而坎坷的精神旅程，是灵魂的冒险和搏斗。它需要长时期的思想和艺术储备。创作热情只能充当导火之物，而作品的"爆炸"则需要深刻、锐利、新鲜的思想以及炉火纯青的艺术表现能力来作为强大的支撑。简言之，长篇小说的创作必须以作家的全面成熟和对文学历史与传统的敬意作为前提。米兰·昆德拉说得好："依我看来，伟大的作品只能诞生于他们所属艺术的历史中，同时参与这个历史。只有在历史中，人们才能抓住什么是新的，什么是重复的，什么是发明，什么是模仿。换言之，只有在历史中，一部作品才能作为人们得以甄别并珍重的价值而存在。对于艺术来说，我认为没有什么比坠落在它的历史之外更可怕的了，因为它必定是坠落在再也发现不了美学价值的混沌之中。"（《被背叛的遗嘱·作为对历史的反动的小说史》）是的，任何一种阅读和写作，实际上都联结着一个根深叶茂的价值体系。你选择哪一种阅读和写作，其实就是对哪一种文学价值体系的敬仰、崇拜与皈依。倘若不止一个创作者对文学史上那些公认的长篇小说的巅峰之作都缺乏应有的敬意和学习的态度，缺乏对由人类历史上那些伟大杰出的心灵所缔造的价值体系的崇敬之情，我们如何指望一个当今的长篇小说写作者能够奉献出新鲜别致而又充满着卓越智慧的作品呢？

目前长篇小说创作亟待解决的第二个艺术难题是大量作品明显存在着选材不严、开掘不深的问题。

20世纪90年代以来，由于市场的诱惑和准入制度的松懈，我国的文学创作普遍存在着选材不严、开掘不深的艺术弱点。这一弱点在长篇小说的创作领域表现得尤其突出。鲁迅当年曾经语重心长地告诫刚刚闯入文坛的沙汀和艾芜，希望他们"选材要严，开掘要深，不可将一点琐屑的没有意思的事故，便填成一篇，以创作丰富自乐。"（《关于小说题材的通信》）鲁迅的告诫显然具有超越时空的意义。对于一个长篇小说写作者来说，生活经历和个人的心灵经验只能是写作的触发点，而绝不是全部。因为在创作长篇小说之前，不能不慎重考虑这样两个创作问题。第一，你的人生经验是否具有足够的"浓度"和强度，可以经得起长篇小说这种"繁复文体"的强力撕扯和锻造。也就是说你的生活经历和心灵经验本身是否能够满足长篇小说这种文体所提出的诸多的艺术要求。第二，你的人生经验在转变为艺术作品之后是否具有"挥发性"和超越性特征。创作者的生活经验已经积累得足够丰富，那么从这人生经验里是否一定能够提炼出芳香四溢的思想价值和意义呢？是否能够具有新鲜而强悍的审美冲击力呢？学者兼作家的杨绛曾经说过："经验所供给的材料，如不能活用，只是废料。"（《关于小说·事实——故事——真实》）我认为杨绛所说的"活用"，其实是指作家处理生活经验的高度发达的艺术能力，也即"点铁成金"的能力。

显而易见，作为创作，对生活的选取和裁剪、提炼和升华、开掘和发现，才构成艺术最内在的品质和本源。鲁迅所谓的"开掘要深"是说作家对所掌握的"生活"必须要有穿透的能力，必须要有新鲜别致的惊人发现。今天，当我们从纷乱的生活事务中抽出时间，静下心来阅读一部长篇小说时，我们实际上首先期待着能够从作品当中感受思想的震撼与冲击，因为一部杰出的长篇小说的艺术思维往往能够穿透生活的表层而达到人类命运的深处。现实是如此复杂难辨，世情是这般嘈杂喧嚣，心灵有诸多纠结困扰，我们阅读长篇，既希望从中看到熟悉的人生面影，更盼望着小说能够将我们引入一条长长的思索的隧道。我们并不能够苛求作家都是生活的导师，能够回答所有尖端和尖锐的问题。但是，我们有理由要求作家对你所描写的生活不仅熟知，而且还要从中有所"发现"。由于你锐意的"发现"，一些本来我们熟悉的事物，经由你的文字，使我们获得了全新的感受和全新的认识，埋藏在我们内心深处的意识被挑动、被唤起、被激活了。我们就像一直处于熟睡当中的婴儿，忽然张开了惺忪的睡眼，打量着呈现在眼前的一个新奇的、陌生的世界。

阅读目前我国作家创作的不少长篇小说，不必用过于挑剔的眼光就会发现，许多长篇小说实际上是在搬演作者人生当中曾经经历过的一切事情，唯独缺乏艺术之为艺术的剪裁和提炼的工夫。朱光潜这样说："艺术根据自然，加以熔铸雕琢，选择安排，结果乃是一种超自然的世界。换句话说，自然须通过作者的心灵，在里面经过一番意匠经营，才变成艺术。艺术之所以为艺术，全在'自然'之上加一番人为。"（《谈文学·情与辞》）无奈的是，当我们阅读许多号称是长篇小说的东西时，我们面对的是一堆又一堆的原始的素材。小说的提炼、升华和虚构功能在这些作品当中光景暗淡、似有实无。在这些芜杂的、缺乏控制的长篇小说中，慌乱而没有深度的思想和感情总是处于一触即发的状态。如此之多的陈年旧事纠缠在作者的记忆之中，如此之多的人生感喟迫切地渴望倾诉。不少长篇小说作者常常把个人经历和心灵经验当作唯一的取材对象，小说的叙事基本依附于20世纪下半叶以来的各个阶段的中国历史演变。作家们没有从纷纭复杂的历史背景资料之中和个人经验当中提炼更有性格特征的冲突，并且将这种冲突重新组织为文学的有机整体。于是，流水账式的叙述时有所见，稀松平庸的议论与抒情到处泛滥，从而导致泥与沙俱下、鱼与龙混杂的小说叙事局面。

产生"选材不严，开掘不深"这一创作通病的原因，不外乎这样两个方面。其一，作家的思想艺术功力还难以胜任长篇小说的创作。我已经说过，长篇小说的创作是一件困难的事情。长篇小说的空间是被琐碎的、具象的、实在的物象占据，还是被精神、灵魂、诗意占领，实际上与作家对生活的领悟能力和艺术腕力有关。小说的容量不仅仅是一个生活容量的问题，事实上作为创作者还必须考虑它的精神的容量和思想的浓度。精神容量和思想浓度从何而来呢？当然来源于对人类生活和人本身的长时期的静观默察和痛苦思索。如果一个作家不具备思想者的品质，不能在长篇小说当中提供新鲜的思想的果实，长篇小说的开掘之深就只能是一句空话。其二，过于浮躁和趋时的创作心态。因为长篇小说的创作受到鼓励和扶持，许多创作者便不自觉地产生浮躁和趋时心态。他们把长篇小说当作"字数多"的小说，在对长篇小说的内涵缺乏认识，构思不成熟、结构未做缜密安排的情况下，就匆忙上阵，高速写来。结果，生产出来的长篇小说只是字数多、篇幅长而已，其余便无从谈起。

目前长篇小说创作存在的第三个弱点是许多作家对长篇小说的文体特点认识不足。

中国现代长篇小说诞生于五四新文学运动之后，是中国作家向西方文学学习的结果。由于现代作家的杰出表现，在短短的三十年中，他们实际上已经为读者贡献出了许多长篇小说的经典之作。《子夜》《家》《骆驼祥子》《围城》《死水微澜》等现代长篇作品，是当代写作长篇小说的人必须研读的对象。然而，恕我直言，究竟有多少长篇小说写作者认真而投入地研究过这些长篇小说的思想内涵、结构特征和语言修辞特点呢？如果艺术眼光再开阔一点，实际上一个长篇小说的创作者除了少年时代阅读过《水浒传》《三国演义》《西游记》《红楼梦》等中国古典长篇小说之外，在从事长篇小说写作之前，起码应熟读19世纪以来的最著名的西方长篇。如果连《复活》《安娜·卡列尼娜》《高老头》《红与黑》《包法利夫人》《堂吉诃德》《鼠疫》《喧哗与骚动》和《百年孤独》等一系列伟大的长篇作品都没有细细阅读过，我们怎么能指望作家们新创作的长篇小说有足够的艺术含量呢？你的文体从何而来？是模仿还是创新？是继承还是发展？你的小说结构的营造从何说起，是史传传统影响下的讲史模式，还是意识流的穿插和切割方式？是流浪汉体式小说，还是"复调小说"？抑或是魔幻现实主义的天马行空？如果什么都不是，那你的长篇小说显然是没有根基的。事实上，经典文学所构筑的传统写作模式包括长篇小说的结构方式，在当代中国还没有任何一个作家可以轻易绕过去。我们面临的不仅是一个吃透经典的问题，更重要的还有一个如何将古代小说的民族传统和域外的文学营养转化为自己的血肉的问题。对我国长篇小说创作者来说，写作的道路显然漫长而充满挑战的意味。

艺术积累不够的另一个重要表征是作家的语言功力显得贫瘠薄弱。文学是语言的艺术，这是人人皆知的常识。然而，我们许多作家在写作长篇小说时总是有意无意地忘掉这一点，对于锤炼小说语言相当不重视、不讲究。由于作家态度的随意和情绪的失控，因此在许多小说作品中，叙述语言显得繁冗啰唆，一些描述性语言的组织和搭配也缺乏严谨的逻辑关系，显得生硬而突兀；人物语言则干巴巴，没有个性风采；精美的文学修辞往往千呼万唤不出来；议论和抒情处更是无章无法，仿佛疯长的乱草。本来应该是基本功的文学语言的锤炼，现在反而在不少长篇小说中成为可望而不可及的"高度"。也许，对语言的敏感有着天赋的因素在起作用，然而既然选择了文学创作，任何作家都没有轻视和怠慢语言的理由。杜甫所谓的"为人性僻耽佳句，语不惊人死不休"；马尔克斯自述写作时其实是在"与每一个字摔跤搏斗"，这样对语言的精益求精的认真执着态度确实值得我们永远学习和效仿。倘若我国长篇小说作家们能够有足够的艺术献身精神，能够从语言的精心锤炼开始，能够在饱读诗书的基础上再行创作，我想，在可以期待的未来，我们的长篇小说创作园地收获的将会是一个个甜蜜而清香的文学佳果。

○探析与批评○

我们这代人的困惑与王蒙文学思想

牛学智

　　王蒙长达近60年的文学创作历程，几乎参与了整个中国当代文学史的发展流程，对其文学及其他写作的研究，自然也算是卷帙浩繁了。然而，对于步入中年的我们这代人来说，我们对王蒙文学思想的体验和感受，大概尤其有别于其他代际的读者，因为我们这代人既是改革开放的受益者，同时也是社会转型阵痛的承受者。在这一角度宏观审视王蒙及其他同辈作家的思想，我们发现了王蒙文学思想的断裂和隔膜。他的固化阶层意识，也直接导致了其文学思想的致命局限，这是本文审视的主要内容。

一

　　王蒙先生已经80多岁高龄了，在仍活跃于创作一线的老作家中，仅从创作数量论，毫无含糊，他是为数不多的能用"著作等身"来形容的一个名副其实的创作者。从他涉猎的宽度说，古典文化、小说、散文、理论批评研究、传记等等，也够一个专门的读者读上好几年的，不能说打通古今，起码也是实实在在的跨越文体实践了。假如让一个文学博士以他为选题做博士论文，如果真要细读其所有文本，三年的在校时间肯定远远不够。另外，在他这一辈作家中，就作品的社会持续热度来看，仅我们的关注，其他多数人几年甚至近十年出一本书，也还不见得能讨好现在的年轻读者，而他则完全不一样。不但写作速度惊人，有时候一年内要连续推出两部以上。更令人佩服的是，他的每一部书一旦出炉，基本会在不同层面产生广泛议论。媒体的跟进不说，学院教授学者的研究、网上网下一般读者的购买跟进——从出版商的统计看，也绝对能称得上"王蒙现象"，说他是一个奇迹一点也不为过。当然，更要紧的是，在我们这一代年届不惑人的精神世界里，王蒙先生的文学创作，曾经和现在都仿佛成了我们脑细胞的一部分。上大学时，我们一度为那个叫林震的年轻人仕途的坎坷捏过一把汗，肯定同时也因那个林震的上司刘世吾每每关键时刻常挂在嘴边的"就那么回事"愤怒过、想不通过。等后来走出书斋、走向社会，我们有哪个不是浸泡在《活动变人形》的阴郁文化氛围里的呢？如此等等。即便单是他那个性突出、贯口一般的话语方式，不也足够令人为之而深深倾倒吗？一句话，在王蒙先生所营造的文学世界里，我们这一代人对自己所置身时代的粗浅认知和植入内心的愿景，以及初步认定文学不仅是"高大上"的"鲁、郭、茅、巴、老、曹"，还因文学极有可能变成谁也可以伸手一试的自我潜意识宣泄手段，倍感迫切、亲近。想想王蒙先生独异话语方式，肯定深深影响过我们对文学的最初设想，他直率、泼辣、荤素夹杂、正反混搭、盯着一个方向滔滔不绝又天衣无缝镶嵌着层层语义转折，再加上视野大开大合的无主语长句子，信息复杂，读来令人激情澎湃，大概更适合我们这一代人的集体趣味。仅此一端，可以说他的文学着实是我们从僵化刻板过渡到灵活自然的一次思想启蒙。

正因如此，当中年的钟声悄然敲响之时，当各种压力千头万绪不由分说地朝你袭来之时，乃至于当你的努力一次次泡汤、意义感无数次丧失之时，甚至经常被某种莫名其妙的失败感纠缠的时候，我们常常陷于一种用今天的流行词来形容就是"慵懒散软"的疲惫状态。面壁呆坐，心里不免盘点曾给自己以意义感的东西来，王蒙先生居然成了首选。或者说，王蒙真真切切构成了我搭建我精神世界的桥梁。靠前一点，他排在"鲁、郭、茅、巴、老、曹"之后；靠后一点，他下启"知青作家"和新历史主义、新写实作家。一直到21世纪之交，在"日常生活"和"个体内在性"的汪洋大海中，我们的阅读选择不自然地又跳回到王蒙先生那里了。深层原因我们没有来得及深想，但最切实的一点是，生活和工作的原因，我们对社会学的阅读体会，似乎高于对文学的阅读——索性说，是社会现实使我们产生了回过头重新打量曾作为"桥梁"的王蒙先生的文学思想。我们私下里经常想，在鲁迅先生的眼光与"躲避崇高"阶段的王蒙先生之间，应该有一个必要的联结点。而且，这联结点，更吻合重建某种我们预期的现代社会机制的语境。如果把麦克卢汉、波兹曼、吉登斯、鲍德里亚和中国当代的前沿社会学视野，譬如黄宗智、郑杭生、孙立平、李培林和贺雪峰，以及新加坡的郑永年等人的发现，内置于主导性政治经济学话语逻辑，在文化观念的投射方面看过去，那么，"躲避崇高"阶段的王蒙思想，如果不是特殊语境下"人文精神"大讨论对之的质疑与批判——这质疑实际上因过于猛烈而窒息了"躲避崇高"之后，紧接着需要进入世俗内部转化鲁迅思想的契机。共识消散的同时，我们捡拾起来的实际是我们一直唾弃但又不得不接受的"传统"，那就是对学科化甚至对纯而又纯的叙事方式的反复壮大。这个时候，王蒙先生曾极力辩护的王朔好像淡出了江湖，此时花甲之年的王蒙先生反而来势凶猛，披挂上阵，一路披荆斩棘。非崇高但又不全面接受世俗的文化预期，在王蒙那里，狂飙奔突、阴差阳错，在亢奋的论战话语推波助澜下，终于走向了它的反面。

二

然而——还是不得不出现这个转折呀。当我们浏览了关于王蒙先生小说文体的研究、思想的研究、传记的研究、古典文化的研究，或者其他什么"旧作""忆苦思甜"的研究等等之后，一个强烈的感受不时跳出来，似乎不说出来都不行。什么感受呢？就是觉得到了今天，对王蒙先生文学创作及思想的估计，实在是不适合用文本细读的方式了，这是其一；其二是，也实在不宜用文学史、文学理论的惯例来论评了；其三是，好像也不适应用通常围绕个体与个体的人性话题来展开议论了。基本情况就是我们开头已经提到的那样，盖因为王蒙先生所提供了的文学产品，特别是其中的世界观和人生观等可统称为价值观的东西，的确是某种需要重新审视的教科书的思维，在他而言也是他所经历的每一阶段的国家意志的突出反映。我们这样下判断，其实是充分考虑到了王蒙背后的那个庞大的被"批评"的背景，并且我们对那个批评背景持保留意见的结果。当代中国作家中，王蒙的文学实际和他被研究的实际一样，基本是同一水平的，差不多众所周知，无须转述援引。只不过，所谓"中国式聪明""老人哲学""滑头哲学"等等，我们并不完全苟同。正因为在我们说的三个"不适合"中做文章，你的批评思维实际上也是一种惯性，而且可能还是王蒙思维的延伸和补充。当你对他的文本进行文本细读式把握时，只有两种选择。

一是你认同他的观念，二是你反对他。除此之外，不可能产生第三种情况，比如你想要和他继续深入地探讨该话题，进而在一般的社会现实经验层面最终达成共识，从而将他的思想进行深度转化。

什么原因呢？其实原因不难找到。简单说，他的文本，特别是小说文本，是严重封闭的，"季节"系列正是如此。里面有尖锐的对峙，也有强烈的反叛，但对峙来对峙去、反叛来反叛去，王蒙的思想其实并没有多少流动，也就是说并没有应有的越位和跨阶层，属于在同一阶层内部的再生产。南帆《后革命的转移》一书中有一章是专门研究王蒙的，题目叫《革命：双刃之剑》；（南帆：《后革命的转移》，北京大学出版社，2005年）说的就是这个意思。吴亮对王蒙思想的所谓"双重倾向"认为，王蒙所呈现的外部世界是开放的，接纳式的和印象式的，"它喧喧嚷嚷、忙乱变动、光怪陆离、千演万化"；（吴亮：《王蒙小说思想漫评》，《文艺理论研究》，1988年第1期）王蒙对自己的观念世界，则是"划了疆界"的、凝固不变的，维护民族传统、强调和谐、相信进步的，"思想趋于稳定"。（吴亮：《王蒙小说思想漫评》）做出这样的判断之后，南帆补充认为，在"革命"与"知识分子"，以及在对应于两者的"激情"与"理想"的二元世界被瓦解之后，王蒙的思想大厦其实已经坍塌了。没有了属于他自己的语境，他的思想神经再也找不到用武之地了。也就是说，王蒙先生几乎毫无选择的、全面接纳式的和印象式的"躲避"，不管"崇高"的内涵指向什么，凡"崇高"差不多都在他的解构范围。如此，中间最尖锐最坚硬的一块地方——基层社会结构中的人和事，永远变成了他精心划定的自我疆界之外的"赘疣"。不是百般调侃揶揄，便是无微不至的"教导"。至于在文学史和文学理论惯例中来论评王蒙，这实际正中了王蒙先生的圈套，他跨几十年的创作历程，不就是在自己或者别人的文学生产流程中寻找夹缝"前进"吗？过去写了的，现在变一点；现在写了的，明天的写作再变一点。如此周正权衡，既符合文学人物基本的时代特点，又在自己的时间坐标上着实属于"突变"，至少合乎"历时性"的规律，1985年吴亮所说"忙乱变动"与"维护传统"是也。而对在个体与个体之间围绕人性话题的探讨，这当然是王蒙先生的长项，这一点反过来又牢牢实实地统摄了前两者。关于这一点，晚近王蒙先生所著《王蒙自述》其实是个很好的例子。似乎已有学者指出过，是说王蒙先生可以左右逢源、开合自如地指点别人的历史，但回到实质上来，回到与己有着千丝万缕剪不断理还乱的事件，尤其是对逝者的评价时，总不免善于在抽象人性或者在特定意识形态感召下用"正确"与"错误"的标准来丈量历史，从而得出他的结论。指点对象的个人心性、修养问题，相比李洁非的《典型文坛》《典型文案》充分展开历史的写法来，实在并不能令人信服，雅量也次之。

不仅如此，他的这种人性叙事，也几乎是他所有小说的骨架，受用的模式是，从一般人性到抽象人性，再从抽象人性到国家意志，换句话说，他一直信奉的是主导性政治经济话语逻辑规划下的人性和文化标准。至于一般社会学和思想论述已经呈现了的普遍认识，他的人性论基本上不进入。仿佛一个挂件，一直来自于基层实际运行的社会机制。这样的一个现实，能说仅仅是王蒙先生的个人道德和人格问题吗？更何况道德英雄主义和人格理想主义的现实支持框架究竟在哪里呢？他作为我们这代人精神世界曾经的"桥梁"，还能帮助我们跨越社会现实这座大桥吗？更何况水里水外、泥里泥外的感受能一样吗？

当然，他的文学及思想贡献，如果要进行一个粗略的概括，恐怕只有三点。是个性鲜明的文学话语方式，《组织部来了个年轻人》里的那种初生牛犊顶橡树的反讽性和《活动变人形》中对传统义化义无反顾却又深得现实支持的批判性。此后的写作，差不多可以说是在这三点基础上的增补、延长和重复，甚至是自我饶舌、自我欣赏和自我纠缠。对于改革深水区中一身泥巴的我们而言，他提供给我们的，只是戏台上的一点东西，既无镜鉴亦无体验。

三

以上啰唆这么多，我们意在强调，批评界送给王蒙先生的"中国式聪明""老人哲学""滑头哲学"等，仅仅是当前中国文人的共性。只不过，有时候在王蒙先生这里恰好因为"突发事件"体现得比较突出罢了。可是体现得比较突出，也不能说明这些缺点就是他一个人的。而真正属于他一个人的倒是，因为一直在高端的缘故，一直在某一意识形态漩涡中周旋的经历和一直在某一特定人群生活的现实，他所看到的问题，始终在一个框架下的一个方向流动。一个框架是无论怎样，"国家公仆"（查建英语）的底线不突破；一个流动方向是，无论怎样，思想不会轻易向下流动。说得再清楚一点就是，他可以批判当今的网络及其派生的网络人生观、道德伦理，但绝不会凭借今天一般社会学视野来反过来认知网络及其附着在该平台之上的言论意见。几十年前他笔下人物刘世吾挂在嘴上的"就那么回事"，谶语一般成了他内心看取一切的岿然不动的标准。如此，就我们这代人今天的社会境遇来看，如果用三个"不适合"论评他的东西，正好是他感觉非常适合走的路子。如此走得十分起兴时，我们这代人便不得不与王蒙先生及其文本和价值，说声"拜拜"了。

我们宁可相信方方中篇小说《涂自强的个人悲伤》中表现出的诚意，也不愿相信王蒙先生一系列大著中表达的高端生活和尖端价值观。因为在涂自强的身上，我们这些步入中年的人很容易找到共鸣点，而在王蒙先生的理论、观念和价值中，我们仅仅是个戏台底下的看客，入不了戏，更遑论成为戏中的角色，哪怕一个跑龙套的小摆设都不见得称职。王蒙先生有一篇散文叫《不要以为自己就是尺度》，题目听起来很多元，然而细读内容我们却不怎么恭维。因为王蒙先生的终结点实际上是一个词，即"与时俱进"。日常生活习惯而言，两代人或者三代、四代人同在一个屋檐下时，的确各有各的习惯和各自所受用的伦理氛围、时代语境。但还有很重要的一点我们也不能疏忽，那就是今天社会结构中被置于底部的数量最庞大命运却最为不确定的底层社会。如果我们单从精神文化的层面来看这个阶层，类似该篇散文所批评的对象——年轻一辈，无论这个群体是"他们"，还是"我们"，的确需要在一般生活秩序的延续上"继承"并发展。但这个"继承"的前提，比如该在什么基础上"继承"的问题，王蒙先生考虑得很充分吗？答案是否定的。王蒙先生所考虑的其实只是他的经验、认知——或者说是曾给他提供过保障的经验和认知。即是说这个被授意了的经验和认知、一定程度也是经过合法化权力话语修饰打扮过的文献知识。充其量只不过是未曾经历当前社会学检验的抽象的和超时空的秩序。这个东西，也可以说是王蒙先生这一代人几乎全部的知识世界，这其中自然还包括去年去世的张贤亮先生。我在凭吊张贤亮先生的短文《斯人已去，我们该思考点什么？》（《中国文化报》，2014年9月30日）中表达过如下意思：

显而易见，当经济主义价值观、极端个人主义和消费主义文化态度无处不在，甚至差不多主宰这个社会之时，张贤亮的文学世界及其里面所输出的批判意识、价值方向——那种不可能不带有前苏联人道主义和马克思意义上的异化论问题意识，也许还需要深入的转化，才能在一般人道主义和已经发现的异化论基础上介入当今普遍的社会机制深处去，也才能发挥它强悍的和富有思想穿透力的言说能量，"以言行事"的功能或许才能微观而核心。正是这一对接处，张贤亮也许与他的受众，与目前这个社会节奏，有了分叉，有了裂隙。也因此，他的言说理据，他的文学思想，他的文化价值观，还不能完全说成是现代的。也就是说，作为一个老一代人文知识分子，他的启蒙和他的人物形象所告知于我们的，可能还很难脱离某种模式化的和人的劣性论的"民主社会主义"思潮窠臼。更高的层面来衡量，他也就可能还不算一个自觉意义上的现代知识分子。因为，活得透明，活得洒脱，活得直率，他也就决然区别于所谓的"老人哲学"了。但是，用透明、洒脱、直率和说真话所武装的人生，肯定不就等于现代思想。成熟的现代思想，不仅要直面自己，更需无情地解构僵硬和固化的社会结构。这一点而论，张贤亮的文学也许只属于20世纪90年代以前的时代，面对90年代以来的消费社会及其消费主义和"新穷人"的普遍出现，张贤亮的文学叙事显然缺少思想的穿透力，也缺乏来自现实深层的体悟。就是说，截止长篇小说《一亿六》，他最为深沉的思考，也只是通过小人物千辛万苦到最终发迹，以及通过性的泛滥或缺失来拷问人性起伏，这是他的长项。至于发展主义、科技主义对小人物、对普遍性国民精神世界的致命腐蚀，他则似乎并不熟悉，也并不去认真思考。这多少有违《资本论》的精髓，也有违他自称读了几十年《资本论》的方法论。

这些话，用来宏观评价王蒙先生的思想，我们觉得也基本是合适的。

稍有不同的是，张贤亮先生是作家但同时也是个成功的企业家。现代思想在他那里不甚成熟的原因就在于，运营文化产业使他深感经过几千年积累的中国民间民俗文化，碰巧遇到了一个能赚钱的时代氛围。久而久之，在他的观念中，市场化、私有化是个好东西。只有产权私有化，才能切实推动个体经济的发展和壮大。而经济上的这一点成功经验，也就自觉不自觉地构成了他的价值取向，即认为政治经济与精神文化本来就应该不平衡，更不存在精神文化变成主导价值的问题，"发展是硬道理"，并且只有硬道理上去了，一切都会迎刃而解。

而王蒙先生由于他长期的甚至终身的高端生活阅历，他内心那个自己给自己"划了疆界"的"稳定"的"传统民族文化"，实在既不是张贤亮埋解的民间民俗文化，也不是纯粹民间形态的民间民俗文化。确切说，是经过过滤了不知多少遍的"工农兵文化"。他的现代思想观念，多半成分自然也来自高尔基式的理想主义和中国传统宗法文化。换句话说，是他把他长篇小说《活动变人形》中被批判者身上的东西，经过新时期国家意志要求——这里特指变成"主人翁"后的泛平等观念，再加上朴素人道主义和苏联理想主义合成的结果。因此，他的观念中，大众集体无意识就等于现代性思想中的主体性，而主体性又等于抽象的"人民当家做主"。如此，他对"崇高"的蔑视，实际上是对泛泛的平等观念的拥抱，阶层分化的问题在他那里非但不应该存在，而且还可能是理论批评清理的对象。本来是身份导致的局限，最终却宿命般变成了他自以为是的文化理念。当然他并不是没有转化继承鲁迅等五四先贤的"启蒙"，只不过，经过他转化继承下来的是政治话语中的"立人"，这又解释了他为什么也总在批判政治体制的原因。可是政治体制批判的参照系，在他，不是文化现代性，而是儒家文化中就有的"中庸"；他也不是不清楚改革开放以来中国社会机制出现的问题，但他所信仰的文化和价值，的确也是排斥自下而上的视野的。所以他的思想到现在为止，一直居高不下，老徘徊、纠结在代表政治的"革命"、代表民意的"大众"和代表价值话语权的"知识分子"层面，"底层社会"以及"底层问题"好像是个附带之物、隶属之物、依附之物，甚至仅仅是个道德问题，而不是政治问题。这也即是我们不愿在言人人殊的个人道德操守和是否有献身精神、殉道精神的问题上指责他的根本原因。理由很简单，如果不在社会机制内部，不在一般的社会结构中检验一个作家的运思，那或许会犯王蒙先生批评的"以为自己就是尺度"的褊狭错误。

王蒙先生进入一直以来被研究者发现的较高层面的人性思考的时候，包括他本人实际严重忽略了这个较高层面的人性问题，本来需要一个可靠的恰好也是多数底层人群遭遇的现实来支撑。这样一来，如此高端叙事，无法途经社会学的转化，再彻底下游到底层世界里的日常生活中来，也自然不能被正在承担此时社会阵痛的主体所分享。这个角度，也就部分地解释了为什么大多数像王蒙先生一样的所谓精英写作、"纯文学""纯人性"写作，除了自个儿配合出版商、媒体在那里声嘶力竭外，

探析与批评　**045**

很难构成公众事务讨论的中心议题，很难进入微信平台被网民大量点赞转载的原因了。

行文至此，我们突然想起刘继明的中篇小说《启蒙》(《小说选刊》，2012年第10期)中的主人公渠伯安，他是个"右派"。小说叙事始终围绕作为"右派"的渠伯安与我们同龄人安然们之间支配与被支配的关系展开。"为人民受罪"的渠伯安"复出"之后，青年们山呼海拥，一下子成了偶像、救星，于是迅速地占领了道德制高点。不但从话语上、精神上，还从身体上(对于美女安然)控制了初出茅庐渴望知识的大学生。接下来便是理性呀、自由呀、尊严呀、人格呀、个性乃至性解放呀一通神侃，听者自然如醍醐灌顶、如沐春风。进入改革开放的80年代，渠伯安作为成功的企业家，一边收获着个人GDP，一边悄然在安然与自己之间筑起了一道实际上的等级制鸿沟，即身份上主导与仆从、精神上奴役与顺从的关系。当渠伯安由原来的精神导师变成生活乃至人生导师时，安然们虽有了些许自我觉醒，但到底还是将信将疑，因为几乎全部的社会资本都掌握在渠伯安们手里。最后，当渠伯安的经济问题败露，人们正等着道德审判的成果时，地方政府已经提前摆平了一切。可是，期待的人们并不知道内部秘密，仍然沉浸在一片正义感终将被伸张的欢庆氛围当中而浑然不觉。此时，那边的渠伯安却正忙得不可开交，他飞来飞去，为应付不过来一场场讲座而深深苦恼。更显讽刺的是，被损害者一方的地方官员为庆祝渠伯安公司的重新开业，横幅高悬的讲台正是为登机签票的渠伯安准备的。

这个特写镜头，是不是很像张贤亮先生对成功者的夫子自道？"复出"后他在多种文本中多次提到"走上红地毯"的细节不用多说，那是他认为的"成功"。就是被公认为温情脉脉的小说《青春期》，在最后一部分得意地写他在他的影视城是如何恐吓、整治因影视城工程占地问题招致农民前来闹事的行为，直接性与渠伯安相比，其把中饱私囊说得跟为人民服务一样以及通吃一切的模样，实在有过之而无不及。

我们无意拿这个故事比附王蒙先生，王蒙先生也不具备故事人物的条件。看得出，这个故事基本不属于人文知识分子范畴，但该故事中的关系和人物掌握资本的原委，实际上也可以作为论析当前人文知识分子之间关系的一个参照。即我们与他们，可能就生活在"巨大的差距里"(余华：《我们生活在巨大的差距里》，北京十月文艺出版社，2015年)，这"差距"当然包括我们与他们在话语上、身份上乃至占有社会资本程度上的醒目错位。错位而持久，导致人们丧失了基本的聆听耐心，双方都陷于"话说给谁听"的危机之中。

四

一个时代有一个时代的文学，一个时代有一个时代的个体性，这一点王蒙先生心知肚明，毋庸多饶舌。但是，心知肚明的事情，不见得就一定是正确的。许多时候，写作实在是为抗拒心知肚明而来，潜意识里也必然是为挑战自己的认知盲区而生。这一点，我们想王蒙先生也是心如明镜的，不然，他为什么还要跟老子"叫板"，还要跟庄子"拌嘴"呢？"嘤其鸣矣，求其友声"，只要敞开自我，至少不唯自我而自我经验，不唯自我志趣而志趣，尊重"自己的尺度"并坚信它的确是来自一般社会现实的感知性体验，那么，如果还要否定"自己的尺度"，我们就想象不到，社会学的发现还能从哪里产生？

正是因为他是一位受人尊敬的老作家，是一位写出过好作品的重要作家，对于他的论评，就不能等同于一般年轻作家。如果是一般年轻作家，文本细读也许更能起到奖掖或鼓舞的作用；按照文学史、文学理论惯例梳理，也会达到历史化的效果，使十形成新经验；立足于个体与个体之间人性话题的探讨，也有利于建构基本的文学世界，从而构建文学多元化的氛围。可是，就王蒙这个特殊个体来说，这样的尺度显然远远不够，几乎太低了。对于我们这一代人曾经学习、崇拜、模仿，甚至给我们以文学启蒙的作家，理应有理由提出我们的感受。尽管王蒙先生的确没有义务为谁而写，但没有义务不等于就应该对我们这一代人正在遭遇、正在承担的社会问题，背过脸去。道德英雄主义和人格理想主义的指责，只是问题的一个方面，重要的是当每一个人被自觉不自觉卷入改革深水区之时，像王蒙先生那样，现在还时不时需要站在前台传授经验的作家，良知的眼睛，恐怕不能闭上。如果是那样，那么，一直在后排就座，甚至因始终在后排而听不清楚前台声音的大小作家，应当如何看待呢？弄不好，后排与前台就真成了壁垒森严的两重世界。

至于王蒙先生本人，我只见过三次。第一次是2005年3月在鲁迅文学院的讲座上，王蒙先生具体讲了什么记不清楚了，但他开场白说的一句话倒留在脑子里了，"我这个年龄了，就是谦虚也进步不了多少了，所以我还不如骄傲"。紧接着是课间休息，许多学员堵在门口让王蒙先生签名，局面比较失控，听他从里屋送出一句话来，"要签名就排好队，一个一个来"。应该说这口气有点生硬，但学员们还是乖乖地照做了。第二次是在2011年11月北京京西宾馆召开的"全国青年作家创作会议"的主席台上，他作为老作家给我们传授经验的文章题目叫《说给青春同行》，主题说的是要与青年作家竞赛，写出让青年人喜爱的作品。第三次是在2013年8月的北戴河中国作家协会疗养院的院子。有一天室内闷热难忍，我们在核桃树下纳凉，王蒙先生吃完午饭，款款地走过来了。眼见他穿着大花短裤，大镜框茶色眼镜，昂头向上，目视正前方，看不出嘴唇在动。据说这是他每年这个时候经过核桃树到对面作协高级干部疗养院时的情形。几位同伴欣喜距离大师如此之近，遂凑上去与王蒙先生握手、致敬。他的样子、表情与迎面走来时没什么变化，但确实扎扎实实地分别与人握了手。我们还远远听见王蒙先生对每一个挤上前的作家说着相同的话，"好好好，你的作品很好，我看过"。尽管如此，他还是表现出了极致的耐心。合影、简短道别，然后转身，圆口黑布鞋衬托下步履仿佛格外轻盈，双臂摆动也自然，径直走向了对面那个被绿色覆盖着目的地。

我们很欣慰王蒙先生身板如此硬朗、精神如此矍铄、口齿如此利索、记忆力如此好。这样的老人，我们深信他仍然能写出好作品来，唯愿他能心想事成。

○探析与批评○

探析元朝与前朝宁夏风物诗的情感差异

牟 彪　左宏阁

宁夏地区为关中之屏障，河陇之咽喉，是陇右丝路之枢纽。它在古代北接少数民族诸部，西临陇西，南望长安，以其地理位置成为历代汉族和少数民族聚居交汇的核心地区。纵览历代诗歌，书写宁夏地区自然环境、人文风物的作品不乏其篇。到了元朝，尤其值得注意的是，这些诗篇大都注入了异于前朝的新的情感因素，褒扬之词跃然纸上，夸赞之音溢于言表。因此笔者以该论题发微，探研元代宁夏地区风物诗歌，结合元代社会历史文化大背景，分析元代诗人对宁夏地区感情上转变的深层原因，以期在宁夏历史文化研究的大课题中取得新进展。

一、宁夏地区的自然环境

宁夏，地处中国版图的正北方向。在巍巍贺兰山的护佑下，在滔滔黄河水的滋润下，孕育出富饶广袤的银川平原。于是，在元代诗人眼中，该地区呈现出有别于前代的样貌。在元代文人眼里，宁夏的气候温润宜人，宁夏的自然风光或壮美或秀丽，贺兰山巍峨耸立，黄河水奔流不息，银川平原沟渠纵横、湖泊相连，或麦浪滚滚，或稻花飘香，一幅塞北江南景象。

面对这波澜壮阔的黄河，贡师泰就曾写下一首《黄河行》"黄河水，水阔无边深无底，其来不知几千里。或云昆仑之山出西纪，元气融结自此始。地维崩兮天柱折，于是横奔逆激日夜流不已。九功歌成四载止，黄熊化作苍龙尾。双谷工凿断海门开，两鄂嵲嵲尚中峙。盘涡荡潏，回湍冲射，悬崖飞沙，断岸决石，瞬息而争靡。洪涛巨浪相豗，怒声不住从天来。"（杨继国、胡迅雷：《宁夏历代诗词集》，宁夏人民出版社，2011年。文中引诗除注以外均自此书）这首诗选自《道光续修中卫县志》卷十"艺文编·铭诗"，诗人贡师泰，字泰父，是元泰定四年（1327年）的进士。曾调任翰林应奉、待制和监察御史、户部尚书等职。卒于任。师泰生性倜傥，形貌伟岸，以文学知名当时，为元朝"名高一代，文明千古"的显赫人物。该诗叙写黄河之水从源头到入海的汹涌澎湃之势，宁夏中卫沙坡头、黄河青铜峡段即是这般"盘涡荡潏，回湍冲射，悬崖飞沙，断岸决石，瞬息而争靡。洪涛巨浪相豗，怒声不住从天来"。作者以广阔的胸襟将奔腾流走的黄河之水写得气势恢宏，极具赞美之情。

再如贡师泰《题杨得章监宪贺兰山图》一诗，以雪为瀑，将冰比玉，描画出贺兰山上雪压群峰之胜景，末尾一句"不数江南众山绿"更是将该地风物与烟雨如画的江南山水相较，足见诗人对贺兰雪景的喜爱和出自内心的目象。

但在前朝诗人笔下，这些广阔的情境、壮美的风光，似乎显得异常狰狞。边陲塞漠以其自然环境，自古便寄托了无数人的愁怨与牢骚。生活如严冬般苦寒，行旅如落叶般飘零，加上凛冽的朔风、寂寥的荒野和毫无期盼的前路，一放眼、一侧耳便瞬时勾起满腹的怅然清怨。以唐代诗歌为例，唐人诗歌中每提及陇右朔方便多清冷凄苦之词，在杏花春雨的江南、在广袤富饶的中原，即使伤春悲秋也能在诗人笔下幻化出美轮美奂的胜景。而宁夏地区的风物描写中，诗人多以一种敌对而愤懑的笔调将风雪、大漠、坚冰、寒水想象成边关所赋予自己的人生中最不堪的劫难。于是在这种情感的驱使下，宁夏地区的所有风物皆成为冰冷无情的象征。正所谓"以我观物，故物皆着我之色彩"。（王国维：《人间词话》，中华书局，2012年）正如虞世南在《从军行》中写道："剑寒花不落，弓晓月逾明。凛凛严霜节，冰壮黄河绝。蔽日卷征蓬，浮天散飞雪。全兵值月满，精骑乘胶折。"《从军行》是汉代乐府《平调曲》名，内容多数写军队的战斗生活。唐代以来，王昌龄等都有以此为名的诗篇流传，表达一种士子从戎、征战边庭的过程和心情，从而表达了国家有难、匹夫有责的使命感和建功立业的豪迈情怀。该诗以苦寒的边陲环境入手，将"凛凛严霜""冰壮黄河"之景描绘得生动形象，读来也觉寒风袭人。再如李世民的《饮马长城窟行》中也描述道："塞外悲风切，交河已结冰。瀚海百重波，阴山千里雪。回戍苍烽火，层峦引高节。悠悠卷旆旌，饮马出长城。寒沙连骑迹，朔吹断边声。胡尘清玉塞，羌笛韵金钲。绝漠干戈戢，车徒振原隰。"该诗以大唐圣主的视角书写边关塞漠之苦寒，"塞外悲风切，交河已结冰"，"寒沙连骑迹，朔吹断边声。"悲风、冰河、寒沙以及呼天抢地的边声在诗人笔下皆显得凄怆动人。征战沙场的将士、扬威立名的使节都在诗中得到了称颂，因此可见该地区艰苦的自然条件，已成为征战杀伐中最难熬的劫难。

又如王昌龄的《塞上曲》："饮马渡秋水，水寒风似刀。平沙日未没，黯黯见临洮。昔日长城战，咸言意气高。黄尘足今古，白骨乱蓬蒿。"（《宣统固原州志》卷八艺文志）诗人王昌龄字少伯，为盛唐著名边塞诗人，素有"诗家天子""七绝圣手"之称。其边塞诗气势雄浑，格调高昂，充满了积极向上的精神。世称王龙标，此诗所写虽是八月的萧关道，但饮马渡秋水时，已觉水寒风似刀。

再加上乱石与沙尘、白骨与蓬蒿,更让人有种刺心的寒意。因此可见,在诗人眼中,该地一年四季皆处于艰苦异常的自然条件之中,畏惧与苦怨之情也得以彰显。

二、宁夏地区的物产

元朝时期,宁夏的物产就很有特色,经常为诗人回忆、歌咏。陵川诗人郝经就曾写过一首吟咏当地葡萄的诗作:"忽忆河陇秋,满地无歇空。支离半空架,串草十里洞。拇乳渍成岸,颓癭接梁栋。一派玛瑙浆,倾注百千瓮。往岁见沙陀,回鹘正来贡。诏赐琥珀心,雪盛瓶尽冻。查牙饮流澌,气压黑马重。"

诗人郝经,字伯常,陵川(今山西晋城)人。家世业儒,其祖父郝天挺是元好问之师,郝经本人,则深受元好问的影响。该诗以葡萄这一细小事物着眼,将其比作琥珀之心,将其汁液比作玛瑙之浆并用雪盏冰瓶相盛,合盘托与读者,让人读来欣然畅慰、齿颊留香。

再如马祖常的《河西歌效长吉体》:"贺兰山下河西地,女郎十八梳高髻。茜根染衣光如霞,即召瞿昊作夫婿。紫驼载锦凉州西,换得黄金铸马蹄。沙羊冰脂蜜脾白,笛中饮酒声澌澌。"该诗选自《青铜峡市志》第十六卷"文物 古迹 旅游",诗人马祖常,字伯庸,光州人。诗人高祖锡里吉思是金代凤翔兵马判官,死后"封恒州刺史"(杨镰:《全元诗》,中华书局,2013年),子孙按照以官为姓的惯例改姓马。诗人曾广游今甘肃、宁夏、内蒙古等地,兴之所至写下了这首流传千古的诗作。该诗涉及诸多宁夏地区特有的物产,如可"染衣如霞"的茜根、紫驼载来的织锦等,这些物件在诗人笔下显得精美绝伦、炫人眼目,诗人欣喜、怜爱之情愫亦流于意表。诗人的另一首《灵州》,诗中出现了更多的当地物产意象:"乍入西河地,归心见梦余。葡萄怜美酒,苜蓿趁田居。少妇能骑马,高年未识书。清明重农谷,稍稍把犁锄。"(《石田先生集》卷二)灵州属元代宁夏府路,治所在今宁夏回族自治区灵武市。这首诗写当时灵州地区人民粗犷豪迈的生活习惯和亦农亦牧的生产情况。诗中所写葡萄、美酒、苜蓿皆当地物产,体现出该时期宁夏地区农耕文化已逐渐步入正轨。

但在元朝之前,宁夏地区的物产并未得到诗人们足够的关注,偶有提及也多鄙夷之词。沙石四起,尚能粗衣遮面,朔风凄苦,犹有烈酒驱寒,但身处地荒人稀的边陲塞漠何事何物也难抵俯仰皆是的故园愁思。且看顾非熊《出塞即事二首其一》:"塞山行尽到乌延,万顷沙堆见极边。河上月沉鸿雁起,碛中风度犬羊膻。席箕草断城池外,护柳花开帐幕前。此处游人堪下泪,更闻终日望狼烟。"(《全唐诗》卷509)诗人顾非熊为姑苏人,顾况之子。生卒年均不详,约唐文宗开成初年前后在世。少俊悟,一览成诵。性滑稽,好凌轹。困举场三十年。武宗久闻其诗名,会昌五年,放榜,仍无其名,怪之。乃勅有司进所试文章,追榜放令及第。大中间,为盱眙尉,不乐奉迎,更厌鞭挞,乃弃官隐茅山。王建有诗送别。后不知所终。非熊著有诗集一卷,《新唐书艺文志》传于世。诗人出塞,行尽极边看到了河上鸿雁骤起,闻到风中牛羊腥膻,便不禁泫然泪下,此处游人泪下,更闻终日狼烟,这些情境都体现出诗人对该地区风物的鄙夷与愤懑,无限城池已非汉界,多少豪杰埋骨胡乡,这些郁结都令诗人难以释怀,在这种情绪的熏染下诗人笔底物产也变得惨淡不堪。再如南宋张舜民的《西征》:"灵州城下千株柳,总被官军砍作薪。他日玉关归去路,将何攀折赠行人。"古人有临行折柳相送之仪,这在汉文化熏染下的中原腹地和诗书烟雨气息浓厚的杏花江南都是美景。然而此情此景到了诗人笔下，皆成了令人垂叹的遗憾，官军伐柳作薪令这烟环柳绕的环境变得破败不堪，足见诗人对宁夏地区风物的叹惋与心酸。

三、宁夏各民族的生活

同样是宁夏地区的生活，在不同时代人眼里却有不一样的观照。比如在元代以前诗人眼里，该地区就不是处于如此静逸祥和的环境之中，他们反映的是，魏晋南北朝的内忧外患、危机四伏，唐代汉族与少数民族之间的征战杀伐。到了宋代，由于西夏国的建立，民族关系日益复杂，达到了征杀与矛盾的极端。残酷的战争因素催生出无尽的愤恨。宁夏地区处于汉族与游牧民族接壤的核心地区，肥沃富饶的银川平原是厉兵秣马的圣土，而贺兰山的坚关险隘更成为中原地区赖以维系的屏障，于是征战杀伐也接踵而至。中国封建社会中经历了许多兵祸连绵的乱世，中原王朝根基风雨飘摇，政权时有更迭；北方少数民族借机荡平异族，廓清政治，实现了部族的兴盛与繁荣。于是在势力的角逐拉锯中，这片辽阔而美丽的热土成了多灾多难的主战场。怨恨、鄙夷、杀伐与国仇家恨在这片土地上肆意滋生，诗人笔下的风物人情也完全被这种的大环境笼罩，着上了一层令人窒息的黑色。

元代，在宁夏地区质朴的民俗和人民生活受到了诗人的关注。如乃贤的这首《塞上曲》："双鬟小女玉娟娟，自卷毡帘出账前。忽见一枝长十八，折来簪在帽檐边。"这首诗从女子寻常生活情境入手，反映出该地区女孩由梳双鬟到插簪钗的发饰变化和成长历程，从而将该地朴实的民风和习俗展现给读者，让人读来饶有兴味。

金代人眼中，战火初歇，战争之后将士消遣娱乐的安逸淡然也进入了诗人的视线，我们来看邓千江的这阙《望海潮·从军舟中作》："西风晓入貂裘。恨儒冠误我，郄羡兜鍪。六郡少年，三明老将，贺兰烽火新收。天外岳莲楼。想断云横晓，谁识归舟。剩着黄金换酒，羯鼓醉凉州。"（《全金元之词》金词）这首诗反映了边境上恢复田园牧歌式的生活，贺兰战火新收，经历过无数次血雨腥风的洗礼，现在将士们重新回到了歌舞升平的环境之中，他们喝着美酒唱着歌儿看舞女们的表演。展现出一种和睦安然、其乐融融的情境。

但唐朝，诗人们却看到了宁夏地区的别一番景象，且看这首韩翃的《呈李续》："我有敌国仇，无人可为雪。每至秦陇头，游魂自鸣咽。"（《民国固原县志》卷十艺文志·韵语）诗人韩翃与武元衡同时代的人。这首诗将边关的征伐杀戮与家仇国恨一同呼喊出来，表达了诗人对长期持久的拉锯战的强烈愤懑，边关的游魂、流离的百姓在诗人心中成为难以抹平的伤痛，每当屹立于陇头，听到游魂的鸣咽之声，诗人便悲怆难忍，因此眼前的情境风物也变得凄冷与不堪。再如司空图的《河湟有感》："一自萧关起战尘，河湟隔断异乡春。汉儿尽作胡儿语，却向城头骂汉人。"（《全唐诗》卷633）诗人司空图，字表圣，河中虞乡人，咸通十年进士，官礼部郎中、中书舍人。后隐居中条山王官谷，自号知非子、耐辱居士。晚唐诗人、诗论家。著有《诗品》《司空表圣文集》。存词23首。诗人所写"汉儿尽作胡儿语，却向城头骂汉人"，指原来移民过去的汉族人与少数民族融合后，不知自己是汉族人，这是一种发自内心的调笑与鄙夷，由此可见诗人持有强烈的大汉民族独尊的自豪感和虚荣心，在这种丰沛情感的驱使下，胡地异乡风物也随之黯然失色。

四、产生差异的原因

（一）元朝疆域版图的扩张。宁夏地区为汉族和少数民族聚居交汇区，因此在历朝历代多成为各方势力此消彼长拉锯战的主战场。秦政权在此筑城设隘，成为徙民之地，西汉匈奴虎视长安，该地瓦亭关与萧关也成为屹立一方的屏障。东汉时期，地方豪强并起，该地区的卢芳割据、羌人起义都将战火引来，一时间该地区沦为攻占杀伐的主战场。魏晋南北朝时期，宁夏地区北部，尚缺少有效的统治，因此该地区成为匈奴、鲜卑等游牧民族的主要迁居区，在迁居区内，少数民族与汉族错居杂处，共同承受着汉族封建统治阶级的剥削和压迫。到了隋朝，宁夏地区是迎战突厥、鲜卑诸部的核心地区，灵州、原州更是设防重镇，直到唐贞观初年突利可汗请降、吐谷浑部大破，才使狼烟战火一时平息。然而好景不长，吐蕃诸部并起，对边境政权频繁骚扰，该地区又理所当然地成为了汉族和少数民族攻守的要冲。公元1038年，元昊称帝建西夏政权，定都兴庆府，经过三年休养生息，终进逼关陇，向宋廷宣战，于是近千年的征战杀伐趋于白热，宁夏这片热土也成为矛盾与仇恨滋生的沃壤。由此可见，汉族与少数民族的势力在宁夏地区此消彼长，在征伐、侵略、迎击、抵御的拉锯中，滋生了根深蒂固的仇恨与愤懑。而反应此地区的诗作多出于边防战将或远谪文人，因此在他们笔下，该地区永远是他乡异土，付诸诗作，也便难以用饱含的热情去歌咏、颂扬。

然而庞大的元朝建立，这种情况发生了暴风雨式的骤转。"西夏被元灭后，元太宗窝阔台将西夏故地分封给次子阔端，世祖忽必烈时期又将此地封予其三子忙哥剌。"（史卫民：《元代社会生活史》，中国社会科学出版社，1996年）之后开成府的建立，中兴行省的设立都令宁夏地区有了完备的行政建制，这对于该地区社会的稳定、经济的发展提供了难得的契机。

至元年间，元世祖诏令西夏避乱之民回本籍，再加上驻军屯田移民的迁入，到至元二十三年（1286年），宁夏平原的军屯和民屯人数"已达到71700余人"。（张维慎：《宁夏农牧业发展与环境变迁研究》，文物出版社，2012年）所以宁夏地区至此已经基本摆脱狼烟战火的劫难，成为华夏民族难以割舍的一片热土。于是在世人眼中与笔底，那凌寒的朔风、漫天的黄沙也被赋予一种别样的美。

（二）元朝少数民族诗人诗作的沛兴。元代之前，汉儒文化浸染下的主流文人掌握着文学的话语权，他们以诗赋词章，记录着汉民族的跌宕起伏。然而，在少数民族聚居地区，也有着优秀的民族文化和天纵的文学奇才，但他们因语言或文字不通，大多被拒之于华夏民族文化典册之外。到了"元代，蒙古族统治者对各族文化实行选择性吸收与融合的文化政策"（陈育宁：《宁夏通史·古代卷》，宁夏人民出版社，2008年）少数民族优秀作家一时并起，各骋骥騄，以至《元诗选》的作者清人顾嗣立在《寒厅诗话》中称："元时蒙古、色目子弟，尽为横经，涵养既深，异材辈出。贯酸斋、马石田开绮丽清新之派，而萨经历大畅其风，清而不佻，丽而不缛，于虞、杨、范、揭之外，别开生面。"（顾嗣立：《元诗选·庚集》，中华书局，1987年）这里，他对回族诗人萨都剌、维吾尔族诗人贯云石、雍古部（属蒙古族一部）诗人马祖常大加赞赏，甚至与元诗四大家虞集、揭傒斯、范梈、杨载并论，可见此时少数民族诗人已经足以在元朝诗坛站稳脚步。

这期间，"宁夏地区因其地理位置，更明显地表现为各种外来文化与内部遗存文化的交融"，（云峰：《民族文化交融与元代诗歌研究》，内蒙古大学出版社，2013年）因此在这和谐包容的文化氛围里，自然再难出现往日诗文中的鄙夷与奚落、高傲与偏见。少数民族诗人早已将烈日狂沙、朔风凌霜看惯，因此，在他们的诗文中，这种艰苦的自然环境成为壮美严肃的景致，而沙羊、紫驼、葡萄、苜蓿更成为他们乐以称道的特产。优秀的少数民族诗人经过不懈的努力，终使元代书写宁夏的诗歌情感由嗔转颂变得不足为奇。

（三）元朝汉族文人心态的转变。久居草原的蒙古游牧民族入主中原，便与汉族农业文明产生了很大的隔阂，两种制度文化在长期的碰撞摩擦下，元廷为统治需要，在维持蒙古贵族利益的旧制基础上，仿制中原王朝典章制度做出了一些应时的调整。元世祖至元二年（1265年）规定："以蒙古人充各路达鲁花赤，汉人充总管，回回人充同知，永为定制"。（宋濂：《元史世祖纪三·卷六》，中华书局，1976年）这种以蒙古人色目人为单位长官，汉人南人佐治的政策成为元代政治制度上的一大特色，而按照被征服的顺序划分的"蒙回汉南"四等人制，更令汉儒文化熏染下的汉人、南人受到了前所未有的压制与侮辱。因此在这种民族政策的重压下不少文人选择了落拓江湖，在歌酒戏文中消磨余生，不少文人急于苟且求生，在媚俗媚上的阿谀文学中寻求一个安身立命的夹缝。当然，也有不少文人学会了反思与审视，他们重审汉儒文化的缺失，重审少数民族文化的优异，自觉或被迫地消除了对外族的鄙夷和偏见。在蒙古族政权的压制下，不少文人都把注意力更多地引向了曾经的江山塞漠，将视角转向了曾经的坚关边陲，着力去发掘那些雄奇壮阔和别具特色的美。于是一篇篇书写宁夏地区的诗歌应运而生，这其中虽有奉上谄媚之嫌，但对这些风物细致的描摹、深刻的挖掘，也足见该时期文人对这些事物传达出的殊异于前朝的情感。

[基金项目]宁夏哲学社会科学规划项目"贺兰山及周边景观文学研究"（15NXBZW02）；宁夏哲学社会科学规划项目"明代宁夏诗词与地域文化研究"（14NXBZW02）

○探析与批评○

马河杂文：来自生活的良知、理性与民主精神

王 丹 李生滨

读书问学的随笔、笔记和杂文，是明清文人比较喜欢的言说方式，或者说是有别于唐宋古文的更加私人化、个性化的述学文体。然而，现代杂文是从近代报章体发展而来的一种关照社会现实、注重学术和思想文化批判的议论性散文。其特点是短小、精悍，以小见大，语言简洁犀利，思想包含深刻的批判性和理性精神。因其形式自由，能够承担现代性启蒙的批判功能，自五四文学革命开始，就深受文学家、革命家们的偏爱，成为现代文学重要的散文文体。其中最杰出的杂文作家当推鲁迅，"离开了对杂感文的考察，也就无异于无视作为伟大的文学家的鲁迅的存在。"（朱晓进：《鲁迅文学观综论》，陕西人民教育出版社，1996年，第88页）鲁迅以其深刻丰富的杂文批判作为时代的匕首投枪，剖析社会痼疾，揭示现实黑暗，反思文化传统。"周作人的'小品文'，鲁迅的'杂感文'，在新文学中，可以说是散文小品里的两种不同趋向的代表。"（阿英：《阿英文集》，三联书店，1981年）杂文因鲁迅而趋于成熟而影响深远，在20世纪30、40年代的时代激流里发挥了极大的社会作用。

现代杂文从启蒙批判的人文立场上最能体现作家——知识分子的良知、理性和民主思想。新中国成立初期，以吴晗为代表的"吴南星"在《前线》杂志发表杂文《三家村札记》专栏，以歌颂正义光明、匡正时弊为宗旨，以敢讲真话的精神带头杂文创作，但到1957年开

始了大规模的反右派斗争，在敏感的政治环境下知识分子很快被打压，杂文没有了立足之地。"文革"期间，政治压抑和思想禁锢使得整个文学界处于极左的状态，正常的文学创作都被打入冷宫，更不要说启蒙批判的杂文，哪有生存的政治空间和文化环境。

"文革"结束，政治开始清明，文艺创作的环境开始复苏，特别是1978年"拨乱反正"以来，政治、经济、思想等各个领域改革开放，文学界也在多年的禁锢后逐步出现繁盛的局面，从"伤痕文学"到"反思文学"，再到"改革文学"，新时期文学经历了剧烈的震荡。杂文也重新进入人们的视野，不失良知的杂文作家们在饱含泪水的苦难反思中萌生新的精神力量，他们直面现实人生，用杂文逐恶扬清、匡正时弊，批判人性的幽微和社会的不合理。20世纪90年代，杂文界确实有点"百花齐放，百家争鸣"的一时之盛。宁夏杂文作家群也是在这样的背景上活跃起来的，一直延续至今。邢魁学、牛愚、牛撇捺、马河、王涂鸦、朱世忠、闵生裕等先后有不俗的创作收获。因此，新世纪杂文创作有些回落的时候，宁夏杂文创作却在宁夏杂文学会的组织下有了可贵的坚持和发展，被界内人士誉为当代杂文创作的"第二极"。

马河本名伸勇，笔名有野田、白墨。1963年生于银川。籍贯江苏江都。1985年，毕业于西北政法学院法律系，就职于宁夏公安厅。著有《不敢做青天》（山东文化音像出版社，1997年）《指甲里的沙粒》（甘肃文化出版社，2001年），两部杂文集除了对生活现象的调侃和讽刺，主要的笔墨是对政府警界腐败现象的鞭挞和批判；而《穿过针眼的骆驼》（宁夏人民出版社，2008年），则偏重于"写人生""说万象""谈读书""画人物"，多了诗意平和随笔情调。可以说，马河的杂文创作触及到社会人生的方方面面，显现了理性的良知和悲悯的情怀，还有现代文明批判的民主精神。邢魁学说："马河是警察中的文人，他以一个文人的敏感和锐利，又以警察的青天心态和良知，去把握体认人生。"（马河：《指甲里的沙粒》，第252页）语言淳朴，从小事入手，或痛斥官场人情，或进行自我忏悔，亦或展现百媚人生，其作品的内容大多贴近现实生活。

二十多年的创作实践中，马河成为宁夏杂文创作的重要一家，其作品入选新时期宁夏杂文各种选本。特别是2007年8月，宁夏杂文学会精选了《杂文：宁夏十人集》，其中收录了马河十篇杂文。如《穿越世俗的浊流》，戳穿当下人肮脏的嘴脸，并以一位杂文家的忧患意识警示社会："'文革'的土壤仍然存在，只要一旦气候成熟，'文革'的幽灵会来的。"《裸体不艺术》，以幽默、嘲讽的口吻，鞭笞当下所谓的裸体艺术不外乎是裸体的女人吸人眼球而已。《别以贵族的眼光看百姓》，用反讽的手法例举了农民的种种"陋习"，目的是痛斥那些本不是贵族的真正可怜之人却要以贵族化的目光看世界。《平衡》，通过妻子努力备考争取职位升级之事，揭露当下毫无公平可言，只有到外"平衡"关系方可"脱颖而出"的怪现象。

马河杂文创作的活跃也是宁夏杂文创作和杂文活动的重要组成部分。2008年《二十一世纪宁夏杂文丛书》十种就有马河的杂文集《穿过针眼的骆驼》。2011年6月，宁夏举办了第25届全国杂文联谊会年会，借此创刊的《西北望》，面向全国，又收录了马河的杂文《兄弟是什么》《忽然就想起了卑鄙》两篇作品。在比较中，也许更能欣赏马河杂文的独特性。虽然，他们都本着"老夫聊发少年狂"的不羁与执着进行杂文创作，但是这些杂文家仍有着各自不同的风格特点。涉及社会范围层面广，立足点高，俯瞰当下社会生活，论证带有哲思色彩的牛撇捺的杂文，如

《"毫发之怨，无不报者"议》《党项人的黑色幽默》等；代表平民百姓，尤其是工人阶层，密切关注底层，文风平实、幽默、诙谐的邢魁学的杂文，如《沉冤千古的南郭先生》《是谁动了我们的诚信》等；代表新闻、报业界，常常讥讽、鞭笞、调侃领导的王涂鸦的杂文，如《领导的老婆》《领导的亲戚》《领导的烟》等。相比之下，马河的作品表现出更多的则是为民申屈、针砭时弊和批判社会生活的内容，如《决不能让百姓含冤受屈》《哀叹文字》《说公道》等。他用有限的呼喊表达反抗，在孤独中坚守，在希望中抗争，透过生活的表象触及人们心知肚明而不敢言说和思考的东西。

马河的杂文虽然在艺术手法的多样性和语言锤炼上难及鲁迅，但他继承了鲁迅"论时事不留情面，砭痼弊常取类型"的杂文创作态度。马河针砭时弊时常是一针见血，正如鲁迅在《且介亭杂文》的序言中所写："况且现在是多么急迫的时候，作者的任务，是在对于有害的事物，立刻给以反响或抗争，是感应的神经，是攻守的手足。"（傅义正：《鲁迅序跋》，内蒙古文化出版社，2005年，第225页）而朱晓进也在谈及鲁迅的杂文创作的文章中说道："鲁迅从事文学活动的最初动机，只是为了以文学为武器，来促进中国文化的变革，其文学本身，并不是鲁迅的目的。"（朱晓进：《鲁迅文学观综论》，陕西人民教育出版社，1996年，第92页）然而，研究鲁迅的学者们在探讨鲁迅杂文创作的艺术层面给予了很多的笔墨。其实，这艺术造诣的呈现是与鲁迅的为人个性分不开的，他的杂文是出于大爱大恨后对祖国人民的一腔热血。而马河在《不敢做青天》中谈及自己的杂文创作时也曾说："我的杂文从来都是针对现实的，为百姓呼号，为警察呐喊。"在马河筹划《不敢做青天》这本集子时，也确定了"三不"原则，即"不收应酬之文；不收浅显之文；不收过时之文。"（《不敢做青天》，第281页）在《不敢做青天》的后记中，马河说道："我首先是警察，然后才是作者，因此，我一定要把十年来自己认为最好的或较好的文章献给关心过我、鼓励过我、喜欢过我，而并没有对我失望的读者尤其是警察读者。"这足以说明马河的杂文创作是有着和鲁迅一样的民主精神和批判思想，都以自己倔强不屈的个性张扬理性，尽己之所能，用笔尖刺痛并警醒世人。这也是马河选择杂文创作的原因所在，出于一种自觉选择。鲁迅在谈及杂文创作时就说到："任意而谈，无所顾忌。"（鲁迅：《三闲集》，人民文学出版社，2000年）这说明了杂文的最大特点，作为一种启蒙批判的文体，杂文必须张扬作家的个性和思想。朱晓进在谈到鲁迅的杂文观时就以"功能意识""文体意识""个性意识"来认识鲁迅的杂文创作。而杂文这种"任意而谈，无所顾忌"的特点就可以理解为鲁迅对杂文的文体意识。而马河的杂文创作，一方面是出于自我个性使然的选择。他在《不敢做青天》的后记中谈到奶奶对他的评价："你们家的人都是倔脾气，九头牛也拉不动。"马元祥也在2000年6月25日给马河的信中说到："鞭笞社会丑恶现象，扬善抑恶是你的个性，你虽暂时可以不写，但你并没有生活在真空里，你不愿听到和看到的事总会发生，你有不吐不快之感。"（马河：《指甲里的沙粒》，第269页）邹振基也对马河评价道："你不官、不左、不吹、不风、不昏，以独立人格为起点，在社会大背景上留下自己凹凸不平的情感和愤世嫉俗的行为，以宽容的准则，沐浴浩大的生命气氛，使人使文具有厚重感，刚柔相济，和中见狂，因为这个世界毕竟好人支撑着，为爱和真诚而存在。"（马河：《不敢做青天》，第2页）从这种不吐不快的个性、热烈赤诚的情感和愤世嫉俗的行为可以看出马河对杂文创作观率直、纯真的追求。而鲁迅的个性自不必说，从《华盖集续编》小引中的一句话即可看到："不过是将我所遇到的，所想到的，所要说的，一任它怎样浅薄，怎样偏激，有时便都用笔写下来。"（傅义正：《鲁迅序跋》，内蒙古文化出版社，2005年，第42页）无论是鲁迅的《说"面子"》《论"人言可畏"》《论"他妈的"》，还是马河的《说污染》《说骗子》《说公道》，都可以看出他们的杂文无所不谈，触及到社会生活的方方面面，只要所到之处，所观之物能唤起作者的思想，都要谈一谈、论一论、说一说，尽情发泄，尽兴发言。另一方面，杂文的"功能意识"将两位隔世的杂文家拉得更近。鲁迅在《准风月谈》后记中谈及自己的杂文创作时说道："一位比我为老丑的女人，一位愿我有'伟大的著作'，说法不同，目的却一致的，就是讨厌我'对于这样又有感想，对于那样又有感想'，于是而时时有'杂文'，这的确令人讨厌的，但因此也更见其要紧，因为'中国的大众的灵魂'，现在是反映在我的杂文里了。"（傅义正：《鲁迅序跋》，内蒙古文化出版社，2005年，第198页）马河不乏鲁迅身上那不畏艰险，对现实迎头痛击的战士般的斗志。《四月的哀思》，道出了英雄牺牲后光有悲痛是不够的深思，以英雄母亲之口触及了钱这个字眼，透视到的却是英雄背后的心酸。寒碜的房间，多病的妻子，马河关注的不仅仅是英雄的事迹和精神，看到的更多则是他们生活的贫寒，艰辛与不易，以人道主义视角叙述着朴实、温暖人心的真实生活。这是作者真实情感的自然流露，真挚的内容，淳朴的语言独见马河坚毅、果敢而善良的性格品质。马河的创作正是在以自己真挚自然的性情感悟着、演绎着他对天地人生的体悟与感知，将自己的情怀结合于生活的真实体验与感触，把自己的情思意趣透过自然朴实的文字行之于笔端。而马河也同样做到将时政与生活的高度结合。站在时代的风口浪尖，时时关注，事事思索。《祭"草民"》，就是马河阅读了《中国青年报》的一则通讯《妈妈，你死得真冤》后，写下的一篇祭文。单纯简朴的语言和思想的直观可感性以及马河自身的人格魅力都能从他的作品中随处可见。他的作品有着时代的共鸣，同时也是他直面生活的真诚思考和良知反省。

无论是马河的第一部杂文集《不敢做青天》将作品分为"警察篇""荡浊篇""言世篇""读书篇"等篇目，还是第二部杂文集《指甲里的沙粒》将文章分为"边缘人集""警界随想集""看过即忘集""野田泥踪集"等集，还是第三部杂文集《穿过针眼的骆驼》将文章分成"写人生""说万象""翻书架"等主题。马河的作品从内容上主要分为三类：第一类，鞭挞官场黑暗，为百姓鸣冤呐喊；第二类，评析当下热词，解读生活万象；第三类，反思社会现象，观照人生百态。

第一类杂文，如《把乌纱帽倒提在手上》《不敢做青天》《绝不能让百姓含冤受屈》《这是我们的耻辱》《几则消息几多忧思》等，这些文章的特点是直指官场警界陋习，讲述所见所闻的冤民之事，猛烈抨击政府执法人员的置之不理与冷漠无情。语言锋利果敢，文章深刻犀利。正如闪生裕所言："马河是塞上杂谈的一个硬骨头，他的文字很有一股霸气和豪气。"（《书香醉我》，阳光出版社，2010年，第19页）严光星也曾说道："他有一副傲骨爱抱打不平挥笔扫恶。"（马河：《指甲里的沙粒》，第271页）《把乌纱帽倒提在手上》，将官场流氓与地痞流氓进行了一番比较，突显了官场流氓的卑鄙无耻。使得有心反抗之人没有立足之地，只有倒提乌纱帽，随时等待把乌纱帽扔回去。文中以温州市龙港镇公安分局局长吴国钱为例，他立誓："法有明文，情无可恕。"可是当他抓获了"恶徒"时，情与法的衡量不再只有一句话这么

探析与批评　057

简单。"恶徒叫嚣，说情与施压并举，送礼与干预共来，侦查员换了，证人哑了。"针对这种贪腐现象马河也只有一笑了之，吴国钱却道出了精辟的总结："地痞流氓再厉害也不可怕，可怕的是混进官场的流氓，我的乌纱帽是倒提在手上的。"一句精辟的总结道出了官场内部的黑暗与腐败，也道出了马河的无奈与愤怒。马河肯定了吴国钱的敢做敢说，同时也对比直指其他官场人员的沉默，"大家嘴里不说心里自有一本账"。文章又将地痞流氓和官场流氓进行对比，施压时地痞流氓说："不干，老子放你的血。"官场流氓说："不干，这是对抗组织对抗党。"更加突显官场流氓的卑鄙无耻，打着冠冕堂皇的旗号，实则任意妄为、肆意报复。这使得有乌纱帽的人只有两条路可走："一条是保全乌纱帽，加入到流氓队伍中，为虎作伥，死心塌地；另一条是把乌纱帽倒提在手中，施压不屈，施恩不软，被压被恩或挨骂挨打，仍自岿然不动，随时准备着把乌纱帽扔回去。"马河以犀利的语言，鞭辟入里的分析，揭示了官场恶势力的狂妄与险恶，同时也为倒提乌纱帽的人捏一把冷汗，马河仍然将希望与光明寄在这些人身上，即使"法有明文"，但更需要有"人的直立的脊梁"。

闵生裕曾对马河这样评价："有书有笔有肝胆，有血有肉有豪情。"（《书香醉我》，第24页）《不敢做青天》，讲了三件不公之事。其一，警务人员被流氓殴打，警务人员不仅没讨回公道，医药费也无人承担。其二，司机将农民推下车致其摔死，却因执法部门的失职致使罪犯逃之夭夭。其三，甲乙青年打架，甲被乙打伤却被反咬一口，还得承担责任。三件事都是经马河之手的真实案例。可悲的是，三种不公得不到正当合法的渠道解决，而是去跪求执法人员伸张正义，将他们视为生家性命的保证。文中受冤的青年泣泪纵横："我的身家性命全靠你来保了。"这代表了百姓对政府的失望和对生活的绝望。见到马河如见"青天"一般。马河却说："我本命贱，自己出身贫寒就见不得贫寒的人受委屈。"于是写了篇《绝不能让百姓含冤受屈》的稿子，结果不但没有得到业界的反响和支持，反而招致来了警告："你这样再写几篇，离辞职也不远了。"现实的残酷和平民对他的期许也让马河战栗了，这对于一个有良知的作家来说太过沉重。正如马河自己所说："我是注定做不了青天的，我的这支笔不是以权力为后盾的朱笔，我更知道我的呐喊是有限的，在这嘈杂的人世间仅靠一支笔，也太弱势了。"（《不敢做青天》，第88页）这是一声沉重的呐喊，他只恨没有回天之力，没有济世之才。但马河一直坚持着内心的本真，依然用笔代人民立言，用杂文替人民鸣不平。

第二类杂文，如《兄弟是什么》《算命热》《捧臭脚》《娼妓何其多》《流氓商人》等，这类杂文的特点是将思想的主题蕴含于实例之中，从小事入手，带着生活的热情，说理生动、形象、贴切。体悟当下百姓的处境，感悟生活的无奈与心酸。他越是对生活的爱之深，在他作品的字里行间则越表现为痛之切。邹振基读《不敢做青天》这样评价道："我佩服你对实际生活的发明和阐明；佩服你的逞心而谈，你唱着所是，颂着所爱，热烈地主张着，热烈地攻击着，热烈地拥抱着，热烈地拒斥着。"（马河：《指甲里的沙粒》，第250页）

《兄弟是什么》讲述了当下"兄弟"的内涵，通过举例阐释了当今社会"兄弟"已然成为了贬义词。"兄弟，咱两找个机会坐坐"，"兄弟，我认识省上的某领导，我出面介绍你认识一下"，"兄弟，我的事情千万要放在心上"。"兄弟"成了万能的代名词，"兄弟"的亲密度似乎超出了原有的血缘关系。即使是相见恨晚的一面之缘，也要为兄弟两肋插刀。这种中国人的"义气",可谓根深蒂固,不然也不会有《水浒传》中一百单八将的梁山之盟,更不会有《三国演义》中"刘关张"的桃园结义。由此可见,古人对兄弟的义气之重感情之深,连老婆孩子都可以抛在脑后。这样的兄弟情是立足在各自心中那份真诚的"义"字之上的,并无半点旦的利益可言。然而生活总是荒诞不经的,处处充斥着讥讽与嘲弄。人类如同生活在一个巨大的寓言里,无法摆脱命运的捉弄。正如"兄弟"这个曾经让人羡艳的称呼,如今也成了"交相利"的真实写照。一句"兄弟"就意味着我们是一根绳上的蚂蚱,你有利可图,我也得雨露均沾。一句"兄弟"骗了多少真诚的人,如同马河说的"别人一旦称我为兄弟,我会认为真的兄弟来了"。但结果只是想托你办事,成了,还是兄弟,不成,拍屁股走人。不害你已算大幸。一句"兄弟"让多少无"心机"之人掉进陷阱,"兄弟呀,想死哥了,最近咋不跟哥联系?""兄弟,到我办公室坐坐。"这一坐不要紧,倒为自己坐出个陷阱,让所谓的兄弟抓住了自己的把柄,捅到上面,达到了臭你的目的。一朝被蛇咬,十年怕井绳。以后兄弟还怎样以诚相待,恐怕躲还来不及了。人人成为笑面虎,防人之心不可无,当下还能见到真正的兄弟吗?马河用自己的真实经历,演绎了当下"兄弟"的含义。没有犀利泼辣的言语,没有剑拔弩张的情绪,更没有蓬头厉齿的语调。文章中更多的是一种平和的叙述,但从这平和之中体会到的却是马河的孤独与无奈,是一种一个真诚的人所隐含的忧伤和心痛。文字的表述越是平淡,越说明作家的思考是经历过了痛定思痛的沉淀,就像是暴风雨过后的海面,一切归于宁静。

《算命热》,在中国"算命"一直都是中国特有之文化。"造神信巫""易经八卦"便是代表。无论是在远古时期的老祖宗时代,还是现代文明科技化的当代,人类就像是被操纵的布偶玩弄于命运的服掌之间。导演着又臭又长的人间悲喜剧。仅凭巫师的三寸不烂之舌就将少女的贞操祭奉于"半仙"。大众还像鲤鱼跳龙门一样一拥而上。作者通过古今的对比,说明了即使是在文明化的今天,人们的心态尚不成熟,愚昧没有因为科技时代的到来而被驱散。"红男绿女如蜂似蝶,趋之若鹜,看的看算的算,一分神秘,一分热闹,这是怎样的一种心态,一种流行,一种愚昧呢?"马河针对当下算命热自古至今的局限和荒谬以及对当下文明的亵渎,从而讽刺人类的愚昧和无知。

第三类杂文,如《忽然就想起了卑鄙》《小别,夫妻生活的艺术》《宽容的女人与小气的男人》《和尚打伞》《人的两面性》等,这一类杂文的特点敢于面对人类性格的弱点,认清现实背后隐藏的惊险和特点。是对事物进行充分深刻的分析,论证严谨。文章有条不紊,有着精密的逻辑构思,但绝不是反复枯燥的说理,而是依然结合生活的实例进行贴切清晰的论证。可读性强,整篇文章更像是在与读者面对面交流;感染性强,有着鲜活的生活气息。严光星曾在《新杂文由青春领舞》中这样认识到马河:"他保持了那种比较鲜活的青春思维,敢于面对现实去发现精神垃圾。"(马河:《指甲里的沙粒》,第272页)《忽然就想起了卑鄙》,"卑鄙,就是肖小之人的状态"。首先,文章直接切入正题谈到卑鄙。其次通过对"文革"的反思谈及当时人们相互揭发的卑鄙行径。儿女揭发父母,夫妻互相揭发。通过写匿名信的形式使得多少人跌入万丈深渊。然后针对"文革"中的匿名信谈自己何以反对的理由,列出了"凭空捏造""联想推断""道听途说""移花接木"四点分别进行阐释。接着,对卑鄙的认识步步加深层层论证。写匿名信者已属仁慈,更有甚者无所不用其极将你置之死地。

通过"正人君子"们的言行举止，戳透他们的卑鄙无耻嘴脸。最后，发出"卑鄙是卑鄙者的通行证，高尚是高尚者的墓志铭"这样的悲呼。纵使作者已不记得诗人的名字，但卑鄙高尚的本末倒置直到今日也是痛心疾首的。整篇文章结构严密，逻辑清晰，充分道明了可耻的卑鄙。《小别，夫妻生活的艺术》，自古至今，生死离别就是人生之大不幸。小小的别离竟引得多少凡夫俗子的凄凉悲切。就连孤山隐士也因思念而写了"吴山青，越山青，两岸青山相对迎，谁知离别情？君泪盈，妾泪盈，罗带同心结未成，江边潮已平"。离别真是如此悲鸣吗？马河则不这样认为。"笨拙丈夫能把孩子的衣服脱利落而不至生病，会把被子盖好而不至孩子着凉吗？及至自己躺在床上，不觉又想起习惯熬夜的丈夫过去每晚都是在她的催逼下才肯入睡，现在无人监督别熬坏了身子。"通过对外出妻子的心理描写，说明了小别的艺术。文章前半部分针对古人离别时的场面描写与后半部分针对今人分别后心理描写做出对比透彻的分析，充分道出了夫妻生活的秘密。"夫妻双方小别后的思慕便是黏合剂，便是互相思念的一根线，你扯这头他扯那头。"相逢后的喜悦和激动无异于当初的一见钟情，马河通过自己对生活的感悟做出了透彻的心理分析，道出了"小别胜新婚"的秘密。论述严密，逻辑清晰。马河的杂文创作真可谓是涉及社会生活主题之多，范围层面之广，叙述表达之自由。正如牛撒撩在《二十一世纪宁夏杂文丛书》总序中提道："我们处在一个杂文的时代，因为这五彩斑斓的社会为我们提供了丰富的杂文创作素材，因为我们这个自由开放的时代的人们更渴望自由的表达。"（《穿过针眼的骆驼》，宁夏人民出版社，2008年，第2页）马河正是这样一位渴望独立地思想，自由地表达的杂文作家。

马河站在生活反思的高度，直面现实，语言朴素自然，叙述议论简洁明了。虽没有鲁迅的冷峻和开阔，这使其行文有时不免浅露直白，却也造就了马河文章的自然流畅，任情率性的特色，没有过多的雕饰和渲染。《救大人》，关注当下孩子的成长问题，鞭笞那些逐利的"准商人"，"明明把糟粕喂给少儿还要'既当婊子又立牌坊'，以文化的发达与广博来装点青楼的门面；明明是将毒素污染着少儿的纯洁心灵，还恬不知耻地自诩为开阔少儿视野，扩大少儿知识的领航人"。作者以口语化的词语组成通俗易懂的句子，形象生动地刻画了追名逐利的商人们虚伪丑恶的嘴脸，从而发出"要救救孩子，就得先救救大人们"的疾呼。作者对于社会问题的批判精确中肯，以饱满的感情和热情痛击批评对象，却也同时揭起自己内心的伤痛。邹振基评价马河道："马河观察世界极为清楚，最后的情调总多一分悲哀，从中忽得大悟，常有一种含泪的笑。"（《指甲里的沙粒》，第269页）马河的杂文创作是良知的感悟，生命的抒写，他以一腔热血保持着对杂文创作的忠贞。

在创作杂文的道路上马河不免孤独和艰辛，路上的彷徨多少都会体现在他的杂文创作中。马河曾在《指甲里的沙粒·后记》中坦露："我的肉体尚在，而思想凝滞了，恰如王小波之言，失去了精神家园。"但在《守住灵魂》中，马河依然用自己敢于说真话的坦诚，表达了自己要守住人魂的坚贞和继续用良心创作的不屈。正如邹振基所说："希望马河想着真实的自己，某一条现实的路，用思想作支柱，才情为经纬，站成一个活生生的风景，精心预设走向，为自己、为社会，留一道清晰的轨迹。"（《不敢做青天》，第3页）而马河也真诚地表达："我要创造新的马河，而把旧的马河与旧的弊端一起埋葬掉。"（《指甲里的沙粒》，第278页）纵使有人谈说马河创作杂文没出息，正如有些人攻击鲁迅一样,骂他得了欲罢不能的死症,但都以不屈的个性去及时地用自我的良知对社会黑暗进行猛烈的批判和反思。无论是写杂文的马河还是马河的杂文都在宁夏杂文界里有着重要的影响。马河以不服输的"硬骨头"精神坚持杂文创作,不论是鞭挞官场腐朽黑暗、解读讽刺生活万象,还是抒写人生百态滋味,作品内容所概括的社会"类型"都具有超越时代的意义。作品以平实自然的语言,讽刺、直露的文笔针砭时弊、探索真理、剖析人生、摹写世相、评说人事,内容丰富而真实,只为扫除丑陋,问心无愧。同时其杂文在艺术层面上也有着独特的风格,以形象生动的具体实例和逻辑严密通俗的说理来揭示社会生活的本质。马河将强烈的爱憎融入到作品中,使得杂文在批判讽刺的同时还具备了鲜明的抒情意味。

简而言之,作品内容的丰富朴实和语言风格的鲜明独特构成了马河杂文创作的现实意义和文本价值。

○探析与批评○

文学性的坚守与学科话语的构建

许 峰

法国文学批评家阿尔贝·蒂博代（A·Thibaudet）将文学批评分为三种：第一种，由一般读者和报刊记者完成的"自发的批评"；第二种，是专家教授完成的"职业的批评"；第三种，是文学大家所表述的"大师的批评"。蒂博代对大学教授"职业的批评"颇多嘲讽之词，比如老生常谈、死守规则、思想懒惰、沉闷的学究气等，但也承认，职业的批评家有良好的教养、深厚的历史感、知识体系化等长处。如今以文学批评家的活动区域为界，文学批评可划分为三种，即媒体批评、作家批评和学院派批评。

在中国当代文学批评的阵营中，"学院派批评"构成文学批评的核心力量。"学院派批评"有着丰厚的学术积淀和专业知识，在对当代文学的解读上有着更为专业的素养。文学史家陈思和先生这样评价学院批评："针对当下的文学现象""批评与生活同步发展""创造当下的文化生态，支持文学创作" "较少地受到市场功利或者流行思潮的影响……以更加超脱的立场来评判创作对象，以更加开阔的学术视野来衡量作品的艺术得失，揭示创作内涵中比较隐蔽的意义"。（陈思和：《学院批评在当下批评领域的意义》，《文艺报》，2012年11月23日第2版）

本文以文学性的坚守与学科话语的构建为切入点，探寻一下学院派关于宁夏小说批评的大体风貌及见解得失。

一、庞大的学院派批评队伍

这些年，随着宁夏的小说的繁荣和创作水平的提升，宁夏的小说创作逐渐进入了批评家的视野，而对宁夏小说的批评绝大部分来自于学院派，学院派对宁夏小说的持续关注，一方面是因为宁夏小说确实在当代小说中有了值得审视和探究的学术价值，另一方面也是因为学院派看惯了充满世俗铜臭气息的小说之后，对张扬精神品格的宁夏小说自然情有独钟。再加上西部文学已渐成为文学批评的关注重镇，而宁夏小说作为西部文学重要的板块，自然也将成为学术关注的重要对象。

宁夏小说真正有了自己的声音还得从张贤亮说起，张贤亮在新时期文学思潮中占有重要的地位。张贤亮引以为豪的就是在小说创作中不断突破禁区，因而也引起众多的争议，正因为这种争议，学院派批评家们愿意把大量注意力集中在张贤亮所营造的小说世界中。张贤亮的"伤痕""反思"小说有一种重构历史的野心，伴随着批评的展开，许多学院派批评家正是通过对张贤亮小说的分析实现了与历史的无限接近。关于张贤亮评论的研究，另文已做分析。本文主要的研究对象是针对新世纪之后的宁夏小说评论。

新世纪前后，宁夏小说真正呈现井喷状。出现了"宁夏三棵树""宁夏新三棵树""宁夏青年作家群""西海固作家群"等创作群体，宁夏的小说再次引起外界的重视，众多学院派批评家将宁夏的小说作为自己的研究阐释对象，以此来检验自己面对现实与文本的勇气与目光，通过对文本的科学、理性与公正的审美判断，实现自己批评的价值立场、伦理操守与专业品质。在学院派批评队伍中，云集了当下最为活跃的批评家，他们是雷达、陈思和、吴义勤、陈晓明、贺绍俊、孟繁华、赵勇、季红真、赵学勇、李兴阳、李建军、张新颖、郎伟、申霞艳、王贵禄等。仔细考量发现，这些批评家有的曾是一个时代文学的见证者和阐释者，他们的批评构筑了新时期文学史的发展脉络，深刻地影响了新时期文学的走向。比如雷达的"民族灵魂的发现与重铸"；陈思和的"民间""无名"，"新文学整体观"；吴义勤对新潮小说的研究；季红真的"文明与愚昧的冲突"；陈晓明对先锋文学的研究等，这些学术研究曾是当代文学学科重要的研究成果。这些身兼学者身份的批评家，他们的眼光是非常挑剔的，在观照宁夏小说的过程中，表现出极为严谨的审美判断和深刻的洞察力。同时，这些批评家关注宁夏小说，对宁夏小说的繁荣发展与进步都是非常有意义的。

二、消费时代背景下文学性的坚守

正如前面陈思和所言，学院派较少地受到市场功利的影响，在他们的眼中，鲍德里亚所界定的"消费社会"已经完全侵蚀了积极正面的人文价值立场。学院派批评家正在努力借助文学文本所表现出来的诗性来达到对抗庸俗，抵御市场化对崇高的消解。身处前现代的西部文学近些年越发引起学院派批评家的高度重视，究其原因，在于西部作家们的生活积淀与消费文化没有形成对接，也就注定了西部作家们的文学活动不会与牟利的商业活动挂钩，他们是真正的消费时代的边缘化写作。因为，西部作家们深信，文学活动终究是一项灵魂的事业。也正因如此，西部作家对文学的纯然理解赢得了学院派批评的青睐。有学院派批评家指出："西部作家在消费时代所坚守的文学性书写，是对文学理性的持续张扬，也是对西部文学精神的自然接力。西部文学在消费时代具有了难能可贵的诗性情怀与精神高地，具有不可低估的价值意义。"（王贵禄：《西部文学：消费时代的诗性情怀与精神高地——以宁夏作家的创作为例》,《文艺理论与批评》,2013年第3期)这篇高扬西部文学的研究文章,副标题是以宁夏作家为例。在这篇文章中,宁夏作家了一容、火会亮、火仲舫、郭文斌、石舒清的作品"以精神之光来照亮西部人生存的艰难、琐碎与平庸,以及在这些艰难与平庸中生成的美感与诗意,从而给人一种生存的勇气与精神的敞亮"。贺绍俊则谈道:"宁夏作家更多的是以一种氛围、一种情调来构筑文学世界,读他们的小说所获得的首先并不是故事,而是一种精神享受。不停留在故事层面,这对于小说创作来说,才是一种更高的境界。"(贺绍俊:《宁夏的意义》,《小说评论》,2006年第5期)吴义勤在评论郭文斌的小说时用的是"诗性而唯美的经验"。(范晓棠,吴义勤《诗性而唯美的经验——郭文斌短篇小说论》,《当代文坛》,2008年3期)李建军则用"诗意叙事及其意义"(李建军:《诗意叙事及其意义》,《郭文斌论·序》,《黄河文学》2008年第10期)评价郭文斌的小说创作。可见,诗性与精神的追求,正是文学性的内在表现,也是文学教育功能的重要体现,契合了学院派批评家的身份认同。

除了宁夏小说所表现出来的诗性与精神追求,学院派批评家对宁夏小说的礼赞还在于宁夏小说家对文学的纯然理解,这种理解文学的方式对于今天文学的发展至关重要,当文学沉浸在欲望化叙事的泥沼中不能自拔,在市场化的机制内追寻着浅薄的商业利益而失去文学积极的价值追求和稳定的理想信念。用现在社会比较流行的一个词汇——正能量来形容宁夏的小说创作一点都不为过。整合学院派对宁夏小说的批评,终极的批评指向落在小说所展现出来的"正能量",而正能量的彰显与考究,是批评家的在一个消费时代的坐标系下去评判宁夏小说的价值。

新世纪之后,宁夏小说的异军突起,出发点并不是为了寻求参与社会转型的轰动效应,更不是为了追求写作的风尚而恣意炫技。宁夏的小说由于边缘化的冷静、宗教化的内忍使得小说本身一直呈现出20世纪"纯文学"所奠定的理想基调,这一点,在学院派的批评阐释中得到了应验。学院派批评家在解读宁夏小说的过程中,强化了小说的教育意义和精神引领作用。而宁夏的小说在学院派批评家眼中作为一个"他者"的叙述模式激发了批评家们对当前文学现状的不满,看惯了城市之中的欲望、肉体、人性恶的叙事,突然接触到一种"澄明""诗性""唯美"的叙事,批评家们怎能不为之动容?当然,学院派批评对宁夏小说的分析是否全面具体,暂且别论。作为学院派批评家,他们通过教育的途径来传承文学血脉,影响文学的生命,这一点决定了他们与非学院派批评家的区别,正因如此,文学性的坚守是他们通往文学正途的有效途经。

三、学科话语的自觉构建

学院派批评家除了撰写文学批评来为当代文学的发展保驾护航以外,对他们而言,最本质的工作是在各自的学校里教授现当代文学史。现当代文学作为一个二级学科,有自身的局限性,那就是只有上限没有下限,从20世纪初开始到当下,直至未来,都是这个学科关注研究的对象,这样的一个学科特点,使得学院派批评家很自然地在批评的视野上建构起一种批评的整体观念。也就是说,学院派批评家在文学史的背景下对当代文学进行批评与评估。这是学院派批评的一大优势。

反观学院派对宁夏小说的批评,学科话语的自觉构建便是其显著的特点。这表现在一是文学史背景下知识谱系的自觉展开,二是学科化的理论概念术语自觉运用。

在王贵禄谈及火仲舫的《花旦》和郭文斌的《吉祥如意》时，首先是为评价他们找到了一个坐标。"立足于民间民俗文化书写是百年中国文学的一个传统，从鲁迅到沈从文，到赵树理、柳青、汪曾祺、贾平凹，都在其创作中有真切的民间民俗文化的释放"。（王贵禄：《西部文学：消费时代的诗性情怀与精神高地——以宁夏作家的创作为例》）在这样的一个坐标系内，重提民间民俗文化的价值便有了一个深远的文学史意义，从某种意义上讲，火仲舫与郭文斌的创作显然是在接续传统的背景下凸显在当代的价值。王贵禄看重的不仅仅是文学史传统的接续，最重要的是与"私人化写作""身体写作"的对照中彰显出来的"对文学潮流的反正"。对文学潮流角逐，学院派批评家要强化自己的判断意识和批评立场，往往诉诸文学史的传统。因为，在这样一个文学史的传统中，知识谱系的自觉展开显然呈现出"高人一等"的强态，学科话语在批评中的构建使文学潮流的优劣态势更加分明。在很多时候，对文学传统的接续一般被学院派批评家所青睐，在他们看来，这才是文学发展的正道。

使用理论武器是学院派批评的另一优势。西方的文学理论在80年代中期传入我国，开拓了文学研究的视野，一时间结构主义、后现代主义、精神分析等成为了学院派批评的主要武器。福柯、德里达、伊格尔顿、詹姆逊等人物的名字在文学研究的圈子里耳熟能详。一些新颖的学术概念，理论词汇深深地影响着当代文学研究的走向，也对当代文学批评提出了更高的要求。

对宁夏小说的研究也是如此，单纯的印象、主观式的批评也许能够获取一定的审美感受，可是要深入探讨小说形成的内在机制，完成对小说的深度阐释的话，就需要有独特的理论视角。如苏文宝的《死亡：最后的生命仪式——石舒清作品的"死亡"原型研究》（《宁夏师范学院学报》，2010年第5期）就是一篇用"原型"理论来解读石舒清小说的文章。陈思和的《在精致结构中再现历史的沉重——张学东的短篇小说艺术》（《上海文学》，2004年第10期）则立足于小说内部研究的法则，从小说的结构来探析张学东短篇小说的艺术。理论概念的自觉使用从另一个层面反映出宁夏小说不仅在小说的精神内涵上有着较高的水准，同时在小说的艺术特色方面也表现出可贵的艺术品质。这为宁夏小说向经典化道路的迈进提供了有力的理论支撑。

四、学院派批评的不足

在文学批评的阵营里，学院派批评可谓一枝独秀，在文学文本的阐释和文学思潮的命名上，学院派始终走在时代的前列，拥有着不容置疑的话语权。然而，这并不代表学院派批评就是完美无缺。学院派批评家的陈思和就意识到："从事学术工作的人（学者、教师、研究生）因为身居学院，往往与当下生活比较'隔'，加上一大套概念术语等等，常常会把生动的文学创作变成一些教条、理念等等，不但说不到点子上，反而歪曲文学在生活中的意义"（《学院批评在当下批评领域的意义》，《文艺报》，2012年11月23日第二版）这一点在当前学院派批评中较为常见，理论先行，文本作为理论的注脚，导致文学阅读的审美感受力下降。这一不足在学院派关注宁夏小说的过程中也有所展现，主要表现在：

一是缺乏明确的价值观念。文学批评是要有是非概念的，这本是批评的常识，但是在我们当前的文学批评中，许多批评陷入了"圈子化""人情化"，在"为善"的同时忘掉了"求真"。最直接的表现就是文学批评失去了判断意识而缺乏明确的价值观念。这样的文学批评除了溢美之词以外，看不出作者想要通过文本的阐释表达的价值内涵。

学院派批评家对宁夏小说的研究便陷入了价值观念不明确的窠臼。作为文坛新生的力量，宁夏小说家的创作确实需要学院派批评进行呵护，可问题是，批评不能总是在文本表层绕弯，要通过文本的深层阐释形成有效的价值支点，进而去推动文学的创作。目前，宁夏有的小说家创作势头不错，赢得了许多称赞，于是便有些飘忽，对于那些针对他小说的批评之声不能接受。久而久之影响到文学批评的气候，"同唱一首歌"式批评得以泛滥，批评家与作家相互之间恬不为怪地进行话语抚摸，互相吹捧，我赞你是"大师"，你赞我是"天才"。这种批评最大的问题就是批评家不愿意做那个说"皇帝没穿衣服"的小孩，不敢在文本阐释的过程中亮出自己真实的价值观念，于是隐匿自己的真实感受，而又为了人情关系，不得不寻找文本的亮点去做不痛不痒的审美分析。

二是社会学视野的匮乏导致批评缺乏认同感。苦难与诗意是近些年宁夏小说经常表现的主题，小说创作的逻辑经常是这样的一个套路：苦难成为背景，超越苦难表现出来的坚韧的精神与对待生活所表现来的诗意才是关键。这样的套路被学院派批评家放在消费时代的大背景下去考量，进而去发掘小说彰显出来的精神品质达到文学教育的功能。但是身居宁夏本土的读者在阅读学院派批评的时候很难获得一种强烈的认同感，他们感觉到学院派的批评没有结合他们真实的日常生活。学院派对宁夏小说解读没有基于社会学的视野去探析文学本身与本土现实之间的关系，因此，所做出的判断往往是带有"旅游者"的心态。尤其是西海固作家笔下的乡土世界，经常被作家打造为精神的归属地，拒斥城市文明，守望乡土的写作模式反而引起学院派批评家的高度礼赞，从石舒清、郭文斌、马金莲等的小说批评中已窥得一二。

他们只看到西部乡村淳朴优美诗意的一面，却忽视了西部乡村最为重要的生存艰难这一事实与环节。文学批评不能仅仅成为学科的产物，而是要走出学科规定性，参与到整个人文话语的构建当中。这就是本土的读者为什么对学院派批评难以获得认同的一个原因。

三是"正确的废话"——知识谱系的展开造成了批评的冗杂。坦率地讲，宁夏小说家确实在小说创作上表现出较高的水准，取得了不小的成绩，但还没有一个小说家直言自己的作品是思想阐释的产物，是能进入经典作品行列的。因此，对于这些作品的解析，最重要的是把握作品与当下社会生活的关系，揭示出文本所隐含的丰富意义。学院派批评在解读当代文学作品时习惯性将知识谱系展开，本来从100可以到101，非要从1到101。这中间的100作为文学史的常识在批评当中占据了很大的篇幅，从而造成了批评的冗杂。

乡土小说在宁夏小说的创作中占有较大的比重，艺术水准也较高，为了寻找参照，学院派对宁夏乡土小说的批评习惯性放在20世纪乡土小说发展的这条历史纵轴上去考察，从鲁迅、废名、沈从文、萧红、孙犁、汪曾祺、赵树理一直延续到陈忠实、贾平凹等，这样一路梳理下来，造成研究对象的喧宾夺主，主次失衡，忙于梳理而遗忘了本应研究的对象。

中国当代文坛，学院派批评依然是文学批评的重镇，而对于宁夏小说而言依然如此。学院派批评对宁夏小说的创作起到了积极的引领作用，尤其是宁夏这样一个欠发达地区的文学事业，迫切需要更多来自学院更为专业的眼光来审视。当然，学院派批评有自身学科化的弊病，尤其是面对社会高速发展的多元化今天，批评陷入命名、总结等失语的状态，20世纪被誉为批评的时代，而二21世纪又如何发挥批评的功能？显然，学院派的文学批评还任重道远。

○探析与批评○

书体篆、隶关系再探

李洁琼

汉字书体篆、隶关系如何，历来众说纷纭，概括来说，观点有三：隶书源于东周古隶，与小篆无涉；隶书是继小篆发展变化而来；二者皆源于战国末期秦系古篆。篆、隶书体，称法，与内涵均不同，战国中晚期同一载体出土文献小篆、隶书并存，同一内容出土文献中小篆、隶书各书一体的现象，都说明两种书体之间并无直接继承关系，二者在战国中晚期就已并行存在，在当时只为正、俗二体之分。

隶书，一改因形立意，笔画圆转的古文字形体，开启了形体扁方，以线条符号为主的今文字字形，无论在文字学史上亦或书法史上都具有重要意义。继之而来的关于隶书起源，围绕篆隶关系展开的讨论，众彩纷呈，仁智互见。概括来说，主要有以下三种观点：第一种看法通过对古文字材料中部分字形进行分析，认为隶书起源于与小篆无关的东周古隶。郦道元的《水经注·谷水注》，杜光庭的《书苑菁华》，杨慎的《丹铅总录》等书都支持此说。第二种即普遍认为：作为古今文字的分水岭，隶书是由秦代小篆发展变化而来的，与其有直接继承关系的书体。许慎的《说文解字》，班固的《汉书·艺文志》，卫恒的《四体书势》，张怀瓘的《书论》，虞世南的《书旨述》与刘熙载的《艺概》等书中都有相关说解。到了20世纪，随着越来越多地下古文字材料的出土，关于篆、隶关系的探讨也不断深入，近年来学界出现了与以上两种说法不同的声音，即认为小篆与隶书都来源于战国末期的古篆，二者为同一时期独立并行的两种书体。近代学者的著作，如钱玄同的《章草考》，裘锡圭的《文字学概要》，王宁的《汉字学概要》，启功的《启功全集》等著作，以及吴白匋的《从出土秦简帛书看秦汉早期隶书》，程志强的《古代隶书发展和鼎盛时期》等文章中都认同这种观点。上述三种说法，如隶书起源于和小篆无涉的东周古隶说，缺乏文献资料的充分佐证，只是以少数偶合的形体进行说解。隶书由小篆直接省改而来的说法，以简单的时间早晚与朝代更迭次序为标准，认为其发展变化是由大篆到小篆，再到隶书的过程，没有从书体本身对篆隶二者进行深入的分析。且小篆创立于李斯，隶书创立于程邈的说法，将一种书体的起源归因于单个人的创造，也不符合历史事实。本文倾向于第三种说法，认为隶书与小篆之间并无直接的继承关系，二者都来源于战国末期的秦系篆文。小篆主要受到规整大篆正体的影响，隶书的来源则主要受草篆的影响，发展成熟的隶书是与楷书较为接近的今文字类形。

文章拟在前贤研究的基础上，从篆隶书体的字势、称法、意义，近出文献中同一载体小篆、隶书并行与同一内容的出土文献中小篆、隶书各书一体三方面入手，再探篆隶关系。明确小篆与隶书究其本源，乃同一时期由战国古篆逐渐演变而来的两种书体。二者并无直接继承关系，而是分为正、俗二体在战国末期就已并行存在。这里所说的隶书，并不是定型于西汉、兴盛于东汉的成熟隶书形体，而是侧重于裘锡圭在《文字学概要》一书中所提到的区别于汉隶的古隶："习惯上把具备这些特点（挑法、波势和波磔）的隶书称为汉隶，汉隶形成之前的隶书称为秦隶。秦隶也称古隶。"（裘锡圭：《文字学概要》，商务印书馆，

2014年，第85页）

一、书体与称法——小篆、隶书无直接继承关系

从书体本身来看，小篆和隶书作为书法史上两种不同的形体，其笔势特征与字体结构都存在着明显的差异。一方面，分析早期小篆形体可见，作为古文字系统的一部分，它表现为纵向分布，笔画圆转，线条粗细匀称，因形立意的象形文字，且在同一时期的书写材料中，一字异体的情况较少。这些特点与战国秦系文字中的大篆正体是一脉相承。分析早期的隶书形体，可见此时期的古隶虽然还没有脱离篆意，但它在继承篆文俗体的同时，已略显隶书定型后的端倪。由于书写较为急促随意，它不再像大篆正体那样线条粗细匀整，而是呈现继草篆而来，随着运笔的差异画有粗细，已出现"起笔蚕头"的书体特征。此外，简帛作为其主要载体，为了减省书写空间，它的字体向左右发展，呈扁方分布。不同于古文字系统中字形随体诘屈的特点，古隶渐渐表现出线条画、符号化的趋向，且相对来说，同一时期内文字异形的现象较为常见。从这些特征中可以窥见隶书受战国秦系篆文草体影响的痕迹。另一方面，从具体字形进行分析，可以发现相当一部分文字在小篆和隶书中呈现出完全不同的形态，这也说明了小篆与隶书是并无直接继承关系而各自独立的形体。如"斗"字的小篆字形为"𩰲"，隶书则与战国时期秦公簋盖中的字形较为接近，写作"𠂇"，是由像手柄之形的"+"和像大勺之形的"⊐"两部分组成。字形的迥异在某种程度上说明了两种书体之间相互独立，接近于秦公簋盖中的形体则阐明了隶书的产生应在秦始皇统一六国、实行书同文政

策之前。

从对字体的不同称法来看，小篆又称"掾书"，"瑑书"，"引书"；隶书又称"佐书"，"史书"。分析各名称的内涵，可以从中看出两种书体不同称法之间的侧重与差异。被称为"掾书"的小篆，有官书之意。段玉裁的《说文解字注》中就有"汉官有掾属，正曰掾，副曰属"的说法。此外，小篆还有"瑑书"的美称。关于"瑑"之得名，裘锡圭在《文字学概要》(商务印书馆，2014年，第72页) 一书中解说道："隶书是不登大雅之堂的字体，篆文可以铭刻金石，所以得到了瑑这个名称"。由此可见小篆作为官方用于符信、记功等重要事务的书体，是庄严、规整的象征。"引书"的称法则强调在书体方面，小篆呈纵向分布，"引而伸之"的竖长形态。再看隶书的"佐书"，"史书"之称法，都是就其区别于官方使用的正体，作为不被重视的俗体来讲的。新莽六书中"佐书"的命名，与书佐卑微的职位相关联，也从侧面影射了隶书"佐助篆之不逮"的从属地位。"史书"的称法则来源于"史"这一文化奴仆的身份在特定时代下的微妙性，且隶书之"隶"本身带有的意义进一步说明了作为俗体，它的主要使用者为社会下层民众。通过小篆和隶书截然不同的称法，可见两种书体的内涵之间存在着很大差距并且无直接联系。

从小篆与古隶的字面义来看，两者也存在较大的不同。"篆"之本义为刻写卦辞的竹简。后来本义消失，逐渐演变为秦统一六国，实行书同文的政策后全国通行的字体。"隶"之本义则为追赶，抓捕走兽，从二者的演变过程中可见，篆字从一开始便运用在较为隆重，庄严的正式场合，而隶书则伴有"隶人""从属"之意，从中也可见二者的区别，字义之间的无关联也从某种程度上说明隶书与小篆两书体之间并无直接继承关系。

二、同一载体文献小篆、隶书并存
——二者同时并行

篆隶二者字势，称法与内涵的不同揭示了它们之间并无直接的承继关系。作于秦景公、灵公时期，由古篆而小篆的秦公簋和石鼓文以及作于秦孝公十八年 (公元前344年)，以早期小篆为主要书体的商鞅方升，无一不证明小篆书体的演变早于秦始皇统一中国之前，其形成则于战国中晚期就已初现端倪。而随着70年代相关古文字材料的出土，特别是由青川木牍、天水放马滩秦简到云梦睡虎地秦简的演进过程中，尚未完全脱离篆意的古隶形体，于同一载体中兼具小篆、隶书两种书体，也进一步证实了二者同出于战国末期秦系书风的事实。

20世纪70年代新出土的秦代简牍，或于同一材料中兼具早期的小篆与古隶两种形体，或于一字之中篆、隶夹杂，将有关二者关系的研究向前推进了一步。战国中晚期的青川木牍，晚期的天水放马滩战国秦简以及战国晚期到秦始皇时期的云梦睡虎地秦简，载体时间的推进中，隶书书体萌发过程及其与篆文的关系清晰可见。

1979年出土于四川省青川县郝家坪古墓群的青川木牍，被视为目前所见的最早的古隶标本，除字迹残损不清的一件，另一件有着120余字墨书秦隶的木牍，据辨识出于秦武王二年 (公元前309年)，早于始皇时期八十多年。简牍中的字体，如"草"字的结字，构件上方呈篆书特征，构件下方则和定型后的隶书相像，又如"鲜"字中的构件"火"还未定型，尚带篆书意味。整个木牍中的书体形态尚未固定，常常呈篆隶并存的特点，并且一字异形的情况比较常见，结字也较为复杂，此时期的隶书形体尚未脱离篆书意味。相关方面的时贤文章，或从书体特征，或从字势角度，通过分析木牍字体的特点，对隶书来源于继小篆而来的陈说予以否定，将隶书书体的萌芽阶段推进到战国中晚期，进一步揭示了篆、隶之间的关系。徐无闻的《小篆为战国文字说》一文中，认为"我们现在已可确认隶书兴起于战国晚期，盛行于秦代"，（徐无闻：《小篆为战国文字说》，《西南师范大学学报》，1984年第2期，第33页）并且通过分析古隶书体的特征，将其与汉隶作了区分。陈思的《从〈说文解字〉部首角度考察汉隶与小篆的关系》（《安徽文学》，2013年第8期）一文，通过对木牍字体特征进行分析，也认为"无论从哪方面看，青川木牍都应归于隶书范畴。"

"甘肃天水放马滩一号秦墓出土的460枚竹简……简文都以古隶体书写在篾黄面……经整理，内容有《日书》和纪年文书两类。"（何双全：《天水放马滩秦简综述》，《文物》，1989年第2期，第23页）出土简文的时代为战国晚期，分析其字体特征，可见已是明显的由篆到隶的过渡字体。从笔势上可见篆笔的圆转笔画逐渐拉长为方折，而且字形也由竖长变为扁方，已出现早期隶书形体的痕迹。以"亻"和"氵"作为偏旁的字形也与篆文中具有象形意味的"ㄟ"与"ㄟㄟ"具有较大差别，与后世的成熟隶书形体则较为接近。孙鹤的《秦简牍书研究》一书与何双全的文章《天水放马滩秦简综述》也都指明了放马滩秦简处于过渡时期古隶书体的地位。孙鹤分析此时期书体的特征："字体风格与云梦睡虎地秦简类同……结构上承大篆，下参分书。"（孙鹤《秦简牍书研究》，北京大学出版社，2009年，第53页）将放马滩与下至始皇时期的云梦睡虎地秦简相联系，明确了放马滩秦简的承上启下的地位。《天水放马滩秦简综述》一文，对其内容《日书》和《墓主记》分别做了解释，并在此基础上综述简文所反映的内容，指出简文书体都以古隶为主。

作为古隶书体发展到战国晚期至秦始皇时期的代表，云梦睡虎地秦简比之前代简文，方折笔画明显增多，字形多呈匀称的扁方或规整的正方形体分布，起笔有蚕头的特点，逐渐呈现脱离篆意的趋势，隶书的意味已较为浓厚。基本完成了隶书由演进到形成的过程。陈谷栋的《再考隶书所起——以云梦睡虎地秦简隶书为据》（《湖北职业技术学院学报》，2008年第3期，第52页）一文，分析了睡虎地秦简简文，认为"从秦简的字体来看，秦简中的隶书字体，线条简洁，流畅自如，活泼规范……说明隶书在当时已趋成熟，已成体系，应用的时间应该是很久远了。"（陈谷栋：《再考隶书所起以云梦睡虎地秦简隶书为据》，朱炼在论文《古汉字形体演变献疑》（《牡丹江师范学院学报》，2015年第1期）中也认为睡虎地秦墓竹简的字体是与小篆截然不同的一种文字形体，并认为"如同篆书孕育于商周时期的通用字体，隶书也同样孕育于战国时期的篆书，并形成于战国晚期。"文章都将隶书的形成定位在战国晚期的时段，还原了古隶体的源头实在战国中晚期的真相。

除了上述由青川木牍、天水放马滩秦简到云梦睡虎地秦简的一系列简帛文献外，其他材料如出土的兵器铭文以及权量诏版等，也证实了早期小篆与古隶在战国中晚期就已并行的事实。秦国兵器刻辞"五年相邦吕不韦造，诏事图，丞蕺，工寅"等十五字，其中除"五""年"等少数字还略呈篆意外，"图""吕""不"等字则以脱离了小篆圆转连笔为主的结构，体现出变曲为直，变连为断的隶书特点。又如秦昭王三十三年（公元274年）铸发的"高奴铜石权"，郭沫若提到："这些铸辞中的好些字迹和隶书差不多"，并且根据"奴"字所依据的偏旁"女"的书体比较，认为"隶书并不始于秦始皇时的秦邈"。（郭沫若：《古代文字之辨证的发展》，《考古学报》，1972年第1期，第11~12页）

三、同一内容文献小篆、隶书各书一体——一正一俗

除了以上商鞅方升的早期小篆书体以及近出战国末期出土文献中的古隶书体外，还可对同一内容而小篆、隶书各书一体的出土文献进行分析，即隶属于同一墓主人的器物，若其内容相同，区别只在记刻书体一为小篆一为隶书，这样的现象便更加阐明了早期篆、隶二者并行，且在当时作为侧重不同的两种书体而存在，小篆作为正体而存在，隶书则作为俗体在民间广为流行。相关的出土文献材料有战国中晚期的秦骃玉版和江陵凤凰山秦墓的两枚玉印。

出土于陕西华山农村的战国秦骃玉版，学界多认同其年代大致为战国秦惠文王时期（公元前337~前311年）。"该玉版共两件，皆用墨玉制成，两件铭文相同，每版正反两面都有文字，或以镌刻，或以朱书，共有近三百字的材料。"（王美杰：《秦骃玉版研究》，《东北师范大学硕士论文》，2007年，第3页）玉版分为甲乙两版，甲版为规整的小篆，乙版则与古隶形体相近。分析其内容可见，两版都记载同一事件，即秦国的曾孙骃听取了士先生所献之方，祭祀华山神祇，病愈并进行还愿祝祷的事情。两版所记之事相同而书体不同。在章法方面，甲版端庄持重，规整匀称，行距疏密一致，为小篆书风。而乙版虽然还没有脱离篆意，但已不似甲版那样谨严整饬，而是呈左右倾斜，活泼舒展之势，颇有隶书的特色。运笔方面，甲版圆转婉曲，乙版则有相当数量的字形呈方折刚健之势。结体上，甲版匀称协调，上紧下松，乙版则在正方的基础上略显随意。可见甲版字体为继承战国大篆正体而来的规整小篆，乙版则倾向于由篆书草写而来的古隶形体。再从文字内部来看，同一个字在甲乙两版中的写法大有不同，如"人"，"天"，"定"，"川"，"而"，"之"等字之间的形体差异，又如"神"，"得"等字内部个别构件的差异。这些字形的对比中小篆的规整圆转与隶书的简练方折的特征表现得更加明显。时贤文章如曾宪通的《秦骃玉版文字初探》（《考古与文物》，2001年第1期，第54页）与王美杰的论文《秦骃玉版研究》也从年代、字体方面对玉版做了相关介绍。曾宪通的文章，认为秦骃玉版中的主人公"骃"是秦庄王的可能性较大，并在此基础上推断出"玉版的年代当在公元前249至公元前247年之间"。并通过将其与青川木牍的字体相比较，认为玉版"A版的隶书意味浓一些，B版基本上是比较规整的小篆"。这也进一步证明至迟在战国晚期时，早期的小篆和古隶已作为一正一俗两种书体并行存在。王美杰的论文通过分析两版字体风格，也认为甲版书体为较为纯正的小篆，乙版书体则与古隶形体尤近，可见当时小篆、古隶书风全然不同且并行存在。由上述分析可见，出土于同一地点，内容相同而字体一为小篆一为隶书的战国秦骃玉版，更加明确地证实了早在战国中晚期时就已出现了古隶这一形体。隶书早于秦朝以前就作为一种独立的书体与小篆并行存在，而并非一般所说的那样是由小篆发展简化而来的。

又如吴白匋先生在《从出土秦简帛书看秦汉早期隶书》一文中提到的凤凰山秦墓的

两枚玉印。这两枚出土于湖北江陵，有着迥异书风的印章，为秦昭襄王时期的同一墓主人所有。两枚印章刻写内容相同，都刻有"泠贤"二字，区别只在于书体的不同。其字体差异除了吴白匋先生指出的偏旁部件的不同外，两印的整体书风也有着明显的差异。甲印字形随体诘屈，笔画圆转，布局严谨规整，字形中占优势的竖笔使字形呈现出"引而伸之"的纵向分布的特征。而乙印则简化字形，改圆笔为方笔，将字形左右拉伸，颇具后期隶书的横向扁方取势的特点。可见这种同一内容，在时间上都源于战国中晚期，出土地点相同，篆、隶分别各书一体的现象并非巧合。裘锡圭先生在《文字学概要》（商务印书馆，1988年，第69页）一书中提到这两枚玉印时也认为"大概墓主人有意用当时并行的两种字体各刻一印。这也可以说明秦简的字体是已经跟篆文分家的一种新字体"。而这种有意将规整严谨的小篆与通俗草率的隶书两种书体放在一起的现象，正说明了当时的小篆和隶书已有了正体与俗体之别，作为正式书体与民间流行的通俗写法而各自存在。

总之，不同的字势、称法和意义说明了作为汉字发展史中的两种书体，笔形圆转的小篆与横向扁方的隶书形体之间存在很大差异，字体特征的不同从侧面说明了篆隶二者并无直接继承关系。20世纪70年代出土的由青川木牍到云梦睡虎地秦简的古隶文献，于同一材料中夹杂小篆、隶书两种书体，加之秦孝公十八年（公元前344年）的商鞅方升中的早期小篆形体，可见隶书并非通常所说的那样是由小篆发展演变而来的书体，二者之间并无直接的继承关系，而是在战国末期作为两种书体各自并行存在。隶属于同一墓主人，内容相同而篆、隶各书一体的出土文献，从字体特征、流传时代可见，小篆与隶书于战国末期已分别作为正、俗二体并行存在。

[基金项目]甘肃省高等学校科研项目："敦煌汉简文献用字研究"系列成果之一，项目编号：2014-A024。

○探析与批评○

郭店楚墓竹简临摹及其创作初探

关宁国

楚国是我国春秋时期五霸和战国时期七雄之一，在其发展历程中，由小到大、由弱到强，成为盛极一时的大国，给世人留下了极其宝贵的历史文化遗产。楚文化在华夏文化的基础上，融会南方苗、彝等各族文化的因素，充满浪漫激情的活力，这种活力注入到文字和书法中，造就了风格迥异于中原的楚国文字与书法。

在近些年篆书书法学习创作中，楚简引起了书家的广泛关注。郭店楚墓竹简的出土，带来了前所未有的翔实资料，给学习者以新的启迪，对其书写技法、章法、形式效果乃至风格进行深入细致的临摹和极尽精微的渊源探究是必然的学习过程。

一、郭店楚墓竹简介绍

郭店楚墓竹，1993年出土于湖北沙洋县纪山镇郭店村，现藏湖北荆门博物馆。其书写内容为十六篇先秦典籍，共一万三千多字，书者不详，为多人所书。墓主人是为楚太子服务的谋士，儒道典籍共存，反映出楚国学术思想活跃，渗透在文字书法中亦可见一斑。

从整体上看，楚简文字与周代金文一脉相承，在保留了许多与金文相同或相似字形的同时，也形成了自己的特色文字。郭店楚墓竹简上的文字就是这种保留了周代金文特点的楚国地方文字，文字为篆体，少数笔画带有隶书的风格，其字体典雅秀丽，是先秦时期的书法精品。

今天，我们距其时代已经十分遥远，它所展示的古文字书法，又属于特异类型，我们将如何接近它、认识它呢？关键是方法，方法应该是具体可行的。

二、技法分析

楚简所处时代，大篆书体已经成熟。王室作器留下了大量的精美作品，以艺术的标准衡量，精美是以法度和功力为前提的，法度和功力会使作品缺乏可塑性和自然灵性。精美的作品往往使学书者感到拘束和压抑，既难以深入，也不易有所变化和创造，楚简简便随意的书写，即可打破大篆书法的秩序感，使作品显得生动活泼，有了抒情的意味。对欣赏者而言，会感到亲切快慰，有了可供想象的空间；对学习者而言，则易于入手，在法度和率意之间留有较大的可塑性，足资变化和创造。要注意把握好其特殊性这一原则。

1. 笔法。楚简与金文相承，笔法须借鉴大篆，又要不失其简便率意方可。其笔法可从两方面来看。一是共性，即与同时期正体大篆相同的用笔方法，重在于转引，包括字形所有细节在内的曲线和直线，执笔要稍高且正，用笔时要有较大的回旋余地，笔锋中含内敛，运笔平中带弧，实而圆，力至气长。二是个性，体势多为左倾右耸，笔法更为丰富，藏、露、出锋在起收笔中广为出现，表现为提按顿挫皆有，虚实相间，顿尖并用，尤以尖笔出锋居多，用笔节律稳中求疾，笔画衔接处重合、断开皆有，对称性线条以不同摆曲用笔，向左右分散变化，双向对接的两笔合并为一笔，线条多数较长。个性是楚简的重点，若不了解正体大篆笔法，个性就会被误导作肤浅处理，甚至夸大，神貌两失。

后代论书有"字有八面"之说，楚简亦然。转引笔法，即兼取写画，以写为主，学习中务必要很好体会此点。

2. 字形。古文字形体发展的基本线索是从象形到抽象，其结果是字形的美化、规范、增饰、讹形、简化等综合性变迁。书法学习应该了解具体作品所有文字的"原形"，之后是大致的变迁线索，止于作品的阶段性特点和个性。郭店楚简为多数作者所为，缺乏王室作器者之良好的文字教育和书写训练，所以作品多随意性、多讹性和简化，在保留古形同时，也有很进步的通俗写法。临楚简只能从中总结它的笔法，书写才会有针对性，有适用于其字形体势的特殊笔法，但它并不孤立，它与同时代的其他作品也有共性，因此书写时，要适当参考其他作品之字形的原因。

字形不单指结构，还包括笔顺、笔势笔画连接，字形外观状态的体势。笔顺，一般是先上后下，先左后右，先横后竖，先外后内。遇两面相同的笔画先中间后两边（特殊情况也可不拘以顺手为主）。楚简字形体势，以左倾右耸为主，端正欹侧兼之。

楚简字形大体近长方，纵长、宽博、短小也都有。所以其体势颇富变化，又不失和谐与整体感，临写要熟悉字形，把握规律。如果临时再注意审视字形，就不会轻松自如地用笔，结果可能是可图其字形未可称解笔意。

3、章法。郭店简书是先编连后书写文字，文字间有距离，形成了行距匀等，字距疏密有致的较为单一的特殊"章法"。

4、书写工具材料及墨法。简书的制作，先是加工竹片，将竹截断为筒，破筒为条，去节杀青，使之成简片。竹面较为光滑，书写略有墨色变化（因是"墨迹"，可窥其用笔轻重所带来的墨色变化），据线条的爽利，可揣摩用笔为硬毫（狼毫兼毫等）。

三、风格及艺术表现

楚简文字美在形体和线条的生动以及由此引发的种种联想与审美认知。"原形"已发生了很多变迁，具象美逐渐淡化，抽象美日益增强，笔画线条有了更多的独立性和审美价值，画的主导地位转为书写。画与写、具象美和抽象美，普遍地错综于楚简书法中。

书写技术上，要在画与写的比较多揣摩；内涵品质上，须多在式样特征上观察体味；评价风格，则从现象入手，挖掘书卷气的再创造；论其美感，可对观察所得出种种联想和分析。

楚简基本的笔法及所对应的美感，多加领悟举一反三，即不难产生理论的认知，亦可回头来指导书写实践中的风格与艺术表现。

四、创作探索

创作是在表象的基础上加工创造新形象的过程。书法创作的过程是临摹、再现、演绎及创造等一系列的环节构成，缺一不可。因此，熟练的临摹程度是创作的"感性认识"，通过书者的抽象思维上升到"理性认识"，进而达到书法创作实践的目的。依托某帖学习创作亦然。

（一）基本要领和要求。

第一阶段，熟练地临摹阶段。意在展示深化临写这种形式，从帖的具体临写中来显示学习的各个环节和要领，以及需要达到的目标。临写虽是从一件作品开始，但正是通过临写，我们进入历史从一隅走向无限。临写的不断深入，为我们开启了同类作品书体、书品、书道的理解之门。从刚开始的亦步亦趋，对照点画结构惟妙惟肖地临摹大概，汲取精髓，参化己意、出新，临写成了创作的舟筏，舍去这个过程，创作会有空中楼阁之感。艺术创作是与生命过程同在的一种现象，创作主体会因生命各个阶段体悟的不同，主体临写的作用也会发生变化。有的一以贯之，专一求精，逐渐深化；也有博涉广收，反向选择，求异接纳。临写也体现了创作者在艺术过程中的调节与整合。临写不仅触摸到过去，而且在放大着过去，使我们细腻而模糊地感悟到创作过程中书写的诸多心理因素，实现了与古人对话的可能，也实现了个人话语的独特性。

第二阶段，再现、演绎性创作阶段。古文字书法临摹难，创作更难，且二者间常常脱节，须有较长时间的尝试和磨练，这就需要学帖认识过程（感觉—知觉—记忆—思维—想象等）的反复锤炼。初始创作用字的两种选择：一是选择字多的佳作集联；二是不同时期、类型或作品字形拼凑成篇，不足则用假借，假借不足则造字。笔墨可尝试用硬毫旧笔（不宜太大）淡墨，写出燥润相间的效果。这种笔法不能太实太涩，不能犹豫，虽少古意却能增加一些现代气息，对复法和创作有利，有时可以留一些起笔、收笔的痕迹，要把握好度，过分则成习气。此阶段的由熟返生，因生而得笔意内美感品质，或笔法、笔力、风骨，凭主观意志用自己的理解去诠释，形似与不似已退居次要地位，主要体现的是书者的观念、价值取向和古体新意等。

第三阶段，创造性阶段。通常此阶段是指异于古人、不同今人"开宗立派"的漫长阶段，可贯穿书法主体一生。历代皆有之，古人即可，今人亦无不可，相信当今也有此志者。当然这对书法主体的综合素质要求极高，在此难述。

（二）建议方向。一是创作意识的写意临摹：以原帖技法临摹相同书体的相同或相近风格的作品。如包山楚简、战国侯马盟书、温县东周盟书等。以原帖技法临摹相承但风格有异的经典金文作品。如散盘等。借鉴战国秦汉简帛。如战国青川简、睡虎地秦简、汉帛书汉简等。二是放大书写：以求字形的准确，提高结字能力；以求细腻的体味线条的变化，提高用笔的感受性等。三是创作形式探索：在古人作品形式基础上，积极探索富有时代感的创作形式，可大大丰富作品的不同表现和感染力，达到"形式"与"内容"的完美结合。四是综合创作尝试：力求达到书法审美所需诸要素的和谐统一。

（三）创作尝试。创作思想：通过对以郭店楚简为主兼习金文的基础上，试创作中堂作品。以楚简为基调，融入金文之意，用笔沉重厚实、灵动飘逸，以成气势，伴以枯笔增加色彩。字形丰富，稳中求变，以楚简惯有的形式、章法，达到高古出新富有艺术感染力的风格表现。创作过程：一是心理准备，主要是情绪的调控。自古以来书家的书写很注重书写前后的情绪状态（有意或无意的），不同的情绪状态会有不同的艺术效果，如兰亭序和祭侄文稿。人的情绪状态通常分为心境、激情和应激三种。正书的创作通常在心境的基础上，以适当的激情，可求"兼工带写"的书写需求，此乃与我的创作思想吻合。调控方法，生理状态是基本保障，精神状态方面要"心无挂碍"。可尝试用"听音乐""书写想象"等进入所需情绪状态，这也是因人而异的。二是材料工具准备。笔：书法创作对毛笔的选择要求较高，正所谓"工欲善而必先利其器"。为求楚简爽利灵动活泼的笔意，用狼毫较适合，若参以金文的凝重，用软硬相兼的兼毫为宜。书者可根据书写用笔习惯、风格追求的异同，尝试运用不同的笔。纸：求爽利灵动，用半熟纸较薄较细密者为佳；求厚重凝实，稍厚纸为宜，可表现墨色的浓淡枯湿变化。创作前，事先将纸裁切黏结好，以备创作之用。墨：竹简墨色漆黑，神采熠熠，用墨以漆黑不僵不滞为上。安徽绩溪所产的"苍佩室"墨汁墨锭结合运用，适量兑水调匀后书写效果更佳。三是书写内容的准备：古文字书法创作，在确定内容后，字法的缺失制约着书写，除帖子外还需配备工具书备查之用，事先要查好字法，试写，以求与其他字相融。

试写是创作前的"热身运动"，信笔书行草使手腕活动开；试临，再现笔法，把握气息；试所写纸张，看墨色、笔是否合意，做到心中有数，才会胸有成竹。

果敢轻松写好第一个，字形熟谙，用笔的轻重缓急、墨色的变化自然流露，不刻意求之。每字每行书写时要兼顾其他，着意于通篇，一气呵成，不停滞，使行气畅通，格调一致。情绪要一致，激情要适当，切忌失控，贯穿于整个书写过程。

落款通常被忽略，随意而就，着实是减色。如以小行楷、章草等落长款，将所书意图阐之，一者使观者"知我"，理解认识作品，二者增色，起到画龙点睛功效。

钤印根据所需而盖，切勿以印堆积，喧宾夺主，破坏整个作品的氛围。

古文字书法的学习难度较大，学习时要克服畏难情绪，通过日积月累的反复临习，渐出己意、新意，创作时就可能会有源源不断的灵感源泉。成功或风格独具的作品，是书家各方面综合素质的体现，通过内外兼修，我想古人能为之，今人亦能为之。

○文艺思潮○

少数民族影视文学的民俗表现

杨继国

影视作品，是一种形象感、画面感很强的视觉艺术。由于影视艺术的这种特性，因而在少数民族影视文学和影视作品中，形象反映并着力展现少数民族人民丰富多彩、饶有情趣的风俗习惯，就不仅成为其的一大看点和独特的优势，而且往往起着关键性的作用。

少数民族影视文学的民俗表现，指的是在影视文学作品中，表现出来的反映民族的风俗习惯和与之密切相关的人文地理景观的形象画面。它是作品蕴含并散发出的独特的民族文化气息，是一部作品所给人的第一印象。在世界上各个民族的文艺作品中，它们都是构成其浓郁特色、特别魅力的一个重要因素。我们对于一个民族的文化乃至于对于这个民族的了解和热爱，有许多是从这个民族的文艺作品中那独特的、引人喜爱的民族风情和良好的民族风俗习惯所获得的。而一些少数民族影视文学作品的成功之处，也在于它们出色、动人地表现出了这个民族的美好风情和良好的风俗，使人们得到了一种独特而新鲜的审美感受。

出色的描写和表现一个民族的美好风情和风俗习惯，不仅有利于这个民族的形象塑造，而且对于消除民族间的隔阂和距离，促进民族间的相互了解，扩大民族文化交流，加强民族间的大团结，有着现实的、十分重要的意义。过去，我们影视工作者在这方面进行了卓有成效的工作，《刘三姐》《五朵金花》《阿诗玛》等作品在展现边疆少数民族人民美好形象方面至今仍给人们留下了深刻的印象。近年来创作上映的《东归英雄传》《红河谷》《尘埃落定》《帕米尔医生》《木卡姆往事》《五朵金花的儿女》《长漂壮歌》《永生羊》《绝地逢生》《努尔哈赤》《文成公主》《班禅东行》《拉萨往事》《康定情歌》《草原春来早》《吐鲁番郡王》《茶马古道》《木府风云》《美丽家园》《吐鲁番情歌》等作品，也在这方面有出色的表现，受到了广大观众的热烈欢迎。

回族的影视剧创作，一直是一个比较薄弱的环节，作品也比较匮乏。20世纪60年代创作、映出的电影《马本斋》，成功地塑造了民族英雄马本斋的感人形象，热情讴歌了回族人民的爱国主义精神，在全国产生了很大的反响。但此后，就鲜见回族题材的作品了。1978年宁夏回族自治区成立20周年大庆时，有关方面曾倾力打造了一部回族题材的电影《六盘山》，但在当时以阶级斗争为纲的政治思想影响下，这部作品严重地违背了回族人民的风俗习惯，因而放映时遭到了回族人民的强烈抵制。自治区30周年大庆时，宁夏和有关方面合作，又创作摄制了一部电影，但因一味追随当时风靡一时的"审丑"思潮，而过于渲染回族地区的愚昧落后，同样以失败告终。此后，虽有一些回族题材的影视剧和影视剧本问世，但因在回族人民的风俗习惯上存在一些不当描写，因而大多没能与观众见面，有的虽然播映了，但也没有什么影响。

由于这些前车之辙，大家心有余悸，再加上后来一再发生的污蔑回族风俗习惯的事件，因而，回族题材的创作似乎成为了一个禁区，大家都面有难色而望而却步。但是，近几年来，回族影视剧创作却获得了可喜的收获，出现了《民族英雄马本斋》《同心》《血战千顷洼》《伊犁河》等影视剧和《京剧大师马连良》《使者》《左宝贵》等优秀剧作。特别是作为一种新型的影视形式，回族微电影异军突起，先后出现了《清水里的刀子》《沙枣》《旱年》《今年开春》《少年》《一夜梨花》《哈三的奇异之旅》等作品。这些作品的创作者和拍摄者，都是年轻人，体现了回族青年人新的创造和担当。而且它们基本采用的是民间性质的运作方式，这样就更接地气，更能贴近回族人民的思想情感和审美要求。这些作品，深入边远地区，深入挖掘和表现了回族人民的日常生活和他们的精神世界，精彩地反映了回族地区的民族风情和回族人民的风俗习惯，具有纯正而醇厚的"回回味"。如《一夜梨花》中，当寻找故乡的回族青年来到爷爷小时候生活的家乡，仅凭和一个小女孩竖起食指的"伊玛尼"动作，就获得了信任，从而找到了"清真巷"，找到了老家的亲人。这一情节，不但充满了童年的乐趣，而且对回族特殊的风俗习惯有了形象而真切的展示。而当这位回族青年跟随老阿訇给逝去的先人上坟时，在苍凉的墓地，几抔黄土面前，老阿訇那悲悯的诵经声响起时，不仅画面中的角色人物脱离了剧本，发自内心地泪流满面，跟随着诵念了起来，银幕外的观众也情不自禁地流下了热泪，从而深深地沉浸在特定的民族文化的情境之中。当这些作品在全国回族地区巡展时，受到各地回族群众热烈的欢迎和好评是理所当然的。

这些作品的成功说明，一部影视文学作品，表现好少数民族人民的风俗习惯，对于这部作品来说，有着至关重要的作用。因而，我们少数民族的影视文学作品必须高度重视、正确处理好民族的风俗习惯的表现。

如何正确处理、动人展现少数民族人民的风俗习惯呢？我认为，首先，要熟悉、了解少数民族人民的文化，理解、尊重少数民族人民的感情。

所谓风俗，指的是在一定文化长期熏陶下，一定社会文化区域内历代相袭的人们共同遵守的行为模式和生活习惯。从其形态上看，风俗作为一种非正式的社会规范系统，常常具体化为各种礼仪和禁忌，渗透于人们的日常活动和心理深处之中，使人们的生活呈现为浓郁的群体特征来。而民族风俗，则是一个民族历史文化传统和心理素质的具体表现，包含有风土人情、道德观念、宗教信仰、节庆礼仪、服饰饮食、行为方式、歌舞娱乐、建筑雕塑等多方面的内容，是民族文化和民族个性色彩长期历史发展的结果，也是民族识别的重要特征。它虽在民族心理素质方面处于直观、表层的地位，但往往集中、深刻地反映了一个民族最本质的东西，甚至是反映了一个民族最稳定、最敏感、最隐秘的东西。从文化学的观点来看，这些是属于社会的潜文化与隐文化的层次，反映了一个民族最深沉的文化心理，具有顽强的保守性，有时最能反映一个民族的特征和面貌。因而，它们作为民族文学和艺术创作中的有机组成部分是不可缺少的，并不是无足轻重、可有可无的"点缀"。别林斯基就认为：习俗在每一个民族的差别性之间起着重要的作用，构成民族显著的特征。一个民族的习俗对于该民族是至关重要的，因为没有它们，"这民族就好比是一个没有脸的人物，一种不可思议、不可实现的幻想"。他还说，习俗是一种神圣的、不可侵犯的除环境和文化进步之外不屈服于任何权力的东西！"（《别林斯基选集》，第一卷，上海译文出版社，1958年，第27~28页）他甚至认为，社会的本质，"不是单由服饰和发式构成的，而且也是由风俗、习惯、概念、关系等构成的"；一个民族对事物的看法，是"通过习惯和生活方式取得的"。

"每个民族都有两种哲理：一类是学究式的、书本的、郑重其事的、节庆才有的；另一类是日常的、家庭的、习见的。这两种哲理通常在某种程度上彼此接近；只要谁想描写一个社会，他就必须认识这两种哲理，尤其是必须研究后一种。"（《别林斯基论文学》，第86~87页）所以，民族风情和习俗，不仅集中反映了少数民族人民的文化，而且寄托体现着少数民族人民的情感，在少数民族文学和艺术创作中的作用是不容忽视的。因此，我们少数民族影视作品，要很好地表现少数民族人民的社会生活、塑造少数民族的典型性格，就一定要很好地学习，并熟悉掌握少数民族人民的文化和与之密切相关的风俗习惯，尊重少数民族人民的思想情感，要善于"入乡问俗"，要有"自家人"的立场和心态，在思想情感上和少数民族人民息息相通，这样才不会出错。如电视剧本《大将西征》发表后引起了回族群众的公愤，而在摄制完成后被禁映；电视剧《月落玉长河》虽摄制完成但受到西北回族观众的抑制，都是因为作者不了解、不熟悉回族人民的历史、文化，不尊重回族人民的民族感情，因而在剧中对回族历史人物和回族的风俗习惯进行了不恰当的描写而致。

还有我们不少影视作品中存在着的"伪民俗"的东西，也是其作者和摄制者不认真学习少数民族人民的文化，凭一知半解和想当然而胡编乱造的结果。如电影《六盘山》的失败，就是作者和摄制者对少数民族文化缺乏起码的了解和尊重，无中生有地安插了回族宗教人士喝酒和以活人殉葬等情节，而激起回族观众强烈愤怒的。

其次，要从生活的真实出发，注意观察并表现好细节。经常有人抱怨少数民族题材的作品不好写、不好拍，特别是回族不好写，回族题材不好把握，描写反映回族的风俗习惯容易出麻烦。其实，这些人都犯了浅尝辄止、以偏概全的错误。民族风俗既然关系到一个民族的"脸面"，因而，哪怕它是一个很小的细节，我们都不应该马虎，都应该认真、慎重地处理好。为此，必须要大力观察并注意细节。因为，人们的许多行为都是通过日常小事表现出来的。最孤立的细小行为，彼此之间也有某些系统性的联系。我们若在表现民族风俗习惯时，马马虎虎，大而化之，甚至于"想象大于现实"，则很有可能出错。电影《回民支队》为何经久不衰，就在于其中诸多细节在民俗表现上是极为扎实的，如战士因嫌牛肉不是阿訇宰的而不吃，回民支队专门配备阿訇等，都是民俗方面的经典案例。而一些影视作品，在民族的风俗习惯上出错，也是错在细节上。如有的作品在表现回族人民面对生活的苦难和不公时，出现了埋怨"胡大"的言语，这是很不恰当的。回族人民对于自己的信仰，是很虔诚的，即使面临灾祸，也能正面应对，至多不过认为是自己命中的"败俩"（灾祸），无论在什么情况下，回族劳动人民都是不可能埋怨自己信仰的。出现这样的言语，不但是不符合回族人民风俗习惯的，而且也是有损回族人民感情的。再如有个电视剧本，描写开斋节的夜晚，却是"一轮晶莹的月亮"。这是明显与生活不符的。因为回族和其他信仰伊斯兰教的人们，是望见新月开斋。故回族理论家李佩伦说"望到的一弯新月，写成了'一轮晶莹的月亮'，足见作者对于伊斯兰斋月的无知。"（《绿野沉思》，山西古籍出版社，1994年，第151页）还有的影视作品，将落后的习惯，甚至是自己臆造的东西当作少数民族人民的风俗而津津乐道，以达到猎奇的目的。如有个电视剧，为了表现作品中的主人公是回族，他跑到哪儿，都随身背着个汤瓶。有的电视剧为了表现回族人民的封建落后，在描写回族妇女生病打针时，为了怕外人看见自己的身体，竟在裤子上剪了个小洞。而这些"封建"的妇女，在月夜里却在河水中集体裸浴。这样的表现固然很新奇，但严重脱离了生活的真实，违背了回族人民的风俗习惯，因而刚一映出，就受到了回族人民的反对。

再其次，要有发展比较的眼光和态度。美国著名人类学家鲁思·本尼迪克特指出："各民族关于自己思想和行动的说法是不能完全指靠的。每个民族的作家都努力描述他们的民族，但这并不容易。任何民族在观察生活时所使用的镜片都不同于其他民族使用的。"（《菊与刀》，商务印书馆，1992年，第10页）在这种思维惯性的影响下，我们少数民族作家，在表现民族生活、民族的风俗习惯时，总是愿意将民族的一切都说是好的，甚至于不愿意将其中落后的一些东西表现出来，这又走向了自己的反面。一个民族的文学只是一味地颂扬，没有一点反思、质疑的话，这个民族的文学是没有多大分量和深度的。

同时，我们还要警惕另外一种倾向。最近，作家阿来就谈到，我们在创作、表现少数民族题材时，会有意无意地受到"东方主义"文学观念的影响。即表现边疆少数民族人民生活时，很少按照它本来的样子去书写，总是喜欢按照别人所期望的、想象的那样来书写、来表现。因而，出于"猎奇"和"偏见"，塑造少数民族人物性格时，总是落入概念化的窠臼，跳不出"剽悍""粗犷""淳朴""憨厚"的类型，有些甚至是傻大黑粗，头脑简单，野蛮粗暴，不讲道理，一说就暴，一吵就跳；表现少数民族人民生活时，总是有意寻觅，竭力渲染他们的"愚昧落后""异风怪俗"。他们已经习惯于城市把乡村、内地把边疆构建成他们生活的反义词。这是十分危险的，只会造成广大观众对民族生活的误读。

为此，我们必须要站得高一些，既要深入其中，又要跳出其外，保持一种客观、冷静的创作态度。风俗涉及的范围很广，一个民族、一个社会群体，在生产、生活的各个方面，都通行着特定的习俗规范。它是千百年来人们累积的文化沉淀，既有其稳定的一面，又有其保守的一面，甚至还有落后的一面。因此，我们在表现民族风情和民族风俗习惯时，要以一种全球化的思维来思考少数民族题材的民族性和世界性问题。必须要有发展、比较的眼光，对其进行历史的、实事求是的分析和抉择。对于那些能够表现民族的美好风貌，有利于弘扬民族传统优秀文化，促进民族团结、进步的风俗，应该充分描写并热情歌颂。对于那些反映过去时代和少数民族人民日常生活、行为方式，在今天有益无害的风习，应该做客观、准确的描写，以增强作品的认识价值。对今天看来已经明显落后，对民族的现实生活有害的风俗习惯，则应持慎重、否定、批判的态度。这不是实用主义的方法，而是从根本上符合民族风俗习惯的主流精神的。

在表现民族风俗习惯时，还应注意，不仅要"各美其美"，还要"美人之美"。即"引导在封闭式小庭院里培养出来的各美其美的文化观逐步开放，进入美人之美的文化观，来削弱以至消灭原有的文化排他性，为多元一体的格局奠定和平共处的意识基础。"（费孝通：《人文类型·译者的话》，商务印书馆，1991年）因此，我们在歌颂、表现自己民族的美好风俗时，不要诋毁、污蔑别民族的习俗，甚至是与自己对立的习俗。应该看到，各民族的风俗习惯，都有其历史的合理性，都为各民族人民保持并热爱，只要我们采取了尊重别人的态度，才会获得别人尊敬的回报。

少数民族文化大多有着深厚的宗教色彩，作为回族来说，与伊斯兰教的联系更为紧密。正确深入地反映回族生活，势必要反映到宗教，这是弘扬社会正能量、正确表述民族心灵的必要载体，特别是当下的舆论环境更应该倡导主动、正面地去反映民族和宗教题材，这样方能促进各民族、各文化之间的彼此了解、尊敬和认同。一味回避和有意抹杀这种联系，只会严重限制此类题材的拍摄。而几千万之众的国民在银幕上迟迟看不到反映自己生活形态的电影，那种文化的自卑感、焦灼感，都会构成社会不稳定因素，不利于民族凝聚力的形成。因此，我们希望有更多出色反映回族生活题材的作品，希望在银幕、荧屏上能够欣赏到更多表现少数民族人民丰富多彩生活的佳作！

○文艺思潮○

当代音乐创作中的宁夏风格问题

雷兴明

音乐创作的风格问题是一个宽泛的文化概念，同时也是一个具体的创作技法问题，通过具体的技法推敲而达到作品风格的倾向性，是所有作曲家所关注的焦点之一。也就是说，力求通过一定的技术语言把这种抽象的概念具体化、有形化，以给对此问题感兴趣者提供一个有迹可循的理论总结，这无疑是一个难度很大的课题。我们听惯了内蒙古草原风格、西藏高原风格、新疆舞韵风格，以及诸如山西、云南、乃至江南水乡等优美的韵律，这些专业创作的音乐作品与其他艺术作品一样，其地方风格之鲜明是不言而喻的，这些地方风格的形成毫无疑问来自于本地的民族民间音乐语言。那么，产自于宁夏这块土壤里的音乐作品，无疑是全国众多风格的音乐百花中的一花，研究其地方风格在音乐语言和技术方面的内涵，使得宁夏风格的音乐并驾齐驱于全国其他地方风格的音乐，其行何其善焉，其意何其大焉！

当下，在专业音乐创作中如何对待地域性民族民间音乐，或者说，如何处理与运用民族民间音乐素材，这也涉及民族民间音乐本身的保护与发展的关系。实际上存在着不同看法和观点：一部分人主张不必刻意保护，应该任由其自生自灭，认为随着时代发展，民间音乐不断异化或以新的面貌出现本身就是一种生存的延续，何必非要"追根究源"；另一部分人则面对快速消逝、日渐递减的传统文化捶胸顿足、望洋兴叹，恨不得能抓到一点即将逝去的尾巴也好，坚持"抢救"做法。认为各少数民族人民因生活方式的改进，而导致一些依赖原有生存方式和存在环境的民间音乐形式，因为环境条件的改变而消亡是令人遗憾的，必须尽力挖掘与抢救，并正宗原样地保存下来。

鉴于此，笔者认为应采取"原汁原味"式的保护使用，与"开拓创新"式的异化发展并存的态度来对待少数民族音乐文化，当然，宁夏民间音乐也不例外。保存其"原始正宗"，是为了文化的"追踪寻源"，根源是再生的动力，根源是创新的源泉。如果旧的文化形态不能及时予以记录保存，许多珍贵的历史文化遗产将会销声匿迹，无迹可寻。人类历史上有多少遗失的文明，多少永远无法解开的历史谜团，为后世留下了永久的遗憾，这种损失一旦产生，是无法弥补的。所以设法以各种传统或现代的方式对即将濒危的民族民间音乐进行保存，显然是必须的也是当务之急的。

在这里，值得一提的是"申遗"活动的开展，这一活动无疑已成为世界性的保护行为，通过申报各级非遗项目，使之在政府保护下存留与延续。我们经常会看到"世界非物质文化遗产""国家非物质文化遗产"，另外各省区还有"省级非物质文化遗产"等各层次级别的保护举措。"非物质文化遗产"的分级申报与管理无疑对类似少数民族音乐等濒危的文化现象来说，是一个福音。例如：截至2013年底，我国入选联合国教科文组织的非遗名录（含"急需保护名录"）的项目已达30个，也是目前世界上拥有世界非物质文化遗产数量最多的国家。这30个项目中有关少数民族音乐的就有新疆维吾尔木卡姆艺术、蒙古族长调民歌（2005年）；贵州侗族大歌、青海热贡艺术、藏戏、蒙古族呼麦、甘肃花儿、朝鲜族农乐舞（2009年）等，在全部"申遗"名录中占据有相当的比例，这一方面说明少数民族音乐作为非物质文化遗产的必要性和"濒危性"，另一方面也可看出少数民族音乐在国家文化保护领域的地位。不过，"申遗"成功了，但是否得到了名副其实的保护呢？则值得进一步去考察与研究。

在"原汁原味"式的保护的同时，必须使民族民间音乐得以"开拓创新"式的异化发展，即在人们的现实音乐生活中追求变异与创新性的运用。这里的发展，主要是指对于原始民间音乐在再度创作中去如何对待与处理的问题，这是植根于民间土壤的音乐创作问题的核心与关键，是所有作曲者们最关注的问题之一。如何做到创新式发展，所有的作曲家们都会有一套自己的理论和做法，可致其结果千变万化，但大致会有两种倾向：

一种是"从土里来，到土里去"，意指在运用民间音乐进行创作的过程中，过多地拘泥于原有音乐的旋律、音调的本身，甚至就是原有旋律音调的改编（当然不能说改编的就不好），这种情况下的结果似乎只是改变了原民间音乐的传播媒介而已，如随着演唱者的改变而导致其演唱风格的变化（原生态变为民族性、通俗性或美声性）；或随着演奏乐器的改变或乐器组合的不同而"移植"一下旋律等。当然具体表现形式会千变万化，有成功之笔，也有败笔；有好的作品，也有不好的作品。

另一种情况是"从土里来，到洋里去"，即运用民族民间音乐元素和题材进行自由加工处理。作曲家立足和着眼于民间音乐的"神"而不是"形"，即所谓的采用"洋"的手法来处理"土"的题材，追求"神似而形不似"是其创作的总体思维与理念。具体来说，通过提炼加工、技法处理，形成总体风格上属于某地域或民族的音乐，但并不能找出完整或相对完整的民间音乐的原始旋律来。当然，在创作过程中的具体做法完全是因人而异，如果完全脱离了民间音乐的音程、调式、核心旋律音调、终止式等本体因素，则很难达到目的，这也是检验一个作曲家手法和能力的"试金石"。这类作品同样也有好的作品，有差的作品。有的作品立意高远，有的作品平淡无奇；有的作品能跳出民间音乐"土"的圈子而富有"共性""前瞻性"和"世界性"，如柴可夫斯基对于俄罗斯民族音乐的对待与处理就有别于"五人团"的所谓"民族乐派"的做法与结果。匈牙利作曲家巴托克，在归本求源地搜集匈牙利民歌方面做出了世界性的表率，但他在自己的创作生涯中对匈牙利民间歌曲的处理和运用，对于专业作曲家来说，则做出了又一表率。

从某种意义上来说，对于民族民间音乐的保护和"原本性"的运用的目的就是为了进一步的发展，发展则又是一种延伸化了的新的层面上的保护和应用，二者相辅相成、缺一不可。二者关系中还必须强调和注意另一问题：即它们不可互相替代，不能以保护替代发展，也不可以发展替代保护，保护与发展既相互依存，又各自独立。这里的独立即指其存在过程的独立性，又指其存在形态的独立性，不能低估甚至抵消了各自的独立性。宁夏本地的当代音乐创作多见于声乐作品，尤其是歌曲（当然今后要加强器乐创作上的导向，鼓励器乐创作上的成果），在土、洋关系问题上，或者是在对待创新的态度问题上，更多的结果是趋向于保守、拘泥于原始，似乎不保留一定量的原始民歌音调就不叫宁夏风格，在创新的观念魄力、技法能力、分寸把握等方面着实需要进一步革新与提高，这也是我们作为创作实践与理论研究工作者的任务，任重而道远。

○文艺思潮○

新世纪宁夏城市中短篇小说简论

张 晨

城市文学在中国大陆的成长史到目前为止尚不足百年，最为炫目的当属20世纪30年代京派、海派作家们创作的城市小说。"三十年代有三派都市文学：茅盾在都市的政治经济漩涡中把握社会历史进程；老舍在古都的风俗人物行中发掘国民文化心理；以刘呐鸥、施蛰存、穆时英为代表的上海现代派则在洋场的糜烂罪恶中寻觅五光十色。"（杨义：《中国现代小说史·中》，人民出版社，1998年，第613~614页）与自然经济作为主导形态的乡土社会不同，以工业化作为引领的城市生活需要大量资本与物质的积累才能达到。当代中国具备这一物质条件的时代发端于20世纪80年代初，改革开放后灵活的经济政策不断刺激着中国城市的发展活力。

新世纪以来居于西北边远地区的宁夏在经济建设方面虽然尚不能与发达地区等量齐观，但现代观念的普及、都市文明的勃兴、市民阶层的扩张都无不影响着城市的发展进程。诚如季红真所言："在所有的艺术形式中，小说与城市的关系最为密切。小说是属于城市的文体。"（《小说：城市的文体》，《文艺争鸣·理论》，2006年第1期，第42页）在这个阶段宁夏小说家对于城市的书写无论数量还是质量都提升到更高的层次，这样的变化于宁夏小说而言无疑大有裨益。叙述城市实质上就是探讨城与人以及人与人之间的关系，进入新世纪以来宁夏小说家们在城市的主题开掘方面更加深刻，大抵来说他们的创作主题集中在三个方面。

一、市井百姓的冷暖人生

城市生活的多姿多彩是毋庸置疑的，也代表了城市最为鲜明的特征，但同时这样的景观仅仅是城市的一个侧面。相反，能够体现出城市最本质的是千家万户的平凡生活。具有强烈生活气息的烟火人生构成了城市最为基础、平实的一面，家长里短与柴米油盐诠释着市井生活中普通百姓的冷暖人生。他们的光景既有平淡、寻常、温情的一面，也时有难言的无奈与辛酸，不同的人生交织于城市的寻常生活之中，体现了城市最本真的存在状态。汪曾祺说："小说是写生活，而不是编故事。"宁夏小说家对于城市的书写也紧紧围绕这一主题进行，展示了各异的小城生活。

金瓯的《一条鱼的战争》讲述了新婚不久的李红征与一条鱼之间展开"殊死搏斗"，这让他狼狈不堪。将鱼杀掉后李红征重新思考眼前的一切，并且延展到了自己的生活。平淡生活的琐碎充斥着他的心理和物理空间。这种种的繁琐代表了城市人的生存困境，小说中的鱼只是繁复生活的表征，代表着被柴米油盐所裹挟的平淡人生、代表着太阳的东升西落和循规蹈矩、代表着人的棱角被磨平的过程。小说恰切地表现了李红征那种矛盾、焦虑、烦躁的心态，而这样的心理情绪在现代社会中极具普遍性。

九鹏的《与女人有约》见证了一个男人的成熟之路。尹岩在医院里照顾即将临产的妻子时遇到了准备生产的旧时恋人静，并且还和妻子临床。尹岩曾在情感上伤害过静，这样的相遇让他不知所措，然而静所展示出的平和与坦诚又让尹岩感到无地自容。尹岩的妻子不下奶，静便让孩子吃自己的奶，而尹岩则在这短短的一瞬收获了珍贵的成长经历。"看着尹岩和静，尹岩的妻子也流露出奶汁般的笑容，这是她第一次容忍丈夫当着她的面，目光抵达另一个女人的裸露的身躯……"是静的从容与安定让尹岩认真地审视自己的过去与现在，让他在心理上从一个心存侥幸的大男孩成长为敢于担当的男子汉。

韩银梅的《我如营盘钱如水》通过银行这个微小的社会细胞，"我"见证了人们对于金钱态度的变化。今天人们对于金钱的热望取代了曾经简单物质带给人们的幸福感，而戒备森严的报警防护系统代替了零距离的柜台，轻松纯粹的工作环境慢慢变得僵硬、机械。这一切看似是社会的进步，但是这柜台中的人呢，是否也获得进步了？比起以前"我们"更累，这样的工作也让"我"看到经济水平的普遍提高意味着人们心理距离的疏离，一些人恨钱，但又离不开钱，人们在这种矛盾中被束缚着。比起今天"我"还是怀念曾经的日子，单纯、忙碌、快乐，今天虽然显得更加专业，但是人与人之间的心隔得更远。

宁夏小说家在对于城市日常生活的叙述中少有光鲜亮丽的俊男靓女，也未看到光彩夺目的琼楼玉宇。但是我们能看到城市中谋生活、寻幸福、爱人生的一群真实的饮食男女。

二、弱势群体的生存困境

在这里所谓的弱势群体特指农民工，长期以来由于缺乏基本保障和社会认同他们的生存境况堪忧，加之中国社会的城乡差距甚巨，农民工们始终徘徊在城市的最底层，即便是在今天他们的生存条件已有较大改善，但社会的群体意识依然难以平视他们。曹文轩有言："文学的职能在于为人类社会的存在提供和创造一个良好的人性基础。而这一'基础'中理所当然地应包含一个最重要的因素：悲悯情怀。"（《小说门》，作家出版社，2003年，第217页）今天，这种精神价值依然执着地闪烁在一些知识人身上，他们对弱者施以同情的目光与理解的态度，虽然不一定能够解决具体问题，但关注本身也是一种力量。

陈继明的《蚊子》写了粉刷工吉祥在银行给母亲寄钱时与营业员发生了口角，而后被两个保安强制铐在房顶。保安对于他的惩罚方式是半夜让他脱得几乎一丝不挂并且帮他们喝酒，大醉后吉祥被抛弃在野外，夜色中他被蚊子叮得体无完肤。事后面对妻子他拒绝说出事情的经过，并且不愿与妻子同房而引起妻的猜疑，一天夜里两人争吵后达成了共识：天亮了就回家。整个事件中他犹如木偶一样任人摆弄而毫无反抗能力。当他几乎赤身裸体地被无数的蚊子叮咬、折磨，及至最为隐私的部位也未能幸免时，最基本的羞辱感涌上心头，一个人连躯体的尊严都不能维护时还能奢求什么呢？

在当代中国社会的城乡对抗中，其根源在于二者之间长久以来在观念、生活习惯等方面的差异与碰撞，意识层面的差距才是最难以弥合的。李进祥的《换水》写了马清带妻子杨洁进城打工，懵懂的杨洁对城市充满好奇，她梦想拥有一台热水器可以每天换水。小日子渐有起色时，杨洁想找点活计但颇不如意，此时马清又因意外受了重伤落下残疾，失去了大部分劳动能力。杨洁也找到了工作，但总是夜不归宿。日子久了他知道妻子就是"鸡"，直到一天高烧不止的杨洁被诊断为性病，小两口觉得他们真的该回家了。"换水"是文本中的核心要素，对于穆斯林来说意味着清洁、神圣。对于未来马清夫妇充满希望，殊不知城市里遍布着凶险的暗礁。杨洁的变化具有悲剧性，最爱干净的她却干起了最"脏"的工作，极端的矛盾与复杂充斥在她身上。在残酷的现实面前，夫妻俩被击得遍体鳞伤，这不禁让人们产生了疑问，城市好吗？

张学东的《当你来到我身边》讲述为了生计"我"和妹妹小草以及同村女孩六六三个人在城市中艰难求生并且截然不同的生活道路。故事脉络曲折复杂，但赵平头拖着病体寻找女儿六六贯穿了整个故事，城市似乎并未带给这些农村进城的人们多少的机会，反而让他们觉得格格不入。他们挣扎在社会底层，虽拼尽全力但未必能有善终，正是这样的怪圈让其中的一些人如同六六一样沦落为最低微也是最不幸的一群人中。文本的最后赵平头遭遇车祸，"我"觉得"他是我们这些从遥远的乡下来城里找事情做的人共同的父亲"。表达了这类人群渴望被理解被关怀的共同心声。

冶进海《抱着氧气奔跑》中的大熊是个苦命人，妻子与父亲都因意外身亡，只剩他和母亲、女儿相依为命。临近年关，他将身体不适的母亲接到城里看病，但高昂的医药费加之久拖不发的工钱让他选择了盗卖医院的氧气瓶，最终东窗事发被警察抓获。人生最痛苦的事情可能是你会变成自己曾经鄙视的模样，大熊曾经最鄙视偷盗但最终沦为盗贼。这种具有讽刺意味的悲剧根源在于这一群体在城市的生存境地被挤压到了极限，他们的命运的确如同大熊对母亲的呐喊："妈，别怪我，怨就怨我们命苦吧。"这样痛彻心扉的呐喊表达了大熊的愤怒与无奈，而这样的呐喊又有多少意义呢？

一个值得注意的现象是对于城市底层的关注与书写多是来源于那些生长于乡土

但生活于城市的小说家们，笔者认为这是由于在一定程度上，他们在精神层面与进城务工人员感同身受，甚至会有小说家自身的投影。因此他们在作品中思考着城与乡的复杂关系，而这也代表着小说家们自我的精神突围。"陌生人所组成的现代社会是无法用乡土社会的风俗来应付的。于是'土气'成了骂人的词汇，'乡'也不再是衣锦荣归的去处了。"（费孝通：《乡土中国 生育制度 乡土重建》，商务印书馆，2012年，第11页）在文本中，他们或是拖着残缺不全的身体（心灵）回到故乡，或是以屈辱的姿态继续存留在城市。在这一去一留之间真切地展现了他们的生存状态，那么如何改变？这是一个留给全社会的沉重话题。

三、对城市病态的真切呈现

钢筋水泥、车水马龙、物欲横流构成了城市的基本形态。城市是人类社会一种具有革命性的组织方式，它改变了世界的既有面貌和人类的观念，是手段也是目的。在城市带给人类巨大变革的时候，身处其中的人们在许多方面也发生着剧烈的变化，这变化最明显的就是人们的欲望开始无限地膨胀，显得无比的贪婪与可恶。"有研究表明，人类对城市的最初观念中有一种罪恶感，因为城市意味着与自足世界的分离，是亵神的、反自然的、是与精神性彼岸决然相对的此岸——冷漠、功利、平庸、浮华、丧失了深度意义和诗性追求。"（李兴阳：《中国西部当代小说史论》，安徽大学出版社，2008年，第233页）所以现代城市成熟的特征就是商业的高度发达和勃兴，正是有了流光溢彩、熙熙攘攘的商业社会，城市中的人们才会肆无忌惮地展示着他们的欲望，也正是这种欲望结构了诸多不可思议和光怪陆离的故事。"城市商业文化开始全面渗透现实生存之境，市民阶层逐渐形成，并对物质利益和世俗生活表现出前所未有的兴趣，个人生命力由此空前地勃发起来，人与城市的关系随之变得极为复杂而紧张。"（李兴阳：《中国西部当代小说史论》，安徽大学出版社，2008年，第227页）宁夏小说家们着眼于城市人因无限的欲望而肆意膨胀的内心世界，用批判和审慎的笔调解读当下城市的病态。

金瓯的《黑眼圈》勾勒了两个夜场女的混乱生活。玛丽和杜蓝在一家酒吧坐台，每天昼伏夜出。一天晚上她们照常在酒吧"工作"，不想却经历了一场混乱的斗殴，杜蓝昏迷了过去。醒来时发现酒吧侍应螨虫和一个陌生男人在身边，随后杜蓝跟着这个叫东东的男人去了他住处。东东是一个打手，他讲述了自己的故事并对杜蓝倾吐心声希望她能嫁给自己，而杜蓝语出惊人："我可是一个婊子呀！"这是一群"隐形人"，杜蓝、螨虫、东东是游离在城市角落的边缘人物，他们既是城市发展到一定程度时的衍生物，又是商品经济异化下的产物。在拜金的时代他们自己已经沦为"商品"，失去了一个人的日常化意义。在看似光鲜亮丽和凶悍的外表下实则包裹着一颗脆弱而迷乱的内心，当日渐冷漠的内心已然成为常态时他们越发地经不起真情的考验。

九鹏的《被子弹击中的枪》中"我"是司法干部，而"我"的连襟奥古是黑社会组织的头目。"我"本是岳父眼中的好女婿，在妻子家颇得人心，可奥古岳父则从不正眼瞧他，然而这样的平衡却被打破。马五欠岳父钱不还，"我"协助岳父状告马五并胜诉，但马五仍然抵赖，奥古则用暴力手段让他还了钱。从此奥古成了岳父家的座上客并且为岳父攫取了很多利益，而"我"

倒成了那里的多余人。后来奥古被捕，岳父又希望"我"能搭救他，在"我"的斡旋下奥古免了死罪。小说深刻地反思了失范的社会秩序下人们的原始面目，在混乱的社会环境中一切既有的规范只代表了形式上的存在，哪怕是看似"文明"的城市人也奉行着弱肉强食的"丛林法则"。一针见血地点出了所谓真理的占有者并非是言之有理之人，而是袋中有钱、手中有权、出手有拳的那些人，可怕的是每个人的骨子里都潜伏着这种邪恶因子。

陈继明的《北京和尚》代表了作者对城市中人们精神状态的深入勘察，是一篇相当出色的作品。小说讲述了和尚可乘以善心处世，为劝说一个发廊女堕胎而牵肠挂肚，而后又帮助因抛弃孩子而后悔的她找回弃婴，直到最后竟然与其结婚成家的曲折故事。这篇小说虽然叙述的是可乘从遭遇发廊女红芳后生活的一系列重大变化，但同时文本还诠释了现代社会中人们心灵异常孤寂的现实。从出手阔绰的俗家弟子到居士们在自发组成的道场中潜心钻研佛法，我们可以看出他们普遍受过良好教育，生活殷实，收入很高，但精神上却无处皈依。这其实正体现出当下社会中的某些弊端，那就是以经济发展为导向的现代社会中人们精神的漂浮状态。

季栋梁的《蝴蝶效应》透视了官场中的某些手握大权之人如何运用卑劣的手段断送一个孩子的未来。来自贫困山区的残疾人徐富贵在城里当送奶工，由于将市长史国的情人错认成其女儿并且无意中广而告之，使得并无女儿的史国做贼心虚。随后他运用种种手段将徐富贵逼回了老家。而徐富贵在城里重点中学读书的儿子也因为此事被遣回老家的中学。季栋梁关于此小说的核心内容谈了四个字，"被吓着了"，小老百姓被官威所慑，官员被各色秘密所扰。官和民某种程度上都呈现出一种惶惶不安之态，这显然说明社会的政治生态出了很大问题，社会阶层和利益分配的迅速固化使得贫富差距和社会矛盾日益加大。看似繁荣昌盛，实则暗流涌动，这恐怕才是真正的"蝴蝶效应"。

城市代表了一种矛盾的存在，在彰显着前所未有的包容性的同时，又体现着偏执的排异性。"城市包含了双重特性：即忙碌而单一的生活中产生的孤独感，以及个人面对刺激和戏剧般经历的急剧增加。应对策略就是城市居民应尽快地对新事物熟视无睹、漠不关心。"（〔英〕迈克·克朗：《文化地理学》，南京大学出版社，2003年，第68页）综观宁夏小说家笔下城市的病态，其通行症候就是"异化"，从哲学角度而言，异化就是主体创造了客体但被客体所奴役。宁夏小说家们所关注的是，在钱和物面前，人们应该具有怎样的精神品质？人们对物质追求如同强大的冲击波，猛烈地侵袭着传统精神的道德堤坝。如何既承认现实的合理性、必然性，又保持灵魂的健康、高尚，就成为小说家们需要认真思考的严肃问题，也是城市书写面临的重大任务。

○文艺思潮○

宁夏中青年作家群创作中的底层意识

杨慧娟

宁夏中青年作家群是崛起于20世纪90年代中后期的一支创作队伍，在当下文坛创作势头十分强劲。宁夏中青年作家群具有鲜明的底层意识，他们以鲜明的民间立场和平视的眼光来审视当代西部底层民众的生存状态，书写他们在生存困境中的人性景观，再现他们在那种生存困境中的生命意识、宗教情怀，同时也始终不懈地在其创作中追寻着一种精神的向度、灵魂的诗意，使西部底层民众的生存状态呈现出独特的审美面目。

20世纪90年代以来，市场经济的发展对中国社会产生了深刻的影响。经济的变革使社会结构也发生了相应的转变，社会阶层的分化与整合日益明显。工农大众这一曾被共和国赋予"主人翁"身份的人群在这一轮经济改革的惊涛骇浪中逐渐被边缘化，"弱势群体""草根一族"等名词逐渐浮出水面，"底层"成为颇受人们关注的话题。无论是在知识界、文学界还是大众媒体中，"底层"一词的使用频率都极高，而不同的文化人群面对这一概念时的认知角度似乎也颇不相同：例如社会学家视野中的底层，一般都与"三农"、国企改革、体制弊端等社会问题紧密相连，而作家、评论家、艺术家等人文工作者视域中的底层，则往往伴随着对社会公正、民主、自由、平等以及贫穷、苦难和人道主义等一系列历史美学难题的诉求。文学向来被喻为"社会良知""精神火种"，在底层问题日益凸现的今天，文学界又做出了怎样的反应？考察90年代以来的文学环境，我们不得不遗憾地承认：在商品大潮的裹挟下，当代中国社会存在着严重的物欲至上、金钱万能的社会心理。在这种欲望的驱使下，文学创作的重心也随之发生了较为明显的变化。80年代文学中多有车间、小巷这样比较集中的底层活动的社会环境，社会底层人物也成为许多作品的主人公。90年代以来，文学却摆出了一副居高临下的姿态，大多文学作品醉心于流光溢彩、盛世繁华的表象。酒吧、别墅等成为文学描写的中心场所。与20世纪30年代海派作家大写商业冒险家、投机分子一样，全面进入市场经济后的中国文坛对企业白领、成功人士亦给予了相当程度的关注。与此同时，穷人的凡俗人生在书写中或被遗漏、或被变形为富人生活中不足挂齿的点缀。五四以来形成的关注底层、书写下层人民生存困境，为底层鼓与呼的创作传统在这样的时代语境中无疑面临着血脉断流的危险。

但值得庆幸的是，在当今文学崇尚富人、漠视底层这一强势创作潮流中，还有一部分作家在坚守着书写底层的文学传统，比如：阎连科、莫言、刘庆邦、李佩甫、迟子建、王安忆等作家就坚守着"文学如果远离底层人的生存状态，与人之生存价值疏淡，作品无疑失掉了血脉"，（张韧：《从新写实走进底层文学》，《文艺争鸣》，2004年第3期，第29页）的创作原则，始终远离炙手可热的财富和权力，对底层不离不弃，试图透过底层人的凡俗人生去追寻他们那种生存的尊严、抗争的勇气以及美好的人间道义。迟子建始终吟唱着诗意温情的乡土歌谣；刘庆邦在展现生存的艰辛与残酷时，也没有放弃对底层人民道义的赞扬（刘庆邦《神木》）；阎连科则在对耙耧山脉生存困境的极限书写中凸现着乡村老人顽强坚韧的生命力（阎连科《年月日》）等。这些书写底层的创作实践无疑为文坛吹来了一股清新之风，表明了中国文学行进的另一种向度。

在90年代之后这批关注底层、书写底层的作家中，还有一个特殊的创作群体引起了文坛的广泛关注。谓之"特殊"，首先是因为在当代文坛上，他们创作中的地域特色和民族特色赋予了其创作独异性，为文坛提供了一种独特的文学景观；其次是由于他们作为创作群体，以整齐的创作质量和创作势头为文坛贡献了一批书写底层的精品，对当今文坛风行的消费主义大潮形成了一次有力的反拨。这支创作队伍就是宁夏中青年作家群，包括石舒清、陈继明、郭文斌、张学东、漠月、季栋梁、李进祥、了一容、火会亮等作家。这一群体崛起于90年代中后期，创作伊始，宁夏中青年作家就执着地面向本土，书写底层，显示出了鲜明的底层意识。在文学评论界，关于底层书写有许多种阐释和表述。但笔者比较认同何志钧、单永军二人文章中的观点，他们认为"底层写作"可以概括为"以一种鲜明的民间立场，以一种平视的眼光来审视当代中国底层民众的生存状态，书写他们在生存困境中的人性景观，再现他们在那种生存困境中的生命情怀、血泪痛苦、挣扎与无奈，揭示他们生存的困境和在这种生存困境面前的精神的坚守与人格的裂变"（何志钧、单永军：《荆棘上的生命——视近期小说的底层书写》，《理论与创作》，2004年第5期，第62~65页）。

参考这一论断，结合对宁夏中青年作家作品的细读，笔者认为宁夏中青年作家群的底层意识有其独异的特征，体现在这样几个方面：第一，对西北大地上底层民众生存苦难的执着书写。在这里，生存苦难首先表现为底层所遭遇的物质生存困境。比如，西部恶劣的自然环境带给靠天吃饭的农民们的生存打击。其次，宁夏中青年作家笔下也写到了许多遭受当代激进政治压迫的底层民众。比如，"文革"对于人们心灵造成的巨大创伤、三年自然灾害使底层人经受的挣扎与痛苦等。第二，表达对底层世界中温情人生与民间美德的礼赞。宁夏中青年作家在展示底层生存状态的同时，注重挖掘乡土生活中的诗意，他们常选择平常的生活场面：如扬场平土（石舒清《农事诗》）、挖锁阳（漠月《锁阳》）、写对联（郭文斌《大年》）等寻常行为，从中发掘那些人类亘古不变的情感：温暖、自足、幸福、渴望等，以表现现代社会那种缓慢但不失韵致的生活状态。通过作品我们可以感受到，宁夏中青年作家群的底层意识是牢牢植根于西北大地的，这种深切关注底层，积极为底层鼓与呼的底层意识，不仅仅是作家的一种创作理念和追求，同时也与作家的乡土生活经验、底层生存经历密切相关。宁夏中青年作家始终面向民间、书写底层的创作趋向为文坛提供了一个书写底层的成功范例，也说明了在当下多元的文学向度中建构底层写作这一维度的必要性和可能性。以下笔者拟对宁夏青年作家底层意识的主要来源进行探析，进而论述宁夏青年作家群作品中底层意识的具体审美表现。

宁夏中青年作家群底层意识的主要来源

任何一位作家的文学创作倾向都不是孤立的，而是与当时社会的意识形态、价值观念以及个人的经历、禀赋有着千丝万缕、复杂多样的关联。在任何一位作家创作的背后都或多或少、或显或隐地显示着历史与文化、时代与个人的痕迹。因而，宁夏中青年作家群的底层创作倾向的形成，也不是一个孤立而偶然的现象，而是在既有文学传统和个体经验交互作用下产生的一种文学选择。对宁夏青年作家群而言，面向本土，表现底层民众的生存状态既是其自身文化心理及价值取向的自然体现，也是他们面对现当代文学传统时的一种自觉选择。可以说，个人经验这一内因与文学传统这一外因的交互作用共同影响并形成了宁夏中青年作家群的底层创作倾向。

宁夏中青年作家大都来自乡野民间，甚至有很多作家至今仍未走出农村。本文将要论述的几乎所有作家都来自于农村或者乡镇。石舒清、火会亮、郭文斌、了一容这四位作家都来自于"苦甲天下"的西海固地区；陈继明、漠月、季栋梁、张学东、李进祥几位作家也都来自于农村或乡镇。可以说，宁夏中青年作家群当中的所有成员都是出身底层的"地之子"，底层的生活经历铸就了他们对土地与民间的格外深情，应该说，底层与土地构成了一种作家们一生都走不出的情感记忆。这样的生命源起也使得他们对土地有一种天然的眷恋感，对生存在那片土地上的人们生发出自然的亲和与执着的关注。在他们笔下，或讲述着贫瘠乡土之上人们的艰难生存困境，或力图挖掘和展示这片苦土上西北人的诗意心灵和追求，无不体现着一种来自底层的作家的道义感和责任感。

传统的文艺理论认为，文学创作的源泉来源于社会生活，来源于作家对生活的亲身体验。因此，探析作家的外在社会生活环境可以成为阐释其内在心理与潜意识的依据，而在个体与外界的交互作用中，童年作为个体生命的起点和人性的本初形成时期，往往对作家的心理产生重要的影响。童年经验，即一个人从童年时期的生活经历中所获得的心理体验的总和，包括童年时期的各种带有情绪色彩的感受、印象、记忆等多种因素，对作家的题材选择、创作动机及创作个性方面都会产生潜性的规范和制约。以下拟从童年经验这一角度入手，探讨宁夏中青年作家群的底层意识的来源问题。

石舒清的作品中有两篇是专门写他的童年生活的。一篇是《残片童年》，另一篇是

《童年纪事》，从这两篇抒情散文体小说中，我们可以梳理出一些"童年经验"对石舒清创作的影响。《残片童年》中，作家捡拾了童年生活的七叶"残片"："上坟""两棵树""护花的神""爷爷回来了""高房子""最初的神圣""上学"。"护花的神"一节诉说的是"妈妈"的故事。童年的"我"在别人家里得到了过"尔卖里"时舍散给孩子们的饭菜，菜少得可怜，根本不能抵消"我"的饥饿感。但"我"还是把大部分饭菜留给了妈妈，在"我"与妈妈忍着饥饿互相谦让饭菜的过程中，底层人艰难的生存状况呈现在了我们面前，而幼年的"我"对母亲的爱也呼之欲出！底层贫困但不失尊严的面目令人动容。《童年纪事》开篇有这样一段话："我常常怀念起我的童年。我是一个农民的儿子，整个儿童时代在荒凉和饥饿中度过，从生下到十一二岁，不曾吃过花生、西红柿，甚至很大了还光着屁股，没裤子穿。"这段话可以视作作家石舒清的"底层宣言"，正是童年时期的贫困感和匮乏感使得作家更深切地理解和关怀底层，更深刻地书写和表述底层。正如研究者王勇所言："如果说石舒清这个作家和其他作家相比，在创作上有什么特点的话，那么其中之一就是，他是一位长久地凝视并叩问着贫困人生的作家……只有那些给一个人带来过太深记忆与体验的东西，才会使一个人反复地去述说它。"（王勇：《读石舒清作品有感》，《回族文学》，2002第1期，第66页）

宁夏中青年作家群中的同心籍回族作家李进祥在他的笔下构筑了一个"清水河人物"系列。在一次访谈中，他这样说："清水河是我家乡的一条小河，我的童年就泡在那条小河里。那是一条苦涩的小河，浸泡出一些苦涩的人生……我把我写的人物都放在清水河边，因为他们的人生就像清水河，洁净而浅薄，苦涩而欢乐。"李进祥对于"清水河人物"苦涩生活的深情书写，体现了作家为父老乡亲们代言的底层关怀，饱含着作家对乡人们苦涩人生的悲悯之情。当采访人郎伟教授问道："在一些特殊的历史时刻，社会底层是一群没有声音的人。你认为你的小说创作关注底层的生活与性情了吗？"李进祥的回答更加表明了他的底层立场："我自己就生活在社会底层，至少我的父母族人生活在社会底层，我没有理由不关注底层的生活和心情，所以我的许多作品都写的是社会最底层的人，写他们的人生际遇和悲欢离合。"（郎伟：《以悲悯之心感受和描写世界——回族作家李进祥访谈录》，《回族文学》，2006年第4期，第68，第72页）我相信，正是因为宁夏青年作家群来自底层、熟悉底层的人生经历，才使得他们的创作体现出了鲜明的底层意识。

宁夏中青年作家群的底层意识来源于作家童年时代的底层经验这一点已在以上作家身上得到体现。而综观宁夏中青年作家群的创作，我们也可以发现，某个作家总是与某片地域建立了非常密切的联系，而这片土地往往都是这位作家熟悉的故土。比如：石舒清从走上文坛开始，反复低唱的始终是关于西海固的歌谣；作家漠月笔端流出的总是来自漠野深处的动人诗情；回族作家李进祥"走不出清水河，像走不出一段爱情；走不出清水河，像走不出一种宿命"《回族文学》，2003年第3期，第25页）的创作心语等等都可以印证这一点。放眼20世纪的中国文学，我们同样可以感受到这一点：鲁迅笔下的未庄，台静农对安徽故乡的书写，沈从文的梦中湘西，赵树理笔下的山西农村故事，莫言笔下的高密东北乡，阎连科笔下的耙楼山脉……不同的地域化的人生记忆、体验、感受，也同样真实地构成着他们文学写作的一种重要"资源"或"背景"。美国著名人类文化学家鲁思·本尼迪特所说："每一个人，从他诞生的那刻起,他所面临的那些风俗便塑造了他的经验和行为。"(鲁思·本尼迪特:《文化模式》,人民文学出版社,1987年,第2页)故乡不仅是作家出生与成长的空间,同时也已经成为他们思维与情感的一种方式。宁夏中青年作家大都来自于贫困的乡村与乡镇,因此,对故乡的本土书写实际上也成为一种面向底层的创作实践。

石舒清这样说:"应该说我是有一个大可依托的背景的,这个背景,与其说成是伊斯兰精神,倒不如说成是西海固人的凡常生活更准确些。我非常喜欢、心疼那一块土地和生息在那块土地上的人,隔一段时间回去,见到的每一张脸都那么熟悉,那么亲切,好像他们一律是你的亲人……我有西海固这样一块富足阔大而又深远的背景,实在是我的福祉。"(白草整理:《冥想静思与神性向往——石舒清访谈录》,《回族文学》,2002年第1期,第56页)我想,每个人都有故乡,而故乡对于每个人而言也都是恩重如山的。作为母体,她赋予人们生命和灵性,当我们降临世界,初睁双眼,摄入眼底心中的首先就是故乡的色彩,这鲜亮而新奇的一抹色彩从此而成为我们生命的底色。在成长的日子里,故乡的水、故乡的土、故乡的人、故乡的情,每一样都浸润着我们的身心,使我们真正成为它的"地之子"。由于作家们的生命之根扎在这片土地上,因此,对于这里的人事、景观,他们有着极致的敏感与关切。"自然环境常常被自觉不自觉地当成一种人之外的东西加以利用,这不对。自然是这样地渗透进人们生活的内部,渗透到你的家里,像在西部土路上独行的旅人,他的乱发里夹杂着永远弄不净的沙子。自然是这样地弥漫于人们的生活,有时你甚至不知道它是怎么进来的,而且无法洗清。"(韩子勇:《西部偏远省份的文学写作》,《第二届鲁迅文学奖获奖作品丛书·理论评论卷》,北京华文出版社,2001年,第114页)这段话概括了自然环境对身在其中之人潜移默化的影响,那么,是不是可以由此推论,一片地域对一个人的浸润是无孔不入、难于抗拒的。也正是基于此,作家们拥有了一份说不尽写不完的题材宝库——故乡。宁夏中青年作家在各自独有的那片领地上,细数着他们所闻所见的人与事,表达着他们作为"地之子"对那一片土地的爱恋,这种天然的联系,使得作家们对于乡土大地上的人与事寄予了巨大的关注与热情。

由此可见,作家的童年底层经验、作家所出生的故乡等都可以成为诱发和影响其底层创作取向的重要因素。童年时代生活的贫困与物质的极端匮乏使宁夏中青年作家对底层生存的艰辛有着切肤的疼痛,当他们成年后受过教育脱离底层生存的困境时,人生的底色早已不可更改,曾经的记忆必然赋予他们一种自觉的承担、一种沉重的责任,那就是关怀底层,为底层代言,为底层鼓与呼的创作选择。

尽管写底层近几年来成为文坛的热门话题,但实际上,有关底层的写作在中国现代文学的发轫期便已经出现了,无论是"五四"时期的文学理论建构还是新文学的创作实践当中都有这一传统的体现。"五四"时期倡导的"劳工神圣"已然传达出了关注底层的先声。而在新文学理论建构时期,周作人提出的"人的文学"则成为五四时期文学的一个中心概念。而在之后不久的1919年初,周作人又提出了"平民文学"的概念,这个概念其实可以看作是对"人的文学"的具体化:平民文学应以通俗的白话体描写人民大众生活的真实情状,忠实地反映"世间普通男女的悲欢成败"。(周作人:《平民文学》《周作人经典作品选》当代世界出版社,2002年,第8页)成立于1921年的文学研究会,成员们写出了许多关注底层,为底层民众呼呼的好作品。作为文研会成员的叶绍钧，是五四人生派小说的代表作家。他的初期文言作品《穷愁》就已显示出他对下层人苦难生活的关注，及至后来的《这也是一个人？》则描写了一个连姓氏都没有的农家妇女的牛马般的一生，显示出了作家关注底层的创作倾向。进入30年代，左翼文学对处于被压迫地位人民的同情以及后来对人民的激进认同可以看作是新文学初期"写底层"传统的良好承续。可以说，这些理论倡导都来自于现代知识分子对底层人民的关注，体现了现代知识者在西方人道主义精神影响下而逐渐形成的人文主义情怀。

作为现代文学的一种重要写作传统，对于底层世界的关注和书写一直是现当代文学史上惯常的话题。在"五四"时期的启蒙视野下，现代乡土作家们重在展示礼教和宗法思想笼罩下的乡土，展现乡土人民在文化传统、习俗和封建制度统治下的苦难命运；在政治革命意识里，现代作家们则更多展现半殖民地半封建兼杂有官僚资本主义的社会结构中，农村的经济崩溃、农民的经济破产，以及由此导致的更为惨烈的现实生存悲剧。这些乡土创作实践无疑成为书写底层的最好明证。而宁夏中青年作家的创作作为当代中国文学的独异呈现，更是不能与现当代文学割断脐血相连的渊源。因此，宁夏中青年作家的创作受到了秉承着"书写底层"传统的现代作家们的深远影响。可以说，鲁迅等现代作家的底层创作实践，不可避免地成为了宁夏中青年作家师法的对象，深刻地影响了他们"关注底层，书写底层"的创作倾向。

我想，对于每一个成长在当代的中国作家而言，鲁迅的影响毋庸置疑。鲁迅先生的乡土创作为后来者留下了永久的写作范本，也留下了关注底层、书写底层的文学传统，深深地影响了其后中国作家的创作。

三棵树之一的陈继明曾在一篇随笔中写到："读了舒克申的短篇《老人·太阳·少女》，芥川龙之的短篇《橘子》，重读了鲁迅先生的《一件小事》，至为敬佩。上述三作，共同之点是：对生活底层的普通人命运的由衷关切。民间立场，这是文学的永久立场……作家与别人的区别仅是：平时他和普通人一样生活，他是最为广泛的平凡大众中的一员，而在深夜，他隐秘地坐于灯下，操笔写作，或者记录——直接源于民间，源于普通的心灵，源于泥土中的新奇而不失朴素的诗意、哀叹、反讽、玩笑、崇高、卑下等等。"(《静观与自语》，《青年文学》，2001第5期，第59页)陈继明在这里鲜明地表达了其关注底层普通人命运的民间立场。可以看出，国内外大家的底层书写都为他提供了丰富的思想资源。除鲁迅之外，对陈继明影响更直接的另外两名现代作家就是萧红和郁达夫。陈继明曾谈到，萧红和郁达夫是现代文学史上两位对底层都非常关注的作家，他们的作品：如萧红的《生死场》《呼兰河传》，郁达夫的《春风沉醉的晚上》《薄奠》等，都是书写底层非常出色的作品。而这些创作无论从写作技巧上还是思想上，都对自己产生过不同程度的影响。石舒清在书桌的玻璃板下压着一帧鲁迅先生的照片，时时在先生冷峻、严厉、逼人的目光中审视自己的写作。我想，宁夏中青年作家群如果能够持续不断地从现代文学深厚的创作传统中汲取营养，学习和发扬鲁迅等现代文学大师的优秀写作传统，对于他们在"写底层"这条创作道路上走得更远将会大有裨益。

宁夏中青年作家群的底层意识的审美表现

宁夏中青年作家大多来自农村，从底层走来的他们，身上天然地带有对苦难的深切体验和感受，缘于此，他们能够对挣扎在底层的人民予以深切的关注。他们的取材对象，少有波澜壮阔起伏的社会历史宏大叙事，而多为西北大地上为了生存而奔波忙碌的乡人。作家在关注底层人民时，没有对底层生活的丰富性作单一色调的粗浅化理解，或是形而下地刻意描写这一群体贫穷落后的生存景观与麻木无序的精神蒙昧状态，也极少基于启蒙理性的"恨"和"怒"，而是表现出一种"哀"在其中的痛惜和同情，是一种感同身受般的"同情的理解"。

值得说明的一点是，由于宁夏中青年作家大都来自农村，因此，他们对于"底层"的关注大都体现在书写乡村与农民的范畴内。对于城市底层民众，如农民工、小商贩等的描写虽也有所涉及，但数量有限。作家们在深情的回望中讲述着发生在故土之上的一个个故事，西海固、海棠、清水河……这是一串闪现在他们作品中的熟悉的名字。在他们笔下，"乡村"作为被观照的底层世界，有它艰难辛酸的一面，但亦有温情脉脉的一面。在宁夏中青年作家书写底层的作品中，有些表现为对底层生存苦难原生态的展示，但也有一些作品着眼于底层世界中的温情，对于物质生活极度匮乏的底层之中的人性温情和美好道德给予了深情的书写，体现了民间世界强大的道义力量以及人间温情。还有一些回族作家的作品，在书写底层生存困境的同时，也表现了回族人独特的宗教情怀。

宁夏中青年作家群对西北大地上底层民众生存苦难的执着书写首先表现为对底层所遭遇的物质生存困境的书写。比如，西部恶劣的自然环境给人们带来的生存障碍与生命威胁等。其次，宁夏中青年作家笔下也写到了许多遭受当代激进政治压迫的底层民众。比如，"文革"对于人们心灵造成的巨大创伤、三年自然灾害使底层人经受的挣扎与痛苦等。这些对底层苦难的直接展示突出体现了作家以民间立场和平等视角为底层代言的鲜明底层意识。

石舒清在《歇牛》一篇中讲述了一个回族老汉马清贵的故事：老汉有十个儿子，他一生的使命就是为儿子娶亲，可是耗尽了自己一生的财力和精力也只娶回了四个儿媳妇，而娶了媳妇的儿子害怕受牵累，很快地脱离父亲单过了，老汉被剩余六个儿子的娶亲负担压得几乎喘不过气来，终于在一个太阳高悬的午后，老汉心力交瘁，死在了自家的地里，身边只有两头和他一样老迈的老牛默默地流着眼泪，正如作者所写道："立在地头看，倒卧在犁沟里的马清贵老人很像是一件由于天热而脱下来的旧棉袄。"作者在这里描写了一个乡村老人愁苦凄惨的一生，"养儿防老"在这里成了"养儿索命"，石舒清展示给我们的是乡土世界中这样凄凉的一个人生故事。在这里，底层的生存苦难以一种极度凄惨的面目展现给了读者，可以说，这篇小说中没有亮色——"老人""老牛"……作者似乎怀着无限的悲悯来诉说这样一个底层世界中的惯常故事，但是带给我们的震撼却不止于此——对于底层世界那种原生态苦难的秉笔直书，令人心生悲戚。

陈继明《在毛乌素沙漠边缘》讲述了宁夏盐池马儿庄刮沙尘暴时，一个跟随父亲挖甘草的一年级学生王明被沙尘暴吞噬的故事。作者写到，在马儿庄，睡一觉醒来，会发现满脸、满嘴都是沙子，一推门，门外也积了一尺多高的沙子，作家对沙尘暴的描写让我们看到了酷烈的生存环境和身在其中的人们的艰难挣扎。小学生王明在挖甘草的途中遭遇沙尘暴死去了，作者的这一用笔也引发了我们的思考：为了生存—挖甘草—破坏环境最终导致沙尘暴—威胁人类的生命和生存，如此恶性循环，使我们也为这片土地上人们渺茫的生存希望而担忧了，这里体现了作者对底层辗转生存的人们的深切关怀和忧虑，体现了作者为民间代言的强烈底层意识。

宁夏中青年作家群始终执着地关注和书写着艰难生存状况下辗转求生的底层民众，作家们在展示他们现实苦难生活的同时，亦对其倾注了深切的同情。在他们的创作中，还有这样一部分作品，绕开了日常生活的琐碎叙事，而是着眼于历史进程中这片土地上人们的生存图景和人性景观。这部分作品大都是针对当代激进政治造成的历史性的苦难记忆进行书写。

陈继明《一人一个天堂》讲述的是"文革"时期麻风病院的故事。在这部长篇小说中，作者从人性的层面上揭示了极左政治所制造的苦难给人们留下的永久性伤痛。小说的主人公伏朝阳就是极左政治最大的牺牲品。他是一个年轻的红卫兵小将，身上充满了信仰的盲目和革命的狂热，他又是一个单纯羞涩的中学生，一举一动透露着稚气和可爱。但就是这样一个活泼的生命，在麻风院里，遭到了残绝人寰的惩罚。我们知道，一个正常的、健全的社会，就应该既是人的主体性的建构者，同时也是以人的最高目的为目的、人的尊严为尊严的有情存在。而在这部作品中，至高无上的社会权威构成了对人的覆盖与摧毁，我们看到非常态的社会压抑机制对常态的人的自然本性、基本权利和人的日常状态进行的挤压和扭曲，对人的现实愿望进行禁锢与扼杀。我们不能忘记《一人一个天堂中》那个漆黑的夜晚麻风病院里那场熊熊的烈火以及在火中奔跑、尖叫、挣扎、扭曲的无辜的人们。在那样的时代，这样一些特殊的"病人"没有得到对他们生命、生存权利的起码尊重，而是被一只无形的大手用非人的手段一笔抹煞了。

张学东《送一个人上路》（《上海文学》2004年第8期）是一篇优秀的小说，小说以精致的结构讲述了一个看似平淡实则奇崛的乡村故事：韩老七在"我"家的"作威作福"，他对家人无休止的折磨和挑战：比如，将粪便拉在碗里，睡在牲口棚里，把屋子搞得乌烟瘴气、臭味熏天，等等，但是祖父却始终视这个与我们不沾亲不带故的韩老七为座上宾，对他所做的一切无动于衷，这种"无赖式的追索与无怨悔的偿还"（徐大隆：《张学东访谈录》，《红豆》，2005年第10期，第23页）令读者迷茫，而在小说的最后，作者寥寥数言的补记揭开了谜底，也带给读者巨大的心灵震撼："韩老七，贫下中农，早年给生产队放过牲口，曾受命调训队里一匹暴烈的军马遭受意外伤害而永久丧失性能力，之后，他老婆改嫁或跟人跑了？不详。其时，祖父尚任生产队长。"陈思和这样评价这篇小说："它最尖锐的恰恰是提出了当今社会不能回避的悲惨现象，即社会转轨之后，国家以前给普通百姓的承诺将由谁来兑现"。（陈思和：《在精致结构中再现历史的沉重》，《上海文学》，2004年第12期，第104页）

了一容在《饥饿的精神》里揭示了一种近乎荒谬的"全民饥饿表演"，村里人死守着上缴国家的粮食，却不停地被饿死。大队长尕喜子的老婆饿死了，儿子也快不行了，但他死死地坚守着粮食。小说在结尾处形成了一个巨大的反讽：村民们拼了命省下来的粮食被诳往苏联，最终被扣收，似乎是倒进河里了。极左政治对人的戕害由此可见一斑！

宁夏中青年作家群对于当代激进政治制造的历史性苦难记忆的书写，表达了作家对个体生存价值、对历史进程中被挤压、变形的"小我"的生存状态的关注和审视。《一人一个天堂》中，作家为那些"改朝换代"后无处诉说个人苦难、个体压抑的人们代言；《送一个人上路》中，作家为民间代言，表达了一种要求国家社会对个人"无辜受难"给予合理解释的道德冲动，这种关注历史压抑中个体价值存在的创作取向体现了宁夏中青年作家群深切的人道主义情怀。

在宁夏中青年作家笔下，发掘乡土生活的诗意，在传统生活方式中寻找永恒的美感、寻找高尚的生命价值和美好的民间美德已经成为他们表现底层世界的一种特色。在着力展现乡土社会生存状态的同时，他们将困顿的现实与艰难时世中的诗意紧密结合在一起，在诗意的畅想中寄托着作家们超越性的人生理想。

郭文斌的《大年》中为我们展现了西海固大地上的过年景象——那里处处流动着温馨和动人的情愫。写对联、糊灯笼、分年、拜年、贴窗花，年的气味在这些行为中越来越浓，惹人心醉。明明和亮亮这两个小主人公身上显现出的是一种乡村庸常生活中的亮色，父亲身上则体现着乡村社会中的传统文化和民间美德，这种美德在明明身上的传承更让我们感觉到了希望和欣喜。西海固被火红的"年"染红了，它不再是我们意念中的赤贫之地，而变成了生长着温情和幸福的希望之地。

李进祥的《一路风雪》讲述的是村里人一起到内蒙古"抓发菜"的故事。当人们经历了一路坎坷到达目的地时，却发现受了欺骗。这时当地人又挑起了冲突，在械斗中，村长也受了伤。在即将回村的时刻，这些一起风里雪里讨生活的人们展露了他们性格中淳朴和善良的一面，大家把拾到的发菜都捐给了在外地上大学的杨明和村小学的马老师，为的是让孩子们能够好好地受教育成才。作者在展示底层人讨生活的艰辛困苦时，也刻画了乡人们勤劳、善良、厚道的可贵品质，体现了作家对这片土地的热爱和关注。

石舒清的许多小说，似乎都可以看作是作者对于西海固这片土地的诗意畅想。在许多描写底层凡俗人生的小说中，作者总是用缓滞而细腻的笔触轻轻感触着这里的乡土人生，含蓄隽永，不失诗意和温情。但在《乡下》中，作者终于忍不住在作品中直白地表达了对底层的赞美之情。作者在作品中设置了一个故事的叙述者——导演王必丹来讲述关于乡下的故事，通过王必丹之口，作者对于底层的赞美之词已然溢于言表："王必丹说，在下面拍戏久了，他对底层的感觉和感情都是很深切很复杂的。最受不了最叫人感动的就是老百姓的那种淳朴和热情，那种古道热肠，那种毫无条件的帮助。譬如你拍戏需要一个人的衣服吧，他会马上脱下来给你；譬如你要用一家人的灶房，他一家人宁肯不吃饭，也要把这灶给你腾出来。"

季栋梁在《西海固其实离我们很近》里塑造了一个淳朴、善良的乡下人形象。小说中的"他"是西海固的一个普通农民，贫穷的生活和生存的艰难使他显得木讷和迟钝，甚至有些畏缩。但是，随着"我"与他渐渐深入的接触，他的品格不禁让我心生敬畏：踏实诚恳、不贪图钱财、懂得滴水之恩涌泉相报。物质的匮乏丝毫没有改变他所坚守的民间至善至纯的道德观念。提供给我们的则是底层世界里的一抹温情，底层在这里成为了民间美好道德的源生地。

宁夏作家在对具有永恒魅力的乡土传统美德和浓重乡情的书写中，凸现出的是他们关于宁静乡村人性至善、至美的乌托邦式的理想。在他们笔下，农村寻常艰辛的生活挣脱了现实生存的苦难，而更多地显现出审美的性质。宁夏中青年作家群这种回望乡土，从民间和底层寻找力量，保卫民族优良传统，保卫人类美好道德的创作选择是值得赞许的，也将为中国文学的走向等问题提供一些很好的启示。

经由以上分析，我们有理由相信，宁夏中青年作家群的底层书写在当代文坛是具有特殊性的创作实践。面对当今文坛的浮华景象，宁夏中青年作家群深切关注底层，描写弱势群体生存困境的创作选择提供了一种特殊、强劲的声音，这对当代文坛普遍存在的

"软骨病"而言，无疑提供了一剂强心剂，也是对文坛"靡靡之音"甚嚣尘上的一种有力反拨。对于石舒清等作家而言，虽然身处城市，同样面临着许多诱惑，但他们自身对都市的抵抗使他们在坚守乡村写作中获得自信，同时，他们的痛苦也转变为一种坚守的资源和对都市宣战的优势。在他们笔下，宁夏山区贫困、粗砺的自然风貌和乡人们所拥有的温情、自足、舒缓人生状态之间的和谐诗意，未免令整日奔波于势利之中的当代都市人闻若童话，却也心向往之。毕竟，来自底层世界的诗意情怀更加令人动容。但是我们不得不承认的一点是，和谐可以导致优美与和平，但也会泯灭深刻与尖锐。宁夏中青年作家在书写底层的过程中，过于注重乡土作为诗意精神家园的存在特性，而忽略了对底层世界落后、愚昧等现象应有的理性审视和批判力度，这使他们的底层书写略显单薄。胡风在20世纪40年代呼吁：人民大众（主要是农民）的"精神要求虽然解放，但随时随地都潜伏着或扩展着几千年的精神奴役创伤。作家深入他们要不被这种感性存在的海洋淹没，就得有和他们的生活内容搏斗的批判的力量。"（胡风：《置身在为民主的斗争中》，《胡风评论集·下》，人民文学出版社，1985年，第21页）衷心地希望，这也成为宁夏中青年作家书写底层时力图超越和发展的一种方向。

○文艺思潮○

从"恒艺轩"管窥当代艺术公共领域的角色建构

王　艳

一、当代艺术公共领域

"公共领域"是在国家权力控制范围之外，与私人领域相对的一个领域，汉娜·阿伦特、哈贝马斯等对其做了详尽的探讨。哈贝马斯以宴会、沙龙以及咖啡馆为例，描述了它的几个特点：平等性、公共性、开放性、批判性。这一领域是建立在每个社会个体相互理解和交流的基础上，前提是对每个社会个体的充分尊重。因此，在这个"场域"中，每个人是平等的，既可以自由讨论，又能够平等博弈。而这种沟通区别于公共权力领域中的沟通，又超出了私人家庭的限制，区别于私人领域的特殊领域，使得私人领域中人与人之间的沟通成为可能，它是一种"集中形成公众的私人领域"。

哈贝马斯在他著名的《公共领域的结构转型》一书中，将沙龙、俱乐部、咖啡馆、文学杂志与艺术团体等视为资本主义社会"公共领域"的"典型形态"，深入地分析了它们对当代社会的作用。哈贝马斯指出："资产阶级公共领域的政治使命在于调节市民社会（和国家事务不同）；凭着关于内在私人领域的经验，资产阶级公共领域敢于反抗现有的君主权威。"（《公共领域的结构转型》，学林出版社，1999年，第55页）我们可称其为"艺术公共领域"，一般包括艺术团体、画廊、艺术村、艺术区等。而今美术馆、博物馆等具有官方性质的机构也与它原初的特质渐行渐远，变成了可公开进行交流的

"公共领域"。这些领域，虽然在"受众"组成、活动方式、论辩氛围以及主题导向上有所区别，但它们的共性在于可组织观众进行讨论，不关乎讨论者的身份高低与否（经济或者权力的成分），讨论大家都关心的"问题"。这一平等交流的平台，对于所有的参与者来说，是一块找回有意义生活的窗口。

在当代，随着科技的发展引发人们生活方式的改变，艺术通过各种渠道主动进入观赏者的日常生活，成为大众日常生活的延伸。比如人们不用千里跋涉到卢浮宫去观赏镇馆之宝《蒙娜丽莎》，她会出现在墙壁上、书本上、公共汽车的车身上，或者青年人的文化衫上……可以以多种不同的方式满足我们的欣赏需求。"艺术大众化"的趋向已呈现不可逆转之势。而在这一潮流的冲击下，"俗化"现象不可避免。这一趋向正是艺术进入公共领域的鲜明特征。本文以银川"恒艺轩"为例，试图分析当代社会这一转型下，它如何发挥公共领域的作用，构建大众与艺术相遇的平台，从而推动整个社会品味的提升。

二、"恒艺轩"艺术馆的公共领域角色

"恒艺轩"是银川市的一家文化会馆，以"恒于心、游于艺"作为自己的精神导向，也是为专家、学者、艺术家和广大爱好者进行学术交流和成果展示而投资设立的一个小型文化活动场所。自 2010 年筹建成立以来，举办多次展览、讲座、笔会、座谈会、野餐会等，推动了银川文化艺术的发展。会馆的创建者是一个酷爱艺术的商人，且期望下一代也能进入艺术领域有较高的文化艺术造诣而筹划建立。可以说能够介入艺术实现商人的华美与高雅的转身，是她创立会所的初衷。这也反映出了在当代市场经济冲击下，人们内心深处对文化精神的一种诉求。会馆自建立以来一直秉承着开放、多元和包容的"沙龙精神"，以"沙龙"形式聚集各种社会力量与群体，这在一定程度上构筑了一种中国式的"艺术公共领域"。

1. 雅集：围墙内的艺术共振

哈贝马斯曾这样界定："公共领域最好被描述为一个关于内容、观点、也就是意见的沟通网络；在那里，沟通之流被以一种特定方式加以过滤和综合，从而成为根据特定议题集束而成的公共意见或舆论。"而中国自古就有"君子以文会友"的传统，文人们或因志趣相投，或乘一时之兴，"或十日一会，或月一寻盟"，成为中国文化艺术史上的一道风景。"雅集"其实就是古代文人进行交流的"公共领域"，文人在这里有一个共同交流的场域，展开交流探讨。

哈贝马斯将公共领域隐喻为一种"共振板"（sounding board）、"交往网络""围墙内空间"，指出它始终对整个社会保持敏感，集合观点成为一公众的议题进行交流。我们可以听到"种种的生活史经历造成的回响"。他以形象的比喻透露出了公共领域的特点。"恒艺轩"艺术馆的展览、讲座、笔会等都有特定的主题，且多为大众关注的议题，这无形中引领参与者介入其中，使接受艺术熏陶与关注社会大众话题相得益彰。

"恒艺轩"会馆大概一个季度做一次展览，展览结束后都会举办讲座，邀请专业艺术家进行艺术知识讲座。如 2012 年新年举办了一场名为"7+1 宁夏写实油画展"；2013 年 1 月 16 日"角度——当代艺术邀请展"在恒艺轩开展，来自湖南的画家刘朝辉以贺兰山为主题的系列油画作品引起了观众的注意；2014 年 12 月举办了"宁夏书画院第三届青年书画家作品展"，展出了周一新、胡晓敏、李东星等八位青年书画家的作品共 40 余幅；2015 年 4 月 11 日，宁夏女性画家联展"催春花开"也是影响较大，展览的同时

举行了五位女性艺术家的专题讲座，诸多专业与非专业的观众纷纷而至。每次展览效果极为显著，吸引了广大的同行和艺术爱好者参与其中。在这样的环境里，朋友们饮酒品茗的同时，他们谈论最多的是艺术，使得举杯酣饮被赋予了高雅的文化内涵。即使有些观众素昧平生，后来也都变成了志同道合的盟友。在"围墙内"，多种因素的面对面沟通和对话，使得它们在接触和交往中相互熟悉、了解与尊重，形成了一个和谐的"交往空间"，实现了"共振"。以这样的一种方式，使得艺术家走出了闺门，可以更现实地去面对社会、感知社会，大众也可以在此了解艺术、欣赏艺术，感受文化艺术魅力，陶冶情操。同时，艺术也进入市场化的运作，实现了艺术家与爱好者的双赢。

2. 大众：去精英化的艺术走向

中国的儒商自古有之，他们是"儒"与"商"的结合体，既有儒者的才智，又有商人的成功，特别注重个人修养，具有较高的文化素质。恒艺轩的创立者对文化艺术的热爱，是在市场经济大背景下，以逐利为目的的商业与文化的接轨，作为主体，以向文化的靠拢与渗透来找到一种平衡。这一追求是很值得称赞的。

恒艺轩是当代一典型的艺术公共领域，它试图以各种不同的方式组织大众参与到这场艺术的盛宴之中，专业艺术家切磋艺道，普通大众也可以在其中获得快感，让他们觉得艺术不是高不可及的，它已经取消了高高在上的姿态，走向了芸芸众生，它与生活、与人生是相通的。"曲高和寡"的艺术被大众化，它其实就在我们的身边。以此方式，通过艺术对生活的回归，可提升大众的艺术品位。在这一场域之中，"艺术摆脱了其社交表现功能，变成了自由选择和随意爱好的对象。'趣味'依然是艺术的指针，它表现为业余的自由判断，因为任何一个公众成员都应当享有独立的主权。"（哈贝马斯：《公共领域的结构转型》，学林出版社，1999年，第44页）艺术品曾经作为精英政治和权力工具的神圣性被消解，艺术家也不再是高高在上的精神贵族，艺术不是一种"神话"。艺术普及化的倾向难以避免，如何普及，市场会无形中介入其中。当艺术进入市场，其本身会在市场的裹挟下发生一些变化。

恒艺轩在前行的过程中，市场问题是无法规避的。市场千姿百态，对艺术品的需求也是因人而异，它有权利去挑选艺术。但是在这个过程中，我们不希望这一自主选择的权利泛滥，成为导致"低俗艺术"成长的刽子手。在这个公共场域中，所有人有言论的自由，那么作为管理者，可以在这个过程中通过一些引导，强化公共领域的正面影响，使人们对于艺术的感知、对艺术品品位高低的评判不断向前发展。这也是会馆所有人的愿望。恒艺轩还在策划并不断地引进更多两岸和国际的文化艺术，希望扩大这一公共领域的外延，吸收他者的长处，给艺术注入更新鲜的血液，从而有助于艺术市场运行过程中艺术品品味的提升。

3. 生活化：精神世界的艺术美化

依据哈贝马斯的观点，"生活世界"为社会形态提供生存意义与价值系统。在生活世界之中，所有的社会成员平等、自由地与他人进行交往。生活世界也犹如一"万花筒"，其内的各个成员有自己的个性，不同的利益诉求、情绪体验与不同价值观念。但人们通过"交往行为"来相互调节，避免了分裂格局的生成，最终产生了一种所有成员"共享"的价值系统。在哈贝马斯看来，艺术和审美活动是典型的"交往行为"，人们以图像、音乐或诗歌等为中介，为社会源源不断地生成共同的生活准则与意义皈依。公共领域有其特殊性，是为人与人之间的沟通达成一定共识而组织的一个领域。所以，二者之间有着密切的关系。

在物欲膨胀的当代社会，人的劳动、人的环境和文化在一夜之间变成了用金钱来衡量的东西，同时人的内心也在逐渐变得虚无。"艺术公共领域"这一特殊的领域，其机构形式本身以各种形式组织公众参与其中，人与人之间的感情日久弥深，无疑会润泽到每个参与者的心理，扩大他们的视野，丰厚他们的情感，用一种有意义的方式去消解内心的荒芜感。在这一领域中，他们所谈论的主题大多与艺术有关，进而由此延伸至生活、人生。人们在此进行讨论认识了自身，作者、作品与读者之间的关系变成了"一种因为内心对人性与自我认识以及转移情感兴趣的人们之间的亲密关系"。（汉娜·阿伦特：《公共领域和私人领域》，刘锋译，汪辉、陈燕谷主编，三联书店，1998年，第80页）

现代艺术家莫里斯说"我坚信，艺术喜欢自由的愉悦，更喜欢心灵的开放和真实。艺术讨厌自私和奢侈。在自私、孤独和排他的气氛中，艺术一天也活不下去。如果艺术处于这种情势中，我宁愿它不要再活下去。"（聂振斌、滕守尧、章建刚：《艺术化生存——中西审美文化比较》，四川人民出版社，1997年，第319页）他认为艺术是自由的，而自由的艺术来自于真实的心灵。若所处的环境是自私与排他的，真正的艺术是不会存在的。一旦以逐利为目的的市场改变了艺术本真的初衷，那么人的生存将会受到极大的挑战。莫里斯是在为艺术和整个人类寻找着审美的救赎。因此，在以恒艺轩为代表的艺术公共领域中，艺术与市场并存，雅与俗共赏，我们更希望涉入其中的个体，能从中获得精神的提升，从而能够美化自己的日常生活。

三、结语：艺术公共领域的反思

技术与市场在很大程度上带来了人类生活方式的改变，各种新的艺术形式不断涌现，并以不同的方式影响着我们的日常生活，各种关于现代性的悲歌不应该成为一直缅怀过去而裹足不前的理由，我们也不应该因此认为艺术本身被大众化，被"俗化"，失去其高雅的特性，只是其接受的对象呈现大众化的趋向。在此，作为主体的我们，对艺术的价值判断显得尤为重要，要发现它对于人有意义的提升作用，承担起艺术"审美救赎"的功能。就艺术公共领域而言，也应保持一定的纯粹性。不管是经营者还是参与者，该有足够清醒的意识，如何保持艺术的"纯度"，避免其发生一些"灾变"。

自2010年以来，恒艺轩在市场的大浪中一路走来，不断努力重构着艺术场域的精神与气度。作为当代社会的"公共领域"，它也许还存在着不足之处，但作为在西北偏远地区存在的一股力量，对于我们在大众化时代重新思考公共领域中的艺术交流的意义、重新思考艺术的价值，还是具有极大的启迪作用的。

○文艺思潮○

美学角度下审视真人秀节目 《奔跑吧兄弟》的配乐

高 敏

《奔跑吧兄弟》自2014年10月10日开播以来，收视率逐渐上升，现在已经成为热播节目。除了游戏规则配有解说词外，《奔跑吧兄弟》便不带半点画外音，这就是真人秀节目与电视新闻、专题片截然不同之处。在真人秀节目中，最能表达周边环境、节奏和人物内心世界的只能靠配乐。由此可见，配乐几乎成为真人秀节目的灵魂。真人秀节目并非毫无剧情性，它是通过一定的游戏规则，表现出故事情节发展、矛盾冲突出现、扣人心弦高潮和悬悬而望的结果，从而戏剧地反映现实生活的一种视听艺术，具有很强的艺术特征。

一、分析真人秀节目《奔跑吧兄弟》中的配乐

1. 主题曲：《超级英雄》。《奔跑吧兄弟》的主题曲属于片尾主题曲，在片中没有重复过，只在节目完全结束出现，它往往对节目具有概括作用。因为片尾主题区处在结束位置，让人听后有一种"意犹未尽"的感觉，在《奔跑吧兄弟》的片尾曲中，画面同时呈现节目中精彩的花絮，引发人们对节目的回顾，从而激发起更深层的思考，具有深化和延展节目内涵的艺术表现作用。

2. 插曲。插曲在《奔跑吧兄弟》中并不多见，但同时又不可或缺。为什么呢？因为插曲只是相对于某一局部而言的，它仅仅对局部起到点缀作用，并非是必须的，它是依据剧情的需要，要么在非常紧要、关键的地方使用，要么在画面语言无法表达的时候才使用，这样才能起更好的效果。所以在插曲的运用上一定要慎重，要限量用。反之，一档真人秀节目过多使用插曲，在很大程度上也会影响剧情的连贯性。《奔跑吧兄弟》中在运用插曲上，基本按需而运用，而且量少得平均一集节目不足一首。

在节目中，出场音乐会用到插曲，比如Angela Baby多数情况出场的背景音乐是Baby，在12月26日《新年运动会》中，王宝强跳着模仿悟空入场，他的配乐是西游记的插曲，在11月7日《人再囧途之韩囧·下》，车上聊刚刚郑恺拉王宝强的一幕，车上其他人想起了泰坦尼克号，随后插入泰坦尼克号的配乐。

上述的三个画面，配上相关耳熟能详的插曲后，看似有些癫疯，但又不失诙谐感，欢快中带更能嗅到一种恶作剧味道，同时细腻地刻画出人物形象，给真人秀节目注入了鲜活的生命力。

3. 场景音乐。场景音乐一般是专门为一场景设计的，所以基本上不再重复，场景音乐在使用方面与插曲有些类似，仅在某一个单一场景中使用。主要是对某个具体的场景中所表达的故事情节，或人物在具体场景中的发展变化和特定的环境气氛进行描述、烘托和渲染。场景音乐对带动受众情绪起着重要的作用。

在《逃离秀山岛》的水枪大战中，红队伊一被淘汰时候，悲怆音乐响起，因为这一次水枪大战中，蓝队无一人牺牲，红队面临着全军覆没。

这样的音乐使用在这种场景中，一来为了营造出一幅红队凄凉的画面，侧面烘托出红队幸存者胡泉的孤独，为后面胡泉"以一敌百"的剧情奠定了一种"破釜沉舟"的基调。二来，悲怆的音乐给受众造成一种"情绪忧虑"，与下一个蓝队开怀大笑的画面形成对比，两种反差效果能给受众造成"情绪共振"的感觉，给受众带来欢笑，避免整期节目情节过于老套，让受众觉得索然无味。

4. 写实音响。写实音响包括环境音响、同期声、背景人声和部分客观音乐和模拟音乐等。在《奔跑吧兄弟》的拍摄中，环境杂声很多，人声都是通过每人的单独录音导入单独的声音轨道。因此，画面的写实音响基本上会被调得很小，然而画面中有不少不可替代的写实音响，而且这些写实音响富有艺术表现力，感染力，那么后期是如何模拟写实音响来传达信息、叙事和表现情感的呢？

在节目中，写实音响处处可见，比如，撕名牌的"唰"的声音，奔跑吧兄弟第六集《逃离秀山岛》的水枪大战中，"啾啾啾"模拟水枪声，画面未发生的模拟观众的笑声……都是写实音响。

那么，模拟的写实音响有什么好处呢？

麦克卢汉的媒体延伸观重在讲述媒体超越时空的属性，电视是人眼睛和耳朵的延伸，在第一集《白蛇传说》中，"嗞嗞"压脚板的电流声就是模拟的写实音响，画面是有边框的，而声音则不受画框的约束，这些都是听觉空间和视觉空间的互补属性。视觉空间是有边缘、有限的，而听觉空间是无边无沿无限的，在表现力上，视觉空间主要体现在画面的表现力，而听觉空间体现在画面的感染力。只有当视觉空间的画面与听觉空间的画外声音相协调时，受众才能真正体会到时空的超越。

比如，在一次撕名牌中，王宝强发现远处的敌情，他立刻跑了过去，跑步的时候，画面是快进，同时"滴嘟滴嘟"的画外音效同时响起，与画面配合起来，使得受众能体会到画面的节奏，刻画了王宝强本来就有点"逗"的性格。可见，画外音响空间的感染力，当画外音响得到合理利用时，能起到补充画面不足的效果，从而增大了节目画面的

文艺思潮 105

信息量。

大家特别常见的一种画外音就是笑声，每当搞笑的场景画面都会配上笑声，比如，在《穿越世纪的爱恋》中，王宝强打开箱子的时候，发现一个电话，他非常高兴，拿起电话说道："箱子，箱子，你能带我找到项链吗？然后等待十秒，静候结果。"看似非常荒诞的画面，笑声不断，随后又像念咒语一样，再把他的台词重复了一遍……这样的写实音响有两种好处，一方面，这样使得画面的情绪与受众的情绪达成一致，可以让受众感觉到仿佛超越时空束缚，亲临现场，真人秀节目重在给人一种真实感。另一方面，笑声也有一定的象征意义，它可以看作是塑造人物比较"逗"的性格特点的因素之一，具有表情达意的能动作用。即使这些都是通过后期包装加上的，但在节目中却带来了视听空间趋近统一的效果。

无论是哪种配乐，对于真人秀来说，必须活泼地排列和组合，这样才能营造真人秀逼真而又诙谐的画面感。

二、真人秀节目配乐所体现的美学特征

1. "情感之美"造就"中和之美"。配乐作为视听空间的一部分，不能把画面抛开来欣赏，毕竟听觉空间是为视觉空间服务的，因此，在乐调和节奏的选择上，必然受采编人员的思想、情感、意志所支配的，而采编人员是根据画面的需要来配乐。

在12月26日的《新年运动会》中，陈建州与李晨、陈赫打斗，音乐的节奏是一顿一顿的，而其他打斗场面的音乐虽能表达紧张之感，但并非一顿一顿的，原因是陈建州是决胜的焦点之一，而其他打斗的场面没那么精彩。反之，若将配乐配在其他画面上，受众看起来会很不和谐，即使配乐再动听，受众亦难以接受。可见，配乐之美与画面内容相符才能体现出和谐，这是视听空间的统一特性决定的，其中内容是决定配乐美的情感因素之一。

真人秀的配乐与画面内容是互相依赖、不可分割的整体，它们所体现是情感之美。此外，我们还必须看到，视觉空间与听觉空间在塑造配乐形象美上，有其共同的目的性，而且会融入采编人员的情感，并遵循一定逻辑的章法，保证视觉空间和听觉空间达成"视听合一"的"中和之美"。

2. 含蓄之美。真人秀贵在真，而其配乐则贵在含蓄。为什么说配乐贵在含蓄？一方面，真人秀没有解说词，只能靠配乐来表达人物心里和环境气氛。另一方面，受众可以通过配乐发挥自己的想象力去理解真人秀所表现的场景。

一千个读者有一千个哈姆雷特，那么一千个受众对画面的一段配乐的理解是否也相同呢？对于真人秀的欣赏，受众把自己放到节目中去，而配乐可以帮助他们沉浸于统一的视听空间中，受众发挥自己对配乐的理解后，常常处于"我"与"非我"含蓄境界之间，这种"人在画中"与"人非在画中"的境界。

配乐对人的精神、感情有着不可替代的影响作用。在《大漠公主争夺战》中，节目骑士大战之前，有公主一个刮银色纸条确认自己骑士的场景，在谜底揭晓的过程中，也就是在刮银色纸条的过程中，三个分屏画面在刮银色纸条的过程中，只有人物"啊"的呼声和配乐声音，配对于即将揭晓的谜底，配乐表现了一种含蓄之美，没把结果的情意全部表达出来。随后，他们知道了骑士要满足三个条件，三组的画面凝固，依次由动到静，配乐在画面静止的时候"当"的一声。用着无声的语言表达着"骑士是某某吗？""某组先猜出骑士是谁吗？"这就是配乐的含蓄之美，让受众去听，发挥自己想象力去理

解，不仅激起受众的兴趣，而且弥补了真人秀无解说词的缺陷。

3. 荒诞之美。荒诞是一种西方的审美形式，任务事物都具有矛盾对立面，而荒诞的本质在于，它是矛盾的统一体。

从视听空间的角度来看，我们能发现，并非所有画音都一直处于和谐状态，出现动机与结果的背离画面比比皆是，在12月12日《楚汉之争》的排球大战中，王祖蓝拿着排球，运球并做出了威猛的进攻气势，此时，音乐激昂紧张，他似乎准备爆发小宇宙，然后"秒"掉对手。按受众的正常思维，下一个画面应该遵循逻辑，球飞快地扔向对方，荒诞的是，王祖蓝居然传球了，音乐和画面也随之停止，随后，王宝强直接失误，音乐引导的动机与画面接下来的结果天差地别。反之，若音乐激昂澎湃，似乎引导受众相信将有一场"大战"爆发，恐怕以下的画面不会让人笑了。这种荒诞，王祖蓝在节目中，一直是一种弱者的形象，用音乐和画面先"异化"他，然后再回到现实。想象和现实的矛盾结合，逻辑变现的极为荒诞，却往往给受众带来欢乐，不过，这样的画面不能多用，过多地使用会使真人秀节目变成一档纯搞笑节目。

诸如这种矛盾体，这样的场面在真人秀节目中特别多，我们能看到荒诞配乐的影响，它能引起受众情绪的变化，达到一种大起大落的效果，当节目能让受众与节目达成情绪共振的时候，它的吸引力是巨大的。

没有解说词是真人秀节目《奔跑吧兄弟》不能直观表达画面意思的缺陷，然而配乐很好地弥补了这一缺陷，它以独特的方式表达着自己的独特的艺术，与视觉空间熔为一炉，再次将真人秀推向一种艺术美。谁又感受不到真人秀的配乐之美呢？

参考文献：

[1]崔璐：《户外真人秀节目探析》，《上海师范大学学报》，2014年第3期。

[2]张冠楠：《中国电视音乐真人秀节目与受众双向互动研究》，《山东师范大学学报》，2014年第3期。

[3]温晓明：《浅析电视专题节目的配乐思路与技巧》，《大众文艺》，2012年第5期。

○文艺思潮○

浅谈手机摄影对大众摄影认知的影响

陶萌萌

粗粗算一下，摄影术被发明到如今已经过了一百七十六个春秋。达盖尔创造的这个"孩子"——摄影，已越来越趋于成熟，在这个过程中技术不断被改进，画质越加精细，使用更便捷，展示的介质更加多样。人类在点点滴滴的实践中不断改造着摄影。这一百七十多年中丰富的不仅仅是各项技术参数，以及在人类无限想象力支撑下丰韵起来的拍摄经验，形成的使用习惯，还有建立在挖掘摄影可能性的努力实践之上形成的对摄影的大众认知。

近十多年来，数字技术无疑拓宽了摄影存在的领域、介质以及传播方式。让人们开始反思，是否要重新划定"摄影"的外沿，好让它能够适应这个瞬息变化的数字时代。尤其是近五年，手机摄影技术不断进步并蓬勃发展。摄影这一影像获取工具从未如此亲民。如果说数字单反相机的大范围使用丰富了部分人的摄影体验，那么智能手机中手机摄影的大范围普及除了丰富了人们的摄影体验外，还影响了大众对摄影的认知。人们逐渐意识到拍摄者与观看者之间"我看到的，你看不到"的游戏，意识到摄影自身缺陷会导致图像信息在传递过程中存在形象语义错位的现象。

对于传统的摄影，大众有一个普遍的坚定的认知——"你看到的（照片），就是我（拍摄时）看到的（情景）"。在这句话背后是无条件地承认摄影的真实性，这种认知一直延伸到现在。但实际上摄影术一开始就同时拥有着真实与非真实两个截然相反的特质。那么，是什么导致了人们认知的偏向性？

一、摄影真实性的来源

摄影术发端于欧洲。最初人们只是想用一种方法将看到的客观景象忠实地保存下来。这种执着的追求在西方绘画的发展中可以看到。曾几何时，西方绘画一直以像、很像、极致的"像"为目标。但再怎么像，终归不是眼睛看到的景象。与摄影相比绘画必须用画笔一笔一笔地画出来。每一笔都有诸多的人为因素在其中。掺杂着画家个人对光影、结构、色彩等方面的认知。绘画的过程中画家会陷入色彩、明暗等一系列极度纠结的选择之中，这往往是画家在创作过程中的常态。最终形成的画作每一笔、每一个细节都带着画者的感受，都带着人类的痕迹，又怎么能算是客观的呢？反观摄影，摄影术在刚诞生的时候，得到一张影像步骤繁复，也需要人精心操作，也会有很多因人为因素导致的曝光不正常、显影不正常等现象。但它毕竟是使用一台冰冷的机器，通过物理及化学这样的科学方法去完成画面的制作。人们在摄影上追求的不是像，而是达到曝光正常、密度正常、显影正常等需要的精确数值，依据的是客观的自然现象。冰冷的机器和数值，让观看者认为，用相机得到的影像可以极大地避免人为因素。满足了人们对真实记录客观世界的渴望的同时，也足以让人们在追求复制现实的欣喜中忽略摄影本身非真实的特质，让拍摄者和观看者在彼此心中形成了对摄影真实性的认同。

这就是为什么早期的照片存在那么多类似于不清晰、宽容度那么小、没有颜色等问题，但仍然会被人们认为是客观记录的原因之一。

传统摄影之所以被认为是真实的，另一个原因是它在某种程度上是一次成像，成像之后不容易被改动。即便能改动，其技术也只掌握在少数人手中，具有极强的技术壁垒性，不是平常老百姓能够涉及的范畴。再加上现代工业标准的流水线，将繁杂的前期胶片制作和后期照片制作交由工厂和扩印店完成。摄影给大众留下深刻的印象——不可更改的客观性。柯达公司那句经典广告语"你只需按下快门，剩下的由我们完成"，就是摄影建立在工厂化、模式化、普及化基础上，无比客观的经典体现。

二、摄影非真实的原因

摄影的非真实的一面在人类不断的实践中逐渐被发觉，被承认，直至发扬光大。它是一个"我（在现场）看到（遂即拍摄到）的（场景），你看不到"的游戏。大致意思是表明由于图像的拍摄者、作者与观图者在对图像的认知上存在不同，因此无法无损失地还原真实，或传递真实。这种非真实性主要牵扯到以下这几个方面。

首先，由于摄影具有极强的现场性，摄影者必须置身于现场才能拍摄到想要的场景（当然要去除那些遥控的监视镜头），因此摄影者在现场能接受全方位的信息，包括了声音带来的氛围与信息，时间的流逝，事件发展的前因后果等等。

摄影者在拍摄现场看到的是立体的复杂现实，但是拍摄到的照片是平面的，也就是说观看者看到的视觉影像结果是脱离现场的平面的简洁假象。

摄影者看到的是一连串的动作，是现场事件的全貌，观看者只看到了快门按下去后记录的某个瞬间。

摄影者经历的是现场选择的过程，观看者经历的只是现场选择的结果。观看者永远都看不到选择的原因，以及选择过程中的果断以及纠结。

摄影者拍摄时候所看到的时空，与观看者所处的时空不一样。当观看者在观看一百年前的摄影者拍下的照片，注意到的可能不是"生日聚会上人与人之间的关系"，而是"那个时代人的穿着"。时空在时代和文化上，将拍摄者和观看者分裂在不同的空间，彼此之间有极强的差异，为形象语义的传达带来障碍。

即便在相似的时空中，或者相差不大的时空中，观看者也有可能"看不到"摄影者所要表达的形象含义。摄影师拍摄的照片是个人的价值观、生命经历以及生活反思等所积累出来的瞬间感受。观看者也都不是纯白色的纸。每个观看者也都有自己的价值观与个人经验。当一个人有过自然灾难的现场经历，再来看摄影师的照片，感受必然和没有经历过的人有不一样的感受。例如，一个亲身经历过5.12大地震的孤儿，可以前一秒还在说笑嬉闹，当后一秒看到玉树地震现场的照片，瞬间崩溃，泪流两行。他在看到照片时候的感受必然与没有经历的第三者不同。当然还有另外一种更加极端的状况，那就是视觉符号无法沟通，致使传播的目的无法达到，导致误传的结果。例如众所周知的《饥饿的苏丹》在获得普利策新闻摄影大奖后，媒体的无情抨击也随之猛烈地袭来。常见的报道是"凯文·卡特因为承受不了舆论的压力，选择自杀。"这是一场拍摄者与观看者之间的战争。经常被拿来当作记者不遵守社会公德的反面教材。但为什么我们不能理解为"凯文·卡特作为摄影师，想要通过照片呼吁公众更多地关注弱势群体，想要唤起公众人性中怜悯的努力，被公众冷血地抛在一边。并利用他的获奖照片进行无情的个人攻击"？以上分析的众多细节都是摄影非真实性的重要原因。

三、手机摄影影响下改变的大众摄影认知

你看到的"现场"，不是我拍摄的"现场"，你感受到的也不是我想要表达的内容，摄影的形象语义在传达过程中存在必然错位的机制。通过摄影，真实不可能一五一十地传达给观者。

但是这样的认知只限于有拍摄经验的人，只有拍过大量的照片才能够意识到。在长期的技术壁垒和假象中，拍摄经验丰富的个体相对于整个人类来说都是少数。数码相机的普及在一定程度上打破了这个壁垒和假象。而手机摄影的普及，则完全颠覆了人们曾经对摄影坚定的认知。手机摄影让一个人的经验变成众人的经验，让一个人的习惯变成众人的习惯。在众人的数量影响下，人们使用摄影的方式发生了极大的变化，认知必然也会随之发生更大的变化。如果说单反相机比较贵，只能让部分人体验摄影的过程，那么手机摄影因为其平民化，让所有用过智能手机的人都有机会体验摄影，这个基数是巨大的，它支撑起了人们从被摄体和观看者向拍摄者身份的转换。

众人的集体加入，将摄影"我看到的，你看不到"的游戏，拉入了另一个层次。以往一般人和摄影师之间有职业上的区别，在实践不足的基础上，大众注重的是拍摄的过程和结果之间的差异，以及拍摄者和观看者的时空差别。但在职业性被淡化，实践丰富甚至过度的基础上，人们的关注点变为拍摄生活的体验和传播个人的思维。

人们可以用手机摄影这一便捷的工具去沟通彼此的感受，展现彼此的经历。在群体效应中，大众习惯用手机摄影的方式将自己看到的、感受到的、想到的东西用视觉的方式即时地传递和分享。手机上各种社交平台

的植入，打通了人们分享的渠道，同时也大大激发了分享的欲望。

但这种极强的分享欲望真的是为了分享吗？相信不少人也发现了，分享的本身附加着"体现优势"的成分。也就是说，分享有附加值，专业性、优越性、个性这些附加物的价值有时远远大于分享的内容本身。由于摄影者必须要到现场，只有当个体存在于那个时空中才能拍摄到那个时空的景象，所以"我拍到的"就等同于"我现场看到的"，也代表着"是我经历的"。大家在社交平台上晒工作、晒老公、晒宝宝、晒旅游、晒美食、晒想法等等都是在展示"我的经历"，展示个体的生活体验，暗含的语意是"你没有经历"或"你没有想到"。对于手机摄影来说，分享不再是简单的分享，而是表达，以凸显不同目的的展示，展示个体生活的体验，展示个体的视觉经验，展示个体的形象思维。北京一雾霾，全国各地的同胞们就开始分享他们的"地方蓝"；到了法国就拍个埃菲尔铁塔证明一下；潜水的时候弄个防水套，拍张水下摄影的照片，展现一般人见不到的景象等等。

手机摄影动摇了传统摄影在人们心中建立的，"拍摄到的影像不可改动"这一认知。手机摄影的便捷性，使得影像的制造易如反掌。当众人都加入到摄影的经验积累过程中，影像生产的基数剧增，趋同的内容和形式也会激增。手机摄影"实证性"功能在很短的时间内就已经无法满足人们的创作欲望。人们需要更大的创作空间。数字影像与传统影像相比，有着容易被改动的特性。为了满足众人获得更加特立独行或更加唯美的影像需求，程序员开发了各种在手机上使用的便捷后期制作软件。瞬间打破了后期制作这一长久以来坚固的技术高墙，颠覆了影像不可改变的认知，更颠覆众人潜意识中对摄影真实性的肯定。人们现在看一张照片会问：这张照片有没有后期？这样的蓝天可不可能存在？这样的皮肤是不是真的？这样的色彩会不会是假的？

当一张照片中的所有信息都可以被改动的时候，当拍照片不再是简单的证明，而是建立特立独行的视觉影像中的自我，那照片也就不可能再是真实的。

手机摄影带给大众的是摄影作为影像表达工具的便利，同时瓦解了传统摄影曾经努力维护的大众对摄影"真实性"的认知。当摄影是真实的这一框架被打破，人们不再被束缚于记录，摄影这一工具的另一种创造性的用途被呈现在大众面前，它的可能性就会被充分发掘。人们乐于沉浸在"我看到的，你看不到"的游戏中。不知不觉中改变了摄影的内涵和外延，赋予摄影这个时代的特殊含义。

○文艺思潮○

试谈回族舞蹈身体语言中的文化个性与艺术品格

金 晖

由于历史及其他原因在某种程度上对文化艺术的影响，回族舞蹈在今天的中华民族舞台上还不够丰富多样，但是本民族内在虔诚的精神信仰和质朴的淳厚民风，却不可遏制地存在于艺术的内在表达，我们需要认真、诚恳地潜心整理、提炼，将生活中闪烁着艺术魅力的表达，予以有效地彰显。那么今天的回族舞蹈如何运用"人体动作的文化"，用身体语言来记录回族历史文化足迹，又如何跟随时代的步伐大胆超越创新却不失回族文化的独有特征，是回族舞蹈创作在当代所面临的新的挑战，也留给我们更多的思考和有待提升的空间。

一、文化因素在身体语言表达中的艺术化体现

回族人民独特的生活习俗首先与其虔诚而忠一的精神信仰有关。在世世代代的繁衍生息、不断融合和进步中，在复杂多元的文化交流、多变的自然生活环境中，培养了聪颖智慧、坚强不息、勤劳勇敢的民族品格，我们应当清楚地认识到，这一切始终是回族舞蹈创作的根本源泉。

纵观新中国成立六十多年来民族舞蹈艺术，尤其是回族舞蹈的发展，在前辈的努力探索下，在新一代编导的大胆创新中，涌现出许多反映回族人民生活的舞蹈作品，例如表现回族人民喜欢喝"三炮台"八宝盖碗茶的群舞作品《盖碗情思》《喝口盖碗心舒坦》和反映回族传统

经商习俗——"揣袖",即买卖双方在袖筒里讨价还价进行交易的舞蹈《袖里乾坤》；反映回族人民尚武习俗的作品《踩点点》；反映回族坚强不息、坚韧乐观的民族性格的作品《走出金银滩》《脚步》《沙海子的歌》；反映对幸福生活向往追求的作品《枸杞红了的时候》《花儿美在盖头里》；反映回族女性虔诚圣洁的内心与情感升华的作品《洗礼》《水之秘语》《心泉》《净静觐》等。回族舞蹈作品内容已大胆涉及回族人精神生活和物质生活的各个层面，在创作技法上追求创新，融入现代意识，追求艺术品味和创作意境，创作出了大量题材广泛、内容丰富、地方特色和民族风格浓郁的优秀舞蹈作品。

回族宗教文化因素的身体表达。回族有着特殊的"洗礼"习俗，"沐浴"既是回族人民的生活习俗亦是宗教习俗。具有独特回族特色的"洗"，主要分为"大净"和"小净"，先知默罕默德说："沐浴是信仰的一半。"洗礼的动作因心灵、意识信仰的投射，而更多了一份韵律感和独特的艺术化质感，在舞蹈的创作中，多将洗礼的动作提炼加工用之于舞蹈艺术的表达。舞蹈《洗礼》《水之秘语》的主体动作素材都源自回族洗礼"大净""小净"中的"洗三把手""洗肘""抹头""掏耳"等生活动作，其中《水之秘语》更是一个突破创新，并不仅仅局限于单纯的模仿和简单的照搬，作品紧紧抓住回族人沐浴时的特殊心理过程，截取礼拜前沐浴的场景，并将洗礼动作艺术加工，融进了更多女性柔美、流畅的身体动律特征，使洗的动作更加优美诗意，具有了律动感和绵延不断的流畅感。作品反映了回族女子的一生是与水紧密相伴的，秘语是沐浴中的少女身体的洗礼和心灵净化过程的对话，"秘"则体现了一种不能言传的内心升华，增强舞蹈的神秘色彩。作品把沐浴中的回族少女净身和内心情感升华结合为一个并行的过程，把沐浴时的庄严肃穆、虔诚圣洁这一心理上的特殊情感呈现在舞台上，可以说既是回族女子生活的真实写照，又是对回族舞蹈的创作进行深层次的探索。

特殊生活习惯文化因素的身体表达。回族人饮茶善用盖碗，亦称盖碗茶。回族舞蹈《盖碗情思》就充分抓住了喝盖碗茶、用盖子拨开茶叶、端茶碗等一系列动态特征，融入艺术创作的表达中，就是把回族饮盖碗茶的系列动作用舞蹈语汇表达出来，充分体现浓郁的回族地方特色，舞蹈作品风格化的塑造又体现在其抓住了回族女性喝盖碗茶时内秀的体态风格，这是从生活习惯提炼舞蹈创作元素的一个例证。

另外还有一些特殊的习惯，如回族同胞见面问候时互致"色俩目"，是日常生活中的特殊习惯，更是重要的社交礼仪。在回族人民的生活中，不论男女老少、亲戚朋友，见面时都要道声"色俩目"，实际上这是阿拉伯语问候词，意为"真主赐予你平安"。问候时身体体态也是非常有特色的，两人见面，致者站立，双脚微合拢，手下垂放于小腹前，腰微向前屈躬；同时接者也要真诚地将问候接过来并给予致者回礼。在回族舞蹈《跳动的色俩目》中就运用了这一身体语汇，并有了更进一步的发展。为了更充分地提升舞蹈艺术的表达，基本体态不变，右手手心轻抚在左手手背上置于右侧小腹上，头微侧躬身；还有一种是双手交叉搭于两肩，双脚微并，虔诚地躬身致意。这些回族舞蹈体语的创作，都直接来源于日常生活中的文化因素，这些文化因素也丰富了回族舞蹈的身体语言。

二、艺术品格在身体语言表达中的唯美化追求

当今回族舞蹈创作一直期望努力突破以

往对回族传统民俗生活在表层意义上的再现和表达，更高的追求是在审美定位上，尊崇艺术品位的塑造和创作意境的营造，在舞蹈的内容及审美特色方面，表现出创作的美学观和审美价值。

2009年大型音乐舞蹈史诗《复兴之路》第五篇章《中华颂》中，由宁夏歌舞团表演的《金色的汤瓶》，与人们印象中的传统回族舞蹈就大有不同，在一弯新月下，轻盈曼妙的回族姑娘手持金色汤瓶，嘴里叼着牡丹花，由46名舞蹈演员用"竖排人浪"等独特的形式，演绎出缓缓流淌的泉水，舞蹈以清新独特的表达方式营造一种视觉画面美与意境之美。在回族女子群舞《水之秘语》中运用了"写意"和"写实"的创作手法，通过流动美、形态美、动作美、韵律美等，营造了一种圣洁静谧，充满诗意般的唯美风格，"水似小溪流淌诉说……喃喃细语似甘露滋润着身躯，喃喃细语似甘泉沁入心扉，回回女与水相恋，寄托一生的情思"。作品紧紧抓住伊斯兰教要求人们保持心灵上的宁静，对宗教虔诚的精神状态，把回回女在沐浴那一刻所迸发出的特有的圣洁情感贯穿于始终，呈现出一种纯净、细腻、淡雅的审美取向。

三、文化个性在身体语言表达中的创造性把握

当前，回族舞蹈应以什么样的特殊的表现形式来言说自己的"独特性"，对动作语汇的创新与探索，是每一个回族舞蹈编导所要面临的挑战。在回族舞蹈创作的探索中，回族文化个性，不仅体现于舞蹈的内容及审美特色方面，更直接体现于舞蹈语汇上，因为舞蹈语汇是用一种特殊方式体现着民族文化心理、功能和含义，是一个民族文化精神的载体，凸显着民族的文化特质和审美情趣。

因此，回族舞蹈创作必须挖掘属于回族自己的"符号性"语言，准确把握到回族生活中特有的文化个性。所谓"符号性"舞蹈语言，就是具有突出的回族文化象征意味的，以舞蹈语汇为直觉对象，以提纯的方式凸显、放大回族民族精神和民族文化特征而创造出的，独特鲜明的回族舞蹈形象。而挖掘不同于其他民族的回族特有的"符号性"舞蹈语言，准确体现回族文化独有的个性特征，是开掘"符号性"舞蹈语言的价值所在。

当今回族舞蹈创作如何以新颖的表现手段将回族舞蹈文化的传统审美与时代审美完美结合，是回族舞蹈的美学追求与美学思考。回族舞蹈的探索和创新应当在尊重回族审美的前提下进行大胆尝试，在把握回族人民心态和审美情趣的基础上对回族的情感体验进行深层次的探究。编创者须以一种回族文化的自觉，在更高的层次上对回族文化做出新的认知和诠释，实现从"生活底色"到"艺术彩色"的创造与升华，使舞蹈作品具有回族特有的文化个性与艺术品格。

○文艺思潮○

民俗文化与当代回族作家创作

马慧茹

回族是一个热情而善良的民族，十分重视民族情感。流传很广的一些俗语，比如"天下回回是一家""亲不亲，回回人""回回见面三分亲"等，说明回族同胞之间，由民族身份产生极强的归属感，同时也强化了民族凝聚力。当然，一个民族的凝聚力由很多因素形成，其中一个很重要的原因是族群聚居，而分散杂居的回族则需要其他方式，来构建这种强烈民族情感和凝聚力，将回族的民族心理和思维习惯，内化于心，成为一种有力的联系。而回族作家的作品，正是通过细致书写回族人们日常生活中特有的一些习俗风情，以及内心自然而然流露的光辉，展现出并固化民族情感的联系，并形成具有相同特质的一个作家群体。

民俗文化作为一种文化形态，是加强民族凝聚力的一种生活方式，也是强化民族个体民族身份的一种外化形式。它散布在民族生活的各个方面，是作家在书写民族文化时必不可少的一个部分。许多回族作家将书写回族的民俗文化作为表达的一种重要方式。因为回族本身是一个非常重视日常生活中宗教习惯、生活习俗的民族，尤其将宗教信仰的理念贯穿在日常生活的各个方面，吃饭穿衣、言行举止、待人接物、劳动实践等等。当代回族作家的作品，很显著的一个审美取向就是朴素的现实主义，他们总是将视角投注现实生活中那些普通、平凡的人们，不加修饰地描写他们，没有刻意拔高，也不会有意遮蔽，就像所有其他民族的人们一样，让他们的酸甜苦辣暴露在读者面前，让人们感同身受地去了解和接受，甚至反思和批评。就青海作家而言，评论家是这样认为的，"当代青海回族作家们在其创作中，随着回族整体民族意识的萌动，将目光转向了本民族丰富的文化传统及民族心理与意识，其创作的民族色彩愈来愈浓厚。他们总是自觉不自觉地写到回族的宗教文化生活、礼仪文明、风俗习惯等，如青海回族作家马文卫说：'我讴歌了我的家乡，赞念了我的父老，但我也没少贬低他们……父老们对世事的偏见、世俗的落后、处世的愚昧，对这些民族的劣根性，我还是尽量进行揭露……揭露自己民族的劣根性是对自己民族的爱，是为了让自己的民族更加优秀起来。"（马燕：《对当代青海回族文学创作的几点思考——兼评〈鸦儿鸦儿一溜儿〉》，《青海民族学院学报》，2006年第4期，第113页）抒写民族生活，展现民俗中独特的一面，并挖掘其中令人惊心动魄的内心活动或平凡而伟大的行为，这样的作品，读来有味，而且令人沉思。一个民族的价值，在于这个民族物质和精神方面创造的财富，而精神财富，才是维系这个民族存在并延续下去的根由。所以，通过写民俗，写民俗中的人情世故，讲述回族人的现实生活和情感，真实中别有韵味，是回族作家从本民族中获取创作灵感和资源，并身处其中感同身受，自觉认同民族文化的重要方面。

同时，写民俗，并不是要美化一切，作家的本意是要本真地表现民族情感，就像马文卫所说，在写民俗中对家乡父老是"讴歌""赞念"，还有揭露"劣根性"，"贬低"不是丑化，是对现实形态的真实写作，是通过还原生活中的原始，让人们看到，作家笔下的回族还有很大的进步空间，还需要通过很多方面的努力去改进。民族作家的责任和担当本应如此，他们对自己的作家身份定位是清醒冷静的，也并没有回避回族作家身份给自己带来的责难和力量。美国学者杜磊（Dru C. Gladney）博士曾经评价当代回族作家，认为"这些小说的出版并引起深刻反响的确切事实显示出对族群性的、神秘的东西的兴趣，反映了穆斯林在中国日常生活中的重要性。大量的民族风味饭馆、民族特色服装店，直至民族风情园（北京、深圳和昆明）等，造成了一种'民族时尚'，使得中国的流行文化逐渐变得异彩纷呈和多元化"。（马梅萍：《2001：回族文学研究的新收获》，《回族文学》，2002年第3期）

查舜的《穆斯林的儿女们》，同当时的许多作家写改革一样，设置的主人公是一个在改革开放大潮中遭遇困惑的回族青年，面临传统与现代、落后与进步的矛盾坚持不懈勇于探索，但作者在写作中融入了宗教气氛很浓的回族节日、习俗的描写，并因此感染和净化了人物的情感和思想，这就使作品不但独树一帜，而且具有了艺术与审美高度的价值和意义。总的来说，回族民俗占据了回族文化很大一部分，回族作家借此能够获取民族心理和情感的寄托，但也借此反映了回族在现代生活中的形形色色，为自己的民族身份、作家身份同时寻找落脚点，不失为一条审美超越的捷径。然而，民俗是非常复杂多样的事物组成，其中包括的内容也是千奇百怪，并随时代变迁千变万化，作家也要非常谨慎地进行选择和表达。如回族民俗往往和宗教、民族心理和习惯相关，唯有身处其中并深谙此种民俗的回族作家才能将其中之道领略得准确，表述得清晰，从而实现艺术和审美的超越。这也是对回族作家民族文化认同的高要求。

石舒清的《清水里的刀子》极为典型，将回族人的生死哲学观通过"宰牲"仪式前，老人和老牛透过"一盆清水"，对"清洁内里""干净做人"这种信念的连通，展现了一个民族文化根部高贵的品质,升华了囿于民族、地域等界限的精神世界。而石舒清的长篇小说《底片》,可以说是西部回回民族的断代史,通过平静的对各色人物的描绘,来展现这样一个民族特有的生活方式、习俗情感等。诗人杨炼较早时期的组诗《半坡》《诺日朗》《西藏》《敦煌》,几乎都是借用民俗题材歌颂远古文明的生命力。因为,越是在偏远地区,其保留了更丰富的原始民间文化,民族文化—记忆的结构是民族作家"乡土情怀"的基点。许多少数民族作家纷纷把"寻根"的目光投射到现代文化还未能完全替代的边地、乡村,重新发掘主流文化视野之外的民间文化和民族文化。

回族作家李进祥的"清水河"系列,很多都是涉及一方回族生活地域的民俗文化。如《换水》,将一对回族青年夫妇进城后,在都市繁华中历尽艰难,重回"清水河",希望用回族宗教信仰习俗的"换水"洗净一身污浊,重新回归洁净的自我,是宗教文化在日常生活习俗中的显现,时刻警醒着回族人在世间行走,应该保有清洁的内心。小说《换骨》通过换骨习俗反映民间文化,"换骨"实际上是"得了换骨病,没药可治,唯一的办法是挨骂。被人骂得越厉害,病就好得越快"。(李进祥:《换骨》,《十月》,2011 年第 6 期)杨木匠带回来的不明汉族女子遭到庄上人的敌视和反对,但他们听从了苏莱曼阿訇:"真主造人都是一样的,只是信仰不一样。劝一个异教徒进教,还是一份功德呢。苏莱曼阿訇是清真寺的伊玛目,他说的当然就没有错,教门上的事,都得听他的。苏莱曼阿訇同意了,村上其他人就不好再反对。苏莱曼阿訇就给杨木匠领来的女子举行了'进教'仪式,做了洗礼,起了经名,随后又给他们主持了婚礼。"(李进祥:《换骨》)当这个女人病重,庄上人却都又挖空心思地帮忙治病,"换骨病"被"骂好"也是其中之一。随着庄上各形各色的女人因为被偷鸡而出去骂街,"杨木匠媳妇的病却渐渐地好了,到春天,病完全好了。她孵了一窝鸡娃,一家一家地送,一家一家地道谢。病好了,得把偷人家的鸡还上,不还的话,病还犯呢。偷去的是大鸡,还回的是鸡娃,谁也没不高兴,都说,谁还没个三灾八难的,治病是大事,病好了就好"。(李进祥:《换骨》)这就是回族人的乡土生活、宗教信仰与民间习俗相得益彰,很好地融合为回族人日常生活的酸甜苦辣和真情善意。作者写得有声有色,生动形象,短小精悍的篇章,回族民俗文化的趣味、意蕴丛生。李进祥另一篇小说《掃脸》(《换水》,漓江出版社,2009 年)写的是在回族婚俗中是重要的一个环节,"掃脸类似开脸,是女人结婚前的一道仪式。"不仅仅是回族,汉族以前也有这个讲究和习俗。女孩子在结婚前被叫作黄毛丫头,脸上长的绒毛在结婚前就要掃掉,女孩就以光鲜的面目嫁作人妇。小说的意味要细细品尝,兰花给菊花"掃脸"的过程中,从这个女人脸上看到了她的全部生活和情感,思绪细腻动人。李进祥自己也在采访中说:"一个女人给另一个女人'掃脸',注视着另一个女人,注视着脸上写满的这个人的生活,包括情感等很多东西,本来就是很有小说意味的。'掃脸'是一个艺术活,'掃脸'的女性将有一种尊贵感、艺术感。但是,若这两女人是情敌关系,在'掃脸'过程中就会不由自主有破坏的冲动,这又是有小说意味的。我就是把这种意味写出来,把农村回族女性内心的纤细和善念写出来,这不全是生活中的东西。小说不一定得忠实于生活,还有很多高于生活的美好的东西。"(《作家须有文学信仰——专访"骏马奖"获奖作家李进祥》,新华网,2012 年 9 月 25 日)写民俗,写习俗,是可以写出人性的高贵感和艺术感的,也可以借由生活细节绽放出人性的善与美。

这是回族作家对民族文化品质认同性写作的典型表现。

当然，对于笔下的回族文化，一些来自于杂居文化地区的回族作家，表达对母族文化认同和回归时，也避免不了一些误解和难度。喝酒对他们深入了解和认识自己的民族，提出了考验。比较成功的是张承志，他在这方面的努力甚至超过了许多从小生长于回族地区的作家，也为我们研究不同境遇中回族作家的文化认同，提出新的思考难题。张承志的回族题材作品都是以回族文化为背景，也有许多来自回族民间文化的宗教习俗、日常风俗的描述，但其意义的指向却不囿于民族内部。他在《心灵史》的序言中关于这一点，做了清楚的阐释："不，不应该认为我描写的只是宗教。我一直描写的都只是你们一直追求的理想。是的，就是理想、希望、追求——这些被世界冷落而被我们热爱的东西。……我终于描写自己的母族了。但是你们应当作证，这里毫无狭隘。"（《心灵史·序》，《心灵史》，湖南文艺出版社，1998年）张承志从母族中汲取了深厚的精神财富和信仰力量，并以写作的方式积极参与到主流文化圈之中。他的书写虽然引发学术界有关"人文精神"激烈的讨论，但就为民族代言方面，他的地位因此而奠定。"各个民族在其形成和发展过程中必然形成独特的生活方式、伦理道德、风俗习惯、心理素质和语言文化等，这些只属于本民族而为其他所没有的特征积淀为民族文化心理，成为观念形态中的民族性。当这一具有强烈民族性观念的创作主体以艺术方式形象表现人的生活时，这种强烈的民族个性与特色就烙印于文学作品中，形成不同于其他民族的、独具特色的审美价值和审美兴趣。"（谭好哲、韩书堂：《论中国现代文学理论建设的民族性问题》，周宪：《中国文学与文化的认同》，北京大学出版社，2008年）而另一位长期居住散居区的作家——霍达，从小接触的文化是杂居文化，导致她在书写回族的风情民俗、价值理念、审美态势等内容时，难免有种无法进入的距离感，也增加了认同回族文化的难度。所以说，以为民族作家如果力图更深入地进入自己的民族，为本民族发声，他（她）必须深切地了解民族历史、宗教、文化及其困境。从《穆斯林的葬礼》可以发现，霍达的情感和思想对回归母族文化具潜在性，也是她将小说情节架构在回族文化之上的出发点。然而，正如小说的结局，她无法通过创作"找到一个文化的制高点与制衡点来认知、认同母族文化"，这一点是比较遗憾的。所以，小说《穆斯林的葬礼》虽然在问世后引起读者的热爱，但因为作者并未将回族和伊斯兰文化所倡导的"顺从、和平"的"真善美"理念贯穿整部作品。尤其是在梁君璧这个有着虔诚宗教信仰的人物形象塑造上，情节设置将其推向了造成悲剧结局的根源，难免使读者对伊斯兰文化的宗教信仰产生误解和反感，也成为当代回族作家理应反思和避免的问题。当然，如果仅从作者力图获得民族间相互理解与和谐包容这个方面看，"透过表层，《穆斯林的葬礼》实质上写出了回回民族诞生七百年来伊斯兰文化和华夏文化的撞击与融合，震颤与擅变"。（尹世玮：《一部成功展示回族精神世界的心史》，《天津财经学院学报》，1994年第1期）这是对自我民族身份获得认可与接纳的渴望与期冀。

马金莲创作的《碎媳妇》等一系列小说，乡土风情浓郁，人的成长经历和人世的悲欢离合，都是在一些漫不经心的民族特有的生活方式的勾勒与叙述中展现出来，充满情感张力。而保剑君、马悦、冶进海等人的小说中，涉及民族内容的，都会有一些民族习俗在小说推进中伴随着叙述出来，而这样的内容，往往会让人看到一个民族作家的与众不同之处。冶进海的小说《上梁》中，一系列的仪式风俗寄寓丰厚，代表着男主人公对新生活的热切向往，但世事无常，一切并不能按心中规划的来，而娓娓道来中，小说人物的丑陋与可憎、高贵与可爱，都与自己的民族生活、民族文化密不可分。

"在世界文化的背景下重建民族文化认同，需要以保护世界文化的多样性为前提。在中国文化的背景下，民族文化的认同则必须以保护不同群落文化的多样性为前提。"（高小康：《非物质文化遗产与当代人的文化认同，周宪：《中国文学与文化的认同》，北京大学出版社，2008年，第244页）强调交流与共融，展现别致的魅力，这才是世界发展的大潮。通过回族作家的叙述和描写，使其他民族的人们对回族文化、回族民俗有进一步清晰认识，是了解和认知这个民族文化和情感的直接方式，而且还能从日常生活中感受到彼此间的相似和相通，加强了回族和"他者"之间的交流和沟通。因此，民俗文化的书写，是回族作家用汉语向"他者"展现本民族独特文化的有效手段，是作家认同个人和认同民族文化的直接方式，也是一个作家之所以区别于其他作家的主要方式之一，而正因为独树一帜的民族性，才有可能走向更深远、更广阔的文学大潮和世界大潮。当代回族作家并没有囿于本民族的自我狭小空间，而是将视野投射到多民族文化的生活场域，以及多元文化的碰撞交流中，立足民族文化，吸纳他者文化，融会贯通，力图从民族个体与民族文化的独特品格书写，获得具有世界文化眼光和思想的艺术价值、审美价值，为国家文化在世界整体发展格局中争取认同力量。这一点可以从回族作家的书写中找到涌动的脉络。

[基金项目]2015国家社科基金资助项目《当代回族文学及影视创作中的文化认同研究》成果，项目编号（15XZW047）

○文艺思潮○

再听《走了走了》，谈"山花儿"之创新与发展

马晓红

"山花儿"独特的艺术魅力，在一代又一代的听众心里被深刻记忆，也成为中华民族文化宝库里的珍贵财富。然而，"山花儿"传统的演绎，与现代人尤其是年轻人的审美距离越来越大。为了力挽"山花儿"在当代的颓势，很多音乐家都在考虑怎么把"山花儿"做得让大众更喜爱，尤其是吸引年轻人的加入。在新时代的潮流中，"山花儿"如果继续沉浸在传统的审美和演绎中，如果继续满足于流传下来的数首经典曲目，那么，其不能再表达今天中国人的感情和思想了，进而言之，它在听众和市场的前景将是可以想象的。而如果没有音像市场的支撑，"山花儿"就很难生存，更谈不上发展。

宁夏的音乐研究者、创作者对"山花儿"的现状和前途表现出了深深的忧虑和思考，他们深感只有奋力"拆墙"，大胆"拓路"，积极"创新"，才会积聚优势，凝聚合力，才能以整体品牌优势打向信息化市场。"山花儿"要争取更大的市场，就既要抓新曲目的创作、演唱技巧的改革和伴奏配器的改进，同时要鼓励年轻音乐家敢于在中西结合、形式创新方面开拓新路。"山花儿"要成为一种更具国际性的音乐语言，除了不断丰富自己，更要以求新求变的姿态迎接挑战。

一、再听《走了走了》

此歌原曲名《眼泪花儿把心淹了》，由王洛宾于1937

年记谱于六盘山下。当年王洛宾随西北抗敌服务团来到了六盘山脚下，住进了一个叫"五朵梅"的回族妇女开的车马店，"五朵梅"是六盘山下有名的花儿歌手。由于阴雨连绵王洛宾推迟了行程。数日后，当王洛宾要启程时听到了"五朵梅"穿云裂石的山花儿——《眼泪花儿把心淹了》，这是"五朵梅"对他的不舍，她的歌声将王洛宾的脚步和灵魂永远留在了西北大地。

《走了走了》是由宁夏本土音乐唱作人、音乐教师周建军创作的代表作之一。周建军的家乡就在六盘山脚下，1992年他第一次听到这首"眼泪花儿把心淹了"，当时就被震撼了。这是一首凄楚苍凉的山花儿，极具音乐性与叙事性，给了他一种全新的音乐体验，他被那委婉动听的旋律、口头文学的朴实深深吸引。2013年周建军将这首山花儿进行了改编和二度创作，他将流行音乐元素及秦腔韵律和摇滚唱法融入到山花儿中，利用原曲的一个动机进行拓展，由原曲的一段体发展创作为现在的二段体，再加入他自己对这首山花儿的理解与演绎，呈现给了大家一个全新的《走了走了》。这首乐曲成功地将原生态原有的旋律与新编创作相结合，旋律走向为E商七声清乐调式，且歌词质朴含蓄，表达了对即将远行的亲人或恋人的不舍和牵挂，所表达的情感耐人寻味。曲作者改编的目的除了对地方音乐的喜爱，更多的是想用一种全新的、流行与民族完美融合的方式让更多人传唱并接受。

每一个时代都应该重视前人留下的文化遗产，要继承和发扬传统就必须进行新的创作。要"畏传统而后超越"。如果唐诗之后没有宋词，没有元曲，而只有对唐诗和杜甫的重复与模仿，那还能说中国有诗歌艺术史吗？笔者以为："山花儿"如果没有创新，只是一味地学习、模仿和继承，那会造成"山花儿"继承的悲剧。所谓传统，它体现在具体的作品中，其也包括民族精神、思维方法、审美特点等等。我们要强调重视民族文化传统，否则，文化艺术就失去了发展的根基。但重视继承传统不等于只是重复与模仿。向老师学唱，刻模子，是一个必经的阶段；对一些经典性的"山花儿"，力争保留原生态的特点，也是必要的。但既然是活的继承，就必然也必须加进自己的演唱风格，不可能也不应该是完全的模仿。

创新是艺术发展的根本动力。人们之所以要进行艺术创作，就是为了要表现出独创性，模仿那是匠人的事情。这不是我们这个时代的偏好，是各个时代各门艺术的共同规律。音乐的发展是在继承的基础上不断创新的过程。创新必须要有超越前人的决心、勇气和艰苦的实践。创新是不易的，受主观客观各方面限制。没有深厚的生活积累和文化积累，没有广阔的艺术视野，没有创作的天才，都不能有真正的创新。

二、山花儿之创新与发展

"山花儿"能获得长足的进展，正在于它一方面保持了原生态稳固的历史继承性，使优秀的传统"山花儿"在现今得以持续伸延；另一方面，地方性民间音乐之间相互影响，彼此不断吸取营养，用以丰富自己的艺术表现力。与此同时，"山花儿"还力求融汇和吸收其他民间音乐的多种表现形式为己所用，不断充实和完善其表现能力。因此，"山花儿"之创新与发展应是纵向继承与横向借鉴、融合相结合的过程。

目前，"山花儿"创新大致有两个方向：一是创作者更强烈地表现自己的审美追求，要表现比较深刻的文化内涵。为此，他们不惜放弃原生态固有的优势，努力打破题材和表现方法的局限。二是努力适应观众娱乐性的追求，放下高台教化的架子，也放下传统严整规范的架子，试图与流行性艺术一争高低。简单点，可以说是求雅、求俗两种倾向。

1. 曲调之创新。曲调不仅是"山花儿"表现的主要手段，而且是区别地域性的重要标志。离开了曲调，"山花儿"便成了无源之水和无本之木，失去了应有的生命力。在某种情况下，"山花儿"并不借助于表演的揭示，而是从听得见的唱腔音乐中领悟其特有的艺术魅力。在舞台上或"花儿会"，或清唱的场合，不一定需要表演助兴，就可以凭借歌手本身的喊唱感染听众。所以，谈到"山花儿"之创新与发展，曲调是一个重要的方面。

曲调创新是在传统"山花儿"曲调的基础上，进行万变不离其宗的新编曲。《走了走了》其旋律走向与传统"山花儿"——《眼泪花儿把心淹了》相似，但音乐结构根据唱词的长短进行了扩充或压缩。

2. 唱腔之创新。传统的"山花儿"唱腔主要是依靠歌唱者自身的嗓音，不加任何修饰，没有所谓的字正腔圆的要求，在田野山间进行的喊唱。这种传统的唱腔方式，如今仍被继续沿用。但听众喜爱的范围受到局限。近几年，就有专业音乐人与"山花儿"歌手进行合作，将大众喜爱的流行唱腔与原生态唱腔融合，且稍带有民族唱腔，其很受大众喜爱，也取得了很大成绩。使之很多年轻人加入"山花儿"演唱队伍的行列，引起了"山花儿"唱腔创新方式的大变化。例：《走了走了》是唱作人周建军用其高亢嘹亮的西北腔与"山花儿"结合，用流行唱法演绎出的新的唱腔。

3. 歌词之创新。传统的"山花儿"多是以抒情为主。随着时代的发展，"山花儿"这种口头文学扩大了表现内容，丰富了内涵，充分发挥了老百姓中传唱快、流传广的特点，而且不断的注入了新鲜的东西，实现了质与量的飞跃。

"山花儿"歌词的创新，主要表现在两方面：

一是文人创作。"山花儿"传唱过程中出现了一批叙事"山花儿"，并向长篇发展，加之老百姓的文化素质不断提高，这种创新歌词在群众中间受到极大欢迎。例：《紫花儿》，其取材于西海固地区广为流传的回族民间故事。采用了叙事诗的形式与吆骡子调结合，一度引起了强烈反响。此曲中的精彩唱词至今还在民间流传。"山花儿"中加入文人创作，其实是民间文学得以提高、发展的主要手段。

二是民间传唱。在"山花儿"传唱过程中，歌者往往会即兴将曲调与唱词加以改变，使之符合现场情景，受大众喜爱，使"山花儿"在传唱中有了创新发展。《走了走了》中，歌者在演唱时将原有歌词加以改编，是为了更好地将歌者的情感表达出来。下面这首是笔者采风时整理的新编唱词，其舍去了衬词。

"微信和 QQ 我都上／改心慌／早晚我陪你们聊上／痴情妄想的见不上／也孽障／浪费了多少的流量"

山花儿作为宁夏的重要的非物质文化遗产，不再仅仅是山野村言，而是已经进入了学术研究的殿堂，引起越来越多的学者的关注。但，"山花儿"更需要"活"的传承，没有鲜活的"山花儿"血脉在民间延续，这样的遗产就失去意义。继承是创新的前提，创新是继承的目的。创新发展，融入现代，走向世界，已成为今天音乐创作的共识。对"山花儿"进行新改编、新创作、新挖掘、新组合，而又能与传统元素相通，已成为今天"山花儿"创新的新理念。种种的创新实践，说明"山花儿"的创新，不但要具有历史的、民族的眼光，同时也要有时代的、世界的眼光。

浅论《宁夏诗歌史》

瓦楞草

对于宁夏诗坛来说，诗歌的历史不仅是过去的沉淀，也是未来的导向。对于关注宁夏诗歌发展的读者来说，了解宁夏诗歌的历史等于把握了宁夏诗歌的脉络。由杨梓主编的《宁夏诗歌史》（阳光出版社，2015年），总体上看，撰稿人员怀着对历史负责的态度，在编撰中既照顾到历史上的名家名作，也充分体现了地域性诗歌发展的特色，因此，这部书不仅能够向广大读者展示宁夏诗歌发展的多姿多彩的历史面貌，也为当代人了解宁夏诗歌提供了重要的参考资料。

一、《宁夏诗歌史》提升了地域文化软实力

深入探讨《宁夏诗歌史》出版发行的意义和价值，绕不开这部书提升宁夏地域文化软实力的话题。文化具有超时空的稳定性和强大的凝聚力，一方水土的文化模式一旦形成，必然持久支配在那里生活的人的思想和行为。

阅读《宁夏诗歌史》，我们看到，这部书记载的历史有别于其他地域，它呈现的精神结构和价值系统使居住宁夏的读者能够获得归属感和认同感。我们知道，宁夏地域性诗歌史作为其地域文化构成的一部分是参与维系社会秩序的黏合剂，是物质力量无法替代的软实力。文化软实力是满足人群多样化、多层次、多方面精神需求的重要基础，也是衡量社会文明程度和人们精神生活质量的显著标志。当下，随着物质生活水平的不断提高，

瓦楞草（1970—），原名于洪琴，女，吉林柳河人，现居宁夏银川市。从事诗歌、评论、散文、人物传记及人文地理等文体创作，著有诗集《词语的碎片》。宁夏诗歌学会委员。

人在精神文化方面的需求日趋旺盛，与期待相比，目前宁夏文化发展的整体水平与国内一些省份相比还有差距，在文学历史的编撰整理和追溯方面，《宁夏诗歌史》也是一次破天荒的梳理，可以肯定这部书面世不仅使宁夏地域文化的软实力在原有基础上得到了提升，对于宁夏文坛也是一次重大的收获。

提及文化软实力的话题，我们想起《论语》，作为儒家最重要的经典著作，这部书先后影响了中国社会、周边国家和地区以及世界各地的华人长达两千多年。宋代开国宰相赵普曾经标榜说，自己以半部《论语》治天下。可见《论语》在古代社会生活和政治生活中发挥的巨大作用以及古人对它的推崇。《论语》是春秋时期大思想家孔子及其弟子语录体散文集，而儒家思想在古代被当作正统思想，它作为中国历史上最早的一部教育书籍代表的中国传统文化的软实力，在文化全球化的进程中担当起举足轻重的作用。国学大师南怀谨说：孔子学说和《论语》的价值，无论在任何时代、任何地区，对它的原文本意，只要不故加曲解，始终具有不可毁的不朽价值。恰如此说，出版发行量仅次于《圣经》的《论语》成为世界第二大畅销出版物。1988年1月，75位诺贝尔奖获得者在《巴黎宣言》中表示：人类要在21世纪生存下去必须从2500年前孔子那里寻找智慧。这是我们看到，在国外的学者眼中，《论语》是中国十分重要的文化遗产，是中国的文化软实力。

诚然，提到《论语》，我们并不是将《宁夏诗歌史》与之媲美，而是由此例说明文化软实力对一个地区、一个国家具有的十分深远的意义。话题扩展一些可以看到，任何一种文化在社会发展巨大转型和变化的时期，其内部的活力往往需要外部文化力量来激活，文化是引导社会进步的罗盘。五四时期新诗的产生就是因为当时具有启蒙思想的中国知识分子有了世界文化的定义发现，向西方学习的结果，文化的世界性与地方性是相联和彼此共生的，这种影响，始终贯穿在20世纪以来文学史的发展过程中。

我们再谈到宁夏的图书市场，近些年表面看起来似乎十分繁荣，新书品种与日俱增，但与内容为王的传统出版理念相悖的现象是，当前的图书缺乏对中国文化形象的认知度，忽视了对传统文化资源的创新和改造，因此很多书即便面世也未充分转化成为强大的文化力量。这种现状迎合了中国社会科学院文学研究所研究员白烨在《文化软实力与文学能动力》（《光明日报》，2014年2月17日，第13版）一文提到的一个方面："从建设文化强国和提升国家文化软实力的高度来要求，当下的文学现状，不仅距离理想的目标差距甚大，而且明显存在着'繁而不荣，多而不精'的诸多问题。"

而当我们以审视的眼光阅读《宁夏诗歌史》，却发现这部书的编撰是以挖掘了地域性文化历史为目的；是以推动民族凝聚力为源泉；是以提升宁夏地域文化软实力为追求的创造之举。它是传播宁夏地域性文化的纽带，作为史料性质的文化产品，它又是服务人民的"文化盛宴"，由此充分体现了提升宁夏文化软实力，实现推动地域文化发展的编撰目的。对于那些有着一线、二线城市的大省份来说，宁夏在中国的版图上只占据着很小的位置，可是，宁夏古老的边塞文化底蕴并不因此显得单薄。当我们通过《宁夏诗歌史》进行追溯，会看到这块土地的历史文化名片自古代开始就向世人亮了出来，如这部书导论中提到的："毋庸讳言，宁夏虽然地处远离政治经济中心的偏远之地，但宁夏从来不缺乏文学创作的矿藏。相反，一个历史时期的苦难历程和物质生活的相对贫乏，反倒催生了文学无边的想象与真情流淌的歌唱。""宁夏古代文学除了诗歌，别无其他，所以论述宁夏古代诗歌就代表了宁夏古代文学，或者说宁夏古代诗歌史就是一部宁夏古代文学史。宁夏古代诗歌的发展是渐趋兴盛的，无论是在质量上还是在数量上都呈上升趋势，从秦汉时期寥寥几首到唐代的大量涌现，尤其是边塞诗蔚为壮观；经过宋夏元战乱的过渡时期，直接开启了宁夏明清诗歌的繁荣发展。宁夏古代诗歌既带有浓厚的地域文化特征，又有古典传统的美学范式。"

当下，文化与经济是相互交融的，经济的发展与文化的进步是相辅相成的，因此，文化软实力成为地域与地域之间，国家与国家之间分高下、赢得优势的竞争利器。文化力量的特殊性在于它不是一种强制性的力量，它的发挥根本上是靠文化的吸引、精神润物无声的感召和地域性文化价值的体现。在《周易》中有"观乎人文以化成天下"的认知，宁夏的崛起决不能止于经济的发展和效益，更要有文化软实力的匹配和壮大。由这些得出一个结论，《宁夏诗歌史》的适时出版，让我们看到这部书对于推动宁夏文化发展，提升地域、乃至国家的文化软实力起到了积极的作用。

二、《宁夏诗歌史》具有重要的诗歌研究参考价值

《宁夏诗歌史》是目前为止唯一一部完整记录宁夏诗歌发展历程和脉络的书。宁夏地域诗歌是中国诗歌不可或缺少的组成部分，其中，每个时代的优秀作品都会随着时代的过去成为历史，因此说，诗歌的历史蕴含着客观的真理和启迪以及永恒的价值和魅力。

这无异于说，《宁夏诗歌史》彰显了历史中的永久运动的诗歌的生命。这部书全面、系统、多角度地记载了宁夏诗歌的历史，载录了宁夏诗歌从古至今的发展，又揭示其现状和最新发展动态，将历史的建构与诗人生存的背景空间紧密结合在一起，也将历史的创造和人文的构筑结合在一起，不仅阐述了主要的诗歌活动、相关诗歌的官刊、民刊的兴衰，更重要的是介绍了中国古代诗歌、西方诗歌、乃至国内其他省份诗歌对宁夏诗歌的影响。

如《宁夏诗歌史》第四章第二节中提到的："宁夏70后诗人们不再像"知识分子写作"那样过分搬运西方资源，贩卖知识；不会以西方的经典为参照，建立起自己的诗歌创作尺度；语言上避免翻译体，避免过于讲究技巧的陌生化修辞。作为对往日过分西化的反拨，他们在写作中自觉地走向传统；在继承中国古典诗歌传统的前提下，密切关注当下的生存现实；采用常识性的、可感知的日常语言，语言简单朴素，摒弃繁复的修辞与技术，探索口语化写作。"再如："内容上，他们拒绝诗歌的低俗化，把诗歌看成高雅的象征。他们不羡慕"下半身"和"垃圾派"这些所谓的诗歌弄潮儿们，不追求文本的快感，不会遵循"快乐原则"让诗歌怪异另类，不会让诗歌回到动物性的原初体验，更不会顾影自怜自怨自艾。语言上，对于诗歌的口水化写作，也持整体的鄙夷态度。他们的诗歌语言是纯口语化的，纯净成熟，对词语的运用和转换有相当熟稔的把握，讲究锤炼，有技巧却不乱用技巧，口语却不口水。"

由此可见，《宁夏诗歌史》目前已经成为追溯宁夏诗歌的发展历程，了解不同时期宁夏地域诗歌创作的重要参考读本，诗歌史学的研究者无需越过其铺设的大道而另辟蹊径，这部书承担了无比光荣而又极为艰巨的使命。

当我们谈到宁夏地域文化的构建和其品牌的价值，必须调动所有文献资料为探究服务。《宁夏诗歌史》面世之前，当诗学者对宁夏地域诗歌不同时期的创作情况进行研究时，由于可参照的资料严重匮乏，难免产生

一些误断。众所周知，地域诗歌的发展需要诗歌理论研究的批评、促进、肯定和推广，但是，相对而言在过去诗歌理论研究的建设始终是一个艰难的过程，由于无法完全系统梳理宁夏诗歌的脉络，任何一次介入，事实上都只是对宁夏诗歌历史对切面的一种测绘，局限性始终存在，而《宁夏诗歌史》的出版恰好弥补了有效资料的不足，为诗歌研究提供了重要的参考。

其一，《宁夏诗歌史》对于古今诗人的梳理具有依次出场的连贯性。过去，当我们深入探究宁夏诗歌的发展，对基本史实部分不能完全掌握，以至于产生混淆，最头疼的便是找不出一个完整的关于古今诗人依次出场的顺序脉络，从而造成没有重点，东拉西扯，缺乏严谨性，难以确定考查范围。而《宁夏诗歌史》的编撰首要是专业，是对宁夏古今具有代表性诗人的一次集结，以诗人出现的时间顺序为重点和核心，着重梳理宁夏诗歌历史框架的构成。比如诗人出现的时间，写了什么重要的诗歌，之后又出现了哪些诗人，写了什么代表性的作品，古今重要的诗人之间，是否有承前启后的关系，等等。这些海量的资料无论是从诗学研究角度还是从文学资料的角度，对于宁夏诗歌的读者、关注者以及专业人士来说都具有重要的意义，因此《宁夏诗歌史》不仅是一个独立的文本，它还可以继续延伸出一些新的关于诗歌的作品。

其二，目前为止，只有《宁夏诗歌史》提供的史料系统而全面。通读这部书可以注意到，该书不仅完整清晰地介绍了宁夏诗歌发展的历程，还提供了诗人创作的经历以及与诗歌相关的刊物、报纸、网络宣传、活动、评奖等信息，为宁夏地域诗歌的研究提供了重要的参考资料。例如，书中对于宁夏诗歌民刊的史料收集是目前唯一的全面的记载和梳理。我们知道，宁夏诗歌民刊为诗歌的多元化探索与大胆创新提供了试验地，它的存在，某种程度上为宁夏诗歌与外界诗歌的交流掘开了一个通道，为宁夏诗歌持续生长提供了源头活水，在诗歌发展中扮演了非常重要的角色，起着无可替代的作用。恰如著名学者张德明在源流中文网发表的一篇叫作《诗歌民刊的意义》一文中提到的："谈到民刊，我们会很自然想到自由、开放、个性、试验、探索、先锋、另类、别趣、野性、肆意等诸多词汇，毋宁说，民刊这一诗歌阵地的留存，为新诗的多向度展开和全面性实验创设了开敞的空间。民刊的组织形式是多样化的，可以按照诗人的性别、年龄、籍贯、身份、工种、诗学理想、形式追求等等来集纳群贤，彰显诗意。"

然而，由于在创办、出版与发行依赖于民间资金，宁夏很多创刊较早，很有影响力的诗歌民刊如《原音》《北方向》《半个城》等存在一段时期都因资金匮乏等缘故停刊，有的就此隐没于时间的长河，所以，诗歌民刊历史信息的及时收集、整理非常重要。《宁夏诗歌史》对于这些与诗歌历史相关资料的收纳，为我们了解不同时期宁夏诗歌各种潮流存在的形态和变化趋势提供了及时有效的信息。总之，这部书对宁夏诗歌历史的往昔过程、经验总结进行了归纳，为有效的诗歌研究提供了便利的途经，因此，对于促进当代宁夏诗歌研究的前行起到了推助的作用。

三、《宁夏诗歌史》填补了宁夏诗歌史料欠缺的空白

地域诗歌史是一个深刻而厚重的话题，某种意义上说，地域诗歌是中国诗歌的支脉，不同地域诗歌的交汇形成了中国诗歌的浩瀚之河。越是地方的就越有世界性。这不仅仅指的是地方性的优秀文学作品，也应该指地方性诗歌的历史。

追溯起来，宁夏平原的水洞沟早在三万年前就有了人类活动的踪迹，考察中国当代诗歌中的文化地理会发现，中国最早的一部诗歌总集《诗经》中的《小雅·六月》有"薄伐玁狁，至于大原""来归自镐，我行永久"的诗句，其中"大原"和"镐"据考证分别指今宁夏的固原和今宁夏的灵武。由此可见，那时候起就有了抒发宁夏的诗歌。汉代以后的乐府诗也对宁夏有所记载，如《宁夏诗歌史》中提到的"'走马山之阿，马渴饮黄河。宁谓胡关下，复闻楚客歌'，董绍曾在高平（今宁夏固原）牧马而写诗，这些都描写六盘山地区的地理风物，是研究宁夏古代历史地理不可忽视的文献资料"。之后唐、宋、夏、元时期，描写宁夏地域人文风光的诗歌也为数不少。

宁夏六盘山、贺兰山两大山脉守护神一般护佑着宁夏平原，黄河也在这里放缓流速滋养着广袤的土地，尽管古代这里地处边关要塞，人口流动性大造成本地诗人缺乏，但是，旅居或途经此地的诗人还是留下了一些耳熟能详的诗歌，如唐代诗人李益的《暮过回乐烽》"烽火高飞百尺台，黄昏遥自碛西来"；张元的《雪》"五丁仗剑决云霓，直取天河下帝畿。战罢玉龙三百万，败鳞残甲满天飞"（杨梓主编：《宁夏诗歌选》，阳光出版社，2015年）等等。明、清时期，宁夏诗歌的存世之作超过以往的朝代，诗歌题材几乎涵盖了社会的各个方面，例如，明朝皇帝朱元璋的第十六子朱栴在宁夏生活了四十五个春秋，著有《夏城诗集》，写下了大量诗作。值得注意的是，古代的宁夏地处边关是战争频发之地，人口流动性大，因为战争等原因遗失的诗歌作品不在少数。进入当代，宁夏诗坛处于比较活跃的状态，先后涌出数百位诗歌写作者，具有代表性的诗人如生于20年代写过长篇叙事诗《沙原牧歌》，与李季、姚以壮合作著诗集《银川曲》的朱红兵；生于30年代写过民歌体长诗《莲花滩》的王世兴；生于40年代著有长诗集《预海英杰》《阿依舍》的杨少青；生于50年代的骆英、屈文焜；生于60年的杨梓、杨森君、王怀凌、单永珍、张联；生于70、80年代的杨建虎、阿尔、安奇、林一木、王西平等诗人，其诗歌作品的数量之大也是前所未有。

可是，这样如此漫长的地域诗歌的发展历程曾经却如被埋掉的金子，隐匿于时间的长河。从时间跨度上说，宁夏诗歌历史的蕴含是丰富的，虽然它在中国诗歌史的大背景下显得十分渺小，却是不可忽视和缺少的。众所周知，宁夏诗歌的产生和发展一直以来就表现出地域性特征，它作为宁夏文学的一部分，其文化特征具有多层面的内涵。我们在中国诗歌史的背景下看待《宁夏诗歌史》，可见其除了呈现地方性，还凸显了地域诗歌发展过程的重要性，由此足以说明，与地方性密切相关的诗歌综合因素在这部诗歌史中显得意义非凡。对于宁夏文学来说，诗歌的历史早于其他文学，是重要的文化里程碑。小的范围上说，《宁夏诗歌史》出版前因为没有可寻的资料查证，对于宁夏诗歌研究和关注者来说未免遗憾。大的方向上讲，宁夏地域文化的软实力因为诗歌史的空缺失去了它的完整性。而我们看到，《宁夏诗歌史》的出版发行恰好填补了这一令人遗憾的空白，这部书以通俗明快的语言，将学术性、知识性的内容通过浅显易懂的形式表达出来，首先突出鲜明的地域性，其次涵盖与之相结合的一种无意识的普遍性，从这个角度上说，这部书的面世是读者的福音。我们认为，《宁夏诗歌史》的成功因素之一是对于宁夏地域性诗歌历史散落史料的完整性搜集，这种空白的填补对充实宁夏文学史具有重要的贡献。

阅读《宁夏诗歌史》，我们看到这部书不仅了梳理古代、近代、现代宁夏诗歌的发展脉络，还记载了诗集出版、获奖，活动举办等信息。尤其是这部书将宁夏诗歌民刊的发展和网络宣传的状况也纳入收录的范围，这是前所未有的举措，通过这些记载，我们能够对宁夏诗歌的历史进行整体的全方位的了解和把握，扩展了视线与思考面，使学者研究宁夏诗歌时的论述基点有了一个可以参照的依据。

总之，《宁夏诗歌史》在中国诗歌史的大背景下以省域为单位，对本地域诗歌的历史作了系统的梳理，以期激发地域人文的自豪感和个体的使命感，其价值首先在于它的开创意义。这种开创不只是因为这本书是宁夏第一部关于诗歌历史的书籍，还在于全书始终贯穿着一种务实的精神。从书的内容上看，编撰者对于历史细致的考察，其背后隐藏不少的辛劳。这部书中的许多观点不是撰稿者的纸上谈兵，而是在严密的逻辑力量引导下，水到渠成般的自然流淌，它作为地域诗歌历史的专著记载是人们了解中国诗歌支流的纽带，是中国诗歌史上不可缺少的重要的备忘录；也是雄辩的诗歌辩护书，对于关注宁夏诗歌命运的人来说，由此可以找到有力的证词。

四、《宁夏诗歌史》折射了不同时期宁夏地域文化

中国是一个南、北、东、西文化差异较大的国家，不同地域的诗人看待问题的视点、语言表达方式以及民风民俗的描写都有所不同，这种地域性的差异使得诗人们以不同的方式与外界文化发生联系。诗歌的地域文化与美学特质在我国有着悠久的传统，著名诗歌评论家张清华在《当代诗歌中的地方美学与地域意识形态——从文化地理视角的观察》（《文艺研究》2010年第10期，第5页）一文中指出："文化地理与诗歌中的地方文化与地域美学并不是一个新问题，有史以来一切文学无不自然地带上了地域文化色彩，同时人们对于一切文学与文化现象的研究，也很自然地借助其产生的环境来予以观察。"正如其所言，《宁夏诗歌史》作为记录宁夏地域诗歌发展历程的载体，对诗人创作时代的地域文化也起着窗口透视的作用。我们在书中了解由古至今不同民族，不同时代诗人创作的历程时，可以感受到不同时期地域文化或多或少的折射现象。

例如，该书第一章第一节的这段记载："晚唐诗人李益在塞上幕府度过约二十春秋"；"因其一生有十多年的军旅生涯，因此边塞诗写得极好，尤其是七绝，常常是壮烈、慷慨之中带一点伤感和悲凉。如《夜上受降城闻笛》：回乐峰前沙似雪，受降城外月如霜。不知何处吹芦管，一夜征人尽望乡。"

首先这些记载透露出这一个信息，李益生活的晚唐，塞上宁夏有其以地域为特征的军旅文化。唐朝的鼎盛时期爆发了"安史之乱"，之后便逐渐走向衰落。建中元年（780年）深秋或初冬，李益到灵武依附朔方节度使崔宁，其间写下了著名的《夜上受降城闻笛》。拓展思维，我们脑海里出现这样一幅图画：大漠边关的月夜，诗人李益在今宁夏灵武市西南的回乐峰前看到大漠在月光之下就像铺了一层雪，想到646年（贞观二十年），唐太宗亲临灵州接受突厥一部投降的"受降城"外的月色冷得像霜一般，而守疆的士兵此刻开始想家了。举此例说明，我们阅读《宁夏诗歌史》时，从中可以窥见诗人之外的一些地域文化信息。在我们对于历史真相、文化想象与人物的深层透视中，《宁夏诗歌史》虽不能全方位、多角度去体现这一时期军旅文化的面貌，却对拓展我们的思维空间起到了暗示的作用。当我们用立体思维去了解李益这个人物时，会不自觉以静态和动态两种方法去思考。即李益是固定的，我们

认识的主体（动态）围绕他进行想象和拓展，这个动态的就是书中对李益塞上幕府军旅生活的透露。

再如《宁夏诗歌史》第三章第一节中的记载："朱红兵创作的长篇叙事诗《沙原牧歌》，不仅填补了宁夏诗坛叙事诗的空白，而且也是中国诗坛的重要收获。这首诗独特之处在于吸收了宁夏民歌、说唱艺术的手法，通过主人公王夫和秀兰的歌吟，形象地展示了在中国共产党的领导下，贫苦农民争取解放的历史画卷，歌颂了他们对革命及爱情的坚贞情怀。"

查阅一些资料可以看到，对于民间地域性文艺的借鉴，早在五四期间就十分盛行。1918年春，一些知识分子为适应传播新思想、新文化的需要发起了征集近世歌谣的运动。他们在《北大日刊》上开辟了"歌谣选"的栏目，这种破天荒的文化现象，很快成为国内报刊的一时风气。刘半农、沈尹默等新文化运动的倡导者不仅亲自搜集、整理民间歌谣，而且还把民歌的有益成分引入新诗的创作中去。而宁夏诗歌在一定时期也引入了一些民歌的表达形式，这个时期诗歌叙抒主要表现为革命意识形态和对民间宗法意识形态的引导，这种创作模式持续时间很长，诗歌当中要么塑造敢于反抗、争取自由幸福的人物形象；要么歌颂新中国生产建设之中激昂的精神面貌。一些作品借鉴宁夏民歌、说唱形式以及比兴手法，对感情的处理多为"阶级兄妹"般的感情。这段记载折射出在特定时期的环境影响下，宁夏诗歌创造性倾向于对地域性民歌的借鉴，主要反映群众的生活和斗争，体现了民族化、大众化和地域化。《宁夏诗歌史》对于这段时期文化背景的透露，有助于我们深刻了解诗人创作时面对的政治环境和社会风貌。文化背景的形成和诗人所处的时代分不开，人的观念以及生产生活方式影响到诗人的创作，我们在这部书中了解诗人的创作经历，关注诗歌的发展进程时，需要对当时的文化背景有所了解，并且不能忽视其足以影响到诗歌的重要性。

又如《宁夏诗歌史》第四章第一节关于诗人王怀凌的介绍："（1966—）宁夏泾源人，历任原州区清河镇镇……由于基层工作者的身份，使他的诗歌比起那些生活在城市、享受现代化的文明、偶然想念乡村的温暖与惬意，又刻意妄想乡村的诗人来说，王怀凌的诗歌则是真正的乡村景观和乡村的现实……"如上例子可以看出，在某个特定时期，由于工作关系，王怀凌大部分时间面对乡村和宁夏南部的广袤土地，诗歌创作和诗人经历分不开。当我们通过《宁夏诗歌史》去了解王怀凌这一时期的创作时，也接纳了他诗歌创作年代的社会环境和文化背景。

文化在一个地方落地生根形成的独特性，离不开人与物的相互渗透和包容，《宁夏诗歌史》对于不同时期宁夏地域文化的折射有助于我们对于地域文化的认同。如果说，我们在阅读中企望获悉诗歌作者之外的更宽泛的信息，那么这部书就透露了相关的线索。诗人生活时代的文化背景是诗歌创作的源泉。从《宁夏诗歌史》对于诗歌发展进程的介绍中，可以看到一幅幅不同时代的地域文化的背景图，诗人的生命力折射在这些画面之中，总是那么鲜明。不同的时间、空间，画面不停地变化，有文化的传承，有地域的变迁，犹如老电影一般诱导我们心里那些细微又引发深思的感受。

因此可以认为，《宁夏诗歌史》向读者呈现的不仅仅是诗歌的历史，还有历史之中的地域文化，如果把这部书假设为一个完整的系统，地域文化不仅是这个系统中不可分割的一部分，而且还是该系统中的活跃因素，就好像诗歌发展的脉络是一副骨架，地域文化的衬托则是丰满它的血肉，二者相辅相成，共生共存。并且，实际上我们翻开这部记载宁夏地域诗歌历史的书,思想的探索也是围绕历史发展进程中地域文化的大背景去关注诗人和诗歌的发展的。

五、《宁夏诗歌史》存在的不足

可以想象,《宁夏诗歌史》编撰过程中,巨大繁杂的工作量凝聚了编撰人员的辛劳,在肯定这部书有助于补充和深化读者对宁夏诗歌历史认知的同时,也要看到其存在一些瑕疵,不是完美无缺的。首先阅读《宁夏诗歌史》时,我们细加鉴别不难发现对于某些历史的核查出现一些疑点,虽然对于这部厚厚的书籍来说是一个很小的瑕疵,但足以误导读者对一段历史的认识。

例如,该书第三章第一节的记载:"尤其是1960年,朱红兵创作的长篇叙事诗《沙原牧歌》,不仅填补了宁夏诗坛长篇叙事诗的空白,而且也是中国诗坛的重要收获……由于宁夏属陕甘宁边区之一,一些在全国较有影响的进步诗人如李季、郭小川等先后来宁夏深入生活,并从事诗歌创作,留下了《阿拉善组诗》、长诗《银川曲》等作品,并极大地带动了宁夏新诗的发展。其中以李季在盐池县创作完成的长诗《王贵与李香香》最具代表性。"

根据百度百科资料查询对比,我们发现在这段记载中出现了两个可疑之处。

其一,朱红兵的百度百科资料显示:"1959年他以解放战争中盐池人民的对敌斗争生话为题材,创作了长篇叙事诗《沙原牧歌》,发表在《宁夏文艺》上,受到一致的好评。"而非1960年,不知是百度资料有误还是《宁夏诗歌史》编撰过程中没有核实清楚。

其二,根据李季百度百科资料显示:其"1938年在延安抗日军政大学学习,次年5月加入中国共产党,毕业后赴太行山,在八路军部队曾任连政治指导员,联络参谋。1942年冬至1947年,在陕北三边工作,先后当过小学教员、县政府秘书和地方小报编辑。这五六年的战斗生活使他接触了各种人,了解到许多感人的革命历史故事,熟悉了陕北人民的思想、性格、语言及其所喜爱的文艺形式,为以后的创作打下了深厚的基础。1942年,毛泽东《在延安文艺座谈会上的讲话》发表之后,给他以极大的启示和鼓舞,激发了他强烈的创作欲望,并开始进行业余创作……1945年底,在《解放日报》上连续刊登了优秀长篇叙事诗《王贵与李香香》。"

上述资料使我们发现李季创作《王贵与李香香》的时候在"陕北三边工作",而《宁夏诗歌史》记载的"李季在盐池县创作完成的长诗《王贵与李香香》"没有说明信息来源的出处,显然缺少可证的依据。但瑕不掩瑜,或者说因为瑕更能说明玉的真实和价值,毕竟是一部40万字的诗歌史。

○个人专辑○

以《宁夏诗歌选》为例浅析宁夏诗歌的四个方面

瓦楞草

由杨梓主编的《宁夏诗歌选》（上下册，阳光出版社，2015年）一书涵盖由唐代到当代108位诗人的350多首古体诗；现代诗部分选了1911年至1991年出生的250多位诗人的1000多首诗。这些作品总体上看，无论思想、艺术、审美、意境和语言都能够展示宁夏由古至今诗歌的整体水平和成就。由于该书容量非常之大，我们不能在有限的篇幅内论述和提及所有诗人的作品，因此，仅以《宁夏诗歌选》中部分诗人的作品为例，以点带面，浅析如下较为凸显的四个方面。

一、对民歌的借鉴与吸纳

民歌是劳动人民集体创作的结晶，它的特点是口头创作和流传，语言朗朗上口容易掌握。节奏感强，有抑扬顿挫的旋律，句式比较整齐。并且抒情性强，大都真挚地抒发劳动人民的理想、愿望和斗争精神，具有鲜明的时代特色。

高尔基曾说，民歌总是不断地伴随历史。正如此说，我国由古至今各个时代的优秀民歌总是被诗人用于创作中借鉴和吸纳，成为推动诗歌发展的力量。宁夏诗歌对于民歌的借鉴和吸纳主要集中在20年代至40年代出生的一批诗人的作品当中，这一类诗歌创作的时间多在50、60年代。下面截取《宁夏诗歌选》中朱红兵、路展、王世兴、高琨四位诗人作品中的一些诗句，和宁夏民间流传的一些民歌进行对比，用以论证我们对民歌入诗的一些看法，例如：

朱红兵的长篇叙事诗《沙原牧歌》中的诗句："一排排沙柳根连根／他两人并坐身挨身／糠干粮虽少哥的心／掏出来两人干半分／吃一口干粮谈一谈心／是甜是苦两人尝／山头上下雨山沟里流／合唱个小曲解忧伤。"

高琨诗歌《化蝶起舞》中的诗句："荞面碗簸子小米粥／尕锅里炒的是臊子／掰住指头数数字／算到了你来的日子。"

对比《大武口区志》（宁夏人民出版社，1995年12月，第454页、第456页）第五章第二节中记载的民歌《山丹丹花开玫瑰花长》中的句子："山丹丹花开玫瑰花长／马兰花花就开在山路山／尕妹子坐在家里想／就把干哥哥想死在路上。"

路展诗歌《送粮队》中的诗句："丁零／丁零／一阵铜铃／长长的车队绕过枣林／哗啦啦像奔腾的流水／猎猎的红旗卷着烟尘。"

对比《银川市志》第二章第二节中记载的民歌《脚户哥下四川》中的句子："黑疙瘩云彩竹竿竿雨／人和骡子都成了落汤鸡……驮走了羊皮驮回来布／走不完的山路受不完的苦。"（《银川市志》，宁夏人民出版社，1998年8月，第1149页）

王世兴诗歌《牧羊山歌》中的诗句："青羊离不开高山山／牧羊哥／爱上了美丽的草滩／公社的羊群千千万／莲花尕／开遍了前山（么）后山。"

对比《大武口区志》第五章第二节中记载的民歌《剿匪小调》中的句子："十二月来整一年／宁夏山川红旗展／土地改革建政权／人民江山万万年。"

通过对比阅读，我们可以看到朱红兵、路展、王世兴、高琨四位诗人的诗歌和民间歌谣都突出了这样的特点：以形象的比兴起句，自然贴切，句式多样节奏鲜明，押韵方式灵活自由，读起来朗朗上口。篇幅可长可短，两行可作为独立的一首小诗，多行多段有机结合，又使短章变为连续性的长篇，表现更为丰富完整的内容。这种类型的诗歌几乎接近民间歌谣，完全适合山间田野，民间歌手无拘无束地放声歌唱。

特别值得注意的是，王世兴诗歌《牧羊山歌》中的"尕""么"表现了鲜明地域性特色。"尕"是宁夏民歌"花儿"中常见的字，在文学形式上，宁夏"花儿"的语言采用了不少阿拉伯、波斯等外来语汇，同时大量使用地区色彩很浓的方言、土语。以"尕"字为例，本是小的意思，回族"花儿"多用此字，如"尕妹子""尕花儿"等等；而"么"则是宁夏方言里常用的尾音字，这些散发着地域特色和泥土气息的词语，比很多诗歌语言所普遍采用的浮华雕琢的词藻要胜出百倍，它赋予了诗歌真正永恒的艺术生命。《林庚谈民歌与新诗》的文章里有这样一段话："当年胡适在《歌谣》复刊词中说：'民间歌唱的最优美的作品往往有很灵巧的技术，很美丽的音节，很流利漂亮的语言，可以供今日新诗人的学习师法。'"（段宝林：《林庚谈民歌与新诗》，中国社会科学网）正如所言，一直以来民歌对诗歌的影响，非比寻常。

追溯诗歌对民歌的借鉴，让人想到汉乐府。从汉武帝到汉成帝期间的一百多年，乐府这个专管音乐的机构广泛搜集各地民间歌谣，使得许多民间歌谣得以流传。汉乐府是继《诗经》之后，古代民歌的又一次大汇集，它开创了古代诗歌现实主义新风。汉乐府民歌是以通俗的语言构造贴近生活的作品，由杂言渐趋向五言，采用叙事写法，刻画人物细致入微，创造人物性格鲜明，故事情节较为完整，而且能突出思想内涵，着重描绘典型细节，开拓叙事诗发展成熟的新阶段，是中国诗史五言诗体发展的一个重要阶段。到了唐代，李白是对民歌借鉴较多的诗人，他流传于世的诗歌一千多首，其中，宋朝郭茂倩的《乐府诗集》收录李白乐府诗达161首，占初唐乐府诗总数的三分之一，众所周知的《蜀道难》《将进酒》《行路难》《梦游天姥吟留别》《长干行》《乌栖曲》等著名的代表作无一不是乐府诗。由此可以说明，诗歌对于民歌的借鉴和吸纳有很深的渊源。在我国，五四运动之后一直到60、70年代，吸纳民歌的精华入诗十分盛行，除了宁夏诗人，我们耳熟能详还有著名诗人李季的《王贵与李香香》里的诗句："山丹丹开花红姣姣／香香人材长得好／一对大眼水汪汪／就像那露水珠在草上淌。"

回到议论的主题，我们在阅读《宁夏诗歌选》中看到，宁夏的50、60年代，以朱红兵、路展、王世兴、高琨等诗人为代表的一部分诗人十分注重在诗歌创作中吸纳民歌的形式和语言的精华，这一类诗歌虽然去不掉民歌的影子，却处处彰显着新意，呈现出极强的地域特色，闪耀着时代的光芒。阅读这种类型的诗歌，可以感受到从语调到气势都是特定时期、特定环境下的产物，这些诗歌对于民歌的借鉴和吸纳让我们看到大胆夸张和巧妙的叙抒突出了主观的感受，既抒情又较多运用民歌中的重复和比兴手法，可以唤引读者的联想，呈现出特有的风采。

二、对历史的介入或追溯

诗歌对于历史的介入或追溯，其魅力之处在于对深邃的历史生命本体的抒发，当我们阅读《宁夏诗歌选》，会发现书中有一部分诗歌总是围绕着对于历史想象展开抒怀，这些诗歌或呈现一定时间范围内的重大的历史变故中的事件和人物，或借古抒情，承载着古老文明的厚重，在揭示、容纳历史深度和广度上，到达了一定境界，如肖川、杨梓、万宝琛、邱新荣、钱守桐、单永珍、唐荣尧、刘学军、高鹏程、蒋文玲、徐忠杰、杨春礼、林一木、田为民等人的诗歌。

从作品质量上看，此类诗歌语境宏阔，是丰厚历史洪流下蛰伏的河床，呈现出具有深度的美感，对历史有着巨大的修复力，将我们心中那些遥远而模糊的历史清晰化、抒情化、浪漫化、神秘化，使沉睡几千年的文明苏醒，在我们心灵的荒原上奔跑、吼叫，形成一股酣畅淋漓的快感，可以说是诗歌将历史与艺术融汇，完成了全新的结合。下面，我们以《宁夏诗歌选》中的诗歌为例，从三个方面对这一类诗歌进行简要的评析。

其一，神秘主义作为其致力追求的美的境界，影响过很多诗人的作品，特别是神秘主义对于历史的介入或追溯在诗歌中被广泛运用，为作品增添了瑰丽、神奇的色彩。

如，杨梓的《西夏与骊歌》中句子："当国师用神秘的祈祷唤醒女神／女神在中阴之界护佑四处游荡的亡灵／当佛寺僧侣供上无比虔诚的心／常住十方的诸位圣佛菩萨大发慈悲／在六道轮回的关口竭力拯救。"

法国大诗人波德莱尔曾说："我发现了美的定义，我的美的定义。那是种热烈的、忧郁的东西，其中有些茫然、可供猜测的东西。……神秘、悔恨也是美的特点。"（郭宏安译：《1846年的沙龙：波德莱尔美学论文选》，广西师范大学出版社，1987年，第12页）如此说，我们从例诗中可以看到，诗歌中呈现的神秘主义，仿佛在我们眼前打开了一扇洞察天地，指引茫然灵魂的大门，并且呈现出一种不可名状的美。诗人杨梓把通灵感看作一种全新的感觉方式和一种神奇的感知能力，它能够在不同事物之间找到相似之处，在看似无关联的事物之间发现它们的隐秘关系。将"神"的力量贯穿于党项历史文明的诗歌叙述中，呈现一段历史超越自然的神奇，仿佛总有伟大的精神隐匿宇宙，等待人去唤醒，正是这种独特而深邃的神秘主义，令诗人在创作中处在一个较高的精神领域来观察世界，获得了纯正、完美的表达。再如万宝琛、肖川、邱新荣的诗句：

"一匹黛色的骏马从远古时代本来／它毛茸茸的背上驮着一座烽火台／这台口的无际仿佛留有淡淡的烽火／但再也见不到千军万马荡起的尘埃"（万宝琛《骊山烽火台》）；"人猿尚未走出原始林便有风／钻木火哗剥而燃爆出使地球进入文明纪的雷闪／无法分清谁是元谋人蓝田人山顶洞人的后裔／我们都领今日之风骚"（肖川《风说》）；"本该是一把金色的镰刀／披挂着太阳的光芒／在绿色的田野里鱼一样游动／结果却投靠了战争／野蛮的寒光和放荡的锋刃／袭击了柔和的鲜血和圆润的生命"（邱新荣《金戈》）。

对于诗人来说，想象力是创作的原动力，如例诗中将骊山臆想成"一匹黛色的骏马"；由钻木取火想到"分清谁是元谋人蓝田人山顶洞人的后裔"；把古代的兵器想象成"一把金色的镰刀"；等等，这些神秘的想象勾画出宏阔的历史，诗句强调自身感受与事物的隐秘关系，通过象征、暗示和隐喻的手法描述难以捉摸的物象。在这种状态中，诗人们描述的物象披上了一层神秘的外衣，成为蕴含着某种深意的象征。在他们看来，人对已经逝去的事物的了解极其有限，远去的历史作为一种可以猜测的存在，其本源、意义、过程和归宿神秘莫测，仅以理性途径是难以直接洞察的。只有通过隐喻暗示的方式才能领悟到诗歌主题想表达的神秘性，在这些诗句可见，神秘的创造不是机械地对现有素材进行的简单加工。

其二，诗歌作为承载历史的极好方式以其抒情引导读者领会远去时光中蕴含的神秘、宏阔、苍凉或者一种追思。这样的诗歌链接着传统文明的纽带，具有文化沉积的厚重感、历史感和生动性，使我们阅读中在诗歌语言的启发和暗示下沉静下来，用心体会历史这个贫乏的概念之外的深远意义。当我们阅读钱守桐诗句："如今／土长城老了／脊梁上的土一直在脱落／故事在风中呜呜作响／我不由得唷叹了一声"（《红果子土长城》）；当我们阅读李宗武的诗句："面对着遗迹的王者之气和悠远的孤寂／这里不需要你说／不需要你做／不需要你思索／只需静静来静静地去"（《西夏王陵》）；当我们阅读蒋文玲的诗句："往事如烟的时候／你面对空旷的僻静／反刍那些／业已丢失的西夏文字"（《西夏王陵》），会被某种来自久远时间里的沉重的东西狠狠地撞击，心里突然咯噔一下。《宁夏诗歌选》对于历史的介入或追溯，以浪漫展开抒情，从历史的不可见直至意象中的可见，从而完成诗歌中理想元素的提取。这部分怀古抒情诗歌呈现的物象多为已逝或久远的，描写形式上的贡献远远超过了其在语言层面上的突破，例如：

"匈奴人的夜空下／弯刀尖上流淌着微笑／晨渡黄河的突厥人／将优美的咳嗽丢进战书"（唐荣尧《战刀》）；"你被一群藏文字母隔离／在成吉思汗的日记里／藏着牺牲的麝香和致命的速度"（单永珍《落雪敦煌》）；"青山隐隐／梦中的号角／于巍巍故垒间吹响／旧时的英雄弯弓射雕时／可曾见大江东流处残阳如血"（徐宗杰《旧北长城怀古》）。

众所周知，诗人在怀古抒情的时候不是在写切身的情感，因为他们不能在现实当中完全介入历史，只能以追溯的方式表达情感，这必定会使描抒的物象客观化，必定由站在主位的尝受者退为站在客位的观赏者的角度上，所以如果切身的经验和时间拉开距离，是不能体现情感的深刻和丰富的。我们由上面三个诗人的例句中可见，诗人呈现的"匈奴人""战书""成吉思汗的日记""号角"等物象并非来自于现实，都是诗人在抒发怀古情感之时的联想和臆造，其中都有古典意象的影子，诗歌无论明喻、暗语还是词语的反常规搭配，意象描述的终极目的在于实现对历史的抒情,即在不可修补的时间的断裂和事物之间进行一种衔接。

其三,与我们前面举例说明的杨梓、唐荣尧等诗句中超自然的神秘主义运用的写作手法形成鲜明区别的是,《宁夏诗歌选》中还有一部分借古抒怀的诗句使用很少的形容词或者干脆不用形容词和修饰语,也不用精雕细刻和层层渲染,更不用曲笔或陪衬,而是抓住描写的物象,用有力的笔触,明快简洁的语言,朴素平易的文字,干净利索地勾画,运用一种白描的手法表现诗人的想法和感受,例如:

"土尔扈特的王爷与和硕的王爷对饮／两个过时的妃子／在马背上细数家底"(刘学军《贺兰山:大风》);"我轻轻蹲下的时候／城墙飞起一只喜鹊／对于这座古城我了解甚少／只捡起几片图纹好看的青花瓷碎片／做一些猜想"(杨春礼《访清水营古城》);"没有谁／比一个贺兰山下的土著／更懂得沉默的意义／没有谁／比一个西夏王的后裔／更懂得隐姓埋名的孤独"(林一木《西夏王陵》);"一座城,似乎只为了破城而修筑／只是为了毁坏而存在／如同生活在此的百姓／只是为了被奴役、被冻饿、被杀戮而存在"(高鹏程《兵戎之城》);"也许,三叶虫化石／就夹在一摞岩层之间／——一叶精美的书签／昭示着人们去认识远古洪荒的年代"(田为民《页岩,记载着》)。

以上诗句让我们看到,诗人运用白描的写作手法看似平常却十分耐人回味,叙事的明晰,言简意真的情感铺叙以及细节的突出,都令抒发之中事物和人凸显丰满,有助于诗歌对于历史中广阔的生活画面的勾勒和表现深刻的主题。

纵观《宁夏诗歌选》中诗歌对于历史的介入或追溯,艺术手法上,大量采用梦幻、象征、寓意等表现方法,渲染神秘气氛,但写实和浪漫抒情等艺术手法也被广泛应用。诗歌叙事与抒情相融,洋溢着丰富情感,有生动的刻画,又有对梦幻的艺术虚构。我们认为,如果诗歌不能实现对历史的全新阐释,远去时光的一切将凝结成实体,成为一具风化的僵尸,失去了新的生命和意义。而《宁夏诗歌选》让我们看到诗人们从我国传统历史文化结构的深层入手,在诗歌美学方面,寻找源头的活水,用以提升诗作的品位与价值,因此给人以美的享受。

三、对古诗词美感和表现手法的承接

五四以来的新诗运动是对于旧传统的突破,属于创造性的新发展,表面看当代诗歌似乎最大限度的与中国古典诗歌产生"割裂",汉语现代诗草创时期一些诗人试图构建新诗格律的实验,没有被后来的大多数诗歌写作者接受。然而,在阅读《宁夏诗歌选》时我们却发现很多诗歌里蕴藏着古典情怀,虽然这些诗中不能明显找出古诗词的韵律,但是注重承接或借鉴传统古诗词中意境的构造及其表现手法和处理经验的方式等方面的营建,我们认为,这是一些诗人们经过反思的一种对于传统的回归现象。现在以《宁夏诗歌选》中的一些诗歌为例,形成以下二点分析:

其一,《宁夏诗歌选》中一些具有古典情怀的诗歌继承了古诗词画面感的表现手法。古诗词反映的内容是平面的,就像是一个平面镜,而大多数现代诗歌的内容是立体的,表现出多义性,像是一个多棱镜。如《宁夏诗歌选》收录的明代朱栴的《贺兰大雪》:"北风吹沙天际吼,雪花纷纷大如手。青山顷刻头尽白,平地须臾盈尺厚。"在我们脑海呈现就是一个下雪的画面,不具有多义性。而现代诗歌,如《宁夏诗歌选》中阿尔的诗歌《群山》中的诗句:"群山聚集／食草动物们／在秋天里走动／机场这庞大的呼啸／群

山俱寂／她的声音发麻／你知道谁站在那儿"就具有多义性，诗歌从群山到机场的转折留有一定的空白，"你知道谁站在那儿"一句令我们产生很多遐想，其中的"谁"在读者眼中是个多义的字，可以是人，也可以是物。如上例诗在比较之下可见古诗词表现的内容是单纯的，而现代诗歌所表现的内容就比较复杂，但是，以下几首现代诗歌则令我看到古诗词具有的单纯的画面感完全可以直接用于当下诗歌的抒情。例如：

"我是天都峰下／蜿蜒溪水边一枝兰草／只为等你从这里经过／花开花落／风餐露宿／只为能与你策马西风深爱一场"（谢峰《三千青丝为你守候》）；"穿过岁月的风尘／季节变换／车过萧关／我的视野沉浸在天地之间……从秦汉至宋元／零星的战火一如往常／那些狼藉的瓦砾在废墟燃烧／将史实割成段或被遗忘"（张虎强《萧关》）；"在额济纳／比梦还远的地方／一汪清泉一直向东／瘦骨伶仃的弱水河／依旧打捞不了土尔扈特人的梦想"（周鸣《额济纳》）。

这些诗句通过一定表现手法描抒营造出一个意境，有情景交融的渗透，也有蜻蜓点水式地一带而过，然而却能达到阅读如临其境感同身受的效果。但是，诗句表达的意思却是单纯没有多义性的，这一点与古诗词的表现手法十分相似，都是利用图画构建的形象思维来推动读者的理解能力，从而达到了情源于景，景触发情，以呈现与文字意境相符的栩栩如生的画面为目的二者统一的体系。

其二，《宁夏诗歌选》中另一些具有古典情怀的诗歌具有多义性的多元化构造，其反映的内容上远远比古典诗词复杂多变，思想性更加深刻，意识性更加超越，从赏析的层面上来看，这类诗歌很大程度上呈现了古典之美，例如：

"秋晚／我独坐贺兰山坡／大风淹没了乱石／淹没了胡杨和白草／大风掠取了星辰／掠取了我的歌谣／只剩下细碎的沙粒沉淀／我渐渐地半卧在山坡／渐渐地沉睡在草丛／只有遥远的箫声还在吹响／唤醒迷幻的雾岚和不可解脱的磐石／风吹荒野上／心透大漠凉"（安奇《箫声》）；"雨点落到野荷上／声音很响／一阵紧似一阵／我突然有点心痛／眼前的野荷／不停地摇晃"（张铎《林中遇雨》）。

在安奇的《箫声》中我们看到，当诗人"半卧在山坡"，"渐渐地沉睡在草丛"，"只有遥远的箫声还在吹响"这里的"箫声"到底是风声令诗人产生了误听？还是诗人半醒半睡之间产生了关于"箫声"的联想，引发我们产生多种推断；在张铎的《林中遇雨》中我们看到，当"雨点落到野荷上"，诗人"我突然有点心痛"，为什么"心痛"？是因为"眼前的野荷／不停地摇晃"引起了对于野荷的怜惜？还是因为雨打野荷想起了别的？从分析上看，例诗是充满多义性的，诗歌呈现的画面也比较具有立体感，总体上却具有古典意味，呈现出一种高雅的古典美学。

其三，《宁夏诗歌选》中还有一部分具有古典情怀的诗歌，无论结构还是表现手法都没有脱离古诗词的影子，例如：

"矜持的月亮／裙纱裹身／碎步穿越历史的河流／婀娜于谁家窗口／纤手卷帘／翘首西风暗渡／试问秋／可否描出当初的温柔"（聂秀霞《试问秋》）；"扁舟停桨／悄泊岸畔／读一帘幽境／不知客身何处／祥云倒影／一叠牵挂／列队成行的小船／镶嵌回归的心境破译缘由的谜底／只闻流淌的斑驳／动容十分放歌山水"（朱安宁《泊》）。

为了更鲜明呈现论点，我们对比《宁夏诗歌选》中明代朱栴的《青杏儿·秋》："午枕梦初残，高楼上，独凭阑干。清商应律金风至，砧声断续，笳音幽怨，雁阵惊寒。景物不堪看，凝眸处愁有千般。秋光谈薄人情似，迢迢野水，茫茫衰草，隐隐青山。"

通过对比，我们更鲜明看到朱安宁、聂秀霞例诗中具有的古诗词韵味。比如，朱安宁、聂秀霞诗歌语言都具有古诗词的简练、含蓄，抒情上借用相关的事物来代替所要表达的事物的特点，其中，聂秀霞的诗句为增强语气强化感情出现的设问："试问秋／可否描出当初的温柔"完全是词的一种表现手法。而朱安宁的整首诗采用了排比手法，即把内容紧密关联语气一致的几个句子或短语接连说出来，这也是词惯用的技法，其中"扁舟停桨／悄泊岸畔"与明代朱栴的"高楼上，独凭阑干"的表现手法十分相似。

诗人杨梓曾对安奇诗歌的评价是："具有古典化的创作倾向，继承了中国古典诗词的优秀传统，如抒情、想象、意境、韵味等本质的元素。尤其是在结构上继承了古典诗词的情景结构，用现代汉语写出具有古典意味的诗作，或者说欲在现代汉诗与古典诗词之间架起一座传承的桥梁。"（杨梓主编：《宁夏诗歌史》，阳光出版社，2015年4月版，第127页）杨梓的这段话也适用于《宁夏诗歌选》中具有古典情怀的诗歌的概括，正如此说，这类诗歌继承了古诗词的一些表现手法和某些审美特性，如结构美、意境美等等。

四、对怀乡、乡土和乡村的抒情

从诗歌创作的环境背景来看，怀乡诗创作期间，作者由外地来至宁夏，他们为思乡而抒情；乡土诗是宁夏诗人离乡后对于故土的回望；而乡村诗则是诗人居住乡村时展开的抒怀。

其一，古诗中的怀乡情。《宁夏诗歌选》收录的古诗中有一部分抒发了怀乡情，这些具有乡土情怀的诗歌作者均不是宁夏本地人，提到的乡土也不是被誉为塞上江南的宁夏，而是诗人们自己的家乡。

据《宁夏通史》记载："战国以后，更多华夏人即后来的汉族也进入了宁夏地区，宁夏地区从此成为北方游牧民族与中原汉族对峙和互进的地区"；"宁夏地区历史上是少数民族和屯田驻军聚集的地方。"（《宁夏通史·古代卷》，宁夏人民出版，1993年9月，第10页、第13页）因为地处边疆，一些非宁夏籍的诗人以皇权机构官员的社会身份来到这里，有的常驻边塞：如唐代祖籍陇西狄道，后迁居河南洛阳的诗人李益在宁夏生活了将近二十年；生于南京的明太祖朱元璋的第十六皇子朱栴少年时期就藩于宁夏，生活了四十多年，死后葬在今宁夏同心县韦州明王陵；有的谪戍宁夏，如明代江苏淮安人郭原；有的在此做官，如清代时任固原知县的辽宁沈阳人锡麒；有的因为边防需要到宁夏巡查，如明代万历三十八年（1610年）任宁夏巡抚的山东官员黄嘉善，明代万历二十九年（1601年）任三边总督的河北人李汶。他们在宁夏期间，留下了很多诗篇，其中抒发怀乡情的诗句语言优美，诗意婉曲深远，节奏平缓，寓情于景，感人肺腑，较为引人注目，例如：

"不知何处吹芦管，一夜征人尽望乡"（李益《夜上受降城闻笛》）；"楼头怅望久踌躇，目送征鸿向南去。黄沙漫漫日将倾，总是江南客愁处"（朱栴《登宜秋楼二绝》）；"不随鸿雁向南飞，九日归期又竟违。愁对贺兰山色老，梦思鼗社蟹螯肥"（郭原《重九》）；"月是主人身是客，仰看河汉又西流。"（李汶《盐川中秋对月独酌有感》）；"极目南归雁，双劳忆故扉"（黄嘉善《防秋过预望城》）；"南望络盘北海刺，年年照彻远行人"（锡麒《东山秋月》）

从以上例诗中可见，景色、声音、感情三者融合为一体，将诗情、画意与音乐美熔于一炉，形成了一个完整的艺术整体，意境浑成，简洁空灵又具有蕴含不尽的特点。这些抒发怀乡情的诗歌调子偏于伤感，主要抒写远离家乡的幽怨和思归的心情，就连以诗风豪放、明快而盛名的唐代诗人李益的诗歌也不复有盛唐边塞诗的豪迈乐观的情调。李益的一句"不知何处吹芦管，一夜征人尽望乡"让我们在脑海的图景中去揣测和回味那笛声所流露出的浓烈乡思和满心的哀愁；大明十六皇子朱栴，站在宁夏镇城清和门外宜秋楼上面对大漠黄沙，想到自己无法见到江南故土，惆怅万分；而明代谪戍宁夏的郭原在重阳节面对贺兰山竟然想起"甓社"（即甓社湖，在江苏省高邮县西北，诗人家乡的湖泊）的螃蟹。再看明代李汶的"月是主人身是客"、明代黄嘉善的"双劳忆故扉"以及清代锡麒"年年照彻远行人"，无不鲜明地抒发了怀乡的无限深情。《宁夏诗歌选》收录的这部分古诗，品味之下可以使我们感受到诗人们难掩的思乡惆怅和低回处对于乡愁最感人的排遣，可谓离情万种，彼情彼景，早把千万种对乡土的思念留在诗句的字里行间。

其二，《宁夏诗歌选》中抒发乡土的现代诗歌为数不少。我们可以见到肖川、郭文斌、杨建虎、王怀凌、马忠宇、郭静、谢瑞、刘敬东、刘乐牛、张毅、倪万军等数十位以乡土表现抒怀的诗人的作品，因为篇幅有限，下面仅以郭文斌、谢瑞、刘敬东、刘乐牛四位诗人的诗歌为例，浅谈我们的观点，例如：

"下雨了／一个个久旱的孩子／在雨中翻飞如燕／故乡／是谁让你热泪盈眶／雨啊／此刻我什么都不做／只想坐在窗前听你赶路"（郭文斌《家书》）；"在宁夏的某个地方／我的哥哥和其他人一起／还得做梦／梦见自己的女人／和她怀里的四个儿女／在金色的麦浪里奔跑、欢畅／她们是多么饱满坚实的麦粒"（谢瑞《忧伤的麦子》）。

这里所说的乡土诗是指离开家园的宁夏诗人在回望状态下，以浓厚的情感创作的再现一种久违的，可以安放灵魂归宿的诗歌。诗人杨克在发表于湖南作家网的《诗歌：时间中的乡土》一文中说"在诗歌里，往日灵魂深处最令人战栗的感触得以展示出来，早已消逝的生命和故乡家园得以还原和永生。"这句话在此借用恰好能表明我们对这部分诗歌的一些看法，当诗人们将饱蘸情感的笔触深入到乡土，其对于乡土文化精神的挖掘无疑增加了诗歌抒情的分量，抓住了个人史和集体回忆的精神文化内涵，再如：

"风向西北／听到故乡的酒歌／云在北面鼓动／人踌躇不前／遥远的歌自心田唱响／地坎上蛙鸣趋于低沉／月色在这一刻不再以粉饰辉煌"（刘敬东《风向西北》）；"可以说，这唯一的泉就是村庄的心脏／散布在山坡的窑洞／因为它才有炊烟／它的柔软／通过母亲的泪／对我成长的岁月做了绵绵不绝的承担"（刘乐牛《故乡的泉水》）。

在例诗中，我们能够感受到一种对乡土文明的守成意识，对乡土精神的认识、思考与变构，以及对乡土诗歌语言的挖掘、建构和表述。《宁夏诗歌选》中抒发乡土的现代诗歌使我们看到乡土诗是有创作根性的，它的根基是土地，是故乡，是每个人心中都有的最朴素的情怀，是生存的幸福和深刻隐痛汇成的独特感受。这类诗歌透过对故乡的叙抒使我们感受到回忆、寻找、呼唤和一种特有的对于人文精神关怀的深省、反思与整合。

其三，《宁夏诗歌选》中具有浓郁乡村色彩的诗歌的特点是浪漫、抒情、诗歌语言有张力和内倾性。诗人们往往从个人的情感出发，寻找生活的某种根源，诗歌注重感情的自然流露，把内心世界的表现作为诗的本源，经过思想体验的转化后，以抒情的语言表现出来。诗中展示的画面既是农村生活的现场，又别于现实生活，表现内容确乎是一种情绪，这种情绪的表达借助于乡村的物象进行。

诗歌主体有时是诗人投身其中的情节，如："取水在暮色中／窖中取水倒进厨房缸内／在这样的春日寂静里／我忙于经营／经营一种感情经营钱的变换让钱变成物"；"这是秋天的日子／一对夫妻赶着骡马向前走／这里没有时间流动／只有光阴和日子"（张联《傍晚》）。

有时是熟悉的乡村生活现场，其外化表现托出诗人内心的情感，把自我表现的主体展示给阅读者，从而引发共鸣，如："此刻我异常沉静／黄昏中古老的村庄／让我体验到了荒凉／我只是每年都在草长莺飞的时节回来一次／陪母亲住上几天／看看天的洁净和草青村／而这个时节／我找不出一个陪我喝酒的人／已经长大的男人从村庄转移到了城市／没有男人的村庄就显得特别荒凉"（王怀凌《村庄的荒凉》）。

有时在我们眼前展现的是乡村生活的片段，这种塑造不仅仅限于表层，有时引发深思的抽象的概括，特别是对劳动者惟妙惟肖的拟态描摹，细腻传神，散发着强烈的乡间生活气息，让我们产生身临其境的感受，如："晌午／一垄刚刚犁开的土豆／显眼地跳动在地皮／多像我头戴白帽的亲人／跪在苍穹下／给贫瘠的村庄／诵经"（雪舟《诵经》）。

有时诗歌取材充斥着诗人对当下乡村现状的细致观察以及精确的描摹，强调主观情感，带着审视的痕迹，如："我知道／牛越来越孤独了／封山禁牧／已使牛失去了自由的天地／牛不再去山上吃草／只能固守自己的羊圈"（杨建虎《一头牛的孤独及其他》）。

在上述分析中我们看到，诗人们几乎动用了所有思维感官在铺叙情感，无论是古诗中怀乡的惆怅，还是回望中对于乡土思考，抑或在作品中构造着乌托邦式的乡村乐园都令我们感受到人与自然、人与社会、人与文化、人与历史的原始潜连，是诗人的温情的归依，是诗人深深的情怀。

○个人专辑○

杨森君诗歌语言美学简析

瓦楞草

语言是诗歌的第一要素，诗歌语言作为特殊的传达媒介是整个语言家族中的宠儿，它浓缩、简约却蕴藏巨大的能量，从而引导我们走进诗歌审美的最佳境界。阅读杨森君的诗集《午后的镜子》，我们发现，诗人不断赋予诗歌语言以新鲜感，使其生长和发展，因此，诗歌有限的途径被一再扩展，呈现出无限的魅力和韵味。

一、诗歌语言的模糊性

诗歌承载着美的创造，其创作目的之一是使读者能够在阅读过程中感受美，这一审美离不开诗歌语言的模糊性。模糊性是表现诗歌意象美的最佳方式，它具有诸多意义的不确定性，能够最大限度调动阅读者的想象力和审美潜能，产生强烈的审美感受。在杨森君诗集《午后的镜子》中，我们看到模糊性诗句的广泛出现，令诗歌朦胧而广远的语义外延，给人带来回味无穷的审美感受。如《清水营湖》："漫行在湖边／除了它本有的蓝色／以及环绕在它周围的碱花／我没有看到期望中的白鸟／木筏与野鱼／也没有等到一个脸堂黝黑的饮马人／有云飘来／云飘过了边墙／有风吹来／风吹过了湖面／显然／风引起了一阵轻微的震荡／但／湖水没有发出任何声响／它只是轻轻地晃了晃／又停下了。"

以上诗歌，诗人一方面以素描的手法表现清水营湖的景物，给人以清晰的印象，如"它本有的蓝色""环绕在它周围的碱花"等等；另一方面又以模糊性表现手法呈现出宏阔的写意，为我们脑海想象中的清水营湖蒙上了一层神秘的轻雾，让人看不清，摸不透。诗人虽然表明清水营湖没有"白鸟""木筏""野鱼""饮马人"，但设想中的这一切通过模糊性语言的运用却在我们脑海里勾勒了一幅与"白鸟""木筏""野鱼""饮马人"密切相关的景象。类似的创作手法在杨森君诗歌中十分常见，如《贺兰山林》："一只消失的蝴蝶不在此列／还没有诞生的另一棵树／也不在此列／在我走过它们时／它们正对着一处空谷／其实／空谷不空／谷底铺满了斑驳的落叶／情形大约是这样的——／这些落叶／有些止于飞翔／有些不是。"

一直以来，在语言使用中，人们大都认为对事物精确的描写是语言表达生动、鲜明所必备的艺术性基础，但这样的说法在文学中是例外的。文学语言，按照接受美学的创始人德国美学家伊塞尔的说法，属于描写性语言，因此，它带有模糊性。诗歌承担着营造独特美感韵味、激发读者想象的任务，常常要依赖语言的模糊和多义性创造美，这种不确定性有着拓展阅读者思维空间的作用，从而使我们积极参与诗歌阅读中的再创造。

正如我们阅读《清水营湖》和《贺兰山林》并不感觉诗中对于不存在物象的描写是画蛇添足一样，模糊性是现实世界的基本特征和常规现象，语义模糊无疑影响表达效果，但语言的模糊性在临摹景物方面却充分显示出美妙之处。以诗集《午后的镜子》中又一首短诗《向下望去》为例："那片布局规律的小型山丘／有雾气／在循环／我想／山坡上的草木／快要用尽岁月了吧／因为刚才上山的时候／我反复留意过／一些形体透明的蝴蝶／当着我的面／互相交换过哀愁。"

在这首小诗里可以看到，语言模糊性呈现的综合之美，并非都是有形的和可感的，模糊的具有强烈主观意识的美感，有其不确定性的动态美，它隐含在整体语言结构之中。"这一切正因为诗人触射到'物象'之上形成原型意象或新创意象，以移情的认景生情，以审美的情趣感觉、观看这一切，使得这个认知方式来表达一种非概念性的意义，产生感知效果。"（刘敏：《诗歌欣赏的意象解读——认知诗学框架下的思考》，《重庆电子工程职业学院学报》，2009年第2期，第70页）诗人通过这些美学因素，唤醒我们审美意识里千变万化的意象、体验和感受，激发我们挖掘出文本潜在信息的丰富蕴含，从而得到美的感受。

诗歌创作中，由于语言本身的局限性，诗人对万物的感受处在只可意会不可言传的境界，因此，我们看到杨森君没有直接描写草木的枯荣和个人的情绪，而是运用语言的模糊性来表现一切。阅读中，我们的审美思维不自觉陷入诗人设计的环节，将"一些形体透明的蝴蝶""互相交换过哀愁"的描写与"我想／山坡上的草木／快要用尽岁月了吧"的描写连接，就在大脑中勾勒出诗人的所见及情绪。

在这首诗里，如果诗人采用清晰而精确的手法来概括所见景物，那样，神秘而朦胧的意境就会随之消失，这首诗的美感就会因为想象空间的缺失而荡然无存。由此说明，诗歌文本是个开放的符号系统，其意义生成是个动态化的过程。杨森君在这首诗创作中，意境的营造是有意而为的，然而，诗歌文本诞生，其间存在的空白却并非被固定，不容许改变，不同的读者在阅读时可能产生不同的联想和感受，因此就有了诗歌多元化的阐释，对于读者，诗歌语言的模糊性越强，蕴含的想象空间越大，其美学信息就越多，也就更具魅力。

二、诗歌语言的陌生化

语言的陌生化是杨森君诗集《午后的镜子》另一个特色化标签。诗歌语言陌生化的意义正在于瓦解艺术形成中,语言方式的自动化和心理上的惯性化,重新构造读者对于世界的认知和感觉,我们以诗集中的短诗《高空》为例,来形象说明:"天空过于浩大/看不过来的时候/我就盯着一只鹰看/黄昏蒙住它的脸/在我的头顶转了好几圈。"

在这首诗里我们看到,杨森君诗歌语言陌生化的特征之一是构思的巧妙。语言的陌生化与诗人的思维密切相关,思维是一种复杂的心理活动,它具体表现为大脑对外界事物及信息的分析、综合、比较、抽象和系统化、具体化的认识过程。诗人认知途径的非规律运作,造成了语言陌生化的可能性,正如背离了惯走的路,得以看到难得一见的景物一样,《高空》这首诗虽然短小,但在构思上却是巧妙而紧密,以奇制胜。

诗人构思的巧智与反常有助于打破惯性思维,产生陌生化效果。在诗歌中,诗人意欲表现天空的高远辽阔,但没有直接写天空,而是将视觉焦点指向一只飞翔的鹰,在构思上,鹰是诗歌文本陌生化的一个重要环节,衬托出天空的浩大。我们从"我就盯着一只鹰看/黄昏蒙住它的脸",可以想象鹰飞得很高,以至于诗人看不清鹰的样子,将这些描写在与"天空过于浩大""在我的头顶转了好几圈"等描写对接,脑海中便能出现一幅图画:黄昏时分,天空辽阔,一只鹰在诗人的仰视中在高空久久盘旋。陌生化说到底是一种审美效果,在阅读时,我们的认知被重构,脑海的世界被置于多棱镜下,因此,获得了丰富的感受。

杨森君诗歌语言的陌生化特征之二是神秘感。陌生化在诗歌文本中得以产生很好审美效果很大程度上依赖直觉,这种直觉一方面在潜意识里,一方面浮在意识的表层,是一种不可言传的体验能力,是一种神秘感。充满了神秘感又蕴含着创造因子的直觉,影响诗歌语言的表达,诗歌语言的陌生化由此产生。以诗集《午后的镜子》中《水洞沟峡谷》一诗的节选为例:"峡谷处于自己的空旷中/草木继续/任何一种声响,都将在短暂的停留之后/化为乌有/也许无意中会听到这样的响动/一只午睡的兔子梦中使劲嗑自己的牙齿/一只麻雀在哭丢失的羽毛/一蓬叶片胀满的水蒿在换身上的色素/悄悄生长着的还有/正在发育的野果,它们有着干红的汁液/宁静、肿胀。"

在诗歌中,我们可以看到"兔子梦中使劲嗑自己的牙齿""麻雀在哭丢失的羽毛""蓬叶片胀满的水蒿在换身上的色素""正在发育的野果,它们有着干红的汁液"这样的超常搭配,动作、声音、色彩在诗歌文本中活了起来,不同感官形象叠合,增强了语言的张力,变单一信息为多元信息,变单一刺激为多元刺激,变平面为立体。"如果说意象是诗歌的灵魂,那么只有不断创新的意象才能拯救这个灵魂,只有通过意象的创新,才能获得不同的情感和审美效果,才符合文学的陌生化和变异的特征,诗歌才有生命力。"(刘敏:《诗歌欣赏的意象解读——认知诗学框架下的思考》,第71页)

诗人赋予我们熟悉的"兔子""麻雀""蓬叶""野果"以新鲜感,为平常的语言赋予一种不平凡的气氛,构筑了一个奇异缤纷的汉语艺苑,塑造了语言灵动奔放的审美形象,让我们对其诗歌文本呈现的世界充满新奇的审美想象。

这些描述是虚拟的,诗人在假设的并不存在的事实层面之外,开辟了一个虚拟空间,因此具有神秘感,其功能使我们打破惯性思维,产生新奇和陌生感,从而延长审美感受。从传统意义上说,语言的功能被理解为认知，它强调语言对事物本质性、真理性的标准化把握，规定了语言对事物认识的标准。而杨森君诗歌语言的陌生化超越了传统，强调了语言的体验感受功能，给我们思维带来神秘感、新奇感，体现了诗人对事物的独特认识和不同理解，以及"来自精神深处的情感容易或引领其回归内心的自由的情感畛域。"（董瑞胜、林奇富：《对于浪漫主义思潮的一种解读》，《社会科学战线》，2007年第1期，第129页）这使其诗歌新颖、独特，语言充满活力，具有不入俗流的艺术生命。这种创作手法无疑实现了俄国形式主义评论家什克洛夫斯基提出的陌生化的艺术主张，体现了诗歌创作者对语言修辞的积极追求。

三、诗歌语言的张力

在宁夏诗坛，杨森君诗歌尤为出众，不仅构思别具匠心，不入俗流，诗歌语言也具有很强的张力。20世纪中叶，源于物理学概念中的"张力"一词，被美国新批评派引入，成为批评术语。通俗的说法，张力是指诗歌语言中包含共存的、互相矛盾的，又彼此相依的意义层面。在诗集《午后的镜子》中，我们看到语言的外延和内涵构成了杨森君诗歌张力的核心要素，激发了读者深入探究其诗歌潜在意味的审美情趣，从而产生丰富的联想，如《苏峪口峡谷》一诗："由岩石堆积的悬崖/在午后是红色的/也许是因为峡谷宽大之故/一只蝴蝶要飞两次/才能追到另一只/多久才是从前，多久才是后来/有些岩石裸露在外/有些岩石终生隐身/单独的一棵树如此孤寂/也许它从不指望另一棵树的抚摸/风说来就来了/树冠说扩开就扩开了/我一直想知道/万物有无悲伤，空谷有无回忆/深不见底的月光又会赋予/一条峡谷怎样的风暴。"

我们看到这首诗里，语言的张力是联系诗歌各个组成部分的筋脉。诗中的意象，如"一只蝴蝶要飞两次/才能追到另一只""风说来就来了/树冠说扩开就扩开了"；情感的表现，如"单独的一棵树如此孤寂/也许它从不指望另一棵树的抚摸"；及多层次的蕴含，如"我一直想知道/万物有无悲伤，空谷有无回忆/深不见底的月光又会赋予/一条峡谷怎样的风暴"。这些表面上依靠逻辑关系相连的句子，事实上是依靠诗歌语言的张力相互连接的。诗人将岩石、峡谷、蝴蝶、树、月光等不相干的对象牵拉、搭配在一起，将富有乐感、声感、光感的句子进行组合、叠加，使诗歌获得巨大的容量，语言的张力就在这种个性的组合中显现出来，促成诗歌内在的立体结构和内蕴的拓展，从而形成艺术的整体效果。我们在极富张力的诗歌语言诱导下，以想象填补、贯穿和丰富因语词相悖而产生的意义空间，获得参与创造的阅读快感。关于这个话题的论证，还可以《桃花》为例："我实在不愿承认/这样的红/含着毁灭/我本来是一个多情的人/有什么办法才能了却这桩心事/我实在怀有喜悦/不希望时光放尽它的血。"

这首小诗所表现的桃花的意象本来平淡无奇，可因为诗歌语言的内在张力，诗句与诗句间的空隙，使我们读出了诗人表层的弦外之音，从而在审美过程中将毫无关联的桃花的"红"，与"时光"的流逝紧密相连，使它的内涵丰富起来，呈现出诗句之外、文字之外的境界，进行完成思维审美的再创造。这首诗呈现的张力，正如台湾诗人洛夫在《中国现代诗的成长》中指出的："诗的语言张力，乃存在相克相成的两种对抗力量之中，提供一种似谬实真的情景。可感到而又不易抓到，使读者产生一种追捕的兴趣。"（黄丽：《传统与现代的契合——论余光中诗歌创作道路》，豆丁网）

在《桃花》一诗中，诗歌语言一方面用来

描摹、解说、陈述、阐发客观对象，即外延；另一方面，用来表达诗人的思想、情绪，即内涵。诗歌的张力是外延与内涵交织的结果，它来源于陌生与惯常语言的碰撞。从语法修辞角度看，诗歌的张力除了明显在句子的主、谓、宾关系中施展魔方式的排列外，还表现在中心词与限定词之间的"强行"嵌入，以取得特别的效果。如，桃花"这样的红／含着毁灭"；"时光放尽它的血"。诗人打破传统搭配关系，不按中心词与限制调理应"门当户对"的路子走，这样一扫惯常逻辑秩序，不顾其同"桃花"与"时光"的差异，大胆结合，在审美感觉上给我们带来新鲜感和与众不同感。

诚然，在诗人多元化的诗歌语言美学之中，上述的观点和举例无法避免其片面性和歧义性，这说明杨森君在诗歌语言方面做出的积极探索，拓宽了诗歌的表现空间，进而推进了我们对其诗歌语言美学进行研究和探讨，从而促进了诗歌的发展。

○个人专辑○

王怀凌诗歌凸显的两方面

瓦楞草

在宁夏诗坛，王怀凌的诗歌是值得深究的文本。所谓"值得深究"，是因为在其作品中可见诗人创作上突破了与意识形态命题相对抗的狭窄领域，将关注投入到人生体验和对生命的理解上，他的诗歌地域化倾向十分明显，对村庄的审美、抒情和关照具有深刻的内涵。随着诗人阅历的增加，其诗歌的技法也显现成熟和结构紧密，更易于叙抒生存的现实，也更包容日常生活的经验，从而使我们在阅读中感受其丰富而细腻的情感。以下，我们以王怀凌诗集《风吹西海固》（太白文艺出版社，2009年）和《草木春秋》（宁夏人民出版社，2014年）中的诗歌为例，简要分析其诗歌中凸显的两方面。

一、对村庄的悲悯与关照

翻阅王怀凌的诗集《风吹西海固》和《草木春秋》会发现，这两部作品当中比比皆是关于村庄的命题，诗人以审视的目光，用了大量笔墨去关照村庄的一切，无论思维还是情感都带着感性的把握，读其作品会被深刻的内涵和语言的穿透力打动或感染。

从王怀凌诗歌中梳理其人生经历可见，诗人虽然生活在城市，却有过乡村生活的经验，工作当中又曾与乡村形成紧密的联系，而他的一些亲人至今也生活在乡村，这些原因使他与村庄始终保持着丝丝缕缕脱不开的牵绊。从某种角度上说，他诗歌中的村庄与城市之间存在着断裂，也存在着延续。断裂，意味着当诗人远离乡村的生活环境，被抛向风险情境的个人必然失落，存在某种心理因素的无根的不安全感，因而受到焦虑和忧患的折磨，被震惊的灵魂切实需要村庄根性的安顿。延续，则意味渐行渐远的乡村以及它所蕴含的文化精神并不会随着时间而烟消云散，相反它会化成共同体的集体记忆渗透到王怀凌诗歌生命的血脉里，从而制约着诗人的情感。如诗集《草木春秋》当中的诗句：

"老家就在眼前／白山黑水的等着／那里有望眼欲穿的亲情／有白发苍苍和乳臭未干的血缘"（《回家》）；"起风了，下雨了，降雪了／野草在春天发芽，秋天枯萎／一茬一茬的红肥绿瘦，一茬一茬撂荒的土地／在月亏月盈中填充时间的履历／只有树，那棵在冬天仍坚持呼吸的树／没有挪动脚步／它一年年的长高，用花朵的眼睛向远方瞭望／用叶子的耳朵倾听屋檐下的喜怒哀乐／它看见一些人走了，一些人回来了／而一些人再也没有回来"（《草木春秋》）；"大门紧闭／一把锈迹斑斑的铁锁考量君子之腹／荒芜的小径连着远山／撂荒的土地和陡峭的蓑草／——这是我两年前看到的／当我今天再一次经过这里／我看到了半截垣塌的土墙／以及土墙内深藏在光阴里的不堪"（《荒院》）。

众所周知，新世纪以来，几乎所有地域的乡土文化都被城市文化及商业逻辑冲决和瓦解，新的生活方式和价值观念在不知不觉之中展现出取代乡土文化的趋势，在这些诗歌中，王怀凌使用的语言范畴和命题饱含对于村庄的深情和对其未来的担忧，我们从诗歌中可以感受到其隐匿于平静叙抒之中的复杂情绪，和来自自身的一种和土地有关的下意识的忧虑和悲悯。虽然，他在诗集《草木春秋》的后记里称，中年之后的写作："个人心态趋于平和，诗学观念也在变化：悲悯、焦虑、疼痛、不安逐渐远去，回复到宁静与安详。"也正如其所言，他这部诗集呈现的多是心平气和的抒怀，表面上采用一种心静如水的表达方式，不给人以强烈的感官刺激，可是，从他关于村庄的叙抒当中，我们还是会看到他心底潜藏的江河一般涌动的情怀，一旦进入诗的境界，我们内心久已麻木之弦却会感到被重重的弹拨了一下。在王怀凌早期出版的诗集《风吹西海固》当中，这种悲悯和疼痛的情感更为强烈，这一点在诗歌中暴露无遗，如下面的诗句：

"一嗓子喊出来／就有一个撕心裂胆的愿望／水淋淋地跳在地图上／不知道喊了几辈子／黄河硬是从山后拐了一个弯儿／不肯回来／就这样／眼巴巴地喊／地面上到处都是裂开的嘴巴"（《有一个村庄的名字叫喊叫水》）；"激情太猛／便是刀子／尖叫着划过高原粗糙的肌肤／一道道水路／山地上新开辟的血管／大雨过后／满目疮痍的父兄瘫坐田头／为一年的忙碌致哀"（《大雨滂沱》）。

在这首诗里，诗人营造的意境给人一种撕裂感，如同不同方向的力相互作用、相互撕咬，令诗歌具了与众不同的魅力，一些互为矢量的意象不仅表达了诗人的情感，而且在意象张力中实现写实到写意的审美飞跃。王怀凌是一个幸运的诗人，丰富的乡村生活经验无疑为他的诗歌提供了足够的素材与话题，因而成就了他早期诗歌以大地为抒怀基础的最为打动人的一面。他在城乡的比照和渗透中凝视村庄，始终牢牢抓住大地之根，在对村庄形成关照的广度和深度上，他诗歌的语境保持相当的定力和文学的纯洁性，这不禁使我们在对其诗歌审美的同时开始关注他强烈的感性形态的精神内容，我们相信他以诗性语言关照村庄的同时，对于村庄的悲悯、焦虑、疼痛和不安一直都是存在的，只不过当我们将《风吹西海固》与之后出版的诗集《草木春秋》对比阅读时会发现，诗人的思想经过岁月磨砺，在表现对于村庄抒怀的时

候,呈现的宁静与安详是仁忍,如《草木春秋》中的诗句:

"一户占一个山头,广种薄收 / 房子建在避风向阳的地方 / 牛羊同圈,猫和狗相安无事 / 日子总是四平八稳,像一个垂暮的老人 / 走过干旱的年份和福音降临的梦境 / 与死去的亲人共同守护着一道山梁的宿命"(《山梁上的人家》)。

"一般来说,一首可以有一些意象相互扶持或相互反对,或者只有单一的维持全诗顺序和结构的主体意象。"(马·布尔顿著,傅浩译:《诗歌解剖》,生活·读书·新知三联书店,1992年,第164页)上面的诗句,王怀凌借助"牛羊""猫狗""老人""山梁"等一系列和村庄相关的相互扶持的意象,使全诗形成有序的抒怀。从中可以看到,诗人似乎有意设立一个陈述者,使得自身隐匿幕后,获得客观而冷静的态度和视角,因而更加从容迂阔在洞察生活和反思生存之间,诗人热衷于细节的描写,以这种视角展开叙抒,使环境与其心境相互关照,达到二者共同为诗歌题旨服务的目的。正是这种叙抒引导我们的审美体验和生存感悟,但这些内容以诗性语言出现不是直捷的,浅尝辄止的,而是隐含的,值得经久回味的,诗句表面呈现的平和与宁静并未消解诗人对于村庄的焦虑与疼痛,这种表述只是较之《风吹西海固》中一些鲜明表露对于村庄悲悯情感的诗句更加隐秘了,"诗也需要新的技巧,以免堕入颓废的模仿主义"。(马·布尔顿著,傅浩译:《诗歌解剖》,生活·读书·新知三联书店,1992年,第240页)正如这种说法,这是诗人具有强大的诗艺才能完成的艺术高度。

我们通过对王怀凌的诗集《风吹西海固》和《草木春秋》比照阅读,力图寻求一种也许更能贴近他诗歌当中关于村庄诠释的方式,事实上,诗人眼中的村庄早已超越了地理上村庄的概念,而升格为精神家园的符号和象征了。在王怀凌多年的诗歌创作历程之中,村庄和土地不断呈现由文化到精神的变迁,而诗人也经历了精神家园的日渐荒芜,重返村庄感受到无奈以及随着年龄增长渐渐以平和心态对待这一切的心理变化过程,这种心理过程反映在诗歌中,同时也是村庄文化生态和精神生态的流变过程。

二、较为突出的写作技法

一是陌生化。王怀凌的诗歌经历了一个语言越发陌生化的过程,诗人"为了使人对某个对象或某个现象得到一个概念,并不需要重复尽人皆知的东西,不需要描述人人都看得见的东西,而是需要写出那种只有艺术家才能察觉到的、仿佛成了理解对象本身的一把钥匙的最为妙的现象。"(《外国理论家作家论想象思维》,中国社会科学出版社,1979年,第143页)

我们必须强调,作为饱含丰富语言技巧的文学艺术,诗歌写作的目的之一是让人感觉事物,不是仅仅知道事物,而实现这一目标的途经就是令描抒对象陌生化,增添感觉的难度和时间的长度,从而形成审美的目的和过程,比如《草木春秋》里的诗句:

"一条光阴的河流在梦中暗了下去 / 暗下去的还有伤口之外的一些隐衷"(《风在尖叫》);"能否用一朵小花医治一个伤风感冒的词汇 / 能否用一根肋骨犁开一块冰冻的荒芜"(《春天到了》)。

以上例句所呈现的语言本质与真实是断裂和分离的,它成为主观和非理性的神秘体验,因此并不依赖于语言的常规叙抒,而是撇开了逻辑以及合乎逻辑的语言程序,使之反常规,夸张和变形,从而完成诗歌的陌生化。

再如诗歌《在静宁》:"我错过了你的花期,那时风声正紧 / 每一根枝条上都战栗着一束束白色的惊悚／我还错过了你的青涩，骄阳暴晒下／大汗淋漓的发育／这一切都是罪孽的。今夜／我不想错过满天的星斗，果树下沉静的呢喃／当一颗颗苹果的脸蛋有了红晕／它体内的糖，以及迅速流动的蜜汁／这一切多么甜蜜，多么美好！"

由此例诗可见，诗人在诗歌中要表现的不仅是和一棵苹果树的相遇，而是透过这个物象抓取其物象背后的东西，这种切入的角度令人想起曹雪芹在《红楼梦》中，以刘姥姥的角度来观察大观园和宁荣府，其抽象与象征的手法制造了距离感。虽然，作为一种艺术手段，陌生化一直为古今中外许多文学作品采用，但是能够娴熟运用得恰到好处就绝非一朝一夕之事。更重要的是，诗人对于物象模仿的超越，预示他已找到了新的意识和新的表现方式，这种表现方式令其诗歌更加丰满，更有回味。

二是象征意象与描述性意象。王怀凌的诗歌具有与众不同的艺术魅力，其中象征性意象与描述性意象的运用呈现出显著的特征，我们可以通过对其诗歌创作手法的分析，来解读这位诗人提供的诗歌的全新视角。总体上看，他的诗歌突出了自主性，将日常经验的关注与诗艺联系的很紧密，在诗歌艺术探索上达到了丰盈和成熟。他的诗一方面传承我国传统诗歌具有的突出象征意象的表现手法，另一方面又有描述性意象的表现手法，我们以《风吹西海固》中两首诗为例，进行比较分析，以论证这个观点，如这首突出象征意象的诗歌：

"一匹马的嘶鸣让大地更加辽阔／一只鹰的飞翔让天空更加高远／一阵风吹／隐藏在草中的白云急切地咩咩／揭开你的锅／我就给你下锅的肉／离神最近的就是那条神秘的暗河／离灶膛最近的是我热烈的爱情"（《边地》）。

我们知道，任何语言符号都是由"能指"和"所指"构成，"能指"指语言的声音形象；"所指"指语言所反映的事物的概念。在这首诗中，能指偏向于可感知的事物，所指是未出场的事物或概念，如由"一匹马的嘶鸣"象征"大地更加辽阔"；由"一只鹰的飞翔"象征"天空更加高远"；等等，这些描摹运思过程中的遣词择句和苦心经营，实质是寻求和创造语言符号灵动的所指的过程，即借意象象征内涵的意蕴。由此，可以认为"诗中的意象应该是借助于具体外物，运用比兴手法所表达的一种作者的情思，而非物象本身"（阎涛涛、邓艮：《中西诗学意象论比较》，《沙洋师范高等专科学校学报》，2005年2期，第43页）。

正因为如此，在意象符号的能指和所指之间，形成了以能指为端点的散射型关系结构，而所指的定位也往往依赖诗中的具体情境来体现。诗歌当中这样的具有象征意象的表现手法追求言外之意和诗外之旨，在意象背后突出体现了体验性、抽象性等特征，总是有着象征隐喻的主题，其运思使诗歌在生成深度结构的同时也凸显了繁复。我们再看下面另外一首凸显描述性意象的诗：

"很长时间／我一直关注着她／黄昏中穿着着一袭黑衣／涂着红嘴唇的女人／我可以想象她内心的荒凉／当我尝试着走近她时／她决然转身离去／像一只栖在枯枝上寒鸦／受到了惊扰／一串叹息融入黑夜"（《寒鸦》）。

这首诗中强调描述性语感，强调抒情的直接性和视觉上的具体性，表现出描述性意象的生动，完全摒弃诗歌结构因象征、变形、暗喻等手法的超负荷运用而负重累累，从而导致的阅读的疲惫。通过这首诗歌可以看到，其中描述或呈现的"象"既是诗人描述的黑衣女子，她是真实不虚构的，其写作技法或表现手段与上一首——《边地》所营造具有象征意象当中突出隐喻和暗示的语句组合方式形成鲜明的区别，诗人的情感在这首诗歌里的抒发中似乎更容易释放，而物与象、象与意所包容的内涵也得到最大的汇通。

通过比照阅读，我们发现在王怀凌诗集《风吹西海固》中，象征意象比较突出的诗歌还是占有一些比例，如类似写法的诗句"灯光下／是汉字与汉字肌肤相亲的声音／黑夜里／是母亲黑发变白发的声音"（《声音》）；"让时间留住我体内的病根／我会在艾草升起的炊烟中秘密消隐"（《周末》）等等都具有此种写作技法的特征。而在其诗集《草木春秋》中，具有描述性意象的诗句相对多了一些，如"我无法用相机帮它恢复记忆／在这个秋风渐凉的午后／我努力伸长的脖颈和游离的目光不得不缩回来"（《破碎》）；"如果风再大些／我担心他们会掉下来／这些叶子的命运和人一样／始终行走在宿命的枯荣里"（《眺望》）等等在写作技法上都是利用十分抒情的语感来呈现事物，而不是把抽象的意象图式投射到物象获得原型意象，这样的语境或情感和审美可以说是诗人写作技法的一种转变，这种转变与王怀凌人到中年平和的心态恰到好处地融为一体。

总之，王怀凌以一种全新的对于生命的观照和诠释，令我们看到他创作中的耕耘和努力，以上通过《风吹西海固》和《草木春秋》部分诗歌的解析和诠释可以证明，王怀凌诗歌创作一直处在变化和进步之中，对于他的诗歌，我们以一斑见全貌地进行了简要评析，其目的在于抛砖引玉，促进读者对其诗歌进一步了解。

○个人专辑○

季栋梁《我与世界的距离》：
对一个时代的文学清算

房继农

房继农（1968—），宁夏中卫人，任教于中卫中学。发表诗、散文多篇。宁夏诗歌学会会员，中卫市作家协会会员。

宁夏作家季栋梁先生的中篇小说《我与世界的距离》（《北京文学》2015年第4期，转发于《小说月报》2015年第5期）是一部有着坚实生活质地、宽广思想视野、深厚悲悯情怀、深刻社会批判力的佳作。小说呈现给读者的是主人公李春生的一份生命清单，借以呈现主人公和作家个人对这个时代的某种清算。所不同的是，主人公李春生的清算是以生命为代价的复仇，而作家的清算是以担当为己任的文学表达。

一

《圣经》说，人类一代代的消亡和新生，就如一棵大树上叶子的飘落和新生，人类会老去，而叶子却永远翠绿。事实上，是时光堆积在了叶子和树干上，又腐殖为地下的煤层，经由发掘，我们得以在煤炭燃烧的光亮里，看到生命曾经经历过的黑暗与光耀。

《我与世界的距离》反映的时代是从恢复高考到改革开放至今的三十年，这三十年是从赤贫封闭的大集体时代到竞逐金钱、欲望纷呈、财富空前集中与底层人群个人存在感空前流失的时代。对于亲历过的人，那个熟悉的时代正在渐行渐远，就像曾经的森林腐殖成了地下的煤层，成了作家的创作富矿。因此，文学创作是时代煤层的挖掘与燃烧。

二

文学与历史的本质关联，在于文学塑造的人物形象本质上是由历史造就并带有鲜明历史及时代烙印的。文学塑造了这样的人物，也就从本质上沟通了历史，反映了历史，再现了历史。这样的人物是历史的全息标本，历史最为鲜活的百科全书，和最真实最直接的人证存在：他的思想、性格、语言、经历以及这一切背后的命运，无一不映照和烙刻了历史的流变、内涵、思潮。另一方面，人物又在历史所能提供的境遇、舞台之上，充分展现与命运的博弈，展现出前所未有的思想生态、性格生态和人性生态，极大地极为壮阔地丰富了历史。特别是人与历史的关联进入文学艺术的视野和艺术表现框架之后，其浓缩的、高度典型化的手法，使得人物的文学特质得以直抵历史的幽微与深邃。所以说，典型文学人物形象是历史最为鲜活最为丰富的文化遗存。

《我与世界的距离》中的李春生就是这样一个典型文学人物形象。优秀的农村学子，重情重义，一手好字；高考失利，屡败屡战，百折不挠；血性强，忍性好；有梦想，肯下苦；有责任，敢担当。他的复读，是20世纪70年代末80年代初中国农村青年实现人生转向与命运转折的唯一途径，他的坚韧执着，集中体现了他们父子二代农民对人生梦想的热切追求。十年复读，于他是十年命运的长征，十年堂吉诃德式的瘦马长枪的悲壮冲锋。一次次的跌倒和一次次的爬起，成就了他苦难中的诗情。他的诗情与诗才，是他惨淡人生中唯一的资本，他渴望以这一资本投入"文革"十年文化禁锢后全社会的诗歌饥渴大潮，成为弄潮儿，借此赢得心中爱情女神的垂青，但事实证明那是多么滑稽荒谬。如果说考大学是要改变命运，那么赢得宫闺的垂青就是他人生目标的具体化与人生价值的象征。他的第一部诗集的定名，由"向缪斯致敬——献给宫闺"到"献给宫闺"，再到"灵魂的倾诉——致宫闺"，最终到"征服——致宫闺"。文学之梦的折翼，爱情泡沫的破碎，终结了他人生的第一个阶段。此时，他与宫闺的距离，就是他与这个世界的距离。

他回到了家。生活的残酷现实将蓄积起来的压力洪水般冲向他，25岁了，该娶媳妇了，而媳妇要靠妹妹李春天去换亲。他和妹妹偷偷进省城打工了。中国农民第一次获准离开土地，不再是土地的附庸，曾被人们视为进步，但善良单纯的他们不知道，允许他们踏足的城市此时却悄悄地向他们张开了吞噬青春与血汗的巨口。妹妹春天最终走上了卖淫之路，春生则"在省城打工三年，他遭遇欠薪、欺骗、讹诈、侮辱、嘲弄，至离开省城时他已是伤痕累累"。这对兄妹是用青春与血汗向生活叩门向生活乞求向生活献祭的鲜活生命，但生活回敬他们的只是无休止的侮辱与损害。血一样的事实证明，在摔下高考这条脱离农村的独木桥后，融入城市更不可能，城市不接受他们，城市没理由对他们友好，也没耐心和义务对他们友好。城市文明掠夺了春天的肉体，玷污了春天的尊严，也使春天终于有了儿套血肉房产，有了城里人"减肥""少抽烟""遗体火化"这样的城市生活认知。而三年城市打工生活给予春生的唯一馈赠，就是他心中永生难忘的三道阴影。此时，他与这个世界的距离拉得更大了，而且其中横亘着阴影——正如他的第二部诗集名——"天堂的阴影"。

他回到了农村，回到了起点，想重新皈依土地，重新躲入面朝黄土背朝天的生存状态。在这里，我们能看到"一亩地，两头牛，老婆娃娃热炕头"的乡村传统生活方式的强大生命力，能看到农民生存处境的宿命性。但乡村集权的消失，乡村伦理的败坏，乡村人性的失序，使乡村早已不是童年少年时的田园牧歌。唐庙黄拐子、黄小兵父子，是社会破败、伦理失序的乡村生态下产生的怪胎和恶性肿瘤。它毒害乡村肌体，也直接摧毁了春生最后的栖息之巢，更葬送了春生活下去的理由。春生身上强大的亲情、责任、担当、胆力、忍耐，是那样富于人性的光芒和传统美德的余晖，但在农村新一代恶势力前，却如土堤抵挡不住狂涛的冲决。光天化日，朗朗乾坤，但他只能眼睁睁看着自己妻离子散，一无所有，被迫找黄拐子父子算账。在失手杀了黄拐子后，他的人生走上了血的清算和批判的道路。他想要的只是与妻儿一家三口老实本分的生活。这时，他与这种生活的距离，就是他与整个世界的距离。

杀了二黄后，他来到了省城，在打工时住过的小旅馆住下，二条人命在身，他摈弃了生的挣扎，宿眠在记忆中的仇恨就被激活了"对这个世界，他已没有丝毫的留恋，这个世界给他的时间不多了，他要抹去记忆中的黑点"。我们还原春生记忆里的这三个黑点的产生，也就基本复原出春生在省城三年打工的不堪回首的人生图景。对于城市来讲，农民工只比乞讨者好了一点，他们是闯入这个繁华文明的生态群落中的外来物种，既粗又笨且脏，天然低人一等，只配干粗活笨活苦活脏活，而城市天然地具有对他们颐指气使的优势。城市对他们缺乏起码的善意，更没有平等。尽管事实上是他们建造了城市，但城市只视他们为财富的秕糠，市容的抹布。春生在29路公交车上所受到的女人和干部样中年男人的极限性羞辱，他讨薪被蔑视、上访受推诿、再讨被毒打而断指立誓的经历，真实地再现了第一代农民工的普遍处境和遭遇，深刻地揭示了城乡二极对立、农民工权益保护乏力、城市管理简单粗暴和经济秩序混乱的社会现实。面对城市的强势话语权，以一己之力对抗如此巨大的社会存在，春生的声音显得那么微小，甚至连发声的机会也没有。三年前三年后的两位街头卖淫女，揭起的是城市的疮疤，繁华喧嚣之下的另一种肮脏与罪恶。同卖淫谋生的妹妹李春天的见面，连同紫金城别墅外远看黄梅英母子的情节，不仅展现了春生内心的丰富柔软与对生的留恋，也揭示了春生生命中仅有的温情。之后的晚上，春生在旅馆的一张纸上留下了一句话：世界上最远的距离，是我与这个世界的距离。黎明时分，他二次卧轨不成，便选择了投河，希望黄河把他带入大海。"城里人兴火化，咱为啥就不能火化？我哥一辈子想做个城里人，我给我哥买了公墓。"春生死后，是卖淫求生的妹妹让他像了回城里人，做了个城里人。这是何等寒彻肺腑的黑色幽默！

春生的性格中，我们不能忽视的是他的血性。"公公说，春生是独子，脾性不好，砖头碰疼了脚指头，提斧头将砖砸成末子，树枝垂直下来扫了脸，提斧头将树砍成秃子"；"上学时他的作文好，几乎每篇老师都做范文给我们讲读，如果有一回不讲读他的作文，他就把作文撕了吃下去"；"今天她算见识了，春生不是懦弱，而是为了她在忍，在熬，就像一个失眠的人熬等天亮"。纵览春生的人生清单，"忍"，是他复读十年对梦想的坚忍，是他断指立誓"尽孝十年"的隐忍，是他面对黄氏父子无耻讹诈而下窑六年的咬牙苦忍。"忍"堪称中国国民性的第一特征，也是春生的性格底色和第一表征。但他的终于忍无可忍，是外部环境无限挤压下内在血性无限突围的必然结果。黄小兵夫妻的夜谈，刺痛他的不仅是妻离子散的真相，还有黄小兵所代表的社会畸形价值观和市侩处世哲学对他这种人骨子里的蔑视和践踏："那是他自找的，跟他个苕爹一样，苕得连个眉眼都看不出来，不刮他刮谁？"而被蔑视和践踏的，恰恰是他引以为做人准则的吃苦耐劳和忍辱负重。和传统美德被同时践踏的，还有春生日记里记载的"自古就是笑贫不笑娼"的传统，某名人博文对某国"牺牲一代少女，振兴我国经济"论调的引述。从这里，我们不难看出时代价值观的扭曲是如何侵蚀到了城市乡村底层，人与人交往的上上下下里里外外。

春生性格中的文化底色和梦幻底色，便是他的诗情。苦难出诗人。他对诗歌的爱和诗歌创作贯穿了他的人生历程。诗歌承载着他的光荣与梦想、屈辱与抗争、冷静与批判、希望与幻灭。他是季栋梁版的或西部乡村版的海子。从他的遗物里找到了三本诗集和一本随笔集，七本日记。无须详述，单从诗文集的书名就可以看到作为诗人的春生对社会和时代的观察、思考、判断和批判："征服——致宫闱""天堂阴影""我与世界的距离""尽头"。对一个人而言，苦难所致的痛苦的可怕，也许不是苦痛本身，而是对苦痛的清醒和无力。追寻着，苦痛着，清醒着，绝望着，毁灭着；他的追寻、苦痛、绝望、毁灭都是清醒的，这于春生，于一位诗人，是何等的残忍！诗是文化与梦想的羽翼。诗人用诗情对峙世界的无情，试图借助诗情在无情的世界里温情地活着，但终因众寡悬殊而被世界所杀。"许多人临死之所以忧伤、烦躁、慌乱、恐惧、挣扎，是因为他还没有绝望，还没看到生命的尽头。李春生放弃了生的欲望，就看到了生命的尽头的安详与优雅，他只是有些疲累，像一个长途跋涉者到达终点的那种疲累。"

春生的悲剧，是诗性的悲剧，但还不是诗的悲剧，不是诗人的悲剧。诗性给了他认识的犀利，批判的愤激，但没给他现代公民的法律意识，没有给他足够的人生勇气、人生和解与人生的诗性超越。这正是悲剧之悲的内核。也可以说，是春生性格结构中的致命短板。

三

春生，一段与生俱来的难以跨越的距离；一个季栋梁版的反抗命运的俄底浦斯；一个时代与社会的受害者、加害者、揭露者、献祭者；一个当代闰土。

在闰土身上，鲁迅先生寄寓着引起疗救者注意的文学担当；在春生身上，我们也能看到季栋梁的文学担当，批判现实主义的文学担当。让我们向这种铁一样冰冷铁一样热切的文学担当致敬。

春生这一文学形象的意义，不同于闰土的麻木忍受，不同于高晓声《陈奂生上城》中陈奂生的忠厚和自欺，也不同于余华《活着》中福贵的近乎冷漠而终至超脱的人生之悲："人生无所谓生与死，最大的幸福就是活着"。闰土没有苦痛的自觉，陈奂生正经历着精神的蜕变，福贵则指向人生普遍的无常与淡然，而春生的悲剧直指社会与时代对底层个体人生梦想的蔑视与逼煎，更具社会批判力量。

春生这一文学形象，让我们对于时代与个人梦想间的关系有了更为深刻和冷静的认识。

但是，我们不应忽略"明天"。作品中，李春生对黄梅英解释给孩子起名时说"人们说起来总说美好的明天"；李春天说"春天就是我的命"，"我"回应说"明天会更美好"。正如这个不幸的孩子起名叫"明天"所寓意的那样，我们理解作家的寓意，也愿意相信明天的美好。

文学的品质源自于作家创作的品质，关乎作家的思想品质与艺术修养。对于春生来讲，他与世界的距离是不可逾越的距离；但对于作家季栋梁来说，他和世界是没有距离的，因为他的艺术触角已深深楔入了这个世界的内里。写作如掘矿,季栋梁先生的创作是对时代煤层的深度挖掘与燃烧,因此作品才得以获得一种厚重、朴实、冷峻和血液的滚烫。雨果在《秋叶集·序》中写道:"诗歌在政治风暴中冒险,正因为如此,它才更美,更强有力。当我们以某种方式来感受诗歌的时候,我们情愿它居于山巅和废墟之上,屹立于雪崩之中,筑巢于风暴里,而不愿它向永恒的春天逃避,我们情愿它是雄鹰而不是燕子。"《我与世界的距离》当然不是政治风暴中的冒险,但它"将人生中有价值的东西毁灭给人看"的悲剧内核和对一个时代进行文学清算的情感和思想力量,使得它在美学气质上不是"向永恒的春天逃避"的燕子,而是在"山巅和废墟之上"飞翔的雄鹰。

我们期待季栋梁先生更为饱满的文学创作。

○个人专辑○

拓兆农《黄河风云》：一条大河的开合与奔流

房继农

拓兆农的长篇小说《黄河风云》（以下简称《黄》）是近年来宁夏中卫作家创作中少见的鸿篇巨制。开卷扑面，便是一条大河的开合与奔流。我们伫立川上，像两千年前的那位哲人一样，但一时间却失去了所有的感言。

小说以20世纪三四十年代卫宁平原黄河岸边千年梨花村李氏家族五位青年才俊李占国、李占家、李占民、香雪儿、黄英子的不同人生轨迹为线，宽画幅、大景深、多视角地再现了朔方大地从抗战到解放的历史风云巨变。作品将李氏家族悠久深厚的家族文化传统，放在朔方大地历史巨变的大背景下观照，并以此为人物性格底色，着力塑造了李氏子孙五人的鲜明形象。这五个人物连同三爷、十八叔、范参议、格格、刘三、马司令、胡副司令、梅先生、白鑫、守疆、霍凤仪、嘉华、七爷、胡师爷、郭阎王等国、共、匪、民四方数十位各色人物一起，构成壮观的乡土历史文学人物画廊，将这片土地的根与源、这片土地新生命的血与火的孕育与分娩，如高清影像般鲜明地映现于读者眼前。小说以史家笔法布局，以雕塑刀法写人，以精粹方言叙事，以影视手法构篇，艺术再现革命，重新诠释历史，在历史长河滚滚东去的拍岸涛声中，弘扬了伟大的中华民族精神。

小说有优秀作品的气派，有营造大格局、编织大网络的追求，也具有相应的文学能力。

《黄》的小说艺术的体现几乎是全方位的。本文仅就家族文化传承、人物塑造、影视手法的运用三个主要方面，对其做一初探，以期抛砖引玉。

一、家族文化传承中的民族精神

《黄》是一部家族小说。小说将家族文化传统作为人物命运的内在决定因素，反映了作家文学创作中的个体生命自觉和文化自觉。

家族是以婚姻和血缘关系为基础而形成的社会组织，它包括同一血统的几辈人。钱穆先生曾指出：家族"是中国文化的一个最重要的柱石"。在中国历史中，家族分担了"人类经验中的一切兴衰变迁"，"一切政治、法度、伦理、道德、学术、思想、风俗、习惯，都建筑在大家族制度上做它的表层构造"。在古老、封闭但不甚落后的梨花村社会，单一李氏家族的族人们日出而作，日落而息，梨枣筏贩，自给自足。其文化价值系统以传统儒家伦理道德为核心，李氏族人们奉千年"祖训"为圭臬，凡服饰举止，洒扫应对，人际交往，做人处世，都在"礼"的范围内，不越雷池一步。和传统中国人一样，李氏子弟以成德立业、厚德载物为理想，形成了一种以道德为首要取向的具有坚定节操的文化人格。

让我们来分析梨花村李氏家族制和家族文化传统的内涵。梨花村是乱世中的桃花源，是四乡八镇交口称赞的仁义村。李氏家族文化传统是一个完整体系。单一的长幼有序的李氏族人是家族主体，祠堂和祖坟是物质载体；家谱和祖训是文献载体，其中先祖的高贵血统和历史荣耀以及"心存仁厚，志立高远；爱亲睦邻，体恤万物；强不凌弱，弱不从恶；忠诚家国，诚信与人。凡欺弱淫女、窃物弄奸、不孝不尊、不悌不怜者，乃家之忤逆、族之败类"的处世哲学与价值观、荣辱观是其精神内核；五年一小祭十年一大祭是其礼仪规程；三爷、五爷、六爷、十八叔等长辈是家族最高权威；其教育方式为言传身教；学优者选上县学，作恶者不入祖坟、处死于戒恶石及由此形成的良好族风口碑是惩戒保障系统。除高贵血统外，其核心思想与《颜氏家训》《朱子家训》，甚至《曾文正家书》如出一辙，都提倡德教为先，以儒家思想即节义忠信孝悌教育子孙，树立扬名显亲、忠君报国的价值追求，进而维持和振兴家族的门第。

为了便于说清《黄》作为家族小说的特点，我们先对家族小说史做一简单梳理。

《红楼梦》是我国文学史上家族小说的第一座丰碑，它开创了以家族兴衰投射社会的传统。在中国新文学史上，以巴金《家》发轫，继有老舍的《四世同堂》、张恨水的《金粉世家》、茅盾的《子夜》以及林语堂的《金华烟云》等。《金粉世家》《金华烟云》及后来的《风声鹤唳》则可视为一幅全景图，将清末、民国、抗战依靠一个家族的故事来串联展现。

改革开放新时期的家族小说不仅继承了五四文学对国民性的审视表现，还在全球化文化文学的背景上，相伴当代文学思潮的发展对主题内涵做了多元化的新探索，对民族精神呈现出文化、人性、社会等多方面的深思。具体有以下三个方面的表现特点：

一是以宏阔的社会历史变革为背景，展示不同家族的不同命运。这一类作品包括《红旗谱》《三家巷》《创业史》《红高粱》《尘埃落定》等。

二是以家族为载体，展示传统文化的深刻存在。这类作品有《古船》《白鹿原》《活动变人形》《羊的门》《茶人三部曲》等。这些文本与第一类作品的不同之处在于，虽然它们也在书写家族命运，但侧重点在于深入挖掘传统文化在中华民族心理结构中的深层存在、它与西方文化的激烈碰撞以及对现实世界中的人们精神的影响和钳制。

三是以家族为描写中心，展示人类极端

的生存状态。民间性生存是家族小说重要的表达立场，这类作品多侧重表现普通百姓的民间艰难贫苦生存状态，通过对这种状态中的人物表现，关照最普遍民众同样贫瘠无我的真实精神状态。这一类作品有《丰乳肥臀》《故乡天下黄花》《在细雨中呼喊》《活着》《城的灯》等。

《黄》在主题立意方面与一、二、三类作品均有明显不同，但事实上与第二类近似，与第一类相关，即以家族为载体，以人物活动展开宏阔的社会历史画面，从而揭示传统文化的深刻存在。

首先，在《黄》中，家族并不是小说主人公生活和活动的主体空间，只是他们幼年的鸟巢，是他们心灵的归宿；其次，虽然人物的成长历程和命运轨迹所至，时间上跨越抗战和解放战争两个时代，空间上涉及整个朔方大地，作品似乎是以人物表现历史，实则是以历史表现人物，究其实质，作品是在揭示人物命运背后的家族文化传统。而这，正是人物命运的内在决定因素，也是实质性的决定因素。作者以史家笔法布局全篇，聚集和调动起如此强大的历史的、文学的、社会的力量，只是在追问这样一个古老的命题：李氏家族古老的家族文化传统，在风云变幻的现代历史进程中，究竟有无存在的合理性，究竟有无长久的生命力，究竟有无传承的意义。作者的回答是肯定的。李占国从共，李占家从国，李占民从匪，英子从蒙古格格的国军，香雪儿皈依基督教，他们的遭际是外在的偶然，但决定他们一条道走下去的根本力量，却是内心根深蒂固的对家族文化传统的认同。他们的人生选择各不相同，但支持和决定他们做出选择的，却是已经化为血液的家族文化传统。

小说为了突显这一点，在第一、第二章中借"祭祖"和"梅先生获救"对李氏家风做了极力铺陈，并在第二章末借梅先生之口做了提炼，又在篇末第二十九章中借焦老大之口做了点题式的总结。在书中，祖训的三次重复出现，一次在第一次大祭后占国等五人辞家赴学之时，二次在占国进山后占民独自在苏武庙前的含泪轻诵，三次是占国占家等人回家第二次祭祖后的齐诵。这三次反复，如同交响乐中主旋律的呈示、展开和再现，有力地协调了结构，美化了节奏，凸显了主题。

作者对这种家族文化传统既有情感的眷恋又有理性的批判，而且眷恋大过批判。

占国是家族传统视角下的理想人物，也是作品的"男一号"。他身上坚定的家族传统思想和正确的政治道路选择相一致，二者在其性格中没有内在的冲突。守疆是翻版的占家。在占国身上，集中表现了作者对家族文化传统既有的情感眷恋。

当然，作者也做着对家族文化传统所代表的传统文化的冷峻反思，这种反思的人物形象载体主要是占家、占民和香雪儿。

占家被抓入国军后不愿跟梅先生回去，起初源于他想通过从军凭武力报仇，但他忠于马蒋集团与占国坚定于中国共产党领导的革命事业一样，均根于其家族教育中的"忠一不二"思想。兄弟二人，两个阵营，敌对双方，你死我活的对立和矛盾，却均缘于相同的"忠一不二"的家族教育。在这二人身上，只有政治阵营的对立，政治立场的分道扬镳，不存在来自自身性格的冲突，他们之间无仇无恨，只有对各自不同的"君"的忠一不二和至死不渝的执着。

更令人震惊的是，李氏家族上下，皆以二人为家族的同等骄傲。三爷在第二个十年大祭上的话是："政治上的事我们知道的不多，也不便多说什么。""国民党赢了占国和守疆怎么办？共产党赢了占家怎么办？所以，谁输谁赢我都不愿意看到。""我知道你们都是忠一不二事的人，只要选择了，就不会做墙头草，顺风舵，就不会做出背主弃义的小人之举。""占家现在是将军，身居要职，我听说占国也是共产党的大官，职务也不在将军之下，两人同在一省，又搞大致一样的事，难保今后不会刀枪直对。"他最郑重的叮嘱是"我们这些后代再也不能上演我们一些祖宗为争夺皇位相互仇杀的丑剧"。篇末，年过九旬的三爷坐着抬椅在李占家的坟前说："李占家生是我们李家的人，死是我们李家的鬼！他是打鬼子的英雄，更是我们老李家的好后生。"这不独是对李占家一生的盖棺定论，也是对李氏家族的文化传统的盖棺定论。在家族家长的价值观、是非观里，没有政治的是非，有的只是子孙出人头地的荣耀和对子孙个体生命和手足亲情的维护！现实中的政治立场和政治斗争，"正史"语境中诸如国家、民族的前途，历史发展的必然趋势等话语，在家族亲情之下不算什么。这就是以世俗感受为主导的民间叙事中的价值判断，也是李氏家族文化价值观与"正史"价值观的疏离。

占民被土匪设套杀人拉下水，真相大白后遭受的最大打击不是少年的生理恐惧，不是杀人后的犯罪感，也不是对真正杀人犯的土匪的仇恨，而是违背家族祖训的恐慌！这种恐慌，和与匪同流合污的道德耻辱感，是使他无颜见江东父老而洁身自好苏武庙前独自牧羊也不下山的唯一原因、根本原因，从某种意义上说，也是他主动请缨抗日杀敌、后来力主下山受国府收编的根本原因，那是一种精神的自我救赎。当解放在望，天下换了主人，占民又力主下山接受解放军的收编。在这里，没有国与共，只有正统和盗寇；没有李占民，只有现代版的宋江和水浒英雄。而这一切，很简单，一言以蔽之，家族传统使然。在中国二十四史的语境里，在千百年民间的历史观里，正义和天命，从来都掌握在当政者手中，服从于当政者，就是归顺正统，服膺正义。

家族传统积淀，是占家、占民二人的唯一灵魂。这里，我们看到的是家族传统的悠远强悍，还是其不可思议的虚妄？

雪儿是五人中的另类，她以对占国的爱情为自己的信仰，当她的爱情信仰改变不了占国的政治信仰时，她选择放弃自己的爱情和爱情信仰，改成了信仰基督教。在雪儿身上，我们看不到和占国多年朝夕相处相依相爱产生的对占国的了解、理解以及对他政治选择的预见和接纳，也看不到北平进步教育给她带来的思想立场变化，甚至家族文化传统在她身上也仅仅是留存了兄妹亲情。她只需要爱，她不要孤独。所以她可以放弃不能给她陪伴的爱人占国而选择能陪伴她的嘉华。她不是家族文化的化身，是家族文化的边缘人物，缺乏感情的强度和灵魂的硬度，她只是个受过良好现代教育的女人。但也正是在这个人身上，有了个体的人尤其是女性个体的自主选择。在文化上，她是弱者；在人性上，她是强者。我们不禁要问：如果香雪儿是个男子，他能算是家族人眼里的好男儿吗？

英子就是一个现代版的女侠，爱恨分明，有仇必报。她爱刘三，为刘三复仇，对初恋的占家也消解了爱意；最后和占民的结合出于亲情基础上的志趣相投。

但是，这五个年轻人，都曾直接间接地献身于抗日杀敌的战场，都用自己的血肉筑成了我们新的长城，都用自己的血和敌人的血浇灌了自己脚下的这片土地。他们有爱有恨，敢爱敢恨，有情有义，大义凛然。在民族危亡的时刻，他们就是这样聚拢在家族文化传统和民族大义的旗帜下，忠于亲情，忠于内心，忠于灵魂，演绎着他们各自的精彩人生，他们是我们宁朔大地真正的精魂。他们活得有血性，有内涵，有声有色，有行有迹，有人格的高度。他们身上，流淌着两种血，血管里的血和灵魂里家族文化的血。他们是李氏家族的好子孙，也是我们中华民族的好儿女，他们自强不息的人生，正是我们这个民族自强不息、厚德载物民族精神的生动写照。

人们说，优秀文学作品不独是一面镜子，更是一盏灯，信然！

正是在这个意义上，我们说，《黄》深入挖掘了传统文化在中华民族心理结构中的深层存在和固有局限，是一曲民族优秀文化传统的赞歌，更是一曲中华民族精神的赞歌。

二、人物塑造

在小说的诸多艺术要素中，人物塑造居于中心地位。能否成功塑造出独特的、具有丰富历史印迹与人性内涵的文学形象，是小说成败的关键，也是小说艺术的核心。

《黄》另一个让人称道的艺术成就，就是用刻刀般的笔，塑造了大群人物的生动形象。除着力刻画占国等五人外，对于三爷、梅先生、嘉华、马司令郭阎王等这些人物，作者也能以一面识人，以一眼摄魂，不错过人物出场和活动的每一个机会或瞬间，对其进行刻画，使其跃然纸上。小说人物形象构成的壮观的乡土历史文学人物画廊，将是作家对中卫乃至宁夏文学创作的努力。

这里仅就占家与十八叔的形象塑造做一分析。

占家是全书中唯一带有悲剧光泽的人物。他的悲剧貌似命运悲剧和时代悲剧，实则只是文化悲剧。

占家头脑中源自祖训的"忠一不二"思想，就是"忠不二事，贞不二嫁"封建节义观的变式。在20世纪三四十年代的语境下，一个淳朴、善良而又勇武、聪慧的少年，亲历十八叔被马匪杀害、自己的兄妹生死异途、亲睹乱军在渡口随意枪杀索要抚恤金的老人和哼唱童谣的孩子，蒋氏王朝和国军的腐败无能、疯狂杀害共产党人和进步力量，随时都会与兄妹们处于你死我活的对立，国民党陆大的学习和思考，反共事业的一次次的惨败……这些都不能使他形成对政治信仰的进步与落后的分辨和判断；在乌布浪口之战中，与日寇浴血奋战所激发起的保家卫国的民族意识，与占国二次论战的影响，都不能让他离开这个连自己都不看好的腐朽的政治阵营。在他身上，他的生命是不能自主的，他是没有自己的生命自觉意识的人，当兵，杀鬼子，上陆大，当将军，深入共军虎穴，留守原地以等候反攻大陆，都不是自己的真正的自觉选择，而是一种文化意义上的顺从和被强制；而他所效忠的集团，又是一个被历史抛弃的旧王朝；甚至他一直以来的忠勇、敬业、廉洁、自律，也都更多的是固有的先验的家族文化观念的产物。在占家身上，集中了以家族文化传统为代表的传统文化的精华与糟粕，进步与陈腐。他的命运的倾覆，不是政治意义上的失败，而是文化意义上的二律背反：没有家族传统，他成不了真正的人；因为家族传统，他也成不了真正的人。作者在篇末安排他出家，是和曹雪芹于食尽鸟投林之际安排宝玉出家异曲同工吗？

正是在这个意义上，作品的全部人物塑造才从浓云的缝隙射出了一道哲学思辨及文化批判之光。这也是作品思想内涵的制高点。

守疆是翻版的占家，从主题角度看似是个蛇足式的人物。作者是想借他说明李氏传统的强劲传承吗？

十八叔的塑造，体现了作者编织宏大艺术网络的能力，所谓文网恢恢，疏而不漏，细针密线，巧作剪裁。在结构上，二十一章67节中，野战医院里英子对雪儿说梦见了十八叔和占民，并总觉得他们还活着。看似轻轻一笔，正体现了草蛇灰线，伏脉千里的结构艺术。同时，他的出家和远谋，又为占家的空茫人生结局做了一个很好的结局。让读者能得以发出一声深深的叹息。

十八叔这个人物写得虚实相生，很空灵。所不足的是，作品完全可以借他的出家云游，四两拨千金地使五位主人公之间、主人公与家族亲人之间有更多更紧密的联缀，同时巧妙地展现更为阔大的社会历史画面，巧加点染，将之塑造为一个真正文化意义上的智者，而非一位凡常的"无波无水平静如水"的守寺残僧。

总而言之，在家族文化共性的公共模板上，主人公们性格趋同，作品表现人物个性的空间狭小，人物个性生动有余而丰富深刻不足。生活的积累、人性的开掘欠深厚，话说得太多，事写得太足，意思太显露，使作品整体上缺乏凝重气质和悲剧品格。作品让人感动，却不易让人震撼。

一般而言，面临国家、家族及人生的空前变局，人性才可能被张扬出前所未有的复杂、丰富、肆意和浓烈，这也就是"时世造英雄""生于忧患"的道理。但在《黄》里，我们看不出这一点，主要人物性格一开始就被设定，漫长的岁月（人物性格成长史）中几乎没有变化。平心而论，营建这样大格局的作品，对任何一个作家都是空前的挑战，那就是，如何在时代的催化、家族教育的底色、个人的性格的发展、人生选择的现实和对挖掘人性的无限可能五方面，求得某种合乎艺术和人生逻辑而又独特深刻的统一。我们提出这一点，不是刁难，恰恰是对作品的潜在品格的尊重与期待。

三、影视手法的运用

影视手法的全面使用，诚如作品"故事简介"中所言，使作品场景转换流畅便捷，使整部小说具有较为强烈的画面质感和置身其中的现场动感。《吕氏春秋·察今》云："尝一脔肉，而知一镬之味，一鼎之调。"本文试举五节做一分析。

第八章第28节"义旗"一节，描写内蒙古爱国女王爷乌兰齐齐格率自己部落穿过大草原向五塬进发的场景：夜的大草原上火光点点，蛇行西去；月上中天，二百多名草原勇士以日本特务川本为羊进行叼羊比赛；在日机轰炸和日伪军的围追堵截中，队伍如滚滚铁流，高唱雄壮的蒙古战歌，突破重重险关，无所畏惧地远征……让人身临其境，画面动感似从纸页上卷起的风暴。

第十章第33节"晋升"一节中，因为乌布浪口之战中占家率部血战到底，违犯了上峰撤退保存实力的军令。战斗结束后的高级军官检讨会上，如何处置占家，情势瞬息万变：先是马总指挥脸色铁青下令撤职，继之一份电报看过，面露喜色大夸占家像个站着撒尿的人；接见后随即决定奖状奖金照发且晋升占家少校军衔，并决定选送到中央陆大深造。一波三折，极尽波澜跌宕之妙，极具现场动感。

第十二章第41节"脱党"一节中，敌人围捕了白鑫，又设计诱捕了白鑫妻子和女儿来逼降。监牢镜头一转，作者开始将叙述画面在我方梅先生、何部长、金勇、凤仪一方和敌军法处郑科长一方交错闪现，造成一种只有影视作品中才有的超现实的画面转换，两面对照，彼此相关，其势间不容发。

第十三章43节"延安空气"中，作者用"四月的延安，春意盎然""新月初上，清风徐徐""翌日，社会部会议室"的环境点染和介绍，简洁利落地营造了诗一般清新明澈的意境，使凤仪与占国、大华、金勇、吕大几位久别重逢的战友，在"日德法西斯已成了强弩之末"在美好时刻的聚谈，富有层次，富有画面感和诗情。

第十三章45节"雪儿"一节，写雪儿放假后由校友芮嘉华陪同第一次到芮家玩的场景。嘉、雪二人，芮母，芮父，一席四人，依次登场，井然有序，人有其言，言切其人，一石四鸟，互动一堂，人物个性鲜明，很好地表现了雪儿的娇羞，嘉华的跃跃欲试，芮母的满心喜欢，芮父的幽默睿智以及芮家的快乐开放、和谐幽默的家庭氛围，既交代了嘉华性格的源头，也为雪儿后文与占国的分手和之后与嘉华的结合做了铺垫。文思之犀利睿智，文笔之细密轻灵，举重若轻，颇见作者场面刻画和人物塑造的艺术功力。

成也萧何，败也萧何。影视手法自始至终的一贯运用，也带来了局限，使作品结构呈现出一种单调和僵化。画面与场景诉诸视觉，而文字包罗万象，过于追求画面感和现场动感，其实削弱了作品的内涵、文字的张力。这样的结果，使得人物对话过多，而不便从心理挖掘、景物渲染和环境刻画方面深入刻画人物，社会风俗画的描写更多依赖民歌民谣。这使作品言多意显，骨多肉少；主干清晰，但枝叶不繁茂。钱钟书先生曾说过，一流的小说家，绝不仅是会讲故事的人；一流小说中的故事，也只是枯木搭成的花架，其作用是支撑住一团锦绣灿烂生气蓬勃的藤蔓花卉。故事以外的东西就是诗，读小说只看到故事而看不到诗，就像进公园只赏了花架而忘了架上的花。此言堪比金玉，堪为药石。

但是，面对一条开合奔流的大河，你怎能这样说，这朵浪花是美的，这颗卵石是美的，这丛芦苇是美的，这棵枯柳是不美的？它有一种浑然的大美所在。

《黄》的小说艺术还体现为布局宏大，结构开合有度、织体巧妙，对白语言干净本色，擅长大场面描写，生活积累较为丰富等方面。尤其是本色的、精粹的宁夏—中卫方言的熟练运用，标志着作家文学风格的成熟。满纸云烟，不能一一尽述。

拓兆农是中卫乃至宁夏一位富有艺术开创精神与充沛艺术才华的优秀作家，《黄河风云》是作家献给炽热乡土的心灵史诗，是对我们生命源头含泪而笑的安魂曲，是目送归鸿渐行渐远时的一曲挽歌，是横亘于历史和现实间的一道永远的斯芬克斯谜题。

让我们祝愿拓兆农开创更为壮丽的文学人生。

○个人专辑○

石也《尘事》：文学的拯救与拯救的文学

房继农

《尘事》是石也发表的第一部长篇小说，纪实色彩浓重，内涵厚重，风格平实冷峻。作品以适中的篇幅，地道、生动的语言，鲜明的人物形象，成就了主人公冉希望个人奋斗的编年史和一个小山村三十年巨变的画卷。

主人公冉希望的先祖因在与豪强的争水械斗失手杀人而流亡他乡，遗训严禁后辈读书，但后人却苦攻苦读。在青山坪村，贫穷以其专制的暴力，宿命般地塑造主人公的生长环境和人生经历。辍学的威胁始终伴随着冉希望，他经历一次初专考试失利和二次高考失利，终于考入大学。临近毕业时，遭遇意外，保下了命，但落下了半身残疾，遭接收单位拒收。冷酷的命运，恶毒的冷眼，无法自拔的沉沦，主人公一度挣扎在自杀边缘。他想写一部书来记载自己的一生，对人世有个交代，对冷眼进行回击，书成即结束残生。于是，一只未残的手，一只颤抖的笔，一个字一个字地雕刻摞满脚印的岁月。书终于写成了，结果，记载转成了证明，遗言转成了宣告，埋葬转成了拯救，自我的认同和社会的公认。身有文学双飞翼，托举他跃出泥沼，冉希望借以完成了人生的自我拯救。命运在浩劫的废墟上重生，意义和价值的新绿拱出荒野。一个新的纪元开始了，一个新的春天艰难地挤出了生命之门。

在山村摆脱赤贫走向温饱的社会背景下，主人公冉希望的这段悲壮的生命历程让人想起了保尔和青年史铁生的重生，想起了"生于忧患""艰难困苦，玉汝于成"

的哲言。对纪实风格的作品而言，作品的精神力量无疑缘于作家的人格力量，当我们了解了作家的身世后，再拜读这部作品，自然会在二者之间寻找某种关联。文学即人学，在这里有了新的确证。作品唤起了几代读者经历过的生于贫困长于贫困跳出贫困的生命记忆，具有真切的艺术感染力。

作为拯救的文学，《尘事》在艺术上的特色首推其精粹地道的中卫方言。作家能够熟练掌握并驾驭这种语言，这种语言能够胜任文学的表达。第四节"赶集"中，冉希望挨了狗娃打后回到家中，小说这样写父亲："正说着，门口一暗，父亲高大的身影就沉甸甸地落到屋中央。父亲不问原委，劈头就骂冉希望软包。"写活了少年眼中父亲的威严和威严背后的慈爱。二十三节"远客"中，冉家用了村长李扁头倒腾来的劣质地膜，西瓜晚熟而瓜价日跌，小说这样写道："小儿子每天都来瓜地转一圈，拿自己的小手比画着看瓜长了没有，西瓜好像成心与人作对，瓷登登地没一点反应。瓜坂上的稗草却长得很疯，拔了一遍又一遍，草还是鼓鼓胀胀地把地膜撑起来，像女人高高耸起的胸脯子，确切地说，像贺寡妇奶过许多孩子的胸脯子。"形象，深刻，极富情绪的张力。五十七节"毁灭"中，狗娃为装点婚事门面，拉夫凑数以填满二十四辆轿车。小说写终车到李家院门口时，"从轿车上下来的每个人似乎都受尽了委屈，脸上挂着与婚礼格格不入的表情，尤其是那些笨手笨脚的老农，似乎坐高级轿车不是享受而是折磨，竟然拖着坐麻了的老腿一路拍打着屁股逃也似的离那轿车。"以反差突显讽刺，使人物和场景入目入心。我们相信，精粹的中卫方言的成功运用，是中卫作家文学创作中的本土意识、文学个性意识、风格意识的自觉。

李扁头这一形象，辐射了小说的全部叙事，对比、见证了冉家和青山坪村从赤贫到脱贫再到富裕的历史进程。在他身上，首富，傻丫头，杀人犯，大老板的爹，麻将风的始作俑者，大能人，带头人，热心人，嫖风头子，当权者，权谋家，冻毙者，众多的角色组合，真实反映了变革中的乡村社会生态和人性发育，具有较高的文学审美价值和社会认识价值。狗娃形象较鲜明；牛娃的人物塑造手法虚实相生；冉家六口形象较平面。

小说质朴的现实主义手法给人一种乡村剪纸般的稚拙与厚道，与人物的精神面貌、乡村的面貌相得益彰。

就叙事艺术而言，《尘事》结构和叙事的最大问题是平铺直叙，欠缺必要的剪裁；刻板的成长编年史的叙事方式，限制了对人物性格生成关键点的突出和强化，不利于对内容的优化和整合。长篇小说首先是结构与布局的艺术。《荷马史诗》中的《伊利亚特》描述长达十年的特洛伊战争，却只叙述战争第十年最后几个星期的活动，且以希腊联军大将阿喀琉斯的二次愤怒为线索展开，史诗头一句便是"阿喀琉斯的愤怒是我的主题"，其剪裁之功，足可为"他山之石，可以攻玉"。任何时候，对经典的借鉴都将大有益于作家的创作。

《尘事》作为石也的长篇小说处女作，已经充分显现了其文学语言的天生丽质，生活积累的厚实、人物刻画的功力，其中，作家对文学本质的体认、作品的悲剧美的品格更是弥足珍贵。因此，我们得以有充分的理由和良好的期待，期待石也更为丰美的创作收获。

○个人专辑○

黑占财《红柳堡》：历史急行中的悲剧细节

房继农

黑占财的短篇小说《红柳堡》(《沙坡头》2013年第6期)，通过麻乃爷为守护百年村碑的不幸殉亡，反思了吊庄移民的历史急行中的悲剧细节，让人唏嘘而深思。

小说采用短篇小说典型的"截面"写法。已成废墟的千年村落红柳堡，在其被彻底推平前的最后一昼夜，只剩下麻乃爷、黑毛、伊斯哈家的狗和野麻雀四样"活物"，此外唯余"空"和"死静"："搬空人的庄子是一种死静，没有人声，没有狗叫鸡鸣，甚至连虫子的叫声都稀少了，仿佛世界上的一切都被那种死静所淹没"；即使发现麻乃爷压死碑下后，"马三的喊声在废弃的庄子里并没招来回应，红柳堡还是死一样的寂静"。小说至此戛然而止。

小说以简单的情节和慢镜头叙事，记录这四样活物在红柳堡的最后时刻与红柳堡的最后关联：第一，"找"。麻雀找秕谷，伊斯哈家的狗找老屋的过去，黑毛在找挖一切能变成钱的东西，麻乃爷找到了田家的破桑木八仙椅、老秀才穆忠家的红塑料皮书，他借此留存和复活童年和盛年的记忆。第二，麻乃爷对破椅子的"留"与马三的"丢"，这是对祖辈记忆的留与弃。第三，黑毛对村碑的"抢"与麻乃爷的"护"。麻乃爷为阻止黑毛，想挖坑将碑护埋于地下，结果意外被碑压埋。为了实现人物刻画意图，作者以伊斯哈家的狗类比麻乃爷以表现其恋旧之深，对比马三以表现其恋旧之纯，对比黑毛以表现其恋旧之别。

　　情节的重心是大石碑，其余都是铺垫。黑毛对碑的盗砸盗挖只是出于掠夺和榨取，而麻乃爷殉碑的实质呢？

　　在创业之艰、悠久历史、祖坟遗骨、情感亲近、人生荣耀之外，作者着力刻画了麻乃爷的爱碑、埋碑心理："几千年了，这是一代一代人的窝。""他一直认为碑是庄子的招牌，像人的名字，铺子的名号，不能被弄得乌七八糟。""不管过去多少年，代表红柳堡的大石碑都会存在，后人们就会知道有个红柳堡，就是在这里，这里是他们祖宗的地盘。"可见，麻乃爷的捍卫不完全是安土重迁，而包含着对红柳堡集体历史记忆和历史尊严的保护与敬畏。这是麻乃爷与马三的情感分野，与黑毛的精神与人格分野。黑毛眼里，麻乃爷的留守是贪心不足的耍赖；石碑既不属于任何个人，就有权砸倒挖走，"拉到城里锯了做灶台窗台用"。正是在这里，麻乃爷的守护才真正有了文化的意义，悲剧的意味。对于村庄，不同的历史记忆决定着不同的情感牵连和价值判断。对麻乃爷来说，历史不仅是情感存在，还应是物证存在。没有了历史记忆，村庄只是一只敝履，只是急待逃离的贫穷和痛苦。在贫穷的暴力下，在追求幸福的喧闹中，红柳堡村民们还无暇留心历史，更没有精神层次和能力考虑乡村的历史存续和精神财富的累积。在这质朴真诚、迫切脱贫的一群中，麻乃爷成了唯一的超越物质利益的智者，唯一的捍卫历史文化与荣誉的悲剧英雄。

　　历史车轮轰隆隆急速前行，有一种回头，不为守旧，亦不单为怀旧，而是为了一个更为明晰、更为正确、更为完整、更为幸福的前方。

　　这是文学的良知，也正是麻乃爷作为挽歌主角的悲剧意义。

○专著品读○

价值中立的《一亿陆》

白 草

《一亿陆》并非心血来潮之作，亦非一时偶然兴到所致，早在20世纪90年代中期，张贤亮就计划创作一部小说，用以描写、歌颂商品经济的威力，具体地说就是金钱的力量，小说题目都想好了，名为《钱歌》。这部计划中的小说最终没有如期完成，是因为有两种力量在较量、在搏斗、在抵消——金钱的力量与文学的良知。《钱歌》没有完成，不等于说作家已经推倒重来、另起炉灶，《壹亿陆》实际上就是变相的《钱歌》。显然，张贤亮在写作策略上做了一些调整，尽可能避开与金钱过于明显的、直接的关系，可是小说题目上的歧义性和主题上虽隐实显的特点，证实了《一亿陆》即是对《钱歌》创作大纲的延续，主人公王草根以金钱收购一切的魄力，表明这部长篇小说的真正主角就是金钱。

一

《一亿陆》是张贤亮最后一部小说作品，原系应《收获》杂志约稿，最初为中篇小说规模，在具体写作过程中，拉成了长篇小说的篇幅，字数近24万字。原刊《收获》2009年第1期，同年，由上海文艺出版社出版。

据张贤亮本人说，一次偶然的经历给了他极大的触动，成了他拟写此部小说的触发性因素——1995年年初，于出访荷兰之前等待签证的一段时间里，闲来无事，便逛了一次商场，有一个年轻的女商贩高声吆喝着兜售女性"药物裤衩",引起了张贤亮的注意,也引发了他的思考。同年在"鹿特丹国际小说节"的演讲以及随后接受英国一家媒体的采访中,张贤亮专门谈到了此事,他认为这件事情标志着中国正在发生着变化,而且标示了变化的方向,因为在中国传统观念中,女性内裤要放置在隐秘的地方,不能让外人看见;商店里出售女性内裤,一般设有专柜并由中老年妇女当售货员。现在一个年轻女子在大庭广众之下高声吆喝、展示治疗女性外阴搔痒等疾病的药物内裤,说明"男女之间的防线,女性的羞耻感,已在追求现代化的进程中彻底崩溃"。(张贤亮:《小说编余》,宁夏人民出版社,1996年,第31~32页)张贤亮由此进一步论述道,在"商品市场经济"中,一切东西都会化为"商品","人们从不着边际的理想和信仰跌落到现实后,失去的理性一定会逐渐恢复过来,经过一段混乱的无序状态,在商品经济发展到一定程度,人们就会有重建社会秩序和道德的强烈要求"。(《张贤亮作品精萃——散文集》,作家出版社,2002年,第88页)

经济建设取得成就或商品经济发展到一定程度,便会出现重建社会道德的要求,今天看来,这并不是一个新鲜的说法和观点,也不是张贤亮个人独到的发现。20世纪70年代末至80年代初,改革开放、思想解放、发展经济等等皆是整个社会的关键词,从中也反映出了民众普遍的心声、诉求,而"新时期文学"的主题则紧紧围绕着这些关键词,将它们作为重要的主题加以描写和表现。当时几乎所有的作家与官方意识形态密切合作,为之鼓吹、张扬,为之鸣锣开道,为之制造声势,后来有些文学史研究把这种现象形象地称为作家与意识形态的短暂"蜜月期"。在这个所谓的"蜜月期"中,张贤亮不仅表现得比其他作家更为热切、紧密,而且在以后的几十年间,一直保持了下来,从未间断。

张贤亮曾多次表示过,他自拥有了写作的权利以来,就从未想过要把作家当作一种终生从事的职业,从未想着要以小说创作来"安身立命",而是以自己的笔"参与社会活动","把写作当成社会活动的一种方式来对待"。(《张贤亮作品精萃——散文集》,第136页)对有些作家来说,这可能是一种策略性的说法、一种自谦的说法,但在张贤亮这里,却是真实的表述,他所有的作品基本上贯穿着一种社会改革的主题。

在当代作家中,公然把文学创作当成是参与社会变革的方式、手段的,只有张贤亮一人。这和张贤亮个人的经历以及他的社会理念、文学观念等有关。就个人经历一面说,张贤亮出身富贵之家,具体地说,他出身于一个成功的资本家的家庭,可是从少年时起,因为阶级出身原因被打入社会最底层,成为了他所说的"贱民",遍尝了不该尝的屈辱,看惯了世态炎凉、人情冷暖。他很早即认识到,一个人的命运遭际与社会大环境息息相关,只有社会环境正常了,个人的权利才会得到保障,个人的潜能才可获得充分发展的机会。正是这种特殊的、屈辱性的经历,使张贤亮形成了他个人独特的文学观念:当代文学艺术若要取得繁荣景象,必须创造一个能够保证文学艺术发展的社会条件,故而当代作家首先应该是一个"改革家",因为历史已经证明,"不改革,便没有当代文学的繁荣"。(《张贤亮选集》(三),百花文艺出版社,1995年,第683页)张贤亮也从不讳言他的小说属于"政治小说",早期的中篇小说《龙种》、长篇小说《男人的风格》等,完全可以说是为了配合改革而创作,前者描写一个大型国营农场的改制,后者则扩大到一个市的人事、经济等诸多方面的改革。张贤亮非常自信地说道,他在《龙种》里写到的"企业经济责任制"——他称之为"龙种式形式",比现实中的宁夏农场改革要早整整三年。也即是说,他在小说中以文学方式提出的改制设想,三年之后宁夏农垦改革议程才开始启动,而工作会议所讨论的主题、用语等竟然和这个小说形象所用的文学语言全然一致,如"固定工资要取消了,联产计酬也过时了,已经提出了最终要过渡到农业工人试办家庭农场"等等。这当然令张贤亮产生非常自信的感觉,以致他很轻率地给自己规定了文学写作的任务:

我不追求艺术的永恒,我只追求我现在生活于其中的一瞬间的现实性。如果我真实地反映了这一瞬间的现实,我的作品就能为广大的读者所接受。而艺术,只有根据表现和接受的相互关系,也只有站在社会实践的立场上才能具有审美价值(《张贤亮选集》(三),第655页)。

张贤亮的文学创作中存在着一个"现实性"的逻辑:每一个人包括作家,都与社会密切相关联,个人的命运某些时候往往由社会所决定;而社会结构的稳定与否,又与经济的停滞或发展直接相关。为了个人权益的保障,为了社会整体的安定,张贤亮为作家这个职业给出了一个很多同行可能会有意回避的定义:作家首先应将自己当成一个社会改革者,参与到变革的事业之中。

2008年,为纪念改革开放30周年,张贤亮专门创作了一篇散文作品《一切从人的解放开始——谨以此文纪念改革开放三十年》(《收获》,2008年第2期),这可以看作是张贤亮个人的一个小传,是个人的受难史,其中又折射着当代中国的历史发展,它的主题非常明确——没有改革开放就没有个人的解放。文章末尾,张贤亮引用了黑格尔的一句话,来表达他个人几十年不变的一个理念:

黑格尔早就说过,"人权,说到底是财产权"。只有全体人民都"有产",人民才能普遍地享受人权和尊严。所以,"共同富裕"才是我们应为之奋斗的目标。

财产、经济、商品等等看似抽象的概念,当它们在文学作品中以具象化的形式出现时,便成了可触可感的意象或者形象——钱。现在我们回过头来看张贤亮为之惊讶、为之感叹、为之大发议论的女性内裤事件,就不难了解,真正触动张贤亮的其实并不是年轻女商贩在大庭广众兜售女性内裤,而是金钱本身:在金钱面前,一切坚固的、看似不可撼动的东西,包括一些传统观念、习俗,全部轰然瓦解。张贤亮特别指出的那种"不着边际的理想和信仰",更会受到冲击,最终不得不从社会心理中退出、消失。所以,张贤亮决定以《钱歌》为名,构思一部小说来具象地表达他的社会理念。简单地归纳张贤亮的理念:人权就是财产权;有了财产权,才可享受人权和尊严;而财产在某种意义说就是金钱。

二

从1995年计划写作《钱歌》,到2009年完成并发表长篇小说《一亿陆》,张贤亮用了整整15年时间;一开始并没有明确究竟是中篇小说还是长篇小说,即便是长篇写作,对张贤亮来说,15年的时间未免有些太长了,何况事实上计划中的《钱歌》也未如期完成,却变成了另一部小说。探究其中的原因,可能不是多么复杂,甚至可以说很简单:小说主题本身出了问题。在古今中外文学史上,根本看不到有一部正面歌颂金钱的小说作品,作家皆持批判态度,极尽嘲讽、挖苦之能事。以左拉的长篇小说《金钱》为例,小说主人公之一的萨加尔，一个新式的、暴发户型的资本家，其人的人生哲学即为"吃掉别人，或被别人吃掉"，人生目的就是"建成一条巨大的金钱的川流，这就是伟大事业的生命"；小说的主题非常明确，"资本主义社会把一切都变成商品，因而金钱就具有了无穷的意义。金钱是生命的活力，灵魂的寄托，是一切行为和意志的归宿，人间的喜怒哀乐都与金钱紧密关联。人们追逐金钱不再是为了保证日常的温饱和生命的必需，而是为了金钱本身"，左拉"向人们展示了这样一个令人厌恶的世界，这本身就是对现实的严厉批判和否定"。（左拉：《金钱·译本序》，金满城译，人民文学出版社，1958年，第12、15页）

以左拉作为参照，张贤亮对商品、金钱等的认识在某些方面肯定存在问题。中国确曾有过一段为了"不着边际的理想和信仰"而折腾的时期，是商品经济让人们改变了过去的观念，也是商品经济改变了社会现状，这种改变还会继续下去、发挥作用，在这一点上，张贤亮的观察和描述无疑是正确的：

"一个几千年来被封建文化和传统意识形态禁锢的社会，群众又长期受空泛的理想和信仰所煽动而失去理智进行了疯狂的破坏，直到陷入贫困的深渊后又漠视一切信仰和道德，这种状况用什么才能突破，用什么才能重新调动起人们重建社会的积极性？我认为最好就是用'money'。"（《张贤亮作品精萃——散文集》，第88页）

"金钱"和"变革"虽有联系，但全然不同的两个概念，当张贤亮将关注点放在社会"变革"上时，他是正确的；可是，当他以"钱歌"一词作为小说题目，重心便位移至"金钱"本身，他偏离了文学的范畴，因为这恰是包括左拉在内的所有有良知的作家们所要加以批判的。毫无疑问，张贤亮陷入一个两难境地：他想要为金钱唱高歌时，文学的力量和作家的良知出来阻止了他，拉住了他，千百年来，文学传统从来就是把金钱作为对立面，作为鞭挞的对象，张贤亮要是敢于公然为金钱唱赞歌，他面临着的将是被文学传统开除的危险；可是，他若不写，那个能将女性内裤这种"taboo"冲决掉的"金钱"，又太具有强烈的诱惑力和吸引力了，不断向作家招手，招引他去描写、去刻画。可以想象，不是任何人、而是张贤亮本人把他自己置于一种价值困境或价值悖论之中。《钱歌》这部计划中的小说没有如期完成，是因为作家自身存在的两种力量在较量、在搏斗、在抵消。或许我们现在可以得出一个初步结论，是文学的力量阻止着《钱歌》的写作，从人道、人性的视角观察，《钱歌》是一部不可能完成的小说，它必然要流产。但是，倘若作家仍旧着迷于金钱本身的魔力，太过相信金钱的万能作用，那么，这部小说的写作和最终完成，将会回避文学必有的一种价值力量和精神力量，从而以损伤文学的批判价值为代价。

《钱歌》没有完成，但不等于说作家已经推倒重来、另起炉灶，《一亿陆》实际上就是变相的《钱歌》。显然，张贤亮在写作策略上做了一些调整，尽可能避开与金钱过于明显的、直接的关系，可是小说题目上的歧义性和主题上虽隐实显的特点，证实了《一亿陆》即是对《钱歌》创作大纲的延续：

第一，"一亿陆"本身就是一个充满了多义性的词语，一般读者看到这个题目后，会立刻把它与作家本人后来从事的经商职业联系起来。20世纪90年代初期，张贤亮发表了《文化型商人宣言》一文，公开向社会宣布自己以一介文人身份跳入商海，在社会上产生了较大影响。事实上，张贤亮还真的成功了，办公司，建影城，搞得风生水起，声名远播，几乎成了下海经商的典范。那么，现在作家用"一亿陆"命名一部小说，读者立刻会把这个词语与资本收益、财产金钱联系起来。就读者一面而言，他们没有错。作家在这里故意为读者制造一个理解误区，卖了一个关子，等到翻开小说，他才会告诉你确切的主题——所谓"一亿陆"并非财产金钱，而是一个健康男性的精子数量，在小说中，体现这一主题的人物，是一个农村来城市打工的年轻人，体质极健，智商略低，还不解男女风月之事，元气浑然。

第二，小说的主题则是忧虑人类的未来——因为男性的精子数量、质量的低下，导致人类再也制造不出健全的后代。第28节借人物之一的刘主任发挥了一通议论，用了近两页的篇幅阐释此主题。

刘主任早就意识到人类面临的最大问题不只是战争，不只是贫困，不只是恐怖主义，不只是粮食短缺，不只是地球沙漠化，不只是金融风暴等现代人吵闹不休的问题，而是人类即将灭绝！因为大气污染，因为臭氧层的破坏，因为化学物质污染了人居环境及每天都必须吃的食物和水，因为电磁波、热辐射的影响，因为人们承受的种种压力增大和吸烟、吸毒、酗酒等多种因素，男性的精子数量在急剧下降。不止数量减少，精子质量也在衰退；精子的冲击力、突破力都在弱化。虽然各国学者早已发现了人类面临的严重危险，但并没有引起人们普遍关注。人们关注的只是金融危机，股票、房价、油料、食品的涨跌，关注的只是眼前生活上的琐事，越关注越浮躁紧张，越浮躁紧张，卵蛋里的精子越少越差。搞到最后，物质生活丰富了，睾丸里的精子却贫乏了，二者成反比，物质生活达到历史最高水平时，睾丸里的精子就减到零的程度，以致生不出后代，真正成了后继乏人。

反复阅读此节文字，根本看不出其中有任何一点反讽或嘲弄的色彩，哪怕有一点开玩笑的意思，读者亦当有会于心，与作家一道发出轻松的一笑。再联系小说题目包含的对精子数量确切无疑的描述，将这些信息综合起来看，小说对人类未来的忧虑这一主题是严肃的、认真的。但是，这个主题越严肃，作家在认识方面的本末倒置、倒果为因愈形明显：男性精子数量、质量的下降仅仅是一个结果，环境污染、核威胁、食品安全问题等才是真正的原因。

张贤亮不仅在他同代作家里面，扩大说，在所有当代作家里面，对政治、文化、文学等方面的认识都非他人所能及，他有自己的社会理念、文学观念，这些观念又强化了他的文学作品，具有一种深广、厚重的特点。从数量上说，张贤亮的作品并不为多，与出版了四十卷文集的王蒙比较起来，确实太少了些；但从质量上说，张贤亮的作品每一部都可说是上乘之作，单看他的小说人物，许灵均、李秀芝、郭谝子、章永璘、马缨花、海喜喜等，很少有哪个当代作家创造出如此多的、广为人知的人物。有理由相信，张贤亮不只是一个优秀的作家，某种程度上也是一个大师级的小说家。那么这样一个优秀的作家，他怎么会一下子降低了自己的认识，出现一种倒果为因的低水平的错误？张贤亮是一个以思想、认识来提升作品质量、水准的作家，一旦认识上出了问题，其作品主题、内容等必然会出现许多问题，破绽百出，千奇百怪。就《一亿陆》来说，这个问题恰恰在于他念念不忘的金钱改变一切的观念：小说主要人物王草根，以捡拾破烂起家，后来成了当地著名企业家，此人事业成功，钱财无数，唯一遗憾的是没有儿子，于是他收购了一家医院，千方百计物色到了一个罕见的精子数量达标的年轻人——外号"一亿陆"，被医生称为"国宝"——以之作为自己传宗接代的理想工具。这个想象力颇为低下的故事背后，其实正包含着《钱歌》创作计划中的主题：金钱可以收购一切，包括世界上已经不多见的优质精子。小说主要事件"精子大战"，离奇曲折，与主要事件相关的次要事件甚至离奇到不合情理，确乎能够吸引一般读者的眼球，实际上这不过是作家的一个策略、一种花样，因为小说真正的主角就是：金钱。

三

一般水准的作家在驾驭长篇小说方面，因为才力有限，往往会或多或少地出现明显的漏洞，诸如情节描写上前后矛盾、人物性格变化突兀等等，在所难免。像张贤亮这样优秀的作家，写作中出现较低级失误，则显系认识或观念上的问题。以下试举数例，并做一些分析。

《一亿陆》最大的漏洞是主人公王草根盼望子嗣，但其前后态度上发生了莫名其妙的、不合情理的巨变。王草根是一个真正底层的典型代表，没有文化，性情粗野，张嘴就是"妈卖屄"，发财之后一心只想要个儿子，能够子承父业。王草根凡三娶，大老婆病病歪歪，生不出儿子，二奶、三奶只会生女儿，家里快成了"娘子军营"，"他盼星星盼月亮想死了的男娃儿，总生不出来"，这成了他"最恼火的心事"。为此，他不惜以重金购买了一座医院，并指定一位刘主任四处打探，最后找到了"国宝级"年轻男子"一亿陆"，以高价购其精子，后来干脆让"一亿陆"与其三奶成就好事。奇怪的是，像王草根这样被传统观念所控制、视女性为生育工具的底层人物，不仅极痛快地答应了自己的三奶与"一亿陆"直接"发生关系"，而且完全忘记了自己先前强烈的目的，竟相当爽快地说哪怕生下一个女娃他也要。那么，这里的问题就是，既然女娃他都要，二奶、三奶就可以制造出来，事实上家里已经成了"娘子军营"，又何苦如此地大费周章、没事找事？这不也充分地证明了，作家前面所有的故事设计、情节描写、人物纠葛统属浪费笔墨吗？其实，这里还有一个致命的漏洞：腰缠万贯的王草根要的是自己的子嗣、自己的骨血来承继家产，"一亿陆"的精子再优质，就算全世界数一数二，极为罕见，可那毕竟是属于外人的骨血，要知道王草根这类底层暴发户，其财产富有程度与其头脑中的观念全然成反比，其子嗣观念尤为固着、强烈，视子嗣重于一切，他怎么能够毫无心理障碍地容忍自己的三奶与一个外人上床借种？这是作家想当然的一种设计，与人物本身没有多少关系。理念的力量太强大了，没有能形象化为小说情节本身，全为外附、拼贴上去的细节。

还可举出一个极为庸俗的情节描写。小说第16节以整节篇幅写了一个同样也是捡破烂的四川老头，自从王草根的"废品收购站"开张的那天起，每天来卖废品，风雨无阻，而且其人交来的废品"货真价实"，来路正当，绝无可疑之处。王草根心生好感，即出新品价格收购，谁知老头大怒，拒绝"施舍"。读到这个地方，想来读者一定会深深感动于心的，并且会感叹道：底层苦力虽然物质上并不富有，但他们也拥有自己做人的底线和尊严，靠劳动吃饭，干净清白，人格高尚。可是一路读下去，结局令人齿冷：这个苦力老头临死前留下"遗嘱",命自己的亲生女儿去给王草根做小老婆!舍小就大,这是一种典型的商人心态,而小说也于无意间把底层的一面真相呈现了出来。

还可以举出一个令人难以容忍的情节,小说第55~58节写了一个70多岁的"国学小老头"形象,此人喜好与妓女做"天体运动",一丝不挂,令妓女背着自己从一个房间跑向另一个房间,乐不可支。有一次躺在妓女的大腿上,吟唱起柳永的词"寒蝉凄切,对长亭晚……";还有一次爬在妓女的肚皮上,大谈中西文化的区别——中国文化重精神、西方文化重物质;云云。如果说这些描写仅仅让读者产生一种倒胃口的感觉,那么,以下这个骚老头关于女人的一段议论,则完全无所顾忌,甘冒天下之大不韪:

"唉!现在哪个整成这个样子:神州大地,男无君子,女无淑女!小姐不像小姐,良家妇女不像良家妇女!走在大街上,你都分不清哪个是小姐,哪个是良家妇女;好像满大街都是小姐,又好像满大街都是良家妇女!唉!可是你不同,你这个小姐走到哪里,看起来都像淑女。你有这个天分哟!"

评价"国学小老头"这类小说人物,必须要有一个基本的鉴别标准:倘若作品持一种哪怕是隐性的评判态度,将其当成喜剧形象,那么此人关于女性的一些谬论越荒谬,则越显出其人之可鄙。可仔细阅读这些描写,看不出作家的基本态度。根据小说情节内在逻辑,可以肯定的一个结论是,这个小老头不仅多情多义,而且出手大方,尽管他早已超过了做苟合之事的年龄,撅着白胡子、涎水涟涟地口含着妓女乳头的劲头还是有的;临死之前的大愿望是再看一眼他舔过的妓女乳头,大发慨叹,觉得"不枉来人间走了一遭",并给后者一只全球限量版的名包。小说不只没有丝毫讽刺、挖苦的意味,而且处处流露出欣赏、得意之色。

显然,小老头关于中国妇女的一段议论,亦可视作作家本人的观点,此观点背后隐藏着一个标准,即,拿高级妓女的标准来要求普通妇女——小说中陆姐,是"一亿陆"的姐姐,大方多情,其人虽为妓女,但表现得比一般妓女和一般良家妇女更出色、更多情、更仪态万方,一句话,更像一个"淑女"。这种观点出自张贤亮笔下,委实令人诧异不已。

在古典小说传统中,妓女被赋予了种种美德,也占尽了种种美德,因而也占据了道德上的优势,比如美丽、多情、纯洁、善良、仗义等等,以爱情来说,妓女更其忠贞、坚固,甚至妓女被当成了爱情的化身;再遇上一个多情又富有的男子,便成就天下好事,成为一种典范。但实际上,这种传统愈到后来愈成为一种滥调、俗套。鲁迅《上海文艺之一瞥》中就揭穿了此种传统虚伪的内幕,鲁迅说,所谓才子佳人,无非是婊子一心只想掏尽才子的腰包,才子也学乖了,绝不手软,便想出种种妙法来制伏婊子并占她们的便宜;张爱玲散文中"婊子无情"一语,亦构成了对此俗套的强烈冲击力。张贤亮却绕开了现代文学的书写传统,直接延续了古典小说的那种滥调套语,把一个原本可怜的妓女写得比普通妇女都更"淑女",把一个老年高级淫棍写得那样富有学养、腰缠万贯而又多情大方,这是一个极大的倒退。张贤亮以写现实起家,以充当"社会改革家"而名世,按理他更应该关注现实、关注现实中那无数默默地艰辛持家的普通妇女,是她们维持着社会的正常运转,公正地说,她们才是我们民族真正的脊梁。可是现在张贤亮把一个妓女写得高于一切,这说明擅长描写现实的张贤亮已经不了解现实了、远离现实了。一句话,张贤亮貌似跟上时代变化，显得时尚花样，实则他已经落后了、落伍了，而且他的这种毫无原则的比较也是对普通妇女的一种污辱。李秀芝、马缨花、黄香久们退场了，妓女陆姐大摇大摆地登场，对张贤亮来说，这真是一个讽刺。

四

张贤亮的小说题材几乎不出他个人的生活经历，除了少数几部作品如《早安！朋友》《浪漫的黑炮》《普贤寺》等之外，其他作品个人化色彩颇为明显；或许可以说，张贤亮仅仅擅长描写个人生活经历，一旦越出此范围，写自身以外的生活经历，似乎就失去了驾驭能力。比如长篇小说《早安！朋友》，王蒙曾经相当不客气地批评道，这是一部非常"丢份儿的小说"，令人难以恭维，原因并不在于张贤亮写了多少青年人的性的问题，而是他根本就"不擅长"描写此类人物，"他对当代青年了解得如此可怜，这实在是他对自己才能的一次浪费"。但同时王蒙又高度评价了张贤亮的创作：

"尽管张贤亮试图在他的作品里搞了和马对话，和马克思的亡灵对话，但他实际上不可能摆脱反映严峻的事实而又大致符合他自己所理解的马克思主义基本道理的模式。他事先就规定了自己的中心，主旨很严格，要描写一个剥削阶级出身的知识分子怎么经过千辛万苦变成了马克思主义者的过程，张贤亮是一个非常有代表性的现实主义的作家。他的作品你喜欢也好，不喜欢也好，或者在某一方面不喜欢，但仍然有相当的分量。"（《王蒙文存·第20卷》，人民文学出版社，2003年，第263、280、218页）

张贤亮小说中另一重要主题是对阶级斗争的批判，他本人就是一个受害者，因而小说中的知识分子主人公形象也全都是受害者，以此身份来见证一个时代的荒谬：

……这就是当时中国的文化生态。今天看来既荒唐又可怕，我们可以批判它将芝麻大的事"上纲上线"，陷人以罪，然而它确实有一定的合理性，是以"阶级斗争"为主流意识形态发展的必然结果。历次政治运动，如"土改斗争""思想改造运动""忠诚坦白运动""镇反运动""肃清反革命运动""农业合作化运动""三反五反运动""批判胡适资产阶级思想运动""反胡风运动""反右运动""反坏人坏事运动""反右倾主义运动""四清运动""社会主义教育运动"等一系列运动中施行的阶级斗争教育，逐渐培养出人的线性思维：人们的一切言行都可归结到阶级斗争上去，都能够和阶级斗争挂钩，甚至从一个人拿铁锹的姿势也可以看出此人是否劳动人民出身，从而分清"敌我友"。（张贤亮：《一切从人的解放开始——谨以此文纪念改革开放三十年》）

以"商品经济"或经济建设来批判、消解阶级斗争，这是一个基本的常识，也是王蒙所说的"严峻的现实"。张贤亮那些优秀的、称得上经典的小说作品，皆贯穿着这个主题。不过，对作家来说，经常性地写个人经历，表现同一主题，也会面临资源枯竭的问题，可以看出，张贤亮也意识到此问题，在努力尝试着超越自己，比如长篇小说《习惯死亡》，无论就技巧、手法、结构、主旨等，都能显示出作家在求变、求新，与此前拟定的九部"唯物论者的启示录"那种严格的现实主义创作方法，有了很大区别，大段的内心独白、意识流、变形、象征等因素，在《习惯死亡》中所在多有，但又充满着强烈的批判色彩，第三部第5节，通过个人性压抑经历，描写自己终于明白什么是文学：

"文学，表现的是人类的幻想，而幻想

就是对现实的反抗!"

惜乎《习惯死亡》之后,张贤亮停止了超越性的努力,终其一生没能跳出以往的惯性思维和已有的创作模式,始终纠缠在商品经济与阶级斗争对立之中。而且张贤亮愈到后来愈加迷信"资本"的力量,甚至到了神化"资本"的地步,而"资本"的对立面则是大众、是弱势群体,在张贤亮看来,这个群体的脑海中常常隐藏着阶级斗争观念。

长期以来,我国一以贯之地用各种方式向全体民众灌输"农民养活地主,工人养活资本家""资本家靠剥削工人发财"的教育。现在,一些电视剧和电视台播放的老电影仍然遵循这条思路导引广大观众。这种观念一直是我们的主流文化及文化生态环境的重要组成部分。时代变了,历史条件变了,但这种会引发"阶级斗争"的旧观念却常存不衰,只是因目前令人眼花缭乱的时尚的风靡,暂时退隐到后台罢了。这个"后台"不是别的什么地方,就在人们的脑海深处,你不知道在什么时候、碰到什么事情,它就会从脑海深处浮泛上来,大而言之引发社会动荡,小而言之也会让你的企业不得安宁。

张贤亮认为,现在要振兴国家,"在经济上依靠的就是资本、科技与脑力劳动,而不是被称为'劳动人民'的弱势群体",也即是说,"资本"才是主角、才是主体,"资本"担当着"社会生产、交换及服务的启动者和组织者的角色",绝不是工人农民这些"弱势群体"。(《张贤亮近作》,文汇出版社,2006年,第92页)

从经济和资本的角度、标准说,张贤亮无疑是正确的;从文学的角度、标准看,张贤亮全错了。这两种标准处于对立地位,相互对抗、抵消,严重地影响、制约了张贤亮后期的写作。张贤亮的文学路子本来就不宽广,以人物论,迄今为止他的小说中只出现过两类人物形象,一类是带有自传性质的知识分子形象,另一类则为作家亲见耳闻的劳工大众形象,在张贤亮饱受磨难的日子里,这些劳动者给予了他某种精神上的慰藉。但奇怪的是,自《男人的一半是女人》之后,劳动者形象再也没有出现在他的作品中。李秀芝、马缨花、海喜喜、魏天贵、黄香久等等,他们到底都去了哪里呢?在扮演着社会主体角色的"资本"面前,这些劳动者们全变成了"弱势群体"(《张贤亮近作》,文汇出版社,2006年,第96页),张贤亮认为,他们对社会没有什么贡献,因而地位低下,卑微不足道。那么,"资本"又是什么形象?在《一亿陆》中,"资本"就是可以收购一切的王草根,就是四处"开处"(给处女开苞)的"大老板",就是趴在妓女肚皮上大谈中西文化差异的"国学小老头"……在整部小说中,没有丝毫的喜剧色彩,没有一点讽刺意味,这是因为"资本"占居了上位,成了唯一的标准,而文学标准则黯然退场,与之一并退场的还有精神价值,结果便出现了价值中立或价值退隐的情况。

王蒙在1989年一次访谈中高度评价了张贤亮的写作:"不管你对张贤亮作品的某些描写,甚至于某些主题思想持异议,但在张贤亮的身上,也很难看出滑坡的迹象来。"(《王蒙文存·第20卷》,第262页)今天看来,《一亿陆》就是"滑坡"的一个标志,并非源于张贤亮文学天才的衰退,而是起于两种观念的严重冲突。

○专著品读○

读《宁夏诗歌选》《宁夏诗歌史》

吴淮生

诗人杨梓主编的《宁夏诗歌选》（以下简称《诗歌选》）和《宁夏诗歌史》（以下简称《诗歌史》）2015年由宁夏黄河出版传媒集团阳光出版社出版了。在宁夏诗歌发展的历史长河中，可以说是一件前所未有的大事和壮举。《诗歌选》选录了从唐朝中叶到当代13个世纪的440多位诗人1400多首古代诗歌、现代诗人的旧体诗词和现当代新诗。全书分上下两册，八百多页，共二万余行，以诗歌之精练，字数竟达百万言之多。可谓卷帙浩繁，洋洋大观。全书以分行的文字符号录制了宁夏千余年来自然风光、时代变迁、民族交往、人民生活、屯垦戍守、社会风尚等等长长的艺术图像，堪称地域性史诗。那么，10万字的《诗歌史》呢，是对《诗歌选》内外宁夏古今诗作条分缕析的叙事书写和缜密深邃的理论解说，可以精称宁夏诗史。二书配套，珠联璧合，构成宁夏诗歌发展全景式观照的"双璧"。因之，笔者借出版者对二书的定位语"诗宁夏双璧"作为本文标题的前半，以"史诗和诗史"为后半，进而阐论之。

何谓史诗？

古代以诗歌的形式，描摹某一部族（民族）、地域或国家兴起的历史故事及其有关的英雄人物事迹的长篇作品，称之为"史诗"，多为集体创作，最初往往在民间口头流传，后以文字定型。世界上许多民族和国家都有此类作品。后来，个体文人也创作之，是早期"史诗"概念的泛化；再泛化一步，将众多的歌诗汇集一起，展示出一定历史时期的面容，也是史诗，例证良多。杜甫许多不朽的诗篇塑造了由盛唐转入中唐社会生活大变动之具象，评家称其作品为"诗史"，此"诗史"者，即"史诗"也。《黄河大合唱》是多首词曲合成的组歌，唱出了中华民族同仇敌忾、团结抗日的伟大民族精神，是当之无愧的现代史诗。

《诗歌选》作为宁夏史诗，显然属于上述分类的第三种，即由众多的诗章汇集而成。

先说一个史诗的普泛属性。以李益《夜上受降城闻笛》为例，如果是历史书，大概会这样写："某年，某某，受命戍边，率兵若干，驻守受降城。"而李益的诗则完全撇开了这一切抽象的叙述，读者感受到的，是诗人书写的审美客体所构成的优美诗歌意象——烽火台前白茫茫的沙漠，城堡浸渍在银白色的月光里，远处传来凄凉的芦笛声，唤起了戍边将士浓郁的乡思。这就是史诗（包括一切诗）和史著的分野。

史诗中的史诗。《诗歌选》还有它自己独有的许多地域性史诗的特征，其整体是一部长长的宁夏史诗，比一般的单部史诗的叙事年代都长。在它选录的1000多首诗中，有的篇章本身就是史诗。杨梓的《西夏史诗》是长诗，当然不能全选，但可以断章入列。《诗歌选》录有杨梓的诗六首，其中之一就是长诗的抒情片段《西夏史诗·一片澄明的雪》。大雪是美丽而多义的诗歌意象，可以作各种解读，如表达西夏历史的灵动，或者是象征西夏遭兵燹后的寂静，真是诗无达诂了。不过，看得出来，无论怎样解读，都是对一个部族的整体赞美。邱新荣的"大风"就是系列史诗，《诗歌史》对此已有确切而肯定的评析。他被收入《诗歌选》的组诗（五首）就以《史·诗》命名总标题。组诗以毛公鼎等五件古代文物为审美对象进行诗性抒写，文物既是历史之具象，又是美学之意象；诗人引史入诗，以诗证史，相得益彰。张贤亮的积极浪漫主义的抒情长诗《大风歌》，其实也可谓之史诗，因为和《黄河大合唱》同理，唱出了一个时代——新中国成立初期革命的情绪。"大风"是一个意象，象征着势不可当的革命的潮流："我是被六万万人民向前飞奔所带起来的呀！""我是六万万人民呀！""啊！我是新时代的大风""我宣布／一个新的时代已经来临！"长诗受到郭沫若早期诗作的"狂飙突进"激情的影响，也借鉴了艾青《黎明的通知》某些表现方法，但有新时代的独特之精神和诗人自己的独立风格。即使是在当时的历史语境下解读，也明明是革命的"大风"，却被曲解为"反动"的"大风"，这真是从哪里说起，事情的颠倒以致于此。20世纪80年代以来，长诗重见天日，重刊于《诗刊》，并入选《诗歌选》，得以还其本来面目。以上数例，置于《诗歌选》中，可谓史诗中的史诗，这样的作品，书中还有。

多族并立的诗存。宁夏自古以来就是多部族（民族）共居之地，多族文化并立，各展风采。它们各自独立，又相互影响、碰撞、交流、融合，你中有我，我中有你。就《诗歌选》而言，我没有逐一考察其作者的族别，但至少包括了三个以上部族和民族诗人的作品。西夏政权为党项族所建，由于经历兵戈，文化遗存甚少。《诗歌选》从几种书中选出了《大诗》等三首西夏诗的片段，虽然已由西夏文译为现代汉语，从中还是略可窥见当年党项人生活、文化情态于一斑。西夏初立之时，汉族人张元在这里出仕，官至国相。张元能诗，他的七绝《雪》建构的雪的形象，奇异灵动，突破前人。900年后，毛泽东化用了其"战罢玉龙三百万"之句，填制成《念奴娇·昆仑》的杰作，并自注其事。可见张诗影响之深远。张元的诗是汉诗，他又在西夏为官，因之，他的作品可以看作是我泱泱中华内部两个部族（民族）之间的文化交流吧。这种现象历史上并不罕见，如庾信、元遗山等诗人及其作品都是。近代，尤其是现当代以来，宁夏的回族诗人不断涌现，逐渐呈井喷之势。从85岁的王世兴到25岁的马海波，《诗歌选》录入了大批当代回族诗人的作品，体现了回族在宁夏的地位。回族和汉族属于同一语种，使用的都是汉字符号。那么，回族诗歌的民族特征从何显现呢？回族的生活习俗、文化心理、史迹叙事、人物故事、穆斯林情韵等等，都是可供选择的审美客体。白林中的旧体诗词、马乐群的新诗，都有一些这类作品。许多回族诗人往往将本民族的特色融进整体的塞上情韵之中，以至把视野扩大到宁夏以外，投射到广阔西部的宏观世界。这种超越，笔者翻造两句前人咏左宗棠的诗，"遐思飞越三千里，曳引诗情出玉关"来形容也许相近，他们的诗可以说是泛西部化了。杨云才的《西部和我正年轻》《西北，给了我一块调色板》《我：西北的儿子》都是如此。单永珍更将诗的艺术触觉延伸到青藏高原的世界屋脊上去，写出了奇丽的诗篇。在这些诗作中，回族特征和西部色彩水乳交融了。有些汉族诗人，如秦中吟也写有富于回族韵味的诗，印证了前文所说的相互影响、交流和融合，从歌诗这一扇窗口展现了中华民族大团结的情境。

雄峻和秀丽交织。准确地说，宁夏的地理位置并不属于西部，而是处于我国中心偏北的地区；但在人文地理和行政管理上，历来都划在西部关塞的范围，上述李益的诗以及《诗歌选》限于作者的地域条件而未录之王维的《使至塞上》都可为证。因之，宁夏的自然风光和大西北总体的苍凉景观有同有异，大漠金沙和小桥流水相邻，崇山峻岭与沃野平畴互见，面积虽然不大，自然地貌却多姿多彩，赠给了诗人审美资源的优势。这种现象在《诗歌选》中多有所见。唐代的李益状摹的是边塞的凄凉月色，而明季潘元凯的《梅所》写的却是"翠禽啼落枝头月，梦入瑶台白银阙"。再看现代新诗，在贾羽的笔下，黄河是"波涛滚滚的宏伟"（《九曲黄河》）；而徐忠杰的《沙湖》呢，则是"一池秋水的柔美"，"千万顷芦苇花间静卧"；在西海固，一碗水却传了祖孙三代，最后，哥哥舍不得喝，传给妹妹洗脸出嫁（刘岳《西海固的水》）。同是写水，同处于逼仄的地域，反差如此之强烈。这就是真实的宁夏，这就是《诗歌选》中的宁夏。

新诗的主体地位。《诗歌选》收录唐代至今1200百多年间180多名诗人的350多首古体诗词，60多年间250多位现当代诗人的1000多首新诗，所选新诗作者人数及作品数量远远超过书中古今作者及其古体诗数量之和，这是势所必然，也是顺理成章的事情。现作两点阐释：一、百年来，新诗以不可遏制之势占据了中国诗坛的主体地位，这是历史的必然。旧体诗词受到不应有的冷遇和排斥，被不适当地边缘化了，直到20世纪80年代才得以复兴，从而新旧诗体并行发展。尽管有人以偏概全，将古体诗词当作中华诗词"整体"，但是，无论从作品的数量、质量及诗歌发展大势来看，新诗的主体地位都是不可动摇的。我国诗歌的发展情况证明，毛泽东1958年说的："诗当然应以新诗为主体"，是一个正确的命题。《诗歌选》体现了新诗的主体地位。二、这样的编选也是符合宁夏诗歌发展实际的。宁夏的古代诗歌，像李益、张元那样的石破天惊之作，毕竟是凤毛麟角，元明清三代，宁夏的诗虽然得到承传，有所发展，但多为应答平实之作，匮乏大诗人和名篇。当代宁夏诗人的旧体诗词固不乏佳作，其数、质及在全国的影响，较之同地的新诗还是颇有差距。所以，《诗歌选》的做法和本地区的诗歌现状是吻合的。

流派纷呈，兼收并蓄。这是《诗歌选》中新诗的一个明显的特点。从王亚凡、李震杰、朱红兵、路展的现实主义诗作到张贤亮浪漫主义篇章，从王世兴的山歌、高琨、杨少青的"花儿"到罗飞的现代诗，从肖川、刘国尧、屈文焜、骆英由传统诗走向现代诗的作品到杨梓、梦也、杨森君、王怀凌、单永珍等以及一大批更年轻的诗人的现代诗和后现代诗，莫不臻备。这表现了主其事者客观、公正、中立的编选倾向，唯好作品是选，不以自己的喜爱与否存废。这种选家和史家的正确编选态度，是值得赞赏的。

现在来说说《诗歌史》。

拂去历史的尘封，就可以发现，即便在宁夏这样有限的地域，也是代代有诗人。他们的作品，或梓为诗集，或散居各地方志及现当代各种书报刊物上，或深藏在日记之页，或收录于函件之中，以至幸存在零落的纸片上……总之，状态纷纭无序，诗人是不会为史家的艰辛而费心力的。但也有集诗人与史家于一身的人。以诗人杨梓为主编的一批撰述者，对宁夏古今的诗歌资源进行了收集、整理、阅读、考辨、分类、评析和书写，使之条理化、系统化、理论化，构成了这部《诗歌史》。耿占春在书的序言中引用了唐代著名史学家刘知几的"史才""史学""史识"之说，笔者深以为然。对诗歌资源进行考辨、分类和评析需要"史识"，书写则展现"史才"，而从收集到书写的全过程，都是"史学"研究的过程。

《诗歌史》对散乱无序的宁夏古今诗歌进行了纵横交织的梳理。

纵的方面，撰述者将从《诗经》到 21 世纪初约 3000 年间有关宁夏的诗歌和宁夏本土的诗歌状况，按年代、分阶段进行了排列，对生词僻典做了考辨诠释，并根据各阶段宁夏诗歌的实况作了详略不等的评述，从而构建了宁夏诗歌发展脉络系统和诗史的基本框架，也就是上文说的"条分缕析"了。

横的方面，《诗歌史》梳理的重点在当代。文本多节并立，对五光十色的宁夏当代新诗作了横向穿透而又缜密深邃的阐释。其中第四章前三节看似纵向编年，实则 60 后、70 后、80 后三个年代的诗人并世而立，其作品代表着三种不同的诗美学之追求：60 后走向现代，继承与先锋并举；70 后部分回归传统，乡土情结与草根情韵；80 后之后现代化，张扬个性的诗作……"回族诗人""女诗人""诗歌评论"四节则是文本独有的亮色。

本书的另一个亮色是对诗人的评介。诗史，说到底，就是诗人及其作品的历史。《诗歌选》辑录了宁夏古今 440 百多诗人的作品，《诗歌史》为其中约一半人，即 200 余诗人立了传。本书不是单个诗人的评传，不能详尽叙写，必须"提纯"。于是，收集资料，提炼菁华，抓准要点，精当评析，就成为艰辛而有乐趣的学术过程。推介一个诗人，就是写一个简明扼要的评传，真是工程浩大的艺术担当啊。

《诗歌史》从来没有忘记自己承担的是地域性诗史的角色，在论述宁夏诗歌的时候，总是将之与全国诗歌大环境联系起来。例如，在唐代边塞诗的发展大势下托出李益之作；在新中国诗歌繁荣的大局面中讲叙宁夏新诗的兴起等等。实证着宁夏诗歌是中国诗歌一个不可或缺的组成部分。

笔者对"诗宁夏双璧"的粗略解读，就行文至此，以就教于高贤与读者。

挑灯敲键论诗史，展卷抒情诵史诗。

○专著品读○

读《儒人的图腾》笔记

高耀山

小时候逢年过节，大人给了好吃食舍不得几口吃掉，总是留下一点慢慢品尝。后来读书也有这个习惯，凡经典名著，总不舍得一下读完。尤其读长篇经典作品，读得很慢，怕一口气读完，囫囵吞枣消化不了，作践了好东西。所以像蚂蚁啃骨头，一点一点读，有的章节段落读几遍，还用红笔勾勾画画，然后合上书本仔细回味品咂。如《史记》《红楼梦》《静静的顿河》《创业史》《平凡的世界》《白鹿原》《秦腔》等长篇巨著，有的读一两个月，有的读三四个月，有的甚至读半年一年。王佩飞的长篇小说《儒仁的图腾》（宁夏人民出版社，2014年，以下简称《儒》）就是一部让我舍不得很快读完的佳作，读了四个多月，边读边品，很有味道，深受感动。便随手将不同寻常的看点和体会笔记下来。

传统文化丰厚

《儒》是一部具有纪实风格、文史品格的作品。以20世纪三四十年代发生在作者家乡江苏泗洪地区的许多历史事件和时代变化为背景，以汉代大军事家淮阴侯韩信之后人——广宁堂创始者韩孝甫及其子孙为依托，融纪实、虚构、传奇于一体，巧妙而精彩地谋篇布局，编织故事，塑造人物，成就了一部洋洋35万余言鲜活生动的厚重之作。《儒》从设计装帧到书的名称，都飘逸着古色古香。看得出，作者对中国传统文化"儒"的敬意与温情。开卷阅读，立刻被浓郁的中国传统文化意蕴和魅力所笼罩所吸引。广宁堂的名字，韩孝甫及其子儒仁、儒义、儒礼、儒厚等的命名，均暗含了孔子的仁义礼智信，忠孝悌勤俭；从广宁堂悬壶济世，治病救人的种种义举善行，我们看到中华医药医术的博大精深，中华医德的博爱大慈；从主人公韩儒仁的大智若愚，运筹帷幄，谦恭礼让，体现了仁义、忍让、以柔克刚等中国传统文化的智慧；以积极入世的态度修身、齐家、治国、平天下，体现了儒家的担当精神。如，韩家人丁众多，却尊老爱幼，和睦共事，风雨同舟，在世事混乱，兵匪横行的险境中，一次又一次化险为夷。面临国难当头，内忧外患的形势，如果没有"小不忍则乱大谋""国家兴亡，匹夫有责"中华传统文化智谋的指引，韩家何以逢凶化吉柳暗花明？如，韩氏家族敬重先贤韩信，更多的是敬重崇拜其仇敌汉丞相陈平，显示出韩儒仁儒家之宽容仁义胸怀。如，"鬼影子"有图谋而卧底广宁堂，韩儒仁心知肚明，本可以手到擒拿，却忍让有加，以礼相待，并巧施一连串计谋，敲山震虎，终使"鬼影子"感激而又心愧，自动离去。体现了"害人之心不可有，防人之心不可无"的中华传统文化精神。

《儒》中，无论人物对话，形象塑造，故事演绎，情节编织，处处可见传统文化之丰厚之精妙。第六十五章，高适之到广宁堂医病与韩儒仁一席闲聊，充满经典古意——高适之刚落座，就见八仙桌上放着一本《黄帝内经》，便说："韩掌柜熟读《黄帝内经》吧？"韩儒仁说："此是儒义小憩时在研习。我也时常拜读。"高适之说："此书不知成书年代，个中理论过于玄奥，想必大掌柜皆已了然于心了吧？"韩儒仁说："《黄帝内经》大约成书于战国年代，它一形成，就达到了不可逾越的顶峰……是教我们怎么认识世界和做人识人的方法。"高适之笑道："既是医术，如何教人做人识人？"韩儒仁说："医乃仁术，仁在先，医在后。……您老纵横捭阖，举重若轻，又进退有据，宁静致远，故虽年近古稀，却老当益壮，就是《黄帝内经》所言的阴阳和平长寿之人。"高适之听了，自得地扬脸大笑："韩掌柜言重了，折煞老夫也。"接下来，又聊字画古玩，同样精深精彩。这样的文笔语言，《儒》中不胜枚举。

这部小说就像一本传统文化百科全书，所涉及的历史事件，古今轶闻，战争军事，名人贤达，三教九流，记述得头头是道；中医药术，字画古玩，饮酒品茶，民俗风情，谈论得样样在行。引经据典，旁征博引随手撷拾，可见作者有非常丰富的生活阅历和深厚广博的传统文化积累。

故事情节精彩

王佩飞是讲故事的高手，他说过："不写人的小说不生动，不讲故事的小说不精彩。小说没有人物，就没有了灵魂；没有了故事，就没有了看点。"编织故事情节，是小说创作的重要一环。故事情节的起承转合，环环相扣，节外生枝，无巧不成书，等等，都使小说"真实的谎言"成为合理，使虚构成为真实，证明作家编的故事，的确应该存在。《儒》的故事情节精彩玄奥，摇曳多姿，但都是人物主导事件（故事），而非事件主导人物，写出了"人"和人的命运。这方面，佩飞把它运用到了极致。如，"鬼影子"卧底广宁堂，就像一颗定时炸弹，随时有爆炸的危险，把读者的心悬起来，惴惴不安；如，共产党人周立民因负伤藏于广宁堂内，保安团长高柱久派兵站岗放哨，昼夜监视，给读者一种透不过气的压力和恐惧。广宁堂主人韩儒仁却每临大事有静气，淡定自若，运筹帷幄。前者，巧施"无中生有""苦肉计"等一连串计谋，使"鬼影子"主动离去而"祸水东移";后者,韩儒仁则"明修栈道,暗度陈仓",让周立民扮成轿夫,抬着高老爷由保安团士兵护送,从岗哨眼皮下堂而皇之走出广宁堂。一个个故事情节,都与人物的命运密切攸关,即由人物牵着故事走。这就是《儒》与那些故事情节平淡无奇小说的不同之处。

要写出有震撼力的小说,除了题材本身,写作手法很重要。主要是转折对比手法,如环境转折对比,人物命运转折对比,情节转折对比等。《儒》很好地运用了这些转折对比写作手法。如,广宁堂的生活,平安中有危机,危机中求平安,一波三折,起伏跌宕。本来平安无事的广宁堂,冷不丁来了个"鬼影子"卧底,广宁堂上下顿时紧张起来,好不容易打发走"鬼影子",大家松了口气,日子恢复了平静。却风云突起,湖神庙发生了神秘枪战,广宁堂怕被牵连人人恐慌,好在有惊无险。但没过几天安稳日子,又为藏身于广宁堂的共产党人周立民而焦虑不安,提心吊胆。不久将周安全转移,一块石头落了地,广宁堂日子算是安稳了。孰料,有人突然上门提出买枪,韩儒仁吃惊又为难,此事若败露,则万劫不复。买枪的事刚摆平,松了一口气,大祸又临头,日本特务高桥黑夜造访韩儒仁要收购古玩,高柱久暗中派人监视,欲以汉奸之罪,陷害儒仁……之后,又发生韩儒厚和喜子外出收购药材被蒙面人绑架……一群人抬着无名死尸到广宁堂以药物中毒致死而闹事……韩儒义被抓被毙……韩儒仁为救儒厚,设"鸿门宴"与日本特务、汉奸、保安团长、土匪头子、乡霸等饮药酒同归于尽……最终逼迫无奈,广宁堂迁逃出太平镇。读者跟着一个又一个平安—惊险—又平安—又惊险的故事情节、人物命运,一会紧张焦虑,一会吁气心安。这就是转折对比手法的艺术魅力,也是《儒》有吸引力的主要原因之一。

叙述缓,"闲"笔多

小说是跟人聊天的艺术。尤其长篇小说,要絮絮叨叨,节奏舒缓,像漫漫长旅,要有慢功,有耐力。走得早,未必走得远,赶得急,未必会有好结果。行文舒缓,可以扩大空间,延伸时间,丰富叙述内容,增加小说的情趣和真实感。《儒》通篇叙述节奏舒缓,行文沉着冷静。不时地插入相关事件、典故、轶闻等,使整部作品更显丰富厚重。如,第五十二章写道,昨晚湖神庙发生枪战,"这一夜韩儒仁忧心忡忡,双眼未合,嘴唇上燎起了几个水泡"。怕广宁堂被牵扯进去,一清早就去见副官高凤年,想打探虚实。韩儒仁本该是心焦如焚,一路紧走。作者却让他不慌不忙若无其事地边走边看,走过满口鲜包子店,居然在太子石前停了下来,欣赏被雨雪浇洗过的太子石品相,回味它的历史背景……接下来,又观看太平镇最热闹的跑马巷,然后才走进镇公所大门。这段插叙有一石三鸟之妙:缓解了叙述的急迫,让读者的紧张心情得以平静;塑造了主人公遇事不惊,淡定从容的形象;丰富了文本,增强了小说的艺术感染力。

小说,说到底就是"闲话",也离不开"废话"。长篇小说如果没有闲言碎语,就少了情致、情趣和意境,就少了厚重、丰富和轻松。如果让写出的每句话都精确实用,那就显得干巴生硬,就不是小说艺术了。佩飞深谙"闲笔"不闲的功效,因而运用得娴熟又巧妙,令人叹服。第六十九章记述,韩儒仁为了笼络住高柱久安插在广宁堂的线人赵金城,就把他叫到书房里闲聊,说:"我想让你跟儒义学把脉,你可有意?"赵金城说:"我识字不多,生性愚钝,怕是学不了?"韩儒仁听了,不以为然,说:"金城兄,你岁在壮年,尚不为迟。"便给他说了段清末梨园中有"三怪"

的故事。接下来，讲了三个身残志不残，学有所成的人物：一个是跛子孟鸿寿，自幼患软骨病，成了跛子，他下决心勤学苦练，后来成为丑角大师；一个是瞎子双阔，因疾失明，他坚持苦练基本功，终于成为一名功深艺湛的武生；一个是哑巴王益芳，先天失语，自幼看父母演戏，默记于心，并起早贪黑练功，常年不懈，后来一鸣惊人，成为戏园里有名的五花脸。一席"闲话"，聊得赵金城心悦诚服，读者也听得津津有味。这就是"闲话"的作用。

语言老到独特

文学作品，都是语言的艺术。小说尤其看叙述语言的功夫，怎么说比说什么重要。一个作家能否写出好作品，大作品，语言功夫至关重要，语言文字不过硬，写出的作品总是轻飘飘的经不住推敲。《儒》的叙述语言给人沉甸甸的审美感受，语言老到独特，最显著的特色是，朴实、瓷实、厚实、简洁、凝练、有味。语言文字里洋溢着子曰诗云的古文神韵和典雅，却没有之乎者也的拗口与生涩。作者遣词造句严肃认真，叙述中看似随意地引经据典，却件件有来源；人物言语里的谈古论今，虽然是闲聊，但句句有寓意。如，第五十章末尾，深夜湖神庙枪战刚结束，韩儒仁登上墙头观动静，所见所想，只寥寥数笔，即勾勒出人物的神态，并贴切地引用了一则典故："烟火明灭，雨雪淅沥，寒风习习，望着高凤年一伙仓皇的身影，韩儒仁不由喃喃自语：'螳螂委身曲附，欲取蝉，而不知黄雀在其旁也；黄雀延颈欲啄螳螂，而不知弹丸在其下也'。"《儒》的叙述语言不是中规中距的文书语言，也不是汤汤水水的口头语言，而是经过淬火经过润色了的文学语言。如，第七十六章，韩家大小人口给祖坟烧纸完毕，韩儒仁独自到亡妻坟前的情景："韩儒仁默默无语地盘腿坐在坟前，清明时新添的坟头，已长满茸茸的毛毛草，在微风中摇摆着，像是在迎接儒仁的到来；旷野中继续传来的湖鸟的啁啾声，是似有情人在窃窃私语，给这荒凉悲寂的旷野平添了几分伤感。日头已升得老高了，亮亮的有些晃眼，秀芝的坟冢也生动起来，影影绰绰地浴在日光里，神秘而温情。一缕缕缭绕的青烟，缱绻在儒仁面前，化作了秀芝款款的身影，往昔那鲜活的一幕幕又清晰地浮现在儒仁眼前。'秀芝'——韩儒仁叫出声来，脸上已满是泪珠。"看似朴实直白的语言，却有滋有味，感情悠长，渲染出一种凄清的场景和哀伤怀念的氛围。

文学艺术归根结底还是人的艺术，作者先天的资质和后天的人格修养，艺术修养至关重要。《儒》的语言艺术，显示出作者深厚的传统文化积淀和古典文学功底。在人心浮躁、急功近利的时下，有多少作家静下心来阅读大部头经典名著？佩飞是熟读过《汉书》《三国演义》《水浒传》等古典名著的。这从《儒》的精彩故事情节，凝练古香的语言以及丰厚的传统文化精神、道德、智慧、计谋、蹈略等等的娴熟运用，可以充分证明。

王佩飞的创作正处于最佳状态，正在向着新的高地前行。他的创作可持续发展的空间还很大，一定还能写出更好看、更耐看的佳作精品。

○专著品读○

《遍地香草》：漠月小说的生态意义

赵炳鑫

漠月的中短篇小说集《遍地香草》（阳光出版社，2013年），收入了他近年来创作的十四个短篇小说和两个中篇小说。这些作品打破了西部作家特别是宁夏本土作家的"乡土诗意"，或者说挽歌式乡村叙事的思维定势和创作惯性，而是以丰富的想象力和富有特色的本土话语，直面现代工业化迅猛发展之后，西部乡村作为"荒野"的最后存在，遭遇现代文明侵入，家园被毁的现实。作者通过乡村小人物的无力反抗，人与动物紧张的生存关系，对大自然母亲的体认与理解，表达了对生态危机的反思。

《遍地香草》是漠月近年来小说创作的新收获，代表了他小说创作达到的新高度。生态环境问题是21世纪发展中国家一个绕不开的重大现实问题，它关系到人的可持续发展，关系到人类的命运。大自然是中外文学取之不尽的灵感源泉，也是文学描述、吟诵、观照的对象。漠月把关注的目光投向这一领域，这是作家的使命，也是作家的责任，更是漠月小说的意义所在。

《遍地香草》收录了作者近年来创作中自以为得意的篇什。比如，发表于《十月》的《老狐》，获得《十月》杂志优秀作品奖、广受好评的《遍地香草》《孤树》等。读过这些小说后，我认为漠月有理由为这些作品得意。不仅是因为这些作品引起的好评和反响，更为重要的是，这些作品打破了西部作家特别是宁夏本土作家的"乡土诗意"，或者说挽歌式乡村叙事的思维定势和创作惯性，而是以丰富的想象力和富有特色的本土话语，从社会生活的细部入手，直面现代工业化迅猛发展之后，西部乡村作为"荒野"的最后存在，遭遇现代文明侵入，家园被毁的现实。评论家李敬泽说过，小说需要切入生活的细部，特别是中短篇小说。"它要求我们必须凝聚注意力，它是以小见大的，它是以少许胜多许的，它是如此的短，它不可能从表象上模仿生活，它必须提炼和关注细节，它必须相信，世界的某种本质正在这细节之中闪耀。"（李敬泽：《格格不入，或短篇小说》，《文学报》第 2174 期）作者通过深入乡村社会的细部，描写乡村小人物的命运，通过他们的无力反抗，人与动物紧张的生存关系，对大自然母亲的体认与理解，表达了对生态危机的反思与担忧。小说所蕴含的生态价值和意义，值得肯定。

文学的生态维度

自从人类进入工业文明以来，生态环境问题就一直是人类绕不开的话题。特别是进入 20 世纪中叶，西方工业化发展取得了最高成就，工业生产及其增长率达到最高点，出现了经济增长和高消费的空前繁荣的"黄金时代"，同时，伴随人类成就达到高峰，随之而来的是生态环境问题开始凸显。以"世界八大公害事件"表现的环境污染和生态破坏成为全球性问题，生态环境问题第一次成为社会的中心问题。在这样一个大变革时期，哲学家们把关注的目光首先投向这一领域。美国哲学家纳什指出："哲学是人类最古老的精神事业，但是传统的道德哲学很少关注人与自然的关系问题。"随着人们对环境问题的高度关注，哲学家们期望解决这一社会问题的热情普遍高涨，随之，20 世纪 70 年代，一门全新的哲学学科——环境哲学就此诞生。

其实，作为最为敏感的文学家们，对人类赖以生存的自然生态和环境的关注，就一直没有断过。在这方面，中国传统文化中的"山水诗"作为古代文学艺术的最高形式，从《诗经》肇始，经历魏晋南北朝，到唐宋元明清，一路走来，绵延不绝。只不过，古代山水诗中的"山水"，更多的是作为审美的对象进入文学视界的。当代中国，关注生态环境问题的作家作品也有不少。如：梁晓声的小说《这是一片神奇的土地》，张承志的小说《黑骏马》《北方的河》，邓刚的小说《迷人的海》，李杭育的小说《最后一个渔佬儿》，孔捷生的小说《大林莽》，郭雪波的小说《沙狐》《大漠狼孩》，周涛的散文《巩乃斯的马》，冯骥才的散文《珍珠鸟》，于坚的诗歌《作品57号》《那人站在河岸》，高行健的戏剧《野人》，扎西达娃的小说《西藏：系在皮绳扣上的魂》，海子的诗歌《面朝大海，春暖花开》，张抗抗的小说《沙暴》，哲夫的小说《天猎》《地猎》，张炜的小说《怀念黑潭中的黑鱼》，陈应松的小说《豹子最后的舞蹈》《松鸦为什么鸣叫》《云彩擦过悬崖》《独摇草》，温亚军的小说《驮水的日子》，哲夫的长篇纪实文学《长江生态报告》《黄河生态报告》《淮河生态报告》，姜戎的小说《狼图腾》等。当然，也包括漠月的小说集《放羊的女人》《遍地香草》等。

在西方文学中，以美国的自然主义文学最为人们所关注。爱默生的《论自然》到惠特曼的《典型的日子》、奥尔多·利奥波德的《沙乡年鉴》等。当然，最为著名、传播最为久远的是美国超验主义作家亨利·戴维·梭罗的自然主义杰作《瓦尔登湖》。瓦尔登湖畔，是梭罗的精神福地。在那里，他过着一种简单、充实而极富诗意的生活。这位自然主义大师，提倡短暂人生因思想的丰盈而臻于完美。他在一种亲近大地、亲近自然的简单生活中，挖掘着生活所蕴含的真理，表达着自己独特的关于世界的审美思考和深刻的悲悯情怀。19世纪后期到20世纪初期的英国文学，对自然的关注同样涌现出了一批文学大家，比如，勃朗特姐妹、哈代、劳伦斯、艾略特等。不论是在他们的生命历程中，还是在他们的文学创作中，荒原是他们文学创作中的一个重要方面，是他们文学实践的一个非常重要的构成因素。"没有荒原，成就不了艾米丽的《呼啸山庄》；没有埃格敦荒原，也成就不了哈代的'威塞克斯小说'，没有对荒原的追求和向往，也不会有艾略特的《荒原》"（吴梅芳：《生态视阈下19世纪英国文学中荒原意识的流变》，《鄱阳湖学刊》，2014年第4期）。

这正如鲁枢元所说："在人类社会那个最初的'元点'，诗歌、艺术曾经就是人类的生长、繁衍、创造、自娱、憧憬、期盼，就是人类生活本身，就是吹拂在天地神人之间的和风，就是贯注在自然万物之中的灵气，就是人生的'绝对使命''最高存在'。人类曾经与诗歌、艺术一道成长发育，凭靠着诗歌与艺术栖居于天地自然之中而不是凌驾于天地自然之上或对峙于天地自然之外。"（鲁枢元主编：《自然与人文：生态批评学术资源库·绪论》，学林出版社，2006年，第18~19页）文学从来没有放弃过对自然生态的观照。

人与动物的生存伦理

作家由于受到成长环境和生活环境的影响，对荒野的情感各有差异。漠月生于内蒙古阿拉善盟，虽然这里有美丽富饶让人自豪的通湖大草原，但这里也有令人生畏的巴丹吉林、腾格里和乌兰布和三大沙漠纵横其间，境内还有亚玛雷克、本巴台沙漠，沙漠总面积近八万平方公里，居国内第二位、世界第四位。并且，近年来，因人为因素，特别是现代工业化进程中人们对自然资源的无度开发，土地沙化，草场荒芜，环境不断恶化也是不争的事实。作为一位在那片土地上生活多年的作家，他对那片属于自己的家园的历史和现状有着深层的了解和体认，让他不能辞怀的正是现代工业化和城市化浪潮下，那片土地上发生的生态危机，这些决定了他创作的重心聚焦于那片生于斯长于斯牵挂于斯的，让他魂牵梦萦的土地，以及那里的父老乡亲。他必须在自己的文学创作中不断地观照那里的变迁，这是文学给予他的使命，同时，也是他的文学自觉。

《老狐》写了猎人喜顺老汉与老红狐的故事。喜顺老汉作为漫水滩的猎人，用一杆老旧的猎枪打出了威风。他有一个理想，就是猎杀一千只红狐，他已经猎杀了九百九十九只，离胜利的目标只差一步之遥。但随着喜顺老汉与狡猾的老红狐无数次斗法而不得的过程中，却让他心力交瘁，失败得一塌糊涂。喜顺老汉是一个宿命论者，他自知狐狸是禽兽里古怪的精灵，迟早会报复他。他杀了那么多红狐，知道自己的罪恶。特别是当老红狐光顾他的屋子，打碎碗盘、撕烂被褥、吃掉獾猪油，并且把臊尿撒在羊毛毡上时，他的屈辱和愤怒达到了极点。最后，无望的喜顺老汉把老猎枪的枪口对准了自己，这是何等的惊心动魄。如果说是因为绝望，还不如说是他完成了自己灵魂的救赎。动物的神性，促使人对自己的罪恶进行反思，最终完成灵魂自救。《老狐》写得节制而悲壮。从这个短篇可以看出漠月的功力，特别是写喜顺老汉与老红狐的坚执对抗，细腻而生动，画面感很强，如精美的油画。这种坚执的对抗被作者不动声色地一步步推进、强化，表现得惊心动魄。这让我想到了黑泽明在电影《隧道》中的一个情节：一个军官与阵亡将士的对阵，是何等的沉默而坚执。生存还是死亡？生命的临界状态，让人尤为震撼于这样的对阵，进而凸显生态危机的深刻寓意。

霍尔姆斯·罗尔斯顿在《哲学走向荒野》（刘耳等译，吉林人已出版社，2000年）中说："荒野是我们在现象世界中能体验到的生命最原初的基础，也是生命最原初的动力。荒野的价值在于它生发出人类在荒野上的各种奇特体验，还在于它在各种荒原土地上不断发生各种各样的地形特征与独特故事。虽然我们常常求助科学，以获得对有价值的荒野事件的洞见，但说到底，荒野具有一种科学所不能把握的价值。"这就是人文价值。这就是罗尔斯顿所说的"荒野是一个活的博物馆，展示着我们生命的根"。"这个世界的启示在荒野。大概，这也是狼的嗥叫中隐藏的内涵，它已被群山所理解，却还极少为人类所领悟。"《老狐》把罗尔斯顿的哲学命题和拷问体现得很深刻。正是在这样一个人与狐的荒野大战中，凸现了漠月对人类命运的思考，对生命的人文情怀的观照。老狐、猎人与荒原三者之间构成了小说的"在场"。在荒原之上，老狐和猎人的生存和死亡，这一对矛盾冲突，构成了小说内在的逻辑起点。作者是一位写细节的高手，不动声色，坚执突进，一步步把二者的生存较量，演绎得严丝合缝，一波三折，推向高潮。在此过程中，作为"在场"的生态背景——漫水滩，早已被频繁涉足的人类掠夺性经营、被干旱风沙肆虐，千疮百孔，残朽衰败，草木凋蔽，一片荒芜。在这样的环境中，人与狐都在为生存做着最后的抗争。在这里，猎人与老狐的尖锐冲突，其实是人类与大自然矛盾冲突的一个隐喻。老狐和猎人都是生态恶化的受害者。

存在主义哲学家把19世纪至20世纪命名为工具理性的时代，在这个时代，科技革命和人类中心主义，导致的结果是，人类家园的毁弃和丧失。它把自然界看作是与人类相对立的物质世界，是供人类征服、为人类所用的对象世界，因此，征服自然成了人类雄心勃勃不断索取物质财富的骄傲。这种傲慢和贪婪的索取，结果是资源枯竭，环境恶化，人类赖以生存的地球面临危机。在《老狐》中，使生态价值伦理在小说挑战人与动物的生存伦理中被不断强化，带给人关于生存、命运和死亡的哲学思考。

《孤树》同样写得直指人心。男孩是漠野里来的孩子，为了不受同学的轻视，他要出色地完成老师布置的暑假作业——开学时带回一个动物标本。这让他想到了漠野里的一棵孤树，树上有一个鹰窝，他要到孤树上去套鹰，把鹰作为最好的标本交给老师。但不巧的是，当他爬上树准备下套时，老鹰回来了。它发现自己的家园遭遇"强盗"入侵，发怒的老鹰向男孩发起了攻击，于是，一场惊心动魄而惨烈的人鹰搏斗就此展开，最后，小说以人鹰两亡收场。《孤树》写出了一个少年的梦，而这个梦的实现带来的是无可挽回的悲剧，这个人鹰共毁的结局带着强烈的生存悖论：你不让它活，它就让你也活不成。为什么非要让学生弄一个动物的标本？而获取标本的危险孩子根本没有想到。

与《孤树》可以放在一起来比较着读的是《夏日的草滩》，这也是一个孩子与动物的故事。木子放假回家，跟着爹去东沙湾套獾猪，这让他想起了小城里街面上的"野味火锅"。獾猪被套住了，爹让他去踢獾猪的头，弄死它。木子拗不过爹，但那獾猪揪人魂魄的惨叫，让木子浑身虚汗，泪流满面。本来东沙湾很静，静得像一个优美的童话故事，都被这獾猪的惨叫打碎了。东沙湾的白色帐蓬里住着一对蒙古族母女，小姑娘的谴责让木子更加明白，爹和他都在"犯罪"。最后他在爹不在的时候把笼子里的八只獾猪都放了。

这两个小说的主题不单指向大自然作为众多生命形式的家园，必须和谐相处，同时还指向我们的教育，特别是生态教育、生命教育的缺失。同样是两个孩子，结局却不一样。前者有不忍卒读的"痛"，后者则多了一些人性的温暖。英国哲学家洛克有一个著名的"白板说"。他说，"我们可以假定人心如白纸似的，没有一切标记，没有一切观念……我们的一切知识都是建立在经验上的，而且最后是导源于经验的。"（约翰·洛克：《人类理解论》，商务印书馆，1959年，第9页）他说人一生下来，心灵如同白板，在上面涂上什么色彩它就会成为什么样子。世界上最大的权利，莫过于生存权，生存权至高无上。对待人和动物是同样的道理。两个孩子对待生命的不同表现，让我们深思，我们该给他们的灵魂涂上怎样的色彩？

在荒野生态哲学的视界之内，人、动物、自然界都是上帝的子民，他们生而平等。动物永远是自然界生物链中的一环，它们同样享有与人一样生存的权利。小说的背后，隐喻一个深刻的主题。它把人与自然的尖锐矛盾和冲突，具体到人对动物生存权的肆意践踏。人类毁弃家园时带有无意识的傲慢与暴虐，当然，遭遇报复也具有血腥的残酷。

在漠月的这些小说中，让我想到了一个词：尊严。尊严不单是人的，同样也是动物们的。动物可否谈尊严？人自然是否有尊严？在主客对立的二元世界，这个命题肯定不成立，但在荒野哲学的视界内，包括动物、植物、大自然均有尊严。正因为如此，我们才要去尊重它、呵护它、爱惜它，相互共生，和平共处。

这让我想到了1923年施韦兹出版的《文明的哲学：文化与伦理学》一书，他在这本著作中提出了尊重生命、敬畏生命的伦理学——"把爱的原则扩展到动物"。1986年，美国环境哲学家泰勒在《尊重自然：一种环境伦理学理论》中，从尊重生命出发，提出尊重生命的伦理的四个原则：一是不作恶的原则，二是不干涉的原则，三是忠诚的原则，四是补偿正义的原则。我们必须认识到，生命是神圣的，所有生命是休戚与共的整体。所有生命具有生存的愿望，我们要尊重这种愿望，我们人类需要有大爱情怀，这也是漠月小说的意义所在。

荒野是人类文化的根源和心灵福地

罗尔斯顿在《哲学走向荒野》中说过："荒野是一个伟大的生命之源，我们都是由它产生出来的。""文化容易使我忘记自然中有着我的根，而在荒野中旅行则会使我又想到这一点……在历史上是荒野产生了我，而且现在荒野代表的生态过程也还在造就着我。想到我们遗传上的根，这是一个极有价值的体验，而荒野正能迫使我们想到这一点。但在这里，荒野并不仅仅是作为一种资源，对我们的体验有工具性价值：我们发现，荒野乃是人类经验最重要的'源'，而人类体验是被我们视作具有内在价值的。"荒野作为人类一切生命形式和人类文化的根源和起点，哲学需要深入探讨，文学当然同样需要持续关注。

漠月的生态文学，有很大一部分，指向人类精神家园的毁弃。比如，《眺望女儿山》《巴音温都尔》《芦草谷》《老麻和老德》等，它让我想到了魏晋诗人陶渊明的《桃花源记》，那是作者精神的桃花源。又让我想到了海德格尔"诗意的栖居"，美国著名生物学家莱切尔·卡逊的《寂静的春天》（吕瑞兰、李长生译，科学出版社，1979年）。在《寂静的春天》里，莱切尔·卡逊虚构了一个美国中部的城镇，这个城镇曾经是绿树成荫，百鸟齐鸣，生机盎然，人与自然相和谐，但是，突然间，"一个奇怪的寂静笼罩了这个地方"植物动物都在寂静中死去，大地了无生机。作者以农药隐喻现代科技导致的生态危机。漠月笔下的"女儿山""巴音温都尔"等，隐喻人类生命的后花园，然而，伴随着工业化的到来，现代社会物质至上和资本技术逻辑使人类贪婪地向大自然疯狂索取，开金矿、炸石淘金、掠夺式开采，"女儿山""巴音温都尔"的生态之美被毁坏殆尽。然而，更为可怕的是人类的精神家园也同样遭遇毁坏。呈现给我们的不单是花草凋零，树木枯萎，环境恶劣，更可怕的是人与人之间的疏远、冷漠，人的贪婪，人性的扭曲和异化，信仰的缺失，人与人、人与自然和谐关系的恶化，人类心灵家园的毁坏。这何尝不是漠月笔下《寂静的春天》。1973年，英国著名历史学家阿诺德·汤因比在《人类与大地母亲》（徐波莱译，上海人民出版社，2001年）中写道："如果克服了那导致自我毁灭的放肆的贪欲，人类则能够使她重返青春。如果滥用日益增长的技术力量，人类将置大地母亲于死地。……而人类的贪欲正在使伟大母亲的生命之果——包括人类在内的一切生命造物付出代价。何去何从，这就是今天人类所面临的斯芬克斯之谜。"漠月用这样的小说低吟出一曲心灵的挽歌，被他视为天堂圣地、毕生向往膜拜的地方，终成桃源之梦。

如果说，《眺望女儿山》《巴音温都尔》等小说更多地把批判的锋芒指向当下不合理的经济制度的话，那么《香草遍地》则是从人类文化之"根"的意义上，写出了"天人合一"的美丽向往和渴望，写出了"存在"意义上的人与自然的同构和审美。

十年九旱的阿拉善盟大高原上，只有雨水的滋润，才会有遍地香草，那是漠月的生态美学。"天旱了，人的心情当然会变得很不好，就得干点别的什么事情。有云了，有雨了，草滩上生长出大片大片的草，屋里就会变得安静了。"漠月写雨水丰沛的秋天，父亲收割香草的情景。"身边的草滩是那么辽远，那么开阔，香草长得没过了林子的膝盖。在乍起的秋风中，草浪掠来掠去的，摇荡出浓酽的草香。这时，林子一步一步地走近了父亲。有那么一阵子，林子感到自己的脚步有些虚幻，在一望无际的香草的包围中，往前走也不是，往后退也不是，像是不由自主地在香草的浪尖上浮游。"而此刻，父亲脱得一丝不挂，在草滩挥汗如雨。"灼热的阳光打在父亲青铜一样的肌肤上，泛出金属般的光芒，围绕在父亲身边的同样是金黄的一望无际的香草。"丰收的秋天，在广阔而辽远的草滩上，就有了香草堆起来的山一样的草垛。这时候，母亲怀孕了，生出了一个带着香草气息的美丽女孩子——香草。这是作者巧设的一个隐喻。作者编织了一个近似乌托邦的理想世界，那个盼了十年才在野草滩上出现的盛景，象征性地表达了作者渴望回归人类精神家园的美丽梦想，展示了一幅令人向往的人与自然和谐共处的优美画卷。

这里，长满丰茂香草的大地，就是孕育生命的母体。漠月的生态大地意识，就是他的生命意识，更高层次上也就是他的哲学意识和人类意识。英国作家劳伦斯曾说过："小说是生命的一本光辉的书籍"，"除了生命之外，没有任何重要的东西"（王春元、钱中文主编，汪培基等译：《英国作家论文学》，三联书店，1984年，第511页）。而人的生命存在是由自然存在、社会存在和精神存在的塔形层次结构而成，三者之间的和谐才标志着生命的和谐与健全，三者之间的偏废则预示着生命的残缺与破损，意味着人的非人状态。所以，对于一个真正意义上的作家来说，他所关注的生命不但是自然存在意义上的生命，同时还必须是社会存在、精神存在上的生命。漠月所企盼的既是生命"自然存在"意义上的"遍地香草"，同时也是社会关系和精神主体存在意义上的"遍地香草"。

米兰·昆德拉在写出了一系列重要作品之后曾深切地感悟道："小说不研究现实，而是研究存在。存在并不是已经发生的，存在是人的可能的场所，是一切人可以成为的，一切人所能够的。小说家发现人们这种或那种可能，画出'存在的图'"。（米兰·昆德拉：《小说的艺术》，三联书店，1992年，第42页）这种对精神内在的"可能性"的勘探与关注，在本质上就是对生命内在的种种心灵模式的发掘与重构。漠月不断地在十年九旱的荒原上，在大自然中寻找着生命的源泉、失落的智慧和同情之心。从对人的自然存在意义上的关注，到对人的精神内在的"可能性"的勘探与关注；他把对自然存在的召唤，通过一种隐喻的方式，上升为对社会存在的召唤，对人心灵家园的召唤，对人的精神主体的召唤。通过这样一种勘探和召唤，画出自己理想的作为人的精神主体的"存在的图"。"无家可归"是海德格尔关于现代性的一个基本命题，也是他对现代人命运的一个基本判断。他指出，人之所以沦入这样一种悲剧性的状态，根子在于他们离开了存在，忘记了存在的意义。《遍地香草》完成了作者作为一个"自然生态朝圣者"的精神皈依，完成了自己的精神还乡，当然也是对人真正意义上的"存在"的深情呼唤。

生态文学古已有之，现代意义上的生态文学，或者说文学中对生态环境的观照和书写，是现代工业化迅猛发展之后，人类对自身生存危机体认和反思的结果。在他们的作品中，一反传统文学中"自然"被借用的状态（要么是文人骚客抒情言志、感时伤怀的工具，要么是咏史怀古、气氛渲染的"用物"），而是确立了自然生态的主体性地位，以自然生态的"在场"，去展示工业化之后，人类中心主义和工具理性时代，技术"座架"一切，人与自然生态的尖锐对立所导致的人类深刻的生态危机，从而呼唤生态伦理道德的重建。漠月正是在这样的理念之上，致力于反抗被"宏大叙事"所遮蔽或压抑的现实结构的细部，为底层代言，直指关乎人类生存的世纪命题，写出了那些不为主流意识形态关注的"黑暗存在"。

"大自然文学从古到今都是人类的共同语言，是真正意义上的世界语。"（刘国辉：《文艺报》2014年，第3784期）因为当经济全球化把我们每一个国家、每一个人悉数卷入之后，当地球在时空意义上成为一个"村落"的时候，全人类都面临着共同的环境压力。莎士比亚借哈姆雷特之口发出的世纪拷问："生存还是毁灭？"在当今仍然具有现实意义，我们必须做出选择。

《香草遍地》大部分篇什的主人公都是底层的牧民、猎人、妇女、儿童、老人……这些底层小人物因为与生活的那片土地贴得最紧，因此对那片土地上的变化感受最深。虽然这些小人物的故事各不相同，但他们都构成了一个整体，共同见证了人与自然的和谐关系如何瓦解的历程，反映了人类深刻的生存危机。漠月的诸多中短篇小说，都具有强烈的问题意识，这些现实问题，存在于宏大叙事的背后，存在于个体精神的夹缝之中，他作为一位从这个地域共同体走出的作家，有着不同于一般作家的敏感，有着作为作家的道义和责任，并有着为底层代言的冲动，这是一位作家创作动力的源泉，也是衡量一个作家是否成熟的标准之一，当然，也是这一类作品的生命力所在。愿漠月创作出更多更好的精品力作。

○专著品读○

张学东《人脉》："后'文革'时代的文化寻根与精神还乡"

张富宝

一

张学东有极好的艺术天赋和艺术品质，而且他总能推陈出新，不断拓展写作空间，带给我们越来越多的惊喜。每每和他在一起交流的时候，都能感觉到他对小说写作的那种自信和忠诚，那时候他的眼神坚定而幽深，清瘦的脸上洋溢着诡秘的笑容。或许，正是这种"自信与忠诚"成为了他的创作动力，时至今日，单就长篇小说的创作来说，他已经有了很大的斩获。从《西北往事》《妙音鸟》《超低空滑翔》到《人脉》（河南文艺出版社，2011年），每一部都血肉丰满、个性鲜明，并且在全国范围内受到很大的关注，这对于一个青年作家来说是非常不易的。

近些年来，我对宁夏作家的作品阅读比较多，对张学东的作品更是有跟踪式的阅读，对他的短篇、中篇、长篇的创作都有较为深切的感受。我觉得在宁夏青年作家群乃至全国的70后作家中，张学东都是一个视野开阔、个性十足、风格鲜明的作家，他的作品鲜活、生动、饱满，充满质感、厚重感和正义感。概而言之，张学东的小说在以下几个方面尤为突出：第一，是在历史与现实的张力中对人性幽微的深度勘探。所谓"幽微"是指一种晦暗不明的几微状态，一种不可测度的存在与奥秘。所谓的"人性幽微"，是指人的复杂而隐秘的人性状态，人的难以察觉的无意识心理状态，它有时候是指人在极端境遇中所迸发的人性之光，但更多的时候是指那些潜伏着的非理性的私欲和恶念，那些隐藏在人的本能之中的贪婪与阴暗。在人性幽微之处，往往最能显现出人的弱点与缺陷，人的困顿与挣扎，最能显现出瞬间的升华与沉沦的较量，刹那间的善良与丑恶的争斗。正是因为把"人性幽微"放置在一个历史与现实的背景中进行双向审视，所以张学东的小说显得深沉而开阔，具有了一种"惊心动魄"的力量，他带着人性良知和道德责任的拷问，也带有了"心灵辩证法"的特质，引人深思。这在《西北往事》《妙音鸟》《超低空滑翔》等作品中已经得到了充分的表现。第二，是在一往情深中对底层民众生存困境和精神世界的体察，一方面写出了其生存的苦难与疼痛，另一方面则对其充满同情与悲悯，更重要的是，张学东还给予其以诗意的光亮和深沉的文化关怀。正是在这一点上，张学东与其他70后作家有了很大的差别，——他的写作并不是对时下流行的"底层叙事"与"欲望叙事"的一种跟风式、商业化炒作，而是沉入到历史与现实、文化与民间的深层的"本色化"呈现。他的小说一方面近乎残酷地表现出人在面临各种创伤与苦难时的血淋淋的"疼痛"，另一方面也近乎执着地赋予人生以轻灵的"诗意"。那种感同身受的"疼痛感"与挥之不去的"诗意情怀"，已经成为张学东最为鲜明的艺术特色之一。第三，是在坚持不懈中对写作技艺的不断超越与创新，这使得他的小说带有很强的现代意识和先锋气质，显得卓尔不群。如《西北往事》的"童年叙事"，《妙音鸟》的"魔幻叙事"以及《超低空滑翔》的"现实主义叙事"，都带有明显的实验色彩与作家寻求自我突破的努力。尤其需要一提的是，张学东对小说文体的自觉，也使得他的长篇在语言、结构、情节、人物等方面的处理上都显得严谨而大气。

二

张学东说，《人脉》是自己写作生涯中"最为成熟也最为庞杂的一部作品"，我也深有同感。从某种意义上来说，《人脉》的出现，标志着张学东的写作已经从青涩走向成熟，从局促走向了开阔。换句话来说，通过《人脉》这部小说以及这么多年写作的积淀，张学东终于为自己找到了一个较为明确的写作的总体方向，即对"文革"时期以及20世纪八九十年代社会转型期的"别有深情"，从而有效地释放了自己的激情、思想与技艺。从某种意义上来说，一个作家对写作题材的选择，对历史与现实的处理，并非是完全"自由"的，而毋宁说是一种"天命"，因此最能彰显其写作能力和精神品质。其实，这部小说在未定型之前我们私下里就有过一些交流，一方面能感受到作家对这部作品的偏爱，另一方面也能体会到他心中的"纠结"——也就是说，这部小说可以为我们提供多维阐释的角度和空间，它的丰富性与复杂性使得任何单一的解读都是对它的一种遮蔽。简而言之，如果把《人脉》放在张学东长篇创作中来看，《西北往事》可以看作是一部少年人成长的"叙事诗"，充满了青春的伤感、迷惘、疼痛与梦想；《妙音鸟》是一次"文革"时代的魔幻旅行和"变形记"；《超低空滑翔》是一台生存现实生态的"解剖手术"；那么，《人脉》则是"后'文革'时代"的一次"精神把脉"。

小说《人脉》写了这样一个故事，许多年以前，一个名叫"丹"的孩子无意中发现了母亲在箱子底下深藏着一张黑白相片，上面是一个军官模样的男人，军衣、马裤、战靴，腰带上还别着漂亮的手枪和战刀。他把照片带到了学校，并给同学传看，他说那是他的舅舅。直到灾难降临他才明白，照片上的人是他的外公：一个已故的国民党高级军官。照片引起了轩然大波，可怕的灾祸火焰般地在父母身上燃烧。丹从此失去了两个最亲的亲人，他一夜间沦落为无家可归的流浪儿。显然，这是一个受到"文革"伤害的故事，它构成整个小说的叙述背景。而丹流浪到"五尺铺"成为"乔雷"，则是一个成长与救赎的故事，它显现出作家对"后'文革'时代"的一种深切关注。因此，在我看来，《人脉》是一部充满情味的作品，其中不乏跌宕起伏的、纷繁复杂的父子情、祖孙情、师徒情、兄妹情、男女情等等，但情并不是它表达的重心，而只是一种表象。这部小说以一种独特的视角很好地切入了"后'文革'时代"社会文化心理的历史景深，因此，它的特质并非是流浪性与传奇性，而是经历历史之痛的一代人的文化寻根与精神还乡，它依然关乎张学东小说伤害与救赎的创作母题。

巴尔扎克曾经说，小说是一个民族的秘史。真正伟大的长篇小说都必然要涉及对历史与现实的包容与处理，都要指向人类存在的深层、人性价值的终极。这也是长篇小说这种文体真正的难度和魅力之所在。毋庸置疑，"文革"已成为一种无法回避的历史存在，它正在以一种独特的方式刺激和孕育着当代中国最为瑰丽的文学想象。在我看来，从"民族国家文学"到"后'文革'文学"的转变，意味着中国当代文学已经呈现出一种新的气质和面貌。作为一个70年代出生的作家，如何去呈现那段过往的"文革"历史，不仅是对一个作家的叙事能力和小说技巧的挑战，更是对一代人的历史使命和思想责任的考验。历史从来都不是一组死亡的时间和档案，不是某些重大事件的消逝与终结，我觉得真正的历史是一种幽灵，是一种灵魂的记忆，是一种民族的集体无意识的积淀，是一种错综复杂的文化根脉的传承——它是"活"的，它是无法被遗忘和舍弃的，它已经融入了波涛汹涌的现实生活之流，潜伏在我们的身体与灵魂之中。我甚至有些固执地认为，对于当代中国作家来说，如果不能从这里触及到中国社会和人性的深层，就不可能写出真正优秀的长篇小说。好在张学东已经意识到了这一点，并对这一段特殊的历史时期葆有浓厚、持久的创作兴趣，通过《妙音鸟》《人脉》这些大部头作品的创作，他已经"上路了"，他的努力也将为70后作家从过分雷同、重复与平面化的小说创作中突围提供一种可能的方向。

三

小说《人脉》的主人公曾经是一个"外人"，是一个"小讨吃"，是一个被时代与政治"无辜"伤害和遗弃的人，经受过很多的人生挫折和不幸。这种身份与角色的设置本身就意味深长，它让主人公从开始就处于一种无根的、漂泊的、矛盾性的生活状态之中，他根本无法选择自己的人生命运——这是一种历史之罪。小说中频繁转换的叙事人称正好符合了这个特殊人物的心理性格，他的灵魂深处时刻有一种无法回避的分裂与撕扯，"丹""乔雷"以及"我"构成了一部交响曲，仿佛一个人硬生生地被历史和现实分割成两半，人物始终在两个灵魂之间自言自语。问题是，作为个体的人如何承担这种"历史之罪"呢？他如何完成自我的救赎与超越呢？进一步而言，在"文革"之后，一个国家、一个民族、一个社会该如何面对历史呢？

庆幸的是，在丹成为乔雷之后，他的成长中并不因此而充满仇恨与怨愤，而是充满了关爱和温情。可以说，乔雷是一个深情的人，他更是一直生活在一个深情的世界，生活在亲情、爱情、友情、人际关系情、乡土家园情的包裹与守护之中：这情中有仁、义、礼、智、信的文化情怀；这情中有爱，有宽容，有超越，有悲悯；这情中有良知，有道义，有承担。从某种意义上来说，中国传统文化的根脉就蕴藏在这情的背后，世代传承。正是在对情的反复体验与回味之中，不断经历人生磨难与创痛的乔雷才真正成长了起来，从一个男孩变成了一个男人，从一种无根的被迫害、被遗弃的状态中找到了自己的家，找到了精神的故乡。从这个角度来讲，小说中的"人脉"不仅涉及复杂纠葛的人际关系，更涉及人情人性的纵深，它的真正含义是中华民族生生不息的文化传承，是真善美的东方式命题。

然而，在当前的社会中，中国传统的人情正在面临着越来越大的危机。泛娱乐社会的大众狂欢，商业社会的利益崇拜，消费文化的肆虐冲击，让情越来越淡漠，让道德伦理经受着巨大的考验，我们正面临着"数学般血淋淋的现实"（加缪）。正是在这种意义上，小说中哑女乔虹的"失语"状态与死亡遭遇就具有了强烈的隐喻意义，她成了传统文化现代性命运的一种表征。小说中写道："没有古老的文化根脉为依托，再现代的事物都会显得轻飘浮泛。"这是这部小说的文眼，也是作家的别有用心之处。因此，张学东《人脉》的写作，就不仅仅是给那个特殊的时代和人群的把脉，而更是对当前社会现实的一种深刻的反思。小说在对历史的想象与记忆背后，也隐含着对现实的焦虑与关切，这种"双向审视"使《人脉》具有了非比寻常的意义。

○专著品读○

读《新时期宁夏小说评论史》

张 蕾

孙纪文、许峰、王佐红三位学者合著的《新时期宁夏小说评论史》由阳光出版社出版，为新时期宁夏小说及小说评论的进一步研究，奠定了基础。这本专著综论1980年代至今三十多年间，宁夏小说评论的流变与传承，是国内第一部研究宁夏小说评论的专著。

这本30万余言的专著也正是以这几个重大问题为主线，广泛地搜集资料，科学地进行论证，从而做出了符合历史实际的回答。

最引人注目之处在于其中所融进了著者对新时期宁夏小说研究和宁夏小说评论史编撰的深入而又独特的思考，这体现在多个方面。

首先，这是一部体现了著者学术思想和评论史观念的学术著作。《新时期宁夏小说评论史》以"历时性与共时性相融"为原则，以"历史还原和文学解读"为批评思路，对新时期宁夏小说评论史进行了史论结合的整合书写。既显示了著者宏阔的学术视野和开放性的研究格局，同时又做到了纵向联系与横向比较的相结合，主要通过文本细读的方式揭示出新时期宁夏小说评论丰富的精神内涵和独特风貌，反映了"宁夏文学发展的地域特色和当代小说批评方面的文学、美学价值"。叙述语言生动简洁、富有文采，结构匀称、繁简适度，逻辑严密，许多章节可以说是一篇篇出色的小论文。虽然是三位著者的集体成果，但叙述风格整体上是一致的。全书体制宏阔，新见迭出，对任何有志于宁夏小说甚至宁夏文学研究的学者及学生，都是不可或缺的重要参考资料。

其次，对宁夏小说评论的评介公正、客观，对作家作品的阐释深刻独到。如第三章"'三棵树'小说评论研究"中，在对丁帆在《中国西部现代文学史》中关于宁夏作家陈继明都市小说的独特之处的阐释，著者给出的判断"以修史见长的评论家，其判断往往高屋建瓴，到高度的概括往往流于以偏概全的评论姿态，如果单从陈继明创作的表象来看，对陈继明这样的评价也无可厚非，作为域外论者受题材论的影响，致使结论多少带有先入为主的嫌疑，这样的结论可以说是进一步体验与思考了陈继明已经体验与思考过的观念，但是却不够深入。问题的症结在于，对于陈继明文学价值的定位如果放置在现代主义背景下，这样的结论则被极度的类型化，也就遮蔽了小说家的独特性"。另如在第十二章中的"曹海英小说论"，对曹海英的小说分析也是非常深刻："读曹海英的小说，很难有一个清晰的画面，因为曹海英力图通过文学语言去还原一个精神的世界而不是物质的世界，她的写作倚重的不是故事与经验，而是语言与精神，因而她的小说是'对自我内心生活进行细致研究'。""在曹海英的这些小说里，不仅为读者呈现出一种'口香糖'似的生活本质，最重要的是体现出主人公的无奈与困境以及梦想寻求的一种精神突围。"此类精妙之论，比比皆是，无须一一引述。

最后，对宁夏小说评论的介入与人文关怀。书中说："这时需要评论家要做一个'包厢里的观看者'去对民族文学的文体及批评对象做出相对客观、辩证、准确地阐释。"我想，孙、许、王三位学者正是这样的"包厢里的观看者"。他们以冷峻旁观者的身份，对新时期宁夏小说评论做出了公正、客观地阐释，但他们并不是无情者，而是在对新时期宁夏小说及小说评论的追踪和关切中，倾注着异乎常人的人文关怀和深情期盼，字里行间透露出对宁夏小说作家和评论家热情洋溢的鼓励之情。如第十一章中的"漫谈马金莲的小说"，对于马金莲创作中个人经验的枯竭，著者给予的是同情与理解，"好在马金莲还很年轻，有目标就有动力，我们期待扇子湾的故事能够迅速成为具有中国经验的动人故事"。另如在下编"亲历与参与"的第九章"小说发展论"中，著者凭借敏锐的嗅觉，发现宁夏的小说家们存在把复杂的社会现实、鲜活的个体生命简化的倾向，"同时退居到狭隘的文化传统主义的围栏里，安全地消费着自我的经验"。面对宁夏小说存在的致命问题，著者没有回避，而是中肯地说出自己的忧虑，并予以警醒。"宁夏小说却是到了该提个醒反思的时候了，不然几十年后，大家谈及宁夏小说的时候还需从张贤亮谈起，把老张不断搬出来，不是宁夏小说的光荣，而是宁夏小说的悲哀。"这种充分显示出批评功能的人文话语，反映了著者作为知识者的社会承担精神，指出当下宁夏小说创作及评论问题的症结所在，不仅是为了解决文学问题，更大的企愿在于文化的推进和传承。

孙纪文、许峰、王佐红三位无疑是对宁夏文学研究做出了积淀和推进贡献的学者。这部厚重的凝聚着作者智慧和理性之光的书，全方位勾勒出20世纪80年代至今宁夏小说评论的生命历程，脉络清晰、条理分明、立论严谨、新见迭出，字里行间透露出孙、许、王三位学者叙史的自信和评价的到位。品读之间，常沉浸其中而久不能返。

○专著品读○

评韩银梅中短篇小说集《我厮守的终结》

宁雅娣

韩银梅三十岁发表第一篇短篇小说，人到中年开始对"晚年"题材有了关注，陆续写出《长命百岁》《我厮守的终结》《晚秋》《我们的晚年》等题材的中短篇小说结集为《我厮守的终结》，于2012年由宁夏人民出版社出版。但在韩银梅看来，"晚年"不仅是人生的一个阶段，其中更蕴含着丰富的时间和生命的意义。美国著名批评家乔纳森·卡勒曾说："文学是一种为揭露和批评自己的局限性而存在的艺术机制。它不断地试验如果用不同的方式写作会发生什么。"（《文学理论入门》，李平译，译林出版社，2013年）韩银梅无疑在试图为自己的写作开拓出另一条道路，她从生活向内行走，让自己的视线掀开生活的浮面朝着更深的地方游去。

韩银梅的小说显得接地气，现实感很强。出生于60年代的韩银梅经过多年的磨砺，积累了丰厚的人生阅历，她是唯一一个关注老人问题的宁夏女作家。她穿透现实生活中的人情故事，对当下一些最热门的社会话题进行了审视和批判，悄无声息的蜿蜒着人情冷暖，从小说里的主人公眼中审视这个世界。

韩银梅的小说最吸引人的地方，就是叙事风格上的那种淡然。在她的笔下，生活似乎有着另一面，作者在娓娓道来故事的同时，结局往往峰回路转，一件件看起来平淡无奇的事情，却又充满着陌生而又丰富的人生意味。在《妻子的夏天》中，一对结婚十多年的夫妻过着平淡的生活，偶然的一天，妻子怀疑丈夫有了"外遇"，便偷翻丈夫的手机搜寻证据，丈夫的衣兜里掉出一张女人的身份证让她找到了线索。故事的结局很突兀，当她打电话后才得知身份证的主人在外出旅游时出了车祸，刚办完丧事，妻子的内心有些惭愧又有些释然，然后她独自一人去逛商场，准备给丈夫挑选一件像样的男装。《晚秋》里的故事可谓是以误会开头，以误会收场。徐老先生在他七十八岁大寿的时候因为家里的一个钟点女工和老伴闹翻离了婚，老伴跟踪他，最后发现徐老先生去了中药足浴，而且给服务员小莉买了一款近三千元的铂金项链，于是老伴和女儿带来警察去足浴中心大闹了一场，故事到这里戛然而止。也许这样突兀的故事结局可能让部分读者觉得难以接受，但不论故事如何表述，现实总是突兀的。

韩银梅的小说有一种西方意识流的特点，小说的叙事打破了单一、直线发展的结构，通过人物的意识活动和自由联想来组织故事。小说在情节和时间上常常是过去和现在交叉或重叠，这在中篇小说《长命百岁》中表现得最为具体。当朱巧珍老人拿着材料为自己争取170块钱的基本生活费到处奔波时，她不禁回想起自己早年也同样为别人争取过生活费的情景；有时候在大街上走着，碰不到曾经熟悉的人，她的心里就泛起一种孤单和忧愁，曾经当街道居委会主任时的美好片段就一一浮现出来。小说中特别注重表现人物意识活动本身，着力描写人物心理的种种感受，开掘深层的意识来展露隐蔽的灵魂和内心世界。就像隐藏在《爱情故事》里那一段当年乔红"第三者插足"的爱情故事，在现在看来是那么平常。20年后乔红回国顺便来看我，我们一起找寻旧日的踪迹，小说在回忆与现实的相互交织中进行，让两个离异的女人，对于生活与生命都有了新的看法。当年的轰轰烈烈已不复存在，现实中的她们是孤独的，友情成了唯一的精神慰藉。

女性写作的一个最大特点就是细腻，作者用细腻的笔触，伸入人物的内心，跟随小说中主人公的意识流展开故事情节发展。小说《六约站》从创作手法和构思方面有点类似于张爱玲的《封锁》，同样描写了一个发生在车厢内的故事，以主人公老涂的内心描述和分析为故事线索，展现人物内心的复杂情绪。老涂坐公交车去给女儿送针线匣子，一位年轻的女子坐在了他的身旁，引发老涂的一连串心理活动。作者详细描写了老涂内心的不安，"单不说别的，仅看挨着自己的那双被裹裙包着的匀称的腿就知道了，那裹裙花色沉暗，却露着妖娆。还有装在黑色细条皮凉鞋里的那双脚，白白的一排脚趾头上是一串绿纽扣儿一样的指甲……"老涂又在猜测："这个女人是从'六约站'上来的，她的家难道就住在六约街上吗？还是她母亲家住在这里？她是个护士，还是个教师呢？"通过一连串的自我发问，作者细致地抓住了老涂内心紧张不安的情绪，他"奇怪自己的心怎会如此地跳跃！他两只手不安地倒换着抱在腿上的那个笨头笨脑的针线匣子"。

小说是作家的第二生活。作家在给予读者一种美的享受的同时，也通过真实的细节表达，构建起故事的内在韵律。例如在《洗澡》中，作者描写那个卖牌子的姑娘，"穿着水渍斑驳的白大褂，一张还算说得过去的苹果脸上有着一处明显的败笔，就是那双眉毛，大概纹得太粗太浓了，又清洗过，连眉毛上的肉都歪歪扭扭地削去了一层，那个痕迹就无可奈何地卧在那里了"。"换衣间又小又简陋，靠墙放着的两个长条椅和一排放衣柜早都被水蒸气沤成了黑色，房顶上的水珠在还没有准备就绪就掉在了大衣上，特别是掉在头发缝里的时候，就好像被什么鸟粪打中了似的"。作者善于关注日常生活中的人们，把小说的细节刻画得可谓传神而又贴切，不但写出了人物的内在感觉，更通过真实的细节表达使作品指向更深刻的意义。在小说《我如营盘钱如水》里，作者这样写道："我经常低着头专心摆弄着我手底下千军万马般的钞票，像摆弄扑克牌的巫师，如果我刚将一把钱放进钱堆里，再把它们原封不动地找出来，那就不可能了，它们像一滴水溶进了大河，你再也认不出它们谁是谁了。""我看着大玻璃窗外的那两棵大树，此时正是炎炎夏日，两棵枝叶繁盛的大树像一对和睦的老夫妻，没有忧伤，却有着一些不易察觉的牵挂。""漫长的、无休止的数钱像是人生在做着一种修炼，又像是一辈子所必须接受的惩罚。我一方面从精神上不断地否定着涅槃似的以此为生的工作，一方面却一丝不苟如履薄冰地前行着。"

"好的文学作品，照例会使人觉得在真美感情以外，还有一种引人'向善'的力量。读者从作品中接触到了另外一种人生，从这种人生景象中有所启示，对'人生'和'生命'能做更深一层的理解。"（沈从文：《沈从文谈艺术》，江苏人民出版社，2014年）韩银梅正是这样一位有着深度体验的作家，她在叙述这些极为平常的"家务事"中，没有停留在故事表层，而是传达给读者对于生命过程的思悟，作品中始终弥漫着一种历经沧桑的生命感。在中篇小说《长命百岁》中，作者以温润的语调，讲述了长寿老人朱巧珍昔日的风光无限与今日的孤独忧愁，对现实生活的不满经常让她陷入过去的点点滴滴，她觉得自己活得时间太长了，"朱巧珍起先都不敢想八十三岁以后的日子，如果当年那些众人的口径生了效，非要她活一百岁不可，就意味着她要再熬十七年。那时候她还为这十七年发愁。还想过自己的事，安眠药攒了几瓶了，就是下不了决心，倒不是怕死，是怕让吴保雷背黑锅，不能让娃娃难做人呀！"在另一篇小说《橙味小镇》里，主人公吴解放回

小镇照顾九十高龄瘫痪了十几年的植物人父亲，熟悉的小镇勾起吴解放儿时的记忆，他想起去世多年的母亲的名字，同时，父亲现在的这种状态也令他对生命的繁衍不息有了重新的思量。作者聚焦于"年老"孤独的生命状态，对"他们"的过往回忆和现在的生活感受都呈现出了别样的丰富的描写，令人禁不住心疼一下。

时光和生命在个体上的显现可谓是韩银梅作品的灵魂，她把人物的内心放置在回忆与现实、衰老与年轻的对比中，显得无比的苍凉。《洗澡》里的她过了年就年满七十六岁了，身体已经完全失调，"特别是这个肚子，它太大了，与多年前就要临产的样子一模一样"。她不小心打碎了装在玻璃瓶内的洗发液，之后便一直处于担心的状态中。既担心玻璃碴被踩到伤了别人，更担心伤到了自己，"如果是自己出了事，那麻烦可就大了。首先，没有人来照顾她，也并不是没有，是她不愿意拖累他们，不到最后那一刻，她是不想制造那种麻烦的，可旦夕祸福谁又能免得了呢？还是要小心啊！"最后，当那一堆玻璃碴被清扫后，她悬着的一颗心终于放了下来，"一种成就感就从心里生了上来"。韩银梅发掘了人在步入老年之后所面临的生活中的种种问题，例如坐公交车时担心被让座的老涂，洗澡时担心自己被玻璃碴扎到没人照顾的"她"，以及盼望着生命终结的那天到来的薛奶奶和朱巧珍。作品揭示出"晚秋"之际的人们，在面对着各种各样的病痛袭击的时候，他们内心的焦躁不安、自顾不暇，害怕孤单又不想麻烦子女的各种矛盾心理。

当然，小说创作中也有些不尽如人意的地方，那就是故事情节的重复太多。比如，在《朱巧珍与白如莲》中写白如莲和他的丈夫王先生一家，"那么一条长炕，三个人爱挤在一边上睡。白如莲管早先缝得又高又长的

枕头叫作夫妻枕,加上小芝也枕得下","王先生给这娘俩讲故事,讲曹操,讲孙权、刘备,讲大观园,白如莲最爱听孔雀东南飞里被母亲逼散了的刘兰芝和焦仲卿"。同样的情节也出现在《长命百岁》里,写到朱巧珍和月广明一家,"那是朱巧珍自制的双人枕头,又高又长。是她和月广明两个人枕的,有时把羊命也加上。月广明搂着她俩讲故事,讲'屯土山关公约三事,救白马曹操解重围',讲'牛魔王罢战赴华宴,孙行者二调芭蕉扇'。还讲'王熙凤正言弹妒意,林黛玉俏语谑娇音'。"另一个情节还出现在《我厮守的终结》里,那个九十多岁的薛奶奶,整天抽烟,在临睡觉前大口喝烈性酒。并在某个晚上自己穿上老衣,让"我"打电话给他的儿子,儿子赶来后她又栽赃给"我","她看我不行了,就把我的老衣拿出来给我穿上了"。这个情节也同样出现在《长命百岁》里,朱巧珍托楼上的寡妇小李告诉自己的儿子说她不行了,儿子赶来之后,朱巧珍也栽赃给小李,说小李是怎样给自己穿上了老衣。故事情节的相似和重复太多,带给读者一种似曾相识的感觉,这也是作者创作的局限性之一吧。

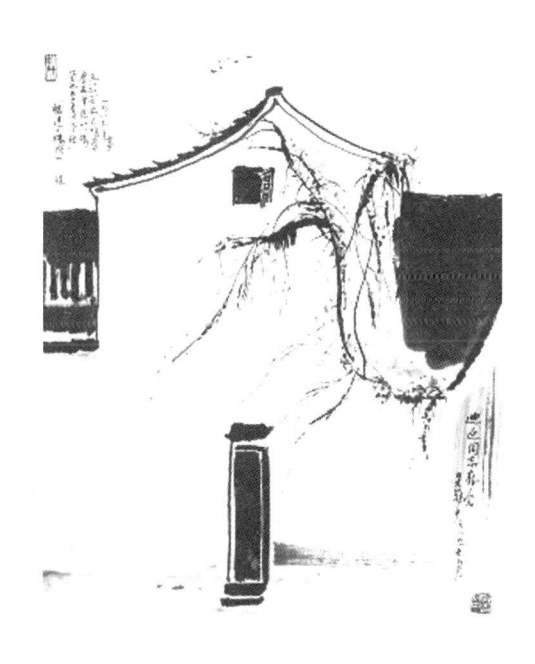

○专著品读○

李敏《背面》：放大生活、命运及心灵体验

王自忠

李敏的散文集《背面》（阳光出版社，2014年），以精巧、灵动的文字将家长里短的琐屑事插上想象的翅膀，细腻却绚烂地捕捉寻常又微妙的感觉，凭借语言自然、朴素又多元的美感，诗意地建构阅读的高屋大厦，彰显着较高的文学价值和阅读价值。

自然、率真是《背面》语言的第一大美。主要表现在语句变化多端，句子形式丰富多样。较为典型的是《在我和风之间》一文。通过错落有致，促而严的短句和舒而缓的长句，传递风的姿态、声音，引发读者对人和自然的思索。而且，在长短句的运用上，作者看似随意而为，实则匠心独具，有意无意间避免了单调、乏味的语言大忌，做到长短结合，整散结合。"风抚过颗粒饱满的庄稼，庄稼就散发出成熟的香气。风从冬日的冰面上掠过，那冰层一定悄悄言说了什么。风从人群中吹过，有些人肯定得到了某种暗示。""长短句的交替使用，在《女儿红》一文中显得非常典型。该文本是作者身边几位女作家的人生追求和心灵世界的集体亮相。长短句掺杂，温馨又忠实地展示她们的为文、为人、为妻以及为母。朴素、质朴是《背面》语言美感的第二大特色。作者以朴素为美，追求质朴，或者说是朴素的文风和朴素的语言习惯，营造出了朴素又优美的意境，直抵读者的心灵深处。"放下背篓和扫帚，我们就地而坐，身下是树叶，周围也是树叶。抬头看，树上还有那么多黄绿相间的叶子。夕阳正隐在山畔，余晖照着树林，光线透过树

梢，丝丝缕缕。"《犹记当年落叶飘》《雾霭深处》则以清新的笔调，将读者带进晨曦中的几座古老守旧的少数民族村寨。这些村寨，并非索居山林深处，却生活在岁月的深处，与现代文明擦肩而过。作者通过朴素的文字，使那些人间仙境样的村寨，清新自然又沉郁、悲凉，透着与村寨的原始美格格不入的凄凉。

《背面》语言的自然、朴素之美还体现在凝练、想象和对比等修辞手法的娴熟运用上。精练的文字，洋溢着悲天悯人的本色情怀。《山野的歌谣》是典型的运用比喻、拟人等多种修辞手法，放大着更生态、更文学的爱和恨，痒和痛。"经受了阳光风雨的胡麻苗子见天儿疯长，蓝色的小花招摇成山野间的一小片海，我单瘦的母亲就在那片海中，而四周，就是蓬勃的香叶草。和着花香飘，和着山风拂，和着野蜂鸣，我猜想母亲一定是在心里唱起了属于自己的歌谣。或者想起了自己最甜蜜的事情。"典雅、含蓄、音乐以及绘画等艺术之美是《背面》语言的另一大特色，显现出作者对待生活，面对人生的真情、真性。"我还是觉得红火柴头花叫得好，简直太形象了，那本身就是 束火柴聚在一起，花没开时就似火柴静静相聚，开花了，妖娆的红火柴花，一枝枝茎很直，枝托花盘，如伞般聚于枝顶，宛然婀娜少女在徐徐山风中跳舞。"《面山而居》形象贴切的比喻，将南山中怒放了满满一个夏天的华中之花——狼毒花艺术地展示给读者。而《关于房子》一文中，"空气温润的春日清早，刚舒展开叶子的树枝上，鸟儿们用清脆的鸣叫呼朋唤友。初升的阳光将丝丝缕缕金色的光线洒向大地，洒向树木。"寥寥数字，描绘了一幅晨光微露，鸟鸣啾啾，俨然世外桃源般的田园诗画卷。而《浓了淡了是中秋》里，更是如诗如画，视觉和听觉均处在美的享受中。

《背面》语言的精巧和愉悦感在表现方式上并不是单一、纯粹的。很多情形下，交织、杂糅着多样的美感，体现了语言美感的多重性和多样化。有些文字，很难准确地界别，而是既有动感，具有韵律美，又富于思辨、典雅和绘画等艺术美："天底下没有卑贱的花朵，每一朵花的开放都值得我们赞美和欣赏。""一个村庄的夜晚可以丰厚到让你解读不完。夜晚的一个村庄同样富有到使你品味不尽。而属于村庄毛家台子的这样一个夜晚，我身在其中，感受到了它于黑暗中真实的状态。"感性而优美的笔调里蕴含着极强的思辨性。"油灯的火苗在门缝里挤进的寒风中轻轻晃动，旧报纸糊过的墙面在昏暗的光影里愈加斑驳，身下，羊粪炕热气腾腾，睡意被促生，我们在奶奶慢悠悠地讲说中恍惚睡去。"还有《在乡村学校》中，"小木棍一下一下划起水波，轻微的弧线荡漾着，我感觉到了黄昏的魅力，它竟然能让河边的人安静下来，能让逐渐安静下来的人感受河流和山脉自然原始的美"。笔下气定神闲，读来不由沉浸于山水自然，一时无法挣脱。

如果刻意要给《背面》的语言挑点毛病的话，只好将情绪的渲染有些过头算作美玉之瑕疵，像《村庄的一个夜晚》和《石窑湾纪事》里，算是一种情到浓时更伤情。事实上，是长处难免不成为短处。因为，在度的把握上，很少有人能避免滥的问题，很少有作品中不显出腻的感觉。这也许是李敏与王剑冰、周涛、王英琦、韩小蕙等当代散文大家的距离吧。

○文学评论○

张贤亮诗词中的情感分析

左宏阁

张贤亮，一位饱经磨难的伟大作家，不仅小说名贯中西，他的诗歌也成就卓著。岁月蹉跎，张贤亮虽没以诗人名世，但他的诗歌仍在中国当代诗坛上占有一席之地。他把自己的切身感受、自己对人生的思考、自己的精神气质融入诗歌中，让我们在他的诗歌中看到了一个真实的张贤亮。我们且看一看他的古体诗词，虽少了些年轻时的激情与浪漫，多了些沉郁与哲理，但诗人的气质、积极乐观的精神却贯穿在所有的诗词中，结合他的经历去细细品味，会令人感慨万千。

一、对盛世的歌咏溢于言表

张贤亮自从来到宁夏，二十多年的劳教生活，使他对改革开放后的新生活有着超乎常人的感受，所以，他的歌咏也就发自内心，深切感人。如《张贤亮诗词选》（宁夏人民出版社，2015年）中的《忝列奥运火炬手有感》之二："一笑休怜华发生，五洲圣火手中擎。久闻都邑英才会，且看银川壮士行。"作者荣列奥运火炬手，虽已生华发，但仍如壮士一样传递火炬，英雄豪气油然而生。《贺宁夏回族自治区成立五十周年》之一："贺兰山雪亮如新，犹映当年战火频。千古风云何处觅，只今回汉一家亲。华灯闹市春常在，落日孤城迹已泯。天地悠悠河水逝，金波泛起自粼粼。"贺兰山千古不变，贺兰雪景光亮如新，仿佛还能映照出当年战火硝烟的频繁。经过千古风云，今天这里各民族合睦相处，回汉一家亲，整个城市灯火辉煌，倒映在艾伊河、阅海湖等交叉水系之中，分外妖娆。《贺奥运开幕》之二："一会欢腾万事兴，英雄遐迩聚燕京。风雷不改人心固，雾霾何妨天色明。火把点燃千古梦，鼓声激荡九州情。休夸来日金牌事，主客融融成败轻。"奥运开幕，举国上下欢呼雀跃的景象，被作者描绘得惟妙惟肖。《市场经济》之一："人间处处有商机，实业强国证中西。莫道市场多虚诈，诚信方为万世基。"诗歌中既有对改革开放后国家发展经济的赞美，"人间处处有商机"，只要勤奋肯动脑，就能找到商机。要想把企业做大做强，必须坚守诚信，"诚信方为万世基"。这是作者发自内心的咏叹，是作者把企业做大做强的经验之谈。虽只有四句，却包含很多经商之道，令人回味无穷。

《盛世之叹》："到老居然逢盛世，男儿何处寄头颅。"作者感叹自己到老居然赶上国家繁荣昌盛，一江南才子在塞北生根，并硕果累累，所以大丈夫志在四方实不谬矣！此类诗歌，虽有颂赞之意，却不夸张，不谬赞，并道出了银川人的心声。银川人幸福指数之所以高，从张贤亮的诗歌中就能找到答案。

二、对人生的体悟哀而不伤

张贤亮的一生，既有坎坷也有辉煌，而坎坷成就了他的辉煌，他的经历、他所受的磨难，反倒成了他的财富。他的《少年》："少年风雨亦销魂，江海生涯处处根。顽铁情怀任锤炼，只今不数旧伤痕。"就是这种磨难的记录。诗人少年时期怀有崇高理想，要做一名伟大的诗人。但命运多舛，少年时便从首都北京来到了塞北宁夏。正应了孟子那句"天将降大任于斯人矣，必先苦其心志，劳其筋骨，饿其体肤，空乏其身，行拂乱其所为，所以动心忍性，增益其所不能。""顽铁情怀任锤炼"，作者真可谓经历了千锤百炼，经过磨难后，浴火重生，他的文学创作，在当代文坛熠熠生辉。《励志诗》："草芥怀有凌云志，弹扣即响金石声。"本说自己如草芥一样平凡，却有冲霄凌云之志向，弹拨敲打乐器也能发出金石般清脆之声。实说自己志向远大，要让自己的创作不同凡响，别具特色，在文坛上发出金石之声。《书生》："书生何处立功勋？大漠行吟自不群。眼底浮云驰万马，笔端豪气荡千军。"这首诗更直接地表明了自己的心志，虽身处大漠，却要咏出超凡脱俗的作品，胸怀千古，豪气纵横，真有大丈夫英雄本色。此类诗，语言豪壮，气势宏伟，虽然也有"只今不数旧伤痕"这样的哀怨，但昂扬向上，积极乐观是其主要基调。

直抒胸臆的作品数量多、质量高：如《抒怀》："荣辱得失谁在意，风云过眼任舒张。"《随想》："塞北江南皆乐土，人间有限寸心宽。"《岁月》："是非眼底终明辨，恩怨心头顿时消。"《退休后得诗一首》："江郎老去自逍遥，乘风策马过驿桥……莫笑浮生成逝水，指点青山看明朝。"都表现出一种豁达、开朗、积极乐观的人生态度，感怀身世却不悲伤，把一切磨难化成了人生智慧，十分难能可贵。

《七十生日感怀（调寄《满江红》步岳飞原韵）》："七十年来，如野马，奔腾未歇。蓦回首，尘霜满鬓，风云飘烈。一自东南辞碧水，半生西北追明月。但梦中，杨柳绕秦淮，犹亲切。贺兰上，千秋雪。六盘下，硝烟灭。只金瓯未必，百年无缺。烟雨已消兄弟恨，沧桑不改炎黄血。问何时，携手看神舟，冲霄阙。"

此词上阕，追述七十年人生经历，如野马般不受拘束，在广袤的大地上纵横驰骋，从未停歇。蓦然回首，已经鬓发斑白，接近暮年，人生如风云般飘忽而逝，感慨自己辞别江南，逐月西北，但江南美景时时出现在梦中，依然亲切如初。下阕赞美宁夏山川已无往日硝烟，到处风景秀丽，各民族兄弟和睦相处。结尾句"问何时，携手看神舟，冲霄阙"气势宏伟，由个人、宁夏转而为国家，神舟飞船即将飞入太空，中华民族扬眉吐气的时刻即将到来，让诗人振奋，进而高歌。这是一位七十岁老人的心声，虽然年已七十，心却犹如壮年，情绪铿锵而豪迈。

三、借古咏怀感慨良多

张贤亮有着深厚的古代文化的功底，古代文学的修养也十分令人敬佩。他的诗词中随处可见古今文化的交融。如《暇想》："欲挽雕弓向九天，荒原不见旧狼烟。夜风飒飒痴心动，遥想残星比月圆。"作者想象自己有着高超的武艺，可以弯弓射大雕，只是莽莽荒原之上，已经没有了旧时的烽火狼烟。今日到处呈现和平景象，皎洁的夜空繁星点点、一望无际，让人把晶莹剔透的星星误认为是圆月。全诗想象奇特，饶有情趣。《端午感怀》："空有闲情念屈原，终无妙赋可招魂。回看秦楚风烟灭，一卷离骚酒一樽。"作者手捧离骚，端起酒杯，感怀秦楚之争，悼念屈原。诗风简洁明快，甚有古人风韵。《端午有感（调寄蝶恋花）》（一卷楚词愁万古），以龙舟竞渡、香草美人等意象，反映端午时节人们纪念屈原的活动，文笔优美。

直接描写景物的诗，同样表现出作者浓浓的情，但又含蓄、委婉。《贺兰远眺》："独倚城楼望贺兰，长车今日破雄关。斜阳坠处硝烟尽，一抹红霞染遍山。"关于贺兰山的描写，从古至今一直是宁夏文人和来宁夏文人吟咏的主题，如何避免低层次重复吟唱，咏出新意，是当今文人不断思考的问题。张贤亮此诗便很有特点，作者以远观的视角，可以揽尽贺兰山全貌，独自一人倚靠在城楼上远远眺望，思古之幽情便油然而生。"城楼"为镇北堡古城墙，张贤亮凭借自己的聪明才智，让废弃的古城又焕发了光彩，众多的影视作品在这里拍摄，从这里走向全国、全世界，所以"长车今日破雄关"既有怀古之情，又含今日在这里演义的场景，气势宏伟。"斜阳坠处硝烟尽，一抹红霞染遍山。"夕阳西下，到处又恢复平静，贺兰山在晚霞的照耀下，满山红遍，雄奇而又神秘。由此引人深思，古代贺兰山下真正的战场应该也是如此吧？但那时一抹红霞下照耀的该是什么样的景象呢？全诗虽是写景，其中所含思古之情浓烈而悠长。

《赠友人》二首较有特色。虽是赠给朋友，但表明的却是自己的心迹。之一："不弹长铗只沉吟，肯向凡人表寸心？顽石情怀藏美玉，浮云身世化甘霖。""长铗"，即长剑，典出《战国策》卷十一〈齐四·齐人有冯谖者〉（395）"齐人有冯谖者，贫乏不能自存，使人属孟尝君，愿寄食门下。孟尝君曰：'客何好？'曰：'客无好也。'曰：'客何能？'曰：'客无能也。'孟尝君笑而受之曰：'诺。'左右以君贱之也，食以草具。居有顷，倚柱弹其剑，歌曰：'长铗归来乎！食无鱼。'……"后来孟尝君答应冯谖的各种要求，给以礼遇，冯谖凭借自己的智慧，帮孟尝君化险为夷。"冯谖"典故，既指贤士怀才不遇，又指贤士得到重用。自己恰似冯谖，先是不被赏识，落入社会底层，后经过自己努力，终于得到社会认可。作者用冯谖故事表明，我不像冯谖一样弹剑张扬，我只是自己吟诗作文，一位有远大理想的人怎肯向凡人表明自己的内心呢？"肯向凡人表寸心？"是怎肯向凡人表寸心之意。用典贴切恰当，使人读之自明。顺势而下，一句"顽石情怀藏美玉"，作者的自信呼之欲出。

《红楼梦》中的贾宝玉出生时口里含的"通灵宝玉"前身就是一块女娲补天遗下的顽石。作者把自己比喻成藏着美玉的顽石，在不被人发现之前，也不急于推销自己，相信总有一天，美玉会发光。"浮云身世化甘霖"，果然，经过半生的蹉跎之后，美玉发光，自己把这苦难幻化成了雨露，滋润着久旱的大地。

作者一气呵成，看似轻松的背后，隐含着道不尽的苦衷。这在《赠友人》之二中得到了印证："无边风雨一青衫，不怯流言不怯谗。仕路从来多坎坷，人生难得是平凡。"一位超凡脱俗的诗人形象，栩栩如生地展现在世人眼前。唯有如此，诗人才能心胸坦荡，才能干番事业。

如《野马》："迎风向雪不趋时，傲骨何须伯乐知。野马平生难负重，老来犹向莽原驰。"野马，在诗人眼里是个象征，并且多次出现。那是个迎风傲雪、狂放不羁的骏马，不趋炎附势，不低头哈腰，不等待伯乐知遇。尽管世人如驽马一样让其负重，但它始终不放弃自己的理想，老当益壮，仍要驰骋千里，一展雄风。作者以大家熟知的伯乐相马故事，慨叹伯乐不常有，千里马不要老等待伯乐，应该自己努力，寻找机会，纵横千里。作者自己就像一匹野马，凭借自己的努力，开创出属于自己、也属于世界的一片天地。《吟牛》："瘦骨何甘卧老村，几番飞雪沐精神。一昂头角迎风去，顶起人间万顷春。"此诗与《野马》相近，都表现出一种不甘被埋没、努力奋斗的精神。

《驾车行》之二："少年诗赋枉豪奢，壮岁无缘斩白蛇。此际天涯追落日，一声长啸驭飞车。"诗人用刘邦斩蛇、夸父追日故事说明自己不能像刘邦一样斩蛇，即不能像刘邦一样干番大事业，却可以学夸父不断为理想而努力奋斗。《驾车行》之三："飞车如电畅神灵，旷野高歌只自听。顽石本来非俗物，千年之外一流星。"此诗与《陨石自喻》可以互证，有着铮铮傲骨的顽石，本来就不是俗物，曲高和寡也是正常的事。《黄昏飙车有感》："千里飞车过边塞，金戈铁马抑前缘。斜阳何不中天去，欲向长空挥一鞭。"我们从诗人这两首诗中看出，不论是飙车得意之时，还是形骸困顿之际，诗人总有一腔豪情、一身霸气，不为事所累，不为势所屈，潇潇洒洒，奔着自己的航程一直走下去。

《夜读〈三国〉有感》："且凭只手开天阙，肯待他人叩草庐？"诗中借用三国时期刘备"三顾茅庐"之事，表明自己凭借双手开辟出一片天地，不靠他人来赏识。

总之，张贤亮诗歌语言功底深厚，常用恰当的语言表达感情。如"贺兰山雪亮如新"，把咏唱千年的"贺兰晴雪"赋予新的内涵，一"亮"字，就凸显了雪的形态特征，与后边"映"字呼应，恰到好处地表明了作者喜悦的心情。再如"风前枯木也婆娑"（《古木赞》），"春风细细草纤纤"（《醉卧》），"婆娑""细细""纤纤"等双声叠韵词的运用，使诗歌语言清新自然，读起来朗朗上口。他的诗歌寓意深远，"呼来春雨丁红放，不许芳园只剩梅"（《感怀》之二），用百花满园寓意文化园地应百花齐放，不可一枝独秀。

古人说"诗言志"。纵观张贤亮的古体诗词，我们不难发现，张贤亮大多数诗都在写情、写志，一种参悟人生的情感，一种勇于面对、决不放弃的果敢与坚韧。

[基金项目]北方民族大学重点专项项目"作家进校园，培养学生创作兴趣"（2012xzw02），宁夏社科规划项目"贺兰山及周边景观文学研究"（15NXBZW02），北方民族大学基本科研项目资助（2015JBK143）

○文学评论○

品诗四十八首

安 奇

1. 孙志强

《世间》:"可能是一柄剑／今生被好人配了把鞘／就有了些许的钝／可能是一匹马／今生被好人放在了南山上／就有了一点点慢／／我一直在平静中感念好人／偶尔想想／就会自己对自己说：／我是自己把自己长老的／我是自己把自己长丑的"。

《大雨过后》:"云端湿滑　一滴雨很轻易／被另一滴雨从云端上挤了下来／落地之前　一滴雨追上了一滴雨／又被更大的一滴追上／通常这是一场滂沱大雨的开始／而结束之时　一滴雨在减慢下坠的速度／减慢接近于人在大地上的俳徊　它在等／等　云端上久久不落的　另一滴"。

孙志强的这两首诗，手法简单，却有着出奇的意味。《世间》对生命状态的解读，意味深长，带有强烈的喻体色彩，如果说锋利是一种优秀，那么这把华丽的鞘，掩去了人生的锋芒。也许是一匹要被驱策的骏马，来到了空旷的南山，就有了一些放达和疏狂。孙志强的诗歌用不见痕迹的力道，似乎是无意间发现了人生的真谛："我是自己把自己长老的／我是自己把自己长丑的"，诗人人邻评价说："生命顺从着天意，于人瞒天过海，人偶然了悟的时候，一切全然过去。"我觉得很是到位。《大雨过后》只是泄露了一个自然界的简单秘密，但是这个秘密中隐藏着广大的友谊感，有着辽远的想象。让我不由得想起《高山流水》的情谊。一场巨大的追逐赛从云间，竞赛到人世间，最后接近于心灵，有着意味深长的润泽，有着浓郁的诗意。简单的表达，没有过多的修饰，却有着辽远的想象空间，有着对生活和生命意义的思考。

2. 马占祥

《重建一条河流》："拿来——清澈的 浑浊的 纤细的／宽阔的 或者波澜不惊的／水 必须是干净的／／拿来——红柳 水蓬 羊齿苋／马莲花 或者苦蒿／这些穷亲戚 它们卑贱的命运和身子／——安放两岸／／拿来——先人的骨殖 牲畜的蹄印／昆虫的翼 卵石般一再濯洗 使他们／发亮 而后归于河流 沉为泥沙"。

《清水河畔所见》："我不愿意说：那几只野鸭还住在水中／不，它们住在水上，一个紧贴着／另一个。它们没有房间号和身份证／即使一个爱上另一个也是直接的／／在清水河畔，一半的冰闪着冷峻的光／一半的水依旧暖和，我用人类的文字写它们／水面上的波纹里有一圈一圈鄙夷的水色／和风吹的痕迹，不是象形文字／／我的理论徒劳无益／我写字的双手没有羽毛 不是翅膀"。

在《重建一条河流》一诗中，重建，就是在已经被破坏或是荒芜的世界重新构建，这里有着一种理想的意味。多年前，第一次读到这首诗时，我就大为震惊，认为马占祥的诗歌已经站在了某个高度上，可以俯瞰世界，可以重新构建：将水，自然万物，祖先骨殖等等都拿来，一颗无依靠的心也将重新安放，于是就有了归宿，有了未来。站在《清水河畔所见》，野鸭子作为载体，将我们虚饰的生活本相揭示出来：不是物质生活将我们变异，是我们自己伪装了自己，以至于失去了真实，失去了坦然。人类的内心其实和自然界的事物没有区分，有区分的是我们的自以为是：风在水面写的文章和我在纸张上写的文章有什么不同？试图保住永恒就是在失去最美。站在清水河边，无论内心还是肉体，都不能飞翔。但是梦想、诗歌可以飞翔。

3. 吴淮生

《旧照》："两个人都蹲着——／一个青年女子／一个瘦弱男孩／蹲在夏天的小院里／蹲在一幅黑白照片里／／照片灰黄 忘记朝霞和夕晖／小院消失在烽烟深处／女子消失在似水流年／／那个男孩呢／上帝问他要不要吃糖果？／他不想吃甜的／他感谢上帝／让他住得这么久／让他和他的大姐／永远蹲在那张黑白照片里"。

《家乡来信》："家乡寄来一封信／沉甸甸的手机年代／用纸笔写信的人很少了／／我小心地拿起家乡的信／举重若轻／轻得仿佛什么都没有／原来信封里的那幅画／提前悬挂在我的灵府里了"。

《旧照》里展现出来的是梦还是回忆，一切都已恍惚迷离，让人捉摸不定，岁月中曾经都有谁经历了我们过往的时光。消失的姐姐，孤单的弟弟消失不了的记忆，深深地刻在心中的伤痕，每一样都住在黑白的照片中。时空、记忆、伤感都凝固。凝固了的这个刹那就是永恒。甜美的过去，去了就不再回来，即使上帝的诱惑也抹不去忧伤的记忆。这张灰黄的旧照，让一位老诗人伤感不已，让品诗的人难以释怀。此诗全无技巧痕迹，却意味隽永。《家乡来信》，一定是用颤巍巍的双手打开，用着朦胧的泪眼相看，无尽相思，都在这仿佛没有斤两的纸张上，于是，千万斤的思念就沉甸甸的压在心头，想说什么，却始终也无法说出，离乡万里，乡情乡音乡景，哪一样会离开最初的记忆？一切都在生命中悬着，随着动荡的生活动荡着，永远都不会停歇，直到最后。

4. 郭静

《小于》:"变小,需要多么大的勇气／需要在心上留下一个可疑的伤疤／小于树,小于自身／小于一根草,薄而锋利／划破一片云,一股风／小到一根刺时／一下子就刺疼了我／让我看到殷红的血滴中／潜藏着最初的叛逆与愤怒"。

《预留》:"活着。我不能经历世上的／一切悲苦或幸福／直到尘埃落定,欲望的灯火渐渐熄灭／我徒劳的肉身像一座废弃的城堡／开满无辜或罪恶的花朵／没有人愿意看我一眼／只有你,会在物质的构成中／为我预留某个似曾相识的位置"。

《小于》或者大于,一般人都会主动选择大于,越大越好,几乎就是现实世界的选择,建世界上最高的,办世界上最大的,追求利益的最大化几乎到了不加选择的地步,在这样的语境下,郭静的《小于》就具备了穿透力:看透内心,看透世界,划破心灵,刺穿命运,回到真实,一个年轻人面对过往的叛逆与愤怒,并在其中看到了真实的自己,当小于一切的时候,力量也就恢复了。《预留》给未来的是现在的付出与得到,肉身会毁灭,肉身在世时的欲望使得肉身膨胀到无以复加,成为废弃的城堡,溃败,腐烂,长满罪恶之花,长满腐朽的蘑菇。人们避之不及,但是精神世界的力量超脱命运的安排,在这个时空里,我们互不拥有,只有牵挂着我的你,在茫茫的岁月,在无尽的世界,为彼此预留相应的位置。幸福和苦难都不会对彼此造成伤害。

5. 查文瑾

《而你的一生都未曾见过她》:"草儿破土的气息里你在等她／小雨淅沥或大雨喧嚣的落寞里你在等她／落叶如雨月如钩的夜晚你在等她／八瓣儿的雪花迷了眼睛的时候你在等她／每一个细小的讯息变化里／每一个不紧不慢的日子里,你都在等着这样一个人／她像一颗露珠被你放大成宇宙／又像一颗外行星,渺小地游离于你的世界／你习惯了以她为生,为呼吸／甚至,每一寸寂寥里都藏着关于她的电闪雷鸣／而你的一生,都未曾见过她"。

《一朵花的执念》:"没有孪生的灵魂可供挥霍／我只好就这么一条道儿走到黑／没有多余的春天可供等待／我只好,将自己开得一瓣儿不剩／开成无忧无虑或者无牵无挂的样子／也开成　开成绝处逢生的美"。

我们的一生当中的确可能都没有见到过她,她是那么神秘,拥有了所有的吸引力,在生命经历过的每一个场景中我们都在等待着她、追寻着她,自始至终,我们也没有和她谋面。她是谁,永久地在遥远的地方不断地招引着我们,每前进一步就会误以为是更加靠近了她,但实际上是她永远在遥远的地方微笑着看着我们,是爱情,是梦境,是诗神,还是追逐的过程?《一朵花的执念》,是什么?在我们以肉体为界限的灵魂里,我们无法认识到其他的灵魂,实际上,在我们经历过的时光里,我们可能就是彼此;在这个有限的世界里,我们曾经可能就是彼此的一部分。青春紧俏,没有多余,在有限的时光里,展现出最美,而最美的可能就是最凄楚的。生命的轮回,在最悲伤的时候就成为下一季最美的模样,坚守住最后的枝头,盛开为"绝处逢生的美"。

6. 刘乐牛

《暮霭在加深》:"昏暗的暮霭,沉默地包围了四野／微红的云渐渐变暗／白昼留下的废墟,正带着清寒的锈色／悄声隐没,荒寒的山坳／有只走丢的羔羊,在急促地咩咩叫

唤 // 风轻抚着体温变凉的大地 / 给万物送来了最后的 / 安慰,却并不能阻止它柔软的声音 / 把天地带入苍茫的绝望……暮霭在加深,它咩咩的叫唤 / 还凄切着撕扯夜幕的 / 徒劳之音,随我匆匆赶路的脚步 / 越来越暗淡地,消隐在了庞大的寂静中……"

暮色四合,寂静将至,失群的小羊呼唤着母亲,牧羊人去了何处?让我突然想起初唐王绩的《野望》:"东皋薄暮望,徙倚欲何依?"人生何去何从?此刻,孤独无依于原野、人世间的不只是迷途羔羊,还要通过迷途羔羊发现人的迷失。以羔羊为喻体来看,我们各自的悲伤其实一样,柔弱无助,在庞大的寂静里,看清自己的只有自己,保护自己的也只有自己。只有交换了命运的履历,才看得清生命的意义。

7. 刘岳

《我们》:"现在好了,我们 / 在一起,在废弃的 / 庄院里,守着 / 苍老的家 // 天蓝蓝的,落下来 / 光和土,我们爱这些 / 缓慢的时间。寂寞 / 但是踏实 // 庭院里的草 / 繁荣,琐碎,遮蔽了 / 我们。在一起 // 我们很小。你是我的 / 母亲,我是 / 我的父亲 // 他的梦 / 他倾斜着身了 / 要掉下去。阳光 / 落到一盆花草的上面 // 他睡着了,脸上 / 堆着他的梦 / 在他的这样的年龄 // 也有不舍。半闭着 / 他的眼睛,就是 / 为了能够看见"。

读此诗,一些熟悉的节奏,仿佛从五四的诗歌源头流下,缓缓铺展开来,《我们》在一起的时光仿佛是永恒,留在记忆里不再消逝。废弃的庭院,荣枯的野草,家园的记忆,幸福或者悲伤,那些过往的岁月,那些不变的蓝天,都在寂寞寂静的庭院里仰望的过程中慢慢地沉淀。所有的累积,都可以沉甸甸地结在枝头,我们可以挤在一起共享缓慢和内心的踏实。于是"他的梦"里有着难以醒来的梦,沉浸在短暂的幸福里,以至于忘记了现实,想要超脱,又害怕一旦真的入睡,就会错过这暂时的小快乐,小美好。他的年龄到底有多大,在舍弃与获得之间依然有着不解的眷恋,在看与不看之间,得与失之间,我想,那个幸福它就在那里,只是,他还没有悟透。

8. 杨森君

《镇北堡》:"这一刻我变得异常安静 / ——夕阳下古老的废墟,让我体验到了 / 永逝之日少有的悲壮 / 我同样愿意带着我的女人回到古代 / 各佩一柄鸳鸯剑,然后永远分开 / 十年,二十年,三十年…… / 一百年以后,我和我的女人 / 分别战死在异地,而两柄剑 / 分别存放在两个国家"。

读过许多爱情诗,这首诗歌的构思的确让人意外,这是一首以悲剧收尾的爱情诗歌。行文仿佛不张扬,暗含着失败和无奈,现实世界失落,映照过往的雄壮,遗迹在夕阳下被人凭吊。那也许是荒废了的维纳斯神殿,也许是深爱着虞姬的项王在乌江边上最后的回望,也许是向着东南而飞的孔雀在流连回首,也许是无语徘徊的爱人的魂灵。爱情的力量有种无与伦比的穿透力,打动了诗人,要带着他的女人回到古代,从百年前就开始以灵魂的方式守望。爱情故事在厮杀征战中展开,也是厮守相望,不言分离,一任时光流逝,慢慢琢磨着生命的意义,直到生命的终结,飘零散落,尸骨无存,只是留下永恒的爱情镌刻在宝剑之上。一对鸳鸯剑,互相吸引,仿佛就要聚首,最终却又永远的分离。肉体世界的背离,却是精神力量的聚会。飘散的灵魂汇聚在两把宝剑上。散发着幽幽的寒光。一对鸳鸯剑,分离在两个世界,一对鸳鸯,飘零在历史的风中,然后沿着历史长河而下,穿越到未来,品味爱情的伤悲。本诗语言淡雅，却富有力量，有着哲思，文本的张力得到了极大的彰显，极具穿透力。

9. 谢鹤仁

《割了麦子以后》："喂几只小鸡就有蛋炒饭／点几窝土豆不一定能烩酸菜／干旱，风暴，灾难随时降临／农耕就是这么一回事／种在地上收在天上／春种秋收不是铁板上钉钉／然而，割了小麦／我还想种一茬蔓菁／勤劳，精明，随你怎样褒贬／地闲着，心就空着快快的，就像一块牛皮癣"。

《小村》："一场风就能刮走的小村／昨天夜里／被狗一声叫醒／村长喝大了／敲错了门／杏花家的狗不乐意／一只狗要叫嚷／全村的狗都跟着叫嚷／全村的狗加起来也就七八条／七八条狗／把平静的夜晚撕得七零八落"。

谢鹤仁在乡村生活，意象来自农耕生活，仅是对生活中常见的几个细节的品咂就有了浓郁的诗意。表面上平淡，仔细地琢磨：小鸡、土豆、小麦、蔓菁带给生活的种种快乐或者失望，正是农村生活的真实写照，同时也将一个在农村生活的老农的形象刻画了出来。于是我们就看到了这个农夫的喜怒哀乐，看到他的勤劳，看到了他的希望和失望，一切恰到好处。《小村》是北方一个非常小的村庄，安静的夜被敲错门的威胁打破了，岑寂的村庄，狗声喧嚣，此起彼伏，被撕得七零八落平静的夜晚，以及潜藏其后的农村生活。这两首诗不是理想化的田园，有真实的现代田园面貌。

10. 张立

《夜来香》："也许不开花也不结果／也许想象就够了／一朵花能收集完今夜的星星吗／为什么一次开放便结束了一生"。

《三行》："哪一夜最长／哪一夜就是月亮／被泪水淹没的部分"。

《一棵不开花的树》："让它开花／就是一个错误"。

诗人杨森君曾说："张立的诗大都短小、简约，这既符合诗歌本有的传统，又符合诗歌的终身品质。"我对这一点非常赞成，他的诗歌中有一种努力的"悟道"之意，有哲思在内。如果将其诗歌从简约中恢复到具体的生活，这些哲思就具备了相应的意义，每个人的具体生活不一样，在他们各自的语境中可以恢复到相应的生活现实。如把《夜来香》放到一场盛大的暗恋当中，可能会引起无限的忧伤；把《一棵不开花的树》放到教学环境中，教师和家长在阅读时可能会为理解而潸然泪下；《三行》一诗最值得玩味，一个带有无限时光的想象和硕大空间中的寂静，淹没了忧伤。张立聪明地"运用了一个诗人的虚构擅长"，才把自己的诗歌扩展到一个空阔的地方，又像是"一个落魄的情种"，在无限的时光中等待那个还没有来到的姑娘。当然我个人很喜欢把他的诗歌放到爱情的语境中去品味，看风景的姑娘站在远处，而他悄悄地看着人家。

11. 杨春礼

《我没有直接喜欢春天》："……有时，我也看出它们对我的不满／为什么不放它们出去踏踏青，撒撒欢／尝尝鲜嫩的青草，嗅嗅细小金黄的花朵／其实，我只是不想让它们踩坏／春天故意铺在斜坡上的花裙子／我没有直接喜欢春天／我喜欢了，一幅已经上好色的图画／我没有直接喜欢桃花／我喜欢了，两只迷恋花朵的白蝴蝶／我没有直接喜欢你／我喜欢了，你荡漾在春天的微笑"。

这是一首现代的田园诗歌，与传统意义

上的田园诗歌不一样，传统诗歌中压抑逃避的色调看不到了，留下的只有对现实生活中的满足，有着迷恋、荡漾的情怀。它的穿透力在于内心世界的满足感。从中作者有意识地忽略了生活中的种种不足，看到更多美好，小羊与青草、花朵联想到青春，视野中的世界和心灵中的世界是一致的，不在工业范畴而在农业情怀，不在物质追求，而在精神力量。

12. 王武军

《想起萧关》："我曾无数次想起萧关／以笔记的形式，让一条古道／穿越弹筝峡，直达西域／即使城墙头长满了荒草，一簇簇／今年的，去年的，前年的……金黄的蒿草／给我以摇曳的燃烧和经年的温暖"。

《坐在城墙头》："我感到，一株蒿草有了高度／比六盘山略高，比时光／略低，仿佛一个人内心的仓惶／在坍塌的城垛上，慢慢长出／一列火车从我的身后穿过／颤动的城墙，让所有的草木／开始飞翔"。

《想起萧关》，有各种植被在覆盖，有各种时光在经过。从空间的这边，从萧关出发，到达西域。从时光的那边出发，历史的尽头穿越到现在独坐在坍塌的城墙上，看衰草的枯荣。时空中静看这一切的人心中有着温暖。《坐在城墙头》，有了一个眺望的高度，那是蒿草生命的高度，比不过山峦的时空，但有着自己的力量。当时间静止，长出仓惶，以为寂寞将无可比拟，打破寂静的火车，将诗人拉回现实，让草木的梦境消散，开始飞翔。

13. 林一木

《红枕高过贺兰》："在梦里，兰花带着露珠／斜贴在她的额际／蝴蝶从她的胸口飞出，红枕高过了贺兰／饱经沧桑的贺兰／天蓝的温柔的贺兰／只在梦里给她留下一层，浅浅的边沿／在梦里她飞升魂牵梦萦的宫殿／飞檐勾着一襟蓝天／她躺着没动，像故国土地上开出的荷花／像要和自己的亲人告别／在梦里，似乎有雨开始下／雨下在千重万重的梦外，雨斩大树深俯的枝叶／雨卷军士哭泣的马蹄／梦没动，宫殿依旧巍峨／它的上半部分高耸入云／下半部分和泥土结成血肉的亲戚／为她抬起一乘软软的辇"。

绝代佳人的风华，从内在迸发，散漫向蓝天，向原野上驰骋的贺兰，飘摇如一只绚丽的蝴蝶，飘飘摇摇在梦境。在大地上独卧，仰卧天空，遥远呼唤着她；在天空上俯视大地，飞檐勾住了欲要远行的灵魂，离开还是回归？这将是对故土的忆念：宫殿，荷花和无法解释的梦境，这佳人是谁？西夏故国的公主，还是马嵬坡前三军动乱中死去的绝代佳人，还是自我的伤怀？

14. 张联

《霞光微明里的村子古铜色》："霞光微明里的村子古铜色／这是我从老屋里出来的感受／别了母亲／静静走动 独自一人／昂首看了看有霞的大空／在西北里／在温和的暮色暖意里／踩着户旁有鸡爪印的沙面／静立看一只小甲虫正爬了过来／家弟正在屋顶给母亲的炕遮烟囱／揭开烟缕／一条条的霞痕排列着／那是时光耕耘着犁痕／这犁痕正穿过那淡墨的／一株沙枣树的冠面／让那份昂着透明的面颊／再一次飘扬在／时光隧道上"。

这是一首非常安静的诗，诗人用深邃的心灵之眼看懂了世界，宁静而苍茫，一缕夕阳西下，暮色温暖，是因为有家的安逸，有着亲情弥漫在这繁杂的世界，不断的细致入微，生活的环境得到了印证。正是因为这种纯粹和简单，就最好地说明了生活的意义，不在复杂，而是简单；不是世俗欲求，而是直指人心。农耕意象，白描画面，使得此诗，更加具备穿透力量。

15. 杜小军

《寂寞》："在水天相接之处 墨黛色的山淡远了／打着盹的野菊木着脸／在呓语漫漶的山坡上卸下一地金黄／崖石兀立 默然相望／风吹过山坡 卷起秋叶孤独翻飞／山峡中移动的小黑点成为永恒"。

《露珠》："晶莹着绿绿的圆脑袋／滚动或静止在／路边 草莓的叶子 草上乃至深入人心／／尽管阳光的脚步很轻／还是惊飞了你的困顿和寂寞／于是你拖着七彩的尾巴逃走了／留下一脸惶惑的野花眨眼看着沟底的塑像"。

《寂寞》无言，所以静看世界，六盘山中的野菊花盛开，漫漶上了野坡，于是秋季就浓浓的，与盛开相对的就是我的寂寞。在辽远的山崖这边，只有我的独看，秋风卷起，掠过山坡，木叶飘零，独行的人，等等，构成了一幅中国古典诗歌的画面，有着山水田园的意蕴。《露珠》短暂，时光却很漫长，因为某个瞬间，诗歌扑捉了动静的味道，将慢慢散开的时光收拢在一个俏皮的瞬间。

16. 子红

《我的老公是矿工：探亲》："假期我带着女儿／去你的矿山小住几日／你总是迁就着我／纵容着女儿／让她尽情地看电视／随心所欲地点饭菜／女儿蜻蜓点水的吃几口／你很乐意地打扫战场／／一有时间 你就带女儿／在湖面上滑冰 踢雪块玩／女儿像只快乐的小麻雀／叽叽喳喳地嚷着／爸爸的单位真美 我下次还来／你自豪地笑着 回头问我／我们矿上好吗／我望着远处那些刚上井的黑影／说 很好 转过身／一粒沙子钻进了眼睛"。

一首通俗而又达情的叙事诗，简单而又认真，一家三口的甜蜜情意就此显现。对生活场景的简单记录，选取的场景对其他的家庭来说是平常的一天，但对每天在危险之中工作的矿工而言，这就是最幸福的事情了。天真而懂事的女儿，快乐无忧的小麻雀。正是这样的探亲，让妻子的内心涌出巨大的伤悲，还要假装什么都没有发生。

17. 苟成明

《河流穿过心灵》："老年人是年轻人的哲学／年轻人是老年人的字典／爷爷九十二年中的言行／搭建 我人生的框架／／爷爷不能包容我全部的日子／可足够我受用平生／当迷惘困惑来临／谦卑地翻开爷爷的相册／一条河流穿过心灵的荒漠／／一生如书册铺展／岁月履痕如印 印在我的心田／是爷爷的那一部／留下久蕴的青山"。

《承先——遥寄恩师章承先》："师爱如涓涓细流——无声／却能滋润干涸的心灵／平凡却能孕育似海胸襟／／师爱如济世良方——苦口／却能拯救病入膏肓／纯粹却能彰显淡泊名利"。

这两首诗具有哲理，用词通俗，但诗意浓郁，让读者能有深入的思考。《河流穿过心灵》起首两句，在探讨年轻与年老之间的关系，颇有深度，两者互相印证，从已经老去的岁月来看，过往的经验是一种证实，未到的现实是一种累积。所以翻阅过往的岁月对今天的生命就是一种可以追寻与模拟的对象，家族的意义就可以得到传承，长辈对晚辈的影响使得后人有了相应的分量，如青山久蕴。《承先》也比较通俗，依然带有哲理思考，侧重于感恩，章老师对诗人的影响之大几乎已不是诗歌可以承载的了。无声，则是学生时代对老师最感动的地方，在以后的生活中也学到了老师的风范；苦口，则是在成人以后反思过去对现在人生意义的明晰。

18. 刘天文

《想起海子》："在西海固的二月／在老北风渐趋妥协的最后肆虐中／在雨雪交织的暗夜里／我怀揣柴米油盐一样细微的幸福／想起了海子／／二十四年了／你骑着自己喂养的那匹快马／从山海关冰冷的铁轨出发／周游了祖国和世界／所经之处的河流和山脉一定是幸福的／它们第一次拥有一个温暖的名字／／现在，粮食和蔬菜都很充足／你的亲人、朋友／许许多多的陌生人，还有我／都在你海一样宽宏的祝福中／在尘世里捡拾到了不小的幸福／／你也很幸福吧，海子／看你的房子面朝大海／读你的诗歌春暖花开"。

春暖花开的季节到了，但是海子没有活了过来，他在诗歌的梦境中永恒地沉睡，忘记了所有的幸福，十个海子也不会再荡漾春水洗涤梦境。而海子的诗歌，使得诗人在西海固三月的风沙中找到了做梦的起点，同样卑微的生命，但不卑微的灵魂，在一路的寻找中发现了永恒的幸福，给陌生的远山春水命名，创造新的祝福。在相看之际，涌上心头的将是春暖花开的诗歌。

19. 常越

《角落》："月光里，秋千和风一起摇曳／我和你的影子缩短又被拉长／连同乡村的夜／看得见月光却看不见你／是那样的近又是那样的远／放飞了一只鸟儿，在遥远的角落／只有几片洁白的羽毛"。

《我听见》："天晴以前，呼唤自己的声音／和雨声一样辗转起伏／落叶纷纷离开树梢／我听见牵牛花和向日葵的告别／仿佛雨停了，就会赶路／我的耳朵里慢慢长出一棵树／春去秋来，一些汗水和忧郁／留在远山的小溪旁"。

《角落》仿佛是随意去写，但笔触不凡，诗意浓郁，乡村月夜，思念朦胧，飘然远去，却又牵挂心田。诗歌中有着浓郁的思念诗情，又有着哲学的思辨意味，"看得见月光却看不见你"，仿佛中间是被月光隔开，月光就是时光，月光似乎触手可及，思念也就浓郁得化不开了。近与远，中间相隔的是月光，是时光，也就是几片洁白的羽毛也飞不过去的空间。《我听见》了自己的声音，就是听见了自己的内心，从雨声中听到落叶与季节的关系，体会到生命的生死消亡的过程。那些花草在互相问候，在祝福声里各自前行，命运互相追随，那么，在这里倾听万物的是谁？耳朵里长出了一棵树，缓慢地生长，一座静静矗立的山，一条欢快奔流的小溪，清楚地镌刻了记忆。这两首诗是不可多得的好诗。

20. 高鹏程

《黄铎堡》："一座黄土夯成的煌煌大城／在流沙里不停地变幻着身份：石门关／石门镇、石门城、石门堡、半畠城、怀德军……／／像一枚秤砣／悬挂在北宋和西夏国的边界线上／用三千西夏士卒的头颅来称一场战事的成败／／用一座城堡的得失称失衡的版图／／称兴亡、功过，称无数君王失手打碎的江山"。

《一杆秤》："如果不称天下小民的甘苦／那么称盘内，无数士卒滚动的头颅轻如灰土／／黄铎堡，一座流沙中的城堡，它的重量／在时间反复称量中慢慢消耗／／如今，作为一截压在土墙的废墟／仅仅在维持着时间和它自身的平衡"。

读此诗如读历史，而读历史，如同读堆砌起来如山峦的悲伤。历史谁可品定？而诗歌却可以回归本质，指向具体的人心。这颗心在尘世中浮沉，兴亡和功过，尘土和消散，时间中谁有足够对抗消散的力量？头颅归于灰土，灵魂将飘散何方；城池消耗于空间，时间中谁有力量可以称得它的重量？意义还是梦想，生存还是悲哀，在荒废的城池中眺望，不变的不过是一度又一度的春风掠过了黄土高原，小麦和胡麻还是一度青青，喂养一代又一代的百姓。君王的高贵与奢华，不过是记忆中重复的话题。

21. 郭玛

《当一朵雪花紧挨着另一朵雪花》："当一朵雪花紧挨着另一朵雪花／午夜／盖住了大地的秘密／／我的爱人瘦弱 晚归 无语／他的瘦／显得我无耻的肥胖／我的世界很小／三个孩子／以及一个男人的奔波／／有时，我只能选择失眠／才能填补一些空隙／使生活显得饱满／／雪的心事冰凉／静寂的童话／可能明早就会消失"。

《火车》："火车掠过清晨薄雾中金黄色的麦茬／忧愁是迎面而来的一格格绿色田埂／扑过来，散开去——／／我的命运如此多舛／甩在这动荡的火车上／远离亲人晃在这异乡的路上／／啊，久别的爱人就要回到故乡／火车却正在把我带向远方……"。

《我认识那棵树》："我认识那棵树／孤独地傲立在旷野／歪着颈的样子，多像我／想你的时候"。

《当一朵雪花紧挨着另一朵雪花》，这个时候我们就知道，生活的秘密，就是两颗脆弱而又晶莹剔透的心之间的互相慰藉。世界被大雪覆盖，掩藏了真相，但是岁月中无论有多少奔波流离，就有多少相聚的喜悦和分别的悲伤。在一个什么样的夜里，我们会喃喃自语，唠叨自己的生活。在某个瞬间，我们有些许的快乐是无法掩饰的，那一个刹那间的幸福可能就是瞬间饱满的生活。《火车》快开，在经过的每一个空间每一段时间，我们都把看到的一切变形，并且抛掷脑后。在路上，我们看到人生的道路上，每一个人都在向着时间的终点前行，每一个人都在抛弃故乡的路上前行，分别，不过是人生某个清晨的薄雾散开后看到的真实。这种真实切割着爱人的心，切割着我们未来的样子。《我认识那棵树》，它在旷野中等待着我，看过黄昏日落，恍惚天堂；它经历了悲伤，只有风在掠过苍茫的大地，当然也包括站在大树对面静静伫立的我。我们互相看着，打量着，就是无法走到一起互相依偎着。虽然我认识那棵树，但是他在大地的那头，我永远也无法走近，走得越近就离得越远。这异乡的落日，这里有着悲伤的情怀，一位永远站在时光对面的姑娘，也许会幻化为一缕皎洁的月光，将那棵孤独的荒原上的树揽在心怀，微笑着看它。

22. 江帆

《虔诚的黄南》："大雪覆压在青海的黄南。白雪的教堂／灵魂、般若、缘起、因果……或者是一副耳环／钻石一样隐约的前世。哦，虔诚的人又立起身来／暮色、风声，仿佛一人和另一人相伴着／重复着另一个人内心的仓惶——／万物生长，令我张望，那在荒草岁月中默默铺开的一切／云的豹子与哮天犬，从山谷滑入寂静人的耳鼓"。

一如《虔诚的黄南》，江帆的许多诗歌的感受来自复杂的文化载体，经过综合熔炼形成了新的诗意。这种诗意的表达在我读到的诗歌中并不多见，我想起龙双丰曾经给我引用过的一个佛经句子："心能转物"，读江帆的诗歌我突然就明白其中的意义。这种综合起来对多种文化、多个世界的合体，对多个命运的琢磨与把握与失离与自我命运的感叹构成了诗人对自我价值的重新解读。在现实世界获得的一切不一定就是在诗意世界所获得的，一个人的人生表象与其内在的情怀之间还是有着相应的背离。当这种背离越是强烈，在诗意的世界获得诗歌境界就会越多。自我的客体，自我的主体有些时候有着强烈的对比，有时却又是混同在一起。当对比越是强烈，诗意的塑造越是明显；当混同的痕迹不是那么明显的时候，诗意的味道就会很不经意地显出来，却更让人琢磨品味。

23. 刘国尧

《西部汉子和酒》："胡杨枝噼噼啪啪烤出肉香／粗制的海碗／盛满西部汉子的倜傥风流／和广裹里圆圆的落日碰响／／既然漠野没有一条河／苍凉　沉郁　燥热　浑黄／那就让烈性的酒在心里流吧／把干涸的人生／浸泡得明净　清爽　醇香／／啜饮辣酒品味黄昏的欢乐／马背上的颠簸还有悠闲的忧虑／一切都溶解了／溶解在空酒瓶里咣咣当当／／任燃烧的酒侵蚀出熔铸着／酒后的赤诚／诞生西部汉子坦坦荡荡的雕像"。

读习惯了那些软绵绵的诗歌，刘国尧师兄的诗歌绝对让我们眼前一亮。世界原本简单，诗歌原本流畅，有着源自内心的呼喊，在西北汉子的血液里流淌的本来就是粗犷和烈酒，让生命的烈酒浸泡，滤去渣滓，就有了明净清爽的人生。在西部的原野上，独自骑一匹宝马，随意向人生的任何一个方向前行，最终都能到达内心指引的那个去处。二十年前读刘国尧的诗歌和今天的感受是一致的，这就是最好的生命力。

24. 刘京

《看得见风景的房》："我去了我们最后一次徒步的地方／风没有变　河岸的水愈来愈浅／水车仍然靠着仅有的风／同样的傍晚同样的大雨将至／歪斜的石墩还没教会我如何忘记／那些从未遗忘的东西／一些愚笨的鸟儿从云里窜了出来／它们依旧手拉手，不断捉弄又暗自诋毁／当然雨快要下来了／再没有一只躺着的手伸了出来／为了你我说服了所有的云彩／包括那些残存的夕阳／在时间还未保留的光线里／你纤细的手指似乎划过了我未曾迈开的脚步／湖里的那支鱼竿连一滴水都未曾搅动／它只是跟着水流走"。

这是一首精致而又细腻的诗歌，笔触所见，正是诗人眼前所见，颇有古典诗歌的意蕴，同时也营造了山水诗歌的氛围。诗人的写作不紧不慢，娓娓道来，通过细致的观察，感受到自然界的变化，记忆与现实相互交错，身体上的感受与记忆中的感觉同步。从风来的地方，到天空中飞着的鸟儿；从歪斜的石墩，到夕阳中倩影等等一切，都静止在平如镜面的湖水之上，倒影着记忆。记忆又如过往的故事将一切缓慢诉说。谁的手指轻轻地划过了你的记忆？记忆只是跟着流水漂浮。

25. 屈文焜

《边地——我在故土里歌唱》："故乡啊，我是你土里的蚯蚓／为了你，我一辈子／暗暗地摸索，悄悄地活着／／我不问世态炎凉／我不会察颜观色／凭着心的感觉／我知道，你春天跳动的脉搏／／我不盘根错节，攫取你的籽和果／我不出头露面，争夺你的光和热／我只想用柔软的生命，包揽黑夜／不让它再蒙住你明天的眼睛和耳朵／／故乡啊，踏着我走吧，别难过／我死了，随便让犁去解剖让风去评说／只要，是在你的心窝／／故乡啊，我是你土里的蚯蚓／为了你，我一辈子／苦苦地眷恋，深深地爱着"。

质朴的诗歌自有它直指人心的快感，不

用虚饰，不用故作惊人之语，一切娓娓道来，随心却又自然。我们指向故乡的方向是因为漂泊流离，在努力看透人世的虚幻，努力在虚幻无望中找到自我存在的价值，异乡，往往会让我们失去真实的形象，我们生怕在他乡失去了真实的面貌，以虚伪来相待。有了故乡就有了永恒的精神指引，不会失望，哪怕悲伤也会在最黑暗的地方有着光明的指引。我们每个离开故乡的人都是故乡土里的蚯蚓，深入泥土。

26. 石杰林

《2013年的第一场雨》："遗弃在地表的水／积攒成饥饿的血／闭合的门庭里含着开朗的窗／它是开在边缘的眼睛／这势必将造成一种坠亡／／这是个早到的秋天／节气潜伏在冷的附近／我像一颗腐烂的西瓜被遗弃／如你所说　我们都一个人生活／雨会偶尔变成血／／黑色的天空逐渐明朗／像照相机里进出的白／雨丝，水杯，书籍／电吹风正在变得规则细腻／我的母亲把自己固定在茶几的两侧／擦洗着年轻时的河"。

每个人的人生当中都会有一场大雨留存于心，忘不了的悲伤势必弥漫成为一场人生的大雨，在一生的道路上，天空中淅淅沥沥。世界有它本来的颜色，我们的情感有时候会抹去原本的颜色涂抹上自己的色彩，悲哀，忧伤，欢乐，欣喜，所有的色彩都是自己选择的，自己强化的。从时间的这边回首，看见那边的自己有着各种形象，有着各种心情。物还在，人已非，如果把我们过往的生命在某个瞬间定格，让时间流逝又会怎样？年轻的诗人似乎不忍回首。

27. 王自安

《老龙潭》："我把这偶然的源头称为酒／当我醉了，就睡在你怀里／可是我用了四十年也分辨不出／你是哪个命运的源头／／也许，云会知道／我喝惯了哪里的水／把根扎在哪里／而我的枝蔓还在异乡奔流"。

《冶家村》："我们爬上冶家村南面的山顶／把一行脚印留在我们驻足的地方／山顶高高地扛着这些脚印／俯视着山下／／我们在山上向山下挥手／山下的友人向我们挥手作答／这座山不曾产生别的什么／它和周围的事物都不一样"。

《老龙潭》就是泾河的源头，而泾河又在中国文化中奔涌了几千年，以我们短暂的生命来说，是难以分辨命运的源头。我们只知道，在这个源头里有我们每一个中国人的精神血脉。诗人敏锐地体察到了这一点，使得他的诗歌文本的内涵急剧增加，拓展到看不到的地方，一个中国人，喝习惯了水，向着命运的四面八方继续奔流。《冶家村》就在莽莽苍苍的六盘山中，山峦静静矗立，不言不语，只是静默地看着，行人留下了足迹。行人离去，留下足迹，它都不言不语。人来人往，时间流逝，生命的意义难以捉摸，不变的群山，留给我们什么样的思考。千年为一季，会看到什么，百年的岁月留下些什么。王自安颇有出世的眼光，有了一份自得之乐。

28. 雪舟

《五月的山冈》："五月的山冈，已开始回心转意／向着阳光的一面／松树抛出了新绿，举起了花团的／是野生的杂树／白色纱巾一样迎向五月的时序／树林簇拥山冈，抬高了山冈／众手一般拥护着，它们的王／在白昼，山冈蜿蜒在触手可及的蔚蓝里／有时候，允许白云驻足／有时候，接纳雨水的馈赠／在夜晚，像一个隐姓埋名的人／隐身于黑色的大海／默许了岁月伏笔一样袭来的清凉／在这个草图般矜持的夏夜，我和这片／并不寂静的山冈，都在等待"。

五月初的某个晚上，我抵达了泾源，那个安静幽谧的小城，微风拂过，山野在星光里呈现一派优雅，我见到了诗人雪舟，于是我就读到了这首新鲜的诗歌，成为《五月的山冈》的第一个读者。从枯萎到生机勃勃，仅是时序轮回，一切又从无恢复到了有。山冈矗立，树木簇拥；白云驻足，与诗人对望；诗人隐居于此，一如沉浸在大海，不曾面对纷繁，淡却了世事慌张。从这里，从这时，开始等待，等待的是寂寞还是永恒，是无语还是诉说？山冈寂寂，面对夏夜，描绘一张俗世草图。

29. 潘春生

《黄河以东，花香辽阔》："风过草荣，犹如华盖初现／一束束淡紫色的马兰花／面对自然／将一匹荒原的丝绸／披在了黄河的胸襟上……这是黄河以东／数万粒擦肩而过的黄沙／自知成不了什么气候／悄然落进了毛乌素沙漠的边缘／缘于夏日的秩序，伴随辽阔的花香／湿漉漉的鸟语在金岸的眼睑上／无论是轻吟还是浅唱／音阶都衔接着大堂"。

《面对黄河》："白云高我一尺，此刻／在贺兰山偶的一处红顶问天的景观上／面对黄河，心语再一次唤醒诗意的灵感／坐西向东，当目光穿过／燕子墩，下营子，庙台，宝丰，黄渠桥……"

潘春生的诗歌有柔软的情感和丰富的内核，也有一定的高度和力度，尤其是他的诗歌已经能够从简单的自我抒情进入对自然界的关照，从而发现诗意的存在，这个进步非常大。我们很多诗人在创作的时候，很难意识到诗歌不仅仅是自我的陈述、情感的表达，更多的时候，诗人应该要更高一个境界，从浅层的意义中跳出来，俯瞰我们的世界（空间），浏览我们的历史（时间）。最重要的，该是为我们的人生和意义去做一个定位。

在《面对黄河》这首诗歌里："白云高我一尺"，就这一句，我发现了潘春生诗歌的独特意义。这里面有着潇洒自在，或者飘零四方，或者驻足高山，眺望世界，总之，白云高我一尺，再往上，就是仙界了，希望潘春生的诗歌可以写得更好，当然他也能写得更好。

30. 周佳丽

《在你的江南》："在你的江南／春天来了，十里桃花醒来／／有人涉水从黑夜中来／最终回到黑夜中去／／我们都是黑夜的孩子用饮鸩止渴的方式燃烧"。

《伊人在水一方》："我们的爱只隔着一道水／只隔着那薄薄的秋露和白霜／你水中的倒影／水月镜花般穿越了我千年的爱恋／／退后一步／不再水中望月，雾里看花／／河对岸／传来爱情流传的消息／你我不在其中"。

江南是你的江南，梦乡是我的梦乡，在不断的行程中，春天一如既往的到达，桃花还在按时的盛开，只是这一次桃花特别的繁盛、艳丽、璀璨。仿佛一个做了许久的梦突然醒来，唤醒了梦中一颗失落的心，可能在梦境中沉迷太久，以至于看到了真实的自己。"十里桃花醒来"，有着失落的唐伯虎的口气："桃花坞里桃花庵，桃花庵里桃花仙；桃花仙人种桃树，又摘桃花换酒钱。酒醒只在花前坐，酒醉还来花下眠；半醒半醉日复日，花落花开年复年……"也许是看这世界太过明了，在醉酒入眠与醒来的时候看到的情景大不一样。有人蹚过溪流，从来的地方来，从回的地方回，漫漫长夜中听得见他蹚过溪流的声音，消失在河流的那岸。漫漫的黑夜，桃花醒来又如何？人生若是无趣，何不寻找到乐趣，人生若是沉默，何不以决绝的方式找到一丝存在的意义。

我颇为喜欢《伊人在水一方》，虽然以典雅为手法，在意象的含蓄与情感的直白交错之际，才是诗歌的一种味道。我们在那道溪流的两岸，水不深，但是秋露已起，白霜已重，薄雾升起，世间的一切都是恍惚迷离，看不真切。仿佛现在正在发生的爱情故事，在千年之前上演过一次，这一次，不过是上一次的重演。演员呢？是不是穿越了千年而来。配上一些依稀可听的古琴，调理一些幽香，盛开的水仙花，枯萎的水仙花，或者是一朵幽兰在空谷里飘散着它的清香。只是我觉得那个能够体会微弱而暗淡的幽香之人，没有进入这个故事。

（以上所品诗作部分选自杨梓主编《宁夏诗歌选》，阳光出版社，2015年；部分由诗人自荐）

试论马金莲的小说

李 旺

马金莲小说富有个性的叙述之一是关于饥馑乡村的少女成长心事，在农业社会中，女性的人生选择与婚姻对象选择则非常稀少，小说更多关怀少女心事没有说出的可能性而带来的惆怅。在启蒙主义的乡土小说中，叙述者会把批判的矛头指向乡村文化传统的专制性。但在马金莲的小说则把这种专制型的乡村文化传统呈现为一种民间风俗样态加以叙述。父亲缺席而由祖父形象代替，亦是马金莲小说的又一特点，祖父取代父亲的位置出现在乡村少女成长的背景中，流露出老年男性长辈对乡村生活具有的精神主宰作用。而乡村女性婚后恋爱伴随着生育的到来也基本结束，母性取代了妻性，她们便彻底进入复杂的家庭伦理关系。马金莲小说中的所有人都无法逃脱被干旱围困的命运，他们的希冀、痛苦、忧伤大多与水相关，对水的渴望成为他们生命肌理的核心部分。

宁夏作家马金莲在80年代出生的作家群体中显得有些特别，绝大多数80后作家遵循商业化语境中的文学孵化路线，依凭网络等新媒体写作，与出版社紧密合作，成名前与传统文学期刊和主流文坛无涉，并且大都以都市少年成长故事为题材。但马金莲却在新媒体时代纸质文学期刊遭受冷落的语境中从纸媒文学中脱颖而出，获得读者与文坛认可。马金莲不涉及都市题材，以西部乡村为背景进行写作，大都以乡村少女的眼光描述乡村生活，呈现乡村土地的微小希冀与巨大悲情。迄今为止她出版了三部中短篇小说集《父亲的雪》（阳光出版社，2010年）、《碎媳妇》（宁夏人民出版社，2012年）与《长河》（作家出版社，2014年）及一部长篇小说《马兰花开》（宁夏教育出版社，2014年）。作为本文论说对象的马金莲的小说，还包括未收入上述集子中的2015年以前的一些中短篇作品。

饥馑乡村的少女成长

马金莲小说富有个性的叙述之一是关于饥馑乡村的少女成长心事，乡村少女的青春落寞铺满在她小说的文字间。《柳叶哨》中的梅梅的成长故事就是典型一例。丧母且与继母同处，家里上顿不接下顿，包产到户第一年青黄不接的春天她得到了邻居家男孩马仁的接济。马仁本是梅梅厌倦的人，但善良的马仁把自家节省给自己的面饼无偿地给了梅梅，这让饥饿至晕厥的梅梅终于等到包产到户后的麦收。由此，马仁的柳叶哨音永远留在了梅梅的心里。马仁去清真寺学习，然后念成了大满拉回来，然后是娶亲。可梅梅却再也没有与马仁的人生发生交集的机会。这是农业时代的爱情，粮食等生存物资匮乏，生存方式选择有限，男性在获得有限的生存物资与生存方式时具有优先权，这种男性优先权在经济越落后的地区越突出，具有优先权的男性的人生可能性也更为丰富多样，婚姻对象的选择性也更多。相反，女性的人生选择与婚姻对象选择则非常稀少，更真实的现实是这些女性的人生选择只有一个，就是进入婚姻，而婚姻对象是被长辈派定的。马金莲小说中乡村少女的爱情的失落不是因为爱情没有圆满的结局，而是因为少女的心事没有说出的可能性而带来的惆怅。

梅梅们的惆怅大都有着饥馑的乡村背景，马金莲小说中的故事发生时间大都模糊，但一再明确写到"包产到户"这样的时间节点："包产到户头一年，庄稼以大丰收画上了句号。"（《长河》，第140页）"到了八十年代初期，随着包产到户的实行，大家一天天过上好日子。"（《长河》，第290页）"富裕到顿顿吃白面的程度，那是七八年以后的事情。"（《碎媳妇》，第152页）"包产到户"成为成长中的关键词，可见饥饿对乡村少女的威胁。粮食充足的明媚时光到来时梅梅们的青春已经结束了，所以这些敏感、勤俭、善良的乡村少女的青春永远留在了饥馑的暗影中。

《尕师兄》中的木匠爷爷有一身真本事，苦于无人继承。尕师兄的出现圆了爷爷的梦，同时也给爷爷家里的少女们增加了心事。姑姑对尕师兄的情意，姐姐对尕师兄的情意，以及"我"对尕师兄的情意，姑侄两代人对尕师兄的向往呈现了乡村少女的心理成长历程。无子是子承父业的乡村伦理链条中的缺陷，尕师兄填充了这一缺陷，置身其间的姑姑、姐姐与"我"也获得了伦理的安全感。所以姑侄两代人对尕师兄的眷恋既是少女对陌生异性的爱慕，也是她们对家庭伦理缺陷弥补者感激的情感投射。

姑姑对尕师兄处处偏爱照顾，但终至嫁作他人为妇。在爷爷的默许中，姐姐嫁给了尕师兄。姑姑对尕师兄情意的无果再次呼应了梅梅的失落。不论是梅梅还是姑姑，置身于乡村文化传统中的少女处于弱势，梅梅的父亲与继母和姑姑的父亲（即"我"的爷爷）不可能考虑她们的情感诉求，更由于她们自身对男性主导的文化伦理的认可，出嫁前的她们具有精神的负罪感，在家中也处于一种寄居性的精神状态。客居父母家中的乡村少女出嫁前只作为重要的一份劳力而存在，特别是在丝毫没有机械化农业生产只是人力耕作的条件下。所以马金莲小说中的乡村少女总是拥有无法排遣的成长的忧伤。

在启蒙主义的乡土小说中，这样的少女

生存状态会被启蒙叙述者叙述为女性主体性的缺乏,叙述者会把批判的矛头指向乡村文化传统的专制性。但在马金莲的小说中,叙述者把这种专制型的乡村文化传统呈现为一种民间风俗样态,叙述者以感怀的方式叙述。与这样的叙述方式、态度相对应,小说中遭遇成长困境的少女们那些失落的情感不仅不会激化为小说人物的精神性格冲突,而同样也会由于风俗伦理的作用,她们的困境得以纾解。"起先,姑姑见了尕师兄还羞羞的,不敢正眼看他,可能觉得心里亏欠什么,还给尕师兄做过几双鞋子。后来娃娃多了,姑姑变成最普通的女人,看见尕师兄不再躲避,推着让娃娃喊舅舅"(《碎媳妇》,第35页),文化伦理对人的制约性在这里转化为风俗伦理对人的治疗性与抚慰性。

如果说上面谈到的几篇小说大致可以称之为饥饿乡村或土地对乡村少女青春的剥夺,那么《永远的农事》则可以看作是一篇表现乡村或土地给予乡村少女馈赠的作品。姐姐的长大过程是伴随着对农事一一熟稔的,小说细致写出了姐姐对农活的熟悉与掌握过程,特别是小说细致描写了姐姐从一个丑陋奸猾的"烂眼子"到一个美丽大方的年轻姑娘的蜕变,这蜕变全部来自农事的馈赠,马金莲以此写出了乡村少女性格中的瑰丽光芒。

与这些渴慕爱情与长大的少女成长故事类似,马金莲小说中还有一类表现童年成长的故事。比如《细瓷》《富汉》《念书》《墨斗》《发芽》《远处的马戏》《窑年记事》等,它们的叙述特征与情感指向与少女成长故事基本相同。

消失的祖父与缺席的父亲

马金莲小说少女成长叙事与童年叙事的人物形象序列有一个突出的特点,就是父亲的缺席,即使父亲出现也大都是一个游荡的父亲形象。代替父亲形象的是一个木匠手艺高超的祖父形象。与之相关,木匠世家成为马金莲小说故事背景的重要特征,一般是祖父是木匠,也有个别小说把木匠世家传统给予外祖父家,如《山歌儿》。祖父辈木匠的手艺名满乡里,但祖父或多女无子或有子但儿子拒绝继承家传手艺,祖传手艺的失落让祖父成为少女成长场景中一个孤独寂寞的长者。

《流年》《发芽》《墨斗》《永远的农事》《窑年记事》《赛麦的院子》等小说无一例外都呈现了木匠爷爷自尊、固执、重男轻女的精神性格。他是乡村少女成长路上既怨恨不解又相依为命的伙伴。最有代表性的依然是《尕师兄》中的爷爷,他是一家人的领袖,对于孙女"我"苛责、严肃,根本不把"我"放在心上,但他的倔强却是"我"成长过程中最坚固的精神依靠。《赛麦的院子》中的爷爷空有一身本领,对儿子的流浪行为束手无策,重男轻女以至于为儿媳请来大仙做法。祖父取代父亲的位置出现在乡村少女成长的背景中,抑或流露出老年男性长辈对乡村生活具有的精神主宰作用。

《墨斗》是马金莲小说中完整地呈现了木匠爷爷一生情状的一篇。小说写年幼的赛麦与爷爷在马义成家做木匠活的场景,赛麦对爷爷得到的浆水长面的渴望,对自己面前的黑面洋芋饭的痛恨,以及看到爷爷捏马义成老婆的手时的惊讶与恐慌,听到爷爷因此少算二十块工钱时的仇恨。这些都意在表现还在壮年的爷爷因手艺卓拔而具有的人格魅力,以及爷爷在崇尚手工技艺的乡村获得的精神尊严。但小说随之写到了爷爷的衰老,特别是小说写到了爷爷的死,年老的他从做活的房梁上摔了下来。年老依然需要亲力亲为干木工,泄露了爷爷手艺无人接替的现实。手工技艺的衰落与手工艺人的消亡间接体现了传统乡村的困境。

《赛麦的院子》中的父亲,常年游荡在外,特别是唯一的弟弟死去以后,父亲竟然永远地出走了。《马兰花开》中马兰的父亲更是一个凶恶的不悔改的赌徒。小说《河边》把父爱缺失导致的乡村少年的精神人格的变形表现到了极致。顺儿与年轻的寡母相依为命，母亲与有家室的男人刀背有交往。小说细致地展现了这种交往给童年的顺儿带来的踏实感、罪恶感与厌恶感。刀背显然是顺儿眼中的父亲，面对刀背他表现出了一个失怙少年对成年男性压抑但蓬勃的渴望，所以顺儿理解母亲对刀背的依恋。但村民的舆论把顺儿拉回到没有父亲的真实处境，特别是寡居的母亲对独子的期待给予他的强大的精神重负与同样强大的精神激励，让他男子汉的自尊心过早成熟，这份自尊心使他无法忍受母亲与刀背的来往，所以他终于选择了离家出走。当他向着河的尽头走去的时候，他完成了对母亲的复仇、对刀背的复仇，更完成了对缺席的父亲的复仇，因为是缺席的父亲才让他的人生残缺。

《父亲的雪》也有一个父亲的替身——继父。小说没有具体交代亲身父亲离世的任何细节，只是写到母亲改嫁，"我"去母亲的新家做客遭到母亲冷落，所以继父在雪天送"我"回家时"我"拒绝了他的帮助。对母亲的仇恨与对继父的仇恨直到继父去世才得以化解。与其说这是表现对继父迟来的谢意，不如说这依然是在表现缺席的父亲施加于人的精神人格的悲剧性影响，因为"我"对继父的谅解，发生在继父已经不再对"我"的人生会产生任何影响的时刻。未收入集子的小说《醉春烟》中则是祖父与父亲双双缺席。这可能是马金莲个人生活经历的一种曲折反映。

乡村婚姻中的女性境遇

当梅梅们、姑姑们经历了青春的伤怀之后，便遵从祖父或父母的命令，成为了另一个乡村家庭的儿媳。这类置身于婆媳关系、妯娌关系、夫妻关系及隐在的乡村舆论中的生存状态中的年轻女性，是马金莲小说人物形象的重要类型。这些年轻女性身处历史凝固、时间静止的乡村，这些乡村与独生子无关，依然是多子的家庭，成婚的儿子不是独立的家庭单位，依然与父母的家庭共同享有财产，经济支配权在父母特别是婆婆手中，所有家庭成员中，儿媳的身份最为低微。

拥有中国当代乡土题材小说阅读经验的读者一定会诧异，马金莲是在讲述"父辈"的故事？张炜、贾平凹20世纪80年代的小说已经呈现了传统乡村家庭模式的分崩离析，马金莲却不同，特别是她小说中普遍的第一人称叙述和故事时间的完全隐蔽，使得当代中国乡土小说读者视野中"父辈"的故事一再地成为当下的故事。此外，这类小说中的叙述者与小说人物的认知是完全合一的，叙述者对乡村女性的压抑的生存状态持完全认同态度。

《碎媳妇》《鲜花与蛇》《项链》《荞花的月亮》《马兰花开》等小说都是如此。马金莲小说在少女成长叙述中描摹了乡村少女无果的单相思，但乡村婚姻故事中从来没有出现婚前的男女自由恋爱经历，这些婚姻都是先结婚后恋爱，并且婚后的恋爱也是在婆媳关系、妯娌关系的严重影响下发生的。这些小说以长篇幅的女性心理独白表现主人公首先作为儿媳、作为弟媳其次作为妻子的婚姻状态，呈现丈夫在谨守孝悌之义之余才在婚姻关系中扮演丈夫角色的身份形态。婚后的恋爱伴随着生育的到来基本结束，母性取代了妻性，她们便彻底进入复杂的家庭伦理关系。她们需要一个人承担家庭内部伦理评价的负累，并从中发现自身的道德价值所在，从而对自己的婚姻与命运形成认同。马金莲小说会设置一组恶嫂子与贤弟媳的人物关系，作为叙述视角的贤弟媳逐渐在家庭中站稳脚跟获得生存的平衡感,更肯定了这种认同取得的现实效果。

《碎媳妇》中雪花的人生历程几乎是马金莲小说乡村婚姻中年轻女性生活的缩影。识字不多,认同农村,与丈夫初识不久便出嫁。小说展现的妯娌间的斗法,特别是长嫂对弟媳雪花的压迫、婆婆在儿媳关系间的周旋,都是老中国的家庭故事。对于公婆接听外出打工丈夫来电的沉默,对于长嫂恶毒做法的隐忍,以及由于同样思念在外打工的丈夫,与长嫂之间的惺惺相惜,都是传统婚姻中女性的沉默生存境况。《鲜花与蛇》中阿舍在婆媳与妯娌关系的强大压力中对生女儿的惶恐与担心、对生男孩的希冀。《荞花的月亮》呈现荞花的儿媳身份多于妻子身份、女儿身份的孝顺心理等等,小说叙事者的情感姿态与小说人物完全一致,叙事声音与人物心理独白完全契合。马金莲可能是要以乡村女性的美德来凸显乡村与土地的美好,但这种没有理性审视一味认同的叙述姿态是令人怀疑的。长篇小说《马兰花开》就暴露并放大了这类小说因叙述者与人物思想认识完全等同带来的弊端,这部长篇可以说是《碎媳妇》《鲜花与蛇》等小说的加长版。不论是在叙述方式还是叙述内容上都缺乏新的贡献,对马兰与婆婆关系的描写,对马兰与二嫂关系的描写,对马兰与丈夫关系的描写,叙述者完全站在马兰的认知高度对这种依附、隐忍、缺乏自主权的婚姻状态表示认可,小说沦为了一个家长里短的故事。

《舍舍》是目前马金莲小说中呈现乡村婚姻中女性困境的唯一一篇。舍舍与丈夫黑娃合力经营生活,但黑娃在车祸中丧生,面对以黑娃的死换来的赔偿费,舍舍婆家的冷酷与见钱眼开和娘家的见钱眼开与冷酷暴露了人性之恶。特别是婆家对金钱与孙子的占有,对舍舍如同草芥的安排把乡村婚姻中女性境遇的残忍展现无遗。小说追问女性命运更具有批判力度的,是小说写到舍舍婆家用剥夺舍舍的钱给小叔子娶了一个姑娘为妻,这个姑娘同样也叫舍舍。乡村婚姻中女性境遇的悲惨以命运轮回的极端方式凸显出来。

农业的障碍与残破

马金莲小说中的所有人都无法逃脱被干旱围困的命运,他们的希冀、痛苦、忧伤大多与水相关,对水的渴望成为他们生命肌理的核心部分。《蝴蝶瓦片》把干旱土地上的人们对水的渴望化成了感伤的抒情,瘫痪男人小刀做了一炕式样纷繁的鞋子,然而他连其中的一只都无法拥有,这个绝望的男人是庄稼的知音,他能够听到庄稼的奔跑,而庄稼的奔跑需要雨水的滋润,可雨水已经半年没有来。无法奔跑的庄稼如同无法奔跑的小刀,已经面临绝境。小说中与小刀同为庄稼的知音的是六岁半女孩"我",笃信蝴蝶瓦片可以换来雨水的"我",穿着小刀赠与的蝴蝶花鞋不息奔跑寻找蝴蝶瓦片,而等到的却是一片无雨的云。《细瓷》如同《蝴蝶瓦片》的姐妹篇,"我"对二爷家的女儿终于有了一只印有牡丹图案的细瓷花碗的欣羡,"我"无意中摔碎这只细瓷花碗掀起的轩然大波——激起"我"家与二爷家的旧恨新仇(两家结怨就是因为几亩水地),终至于逼迫"我"家远走新疆。这缺水的土地的哀戚是水源充沛的南中国无法想象的故事。《旱年的收藏》中芒女对旱年窖藏的萝卜的外形、色泽、气息的无法释怀实在是干旱生烟的土地对水的刻骨铭心的思念。

这块干旱的土地的丰收可遇不可得,农人的付出之多与所得之少甚至毫无所得的常态性,形塑了她们勤俭、克制、珍惜的性格,而这种性格越突出,越是显示出这块春种秋不收的土地的残忍,越是显示出生活在这块土地上的人们的悲剧性境遇。《老两口》

中年老力衰的夫妇沿用老方法以草木灰防治莜麦病虫害，而对用药水拌种子的新做法毫无所知，整整一个春夏的付出，等到的却是一地的灰穗——全部空壳。《糜子》中同样如此，把性命都托付给土地的农民，命运却不由自己主宰。爷爷奶奶辛苦一年，姐妹花少女也把童年的全部希望留给了那片糜子，但结果是一场冰雹把糜子砸在了地里，他们只能乞讨为生。《长河》似乎是一部描写匮乏土地上农业时代的悲剧的总结性作品，伊哈为了打口水井而埋在了井下，伊哈婆姨无奈抛下三个儿子改嫁，当三个儿子在对母亲的怨恨中长大成人时却听闻了一则迟到的消息：母亲改嫁几年后就在春忙时节被压死在了送粪车下。在这块贫瘠的土地上谋生的农人，生与死都和这块土地紧密相关。

本文在前面的论述中提到马金莲小说中农村的"当下性"极其淡薄，所描述的都是过去的乡土中国，这可能是因为马金莲不愿意看到这块土地的精神被时代风气所改变，但时代毕竟在发生变化，马金莲近一两年的小说还是写出了农村遭遇的变迁。《搬迁点的女人》《庄风》《少年》《大拇指与小拇尕》《马兰花开》都是具有代表性的作品。《搬迁点的女人》写生活在干旱山区的回族农民背井离乡迁移到搬迁点之后的辛苦辗转。《庄风》则直接写到时代风气变化对农村人婚姻观念、贞洁观念的影响，特别是写到回族礼节在一致向钱看的时代大潮中的衰落。《马兰花开》《少年》写到农村青年甚至是少年外出打工都比较普遍了。《大拇指与小拇尕》中哈蛋外出打工，留守的哈蛋媳妇加入了兴起来的摘枸杞挣钱的风潮，无人看管的一双儿女竟然被蛇毒死，小说写出了乡村中的人们为时代所裹挟付出的沉重代价。《富汉》中的王牛子的父亲因在煤矿做工给家里带来的富有令村里人咋舌，但他被压在了煤井下。贫困的故乡只有出走才能生存，但马金莲小说给这出走的普遍结局是死亡。

《一个人的地老天荒》与《鹞蛋马五》是马金莲小说叙述乡村传统生活遭遇巨变的最新的两部短篇。第一篇写苟小莲一家从乡村搬到县城并且致富，但两个哥哥来到县城后双双煤气中毒而死，父亲苟百梁为了生出儿子又有了新的家室，苟小莲母女生活在屈辱之中。这篇小说故事情节过于巧合化，马金莲最擅长的人物心理刻画也潦草仓促，父亲苟百梁、母亲兰叶子面目模糊，性格类型化，特别是苟小莲在绝望中与诗人稻草人的相遇及爱情的突然发生毫无铺垫，堕入了许多所谓"底层小说"以情欲解救绝望中的主人公的故事窠臼。第二篇塑造了贫穷农民马五阴差阳错发家致富的故事，马五对上级命令的唯命是从显示了致富政策的神效，这种对乡村致富的轻易允诺，特别是小说结尾处对马五作为农民致富榜样上台讲话之时的心理描写失之夸张，可能叙述者意在表明马五勤恳踏实为地卖命才是农民的正途，是要以此赞扬这种对土地的态度的，但人物性格空洞，马五反而变成了一个丑角。马金莲聚焦乡村现实的小说艺术表现力较之于她的乡村记忆类小说逊色许多，新近的这两篇小说尤其如此，可以看出她目前似乎还没有找到一种表现已发生巨大变化的当下农村的书写方式。

结语

马金莲的《柳叶哨》《尕师兄》《永远的农事》《窑年记事》《蝴蝶瓦片》《碎媳妇》《鲜花与蛇》《河边》《瓦罐里的星斗》等小说，文字从容叙述张弛相间，情感浓郁，方式凝练，可以称得上是臻于成熟的抒情小说作品。此外，《项链》《掌灯猴》等小说呈现出的情节张力，表现了一个优秀短篇小说作家的匠心独具。

与此同时，不能忽视的是，马金莲现有小说呈现的缺憾与面临的威胁。第一，作品质量参差不齐。《巨鸟》《少年》《一个人的地老天荒》《马兰花开》等小说表现平平。特别是后者，与她的那些艺术成功的小说相比，读者很难相信《马兰花开》是由同一个作者所写。在该小说中看不到故事情节向前推进的动力，明显看到叙述者驾驭长篇的力有不逮，便由冗长的风俗人情描写填充，不必要的风俗人情描写有追求字数的嫌疑。第二，小说的通俗化道德故事弊病。这一点通过《小说月报》频频选载马金莲小说抑或可以说明。不是说被《小说月报》选载的小说其小说艺术便不足观，但《小说月报》迎合大众审美口味、主张小说故事化的选刊立场已被研究者所指出（黄发有：《"真实"的背面——评析〈小说月报〉(1980~2001)兼及"选刊现象"》，《文艺争鸣》，2003年第2期，第78页）对通俗化道德故事的倾心，使得她的小说叙述者对乡村伦理之于女性的伤害性与人性的压抑不察不觉，从而影响了作品的深度。

○文学评论○

略论马占祥诗集《半个城》

杨　钊

　　完整的抒写体系，是如何从根本回归根本的整个探求过程，即从形象的感受体出发，纵身跃向肆意的、自由的，也是无限可解的认知体的质疑和尝试。这样写作者从一个固有的抒写实体出发，将简单的风物重新发现和命名，给形象的存在者予以建立在想象基础之上的生命张力，来达到诗意的混沌境地，因而写作者的抒写获得前所未有的探知意义。并且写作者可将此探求意义运用到对现实维度的延伸上，即令从当下的语境出发，将得之于日常的体验表述为更广阔区域的生存经验，将原有语境弥漫成一种智识的纵深。

　　尤其准确的语言形式在对于根本抒写的探求过程中的作用显而易见。诵读马占祥的《半个城》，我首先确信诗人已经找到这种语言形式，反过来这种语言形式又是建立在诗人对抒写根基的熟稔和肯定之上，我看到诗人为了准确传达故乡"半个城"的身心体验，始终持以惜墨如金的隐忍的述说姿态。事实上，严肃的写作者在考虑如何获得语言的准确之际，则会自然开启属于个人的美学通途。这种语言准确又是每个写作者的个人化风格，携带着个人的指印、气质和血型，独一无二，他者无法给予贴切的说明。那么在"半个城"，作为说话者的诗人马占祥是如何从感受趋于认知的？诗人在跋文中写道："当初的抒情和激情也转变成现在的写实和悲悯。这是阅历和地域给我的礼物……在西部广袤的大地上，半个城只是偏僻一隅，60%以上的面积被丘陵、沟壑、山地、沙漠等地貌类型覆盖。一成不变的黄土色在每年的春天都不会给人太多想象的空间",但诗人在内心冷静和审慎地打量着这座小城,已成了其生活和理想的存在所系,"但她简单、安静、普通。也就在这里,我写作诗歌,并平静地生活"。显然,地域馈赠的礼物引导诗人在智识探求之路上跋涉前行,他将源于最初抒写的根本——半个城的精神气质——不断扩延到了更广阔的观瞻维度。诗集《半个城》共分三辑:乡间民谣、爱与歌声及又唱散曲。我从这三辑的诗篇中约略感受到了诗人从当下地域,向日常内心和史事变迁的不断遭递的思路。诗人始终沉浸在半个城所赐赉的朴素而大美、低调而亘久的精神血质中,这种平静态度也是完全融入了诗人对内心情愫的体味,以及面对宏大命题时的那种从容不迫,诗人在处理这类题材时则充分昭示了简约抒写的美感和张力。

在《半个城》中,关于半个城的印象,它由记忆和时间、静止和流转、现场和虚构珠连玉缀、辉映而成,诗人用异乎寻常的触角拯救了普遍的忘却,使得大片沙化的时间重获存在的新绿,即使设定生命事态由凝固的空虚构成,是不可分解的混沌,一切事件先前就获得了存在的位置,诗人也借助词语的暴动完成了叙述革命,因为他用本真的嗓子说出了普遍事态。由于他看到了一个生机勃勃的整体,他适才敢于用幻变的张力去锻造词语、解构存在,他强调地指出这个生机勃勃的整体孤立、静止和一成不变的方面,并相信总有一些事物亘久持守,相信"万物的背后其实只有一种颜色,比如灰烬"。半个城当然是一个整体事态,作为一个四季的倾听者和风雨的观察者,作者时常保持了谦卑和静默,他甘愿扮演一名"土地测量员",不动声色地记录眼前发生和过往的一切,因而就具备了可贵的"确实"品格。在诗人的叙写中,半个城虽有艰辛的生存环境,但不比任何山清水秀的旖旎风光等而下之,反是因其独立、隐忍、平静、向内等地域特质表现出了一种纯粹的诗意,具体到小城的持斋礼拜的精神活动,以及任何一座自然村落。从诗人的虔敬中我理解了它们的自足和完满,以及如何构成了"用星光煮沸血液"的生存信念,任何个体身处于此都会自然而然产生对本己的反观和审视,在察觉时光的缓慢静止后,会更加注重此在的精神内容。在诗人的眼里,那些极为寻常的事物获得了质感和灵性,以偶然趋向的行为构成了对现实日常的偏离,爬山虎"穿着细雨和风的靴子不断奔跑",漳河柳演绎着一只古代的燕子的劳苦,和两只眼前春末比翼齐飞的燕子的爱情密语,同时在一个叫作亚尔玛的小村子,诗人第一次获取并喊出了母语(母亲)的芬芳。

正如本文开首提及的那样,严格而诚实的抒写必须持有个人化经验的根本意象,诗人马占祥在他走向认知的旅途中发展了关于半个城的形象,即必须排除客观和形象的视界,在乡野精神的支配下力图寻找失去的半个城。就文本而言,诗人接下来给我们予以明确提示,他推进了有关半个城的抒写,他呈现爱、信仰和教义,并将诗集第二辑题名为"爱与歌声"。来自于半个城的那种生生不息的坚忍,在此完全融入了诗人对于日常现实的态度,融入了他与自己内心低语般的对话,进而表现为诗人的纯粹之爱和悲悯情怀……此辑中我个人比较喜欢的诗篇有《写给丫丫的诗》《在春天》《纸上生活—北风》《南风》《铜勺》《参加杨辉爷爷的葬礼》《喊叫水》等,这些用自然之爱写就的歌声足以拨动每一个读者的情弦,触碰到他们内心最为柔软的部分——肉体和灵魂,艺术和历史,风物和民俗,悲苦和欢乐,都成了爱与歌声的题材、对象。作者将其等同视之、沉酣吟咏,不仅丰满了关注当下抒写的血肉,而且达到对形象诸体的认知，以及对认知根本的回馈。我反复阅读这首《写给丫丫的诗》，"我无法用笔捕捉你　丫丫／爱情之门／向南　关山之南／是你仅用一朵微笑／就使我在每个梦中／点燃一叶叶的　相思　玫瑰的气息"；"吉祥的花朵／其实就是你肩上的／一只小鸟／如果你因春天着花裙／第一个春天里／我是一只等待的蜻蜓"；"我的诗里／一半是热爱／另一半／下着大雪"；"谁能莅临这出／相互倾慕的古戏／我因爱情生病／因你憔悴"。四个层次中诗人对情思的把握极为通透，有一种漫游山水间的惬意和宛转，而这实际上是一出"相互倾慕的古戏"，丫丫的美无可企及，诗人带领我们追随关山之南，停顿于吉祥的花朵跟前若有所思，从盛夏返回到下着大雪的季节——明丽忧郁的交织最终唤起了个人内心的隐衷，我们不禁陷入"古戏"，同作者一道体味那得不到解释的"心跳、孤独和愿望"……也许在作者看来，这首情诗无关宏旨，但正是从这个侧面出发，我们可以把握到诗人如何完成"从根本到根本"的自由行走，这首诗则成了一次意外的完美收获。

有关地域性认知的探求并未止于内心和日常，诗人在第三辑"又唱散曲"中试图触及根本的真实。一般而言，抛弃了厚重史实的地域性抒写不可能全部呈现诗意的根本，这样的作品普遍缺乏独特性和原创性。作为说话者的马占祥正是拥有自足的语言密码和意象群组，当他深入到地域文化内部时，他充满了灵感，从容透视着地域的精神风貌。"有谁能透视争战和和平？我们蜗居岩洞。／西夏王走向高处，青铜的皮肤难以表述苦行者的境界。"（《大西夏》）诗人的真正雄心在于谱就大西夏的散曲，但他选择从一个个具体的音符获得类同的气质，即把单纯的、断裂的、静止的形象自由链接，衍生出必不可少的意象群组，因而我们可以看到大西夏背后根本寓意的微观印象。我们跟随作者步入了地域性抒写的浑然境界。以同样的形式，作者礼赞《黄河》、倾听《花开的声音》、观望《落日》、率尔《重建一条河流》。"它的正义在于正义／它的罪恶在于罪恶／它释放诅咒的声响／让一千片恶毒的嘴唇逝于无形"。这更像是变了形的、张满了内在之力的黄河，又势必承载着千年的苦难和梦魂。在阳光下，十二朵花苞依次开放，"我甚至看到周围火红的气流　以及巨大的炸裂／透过耳膜直达心房　它举着十二朵小小的火焰／我被点燃的目光里突然落满熄灭的花瓣"。这无疑是一场惊心动魄的个体生命的炸裂，在遭遇美丽灼伤的同时，又不幸预言着死亡和熄灭的归属。"那巨　寂寞　通红的手掌即将按到山上／几只乌鸦如句号般缀在一天的末端／东山上几朵干净的云再也拭不亮天空了／西山上一块灼热的铁还在烧着"。传说中的金乌垂薄西山，更见几只乌鸦远远地飞在天的末端，无形的大幕即将降落，黑暗不可挽回，在粗糙的土地上空，诗人泼墨绘就一幅燃烧的图画，画中落日显得那么悲壮、惊悚和不可挽回。似乎这所有的探求都是为了"重建一条河流"，在视线以外虚构那座失去的"半个城"。"拿来——先人的骨殖　牲畜的蹄印／昆虫的翼　卵石般一再濯洗　使他们／发亮　而后归于河流沉为泥沙"……重建需要解构，只有对因果相连的形象诸体一一破除，领会它们孑然而立的存在，才能重建由小及大、自然混沌的根本秩序。对诗人马占祥而言，纯粹的地域性就是对原初记忆、述说根本的持有，他正是凭借如此这般的想象力，随后重建了一条并不存在的河流。

作为抒写重要形式的语言在有关"半个城"的诗篇里得到了淋漓尽致的发挥，当我考虑给半个城的抒情基调予以大致描述时，从形式外部首先联想到了"一种由简约转向热爱"的过渡，显然诗人塑造了特立独行的个人语言谱系，他在产生智识的多种可能性中选取了最为准确的那种表现形式。因为形象视界形体的相互分离，足以给通往唯一根本的路途造成迷惑，而在如此过程中有何原创性可言呢，我们已习惯看到那么多的说话者在争相模仿。呈现在人们面前的情景总有一种丰富驳杂的形象，它可以成为任何一名直观者谈论的素材和内容，它实际上被看作是当下的根本，直观者用不同的理解说明了眼见事态的含义。但在诗歌中有必要对这类话语保持警惕，有必要克服惯常的理解对抗诗意的产生，《半个城》的作者在叙述中力图运用语言减法，他不是闯入者，以此向读者传递多方面的臆想感受，他选择了迥异的道路，以少说和不说代替谬谈，藉此留给读者抵达述说根本的想象空间。诗人选择这样一条探求道路，确切而言是建立在对认知根本的长久体验之上的，诗人的语言形式对应了内在含义的质料，他已完全融入地域生活并成为此种经验的发声部，仿佛是对关于"半个城"的记忆、意念的自然传达。

马占祥在他的"半个城"的创造抒写进程中也印证了这样一个判断：诗人通过选择语言形式的准确方面完成了他的个人诗美特质。"半个城"的记忆源于纯净、准确的语言质地，诗人倾心营构了地域性意象的整体外部环境，他还运用接近于白描的手法给读者展现了"半个城"的风物人情，在我们的阅读视界留下了细致、总括的难忘印象。马占祥更是一位原创性的诗人，他的作品语言是在场的语言，他为了记录我们所处时代的微小一隅，以充满审慎的眼光抛弃陈规陋习，他的抒写面对素常事物时总能产生轻灵的意象，可谓辞约义丰。"诗到语言为止"，诗人就是要在惯常的说话方式中间冷静地发出不同的声音，一千个通常的交流者共享一种语言，而诗人往往成了第一千零一个挑战者，他更忠于语言本身的含义，甚于忠于事物诸体外部的形象和环境，某种意义上唯有语言才能抵达根本事态的客观所指。在诗集《半个城》中作者颇为注重语言形式的锻造，他选择把握到了规整的个人化表达，一种持续的探求深入到他对地域性的关注当中，因此作为读者，我们充分承受了平等、峙立的存在方式的迥异感，仿佛我们自身也被这种诗意的语言观照，作者对于普遍不同的抒写来说已经找到了独特的存在位置，在并行交会的乡野精神范畴内，诗人的抒写情境自然可辨。

以上我们所谓从根本回归根本的抒写，极有可能言指根本的假象，因为诗歌经验给我们提供的往往不是认知真理，而是一种可资借鉴的认知方式和途径。在诗人看来，毫无唯一的根本可言，新的范畴和命题轻易就推翻了旧有标准，《半个城》仿佛是一个深刻的寓言，它拒绝成为反形象的整体，它展现了根本世界空洞无物的意味，并不存在的"半个城"否定和推翻实际物化的另一半，揭示当下此在本由假象环绕的现实，即形象整体不可能被主观意识准确把握。当语言投向这个区域时，内在的混沌无从言说，一般我们只看到"半个城"外在的形象，并感觉到作者个人的思想品质。而作为根本假象的"另一半"始终幻变在语言意象中，第一个"根本"可以如此描述。它静止在与它并行不悖的有力的规律之中，它无限可解，微观到空虚，尘土和风雨的飘摇同样依赖有力的规律，而给人以生机感。从根本到根本的回归无可名状，这就像第二个"根本"与第一个"根本"的关系同样为我们所未知，或者我们看不透那种迷雾。"半个城"的认知保留在我们的乡野记忆里——唯有我，唯有语义的再造。

○文学评论○

读李进祥短篇小说《四个穆萨》

非飞马

李进祥是我喜欢并崇敬的一位回族作家，他的作品具有深厚的民族文化底蕴，闪烁着智慧灵光的诗性品质和朴实宽厚的仁爱精神。他刻画的人物形象大都具有善良的内心、隐忍的精神品质、丰富的情感内蕴、仁慈的性格和宗教的情怀，让人读出生活的意义与人性的坚韧及温良，因而他的作品总能穿透现实的层层迷雾，抵达存在的本质。

几年前，我读过他用诗一般的语言写下的《女人的河》，读过他那充满着浓浓的爱与悲悯的《狗村长》，读过他那有着独特宗教仪式感、鲜明的地域文化特色和对现实温婉批判的《换水》，由此记住了李进祥这个名字。

《四个穆萨》不仅是一篇具有独特文化烙印和艺术匠心的佳作，更是一篇具有人类终极关怀的杰作。在这个一万来字的短篇小说中，作家站在人类的高度、用国际主义的视野关照芸芸众生，通过对生在叙利亚、阿富汗、中国西北和写小说的"我"四个穆萨生存境遇的关照与灵魂的审视，展现了作家对于战争、生死、正义、良知、善恶、救赎等重大命题的深沉哲学思考。

穆萨是一个具有宗教色彩的名字，在《古兰经》中，穆萨是一位能直接与安拉秘谈的先知和使者，是正义的化身。在李进祥小说《四个穆萨》里，穆萨的血液里同样流动着正常人的情感，向往着美好的生活，装着正义与良知，即便一时被邪恶所利用，但最终还是内心深处的正义战胜了邪恶，良知战胜了魔鬼的蛊惑。

《四个穆萨》写了四个穆萨的生活，重点写了三个国家三个穆萨的生活，以第四个穆萨来点题，表达作家的立场与思考，让小说形成一个并联的结构，强化了小说的主题。第一个穆萨是生活在叙利亚的平民，在政府军与反政府军的战争中饱受苦难，他既不参加政府军，也不参加反政府军，只向往过自己的日子，但是他还是成了战争的直接受害者——妻子被强奸，儿子被流弹打死，死时就在自己的身下。作家通过穆萨的生活，揭示出战争对于人民大众的伤害，揭示出生活在战乱中人的渺小和无法躲避的悲剧。

第二个穆萨生活在阿富汗，同样饱受战争之苦，与第一个穆萨不一样的是，第二个穆萨所受的苦并非内战之苦，而是受西方国家的侵略，穆萨的父母被炸身亡，儿子也被炸丢了双腿，穆萨自己为了报仇被"那个人"训练成杀手，差点成为残害平民、制造恐怖袭击的"人体炸弹"。李进祥重点写了受到蛊惑的穆萨去完成"那个人"的命令的心理活动，当他走进曾经的生活现场，一段段痛苦而温暖的记忆瞬间被激活，爱与良知突然醒来。最终，穆萨放弃了当"人体炸弹"，终于感觉自己"心里真像婴儿一样干净"。第二个穆萨写生活在中国西北农村的穆萨，过着西部农民常见的普通生活，日子过得紧巴，穆萨在外面打工受苦受累，妻子在家里辛勤劳作，日子过得朴素也偶有磕磕碰碰，但穷苦中洋溢着朴实可感的温暖。第四个穆萨是对前三个穆萨的总结，甚至可以说是作家本人。写这个部分，作家只用了四句话。"做完晨礼，我坐在桌前写小说。我的经名也叫穆萨。我写下的几个穆萨，在不同的世界，经历着不同的事。我觉得，他们都是我。"第一句话点明了"我"小说家的身份，第二句话叙说了自己的文化背景和教民特征。第三句话交代"我"写的三个穆萨生活在不同的世界，表明了自己写作的"世界眼光"。第四句点题，"我"与其他几个穆萨形成了"同构"，包括生存意义上的、文化意义上的、宗教和哲学意义上的"同构"。第四部分虽然在全篇中最为短暂，但起到了"点睛之笔"的作用，不仅呼应了上文，更是体现了作家的艺术匠心，通过四个穆萨的描写表明了作家的文化立场。四个同名的穆萨，他们都是普通意义上的人，都向往美好幸福的生活，都是追随安拉、心怀善念的好人，四个穆萨所透露出来的四种命运，是人类命运的缩影，反衬出作家对存在的悲剧与幸福、困难与救赎、正义与良知等命题的终极思考。

李进祥是个才思敏捷、眼光独到的作家，也是一个关注现实、介入现实、批判现实的作家。他视野宽广、目光敏锐，善于从现实生活中发现写作的"黄金"。他的《换水》《狗村长》敏锐地关照了城市化背景下的农村现状与农民生活，表达了作家把握时代、关照现实的能力。《四个穆萨》更是体现了作家对宏大现实的精准把握能力，叙利亚内战、阿富汗战争、城镇化背景下的中国西部农村等重大时代命题被李进祥巧妙地浓缩到小说中，利用短短的篇幅，通过对宏大历史和现实背景下"人"的关照，来表达作家对时代的深思、对存在的深思、对人类命运的深思。

正因为如此，《四个穆萨》才具有了一般短篇小说所不能拥有的大气魄、大格局。在《四个穆萨》中，作家巧妙地采用了"并联结构"，对小说承载大历史、大背景、大事件、大生活找到了最为恰当的"容器"。四个穆萨在小说中像四条发散的线条、四个方向的维度，但他们又紧紧围绕着一个中心，互相渗透、互相重合、互相融汇，形成同构，让小说视野和格局显得格外的宏阔、大气，主题也得到了丰富、提升与强化。

○文学评论○

古原乡土叙事的审美乌托邦

杨凤银

西海固作家中,"古原是一位很早就不用故事情节,而仅凭细节铺成就能把小说写得精彩纷呈的作家"。(火会亮:《白盖头·序》,宁夏人民出版社,2009年)古原似乎故意淡化着故事情节,在他的故事世界里,是西海固某个角落的人们安静而坚韧的生存,发生的故事或者事件安静而富有温情,没有激烈的焦虑和争斗发生——古原的小说美学追求一种简单的崇高。

古原写小说都像是给某个现实的人物纪传:某个时段某个人的某件事。《白盖头》里的众多人物,只是一个阶段一个人物的生活遭遇或变化。这是种很有想法的写作。"我"讲述的姐姐银珠的短暂的一生的故事恰好跟我的成长有关:我得了一张奖状,父亲外出为公社修水库,母亲要做浆水面奖励我……故事就这么平坦地开局。古原的细节铺成让一切焕发生机。《绿苜蓿》里的我和姐姐银珠走向苜蓿地的过程及周围的地形在古原的文字里被描绘得富有了生活的原型,几乎:"庄子没有一点'城'的样子,但庄子西面那一带却叫城壕。其实就是一条土渠,有点宽,时常扔着些死猫死狗死鸡。我和我姐从城壕里爬过去,走过一段地堎,走过长长的码着麦捆子的麦茬地,到接近河岸的地方,就是苜蓿地了。"后来就是个悲剧:姐姐肺炸了,永远走了。这里我们不提那个叫六十子的看苜蓿的老人。古原的小说里,有如此许多的这样简单的而不失耐听的故事,像西海固土地上那些流传了很多年或者无数代人的传说,悠悠而然地被讲述被传说，就连那些牵扯到死亡的事情，生活在这片土地上的人也处变不惊，理性而眼光长远地处理过去了。

《河道》里的刘叶叶叛逆期的反抗：直面奶奶的权威和河道里游泳的男孩。——他们都是人生里必须要超越的：家长和异性。而这份超越就是成长的一种标志。超越的力量就源于一种生存：西海固某个角落的压抑而不精彩的艰难。关于成长的还有《童谣》：一个男孩的被娇惯史。这些故事里有那些被我们曾经评判过的思想与习惯，可它是西海固的那个叫帽儿岔的角落里真实的历史，就如封建的中国它还是中国一样。最多的只能是反思："马鞭就那样玩了一场，打烂了狗盆，打飞了小鸡脑袋，把二姐追了一通。我是个混小子。"（《白盖头》，第 31 页）古原小说的细腻之处就在这里，他能在某个不经意之处显现和还原出生活的本来味道。接通地气的叙事，浓郁的乡土味和伊斯兰风情，让走进故事的人物和事件都能具有一种感人的力量，这其实也是西海固文学自己的土壤和源泉。鲁迅讲"民族的就是世界的"。一种单纯的成长，古原融入的是对生活和人生的体味，在关于说明《白盖头》定名的来由时，古原说，"这个书名是为了纪念我的祖母和外祖母。在我的童年视野中，她们头戴白盖头，面目慈祥，内心充满了人世的伤痛而又不动声色，清苦而有自尊地生活在这块土地的一隅"（《生活的地方》，《白盖头·后记》，第 270 页）这是一个西海固人对一种西海固人生的深刻认识，在对生活本身的诗意讲述中使其具有了一种生命普遍的经验，人生里一种谁都有的经历。所以古原的短篇不只是书写怜悯，是一种对生存价值精神的审美观照。

除了那些人物的成长，也有与长辈间因成长而生的矛盾。一个人的成长都是从征服身边开始的，《河道》里的刘叶叶是，《大庄》里的马有子也是。矛盾有时候是源于一种生活方式，有时候是源于一种生活状态，一种生活观念。《麦捆》里的两代人之间就是一种生活方式的矛盾。类似的故事中，最后都是新生的思想和观念或方式的胜利。刘叶叶获得了一种心灵的快感，马有子离开了小卖部，西燕和牛子去了供易镇。这种胜利都在最后有些怅然若失的意味。古原在《白盖头》中讲述的这些关于生存的故事里，那些为了自己愿意和喜欢的生活而不妥协斗争过的人物，他们都在合适而不剧烈地表明着属于他们自己的生存理想。父辈的理想在年轻一代的心里不再是种梦想的日子了，马有子对小卖部没兴趣，西燕早烦透了灰头土脸的守着土地的生活了……这些生活观念的悄悄改变也悄无声息地反映着时代的内容。源于生存观念的改变而对生活方式的不同选择，一些衍生的矛盾就自然地搅入了西海固人的日常生活。如何去反映也揭示这种变化的内涵呢？古原选择了"婚姻"这个不错的手段。

一种婚姻就是一种生活。在《白盖头》中，叙述童年青年的不少，而写到婚姻的很少。比较典型的是《冬季的日头》和《山顶上的积雪》。都是因为一种生活的选择，父辈选择了钱，都被反抗过，可最终的结局太不一样了。《冬季的日头》里的主人公果果被生活搭救。而《山顶上的积雪》里的黑女子就没那么幸福了，几天后，在黑老爷山顶的积雪旁，堆起的一座新坟让人们明白了黑女子没能争到自己的生活，这是个悲惨的故事。古原在对这类故事的处理上，依然延续他自己的习惯，在细节里铺排生活的魅力和对活着的一种鼓励。在西海固的生存中，父辈用一生明白了一个事实：没钱是可怕的。他们还不具备看透生活真正根源的眼力和领悟生活真谛的胆识，他们部分地明白了生活的艰难和对子女未来的貌似理性的掌控。这也是一种爱，尽管很难理解。一代人毕竟错过了上一代人的生活经历，而这种悲剧也自然的开始对这种不很正确的生活观念进行修正：在金钱与真情之间，就是再冷血理性的也不会糊涂。这也是《白盖头》真正动人的价值所在。它能通过一种生活日常的叙述展示出西海固生存中的那些有价值的会被人认可的精神。不会因为艰难而放弃，不会因为暴力而屈服，知道错了立即改正，始终遵从着人类善良的本心。这也是融入了伊斯兰文化精神的西海固精神，是西海固人的生存信念。这一切，古原都在一种简单的叙述里表达了出来，在生活中让高尚的精神焕发光彩的叙述。还有一篇时代印记比较明显的《洁白的雪花铺满地》，一篇关于诚信的小说。一个是从小长大的好兄弟，一个是恩爱的妻子，一个是好兄弟的妻子——一位乡村女教师。其实就是两家人之间的一点小事。说来也不小，牵扯到五万块钱。好兄弟不见了，信用社的贷款的期限一天天在逼近。故事就是这样开展的。古原写小说就像在处理自家事一样，认真耐心地经营。友情与诚信在日常琐事中纠缠不清的时候，人物的感人力量来源就是精神，要从精神上挺立起来。一个家庭一男一女两个人，一个人丢了的，另一个补上来，这是让人羡慕和敬佩的力量，这是家的力量，这就是显现和还原了人生中一次庄重：送走海小青——一位让人敬重的乡村女教师时，地上的雪洁白得让人心里也庄重。

这些家庭邻里之间的小事，平凡而简单，近乎西海固的家常便饭，可蕴含的内容耐人回味经得起咀嚼，总有一种感动人的能量。西海固的某个角落的特点和颜色都被古原焕发了光艳。

《白盖头》的故事，感人的不只是故事本身，也不止是发生在身边的让人感觉真切的事件。如银珠的死，耶其目伊黑牙的去留，果果婚前遭遇阿斯巴哈，一些逻辑习惯上将走向"烽火"的可能，在古原的处理下，那些事件在故事框架中变得离奇而不可预料，让故事情节意外的合乎了人性的高尚的一面。《绿苜蓿》里的对六十子的原谅和结尾的六十子一家远走新疆，都是对过往的一种主动承担，古原在自己的小说世界里营造的是一种和谐。而对六十子的原谅的理由很简单，苜蓿地总得有人看。《白盖头》的主人公伊黑牙是个耶其目（阿拉伯语音译：孤儿）娃娃，跟奶奶相依为命，河州奶奶的到来和河州奶奶的遭遇，让我们忽略了人事里艰难时一种不被轻易显现的真情，我们在人事纷杂中忘记了"相依为命"这个词所有的真正内涵。一切外人的心理和眼睛会让"好处"成为一个绝对的标尺，就是会忽略一个耶其目娃娃的内心真正的需要。所以在最后，抱住奶奶的腿，告别河州奶奶，收到河州奶奶的乜帖和河州奶奶对自己的解剖，以及伊黑牙奶奶的一番解释，都是在彰显种西海固生存的信仰——简单的逻辑，高尚的情操。这是古原小说的情节设计出来的能量，一种朴素的信仰，一件简单的事，一贯的坚持。这就是西海固的生存信仰。

古原笔下的那些草根叙述，那些故事里那些卑微生活着的人物，和那些贫瘠的背景一同构成了一个纯净的世界。古原的叙述就像西海固这方土地，甚至是中国，那么善于承载。哪怕是恶。《蓝五》本是一部关于土匪的传说，在那个消逝在历史长河的故事里，按照以往的叙述惯性，会是一个涉嫌毁灭的悲剧，在惊心动魄之后，一种穷困的坚守让高尚战胜了邪恶，蓝五这一角色的设置以及故事里那些不很负责的关系，意外地收获到了生活貌似平凡、实为令人肃然起敬的感人力量。掩卷之后，怀疑这是不是故意的，不得而知，或许这原本就是一个善良的愿望，或对故土人情的一种祝福罢了。《黄月亮》何生有这个人物的设计真像是个阴谋，一个时代里的反面的存在和对一种真相的掩盖，到了故事快结尾的时候忽而具备了一种高尚的道德力量。杨摆林这一角色的功能性也被迫发生了转变，一直被桂香"管制"的一个配角样的丈夫，在儿子和儿媳妇远走没人还债的时候，在众目睽睽之下瞬间高大了起来，那抡起镢头破向大门的举动，让"在场"的人都为之动心。"地主"与"贫农"的对立在这里成为了一种高尚人格的再现。事过情迁之后，他们和谐依存。韦勒克和沃伦在《文学理论》（〔美〕勒内·韦勒克、奥斯汀·沃伦著，刘象愚、邢培明、陈圣生、李哲明译：《文学理论》，江苏教育出版社，2005年）中讲道，"背景可能是一个人意志的表现"，"又可以是庞大的决定力量，环境被视为某种物质的或社会的原因，个人对它很少有控制力量的"。杨摆林和何生有作为背景人物自觉与不自觉地延续了西海固底层生活中的一些高尚的精神，故事也因为他们的存在而具有了一定的深度。让他们共同穿越世俗意义上或意识形态意义上的好坏标准，彰显了一种符号世界里的一个不会枯竭的源泉，近乎唯美也近乎痴情。古原的乡土叙事是为我们营建了一个审美乌托邦，《白盖头》里的乡土生活或者乡土故事都是纯净明亮的，每一寸土壤或每一个人物都分摊了西海固高尚精神的一部分，虽少但都有分量。

作为一个回族作家，将伊斯兰文化作为自己小说的叙事场是自然的。有一部分故事就是在浓郁的回族风情的氛围中展开的。《清真寺背后的老坟院》讲述一个老穆斯林上坟时的追忆，故事从一个生者的视角展开，以一个在多篇文字都出现的人物——"人个子珍香"为中心，向四方铺排，走向一个家族历史的深处。清真寺与坟院，生者与逝者，或许这样的安排既能顾及叙事的便捷，也能让故事深入人世和生命的深度；《耶其目的老房子》就是耶其目老阿訇在等"撒申尼"时躺在自家老房子前的椅子上的思量，也是关联到清真寺，关联到生与死；《老待》讲述一个外族流浪者被清真寺收留的故事，当然也是老待本人在黑大庄清真寺生活和情感的故事。伊斯兰文化的叙事场让这些故事的开展都富有了一些可开掘的潜在质素。清真寺的派饭让《老待》的故事有了展开的可能性和可行性。《斋月和斋月以后的故事》里的那种隔膜，在乡土中国是个经常性的悲剧根源。可让斋月成为一种叙述背景，就油然增添了严肃和庄重。这样的背景设置，也可能有古原自己的一些隐秘的想法——这样可以专注人性中干净而不卑俗的一面。

○文学评论○

透视生命的亮度：读韩聆散文

马君成

一

韩聆是那种骨子里有浪漫情怀，血液里流淌着文学因子，身体里贮藏着艺术细胞的作家。

在接触他的早期作品时，我一直在暗暗赞叹，这位才气横溢的作家，将是冲进中国文坛的一匹黑马。《简静与沉浸》《是太阳，不是调色板》问世时，我打电话表示祝贺，并与他有过一次促膝长谈。他是一个低调的人，和蔼可亲，不愿有丝毫的张扬。新作问世，也不怎么搞宣传炒作之类的事，除了请钟正平教授写了个序文外，连朋友圈的评论也不曾上心，就那么散淡，那么平静，却又是多么深情。

韩聆的创作是用智慧作先导，用思考来探路，用诗句来编织，用思想来结篇，是灵魂向外喷溅灵感的物语。韩聆新写的散文相较以前的作品，更凝重，更大器，更唯美，就像他在文章所说的那样："有一双农人的手，有一个哲学家的头脑；像农夫那样劳动，像哲学家那样思考。"我们欣喜地看到，从《边缘情感》走向《简静与沉浸》的韩聆更成熟了，正如钟正平所言"更具情感张力，文化指向和精神亮度。"

韩聆散文中充满哲学和美学特质。他的有些作品是属于那种心灵冒险式的试验写作，给读者以震撼和共鸣。如《经历一栽古木》一文，他自己都称怪，不用说，也是他的得意之作。透过那些文字，我们感觉到他对我们通常表达方式的解构和颠覆，作家的文化底蕴和人文视野令人叹为观止。他在作品中熔哲学、绘画、摄影、音乐、雕塑、文学（包括影视剧本写作）、历史、玄学、美学于一炉，好像一定要做到语不惊人不罢休的效果，事实上，他达到了这个目的。他的代表作《红茜草》《在旱地里怎样培植一珠玫瑰》《秋伤》《生命转弯》《静物给我们暗示些什么》《相伴爱弥儿》《经历一栽古木》为我们展示的雄浑气度，与大师们并肩齐驱地进入精品文库和年选榜首。

二

有一次去彭阳办事，在一家出售学习机的小店里坐着一个人，朝我善意地微笑着，那笑容是那样虚弱和疲惫，那样消瘦。下午的阳光凝结在他的脸上，也遮挡不住从内心发散出来的那种深深的忧伤，让我一时回不过神来，细细一看，是韩聆。

就像人们很容易从人群中看出有教师身份的人，作家也是，因为他们敏感，情感丰富而又充满书卷气息。韩聆决意不多写小说，但在本质上他还是一个诗意的小说家。他很少写诗，但处处流露出诗人的气质和才情，语言简约，意象丰赡，他的好多散文都可以看作是淡化了情节的诗体小说。

韩聆的文化散文写作上有自己的风格，不同于学者们追求的题材和篇幅的"大"，他刻意于"小"中绘影式地表现文本的诗意和唯美。我曾小心地跟他求证过，他没有否认，他说其实唯美对散文创作是古也是新，新时期散文创作不回避这一走向。无论写什么样的文章，他都毫不降低自己的美学水准，也一贯秉承和坚持自己诗意的文风。

谈韩聆，要了解他的内心世界，《红茜草》和《女像与波萝拳》绕不过去，这是韩聆用生命写成的两篇佳作，是他的代表作。韩聆本人也非常喜欢。有两点可以证明，一是《简静与沉浸》中作家把《红茜草》放在首篇，二是《彭阳文化丛书》中，作家自选作品是《红茜草》《与爱弥尔之旅》《可能女像与波萝拳》。

其实《女像与波萝拳》可能是《红茜草》的一个副本，是我个人的猜想。若干迹象证明，这一猜想是有道理的。

在韩聆的生命中遇到过一个弗朗西斯卡般的女子，一个红颜秀发的女子，一个红茜草一样的女子，一个忧郁的美女摄影家。在《红茜草》里，她的名字叫茜西。在《女像与波萝拳》中，她叫若。茜西作为某画社的摄影师，与作家相识在一个画展中，二人同时观看一幅叫《西海固》的版画时心有灵犀，一见如故，成为挚友。茜西跟作家的性格有着某种神秘的相似性和互补性，以至于说话的语气、方式，感受生命重音的情感烈度都极为接近。茜西和若气质相同，是同一个人，不过在小说里作家另外写了一个摄影天才叫房房，其实，我觉得这个房房应该是作家的化身，他把自己藏在这个身份里发言。他在创作随笔《在真实和虚构之间》表述的"哲学家走了，我就是留守家园的诗人"。在小说中借房房的口也说出来了："他说哲学家走了，房房就是留守家园的诗人。"甚至小说原稿中开头一段话整个是这句话衍生出来的。但在这篇创作谈中，作家谈的还是云遮雾罩，让读者分不清哪些情节是真实的生活原型，哪些是虚构的，只清晰地指出了一点，这篇小说的房房形象的塑造"注定了一个人的命运，我自己的命运"。

茜西给作者的灵感，仅仅一篇形质兼美的《红茜草》已不能容纳，他有更多的事件要抒写，有更多的情感需要倾诉，仅仅依靠写实还不够，还需借助虚构来表达。所以作家愿意把自己幻化成17岁的房房，一个少年摄影天才，一个孤独无依的孩子，去美院做若的学生。

作家试图通过房房这个形象的塑造给茜西（若）复原一个灰色的童年，复原出她已经过世的爸爸的样子来，还原出一人与若（茜西）极为相像的妈妈来。《红茜草》中茜西背着的那架米诺塔相机在小说里又背在房房的肩上。小说中的老爸爸似乎就是《红茜草》中茜西的父亲，因为散文中描写茜西的父亲是因为政治风暴下放宁夏，流落西海固的，是个搞科研的。小说中写老爸爸是"清华物理系毕业"的高才生，由于某种原因孤身一人，这些蛛丝马迹，都是人物身份的暗合。

韩聆不是专业摄影家，但《女像与波萝拳》中写摄影的段落，专业程度让人惊诧。正是这个茜西给作家超越生命庸常的灵感。作家说是茜西送给他的一本叶芝的《苇间风》给了他创作的灵感。其实还是茜西这个有灵性的女子本人更生动，她的个人遭遇，她只有28岁的弱女子心灵深处所感受到的人世创伤，永远无法愈合的伤痕，她感受过太多的人世的沧桑和痛苦，她是掩着泪微笑的人，美得极致。

作家还帮助茜西完成了一些心愿，如寻找童年与她一起成长的青梅竹马的禾禾。他们找到了。禾禾已经结婚了。但他们找回了童年的部分记忆。茜西无意间提到母亲当年倒掉了禾禾娘端来的喷香的扁豆糊糊面。禾禾便毫不可惜地把家里仅有的两升扁豆磨成面，给茜西做扁豆糊糊面。

茜西曾给过作家一本记杂感的本子和发有她一组"盲流题材"作品的摄影杂志，还把自己的摄影作品发给他，在照片的背面写少量的点示性的记事文字，要求他在《苇间风》的片影里为她写镜头。作家心领神会，认真写了，就留下了大量手稿、笔记、随感。诸如房房失踪后写的那些诗意跳荡的日记，前面的一句可理解为茜西的"点示性的记事文字"，为《女像与波萝拳》的创作奠定了原始素材。

茜西身上的诗意，她的故事，给了作家从未有过的灵感和悲悯情怀，他说"茜西总是一次次让我重新深悟我的故土。"因而完成《红茜草》，必然还会有《女像与波萝拳》。

放眼全国，韩聆的散文要比许多庸常散文要高出好几个层次。《红茜草》和《女像与波萝拳》可与简媜的《四月裂帛》相媲美。难怪韩聆对他的这两篇作品如此偏爱。

三

韩聆是孤独的，因为他在自己的文字里设防。他在某种程度上是拒绝那些蓄谋恶意或浅层的读者的。他不给没有阅读古今中外名著大作经历的读者任何猜度的机会，不给文化快餐者们走近他的机会，他的大多数作品都不符合快餐文化消费者的口味。从这个意义上说，他不是大众作家，他是排斥低智商阅读的，这也是我常常好奇地探究他究竟在读什么书的原因，他的心思极深极细，他的用心只在乎纯文学意义。

忧郁其实是韩聆情感丰采的另一面，塑造感伤的心灵是他的散文中一个极大的亮点，他的心灵地带放置着一些灵性的红颜知己。有人说这是文学的母题。的确不错，世界顶尖级的文学大师们的成长都离不开这个题材的滋养。《边缘情感》里，这种情绪流露得更多一些。如《黄昏，在自然的怀中》写他与女友恋爱时期的一段美好记忆；《这个冬天不是我的》写与女友长久分离的痛苦和思念；《弹吉他的女孩哪里去了》写一段曾经拥有的青春恋情；《凌子你好》讲作家与可心的女孩交换乳名的一段天真纯粹的记忆……《青春期阅读》《萌子的山谷》《茹水河·海棠园》《我们的蚕可怜极了》等篇什，都让我们领略作家的心灵世界。

很少有人注意韩聆的唱歌，个别熟悉他

的人知道他热爱音乐。他在文章中曾写道："我喜欢听音乐。外国的专挑莫扎特，暮色时听，耳畔仿佛回荡着天堂的声音。中国古典的《梁祝》最钟情，孤独忧伤时总想起来听……一次晚上独处一个下着大雪的土院子，把屋子到栅栏门间的一段雪地想象成了伏尔加河，来回走，来回唱，竟唱得泪流满面"。(《穿透时空的歌》)《寻找阿姐鼓》《固定在墙面上的吉他》《藏歌怎么越过圣地》都表现出他对音乐的独特感受。我听过他的歌。《三套车》《莫斯科郊外的晚上》等苏联金曲被他用歌声动情悠扬地演绎出来，打动着我们的心，就像经作家用无形的文字之手，为我们轻轻抚去心灵上的灰尘，让我记忆之中的那些往事、那些真情、那些忧伤、那些美好、那些诗意重新透亮起来，映在阳光下，铿亮地闪烁。

韩聆重视对文章题目的精心锤炼。他的作品题目像诗，又像是哲学命题。《在旱地上怎样培植一珠玫瑰》《静物给我们暗示些什么》，让我们想起萨特或尼采；《秋伤》《生命转弯》《时间的感伤之旅》《狗吠：一个村庄的眼睛》让我们想到聂鲁达、海子、顾城、北岛的诗。含蓄的、典雅的、诗意的，却都不造作，时尚而又不失厚朴，简约却又意象丰赡，用哲学浸润心灵。

想到韩聆的坚守，但他对此他是不愿多说一句话的。他好像早年说过："你不要选择。"其实韩聆现在连这句话也不想说了。他在乎的是用深情的文字写这块旱地的灵性，帮我们在这块旱地里培植尊严、信念，还有玫瑰和爱情。

韩聆在《生命光线与精神体温》一文中说："为人为文之道，求之有术，乃小术也。至无术，便入大境。"

韩聆生活在彭阳，但他早已超超了地域的局限。感觉是具有高境界的作家，只是我辈难以用语言表述清楚，所以只有仰望。

○文学评论○

山谷里的百合：陈莉莉散文印象

籍利平

多年来，陈莉莉一直致力于散文的创作，发表了大量散文作品，结集出版了两部散文集。陈莉莉谦虚地写道："我只敢要求自己做一个好的读者，只敢说自己是一个业余文学爱好者，爱好读爱好写……"（《只爱一点点》，《单纯的味道》，中国文联出版社，2008年）可是，随着她这份热爱的持之以恒，在宁夏散文作家中，她的作品越来越有影响，其创作具有别具一格的分析和研究价值，同时，也很典型地反映出"在不断的写作中，名声逐渐退居次要位置，书写成为一种比收获更重要的说话方式和倾诉性情的劳作"。

陈莉莉是土生土长的西北女子，她的性情满是西北人的开朗淳朴，外表却有着南方女子的秀雅，她的文字一如她的名字所蕴含的英文意思"lily"——百合花，虽然没有牡丹之华贵，没有桃李之鲜艳，更没有参天大树的傲然，却以她独特的单纯的幽香，安静地开放在大西北的黄土地上，时不时地散发出沁人心脾的芬芳。

陈莉莉前期的散文，对于亲情与爱情的吟唱是其主体，或者说，她的散文作品，大多以亲情和爱情为主。大约是因为她曾经的教师生涯，或者是她本身的善于思考和积淀，即使是写亲情友情爱情这些女作家笔下常见的素材，她文笔烂漫清新、情感内敛干净、思虑深刻透彻，已超越了评论家不屑的所谓"小女人"散文的桎梏，有着她特有的大气和智慧，蕴含着深厚的文化素养，对人性的知微见著，很轻易就打动了读者。《生命中那些难忘的眼神》(《朔方》，2011年第3期、《散文选刊》同年第5期转载，《读者》同年第18期转载，入选《散文选刊》创刊30年精选集）是其代表作。文章捕捉了人生中那些最难忘最具有代表性的眼神："父亲在我结婚、生子时那一闪而过的复杂"眼神、儿子"清亮亮的充满爱的眼神"和一个初坠情网的少年的眼神——含情脉脉又欲语还休的眼神。这篇散文受到读者的普遍喜爱，许多网站对这篇散文进行了转载，有些教育类网站把它作为范文向学生们推荐，甚至选为高三语文阅读理解训练的题目。而她发表在2012年第9期《阳光》文学期刊上的那篇《那些多年后的邂逅与相聚》，是关于友情和理想的深沉感悟，读之让人在心生共鸣的同时，颇有些怅惘。同年，结束在"鲁院"的学习后，她发表在《文艺报》上的散文《小巷》受到高度肯定，有读者留言说："读之很享受。把握这种纯净的文字很吃功力，没有大境界和飘逸气质不能这般举重若轻。有30年代大家情怀。这样一条飘着槐花的古巷，走过一串顽皮的鞋响。喜欢"。《小巷》非常鲜明地表现出，她的文笔已经开阔了很多，对生活的思考也深入了很多，不能不说，这是一个可喜的进步。

时光进入2014年，结束在"鲁院"的学习已经有了两年的时光。从"鲁院"回来后一直潜心读书的陈莉莉在这两年写出了三十余篇读书笔记，她本想通过读书和撰写心得提升自己的写作，却无心插柳柳成荫，她那"感受派"的评论，被《文艺报》《朔方》《黄河文学》《六盘山》《宁夏文艺家》及"中国文明网读书频道"等处选发，受到了读者和原著作者的欢迎——她也许还没有想到要用足够的理论基础来支撑，使她的每一篇读书笔记都成为严格意义上的文学评论。她是个真诚的读者，她是在用心与作者、作品认真地交流，并如实地写下了她独有的心得和感悟。这已经足以令人感动了，何况她的思想和文笔，时时可见熠熠光华。读书带给了她很多宏大又细微、深刻又朴素的触动，这当然也会促进她的写作。近期，我阅读了陈莉莉2014年以来发表的散文《音乐四题》《我们或可预期的晚年》《临水而居》以及《空月子》等，我们惊喜地看到，比之于几年前，比之于她的第一本散文集，无论是选材的视角、思考的方向，还是她的写作态度、语言的质感，包括文章的容量和深度，都发生了明显的转变。这转变，是一个作者到作家的转变，是无意识写作到有意识创作的转变，那种越来越成熟的气场，是明显而震动人心的。

近两年陈莉莉的产量比较高，仅以《空月子》（阳光出版社，2014年）为例，用陈莉莉自己的话来说，"没有谁能体会，《空月子》对我意味着什么"，这是她鼓足勇气，和着身体和心灵的痛楚，含着眼泪写出来的一篇，与她以往的作品中那些单纯的真善美不同，深入地讲述了自己意外流产后的悲痛情绪，推己及人，真切地表现了流产对女性心灵、情感、精神以及身体所造成的深远的伤害。那是一种很多育龄女性都有过的体验，是许多女性不肯跟任何人分享也难以鼓起勇气面对的私密的隐痛。陈莉莉说："从此之后，只要我有创作的能力和热情，大概没有什么是我不敢写不敢面对的了。"那种在场感，十分强烈，那些令所有母亲甚至所有女性深深难过的往事，读之令人震撼。同时，陈莉莉散文作品中的叙事风格已然形成，一波三折、回环往复，她笔下的故事，比某些小说作品的情节还引人入胜、扣人心弦。虽然还不能说《空月子》是多么优秀和独特的作品，甚至也会让人联想起部分关于女性身体之痛、成长之痛的作品，但它所反映出来的一个女子对生命的深刻反省，非常少见，她的叙述和抒情毫不平庸，文章的起承转合水到渠成，最后一笔发出令人惊惧的呐喊——

"母亲啊,我只是想像您一样,晚年的时候,有一群孩子可以牵挂。我只是不愿意,当我离开这个世界以后,我的儿子在这个世上,再无一个血脉相同的亲人。"

陈莉莉在之后的创作谈中写道:"在我开始写的那一瞬,我就知道,我不可能写得多么精彩漂亮,我不可能把自己当作一个创作者去构思,我无法用文学手法去表现什么……"实际上,即使她不肯以一个成熟的写作者的态度去对待她的素材,但那种成熟的风韵还是体现在了字里行间。在场也罢,非虚构也好,她实实在在地让读者看到了她作为一个事件亲历者的真诚,一个热爱用文字倾吐心声的作者的功力,和她对生活加诸于女性心灵和身体上的打击或者说摧残的深刻思考。

陈莉莉在写作上这些令人欣慰的变化,让我们看到了她的才情和执着,可以预见,保持这种良好的势头,假以时日,她必将创作出更多、更好、更受读者欢迎的作品。西部散文作家群里,必将少不了她的位置。

"隐没深林,谁闻其香?"去到西北的时候,我曾不止一次走进那里的莽林,多次蹲下身子观赏地面上的一丛丛野花,凝视一片片草叶上的水珠。那些花儿比温室里的更芬芳,那些水珠通体明亮。森林中遮天蔽日的松、柏、椴、杨、白桦等等,挺拔伟岸,令人瞩目。但那些更贴近大地的,是矢车菊、蒲公英、马兰花、野百合,还有苜蓿、灰灰菜等。同样,在文学殿堂里,鲜艳夺目的是站在高处、易接受阳光的各种大树,它们是这座森林的主体。不过,请不要忘记那些千姿百态默默绽放的林中芳菲。它们也是森林美景不可缺少的组成部分,没有它们的柔韧、安静与芬芳,美轮美奂的自然风景也会显得单调。

且让我把刘恒《在山岗上》里这段对业余作者说的话抄写在此与陈莉莉等作家共勉:"这些下了班伏在灯下苦写的人,寂寞而孤单的独行者,是天地间稀有而伟大的战士!我以同道的名义向他们表示深深的敬意和祝福。"

○艺术论坛○

西方战争电影中的动漫镜像

黄书亭

"Cartoon"一词诞生于1671年，源自意大利文"cartone"，原意是"绘画速写用的厚纸"，引申为卡通、漫画等义。这一年，新落成的巴黎歌剧院人头攒动，康贝尔的宫廷题材田园剧《波莫纳》在此上演，据考证为法国首部歌剧；同一载，英国军事家、军事理论家托马斯·费尔法克斯与世长辞，"光荣革命"的序幕同期开启。次年，在让—雅克·卢梭呱呱啼哭声中，牛顿爵士与莱布尼茨扭作一团，撕掳微积分发明权，贝尔注册贝尔电话公司，爱迪生声称发明留声机，法国光学家、画家埃米尔·雷诺制成玩具活动视镜，奠定动画技术基础。

一、卡通携手战神

1778年5月至7月，启蒙思想家伏尔泰、卢梭先后辞世。同年，法美隔洋携手，签订军事同盟条约，法国承认美国独立，并对英宣战。叶卡捷琳娜大帝颁告武装中立宣言，怒目声讨英国海上霸权。趁着俄土战争的利好局面，八国环伺中的塞尔维亚弹丸之国宣告独立。爱迪生申请唱片机专利并创立录话机公司，英国发明家斯旺获得白炽灯泡专利权，雷诺的活动视镜在巴黎世界博览会获奖，动漫镜像滔滔摇曳并绵延成像。

日后被拥戴为"动画的鼻祖"的雷诺，1844年生于法国蒙特罗伊，父亲是位钟表师，靠雕虫之技养家糊口，手把手教会儿子机械技能和雕刻手艺。母亲是师，师，属卢梭的粉丝，崇尚《爱弥尔：论教育》，水彩画极见功底。少年时代，雷诺师从雕刻家和摄影师亚当·萨洛蒙，学习解剖学、生理学，觅得幻灯、拍照、绘画、放映门径。1876年，雷诺参照转盘活动影像镜和西洋镜，切割若干面镜子，拼成圆鼓形，将彩色图片条镶于其间，施力并绕轴旋转时，反射出清晰、明亮、稳定、连续、逼真的动画效果。献展巴黎世界博览会后，雷诺改进仪器，创制光学影视机，分别绘制人物和布景，打凿孔眼，固定人物的位置和关节，借助折叠透明纸表现动感，契入幻灯装置，设计出活动视镜影戏机，描绘胶带并使之移动，投射到屏幕之上，供多名观众观看。大约在1892年10月，雷诺与巴黎蜡像馆签订合约，公映自制的动画影片《可怜的比埃洛》《最佳啤酒》《喂小鸭》《游泳女郎》《猴子音乐家》《一杯可口的啤酒》等，一时观众云集，专家赞颂，誉为动画鼻祖，拉开动漫镜像的大幕。同年，爱迪生获得双向电报专利权，法俄缔结《军事协定》，东西呼应相钳制，抗衡德奥意同盟，发酵一次大战的种子。雷诺1918年逝世于塞纳河畔一家医院，此时，一战曲虽终，人未散。

1906年，美国电影家勃拉克顿摄制第一部胶片动画片《一张滑稽面孔的幽默姿态》，美利坚从此领跑动漫业。勃拉克顿生于英国设菲尔德，卒于好莱坞。勃拉克顿当过报社记者，为报刊绘过漫画，办过影院开过公司，当过演员和导演，编过《电影杂志》。1914年，"巴尔干火药桶"塞尔维亚轰然爆炸，引燃大战引信，战火迅速蔓延。1915年，勃拉克顿创立电影贸易委员会并任主席，该组织为美国电影制片人和发行人协会前身。勃拉克顿与格里菲斯、英斯等氏齐名，对电影发展贡献甚至巨。格里菲斯的《一个国家的诞生》《党同伐异》《林肯总统》，英斯的《葛底斯堡战役》《逃兵》《星条旗与合众国永存》《双枪将希克斯》，勃拉克顿的《拿破仑》《华盛顿》《恺撒》《汤姆叔叔的小屋》等片，都是上乘的战争片。

一次大战后期，德国的H·利希特、瑞士的V·埃格林尝试在胶片上描绘图形，开创抽象派风格的动画片。E·科尔、B·拉皮埃、沃迦洛普等氏，也在这个时段开创了法国动画片制作的先河。根据福尔顿漫画摄制的系列动画片《镀镍的脚》，以及《糖果》《小山鸡》等，属史上留痕的佳作。二战后，欧洲幽默动画片勃兴，绘画手段多元，不受单线平涂的囿限。"十月革命"后，苏联加快动画片生产速率度，1922年在莫斯科国立电影专科学校成立动画片实验工作室，同年摄制首部动画片《炮火中的中国》，继之投拍有声动画片。1943年，苏联出品动画长片《沙皇萨尔坦的故事》，1984年重拍重播，其故事梗概为：沙皇萨尔坦迎娶米莉特为皇后，米莉特的两位姐姐愤愤不平，趁沙皇外出征战的间隙，下蛆注毒，致函构诬小阿妹，说米莉特生下了怪胎。萨尔坦偏听偏信，命人将妻儿装入箱中抛入大海。箱子飘流到一处荒岛，母子侥幸未亡，其子成为魔术师，从海底世界变出一处王国，自封为王。萨尔坦知道真相后，幡然醒悟，主动和妻儿和好团聚。故事略微传奇，基调大体写实。

电子计算机普及后，电脑制作的动画片更为常见，但影响力远不如前。

二、唐老鸭戏谑希特勒

20世纪元年，病逝于怀特火山岛的维多利亚女王，终结了维多利亚时代，坐在火山口上日不落帝国霸权动摇，世界进入动荡之秋。这一年，即将挑一次大战的德皇威廉二世42岁，二战元凶希特勒刚刚12岁。1901年底，在诺贝尔奖首颁的前一周，美国动画大师、卡通设计家华特·迪士尼诞生于芝加哥。华特童年时，家境并不宽裕，经常与哥哥们打工贴补家用，在马瑟琳镇仙鹤农场度过童年时代，整日与鸡、鸭、猪等动物为伍。10岁时，华特迁居堪萨斯，当过六年报童，喜爱画漫画，曾入芝加哥麦金莱中学艺术函授班学习，恋上美丽少女、《金声》编辑部编辑苏·皮托夫斯基，苏姑娘开辟《小小呼声》专栏，刊登心上人的许多漫画。一战期间，华特到芝加哥大户海军基地看望从军受训的哥哥罗伊，无限向往军旅，戏仿父母签字，参加国际红十字会，到法国照顾伤员。退役后，苏姑娘已嫁给他人。华特十分不爽，进出几家广告公司，学习摄影和绘画。1923年7月，华特到洛杉矶发展，与侄子罗伊·迪士尼注册成立迪士尼兄弟制片厂。1928年2月，华特在纽约回好莱坞的火车上，改进长耳朵兔奥斯瓦尔德，创作出米老鼠米奇的卡通形象，后制作米老鼠为主角的系列动画片《飞机迷》《飞奔的高卓人》《威利汽船》《米奇音乐会》等，成为"米老鼠之父"。

1931年，华特觉得克拉伦斯·纳什用鸭腔鸭调演唱的儿歌《玛丽有只小羊羔》十分悦耳，触发创塑唐老鸭的灵感。1934年6月9日，迪士尼公司公映动画片《聪明的小母鸡》，唐老鸭作为米老鼠的配角首次出场。因此，有人认为，家住鸭堡天堂路13号的唐老鸭，生于1934年6月9日。不过，按照迪士尼画家当·罗萨的说法，唐老鸭诞辰可以上溯到1920年。6月10日，意大利足球队在第二届世界杯决赛中，在加时赛中以2：1的比分击败捷克队，首次获得世界冠军。墨索里尼大喜过望，急赴威尼斯会晤希特勒。不知二位独裁者嘀咕了些什么，返回德国后，希特勒辣手整肃冲锋队，讨得国防军的欢心。8月2日，德国总统兴登堡去世，希特勒好梦成真，上位德国元首，野心迅速膨胀，加快战争步伐。

迪士尼在凯歌行进中度过诗意妙曼的五年，《白雪公主》就诞生于这个年代。自1937年始，唐老鸭多次担任主角，女友黛丝和外甥等陆续登场。二战之初，迪士尼充耳不闻枪炮声，从容炮制出《木偶奇遇记》《幻想曲》《小飞象》等香浓清新的影片。然而，功成名就的华特，不得不正视乒乓作响的二战危局，半推半就地制作《唐老鸭参军》《元首的面孔》《鸭子突击队》《志愿军》等卡通片。其中由杰克·肯尼导演、克拉伦斯配音的动画片《元首的面孔》影响较大，1942年播出后获第15届奥斯卡最佳短片奖。由于战事渐紧，颁奖礼遇大额削减，仪式虽照常，金像材质却降格为石膏。二战后，评委会逐尊补发金像。

在《元首的面孔》中，傻乎乎的唐老鸭挣扎于法西斯王国，希特勒、天皇裕仁和墨索里尼的卡通像遍野泛滥，闹钟刻度是卐字，浮云、树木、建筑、服饰填满纳粹标记，公鸡打鸣是"嗨，希特勒"，竟日奔走的唐老鸭打着哈欠，做起了噩梦：街上隆隆行进的纳粹军乐团，不知何故闯进门来，挟持唐老鸭驮起军鼓，吹吹打打随团出行。唐老鸭成为流水线上的熟练工，炮弹裹夹着希特勒画像翩跹而过。唐老鸭神经质地奔忙，边拧炮弹引信，边向希特勒像施礼，嗓如破锣，言不出衷。一幅倒置的希特勒像穿梭到面前，唐老鸭倒立，双脚撩天，神经质地嚷着"嗨，希特勒"，影片结尾，唐老鸭刚从梦中醒来，仍未脱开梦魇的纠缠，抬眼看见墙上一处影像酷似希特勒，又一叠声地呼叫"嗨，希特勒"。这次，唐老鸭看走眼了，这抹斜影来自窗外矗立的自由女神像。唐老鸭掀起盖在身上的星条旗，倏地蹦下床铺，欢呼自由女神。一枚西红柿轰然而至，爆在希特勒脸上，柿浆横溢，浸满屏幕，8分钟的影片嘎然而止。

《元首的面孔》的核心场景是军火生产线，情节带有卓别林喜剧片《摩登时代》的痕迹。转到了1984年，唐老鸭晋升为军士，光荣退伍。专为唐老鸭配音的克拉伦斯受到里根夫人接见，获授纪念章。2004年，年届古稀的唐老鸭作为第2257颗星留名好莱坞星光大道。唐老鸭演出多部故事片、短片和电视剧，担当过若干个视频游戏主角。2006年，在法国安锡国际动画电影节上，《元首的面孔》被评为"动画的世纪·100部作品"第87名。同年，"《福布斯》虚拟人物财富榜"重磅发布。至2013年，唐老鸭钱袋分量居年度第一。

三、鲁邦III世揭秘史之疑案

日本是动漫大国，动画片兴隆于二战之后。手冢治虫的《铁臂阿童木》、松本零士的《宇宙战舰大和号》、大冢康生的《太阳王子》、浦山桐郎的《龙子太郎》、加藤一彦的《鲁邦III世》系列、矢立肇与富野由悠季的《无尽的华尔兹》等作品，烙有时代印记，堪称不死鸟。

加藤一彦生于北海道浜中町，艺名猴子拳，曾任教于多所大学，系日本数字漫画协会主席。1967年，日后以《灌篮高手》《剑圣武藏》《变色龙》名世的漫画家井上雄彦加藤一彦酝酿新作，于8月10日在双叶社《周刊漫画Action》创刊号连载《鲁邦III世》，后登荧屏，推出电视动画、剧场版和动画录影带，大冢康生曾充任其美术监督。大冢康生进入东映动画之初，曾参与《白蛇传》等动画片的制作，创办军用车辆研究杂志《军用自动车研究志·MVJ》，担任过日本文化厅厅长，其间不倦地讲授动画课目，出版图书，开办画展，为日本第一代动画人的代表。《鲁邦III世》最高收视率85.6%，1971年起播放动画旧系列，1977年开播新系列，其间播出的《鲁邦III世003》，又名《希特勒的遗产》。

作为二次大战的罪魁祸首，希特勒祖坟被掘得底朝天，祖宗八代被翻了个遍，痰咳鼻息皆系动画片的活话题。一度悬而未决的疑案，是其是否贪赃纳贿，收罗并藏匿大宗资财。《希特勒的遗产》似在澄清这桩公案：希特勒虽系杀人抢劫犯，却不是贪污犯，身后并无余财。

加藤一彦赞赏鲁邦III世的逍遥生活与冒险精神，将其塑身为周游世界、替天行道、讨喜无害的怪盗。鲁邦III世是鲁邦家族的第三代传人，国籍不明，身高1.79米，智商300，擅长射击、变装和飞刀，有点贪恋女色。鲁邦III世纠集次元大介、石川五右卫门、峰不二子一伙潜往西柏林，妄图偷渡柏林墙，窥刺希特勒遗产。次元大介的原型是身高1.91米的美国影星、武术发烧友詹姆斯·柯本，喜欢打牌、抽雪茄，与功夫影星李小龙关系密切，1997年因出演《苦难》获奥斯卡最佳男配角奖。次元是鲁邦的左右手，功架很酷，戴黑礼帽，裹深色外套，蓄大胡子，是个大烟枪，喜欢西洋古典音乐，出枪速度奇快，可以击中飞碟和弹头。次元不杀妇女儿童，对鲁邦忠心无二。石川先人是小偷，被放进大锅煮死，曾为鲁邦敌手，后被招安为死党，优点是严守纪律。石川讨厌青蛙和女人，与峰不二子关系暧昧。峰不二子妙曼性感，身高1.67米，爱财如命，性格不稳，身兼小偷、间谍、杀手、大众情人等角色，经常背叛鲁邦。在《希特勒的遗产》中，为诓取情报，峰不二子在剧中扮演布劳恩。

钱形幸一大学文化，是鲁邦III世的老冤家，以追捕鲁邦为专任，身高1.81米，体重73公斤，修长健硕，胖瘦适中，生于1937年12月25日。身披土黄色军大衣，喜欢吃汉堡和方便面，精通柔道、擒拿、射击，怀有投掷手铐绝技。钱形有难时，鲁邦搁置异见，鼎力解套。钱形嗅觉超然，鲁邦刚到柏林墙下，钱形就跟了过来，串通国际刑警,试图围而歼之。

经过侦查,希特勒遗产的突破口,选在住在东柏林的原纳粹秘密警察格斯巴特身上,但格斯巴特患了老年痴呆症,大骂"堕落的资本主义文化",痛斥鲁邦一伙"看轻劳动者和人民",比布尔什维克还要令人不齿。鲁邦不甘无获,调用红色汽车将格斯巴特转运别处,被钱形摄入胶卷。原来,钱形已跟踪前来,正为部下拍照,正赶上鲁邦乘车驰过,被拍个正着。钱形意识到,要抓住鲁邦,必得加班加点。借助刑警组织安装的盗听器,钱形抓住鲁邦的线索。为使格斯巴特恢复记忆,鲁邦设计赶拍电影《希特勒的末日》,亲自扮演希特勒。"官复原职"的格斯巴特在与希特勒诀别时,果真寻回记忆,供出遗产下落:在沉没的第40号战舰里。鲁邦派出潜水员,捞出一只箱子,找到"希特勒的遗产":少年希特勒的自画像、测验试卷和教师的评语。希特勒功课不佳,只考了30.25分。老师批语是:不够努力,请认真学习。不要以自我为中心,多关心他人。这个案底令人大跌眼镜。谜底刚刚揭穿,又传峰不二子的险情:尼斯湖怪兽爱上峰不二子的歌舞,另有古怪男博士奥斯,也以她为目标。鲁邦撇开希特勒的遗产,前往营救知心爱人,影片链接到下一集《听到尼斯湖水怪的歌声》。

随着时间的推移,鲁邦III世续接辉煌,频推特别节目,拍摄真人电影,开通手机网站,创办同名周刊,更换更佳声优,制作TV动画,发行OVA,与名侦探柯南互动推介动画作品《鲁邦III世:次元大介的墓标》《鲁邦III世:埃及艳后的项链》等等,影响未有尽期。

四、凄美欢乐颂与悲情华尔兹

1896年,正当亨利·福特制造出世界上第一辆汽油机车、伦琴宣布发现X射线之际,奥匈帝国犹太裔记者西奥多·赫茨尔发起"犹太复国主义运动",7岁的希特勒随父搬往拉姆巴赫小城居住,不久便自我发现是画家的材料。1907年,犹太人纷纷返回家园,希特勒母亲克拉拉死于乳腺癌,犹太医生爱德华·布洛赫为其割乳,致使克拉拉在巨创中死去,家里却收到必须在"圣诞夜支付的巨额账单",希特勒从此与犹太民族结下梁子。1912年,时值爱娃·布劳恩诞生于慕尼黑之年,俄籍犹太人雅可布·本多夫拍摄了第一部短纪录片《埃尔兹的犹太人生活》,揭开以色利电影的序幕。1923年,伦琴在慕尼黑逝世,雅可布又执导了半纪录性影片《犹太军团》。以色列建国后,颁发奖励电影生产、放映及发行的法令,建立海法电影资料馆,《休战》《脱离邪恶》《24号高地没有回答》《牢记》等影片透迤而出,风格以写实为基调,主题不离宗教信仰、民族冲突、战争与和平的主线。

2008年,以色列联手德法两国,拍出动画片《和巴什尔跳华尔兹》,旋获金球奖暨恺撒奖最佳外语片奖。该片由阿里·福尔曼编导,故事背景是1982年9月15日的"贝鲁特人屠杀",对白采用德语和希伯来语。巴什尔·杰马耶勒1982年8月23日当选总统,9月14日便遭暗杀。长枪党圈定元凶,疯狂报复,血洗贝鲁特的巴勒斯坦难民营。侵入黎巴嫩的以色列军队,充当看客与帮凶,发射照明弹助阵。正在度假的国防部长沙龙不闻不听,听任屠杀延续40个小时,致使上千名巴勒斯坦人被杀。

1982年,时年19岁的福尔曼参加以色列入侵黎巴嫩行动。福尔曼的双亲住过奥斯维辛集中营,对大屠杀有切骨之恨。此时的福尔曼,还是毛头小伙子,连胡须还未刮过,却被女友耶丽抛弃,带着创痛走上战场。影片采取倒叙的方式进行,启幕于2006

年冬，博阿兹·瑞恩来找老战友福尔曼倾诉心迹。不巧的是，博阿兹正是抢走耶丽的情敌。博阿兹亦有良知，战争中没有杀人，只是奉命打死 26 只狗，恶狗进入博阿兹梦境，弄得他昼夜不宁。福尔曼不知说啥是好，去找战友卡米、弗兰克、本·罗恩等氏印证。卡米靠炸丸子发了家，有田有产，安居乐业。想当年，卡米乘船向黎巴嫩进发，晕吐得像头猪，睡在甲板上，梦见裸女带他漫游大海。战场上，卡米疯癫乱射，打烂一辆老式奔驰车，死者却是平头百姓一家人。

福尔曼乘出租车前往阿姆斯特丹机场，忆起开战日乘着坦克车，沿着海岸线攻击前进时的往事。眩窗外，一边是果园，一边是大海，部队靠炮火开道，朝着果园、树丛扫射撒气。刚到黎巴嫩时，未见劲敌现身，只是运送伤病员和尸体。军官们驻进贝鲁特郊外别墅，沐浴更衣，神情放松地看黄色录像，同时命令部下攻击一辆红色奔驰车，说是车上载满炸弹。接着有消息说，以色列盟友巴什尔被刺，战事立马升级，更加草菅人命。福尔曼乘坐大力神直升飞机在贝鲁特机场降落，随部队向市区突进，沿途高楼大厦中吐出火舌，显示顽强狙击。随军摄影师吓得哆哆嗦嗦，名记者本·罗恩笔直挺胸，坦克般行进，功架蛮酷蛮帅。市民们在街旁、阳台上、窗口观战，画着巴什尔头像的广告牌屹立街侧，亦充看客。秃头拳击手弗兰克怀抱机关枪，跳到当街大道上，蹦脚大骂，疯狂扫射，犹如与巴什尔跳华尔兹。

入夜，身着以色列军服的长枪党，包围了萨布拉和夏蒂拉的难民营，拉开大屠杀的序幕。《世界文化》杂志赞曰："影片带领着观众神游了一趟当年的战争和屠杀现场后，在结尾 50 秒处返回赤裸裸的现实，就像片中女医生所说，像戴着一副立体眼镜看一部战争大片，然后，突然间，'立体眼镜'坏了，真相扑面而来，瞬间给人留下难以磨灭的创伤，展现了动画影像那凌厉，深刻，直达灵魂深处的现实力量，它所造成的冲击和震撼绝不输于真实影像。"

贝鲁特大屠杀之后，沙龙因不良声誉而辞职，后被比利时法院缺席判处"反人类罪"。再后来，沙龙出任利库德集团领导人，并当选总理，还创立了"以色列前进党"。2006 年 1 月，沙龙突发中风，沦为植物人，8 年后去世，终年 85 岁。巴什尔遇刺后，其兄阿明·杰马耶勒被选为总统，1989 年卸任，后出版回忆录《最艰难的选择》。2006 年 11 月 21 日，阿明之子、工业部长皮埃尔·杰马耶勒在贝鲁特北郊遭枪击身亡，泛滥人性、战争机器演绎出来的悲情欢乐颂，较之影片更加离奇，堪称《和巴什尔跳华尔兹》的续集。

倒回到雷诺、旺斯的 1780 年，西班牙叫板英帝国，独立战争演化成国际大战，大陆军获得后援并赢得胜利，刷新世界版图。按之年轮，其时正值华尔滋舞萌芽之际。大江滔滔流日月，动漫翩翩织华童。在摇滚、回旋、滑动、抽搐的节律中，抒情华尔兹牵手战神阿波罗，呼嚓嚓，轰隆隆，稀里糊涂加哗啦，哗众邀宠，见证战争，渗入艺术领域，刷爆卡通页面。动画具有广众传播性，是社会文化生活的味精，观众主体是儿童。电视及网络普及的时代，动画牢牢占据视屏大幕。欧美及各界有识之士认为，动画片反映生活，画说战争，亦适合成年人欣赏，于是乎积极制作相应长片和系列片，果然达成老少皆宜的视听效果。

○艺术论坛○

简评舞剧《沙湾往事》

余媛媛　郭晶晶

舞剧概况： 2014年10月，大型原创历史题材舞剧《沙湾往事》在广州大剧院首演；2015年3月5日，在北京保利剧院开始了全国巡演的第一场演出。《沙湾往事》由广东歌舞剧院有限公司出品，在广东省委宣传部、广东省文化厅的指导下策划创作。在历时10个月的创作打磨后，成为国内第一部以关注广东音乐创作历史而颇受评论界重视与好评的原创舞剧。

广东音乐创作于20世纪二三十年代达到了鼎盛时期。广东省番禺沙湾古镇素有"广东音乐之乡"的美称，孕育了著名的"何氏三杰"——何柳堂、何与年、何少霞，他们的传世名作有《雨打芭蕉》《赛龙夺锦》《饿马摇铃》。舞剧《沙湾往事》（以下简称"《沙》剧"）是以《赛龙夺锦》的创作背景为情节线，在讲述何柳堂、何与年、许春伶三人之间儿女情长的同时，表现广东音乐人的凛然风骨、民族大义与爱国情结。

担纲《沙》剧总编导的是周莉亚、韩真；艺术总监是广东歌舞剧院院长熊健；编剧是广州军区战士文工团剧作家唐栋；音乐作曲是广州军区战士文工团的杜鸣；舞美设计和灯光设计分别是广州歌舞剧院的秦立运、马俊和刘凤恕；服装设计是中国歌剧舞剧院新锐服装设计师阳东霖，造型设计贾雷。男一号"何柳年"由北京军区战友文工团的年轻演员黎星饰演，黎星的"老搭档"李艳超饰演女一号"许春伶"；孙然、王闵瑞、李超轶、齐奇等主演都是来自广东歌舞剧院。

《沙》剧将经典广东音乐与多种岭南民间艺术相结合，从英歌棒、五架头、龙舟、飘色、醒狮、钱鼓舞等民间艺术中挖掘创作灵感、提取创作元素，以舞剧形式重新诠释岭南文化。《沙》剧所运用的岭南文化符号，打上了明确的地域性标签，难能可贵的地方在于，巧妙的结构与组合赋予了这些符号通识性文化特征，也就使得整部舞剧在全国范围内获得了文化认同与强烈反响。

"英歌"也称英歌棒，是广东汕头的国家级非物质文化遗产项目，更是广东特色的肢体语言。舞剧编导保留了英歌棒的形制，将英歌中必不可少的大鼓搬上舞台，使英歌这种具有武舞色彩的民间舞蹈为国人知晓。

"五架头"是广东音乐表演形式，其早期的乐队编制称为"硬弓组合"，为二弦、与板胡形制相似的提琴、三弦、月琴、横箫五件；后来经过与其他音乐形式的吸收融合演变为粤胡、秦琴、洋琴的"三件头"，在此基础上添加了洞箫、椰胡，变为"五件头"。舞剧中，编导使用五个主要角色与"五架头"相匹配，使他们分别持不同的乐器为道具而舞。

钱鼓舞也叫作"抛钱鼓"，是广东省汉族民间舞蹈艺术形式之一，因其手持六角形钱鼓为道具边歌边舞而得名。舞剧中编导将钱鼓舞做了舞台艺术化的呈现，依然保留了钱鼓舞的道具形制，使用再创作的民间乐曲，将舞蹈动作语汇精致化、典雅化，使其更具有岭南女性的温婉与柔美。

龙舟是岭南人民生活中的重要文化活动，通常人们熟悉的龙舟大多是在端午节时举行的群众性文化活动。舞剧中，编导仅仅使用了船桨作为这一文化样式的符号，用鲜红色的船桨与英歌棒、大鼓相配合，营造出紧张、热血、万众一心的舞蹈场景。

飘色是古老的汉族传统民俗艺术，色梗是这种神奇艺术形式的核心技艺，大多掌握在飘色的老艺人手中。他们精挑细选出7至9岁的"色男""色女"，一番精心装扮后呈现出凌空飘逸的零重力神奇效果。舞剧中，编导赋予飘色以独特的呈现方式，提取其中的元素，成为人物形象的塑造、人物关系的展现以及故事情节的推进和气氛渲染的手段，同时它又是岭南文化的符号之一。

醒狮也是最常见的民间艺术形式之一，广东醒狮是国家级非物质文化遗产。表演时，锣鼓擂响，气氛热烈，以丰富的高难度动作表现狮子的威猛与刚劲。广东醒狮中的这种力量与气氛恰恰与舞剧需要表现的广东音乐人的刚强、仁爱相吻合；编导将其凝练为一种情绪与气质，使用舞蹈的方式展现。

舞剧编创：在第十二届广东省艺术节上，《沙湾往事》获优秀剧目一等奖及表演、编剧、导演、音乐创作、舞台美术等单项奖，还被文化部纳入纪念中国人民抗日战争胜利70周年暨世界反法西斯战争胜利70周年主题活动展演项目。一部舞剧能够受到广泛好评与关注，获得普通观众的高度认可，并斩获业界内的多项大奖，必然在舞剧编创方面有不少可圈可点的艺术手段与非凡表现，能够为当下舞剧的编创给出可借鉴的艺术手段或创作思路。

通常我们认为，讲故事讲情节毫无疑问是文字、文学最占优势，但在《沙》剧的舞本当中，我们惊喜的发现编导运用舞蹈语言的手段之巧妙，使舞蹈的叙述功能、艺术功能得到了极限的放大。那些用语言、用文字都无法传达的信息，却被编导以准确精致、入木三分的舞蹈语汇清晰地表达给观众。

何柳年与潘红英新婚当晚的"新婚双人舞"，从未出现过一次真实的牵手或相拥而立，那些微妙的身体接触传达着人物内心的情感纠葛。依托婚床将舞台空间再度人为划分为高低、远近的不同层次，何柳年对潘红英的拒绝通过他游离徘徊于婚床上下并不断躲闪着潘红英的邀请与追逐而得以展现；潘红英对何柳年的渴望、爱慕与恋情的落空，也正是通过婚床上下追逐、纠缠着何柳年得以展现。

"雨打芭蕉"这段爱情戏诉说着岭南女性，特别是广东才女音乐人面对爱情的到来，细腻的内心世界。群舞队列伴随着清脆的木屐声响在阵阵的蛙鸣声中缓缓由舞台深处向观众走来，女舞者足下的木屐与手中半透明的绿色纱质伞，配合着淡绢色的裙裾以优雅轻缓而柔美的舞姿营造出沁人心脾的气氛。在才女许春伶的心中，爱情如涓涓流水般沁人心田。群舞队列不仅在外化许春伶的内在情绪，更是将许春伶这个人物的性格、情怀物化为具体的形象。通过群舞与独舞的对比、变化，传达岭南女子特有的人文气质的同时，推进许春伶与何柳年的恋情关系。

"赛龙夺锦"的舞段用来表现以何氏兄弟为代表的广东音乐人顽强对抗日军暴行的民族气概，编导采用三角形构图，使群舞队列手握腥红色的船桨由前台位置向舞台深处构筑起由低空向高空逐渐攀升的倾斜三角形。在三角形构图的中央，是矗立于大鼓后方反复用英歌棒敲击大鼓的何柳年。船桨扩大了群舞动作的空间占有量，同时构筑起多变的几何图形。该舞段中的道具、舞蹈动作语言、舞台调度三者配合的相得益彰，领舞演员敲击出的鼓点声声撼动心灵，在背景音乐的烘托下，舞剧气氛骤然升温，整出舞剧的情节与情感推向又一个高峰。

剧中道具舞美的运用不仅仅具有精致典雅的艺术风范，更是丰富了道具舞美的表现力和艺术手段，紧扣创作意图，使用准确深入的艺术语言将舞剧的整体艺术形象烙印于观者心田。

日军大佐与何氏兄弟的三人舞使舞剧的内在情绪和舞剧情节逻辑递进，更推进了整出舞剧的情感气氛，承担着叙事的重要功能。编导借助道具，将舞台空间丰富化。舞者时而腾跃于鼓面之上，时而三人围绕大鼓形成高低远近的空间落差和方位交替，使三个人物不同的内心世界外化为直观的动作形象，营造出剑拔弩张之势，为后来矛盾冲突的激化埋下伏笔。

七张红色方桌上何柳年与许春伶的双人舞，通过红色方桌的运动变化，构造出向舞台深处延伸的纵向空间，许春伶立于红色方桌上，由台前向舞台纵深方向行进，与何柳年形成空间换位，展现了两人在何柳年的新婚之夜的焦灼和难舍。穿着红衣的潘红英从舞台左侧向着右侧行进，与许春伶在不同的空间向着同样的方向运动，呈现了不同时空下人物的内心世界。红色方桌的运用，将舞台空间层次化，不同场景下的空间变化营造不同的气氛，传递不同的心理感受。

折扇门这一民间建筑中的文化符号被提炼为舞剧的艺术表达手段，编导赋予它多种运用方式，呈现不同的艺术效果。在"新婚双人舞"中，折扇门构筑起了舞台上的婚房二人世界，而那半透明的窗格恰恰构筑起了观众审美心理上的距离。偌大的舞台，仅有红色的暖光充斥于婚房中，折扇门与红色暖光灯同时缩小了舞台空间的视线范围，使观众凝神聚气于那神秘的婚房内将要发生的情感纠葛。

成功经验：在《沙》剧中，处处可见具有代表性的广东文化符号：三稔厅，折扇门，深巷灰雕，"山高水长"的牌匾，油纸伞，木屐以及英歌棒、钱鼓舞等等。《沙》剧是对岭南文化的综合呈现，一部原创舞剧尽能够将如此之多的文化符号承载于一体，这其中必然有十分值得地方代表性原创舞剧吸收与借鉴的经验。《沙》剧的大获好评与屡获殊荣，从舞剧本身出发，可以窥见这样几个因素：音乐，舞段编创，文化符号的选材与运用，以及道具、舞美、灯光的完美配合。

全剧使用了大量传统广东音乐，这些音乐观众们耳熟能详，总是在第一时间就能唤起人们内心深处关于广东风土人情、关于抗战时期的情感共鸣。用舞蹈的形式来解读和表现音乐是《沙》剧的一大挑战。作曲家将音乐进行了二度改编，在保留原有旋律、风格的基础上使音乐更适合于舞蹈场景并为舞剧叙事服务。在"雨打芭蕉""赛龙夺锦"的音乐声中，总编导选择了与音乐气氛十分契合的舞段相匹配，使音乐与舞蹈互为阐释。

何柳年与许春伶的"恋人双人舞"，"新婚双人舞"，日军大佐与何氏兄弟三人舞，这些可谓是支撑起整出舞剧情感脉络的精华舞段，给予编导极大的创作空间，充分展示了一位业已成熟的新一代原创舞剧编导的艺术造诣。双人舞从来被认为是舞剧中最考验编导水平的舞段，被舞蹈史论家们称为精神大餐中的"美酒加香槟"，所谓"外行看热闹，内行看门道"，这些舞段正是满足了"内行看门道"的审美需求，它的艺术魅力犹如皇冠上的明珠一般。何柳年与许春伶的双人舞透露着含蓄而丰沛的情感，两位舞者虽年轻，但已经是多年来的老搭档。他们的脚下动作细腻之余总是能够准确而默契地传递出纯洁忠贞的爱情与坚定执着的眷恋。"雨打芭蕉"的群舞段落充分营造渲染了广东女子特有的温柔，除了那把模仿广东油纸伞而制的纱质伞把玩起来时变化多端以外，舞蹈动作的编排上并没有过于高难度或复杂化，而该舞段中那一抹抹淡淡的绿、摇曳的裙摆、清脆的木屐声响无不给观众留下了极深刻的印象。"钱鼓舞"段落灵秀而精干，从服装到舞蹈道具都原汁原味地保留了"抛钱鼓"的样式，舞蹈动作也编排得简约大方。观众们总是能够从"雨打芭蕾""钱鼓舞"这样的群舞段落中找到共鸣，获得审美及情感需求上的满足。

《沙》剧的编剧从广东文化中选择了"何氏三杰"的故事作为文学蓝本，讲述简单的"三角恋"与抗日战争的民族大义。舞剧是以舞为主，以剧为辅的艺术样式，故事情节越是简单，舞段编排的创作空间就越是宽广。"三角恋"的情节设定为何柳年、许春伶、潘红英三个人物的扮演者提供了大舞特舞的精彩段落，编导通过"相恋"—"婚姻"—"诀别"的递进式舞段将人物形象塑造的立体而丰满。

在原创舞剧层出不穷的当下，《沙》剧能够获得广泛的认可，很大程度上要归功于创作团队对于艺术的至高追求。他们以一出原创舞剧满足了不同层面观众的审美需求，既让人们体验了错综纠结的爱情，又目睹了复杂多变的人性；使观众在徜徉于岭南文化的美与秀之中时，又感叹于战火下的广东音乐人之凛然正气。精彩的舞蹈段落与独特的广东音乐每每使观众赞叹于编导的智慧与品性。两位年轻的总编导在具备了成熟编导的素养与品质的同时，更是敏感于不同文化间的包容性与独特性，准确的把握艺术创作的思想立意。

书法简评二题

宋 琰

理智与激情：丁自明书法印象

在相当一部分当代人眼中，书法是一件很任性的事。"张旭三杯草圣传，脱帽露顶王公前，挥毫落纸如云烟"，书法家的创作是很自由的。洋洋洒洒，一挥而就，是书法家潇洒的创作状态。但在书法家心中，书法是个很严肃的工作，法则与性情是书法家们永恒的研究课题，严谨是治学态度，性情是表达方式。我认识的丁自明就是这样一位用严谨的态度挥洒着笔墨的青年书法家。

早在 1999 年，在"全国第七届书法篆刻展览"上，入选论文当中出现了一位宁夏作者的名字，这就是丁自明，这在当时的宁夏书坛也产生了不小的影响。原因有二，一是"全国展"级别高、含金量高；二是宁夏书坛在理论研究上一直比较薄弱，能出现一位新人，当然令人欣慰。之后，他又在"第七届全国书学论文研讨会"入选论文《继承与创新》，从而一举具备加入中国书法家协会的资格，而在此之前，以理论学术条件加入中国书协的宁夏书法家仅有两人，在理论人才特别稀缺的宁夏书法界，这特别令人鼓舞。严格的来说，丁自明的书学研究不是纯理论，他既没有从理论到理论，皓首穷经、寻章摘句，也没有生涩的考据和论证，旁征博引。他的书学研究是围绕书法技法展开的，是为书法创作服务的，为他的书法创作在理性思辨上保驾护航，从而使他成为宁夏少有的理论与创作兼修的青年书法家。

丁自明在书法创作上是严谨的，也许出于天性，也许理论研究的积累使然，他在书法的临摹和创作上呈现了非常强的理性特征。他的隶书取法汉隶，行草书取法二王，提按转折之间中规中距，扎实严谨，于古代法帖的精微处研究得很细致，所以他的线条精到有力，一派古意，用书法的行话来说就是"气息好"。作为青年书法家，丁自明同样拥有一颗奔放的心。他也很敏锐地学习着当代书法创作中的各种理念和技法。结构的夸张、章法的安排在他这里也是常用的手段，因而他的作品也因为使用各种"小花招"而显得活力十足、时代感很强。与很多很"性情"的书法家狂放不羁、热情四射不同，他在作品当中的表现意识完全是受控的，理性思考与感性流露始终在他的作品里交织碰撞。这当然是一种优点，或许也是一种不足。从实践的角度看，他在技术层面还未达到"泯规矩于方圆，遁钩绳之曲直"的阶段，因而扎实严谨和略显生涩同时伴随着他。从这点上看，丁自明是个耕耘者，仍需在书法道路上辛勤的前行，用他严谨的态度、理性的研究武装他的精神和双腿前行。

从"书法"这个名词中这个"法"字上，可以看出规则对于书法学习的重要性，所以古人在大量的书论中阐述了书法技法。但同时，"书为心画"，作为内心情感的反映，人的精神也需要自然流畅地在笔端流淌。所以才有"若运用尽于精熟，规矩谙于胸襟，自然容与徘徊，意先笔后，潇洒流落，翰逸神飞"的精彩表述，这实际上也是书法家们所追求的理想境界。我们坚信，丁自明一定会与包括笔者在内的众多青年书法家一起，辛勤劳作、坚定前行，用理想思考这个绳子，放飞书写自然、心性舒展流淌的风筝。

沉静与中和：冯忠刚书法印象

"凡书贵乎沉静"，这是书圣王羲之的一句书论，也是千百年来书法家们所追求的一种书写状态，在欣赏传统经典书法作品中经常能体会到的。随着当代书法讲求表现、突出特点、张扬个性等艺术追求大行其道，沉静安详在书法作品中就很难看到了。冯忠刚书法是个特例，在他的作品中，很难得地表现出了一份这个时代久违了的内敛含蓄。学习书法的人都知道，前人的笔法、结构虽难，但皆有迹可循，唯有精神气息无法临摹，只能感悟揣摩。在冯忠刚的书法中，我们感受到了古人所推崇的那份心性，因而他的作品中扑面而来的是一份古意，竟不似时人书。一句话，他的书法很传统。

与所有人一样，冯忠刚也是在工作和生活中与书法结缘的，随着喜爱的加深，书法也变成了他最重要的精神追求。与所有人一样，他的取法对象也是诸如颜真卿《麻姑仙坛记》、虞世南《孔子庙堂碑》、苏东坡行书等经典法帖，稍微冷门一点的也不外乎是刘墉、翁同龢等人的书法，仍然很经典。与所有人一样，因为热爱，所以投入。冯忠刚在书法中倾注了大量的热情，废寝忘食、挑灯夜战、废纸三千在他这里成了常用词。与朋友的小聚也成了书法的交流会，酒过三巡之后，不是猜拳行令，而是每人拿出几片最近的习作，互相品评。习作不必是完整的作品，可以是临作，也可以是某件作品的草稿，所以在纸张上，有的是完整的四尺、六尺宣纸，有的是元书、包边等练习纸，甚至是巴掌大的小纸片。热爱书法的冯忠刚很"任性"。

人的不同，精神境界与性格特点的不

同，是冯忠刚书法与时人迥异的最重要原因。清人刘熙载在《书概》中说："笔墨、笔性，皆以性为本。书者，如也，如其学，如其才，如其志，总之曰如其人而已。""书如其人"其实就是冯忠刚书法的特点。他为人低调，不事张扬，所以他的书法多是平和之气，全无时人书法中过分表现、着力张扬的那种躁动；他为人实在，做事周到，所以书法作品笔笔中锋，墨气十足，少了一份跳脱，多了一种坚实；他在日常中言语少而行动多，所以他的书法绝无刻意"炫技"，而是笔下的自然流露。他的书法很"本色"。

在当代书坛，主流是展览书法，在各种观念主导下，在各种专业的训练下，大量的书法作品在技术上非常完善，在精神气质上却十分苍白，丝毫不能打动人，严重背离了艺术创作的方向和目标，这一点已引起人们的普遍思考。冯忠刚无疑是清醒的，他从来没有沾染时人的"俗气"，他以传统书法为支撑，笔下流露的都是他的真性情。他知道做人做艺，最可贵的就是真性情，也唯有真性情才能打动自己打动别人。相信，借助着对传统学习的不断深入，依靠着自己的本真，冯忠刚的书法一定会达到理想的境界。

○艺术论坛○

浅议相声中人物的典型性、写意性、喜剧性

李国强

相声是群众喜闻乐见的艺术形式之一，它以语言为主要表演艺术手段，以散文为主要语言形式。它是一门通过引发观众笑声来表达作者主观情感的曲艺艺术。

相声大概经历了"像生—象生—相声"这样一个演变过程。它最早出现在宋元时期，被称为"像生"，是一种以模拟声音为主，带有口技色彩的说唱伎艺。清朝中后期时，它得到了一定发展，不仅仅模拟声音，而且还模拟人、物的形态，被称为"象生"，又叫"隔壁戏"，但已带有很强的喜剧性。民国中后期才逐渐形成现在这种表演形式的相声，又称"明春"。我国现存的优秀传统相声作品，如《关公战秦琼》《歪批三国》《报菜名》《改行》等大多形成于这一时期。

新中国成立后，相声这门艺术得到了很大的发展，在表演形式上，脚本创作上，思想内容上有了大幅提高，特别是以侯宝林为首的相声改进小组，对推动相声艺术发展，使相声这门艺术由世俗艺术发展成为一种雅俗共赏的舞台艺术起到了不可磨灭的作用。

20世纪五六十年代，出现了相声艺术的第一次高峰。艺术家们积极参与相声创作，出现了《买猴儿》《夜行记》《社会主义好》等一批内容健康、群众喜爱的优秀相声作品。涌现了一批耳熟能详的相声表演艺术家，如侯宝林、常宝崑、马三立等。

打倒"四人帮"后，相声艺术迎来了第二个春天，大批优秀作品问世，许多相声演员重新登上了舞台，

相声艺术再次繁荣。

一段相声一般可以分成相互制约、相互区别的两个部分：一是相声文学，二是表演艺术。相声文学同小说、诗歌、戏剧等体裁的文学一样，可以塑造出鲜明的人物形象，反映社会生活，表达作者的思想感情。相声作品能否塑造性格鲜明的人物形象，这标志着相声文学性的高低。好的相声作品中，塑造了性格鲜明、活灵活现的人物形象。例如《买猴儿》中的"马大哈"、《特殊生活》中的"撒局长"、《不正之风》中的"万能胶"、《红梅》中的"二嫂子"等等，这些人物都有着鲜明的性格，有的甚至成了人们口头常提的某种人物的代称。

相声作品中的人物形象生动，性格鲜明，因而具有其独特的审美特征。概括起来人物大都具有典型性、写意性、喜剧性、综合性及直观性等审美特征。下面主要谈一下作品中人物的典型性、写意性、喜剧性审美特征。

一、相声作品中人物的典型性特征

优秀相声作品中人物形象是某种典型环境中的典型人物。如果作品中的人物不够典型，人物性格不够鲜明生动，那么这些人物形象就不够深入人心，人们的印象也就不会深刻，当然也就不会被人们记住。如相声《买猴儿》中的"马大哈"，作者通过"马大哈"写通知，因马虎把购买"猴儿牌香皂"写成买"猴儿"，从而给国家、单位造成重大损失这么一个情节，塑造了一个办事不认真，马马虎虎、大大咧咧、嘻嘻哈哈的"马大哈"形象，这个艺术形象至今仍有典型意义。《夜行记》中，作者通过"甲"的自述自己走路不走人行道、等车不排队、骑车不守规矩等情节，勾画出了一个不遵守交通规则、不遵守社会公德，不知律己、却严求他人的典型形象，在今天这种人仍不乏其人。这两部作品虽都写于20世纪50年代末期，但因为它们塑造的人物具有深刻典型意义，直到今天这种典型意义仍没有消失。而创作于20世纪80年代的《不正之风》，作者通过对当时物质缺乏时期买副食、买布料子、找关系车等人们生活中的几个场面不同人的不同结果的对比描写，塑造了一个拉关系、走后门的典型人物"万能胶"形象，他的典型意义在于对不正之风挖掘得非常深刻，在改革开放几十年后的今天，这种不正之风是越来越多了，"万能胶"这种人也越来越司空见惯，见惯不怪了。但是对这种人，人们闲谈起来还是深恶痛绝的。现在，党中央提出"八项规定"，大力反腐形势下，人们不免又想起"万能胶"这种人，只不过在新形势下有所变化而已。

像"马大哈""甲""万能胶"是值得批判的人物。在相声作品塑造的人物中，同样有值得人们学习和敬仰的模范典型，如《红梅》中塑造了改革开放初期一个助人为乐、急人所急，在社区平凡岗位上做出不平凡的事的"二嫂子"——社区代销员形象；《好阿姨》中塑造了一个为加快社会主义现代化建设，甘做工人好后盾，对待其他工人儿女亲如一家的"好阿姨"形象；《好市长》中则塑造了一个一心为公，大公无私，甘做群众孺子牛的国家公务员形象。这样的例子很多，从他们身上，我们看到了人与人之间互助互爱、团结协作的时代精神，看到了国家干部廉洁奉公的优秀品质，看到了人们对待生活、工作积极向上的精神风貌。观众、读者通过这些人物受到了教育，受到了鼓舞。相声作品中那些典型人物的生命力是强大的。

以上例子可以看出，优秀相声作品中人物形象具有典型性的审美特征。像这样的作品还很多，如《新局长到任之后》《似曾相识的人》《从十点钟开始》《昨天》《开会迷》等。正是人物的这种典型性，才使相声作品的文学性得到提高，才使相声作品中的人物更加耐人寻味。

二、相声作品中人物的写意性特征

写意，本是中国画画法之一，后人借用这个概念到我国美学传统中，把其与西方注重写实的美学传统相对应，写意性也就成为我国传统艺术的美学特征之一了。写意性要求传神，传神即神似。相声作品中的人物就符合写意性审美特征。这表现在两个方面：

一方面是，相声作品中的人物形象具有脸谱化的特征。我国戏曲艺术中的脸谱具有写意化特征，不仅表现人物外表，而且表现人物的性格和本质。许多相声作品中的人物也符合这个特征。例如相声《特殊生活》中，作者通过"甲"介绍"撤局长"对著名演员小淑云的迫害，对戏曲艺术的歪曲，塑造出了"文革"时期"四人帮"阴谋路线执行者的丑恶脸谱；《夜行记》中"甲"不讲社会公德、不遵章守纪的一个具体的脸谱化体现；还有《不正之风》中的"万能胶"，他也不单单是一个"万能胶"，而是那些走后门、拉关系，搞不正之风群生像的具体反映。有些人在看了许多讽刺类相声后，喜欢"对号入座"。比如说"撤局长"这个人物，他是文化局长，但有的卫生局长、教育局长却认为这是写他，对号入了座，这正是相声人物写意性的具体体现。同样赞颂类人物如《红梅》中的"二嫂子"、《好市长》中的"好市长"也是那些令人学习的好公民、好干部的代表。作者虽然塑造的是这些人物，却通过他们反映出的是某类人、某批人身上所具有的优点或缺点。人们的笑声也不仅仅是给这些人的，往往是游离于这些人物之外的。作者所批判的和所赞颂的也不仅仅是作品中的具体人物，而是以这些人为代表的一类人。

另一方面，写意性表现在人物活动时空的平凡跳跃上。例如《夜行记》中"甲"，一会儿白天，一会儿晚上，一会儿坐公共汽车，一会儿又在路上骑自行车，通过"甲"的自述，时空在频繁发生跳跃。虽然"甲"这个人物时空在频繁变化，但并不影响大家对"甲"这个人物的欣赏与评价；《红梅》中作者通过演员的叙述，使"二嫂子"的活动空间跨度很大，一会儿在医院，一会儿在社区，一会儿又在"李大爷"家，正是这几个具有代表性的空间变化，写意性地刻画出了"二嫂子"这一人物和她细致周到的服务。这种时空大跨度跳跃，就像一幅泼墨山水画，塑造出的人物具体体现写意性的审美特征。

三、相声作品中人物的喜剧性特征

相声作品中人物的喜剧性特征是相声重要的审美特征之一。相声是"笑"的艺术，相声作品中的人物如果不能引起"笑"声，那么这个人物再典型，再写意，对于一个相声作品来讲它也是一个失败的，因为这背离了相声艺术的基本特点。相声作品中人物所引起的笑，是具有审美价值的笑，既有作者的主观思想感情，也有观众的主观思想感情，既包含着对"丑"讽刺，也包含对"善"的赞扬。例如《醉酒》中描写醉汉这段：

甲：（冲观众）你乐什么？你喝醉了？

乙：人家喝醉了？

甲：我就这样儿，今儿我就在马路上躺会儿。

乙：快起来吧，来车啦。

甲：什么车？

乙：自行车。

甲：不躲，让它往这儿（指腰）来。

乙：真横。汽车来啦怎么办？

甲：不躲！

乙：还不躲？

甲：你得说"消防队的车"。

乙：那也不躲！

甲：先躲一会儿。

乙：这怎么躲开了？

甲：救火车碰了白碰！

乙：这是真醉了吗？

通过这段可以看出，这个"醉鬼"没醉装醉的丑态。没醉装醉本身就具有喜剧性，加上"救火车"更增加了喜剧效果。

再如《红梅》中的"二嫂子"，作者一开篇就把这个人物的喜剧因素表现出来了：

甲：打听个人你认识吗？

乙：谁呀？

甲：二嫂子呀！

乙：不认识。

甲：连二嫂子是谁你都不认识？

乙：二嫂子是谁呀？

甲：就是二哥的爱人。

乙：多新鲜哪！不是二哥的爱人能叫二嫂子吗？

甲：那不一定。

乙：怎么不一定？

甲：譬如我说的这位二嫂子，不光我管她叫二嫂子，我妈也管她叫二嫂子，连我奶奶也管她叫二嫂子。

乙：不对。

甲：怎么不对？

乙：你奶奶多大岁数？

甲：78。

乙：那二嫂子呢？

甲：35。

乙：有78管35岁的人叫嫂子的吗？

甲：有哇。不信你到我们那一片儿问问去，提起二嫂子没有不知道的。老头儿、老太太、大姑娘、小伙子，见了她都叫二嫂子。

乙：那到底是谁的二嫂子？

甲：大家的。

作者一开始便把二嫂子的喜剧性点了出来，因为一个"嫂子"只有被比自己小的人叫，连老头儿、老太太也这么叫，人物的喜剧性就显现出来了，而且还暗含着赞扬。在相声的创作中，人物的喜剧性是相声作家寻找的基点，所要塑造的人物是具有了喜剧性的人物，作家才能用相声这样的体裁去创作。

以上主要谈了相声人物的典型性、写意性、喜剧性特征。除了这些特征外，相声中的人物还具有综合性、直观性等审美特征，因与演员塑造人物时的表演有关，此处就不多谈了。

进入90年代中期以来，相声艺术再次走入低谷，除了受经济利益因素影响之外，还与作家、艺术家挖掘人物的典型性、写意性、喜剧性不够有很大关系。

新的时代，要求我们相声作家要进一步深入生活，扎根人民，深刻挖掘当今时代特征的人和事，塑造出具有典型性、写意性、喜剧性特征的人物，创作出反映时代风貌，群众喜爱的优秀相声作品，这应该才是相声艺术走出低谷的有效途径。

○艺术论坛○

略论宁夏回族歌谣的历史价值

李 亮

歌谣是民间文学的重要组成部分,展现出民间文化形态的主体特征,与主流的"庙堂文学"(这里指古代诗词和现代新诗)互为补充、相融共生,具有弥足珍贵的文化价值。在不同的地域,各个民族流传着体式繁多、内容丰富的歌谣,单是从分类和命名上就可以看出,歌谣具备鲜明的地域性和民族性。在这里,"宁夏""回族""歌谣"作为地域、民族、文体三个层面的必要限定,是为通过对民族民间艺术——宁夏回族歌谣的具体论述,在文化价值层面,挖掘宁夏回族的民间文化形态,以及回族对自身民族身份认同的方式。

采诗是为"观风俗",还有"知得失"的功能,这说明歌谣不仅描述风俗,还在记录着历史。《诗经》中一些批判现实的篇章就有史料的价值,而司马迁的《史记》被鲁迅誉为"无韵之《离骚》"。杜甫的诗多描述民间疾苦,抒发悲天悯人、忧国忧民的情怀,固有"诗史"之称,这与杜甫具有的史识识见、森严的笔法、诗歌的时代性都有一定的关联。不仅如此,古希腊有着强大的史诗传统,印度和中国的藏族、蒙古族也有宏大的史诗作品流传。这些足以说明,诗歌与历史有着密不可分的关系。

"以诗证史"是现代历史研究的一种方法,即以诗歌为史料来论述历史。世代相传的歌谣是对人类远古记忆的回应,探寻歌谣的历史价值就是在回味人类的历史。正如贾芝先生在《中国歌谣集成·总序》中所言:

"从原始社会起，歌谣就一直伴随和记载着历史。没有文字的民族尤其如此。民歌、叙事诗简直就成为那个民族诞生、迁徙、劳动、生存等一部口传的历史。"宁夏回族歌谣的历史价值就在于保留了回族民间文化的历史记忆，尽管这只是很小的一部分。

在宁夏回族歌谣中，并没有见到记述回族先民历史渊源和发展的"史诗"，这显然与藏族、蒙古族、彝族等少数民族不同，并且，宁夏回族歌谣主要记录的历史以宁夏近现代历史为主，如《马化龙起义》《高大人领兵》《马仲英打宁夏》《马鸿宾坐宁夏》等重大历史事件。

《回族英雄马化龙》《马化龙起义》这两首历史传说歌谣讲述的就是清朝同治年间西北回族人民进行的一场起义，这场历时十年（1862—1871）的起义以今宁夏吴忠市金积堡为中心，马化龙即是起义的首领。歌谣中的时间、地点、人物、事件等历史要素一应俱全，时间及起因是"同治年间遭大旱"，地点是"金积堡来起义军"，主要人物是"义军首领马化龙"，事件即"义军抗清十余年"。另外，两首歌谣都提到了刘松山之死，《回族英雄马化龙》中是"刀劈清将刘松山"，而《马化龙起义》中则是"枪撂倒刘松山"，这也可以看出民间歌谣记述历史的同时，在某些细节上进行了"演义"，影响了歌谣在历史价值层面的可信度。这一点在《同治十三年》的附记可以得到证明："这首歌谣是已故回族老人苏彦俊根据清同治以后、光绪年间连遭自然灾害、兵慌（荒）马乱的情景而自编的，时间、地点可能有误。"（《中国歌谣集成·宁夏卷》，北京：中国ISBN中心出版，1996年，第269页）其他如《回回抗清心一条》《活活喜坏了清家的官》《咋也离不了大教人》（据传这首歌谣为马化龙所作）《牛头山》等都是对当时起义情况的描写，为历史的真实面目提供了民间佐证。《总算晃动他几块砖》很有特点："同治年间天下乱，回回造反整十年，没能推倒金銮殿，总算晃动他几块砖！"这种高度凝练的语言直白而诙谐，豪爽中带着几分笑看生死的气度，充满了民间的英雄气概，"总算晃动他几块砖"似乎预示风雨飘摇的清王朝即将坍塌。回族人民也参与进了中国历史的变奏之中，为推倒"金銮殿"（封建主义的象征）发挥了自身的历史作用。

与《马化龙起义》几乎同时的《高大人领兵》，又被称为《随军走口外怨》，记述的是维吾尔族等民族于清同治年间起义的事件，高大人应为当时甘肃提督高连陞。据说，这首歌谣最初是由一名被征入疆镇压起义的回族新兵编唱的，他结合了自身的经历和感受，唱出了对"兵祸"的愤恨之情。从正月"七十二万兵马发起身"到十二月"大将折了个千千万，小将折了个没见面"，我们可以想见战争场面的残酷，真可谓"古来征战几人回"！这似乎是对古代历次征战的控诉，《君子于役》、曹操的《蒿里行》、杜甫的《兵车行》等，一直延续到了现在，构成了一部充满杀戮和血腥的"诗化"战争史，尽管这种诗化的美感充满残酷和悲壮。

发生于晚清的西北地区民族起义，是对晚清暴政的控诉，进一步加剧了清王朝的覆灭。宁夏回族歌谣对这段历史的追忆是站在民间立场的言说，在传播的过程中，多少会带有传说的色彩，与"正史"相比，还是有一定距离的。然而，正史也未必完全是信史，正史是站在统治阶级立场的历史表述，民间的"野史"与其是一种互证互补的辩证关系，谁也无法否定对方的存在。

历史发展的脚步还在前进，到了1928年，有"马仲英打宁夏"，这首三百多行的《马仲英打宁夏》记述的是17岁的"尕司令"因不满国民军在河州（今甘肃临夏）征兵，触犯了宗教禁忌，在河州打起了反抗的旗号。这首歌谣以马仲英打宁夏的历史事件为主线，记述了1929年发生在宁夏的主要政治事件。当时，宁夏的主席是门致中，"心眼巧"的门主席巧立名目，"鸡上税来狗挂号"，还以"反对封建迷信"的借口，命令拆除庙宇，砸毁神像。马仲英在西宁城起兵，于永昌城备齐粮草，"大兵带了七万整啊，来到镇番啊扎大营哪"，随后，马仲英攻占镇番，"国民军呀炮火到"，马仲英只好暂时退守沙窝里。1929年4月13日，马仲英一举攻占了宁夏省城银川，"门主席觉得事不好啊，开开南门往外跑"，"一趟子跑到了广武城"，并向刘郁芬发急电求援。吉鸿昌率领西北军第十一师奉命收复宁夏，两军大战于青铜峡大坝，马仲英失败后逃往绥远，其部先后被收编。"马仲英打宁夏"的结果是"马鸿宾来在宁夏川，回、汉两教都情愿"。《马鸿宾来宁夏》则是记述了"1930年到1932年间马鸿宾就任宁夏省主席前后发生在宁夏和甘肃的一些重大事件"，马鸿宾到宁夏之前，发生了苏雨生与马谦之间的争战，"到了民国十九年，十一月，二十七，马鸿宾来到宁夏川，三十五师他率领"。马鸿宾当上宁夏主席之后，免除了交不起的粮草，被称为"马善人"，"不抓兵，不杀人"，得到了回汉百姓的称赞。后来是"雷马事变"，雷中田将马鸿宾扣留在了兰州，"民国二十一年正，马鸿逵来到平罗城"，民国二十八年，"三十五师打日本"，结尾是"到了一九四九年，全国各地都解放，八十一军起义了，队伍改编独一师"。自1933年1月起，马鸿逵任宁夏省主席，有关马鸿逵抓兵的民谣可参看《中国民间歌曲集成·宁夏卷》，在宁夏回汉群众中流传极多极广，更有甚者，咒骂马鸿逵是"扫帚星""坏肠子"。

1929年，宁夏南部、陕北、内蒙古西部、甘肃等地区连续三年不下雨，造成了特大旱灾，宁夏的固原、海原、隆德等县尤为严重，近20万灾民不得不"逃荒要饭"："中华民国十八年，天摇黄河地动弹，人吃人来狗吃狗，乌鸦老鸹嗑石头。"

解放前夕，陕甘宁边区活跃着一支回汉支队，这支革命武装成立于1947年1月，为保卫边区和宁夏的解放事业立下了赫赫战功，《回汉支队真英雄》是一首"汉族歌谣"，"一人一马一杆枪，回汉支队有威望"，赞扬了回汉支队配合兄弟部队作战、攻打马匪的英雄事迹。另有《剿匪小调》，汉族歌谣称为《抓郭匪》，讲述了六十五军194师等部队于1950年围剿宁夏贺兰山一带土匪郭永胜的事迹。

时政歌是人民群众的政治评论，具有很强的时效性和批评性，尤其是讽刺歌能够及时地针砭时弊，反映时政的弊病，正是在这一层面，歌谣的历史价值得以彰显。回族时政歌是"社会主义时期的民歌"，以新中国成立前后为界，分为刺世歌、颂歌、讽刺歌三类，刺世歌最突出的内容是对马鸿逵抓兵的控诉。新中国成立初期和十一届三中全会之后是宁夏历史上两次民间歌谣最丰富的时期，很明显，这两个时期是中国社会发展的重大转折点，历史发生的转变在宁夏回族歌谣中有着直接而充分的体现。颂歌《翻身不忘共产党》《领袖毛主席》《党的好处说不完》表达了对共产党、毛泽东、人民解放军的感激之情，歌颂了民族平等的政策和回族人民当家做主的新生活。

"五五年搞了个互助组，/贫下中农靠政府，/靠了政府也不怕，/五六年来了个合作化。/大集体，小分散，/什么畜力都折价，/一平二调是五八年，/把粮调了个没见面。/六〇年吃了个大锅饭，/榆树叶子和一半，/舀到碗里嘟噜噜转，/吃到嘴里一根线。"（《不怨上面怨队干》）

这首歌谣产生于19世纪60年代初期，

后文还有六句："三家四靠产量低,三年倒有两年旱,不怨上面怨队干,还要继续搞会战。使着社员要救济,你说我们该咋办?"从1955年到1960年,农业合作化运动、"大跃进"和人民公社化运动是探索社会主义发展道路的历史经验和教训,其中也有"探索中的严重曲折",《不怨上面怨队干》就反映了宁夏农民对当时这些社会现象的看法。这段历史记忆似乎就发生在昨天,是我们必须正视的历史回音。

文艺作品来源于社会生活,是社会生活的反映。1960~1962年,国家实行居民粮食供应低标准办法,《低标准》《瓜菜代》这两首歌谣是对"时政"的真实写照。同样是在低标准时期,同样是吃二两粮,"社员吃的二两粮,又拄拐棍又扶墙;队干吃的二两粮,又娶媳妇又盖房。"《同吃二两粮》则是通过对比,批评了生产队干部以公谋私的行为。这样的歌谣还有很多。《抓老鼠不靠借来的猫》是反对盲目学习别人的经验,应该做到因地制宜;《检查团下乡来》讽刺了基层干部下乡时多吃多拿的行为;"张书记挖,李书记填,害的社员不得闲",讽刺了某些领导缺乏长远规划,一个领导一个做法的不良作风;《如此产品》是对假冒伪劣产品的讽刺;等等。这些时政歌都有鲜明的时代印记,真实地反映了当时的社会生活和历史状况,不仅是宁夏回族人民的文学遗产,也是一笔丰厚的历史财富。

本文只是从历史层面简要地探讨了宁夏回族歌谣的文化价值,其实,从物态、制度、行为、心态四个文化层审视,构建更为深广的"文化视野",宁夏回族歌谣深厚的文化底蕴还有待于进一步发掘和阐述,限于笔者的学识,只能在今后的研读中"漫漫求索"。

[基金项目]宁夏艺术科学规划课题"宁夏回族歌谣文化价值研究"(项目编号:13NXYACA02)结项成果。

○创作谈○

《游戏侠》：一匹雪白的黑马

南　台

国人的书架上，找部"茅奖"作品不难，"茅奖"作品不到一年就产生一部；找部喜剧小说则难，"茅奖"已经九届，还没有一部喜剧小说；还有更难，即使将全国的书架翻遍，也绝找不到一部中国作家著的"戏赞性喜剧小说"长篇，因为它小说史上空白！俗话说"宁吃仙桃一口，不吃烂梨半背篼"，空白两千多年，近似三千年一结果的蟠桃了！

《游戏侠》（暂定名，以下简称《戏》）的价值就在这里，因为它是"戏赞性喜剧小说"，不仅形态史上空白，文体史无前例，还有独一无二的人物和独特怪异的意蕴链。这得感谢雷达、曾镇南、高嵩三位老师仙人指路！

《戏》怪在"鬼神同居、水火同体"。它追求：空地植树，好玩贯穿，喜剧要悲，讽刺用赞，活泼严肃作品，顽皮正面形象，大餐小吃，意深境浅，水的形态，火的性格……最怪在表现手法：一笔写双色，却是用红笔画黑、黑笔画白。

一句话，它要展现的"怪美"是让"黑马"雪白。

真正的好小说，应以中国文学和世界文学为背景检验，它须跃过三关：第一关横向，当下作品中比较是优秀的；第二关纵向，在小说史上考查有价值；第三关竖向，在世界文学人物画廊里有占位。冲过第一关是高原，连过两关是高山，三关皆过是高峰。《戏》过了几关？且看其主要特点：

一、"戏赞性喜剧小说"是个奇葩形态,它"怪"在"水的形态,火的性格",仿佛连接海洋和天空的"航空母舰",一个平台,竟融水火于一体。

《戏》是"戏赞性喜剧小说"。喜剧小说是个罕物儿,北大"八老"之一,与季羡林先生比肩的吴小如教授说,中国小说史上真正的喜剧小说(吴先生称讽刺小说)只有三部,即指《儒林外史》《阿Q正传》《围城》。(齐裕焜、陈惠琴著。《中国讽刺小说史》代序,辽宁人民出版社,1993年)坊间因其罕见而称为"文学熊猫"。

喜剧小说有三个分支,否定性的讽刺,非否定非肯定的幽默,肯定性的戏赞。三分支并不均衡,"十部喜剧九部讽,一部幽默似麟凤,欲寻戏赞问天宫,蟠桃园林可落红"。讽刺性喜剧小说,可用稀少二字形容;幽默性喜剧小说,则是罕见;而现实主义的长篇戏赞性喜剧小说,在中国喜剧小说史上,竟空白了两千多年,以蟠桃比喻,似不为过。这一点,中国喜剧美学研究会会长陈孝英先生早有论述:"在人类喜剧美学研究史上,肯定性喜剧是最薄弱的一隅。马克思以前几乎所有的美学家代代相袭的共同结论是:喜剧必定是否定的。""马克思本人对肯定性喜剧问题从未作过任何直接的论述。"(陈孝英:《喜剧美学论纲》,陕西人民教育出版社,1993年,第17页)这结论同样适用于喜剧小说。当然,绝不是因为"此曲只应天上有",而是因为"戏"和"赞"性质相悖,要糅在一起较难。

戏赞性喜剧小说是肯定性的,主体是"赞",赞是火,是伟大、崇高等高大上正能量,可"戏"却像水,一向被人看作不庄重、不严肃,让"戏"来"赞""伟大、崇高",给人的感觉,有往火里泼水的意味。这就有难度了,给政治家画白眼圈可不好玩。但《戏》却正是将"水"和"火"融为一体,酿造了一杯怪味的"文学之酒"——"水的形态,火的性格"。

怪味缘于表现手法之奇,它必须"一笔写双色,却是用红笔画黑、黑笔画白"。比如主人公王三丰在反右时与县委书记交锋,在公共食堂问题上被地委负责人批判,在扬水工程上受省上头头刁难,王三丰因为不紧跟,一次次被批判、罢官,被看作逆流,须用黑笔描写,但结果却给读者留下他并没错的印象;而县、地、省的负责人,在当时都是代表主流的正面形象,要用红笔描写,但结果却让读者感到,这些人的做法是错误的。

用赞扬讽刺,用幽默批判,结果越赞扬越丢脸(红笔画黑),越批判越磊落(黑笔画白),这是不是该叫"反讽"?如果是,这把戏玩大了。接受美学的代表人物H.R.耀斯说:"小说作为一种样式,其最高成就都是反讽性作品。"以严苛闻名的批评家李建军先生说:"先寻找反讽,然后你才能看见伟大的作品。"《戏》是伟大还是渺小,留待历史去做结论,现在就可以下判断的则是,它是不是填补了中国喜剧小说史上两千多年的空白?

二、《戏》的主人公王三丰是个怪人,他"顽童其表,君子其魂",仿佛巍峨与瑰丽结合的"文学黄山",使正面形象与幽默顽皮结了缘。

不论中国还是世界,文学人物画廊里都有两个明显缺憾:一是正面人物形象太死板、太正经、太道貌岸然,让人敬而远之;二是活泼、顽皮、诙谐幽默的喜剧人物罕见正面形象。

《戏》的主人公王三丰,正好弥补了这两个缺憾,他绰号"废话艺术家",是一个以"笑"为武器的游戏侠。他内方外圆,内存君子良心，外现顽童手段，"直而不刚，正而不僵，忠而不愚，勇而不莽，智而不奸，仁而不懦，严而不苛，宽而有度，情而不色，容而不滥，傲上而不凌下，幽默而不油滑，尖锐而不刻薄，厚道而不软弱，明察而不琐屑，豁达而不粗疏，顽皮而知止，顽强而知禁，平凡而不俗，可爱而不庸……"与尚未活明白的阿Q相反，他展示的是国人灵魂的阳面。

王三丰的独特性在于，在文学人物大众中，他是喜剧人物，与正剧、悲剧人物区别开来了；在喜剧人物中，他是肯定性的戏赞性喜剧人物，与被讽刺的否定性人物和幽默的非否定非肯定性人物区别开来了；长篇戏赞性喜剧小说，中国小说史上已空白两千多年，中国文坛，他理所当然是独一无二的；世界文学人物画廊里，最著名的戏赞性喜剧人物是帅克，而帅克生活在粤匈帝国时期，环境一片黑暗，所以他只是个黑暗环境的破旧者。王三丰却生活在新中国，环境是晴间多云，所以他是个有破有立的建设者，与帅克便有了根本的区别。如果王三丰进入世界文学人物画廊，他将是"喜字馆·戏赞分馆"里唯一的中国人。

王三丰的意义，不仅在弥补了文学人物画廊里，正面形象太死板、喜剧人物少正面的两个缺憾，改变了世人眼中，中国官员不会笑的尴尬局面；还在于他结束了中国喜剧小说史上只有"丑角"而无"丑星"的历史；更在于他活明白的形象，与代表国人魂灵阴面的阿Q相反，他善良的本性，与某些人图腾的狼相反，他给人的安全感，与野性粗鄙的土匪相反，他的智慧，与弱智的白痴相反，他的自主意识，与唯唯诺诺的奴才相反……一句话，他代表的是国人灵魂的阳面。这一点，在中国从文学大国走向文学强国的时候，显得尤为重要，文学要强，文学人物所展现的国人形象，也要冲出阿Q、狼、土匪、白痴、奴才等的包围圈。

三、《戏》的意蕴，"怪"在总与时下流行的观念抬杠，仿佛"文学蓝莓"，蕴含着其他蔬果没有的花青素；更"怪"的是它的"意蕴链"，让具有价值的花果之根，扎在中国民间文化的土壤里。

思想是文学作品的灵魂，用思想性衡量作品，好处是目的性明确，让人一目了然。然而，也有一些人在作品中生硬地植入思想，图解政策，结果使本应富含营养素的甜美蔬果变成了药片。比较起来，意蕴的提法有一种蔬果含营养素的融溶感，不像思想性那般给人地下电缆似的线性。既是融溶的，就不好像"思想电缆"那般植入，得像蔬果一般让其自然长出，所以，思想性和意蕴的提法不是简单的同意异词，其内涵是有微妙差别的。

好的文学艺术品，其意蕴首先必须是独特的；其次，须是益世的，要有利于社会的进步；再次，它还须是甜美的，只有甜美，才会被人们广泛接受，使益世作用最大化。独特、益世、甜美，承担得起这几样的文学作品，应称之为文学蓝莓——普通蔬果有的营养素它都有，还有普通蔬果不具有的花青素。

关于《戏》，仅用文学蓝莓去套现，却显得简单，独特、益世、甜美不是它的全部，它还蕴含着一个更深厚的概念——意蕴链。比如，许多作品都在鼓励人们当道德模范，《戏》却说"人生的最高境界不是道德模范，而是活明白"；时人乌眼鸡似的争权夺利，想永立于不败之地，《戏》却崇尚"永立于不错之地"；在许多人争当好学生的时代，《戏》却说"真正的忠臣不是忠于皇上，而是忠于天理"；父母都望子女成龙成凤，《戏》却说"人生最大的成功是问心无愧"……这样带有颠覆性的观念还有许多，似乎都在和时下流行的认知抬杠。然而，那把对观念口号不断变幻环境下的中国人更有参考价值、被作者赋予"尺帝"地位的"量心尺"似乎更为沉重，因为它能保证持有它的人在任何复杂情况下都能"永立于不错之地"。

由具体的观念引出产生观念的尺度原则，是这条"意蕴链"的第一个环节。别小看这个环节，也别小看是这个环节标志的"量心尺"，它是向愚痴开战的宣言书；表明国人的自主意识的增强；表明盲目跟随的顺民时代，正在向自主意识的公民时代推进。

然而"链"并未到此为止，作者的笔锋将读者引向了"量心尺"的发源地，它不是什么地方一声大响送来的主义的启迪，而是中国本土产生的，它是"普世"适用的，却不是引进，而是输出。它将中华民族在普世价值体系确立中的地位提升为参与者，而不仅仅是受用者。这就平息了普世价值与中国特色的对立，摘掉了加在普世派头上崇洋的高帽子，也使民萃派心有所慰。这是"意蕴链"的第二个环节。

然而，"链"到此还未终结，追寻下去才发现，这个输出的具有普世意义的价值观不仅是本土的，还是民间的，它颠覆了几千年来人文精神被一代代的文人偷偷换成文人精神的习惯思维，将蕴含在民间文化中的瑰宝展示在了光天化日之下。这是"意蕴链"的第三个环节。

这是有非凡意义的。古语云，"礼失，求诸野"，作者改一字，"理失，求诸野"。这里的"理"是天理，其实就是有"普世"意义的真理。从古至今，皇上放屁，大部分"吏"会说香，部分"儒"会说不臭，但"诸野"却会撇嘴。不是"诸野"比"吏"和"儒"高明，而是因为没有官帽可摘，没有"暮登天子堂"的愿景可期，说真话不损失什么。为达此目的，作者特地请没有上过学、因文化程度低无法学习外来主义、也无法紧跟本地高深思想的王三丰当主人公，用完全得之于民间的"老人古言"与满口主义、思想的人对阵，主人公虽然因为拒绝跟风三次被罢官，但历史却证明了他所持的"量心尺"具有超越民族、国界、政党、政治、时间，可以衡量人的一切行为的最高最尊贵的"母尺"的性质，王三丰因此才获得了"天下尺帝"的美誉。"理失，求诸野"，有了一个切实的注脚。因为它来自民间，来自最底层，表面上轻飘飘的"量心尺"，却有大地般的厚重。水可载舟，亦可覆舟，人心是天心，大地发言，谁敢小看？

四、"空地种树"是战略思想，没有空地，便造出空地来，它催生出了一个前无古人的全新文体——"段子小说"。

几千年来，构建叙事文体的基本材料都是"字和句"，这种千年不变的文体格式，到《戏》这里发生了根本的变化，在"字和句"之外，出现了一个新的阶层——段子。它将"字和句"完全收归自己麾下，还喧宾夺主，取代"字和句"，完全用"段子"塑造人物，推进情节，状写时代，因此造就了一个全新品种——"段子小说"。

这里的"段子"必须具备：形体上的小巧性，结构上的相对完整性，人物的喜剧性，故事的滑稽性，语言的幽默性，内容的讽刺性，结局的意外性等特点，才能叫段子。所以，段子自身几乎就是个微型或超微型小小说。但需要注意，其内涵绝不止于"小"，小小说也小，但不一定能成为段子。也就是说，只有从形态上分是喜剧的超微型小小说才有可能成为段子，其他任何品种，无论怎么小，都不可能组成段子小说。一般的长篇小说，无论怎么分，分出来的都是"段"，而不是"段子"，不可能用分割的方法割出"段子小说"来。这是"段子小说"的独特处。它有什么意义？

首先在它的时尚性。我们似已进入了"段子时代"。手机上在传段子，微博、微信在发段子，报刊上在写段子，朋友聚会在讲段子，文艺节目在演段子，谈恋爱找朋友，段子是最好的媒介，甚至严肃的政治报告会、国际交往，也要来个段子提高与会者的兴致。这样的时代，用"段子"来构建小说，就不仅是作家的创新，还是时代的需要。

其次在它的趣味性。趣味是小说的生命。读者为小说掏腰包，多是冲着趣味去的，而段子是世间一切文字团中的"趣味之帝"。一般小说只有"器趣"（把小说整体看成一件器具），而"珍珠衫"结构的"段子小说"不仅有"器趣"，还有"料趣"（"段子"是珍珠），趣味比一般小说翻倍。

第三在它的创新性。作者曾抽取700个"段子"出版试水（2006年，作者为听取意见，曾抽取五分之一弱的段子在三峡出版社出书试水，名《废话艺术家》）得到了意外反响。中国小说学会原副会长兼秘书长汤吉夫先生说："一部怪书，一部奇书，好读得很。"韩石山先生说："在中国的长篇中，这该是个特例。作者总能在文体上创新，这是大智慧。"上海文艺出版总社原社长、著名评论家江曾培先生说："开拓了长篇小说王国的新疆土。"

第四在它的变革性。自古以来，小说只能从头至尾"顺序阅读"，然"段子小说"却可以随意阅读（随手翻出一个段子读）；传统小说只能"一书一读"（读故事或人物），新小说却可以"一书两读"（多一个读段子）；传统小说只能"大餐大吃"，需要"劳模精神"，新小说却可以"大餐小吃"（长篇是大餐，段子是小吃），灵活轻松；"长篇小说的一分钟阅读"（读一个段子，平均不到一分钟）将大大改变人们对长篇的恐惧，给上班如救火的劳蚁急奔族带来较大方便，使长篇小说的受众增加。

以上便是《戏》的主要美学追求。特别愧疚的是，它可能撑破鲁迅先生"喜剧将那无价值的撕破给人看"的论断，因为《戏》是"将有价值的揭示给人看"。它或促使人们重新定义喜剧，喜剧撕破的将不再仅是"无价值"，而是"伪装"，是马克思"用另外一个本质的假象来把自己的本质掩盖起来。"（《马克思恩格斯选集》第一卷，人民出版社，1972年，第5页）。也许，更宽广的"嬉戏着把张冠摘掉，将冠下李裸给人笑"将成为喜剧新的定义。比如《戏》，用鲁迅先生的论断将无法罩住，而用"伪装"说，则否定肯定都可一网打尽。摘掉王三丰的"顽童外衣"（张冠），露出的是"君子魂灵"（裸李），"一匹雪白的黑马"展现在了读者面前！

张嵩诗词集《渐行渐远集》序

张 铎

初识张嵩，他已是一个很有影响的青年诗人，出版了散文诗集《遥远的岸》，又被评为"西海固文学十星"之一。总的印象是，张嵩不仅会写诗，而且学识渊博，极能侃，三五友人聚在一起，谈古论今，滔滔不绝，令人解颐。90年代后期，突然在报刊上读到他写的大量传统诗词，我有些吃惊，也有些纳闷。从没听说他研习旧体诗词，可出手就不一般，连续四次夺得全区、全国诗词大赛一等奖，成了一个获奖专业户，自此跨入了中华诗词有成就的诗人行列，并当选为中华诗词学会最年轻的理事之一。

最近，读到张嵩即将印行的传统诗词集《渐行渐远集》时，一切释然了。怪不得张嵩的新诗有古诗的神韵，原来是有原因的。他"七岁读书心苦用"，十五岁时，就开始填词写诗。《渐行渐远集》中现存最早的《忆王孙·游山》词云："谈笑间，不觉红霞飞满天"。几个友人，相约登山，兴致勃勃，"不觉红霞飞满天"，有景有情，也有境、有时间，诗味隽永，且格律严谨，如此深湛功力，这让人很难相信出自一个十几岁的少年之手，而且至今仍不失其美学价值。英国哲学家培根曾说："青年人富于'直觉'。而老年人长于'沉思'。"张嵩这部诗词集共分为五辑，其中，写于70年代末、80年代初的一些作品，诗人辑为"少年不识愁滋味"，这部分诗作确是出于一种艺术直觉。如在七律《十六自题》中作者吟道："十年六载瞬息完，立志高洁照九天。"诗句较稚拙，但语出由衷，感受真切。由于"立志高洁"，虽身无半文，可心忧天下的情怀宛然可见，语言质实含意丰赡。

众所周知，诗是抒情文学。清朝著名诗人袁枚在《随园诗话》补遗卷十云："诗家两题，不过'写景，言情'四字。"数十年的交往，我感觉张嵩的诗词长于抒情。在《渐行渐远集》中，怀故人、致友人的诗作为数不少。古人的赠别诗较多，可以理解。原因是交通不便，好友分别，一般很难见面，故送别诗特别发达，产生了诸如李白《黄鹤楼送孟浩然之广陵》，王维《送元二使安西》等千古绝唱。当今交通发达，好友就是分别，想见也不太难。而张嵩却写了大量表现友情的诗词，由此可见，作者是个极重感情的人。如《赠别同学》云："几日贪欢不忍归，分离此刻陡生悲。鸟唯无有惜别苦，树梢声声把客催。"诗的开头两句，直接抒发感情，但又不平铺直叙，而是曲径通幽，"言有尽意无穷"。"贪欢"出自李煜《浪淘沙》的"一晌贪欢"，古为今用，写见面之高兴，友情之深，时间之快。"陡生悲"，指突然地悲从中来。刚见面，只顾高兴，不知不觉就到了分别之日，怎能不令人伤感。这就有了波澜，有了层次，有了张力。后两句"用写景之笔宕开，而情在景中"（施补华《岘佣说诗》），清空隽永，不尽之意，见于言外，表现出对同学的深情厚谊，极耐人寻味，简直可以和李白《黄鹤楼送孟浩然之广陵》"孤帆远影碧空尽，唯见长江天际流"的诗句相媲美。又如《冬日有寄》："天寒三尺正生春，白发催人意念深。身在异乡怀旧事，蓦然回首最思君。"此诗虽明白如话，却蕴含着丰富的感情。看似毫不经意，信手拈来，实则匠心独运。深冬，大雪封路，交通阻隔，特别是"身在异乡"，便"意念深"，致"怀旧事"，乃至"蓦然回首最思君"，一波三折，波澜起伏，形成了深婉含蓄的特点。从中我们不难看出，张嵩是很善于抒情的，这不仅得力于他深湛的艺术修养，更得力于他对于自己所表达的感情，有着切肤的体验。

张嵩是一个写景的好手，也善于造境。王国维的《人间词话》说："能写真景物，真感情者，谓之有境界，否则谓之无境界。"其实景是属于境的，人可以离景，却不可离境。只有从写境的角度去写景，才能正确处理景与情的关系。张嵩把景作为与情密切相关，与人物活动不可分离的特定环境来看待，因而他笔下的景，使你感到人在境中。事实上，景只有给人以境的感觉时，它才能充分发挥表情达意的作用。张嵩的诗词中有关故乡风物及行旅的诗篇，除了具有一定的感情内容，也善于描写自然景物。"飞瀑响泉掩绿洲，涛声拍岸绕山流"（《二龙河》）；"寒山寺畔小桥东，孤月千年挂碧空"（《苏州枫桥》）等，以声染色，以情染景，无不声色并茂，情景交融，意长韵远，弥觉动人。这就是从写境的角度写景。当然，张嵩的写景，主要还是为了抒情。如获得"塞上江南神奇宁夏"全国旅游诗词大赛一等奖的长诗《六盘山颂》，作者不仅运用他的生花妙笔，勾画出六盘山多姿多彩的面貌以及厚重的历史文化，而且借助这些自然和人文景物来表达自己的思想感情。"跃上山巅气若虹，临风赋诗望南雁。清平一曲抒襟怀，不到长城非好汉。"诗作用喻生动，语句典雅，富有情趣，既有雄放之势，又有浓郁之情，颇能激动人心。如果说诗人能在自己的诗作中刻画自然、人文美的各种生动具体的形象已属不易，那么能同时使这些形象很好地起到表达感情的作用就更难了。而张嵩却善于通过细致入微的观察、体验，捕捉自然景物的形象，用极经济的白描手法，自然流畅的语言加以描绘，在诗词境界的创造，情意的表达以及风格的生成上达成一致，且与自己"立志高洁"保持一致。别林斯基说过："诗的艺术，是容纳真实思想和真实（不是虚假的）感觉的优美形式。"张嵩总是带着艺术直觉去观察、审视自然与人文，运用形象思维，既能捕捉景物的突出特征，又能抓住客观景物与主观感情的契合之处，或者把自己的感情注入客观景物之中，创造"有我之境"，把主观之情表现出来，达到情与景的交融，给读者留下了广阔的联想和想象空间，颇富美感。

善写长诗是张嵩的又一个显著特点。他的获奖之作，几乎全是长诗。如果说写短诗需要灵感，那么，写长诗除了灵感之外，还需要深厚的艺术功力。不过，张嵩诗词中那些歌咏亲情、历史人物的诗篇，即使篇幅较长，也很善于抒发感情。如长诗《祭父诗》主要采用叙事手法来勾勒父亲的形象，并抒发作者对父亲的真挚感情及心中的不平。诗中先叙失父的悲痛心情，继而写父亲苦难的童年，接着勾勒父亲在部队和地方"殚精竭虑谋公事"，乃至"盛年受冤"，积劳成疾，"抱憾归去"，最后诗人直抒衷曲。这类诗有别于"用景写意"，而更多地采用直接抒发的方式，刻画出了一个刚正不阿、公正清廉、无私奉献的共产党人的形象，同时也是一个慈父的形象。全诗内涵丰富，言词简净而表现力极强。《祭父诗》虽侧重于写人，并通过写人寄寓诗人自己的情志。但诗人之写人，则侧重于表现人物的精神风貌以及思想感情。"一来一去一张纸，一言一语一炷香。思念从此无穷尽，亲人永留是病伤。长歌当哭无限悲，化作祭父诗一章。"诗人写失父的悲哀，句含愤懑，情意深挚，催人泪下，感人至深。由此可见，诗作为抒情文学，必须具有真实的感情，才能够打动人心。又如作者获得"塞上清风"全国廉政诗词大赛一等奖的《重读〈清贫〉有感》是一首歌颂烈士方志敏的长诗。这首诗构思奇特，虚实结合，具体写法是"夹叙夹议"，寥寥数十句，即悉尽曲折，表现出高度的艺术概括力。全诗不仅通过叙事表现了方志敏的高风亮节，且语言饱蘸情感，带情韵以行。"受伤被俘遭搜查，浑身无有一铜板。甘愿清苦为大众，不肯屈服向敌顽。"诗人将叙事、议论、抒情熔于一炉，凸显出了方志敏烈士清贫的高尚品格，极具思想的光辉，令人难忘。张嵩很善于运用不同的表现手法，恰到好处地把人物的精神世界展现出来。这不但使他笔下的一个个人物血肉丰满，而且诗人的情志也因此得到很好地表现，即忧国情怀尽寄其中。

著名诗人臧克家诗云："我是一个两面派，新诗旧诗我都爱。"张嵩也爱新诗，更爱旧诗。喜欢旧诗，使他的新诗带有旧诗的韵味；喜欢新诗，使他的旧诗带有新诗的色彩。张嵩不仅内心充满丰富的感情，而且对自己诗词中所表现的思想感情又多有深切的体验，故善于运用各种不同的艺术手法和自然、平易、含蓄的语言来表达情意，从而使他自己的诗词作品，具有语近情遥，含蓄蕴藉，余味不尽的艺术感染力。

读完张嵩的《静心室诗词存稿》，我有一个感觉，《渐行渐远集》终将渐行渐远，而我们将渐行渐近。

○随笔○

路展：值得尊敬的文艺家

马知遥

《路展童话选》出版了，我非常高兴。这虽不是他的第一本书，却是收集他作品最多最全的一本书。知道路展的人不多，他是一个默默奉献，不喜欢招摇过市抛头露面的人。他原名路福增，1928年生于河北唐山，1949年参加革命工作，曾学美术，从事过美术工作。50年代初，在《人民文学》编辑部当过编辑，诗歌组组长。1957年调宁夏文联《宁夏文艺》（现《朔方》）编辑部当编辑、编辑部主任、主编、编审。中国作家协会会员，宁夏作家协会副主席。1990年离休，享受国务院特殊津贴。

路展是我后半生文学路上的良师益友，我们从认识的时候起，就一见如故，心心相印，亲密无间，无话不说。不论为人为文，他都是我的楷模。他为人正派，光明磊落，勤奋敬业，具有绅士风度。爱说实话讲真话，有很强烈的社会责任感和崇高的奉献精神。一辈子从事杂志编辑工作，为他人做嫁衣裳。在我认识的人中，他是百分之百的"布尔什维克"，或者用"文革"时期的习惯，在"共产党"的后面，加上括号写上"马列"二字。宁夏的文学艺术有今天这样繁荣的局面，路展老师功不可没。他对宁夏文化事业的发展、突破可谓千方百计，呕心沥血。现在有"德艺双馨"这个称号，路展是当之无愧的。为了推出张贤亮，树起一面文学大旗，他几乎使出了吃奶的劲，动用了他所有的社会资源，使"宁夏出了个张贤亮"（阎纲语）享誉全国，揭开了宁夏文学史上光辉灿烂的一页。然而宁夏对他并不公道，颇有点薄情寡义的味道。纸媒、传媒对他的宣传、报道是很不够的。他曾多次表示他还有"余热"可以发挥，始终没有引起有关方面的重视。作为一个离休干部，他也不在意名利，只是偶尔聊起来流露出"有劲没处使"的感叹。

路展是一个内敛的人，对人宽容真诚、热情，我的孩子们小时候听说"上路伯伯家"，他们像走姥姥家一样欣喜若狂。他又是一个嫉恶如仇的人，在原则问题上、品德问题上决不同流合污，决不调合妥协，决不出卖自己的灵魂。

凭良心说，我不喜欢儿童文学，连起码的《希腊神话故事》《安徒生童话》《伊索寓言》都没有读过，他的作品就看过《雁翅下的星光》。我们聊天时他一谈儿童文学我就不接碴，他也就不说了。我们多数时候是谈生活聊家常，说做菜。当然更多的时候是谈小说，认识不认识人的小说的好与坏，得与失，以及我的作品中的成功与败笔，每一点进步他都积极肯定与鼓励。他喜欢漫画，颇具幽默感。

和路展先生几十年的相处，给我印象最深日久弥新的一个话题是他和阿左旗一个牧民"老江"的关系，那是他搞农宣队下乡时所住的房东，感情很深，来往密切。这种友谊长达终身，一直延伸到老江的后人。老路临离开宁夏回老家唐山前还专程到老江的坟前去告别。我在路展家里见过两三次老江，个子不高，有点罗圈腿。其实到现在我也不知道他们谁比谁大。到底是姓"江"还是"姜"。我觉得，除了珍视他们的友谊，路展更珍视这一段生活经历。我不知道路展的家庭背景，我只知道他解放后一直在城市工作。从北京到银川长期在编辑部看稿、编稿、改稿、审稿、校稿，难得有整块下乡接触实际的机会，他没有柳青那样的资历和资格。我想他在阿左旗搞农宣队与农牧民同吃、同住、同劳动、同学习、同工作半年多的时间里，他是严格要求自己下了苦功夫的。他不是走马观花、下马观花、蜻蜓点水似的沽名钓誉，捞取政治资本。我记得"文革"前我在北京读书的时候，有一位权威人士（周扬、王朝闻之类）在批评有些文艺工作者深入生活走过场、搞形式，说过一句形象的话，颇为经典："从上面看（领导）他是下去了，从下面看（老百姓）他还在上面！"路展是踏踏实实地下到了生活的最底层。这非常重要。我当专业作家的时候，为了收集长篇小说的资料，前后五次去过同心韦州，因为怕脏和苦，都吃住在公社和招待所里。收获不大。我醒悟到之后，同样到陶乐县红崖子，住在农民家中，感受完全不一样，回来后写了不少东西。路展在这本集子里，有一半篇章是写这一段生活的，如《百灵歌》《割尾巴的故事》《绿色的战歌》《雁翅下的星光》等等。

我没有资格来评价他的作品的艺术性和思想性，但那丰富的想象力，那合理的动植物拟人化的生动描写，那热爱生活热爱自然的深情，那作品中散发出积极向上向善向好的精神，不论对成人或儿童都会有强烈的冲击力或启迪作用。在《百灵歌》中，"以粮为纲"这四个字，给动植物，给农牧民带来的生态灾难是惨痛的、深层的。一个城里人——他敏感地意识到了。如《割尾巴的故事》，牧民在不堪重负的情况下，还要割资本主义的尾巴，几乎把人逼到了生存绝境。他本可以养尊处优，对农牧民的疾苦熟视无睹，但他仍站在人民的立场，党性的立场，揭露我们工作中的失误，他是一个尊重历史、实事求是的作家。粉碎"四人帮"后，他满腔热情地写了《雁翅下的星光》，一对老少孤雁，克服种种阻力和困难，翱翔蓝天的故事，对新生活充满美好的希望。

《路展童话选》，不是他的第一本书，也不是他的最后一本书。临别时他还说，等安定下来，他还要写，他的猫和他的狗的故事。祝他有生之年身体健康，再创辉煌。

○随笔○

文艺随笔四题

钟正平

关于写作的一个"唯心"的想法

文章是怎么"写"出来的呢？某天下午开会时，耳朵里听着文件的传达，脑子里突然冒出这么个问题。花了将近两个小时，却想出了一个很"唯心"的结果。

大约是这样子的：有些文字，仿佛就在你的生命经过的某个地方等着，它们扎堆在那里，乱遭遭的，一个个睁大了美丽的眼睛，盯着你，期待着你把它们组织起来，对它们进行排列，进行组合，让它们各自到各自的位置上去，然后用一些符号把它们串起来，这就是文章了。好的文章就是让每个字都排列在最恰当的位置上，不好的文章就是一些文字被放置的不合适。当然，你也可以创造性地排出一些队形，这就是有个性有风格的文章了。

有些时候，当生命经过一些地方，一些很不错的地方，你想寻找那些文字，可是找不着，一个文字也没有，什么也没有，你干着急没办法，仿佛患上了失语症，你只好摇头叹息，这说明生命经过的这个地方只能是一片空白，是不许留有痕迹的，如果这样子的话，最好不要强求。

所以说，好的文章不是写出来的，是早就存在在那里的，是静候在生命途经的某个拐角、港湾、高地、峡谷或者没有月色只有星光的夜里的某个时刻，你若是少走了几步，仅仅只是少走了几步，或者不该拐那个弯，仅仅只是拐了一个弯，你可能就遇不到了，或者错过了。这是没有办法的事，因为谁也不知道生命的前面会遇到什么。

我常常感到，那些脍炙人口的文章的作者是多么幸运呀，他们没有错过生命中最重要的那些应该驻足的地方，而我们多数人，一生错过的东西太多了。

有感于某诗人"诗作"获大奖

本来，无论是古典诗还是现代诗，"诗"是没法被叙述的，可这首最近在南方某地获10万元诗歌大奖的现代白话"诗"（就不具体点名了，现在的人都得罪不起），却可以被简单地"叙述"一下：全诗从头到尾，是对一个电脑游戏"植物大战僵尸"的情节描述和作战体验，文字直白得和小学生作文一样，思想苍白得也和小学生作文一样，却被评委会一致看好，荣膺大奖。评委们认为，通过某某的诗歌，我们能看到的不仅是一幅幅烙上了个人印记的"岁月的遗照"，还有一种无休止的令人目眩的历史的迂回，和现实的曲折。评委们说，"他的诗歌保持着理性的思考与超验的命运感受之间的张力"。读着这些评语，我就一个字的感觉：绕！并瞬间想起了赵树理小说里一个人物的外号：弯弯绕。原来评语也可以写得这么"迂回"和"曲折"、这么富有"超验"与"张力"！

这让我忍不住想说，现在的一些所谓的"诗"，说的客气一点，是文字游戏，说的不客气一点，是文字垃圾。现在的一些所谓的"诗人"，说的客气一点，是文人，说的不客气一点，是文痞。他们智商、情商都很高，唯独缺了操守；他们文字功底都很好，唯独缺了文德。

去看看现在的诗坛吧，充斥着玩弄汉字于掌股之上的无病呻吟，充斥着无文法也无语法的呓语症患者般的胡言乱语，充斥着苍白而可笑的所谓"拷问"与"求索"。一个个美丽的汉字被强暴，一个个好端端的词语遭践踏，诗坛畸形的"繁荣"，不亚于楼市正在制造的泡沫！为什么一个连话都说不连贯的村妇余秀华让许多专业诗人汗颜？为什么许多专业诗人写了一辈子却总是激不起一点浪花？这不值得深思吗？

有人说，允许多多的写，才可能会有好诗出现；也有人说，也许你认为是垃圾的，在别人反而会是欣赏和需要的。

是的，不同的读者会有不同的需要，不同的人也会有不同的需要。大街上每天都有很多人在扔垃圾，也有人靠捡拾垃圾为生，可很少有人扔钱，你是每天去及时清扫呢还是耐心等着有人把钱扔下来？生活里，有的人还会需要毒品呢，对那些制毒、贩毒者，也需要宽容吗？

一个不读诗的民族是鲜有美好未来的，而一个民族的"诗人"，如果变成文字垃圾的制造者，若这个民族还保持着欣赏这种"诗"的习惯，则无异于在吸食精神鸦片。

魂兮归来：我看电影《归来》

看完电影《归来》，竟无语凝噎！

《归来》取之于华人女作家严歌苓长篇小说《陆犯焉识》中的一小段。《陆犯焉识》讲述的是一个家族和一个民族的前世今生，带有自叙传的性质，故事绵延了近一个世纪。《归来》截取了其中很少的一段，从"文革"开始到"文革"后十数年，看上去是要"用诗意来讲述一段永不消失的记忆，表现男女主人公美丽又哀伤的感情"。其实不然，这是一部重新反思"文革"的电影，在精神上，它与20世纪80年代鲁彦周原著、谢晋导演的《天云山传奇》是一脉相承的。

如果没有"文革"的大背景，陆焉识与

冯婉瑜的爱情就只会停留在人性的层面，就会很凄美，不震撼。如果没有"文革"的大背景，陆焉识、冯婉瑜和他们的女儿丹丹被摧毁了的人生，就只能从人性的层面去找答案。

显然，张艺谋不会这么浅薄。从年龄和功力上看，张艺谋都早已越过了功利、喧哗和赚取喝彩的阶段，他已经进入了创作的晚期，需要的是物我两忘的沉静和深入骨髓的思考。这是他沉寂数年之后的第一部作品，是小制作的大境界，大境界的小制作，这一切，都体现在他略显沉闷、不动声色的电影语言中。

据说原作者严歌苓对这部电影盛赞不已，她不仅因为主演陈道明太像自己的祖父而震惊，更因为《归来》如同一滴水折射了自己整个原著的精神光芒，她说："我觉得电影《归来》比小说更加抽象一点，它起到的作用是一滴水见太阳，与我当初的创作意愿在冥冥之中有一种吻合。"她盛赞陈道明和巩俐的表演"太令人佩服了！"张艺谋也赞誉陈道明和巩俐在片中贡献了"教科书一样的表演！"

巴金生前曾倡议过两件事，一是建立"中国现代文学馆"，获批如愿了；二是建立"文革博物馆"，至今未能获准建立，我想这位百岁老人、"文革"的受害者肯定死不瞑目。

关于"文革"，只要人类存在，就一定会被述说、被解读，这是捂不住、删不了的历史存在。"文革"是人类历史的怪胎和奇葩，怎么表达都不过分！

人类文明走过的最黑暗的隧洞，是18世纪前后欧洲宗教裁判所，还有二战期间法西斯对犹太人的迫害，但"文革"对一个民族的伤害，绝对有过之而无不及！然而，近40年过去了，有人真正为此反省过吗？忏悔过吗？谢过罪吗？

究竟什么是"文革"？"文革"的全称是"无产阶级文化大革命"，开始于1966年5月16日，结束于1976年10月5日，历时10年零5个月。

《关于建国以来党的若干历史问题的决议》中是这样表述的："'文化大革命'是一场由领导者错误发动，被反革命集团利用，给党、国家和各族人民带来严重灾难的内乱。"之后，被媒体广泛表述成"十年动乱"，或"十年浩劫"。

学者们是这样形容的："文革"是自公元前221年秦朝建立后，中华民族的传统专制文化形态、愚民政治权力以及由此导致的普遍性的社会仇恨心理的一场最全面、最彻底、最普及、最典型的大爆发；"文革"把中华民族起自秦朝的"焚书坑儒"和"指鹿为马"的邪恶行径发挥得淋漓尽致和登峰造极。

我是这样理解的："文化大革命"就是大革文化命，就是大革文化人的命，就是文化大灭绝，五千年积淀下来的人类精神文明成果被横扫一空，五千年形成的民族价值体系被摧毁殆尽！

一个文明古国，鼓动无知整智者，把鄙薄读书人当乐事，比愚昧无知的野蛮部落还可怕。

影片最后有一个"等待戈多"式的情节：每个月5号，陆焉识和丹丹都要陪冯婉瑜到火车站去接那个也许永远都回不来了的"陆焉识"，暗喻这个悲剧其实还没有结束，我们很多人，我们的民族，其实还生活在"文革"的阴影中。

可我们至今还没有进行彻底的反省与清算——难怪社会上会出现"坏人变老了"的感叹，变老了的坏人还能颠倒黑白混淆视听，是因为我们的社会还有他们撒泼的土壤。

如果"文革"的罪孽不能得到彻底的清算，如果"文革"的流毒不能得到彻底的清除，谁能保证冯婉瑜的悲剧不会重演？谁能保证民族不会重历浩劫？

诗人顾城曾用他的诗句描述"文革"："昨天／像黑色的蛇／它死了／压在一座／报纸的山下／难以捉摸／无数铅字／像蚂蚁般聚会／讨论着／怎样预防它复活"

这就是智者对当今人们的一种形象的告诫。

影片结尾，风雪之中，冯婉瑜手中举着的那个写有"陆焉识"的牌子，多么像一个招魂幡啊！它在召唤着什么？被摧毁的人性之魂？被摧毁的民族文化之魂？还是被摧毁的民族精神之魂？

文学要维护和讴歌人性与时代的尊严

纵观两千多年的文学史，我们总是津津乐道唐诗宋词和一部《红楼梦》，的确，那些精妙绝伦的诗句和有如神助的《红楼梦》，以其无与伦比的思想价值、艺术价值和审美价值而成为文学史上的一种永恒，时间和空间都无法阻隔那些直击人性、贴近灵魂的美丽诗句所带给人们的审美享受，文坛上五花八门的流派、思潮和主义都无法遮蔽《红楼梦》的璀璨光辉，千百年来，它们带给人们的心灵震撼，早已成为全民的记忆，读一遍不觉其深，读一百遍不觉其浅，常读常新，常品常美。然而，纵观20世纪以来一百多年的文学史，我们会惊讶地发现，尽管我们已经写出了若干部现当代文学史，发表和出版的文学作品也如汗牛充栋，百年文坛也并不乏艺术天分很高的作家，也创作了一些被称为"名著"和"经典"的文学作品，我们也有了聊以自慰的诺贝尔文学奖，但是，近一百多年来中华民族发生的、在人类历史上都极为罕见的沧桑巨变，人民大众现实奋斗的波澜壮阔，普通百姓极其生动复杂的命运变迁和生活形态，由此构成内涵丰富的人性因素和时代尊严，并没有在文学中得到最真实、最本源、最有担当的反映，也就是说，与伟大时代相称的伟大作品，并没有如期出现，能够坚守艺术本分、与伟大时代相称的伟大作家，还寥若晨星。

毫无疑问，我们的国家现在正处在一个百年难遇的伟大时代，"我们前所未有地靠近世界舞台中心，前所未有地接近实现中华民族伟大复兴的目标，前所未有地具有实现这个目标的能力和信心"。中国梦正在越来越清晰地一步步变成富民强国的现实图景，以震荡和阵痛、变革和发展为主要特征的伟大时代呼唤与之相称的伟大作家和伟大作品，游离于时代之外的文字游戏和技巧迷恋，文坛代有人才出、各领风骚两三年式的急功近利，悖逆人性、把低俗当通俗、把恶心当有趣、把猎奇当生动的创作套路，最终是没有出路的。贴近人民，深入生活，沉入底层，十年磨一剑仍然是难能可贵的创作态度，是有望运用中国形式写好中国故事、产生大气量、大格局作家和作品的重要渠道。

优秀的文学作品一般来说要有四个容量：一是历史容量；二是生活容量；三是审美容量；四是精神容量，这应该成为文学的一种价值自觉。在漫长的文学史上，能进入人类永久记忆的，一定是那些呵护心灵、尊重人、能给生命以终极关怀和温暖的作品，是那些真诚维护和讴歌人性尊严和时代尊严的作品，是那些能准确把握时代脉搏、透视时代真相、既敢于针砭现实又真诚讴歌时代主流的作品，唐诗如此，宋词如此，《红楼梦》亦如此。那种在舞台上当众洗脚、点燃《诗经》哗众取宠的所谓"行为艺术"，那些充斥银幕的"戏说""手撕鬼子"和"裤裆藏雷"的桥段闹剧，那些总是陷入私人情趣小圈子的喃喃自语和孤芳自赏，一定会遭到历史和人民的唾弃。

○文艺家访谈○

杨继国：手捧硕果报桑梓

杨继国　马　星

马　星：继国先生好！您是我区文艺界的老领导，曾任过宁夏文联党组书记、主席和宁夏文史研究馆党组书记、馆长，现在还担任着中国作协少数民族文学委员会委员，中国民协顾问，中国—阿拉伯国家顾问委员会委员等重要社会职务。我们也知道，您著述颇丰，是一个文艺上的多面手，不但是摄影家、散文家，民族、民俗文化学者，同时也是文艺评论家。今天，我想侧重于您在文艺评论方面的工作、情况和您聊一聊好吗？

杨继国：好的，很高兴在这样一个阳光明媚的日子和你聊聊这个话题。

马　星：在一般人看来，文艺评论工作要求很高，不但要有较高的文学、艺术素养和理论修养，而且是一个比较枯燥、费力不讨好的工作。您是什么时候开始从事这一工作的，为什么要涉足于这一领域，请介绍一下您在这方面的工作情况好吗？

杨继国：我在复旦大学读书时，学的就是文学评论专业，当时在上海的报刊上发表了些文章。大学毕业后，正赶上拨乱反正、思想解放时期，如何肃清过去"四人帮"的那些错误思潮影响，恢复树立正确的文艺观，是当时整个文艺界所面临的重大现实问题，这也引起了我学习经典作家的文艺论述、钻研文艺理论的浓厚兴趣。当时我曾经写了一篇《"三突出"是修正主义的文艺原则》的稿子在刊物上发表，这也是当时全国最早批判曾风行一时的"三突出"文艺观的文章之一。后来搞文艺评论工作，一是兴趣使然，二是工作需要。我长期在党委宣传部文艺处和宁夏文联担任领导工作，联系文艺界，发挥自己主观能动性的最好工作方式之一，就是文艺评论。我在宣传部文艺处工作时，就经常撰写文章在报刊发表，对我区的文艺创作发展，谈自己的看法，对我区的青年作家，进行热情的评论和扶持。有些没人写的文章我写，没人评论的作家我来评论。这样既有效地进行了工作，又很好地锻炼了自己。主持宁夏文联工作后，虽然工作忙了，写的评论文章少了，但对我区作家，尤其是青年作家的创作足迹，始终给予密切的关注，尽其所能地助力于他们的成长。我和同事们一起，在北京成功举行了宁夏青年作家"三棵树"、宁夏青年作家群创作研讨会，在这之前我还热情地撰写了《喜看新树已成林——宁夏青年小说创作谈》的长篇评论，鲜明地提出了"宁夏青年作家林"的概念和口号，从而使之成为全国一个响亮的文学品牌，宁夏值得自豪的一个文化名片。

马 星：是的，我和文学界的同志们聊起来，他们说"三棵树"的概念也是您和冯剑华老师提出来的，也使我区的文学工作，上了一个大的台阶，创造了历史的辉煌。

杨继国：谢谢！也不能这么说，具体实际的工作，都是大家做出来的，我不过是在其中尽了自己的一份力罢了。

马 星：您在回族文学的评论和研究方面，也做出了很大的贡献，获得了显著的成绩。谈谈这方面的情况好吗？

杨继国：好！对回族文学的评论和研究，也是我大学毕业后致力的一个方向。主要还是出于一种民族的情感和民族的责任感。当时，回族文学发展还比较薄弱，许多概念尚不清楚。什么是回族文学，回族文学有什么特点？甚至于回族有没有民族文学，回族文学应不应该有自己的民族特征，都有人发出疑问。我当时主要是出于一种不服气的心态，认为回族尽管以汉语言文字作为自己的文学创作母语，但作为一个有上千年历史，拥有近千万人口的一个大的民族，不可能没有自己的民族文学，回族文学不可能没有自己的民族特点。为此，我一方面认真学习钻研文艺理论，一方面认真研读回族已有的文学作品，特别是民间文学作品，先后发表了《回族文学民族特点初探》《回族民间文学与作家文学》《试论文学民族化的实质》等一系列文章，不但回答了回族文学有自己鲜明的民族文学特点，还具体阐述了回族文学的民族特点主要是哪些等问题。同时，我密切跟踪，热情关注回族作家的创作，对他们新创作的作品，总是给予认真的研究和热情的评论。当时比较活跃的回族作家，我大都主动写过他们的文学评论。如对在文学界影响很大，创作自蒙古族题材转入回族题材的具有代表性的回族作家张承志，我连续撰写、发表了三篇评论《民族性与历史性的统一——评张承志回族题材的作品》《人性生辉的神性世界——论张承志的小说新作》《民族情结与人类情结——由张承志的〈心灵史〉论起》。可以说是评论张承志回族题材创作和其代表作《心灵史》的第一人。同时，我还花大精力，撰写发表了《新时期回族文学的发展》《当代回族小说创作论》《回族文学的自觉与发展》等长篇综论，对全国回族作家的创作经验和总体规律进行认真的探讨，对回族文学的发展趋势和审美风格给以客观的总结。这些文章，在全国产生了一定的影响，为新时期回族文学的发展，发挥了积极的作用。后来，我的这些文章，结集为《回族文学与回族文化》出版，荣获第四届全国少数民族文学"骏马奖"、首届中国民间文艺"山花奖"学术著作优秀奖等。不仅如此，我还在多年研究的基础上，撰写了专著《回族文学创作论》，从回族文学的定义、范围入手，系统地论述了回族文学的概念和发展，深入地研究了当代回族作家的审美心理、民族意识和民族情感以及文化传承。在回族文学的形式、题材、风格、传统与现实的多方面详尽分析中表述了回族文学的"知觉特性"，并用专门的章节将回族文学与各民族文学进行了比较，阐述了回族文学与各民族文学之间相互学习和共同提高的关系，论证了回族文学的民族性与人类性。同时提出："回族文学只有在处理好'认同与超越'关系的前提下才能获得更大的发展"。这部书出版后，曾获中国当代文学研究会、中国当代少数民族研究会颁发的第三届全国少数民族文学研究优秀成果论著一等奖。

马 星：您的回族文学的论著，有些我也认真读过。感觉既透彻又实在，很有说服力。我还听说，有些大学学生，是参考您的回族文学的论著，而完成硕士、博士论文的。我还记的，我区评论家郎伟说过：从20世纪80年代初开始，杨继国一直是我国回族文学批评界和研究界的重镇。他对"回族文学"概念、内涵的辨析和厘清，他对回族文学与回族文化传统关系的深入思索，他对回族文学民族特点的细腻把握，不仅表现了他在理论问题上的深入思索和敢闯"雷区"的勇气，也体现出他相当深厚的学问素养和艺术积累。

杨继国：过奖了。感谢大家的厚爱。回族文学研究领域许多人都做出了很大的贡献。郎伟教授就是其中的一员，他对宁夏青年作家的热情扶持和帮助，是大家有目共睹的。

马 星：我刚才引用的是郎伟撰写的《中国回族文学通史·当代卷》中涉及您的一段文字。说到这部通史，是由您任总主编的。这部书的出版，可以说是回族文化史上的一件大事。您作为主编，其中一定经历了许多酸甜苦辣，给我们说说这部书的编写经过和它的意义如何？

杨继国：好！关于主编这部书，我曾写过一首诗："五册书稿四年成，其中甘苦谁知情？使命前定岂容怠，幸偿宿愿慰平生。"回民讲"前定"，这部书也是我"前定"的宿命。我大学毕业时，曾在王十仪、李树江先生主持的回族文学史编写组参加了这一工作，但后来由于多种原因，大家的编写工作没有完成而搁置了下来。没想到，在我临退休之时，在大家的鼓动下又重新开始了这一工作，并在大家的帮助下圆满地完成、出版了《中国回族文学通史》。因而我有时候曾想，我这一生，或许就是为这一目标而来的，也正因为有这一目标而生活得很有意义。

《通史》出版后，在国内外产生了很大影响，新华社发布了通稿，各大网站都做了报道，在民族文学和回族研究方面有话语权的报刊都做了介绍，全国回族新老作家反响热烈，发来了热情洋溢的祝贺。宁夏回族老作家马知遥先生说："这是回族精神文化史上的一件大事。全书分四卷五册，洋洋300余万字。作为一个回族知识分子，我衷心感谢以杨继国先生为首的一批回汉精英人士四年不懈的努力，我们民族将世世代代永远记住他们的功德。我为我们民族而骄傲、而自豪！"八十多岁的回族著名诗人木斧先生专门写来亲笔信说："这本书全面地叙述了从古至今回族文学的方方面面，搜集面之广，包容面之大，都是史无前例的，对于今后回族文学的发展，必将引起激励促进的作用。这与你们编写这部书所花费的精力和你们对于回族文学的热爱是密不可分的，是令人深受感动的。""我还要提及的是，这本书的专章中对我的评价是公正的。我这一辈子不求名、不求利，只求我的同胞能够理解我的心情，理解我、支持我，我就心满意足了。"在这样的热情鼓励之下，我还有什么可说的呢？这使我觉得，我付出的辛苦和劳累都是微不足道的，都是值得的。

马　星：在您的征召下，我也曾参加了《通史》的部分工作，听了两位老先生的话，确实很感动，也很欣慰。那么《通史》出版之后，您还有什么打算呢？

杨继国：目前，我正在筹备《中国回族文学作品大系》的编辑工作，这部大系作为《中国回族文学通史》的配套工程，拟为八到十卷，计划将自古至今的回族文学代表性的作品汇集起来，以全面展示回族口头文学和书面文学的成就和风貌，为广大读者提供一个回族文学的精品读本。再一个是将我的旧著《回族文学创作论》改写、增写出版。这样，一部《中国回族文学通史》、一套《中国回族文学作品大系》、一部《回族文学创作新论》，回族文学的系统工程算是初步完成了，我也可以说是完成了我前定的宿命，做完了我这辈子该做的事了。

马　星：您的计划非常好，很宏伟，非常鼓舞人，衷心祝您宿愿得偿，完成这些工作，也是对我们回族文学、回族文化做出的新贡献。现在，我们将话题再扯远一些，请您谈谈您作为一个文艺评论家，对搞好文艺评论工作有何意见、建议？

杨继国：好的，这也是我正想谈的。最近，习近平总书记《在文艺工作座谈会上的讲话》正式出版。我认为，这是一篇非常重要、非常及时的文献，深入学习、努力贯彻这一讲话，对于我们今后的文艺评论工作，包括整个文艺工作，都有深远的现实和历史意义。习近平总书记在讲话中，对于进一步加强和改进文艺评论工作，讲了许多重要观点，概括起来，我认为主要为以下几点：

一是要高度重视和切实加强文艺评论工作。这是很有现实针对性的。文艺评论工作既是文艺事业的重要组成部分，推动文艺繁荣的重要力量，又是党领导文艺工作的有效方法和有力手段。但目前在实际工作中，重创作、轻评论的习惯做法和倾向还是现实存在的。如，我在参加中国作协的有关会议时，就曾多次呼吁，全国少数民族文学"骏马奖"，缺乏评论奖项是不应该的，应该改正。由于文艺评论不被重视，文艺评论工作的地位不高，因而许多人不愿意搞文艺评论工作，现有的文艺评论者的工作积极性不高，文艺评论的数量、质量都不能与文艺创作及时跟进，甚至于经常出现评论缺席的现象。

马　星：是的，对此我也深有同感，难怪许多原本搞评论的都改行搞创作了呢。

杨继国：创作和评论，是鸟之双翼，车之双轮，缺一不可。现在都讲生态平衡，在文艺领域，若缺少了评论，也会造成文艺生态失衡，严重的还会出问题呢。

马　星：是的。下面请你接着再说第二点。

杨继国：二是倡导说真话、讲道理，营造开展文艺批评的良好氛围。习总书记鲜明地指出，真理越辨越明，一点批评精神都没有，都是表扬和自我表扬，吹捧和自我吹捧，造势和自我造势相结合，那就不是文艺批评了。文艺评论要的就是批评，"一团和气"不是良好的批评生态，"一评就跳，一评就骂"更不是衡义论世的正常氛围。这更是具有鲜明针对性的。现在由于文艺评论工作不被重视，讲真话不大容易，因而，不少文艺评论是雇佣评论、金钱评论，只能说好，不能说坏。甚至是稍说一点不好，就受到围攻和谩骂。这种不好的风气，既是不良社会风气的影响所致，也更进一步毒化了社会风气，对于我们民族的思辨精神和民主精神是极其有害的。

马　星：是的，如若大家都不说真话，我们的社会将会是什么样子？文艺评论没有棱角，也就失去存在的价值了。下面请您说第三点。

杨继国：三是创造性地提出了文艺评论的客观标准。习总书记指出，要运用历史的、人民的、艺术的、美学的观点评判和鉴赏作品。这对我们的文艺评论标准和方法是一个创造性的深化和升华。"历史的"，即运用历史唯物主义和辩证唯物主义的观点，客观真实地反映历史和现实生活。当前，在我们的荧屏上、银幕上，戏说成风，随意改编和臆造历史事实，任意涂抹歪曲历史人物，这不仅不能给青少年以正确的历史和历史观的教育，而且造成了不尊重历史、不尊重客观，不实事求是的不良的社会风气。"人民的"，即要站在人民的立场，不但要让人民成为我们文艺作品的主角，而且要真实地表达出人民的思想感情，焕发出正常、健康的人情、人性的光辉。现在我们的文艺创作，真实表现人民群众，特别是基层劳动群众的作品少了，即使有一些，也多是闹剧、喜剧，广大人民群众，特别是基层劳动群众的生存状态、喜怒哀乐、思想情感、精神诉求表现得很少。以至于近日有媒体惊呼："不是搞笑，就是搞特效，中国电影正变为中国喜剧"。不改变这种现状，不仅是严重脱离人民的，而且会使我们文艺创作的路子越走越窄。"艺术的"，即要遵循艺术规律，以艺术的标准进行文艺创作。现在，我们的许多文艺作品，艺术标准很低，甚至于低俗下流，将肉麻当有趣。有的只讲好看，主观臆造，随意编排，情节离奇，漏洞百出，缺乏对观众起码的尊重。这些打着"艺术"的旗号而糟蹋艺术的东西，败坏的不仅是观众、读者的口味，而且败坏了青少年的艺术感觉，久而久之，将会造成难以估量的恶劣影响。"美学的"，即按照"美"的规律来创作和评论文艺作品。这看起来容易，其实是一个很高的标准。这就需要我们文艺工作者，不论是从事创作的还是从事评论的，都要认真学习美学理论，具有起码的美学修养，这样创作出来的作品，写出来的文艺批评文章，才能具有艺术的、美学的高度，才有利于提高整个民族的艺术素质和文明程度。因而，习总书记提出的关于文艺评论的这些标准，非常务实、非常具有现实针对性，而且非常具有理论性，是对马克思主义文艺理论的新发展，对我们党指导文艺工作经验的新总结。对于今天的文艺评论工作和整个文艺事业的繁荣发展，都具有极其重要指导意义。作为我来说，要很好学习领会，努力按照总书记的教导，做好自己今后的工作。

马　星：您刚才谈的学习习近平总书记文艺座谈会上讲话的几点心得，非常精辟，对我很有启发。今天我们聊了许多话题，聊得非常愉快，获益匪浅。这也使我想起了我区著名作家张贤亮先生曾为您题写的一首诗："学者官员两栖之，塞上文坛君为师。高原行走志不缀，捧得硕果报桑梓！"确实对您的评价是很准确的。衷心感谢您，也真诚地祝愿你身体健康，工作顺利，为我区的文艺事业做出新的贡献！

杨继国：谢谢！

○文艺家访谈○

柳萍：重唱梅边新度曲

柳 萍 王晓静

王晓静： 柳萍主席好！您是宁夏唯一一位二度梅花奖获得者，请结合您的演艺经历，谈谈对秦腔艺术的理解。

柳 萍： 秦腔，表达的是秦人的一种精神，西北人的一种精神。是秦人用陕西方言演绎的共同审美期待，我们可以通俗地理解为秦人的歌声。秦腔以民间故事为原型，表达秦人对生活、对人生的理解和感悟，塑造许多经典的人物形象，弘扬真善美，鞭挞假丑恶，传达着人们向往美好生活的愿望。这种被秦人所深深喜爱的"民间文学"，伴随着秦人的脚步走遍西北五省，又不断扩散，走向全国。秦腔作为最古老的戏剧，对我国其他剧种产生了重要影响，是秦文化和中华文化最古老的根系之一。

秦腔是阳刚之气的集中表现。秦腔的唱腔字正腔圆，具有浓厚的陕西地方戏特点，台词融入了大量的陕西方言，表演朴实、粗犷又细腻、深刻。贾平凹的《秦腔》不但诉说了秦腔的生成、变迁特点，更重要的是通过对八百里秦川大地上人们的喜怒哀乐等风土人情的描绘，展现了他们热情蓬勃的生命力。舞台演出的秦腔应该更为生动形象。

王晓静： 秦腔，作为最古老的一门艺术表现形式，堪称"大嗓门"艺术。平常大家都说"吼秦腔"，"吼"是秦腔主要的表现手法？

柳 萍： 有点对，但不完全是。秦腔还有一个特点就是富有夸张性，生活气息很浓，并有许多特技，如喷火、跌扑、耍髯口等。秦腔的角色也丰富多彩，有老旦、老生、须生、小生、正旦、花旦、武旦、媒旦、大净、毛净、丑角等十几种。表演时强调真情实感，要求演员一招一式皆情理真切，喜笑怒骂、悲戚哀愁、爱恨憎欲都要明显强烈，达到"演谁像谁，演谁是谁"神似的效果。这就使得秦腔艺术能够在不同地域达到审美上的一致性，满足多元地域人们的审美享受，最终表现为不同地域人们生命意识在戏曲艺术上的共鸣。秦腔的剧目极多，大多取材于《列国》《三国》《杨家将》等一些历史传说和故事，比较流行的有《五典坡》《杨门女将》《周仁回府》《三滴血》《苏三起解》等传统剧目，还有《江姐》《洪湖赤卫队》《祥林嫂》等现代剧，宁夏秦腔剧团新编的移民题材《花儿声声》。从秦朝统一中国的意义上说，我们都是秦人的后代，秦腔的"吼声"传遍西北大地。我们祖祖辈辈唱秦腔听秦腔，早已把秦腔视为宁夏本土的地方戏，而秦腔本身已不受任何民族或地域的局限，成为了西北大地的文化艺术遗产。

王晓静：是呀，秦腔作为文化艺术传承的重要载体，有着非凡的意义和价值。您两次获得梅花奖的剧种都是秦腔，能否谈谈获奖感想。

柳　萍：我作为宁夏第一个梅花奖获奖者，只限于演了而已。对我们宁夏来说是一个零的突破。能得奖，大概有两方面的助力：其一是中国剧协需要把梅花奖撒出去，让梅花奖在全国范围落地开花，这是激励地方戏曲发展，促进戏曲艺术繁荣的最好路径。其二是那时候自己觉得在演出上刚刚趋于成熟，正好获奖，其中有关照宁夏的成份。获奖之后，就我个人而言荣誉与压力并存。受到关注是一个艺术家重生的开始。2002年，是我艺术生涯的重生，从那时开始对自己有了更高的要求。一方面是艺术水准的提高，另一方面当了秦腔剧团团长，如何把宁夏的秦腔引向高峰，是我思考和琢磨最多的。2002年之后，在做好剧团管理工作的同时，我经常到各地特别是乡村演出。一方面要亲自演出，还要传帮带培养后辈人才。比如穆桂英这个角色，我主动让年轻人演，让年轻人经受锻炼。当然，我也是演戏的黄金年龄，心里难受，内心有挣扎，但如果不让年轻人演，他们怎么成长，怎么接力；不培养年轻人成长，剧团发展不了，带不好队伍，就是我没尽到责任和义务。李小雄是我从青海挖来的，住房、孩子上学、个人业务的提高，我都给予了关注，他很快成为宁夏第三位梅花奖得主。记得是2002年，恰逢梅花奖二十周年，在那个庆祝晚会上，宁夏只有我一个人上台。在宁夏文联召开的座谈会上，我说，我希望宁夏是梅花林而不是一枝独秀。近十年有了四位梅花奖得主，宁夏秦腔剧院在全国也渐渐有了影响，这是秦腔人共同努力的成果。

王晓静：从培养年轻人的角度讲您作为宁夏秦腔剧团的引领者之一，贡献是有目共睹的。今年9月22日，中国戏剧家协会梅花奖演出团来宁夏慰问演出，李小雄与全国十几位梅花奖得主同台献艺，您作为前任院长一定很欣慰。您担纲主演了几十个剧目的主要人物，创作演出了孙玉姣、潘金莲、焦氏、刘妃、穆桂英、庄妃、杏花奶奶等一批性格迥异、年龄跨度大的女性形象，剧团因为您这个"台柱子"，戏唱得更红火了。这些角色，您最喜欢哪个，为什么？

柳　萍：看到李小雄在台上演出，比自己的成功还要高兴。回想自己在台上的倾心投入，真的要感谢秦腔，感谢艺术，让我们这些热爱艺术的人执着于心灵深处的梦想。说到所扮演的角色，每一个角色与我都是有缘的，给了我最好的回馈。特别喜欢的角色有两个，一个是历史剧《庄妃与多尔衮》中的孝庄，一个是现代戏《花儿声声》中的杏花奶奶。

我很喜欢孝庄这个历史人物。她是清朝初年推动历史发展的人物，这是一个有撑起国家魄力、又有儿女情长的女人。孝庄与以往的角色有很人的不同。往常熟悉的都是一些小人物，他们的举手投足，一招一式都与我们的日常生活习性相关联，容易模仿，也容易"演谁像谁"。孝庄就不同了，她是皇后，她的走势、指法、身架与以往的完全不同，既要表现她威严的一面，又要表现她作为女人的一面，不同情景中的性格变化，不同情节中的表现方式都有较大差异，对一个演员来说具有很大的挑战性。但正是饰演孝庄这个人物，让我由内而外体会了一次重生——涅槃的感觉。孝庄皇后是中国历史上有名的贤后，一生历经天命、天聪、崇德、顺治、康熙五朝，历四帝；一生培养、辅佐顺治、康熙两代君主，她的名字与清初许多重大的事件紧密地联系在一起，是清初杰出的女政治家。她在国家生死存亡的关键时刻能够稳住大局，在复杂的权势纷争中保持清醒和冷静，做出正确的选择，在阅读了解孝庄皇后的过程中，真正被她的事迹感动了。孝庄不是神，她对孙辈的严厉与疼爱，又反映了她作为一个女人，有人之常情的弱点。有评论家说我演的这个人物不比影视上宁静演的差，能把这个历史人物演出神采来，相当不容易。在理解和体悟孝庄皇后思想感情变化的过程中，我想应该把孝庄塑造成一个鲜活的人而不是一个神，这是最大的挑战，能成功饰演这个角色，也促使我完成了一次自我挑战，我是一个喜欢挑战的人，演出的每一个角色都是在挑战自我。

孝庄如此，杏花奶奶更是如此。

王晓静：从演孙玉姣到皇后，既有身份的转变，也有心理的转变，能够与角色合二为一，形神兼备，的确需要时间的历练。杏花奶奶又有哪些不同？

柳　萍：杏花奶奶这出戏，以宁夏移民搬迁为背景，再现杏花奶奶人生的变迁。从十几岁到八十几岁容貌的变化，从唱腔、嗓音、道白的区别；从小姑娘的活泼、到八十岁时驼背弯腰的老奶奶等等一系列的变化，总之，不再单纯地表现一段固定时空内的人物性情。而是表现变化，通过自身的改变表现生活环境、生活状况的变化，社会时代的变迁，是一个最为复杂、最难演活的人物形象。人物角色的变化时刻挑战着我的"功夫"，台下几十年的积累都要表现在这一场戏中，我是承受着压力的。这出戏，获得了文华表演奖等奖项，这出戏也让我荣获了二度梅花奖。有专家讲《花儿声声》这出戏引领了中国现代戏发展的方向。

艺术是清贫的，一方面要生存，一方面要提升。在琢磨、理解人物的过程中，人物的一举一动，一颦一笑展现在我的脑海里，人物形象、肢体表演的过程是"痛并快乐着"。而一个活生生的舞台形象，展现给观众，又是一种幸福，一种活着的幸福。无数次在创造人物形象的过程中，体会到自我的"涅槃"，"演谁是谁"，那是一种精神上的蜕变。二十多年来，我不断地学习，从这些人物身上汲取精神营养提升艺术素养，演过的每个角色都是我喜欢的，都给我带来了愉悦，这两个戏可称巅峰之作，能否再超越，我自己都没有信心，但我会不懈努力，期望有所突破。

王晓静：从孝庄到杏花奶奶，看得出您不只注重艺术技巧，而是更重视对人物内心世界的挖掘，理解感受她们所经历的喜怒哀乐，真切地表现人物的情感世界，做到与人物同呼吸共命运。有人说，您在台上"唱着唱着就把观众都唱哭了"，是这样吗？您怎么看？

文艺家访谈　285

柳　萍：哭的情景，并不是必须的。是人物的命运遭际感动了我，我才不知不觉演唱到感动了观众。有一次是例外。那是在隆德演出，零下二十多度，我自己在台上，里面穿着薄薄的内衣，外面演出服根本不御寒，演出结束，有同事说你今天演得太感动人了。我舅舅说他穿着里子有厚毛的大衣，鞋也是带毛的棉鞋，站了一会冷得受不了就回去了，不知道我是怎么坚持下来的。只有我自己知道，我不是被自己饰演的人物感动了，实实在在是冻哭了，嘴都生硬得快张不开了，可是戏还得咬着牙演完，台下那么多观众眼睛热切地盯着你呢。这都是常有的。有时在三十七八度的高温下，在铁棚里演出，照样穿棉袄。我们秦腔剧团演出走的是基层路线，车进不去的地方就背行李走，夜路也得走。没水的地方几天不洗脸不洗脚也是正常的。一天带妆到晚是正常的。开玩笑说，我适合在逆境中前进，因为不会抱怨，也不会听别人抱怨，这就是现在所说的正能量多吧。我这个人还是比较乐观的。常年四季在乡村演出，经常住漏风的房子，有时还住在庙里，前年去陕西就在庙里住。吃饭的时候苍蝇到处飞，大锅里捞出面来，还得吃，不吃，饿得慌。这一切不是我的个人经历，是我们整个团队的经历。全团效益日渐显著，名声越来越响，都是大家共同努力来的。秦腔演出不像歌唱家唱歌，一首歌可能就出名了。秦腔演唱少一个部门都无法进行。有朋友在乡下看完演出跟我讲，我以为你穿着风衣，提着皮箱坐飞机出去演出的，没想到你们在这么艰苦的环境下演出。其实，地方戏演员都是服务于最基层的老百姓。这几十年，我们秦腔人的足迹踏遍了宁夏的山山水水。现在秦腔剧团的人很自信，出去就会骄傲地说，我是秦腔人！

王晓静：你们为秦腔的普及和传播所做的努力很让人感动，山区的百姓会记得你们，宁夏人民也会记得你们的！能否再谈谈宁夏秦腔剧团的发展状况？

柳　萍：我是1991年进入银川市秦腔剧团。2000年之前，我们团演出走向市场化，由于制约的因素多，效益不理想。有的人到新华街摆摊卖饮料，有的去商场摆摊卖服装，补贴家用。我自己也有几次想离开，有过彷徨，也在考虑除了唱戏还能干点什么。我尝试过做其他的事情，也做得很好。因对艺术刻骨铭心的热爱，不舍得丢弃，唱戏人对戏从骨子里的痴迷，让我又回到剧团，而且坚持下来。挑战，尝试新角色，真正体会坚持就能迎来曙光。因此，下决心要带着剧团往前走。从开始1.2元的演出费，涨到2元、5元、10元，从演出费的变化能看出演出市场的活跃和剧目生产的质量。去年秦腔艺术节上，我们在西塔戏园演出，玻璃门被挤破两次；到贺兰演出，剧场外的观众比剧场里面的还要多。这些场景，你能看到观众对秦腔的热爱。这么多年观众的热爱，增强了我们的信心，促进了我们的发展，我们还是要感谢秦腔艺术的魅力。多年的发展，也依托政府的关心支持，宁夏秦腔得到了非遗保护的专项资金扶持，更好地推动了秦腔艺术的发展。

王晓静：一天只有二十四小时，每个人的时间是一样的，可以想象您大部分时间都贡献给了团队，一定是有家人作坚强后盾，支持您取得了累累硕果。我们现在看演出，觉得您在台上是一个俏丽动人的形象。私下，团里人还说怕您，看来您还是非常严格地培养了团队的凝聚力和向心力，也练就了您的铁腕作风。有人说您是剧团的定海神针，您的这种影响力大概来自每天早晨从六点钟开始，数十年历程的积淀。"台上三分钟，台下十年功"确实在您身上具体地表现出来了。有人说"你为秦腔而生"，您怎么看？

柳　萍：家人和亲友的支持那是肯定的，今天取得的成绩至少有一半功劳是他们的。很多艺术家，包括各个方面为社会贡献的多，个人付出的艰辛更多是必然的。秦腔剧团一路走来，发展壮大是全团齐心努力得来的，我个人起了一定的作用，但个人力量毕竟有限，这一点谁都懂。要说"为秦腔而生"，真还感觉满心欢喜。1978年从隆德出来，11岁登台演出，我的天赋其实并不好，唱歌嗓子欠缺，跳舞特别有感觉，但是唱不出来。考舞蹈学校，老师说可以做其他的。我就不信这个邪。每天去固原南河滩喊嗓子。睡到半夜起来跑到南河滩上喊嗓子，一直喊，现在也能唱了还能唱好。18岁在全区中青年演员大赛得了一等奖，还获了很多的奖。

王晓静：宁夏秦腔，关乎一个人的成长，一个戏剧的发展，一个院团的兴旺，您可以说是见证者、受益者，更起到了直接的引领和推动作用。能否谈谈西北地区乃至全国，秦腔艺术的发展现状如何，面临哪些困境？

柳　萍：秦腔的观众主要在西北五省。就目前而言，秦腔的发展确实遇到了阻力。很多80后、90后对秦腔这种传统的戏曲文化是陌生的。作为秦腔人，我们有继承、发扬秦腔艺术，培养青年观众的责任。目前，当务之急就是让孩子们了解秦腔，认识秦腔，直至喜欢秦腔。如果没有青年观众走进剧场，那我们秦腔还怎么体现德艺传承呢？

我们这一代人从学唱"我爱北京天安门"开始，对文化遗产的继承与发展也要从孩子抓起。作为戏曲从业者，我觉得首先要树立的观念就是秦腔不只是演员谋生的手段和饭碗，更重要的是扮演着向广大观众传递文化的角色。只要演员能把秦腔作为事业来看待，把老一辈艺术家的精髓学到，然后刻苦钻研，精益求精，秦腔的艺术水平就会越来越高。很多年轻人谈到秦腔，第一反应就是听不进去，所以骨子里对秦腔就是排斥的态度，更不要说走进剧院或者上网看秦腔，也就没有机会来了解秦腔。其实，当你真正坐在剧院或者通过其他方式认真听听秦腔，我想大家一定会被秦腔感动的。《周仁回府》那沧桑激昂的旋律会震撼你的内心，《三滴血》那柔美的音律会把你深深吸引。一直以来不是年轻人听不懂秦腔，而是没有给自己一个好好感受秦腔的机会。著名秦腔表演艺术家李小锋老师曾经说过：秦腔是有文化人的艺术，是成年人的艺术，是经历了人生辛酸苦辣、经历人生沧桑沉淀下来的人的艺术。所以，只要媒体工作者、戏曲团体、戏曲从业者还有年轻一代共同努力，秦腔还是会有春天的，秦腔的未来还是有宽度和广度的。

王晓静：我们平常以为秦腔就是一种戏曲，其实她的文化意蕴很深。西海固浓郁的文化艺术氛围，就离不开秦腔的艺术感染力，听说那里有很多民间艺人组成的秦腔小剧团，有无帮扶的必要？

柳　萍：因为专业院团很少，演出尚远远满足不了观众的需求。不要小看这些民营小剧团，他们能影响带动一大批热爱地方戏的民间艺人。同时，减少了好多人闲来无事，参与打麻将、赌博等等一些不良的娱乐习惯，这就是艺术对生活的影响，甚至还能起到净化民风民俗，为社会增加正能量的作用。秦腔的审美取向不亢不卑，为每个人、每个生命做平等的、形象化的价值引导，对社会意识、审美情感做平等的艺术观照。说到底，人民需要艺术带来的愉快，艺术也离不开民众的支持，演员和观众共同成就了舞台效果，很大程度上发挥了艺术的美育功能和德育功能，这一点无须区分专业和非专业。民营小剧团很好地补充了我们专业院团市场演出不足的空白，两者之间并不存在竞争，我们的帮扶工作已经做了很多年。

王晓静： 您对秦腔艺术的发展还是充满期待的。2014年10月15日，习近平同志在文艺工作座谈会上发表了重要讲话，大家期盼着艺术的春天尽快到来，"讲话"应该是最新的东风。重要思想之一就是坚持以人民为中心的创作导向以及艺术为人民服务的宗旨，宁夏秦腔创作是如何坚持这一导向的？

柳　萍： 习总书记在文艺座谈会上的讲话，正是文艺界期待的春风。其实，我们坚持常年送戏下乡，是在实践文艺为人民服务的宗旨。具体做了以下几项工作：首先，宁夏艺术院团的秦腔和京剧作为非遗保护项目，增加经费，对一些老传统的艺术品类进行挖掘、整理，请专家一对一地传授；另外，加大对后辈艺术人才的培养，新出台的戏曲扶持21条，也加大对传统艺术的扶持力度；再就是定期对一些地方民艺院进行帮扶，这个工作已经做了好多年。秦腔在我们西北是人们喜闻乐见的戏曲种类，如《三娘教子》中平凡人的勤劳善良与教子训诫，《张连买布》中的琐碎诙谐，以及张连最终人性的幡然回归，都是在为平凡人放歌，为本真的人性而艺术。这种深融民众、顺应社会潮流的戏曲艺术，体现在几千年文明的秦人价值取向上就是人文主义和人道主义情怀，这也正是我们当代社会需要的精神营养。我们目前筹划宁夏60周年大庆的新剧目，已拜托中国文联中国剧协帮助宁夏指导创作艺术作品，精品不能昙花一现，常演常新才能赢得观众和市场，才能更好地发挥秦腔的美育和德育功能。

王晓静： 我们常用"梅花香自苦寒来"形容艺术家在艺术事业中付出的辛苦与汗水，您这些年大多数在基层演出，我们能感受到您不同寻常的付出，在艺术领域，您觉得还有遗憾吗？

柳　萍： 遗憾的是，有几出传统戏我非常喜欢，没能传承下来，比如《火焰驹》，策划过好几次，没有排成。还有一个遗憾是没能让秦腔走出国门，但我相信，曙光就在前面。

王晓静： 能否对自己的从艺经验做个简单总结？

柳　萍： 艺术，源于初心，有时也考验着人的初心。只有热爱才能成就，只有热爱才能传承。

○对话○

张学东小说创作三人谈

张元珂　鲁太光　王　雪

张元珂：今天在我们三个人中，对宁夏文学，特别是小说创作的了解，恐怕非太光兄莫属，你不但在担任《小说选刊》期间亲自挑选、编辑了许多宁夏作家的稿子。一直以来，就对宁夏作家的审美思想、创作风格情有独钟，而且近年来，还写了几篇颇有影响的评述宁夏作家创作的论文，初步形成了你对宁夏文学的总体认知。那么，关于张学东的谈论就先从你开始吧。

鲁太光：在中国当下小说创作中，宁夏作家依凭其独特的地域特点及文化特色，形塑了独特的宁夏文学，使之成为中国当代文学版图上一道素朴而诗意的风景。概括地说，宁夏文学独特性的根本就在于其朴素的品质，而这，又很可能来源于宁夏朴素的文化本色。毋庸讳言，相对于全国其他地方而言，尤其是相对于东部沿海等发达地区而言，雄踞中国北部的宁夏高原经济条件相对落后，居民的生活水平自然也相对简朴，但物质的相对贫乏绝非精神贫乏的代名词。大概与这相对简单的物质条件及相对简朴的生活风习有关，在大多数宁夏作家的文字中，流淌着一种朴素的情愫，闪烁着一种朴素的精神，不仅令人感动不已，而且令人肃然起敬。说句实在话，在文学相对柔软、相对奢华、相对颓废的今天，这种朴素的文学品格，更是难得，更是可贵。

王　雪：正如一枚硬币的两面，如果说宁夏文学的一面是朴素的话，那么这朴素的背面则是"清洁的精神"。从某种意义上说，"清洁的精神"这个关键词就来源于宁夏,来源于宁夏文化,来源于宁夏文明。而且,经由张承志的文字流布,这个关键词跟宁夏文学、宁夏文化、宁夏文明发生了更为丰富、更为深刻、更为本质的血肉联系,也焕发出更为宽广深远的文化意蕴。这自然是中国当代文学的重要收获。然而,即使我们不是站在这个思想的高度上看,不是从文化自觉、宗教自觉的维度上看,我们也时时从宁夏作家的文字中体验到一种"清洁的精神"。而且,就这些后来的年轻作家的创作而言,他们对这种"清洁的精神"的文学表达似乎更来源于日常生活的经验,因而也更自然。这虽然一方面影响了他们在更深广的层面上开掘其意义,但在某种程度上,却又丰满了宁夏文学的血肉。

这里要谈张学东的小说,不能不提到他所生长的那方水土——宁夏。故乡对一个作家的意义远比普通人重大,不管他承不承认,一个人儿时的梦想与光荣,伤痛与泪痕都会在他的梦中出现,会在他成年后骄傲或脆弱的时刻降临,那个时候故乡给予他的一切会成为他证明自己最有力的存在。不管是文学界还是心理学界,诟病弗洛伊德的人很多,但你不得不承认他所强调的"童年经历"对于心理治疗和文学研究开拓了思路。眼下莫言的创作和高密东北乡成为新的话题,再把张学东和宁夏也拉扯进来似乎有点跟风逐潮,但从弗洛伊德角度讲,作家成年后的本土写作就是童年游戏的某种替代,这是不可回避的。很多作家都以自己的家乡特质为原型建立了自己的文学领地,如沈从文的"湘西系列",贾平凹的"商州系列",莫言的"高密东北乡"。被誉为宁夏"新三棵树"之一的张学东自然打上了宁夏的烙印,但从小说的整体风格看,我更愿意将其称为"大西北"气质。这是一种带着厚重感的苍茫和悲凉,以其长篇小说《西北往事》和中篇小说《葬礼》最为典型。

看《西北往事》,我想起的是路遥的《平凡的世界》、陈忠实的《白鹿原》以及贾樟柯的电影《站台》。小说的每一个情节都可以投射出一幅画,它时而被黄沙遮住,时而被大雪覆盖。西北独特的地域空间孕育了这群厚实、粗暴、直接并且缺乏想象力的人物。在"我"眼里,姐姐蓝丫是狼,哥哥是狐狸。为了生存,为了争夺一点可怜的更为有利的生存条件,他们用尽心计,也用爪子和牙齿。他们伤害别人,同时也被别人伤害。在这个千疮百洞的家庭里,亲情是那么的淡漠,每个人都在冷漠地向前行走,姐姐蓝丫的叛逆与哥哥的出走,而"我"伤感的早恋又是那么的刻骨铭心。这种人物之间直接的冲突与斗争与大西北赋予人的粗犷分不开。这种粗犷使人容易仇恨,也容易宽恕。故事结尾,母亲与父亲和好,父亲竟然暗中接济曾经的情敌,蓝丫生完孩子后突然回家……所有的彻骨仇恨与耻辱都在大悟中灰飞烟灭。

而那些不熟悉大西北生活风俗的人,看完《葬礼》基本可以明晓这里的丧葬仪式。小说中乌老汉的遭遇固然让人痛惜,兄弟间的养老争执俨然是从古至今的难题。但从另一个角度讲,小说中的作为环境描写出现的丧葬仪式却也是当代大西北正在消亡的古老传统,丧葬仪式上的总管、无偿帮忙的邻居、请阴阳先生、重孝不得进门、念诵经文、抬棺材出殡、摔瓦盆、撒银钱、跳柴火,这些具有民俗意义的场景其实是西北农村延续下来的仪式。作家写来宁静安详,不带有任何猎奇和观赏的成分,一个生命就这样戏剧性地结束,似乎这是乌老汉最终的归宿,也是一代代西北人的生命挽歌,有点血腥,有点残酷,但是可以承受。

张元柯: 张学东的创作除了典型的大西北特征外,他一直在寻求突破,不管是题材还是形式,他有意去尝试新的风格。题材方面:从童年的乡村生活,到70年代城镇少年的成长经历，到现代都市人的无聊寂寞，到《超低空滑翔》《人脉》以及近期的长篇小说《尾》，他所触及的范围远不是"西北"或"乡村"能够概括的，他善于写西北农村，但他更清楚一个作家不可能咀嚼鸡肋一般握着故乡的泥土不放。形式上讲，中短篇和长篇均有创作，在现在这样一个"微"的年代他有甘于寂寞的勇气，更为可贵的是他在《欢乐的五谷》一文的表达方式，其形式和语言更像本戏，每一节各自独立，像折子戏，彼此之间不是故事的线性叙述，而是不同人物的口吻叙述自己的心理活动，这在我倒是第一次见这种叙述方式，感觉颇有趣味，其间似乎也带有作者的某种创作观，当每个人单独坦白内心的感受时，我们看到的是一个个鲜活的生命状态，有自己的欲望，有自己的需求，他们不是完全可鄙的，都带有可以谅解和悲悯的成分。

鲁太光：张学东的长篇小说《西北往事》当然堪称70后的代表之作。由于历史动荡的原因，由于"文革"的原因，也由于父亲一意孤行、特立独行的原因，"我们家"从一开始就陷入无边的混乱乃至"混战"之中，随着父亲被批斗、被劳教，这种混乱逐渐由外向内蔓延，成为家人内心深处的混乱，在这混乱之中，"我们家"简直成了仇恨的人本营：夫妻反目、母弃幼子、兄妹成仇、兄弟成仇，而且，彼此之间还相互设计，相互构陷，相互冷眼旁观，互相看笑话，互相狗血……在我的阅读经验中，这样令人齿寒的无情，这样令人心寒的冷酷，在现实主义的小说中十分少见。说实话，阅读《西北往事》，一下子就让我想起了80年代末、90年代初阅读先锋小说的感觉。然而，仅仅是感觉而已，通读完毕这部小说后，你会发现这是两种截然不同的小说文本，在情感深处尤其如此。与先锋小说务必将残酷进行到底的美学取向不同，张学东建构这种令人灵魂战栗的情感危机，而且将这种情感危机一再推向高峰，不是为了写残酷人写残酷，不是为了"表演"残酷，而是服从于一种更高的目的——为亲人间的最终和解提供一个更加危险因而也更加弥足珍贵的契机。在这个意义上，可以说，这种"高端"的仇恨建构，是为了呼唤"高端"的亲情，因而，在这部小说中，呈现着一种悖谬的情感结构——随着仇恨越来越推向高潮，随着仇恨的大厦越建越高，我们却越来越觉得这仇恨不可靠了，觉得这仇恨的大厦即将轰然倒塌了，而伴随着这恨的大厦的倒塌，一座爱的大厦，和解的大厦必然随之挺立而起，岿然屹立。也许，小说结尾那场几乎将"我"置于死地的"热病"是一个隐喻——通过令人煎熬的"发烧"，我们才排除了内心郁积的毒素，迎来了新生的契机。

他是有创作自觉的作家，这使得他的作品更加"现代化"，跟其他宁夏作家相比，有些与众不同，但从根本上看，张学东处理的问题，仍然在宁夏文学传统之内，也是对这一传统的延续和发展。我们读到的张学东的小说，尤其是其中篇小说集《谁的眼泪陪我过夜》和《水火》中的小说，核心内容基本上都是围绕着我们上面讨论的这种社会变动展开的，都是对这种变动对人心从而对人的生活细微却又影响深远的改变的呈现与揭示。我们仅以其《夜色中的男人》为例来谈谈这个问题。在小说中，"成功人士"马海权父子与他资助的女大学生方荣之间发生的事情——方荣先是被马海权羞辱，后又被马海权的儿子奸污——看似一切皆起于无意之中：马海权之所以去找方荣，是因为老婆出差了，而他去找方荣时，似乎也无意羞辱她，只是由于两人到达马海权家时的情境过于暧昧，马海权才一时性起；而马海权儿子奸污方荣，好像更是"无意之举"——他只不过是想殴打方荣一番，以报自己因爸爸与方荣约会被同学羞辱、老师批评、爸爸殴打之仇。然而，如果深入文本内部，我们会发现，这所谓的"意外"其实都是"有意"之举，而这"有意"背后，挺立着一种更加坚硬的力量——金钱的力量，资本的力量！如果不是有钱，马海权怎么可能在几年前一见到美貌的方荣时就慷慨解囊资助她呢？怎么敢打着资助的名义想占有她呢？怎么敢在占有不成之后又把对方想象得如此不堪，以为对方逃离之后再次来找自己是想跟自己讨价还价呢？如果不是有钱，马海权的儿子——一个中学生，怎么敢公然殴打、奸污一位本就是其家庭"受害者"的女大学生呢？……更加可悲的是方荣在这变故发生后的态度——面对父亲的恶疾，这个一再遭受马海权父子侮辱的人，竟于无意中再次游荡到马家楼下，期望从这里得到"帮助"。这是怎样的人间悲剧？

王雪：我在初读他的这类作品时，感觉小说中的人物，像北京的天桥下面或地铁通道中乞讨的流浪汉，让人怜悯，但又由于某些因素，你对他无法走近，唏嘘过后只能选择冷漠和忽视。我能体会到作者在其中欲言又止的呐喊，他本可以痛快淋漓，但是他选择了一种"渗血"式的表达方式，和这个时代快节奏的审美心理分道扬镳，所以我感受到只是一种历史的、异域的、他人的不幸，是一种被时间和心理隔离的"伤痛"。我相信他感受到的往往是来自笔下人物的某种召唤，而非外界的褒奖和诘难。正像很多评论家所说的，张学东的作品展现的通常是一种"人性的悲剧"或"作家的悲悯意识"，故事情节和人物总给人一种令人窒息的沉重感。作品绝少荡气回肠的历史感叹，这不像《平凡的世界》，路遥总会在必要时刻总结一下历史的滚滚车轮带来的变化，人物的境遇会随时代的变革有所改变。张学东笔下的人物悲剧似乎是永恒的，他们的悲剧就像一个魔咒，永远解不开，人物越挣扎被捆绑得越紧，这些不幸来自生活的贫困、欲望的难以遏制、青春期的反叛、人与人之间互相的争斗、天生的身体残缺等等。这些伤痛的抚平，不是某个政策的实行、经济的发展能够解决的。就像家庭纠纷，它是在生活柴米油盐的琐碎和时间永是流逝的无聊中滋生的，在其面前，没有明确的道理可讲，要么了断，要么了悟。

张学东笔下的女性不是标榜独立和知性的现代都市女性所欣赏的类型，她们更多是"被侮辱和损害"的群体，不管是小说《黑白》里的母亲李素娥，《艳阳》里的乡村女教师小白，《水往北流》里的姐姐青秀和妹妹青虹，《挡风玻璃》中的水菊妈，还是《西北往事》里面的妈妈、蓝丫、林秀秀、罗杨，《哑谜》里面的哑巴山花，《水火》里面的春民妻子，《夜色中的男人》里面的方荣，《海阔天空》里面的潘婧林……她们总是由于生存的困境、家庭变故或婚姻不幸而遭受伤痛，甚至被男性欺压和凌辱。很多时候，这些女性选择了忍气吞声或沉沦，甚至变得心理漠然和扭曲。如果简化这些女性受伤害的故事，其主要情节和当下新闻报道的很多案件很相像。张学东作品中出现众多这类遭受苦难和被凌辱的女性形象，可见他本人直面现实生活的创作观。

鲁太光：他笔下的悲剧承受者除了女性，还有被遗弃的青少年和空虚寂寞的中年人，这些不幸不仅来自物质的匮乏，更来自精神上的孤独。《夜色中的男人》中马海权对方荣的好感和觊觎其实是这个中年人在家庭事业定型之后的一种无聊和寂寞，最终方荣的悲剧也使他本人遭受心灵的煎熬；《海阔天空》中的潘婧林为了自己的前途嫁给了并不喜欢的钟骋，最终不堪忍受几个男人纠缠和工作中的是非流言而失去理智成为杀人犯。这类小说的故事情节看似是某个新闻热点的翻版，但是作者在其中探讨的则是物质满足之后人的生存现状，似乎物质富足之后的无聊比起苦难年代的贫寒更难让人忍受，这是当代中国浮躁欲望背后艰难而复杂的生存境遇的写照。

王雪：正如评论家房伟所言，张学东写苦难并不是怀有作家本人的"救世"情结，他"始终从人性的角度出发，不回避他们的庸俗和丑恶，但绝不丑化或美化他们，而是力图客观再现他们的困窘和悲伤、弥漫于内心的希望与绝望，小心翼翼地保护着他们对于幸福可怜的憧憬"。对此印象深刻的是《水火》中春民那可怜的妻子，她一再被侮辱，但对于生活她始终是隐忍的，当丈夫坐了牢，自己名声败坏，却坚持要生下自己肚中的孩子，这其中有常人难以理解的苦痛，但这位女人的母性和坚强确是铁一般的。

张元柯：我自去年开始系统地关注张学东的长篇创作。我们知道，在过去的十余年间，他先后出版了《西北往事》《妙音鸟》《超低空滑翔》《人脉》四部长篇小说。这些作品隐含了一个"成长叙事"的模式。"成长叙事"重在叙述人物迷茫、焦虑、痛苦并逐渐走向成熟的成长过程，又传达本源而又隐秘的生命信息，并以此作为回望历史、反映现实、探索人生的精神基点。这样的文本既是个体的青春宣言书，也是感知历史、认知现实的晴雨表；前者多指向弥补个体精神创伤的需要，后者多指涉历史的荒诞、生活的悖论或人性的变异。"成长叙事"首先叙述"身体成长"。由"身体成长"所引发的故事、所传达的生命信息，对每个作家来说，都会引发创作上的冲动。它的内容丰富多彩，有专注于欲望化表述的，有表现意识形态功能的，有表现形而上探索的……它的风格多种多样，有反讽批判色彩的，有黑色幽默意味的……但无论哪种类型，哪种风格，都应该在审美范畴内表现"身体成长"的内涵。

张学东"成长叙事"中有关"身体成长"的叙述重在展示"成长"在对抗苦难中的积极意义——有助于克服生存之困，有助于消解心灵之痛。也就是说，个体成长中那些隐秘的生命体验，既让他们感觉羞涩、彷徨、惊恐，也使得他们一步步走向独立和成熟。无论《西北往事》中的"我"、蓝丫，还是《人脉》中的乔雷，都是被边缘化的小人物，每一次的"爱"与"被爱"都要付出极大的代价，然而，他们又凭着自己顽强的原始生命力一次次救赎了自己。蓝丫是在被暴打中迎来青春期的第一次"初潮"，这几乎是她离家远走前的一个成人仪式。乔雷与二流子曹大海的一次次对决，与丁丽英的"恋母"式爱情，都是对"身体成长"的精彩叙述。他们的"身体成长"本身具有对抗苦难、疗治创伤的能力，同时，也一定程度上化解或超度了别人的苦难。比如，在《人脉》中，乔雷以武力阻止了曹大海对丁丽英的欲行不轨，以真挚的兄妹之情给哑巴乔虹带来童年的快乐，这是成长的见证，也是成长的结果。在《西北往事》中，当罗杨的父亲被捕时，她被人们的冷漠、敌意所深深伤害，而"我"对她的理解、尊重，并和她一起去探监，给她带来心灵的慰藉，在那个时刻，"我"似乎成了她唯一的拯救者，尽管"身体潜在的欲望使我总是感到莫名的迷乱"。不妨说，身体不是欲望的符号，也不是权利的媒介，而是力量的源泉和希望的所在。张学东以这样的方式，富有创新性地表达了"身体成长"在文学中的意义。在当代长篇小说的创作格局中，这样的发现和表达弥足珍贵，开启了身体成长叙述的另一种可能。

张学东的"成长叙事"不仅叙述"身体成长"，也叙述"精神成长"。"精神成长"重在表现人物的精神之痛或心灵之痛。遭遇"心灵之痛"，是精神成长的代价；对抗精神之痛，是走向成熟的标志。小说的主人翁大都经历了一个由单纯到迷茫、由迷茫到痛苦、由痛苦到绝望的成长过程。他们始终在欺骗与善意、怀疑与真诚、侮辱与尊重之间左右摇摆。《西北往事》中的"我"、哥哥、蓝丫、罗杨、林秀秀都遭遇了心灵的巨大痛苦。儿童时代，他们相互敌视、算计，有意或无意地伤害对方；成人后，爱与被爱的错位，让他们备受煎熬。心灵之痛发展到极致，就是绝望。消解绝望有多种方式，逃离与死亡即为其中两种。蓝丫选择逃离家庭，母亲选择与父亲离婚，林秀秀选择上吊自杀。前两者是对抗绝望，后者则走向彻底绝望。《人脉》中的流浪少年乔雷被乔万金收养后，屡遭乔云、乔雨的排挤和二流子曹大海的生命威胁，后又接连经历与丁丽英、上官莲的痛苦情事，可以说，他的一生都与漂泊、恐惧、伤感、孤独、负罪、忏悔结缘，不断遭受着精神上的巨大痛苦。《超低空滑翔》通过描写白东方从排斥权力到慢慢接纳权力的发展过程，深刻探讨了权力与人性的关系，展现了权力对人的异化景观。该小说探讨的虽然是权力如何异化人的问题，但也是以白东方的成长体验为叙述视点的。父亲命丧空难，"我"遭受丧父之痛；被放逐到"边远"小站，"我"遭受被弃之痛；妻子李丹对"我"反目成仇，我经受"家庭之痛"；和郝椿的爱情风流云散，我遭遇"情感之痛"；被各种权力关系随意摆布，我遭受"被耍之痛"。总之，他们所遭遇的种种精神上的痛苦，既是个体成长的青春代价，也是一代人心路历程的集中写照，深深打印着"文革"后遗症的烙印。

张学东在"成长叙事"中表现了隔膜、孤独、悲痛、绝望的成长经验，但也致力于表现温暖、真诚、善良的人情人性，特别是对于真挚爱情、友情、亲情的表现，都让张学东的长篇小说增加了一些温暖的质地。生活有坚硬的部分，也有柔软的一处。人性有丑恶的因子，也有柔美的质地。生活的柔美给人以鼓舞，人性的柔软给人以温暖。在《人脉》中，乔雷与乔虹之间的兄妹情，乔雷与"老猫"的师徒情，乔雷与乔万金之间的父子情，乔雨与疯妈之间的母女情，乔雷与上官莲之间的男女情，都因其情感的真挚、无私、宽容而给人以心灵的温暖。在《西北往事》中，父亲与女儿蓝丫断绝父女关系，最后还是重归于好；他打断了母亲的情人刘庆福的腿，但最后还是暗地里照顾他；"我"不顾父母的惩罚陪伴罗杨去探望监狱里的父亲；"我"和小男孩大头在水泥管道里玩耍并建立了深厚的友谊。这些人性中的闪光点，恰似夜空中闪烁的星星，给人以温暖和希望。张学东的审美意识里保有对于温暖、正义、真情的坚定信仰，所以，我们才在《西北往事》《人脉》中看到这些人性的闪光点。同时，他的主体意识里保有对荒诞、幽默、魔幻等修辞技艺和人性、权欲、社会心理等现代、后现代理念的深刻认知，所以，我们才在《超低空滑翔》《妙音鸟》看到人性的变异、生活的悖论和历史的荒诞。但是，在这样的文本中也表现了对温暖、温情、正义的展现。比如，在《超低空滑翔》中，李丹在与白东方的夫妻关系破碎后，依然随身携带着丈夫的照片；小说内置一个清廉的老局长纪清和的形象，并有诗描述他的高洁形象；白东方深深爱着郝椿；等等。

这种"成长叙事"最终也表达了张学东对社会存在、人际关系、生命本质的哲理性思考，体现了作家对叙述深度的艺术追求，即人性深度、历史真实的深度、作家的人格深度、审美理想的深度。《西北往事》展开了对于存在、孤独、死亡等形而上问题的探索。一是，探讨"精神残缺"。"我"的弟弟是一个身体、智力残缺的小孩。他的丢失是一个谜。"我"一直牵挂着早已消亡的弟弟。后来，我与同样有着智力残缺的大头结下了纯洁的友谊，这是否也隐喻了心灵上的相通性，即"我"也是一个残疾人——不是身体残缺，也不是智力残缺，而是精神残缺。因为"我"长时间的缺爱（母爱、父爱、情爱、友爱），并被无限期的边缘化，最终导致了"我"精神上的残缺。二是，探讨孤独的普遍性、永恒性及对生存的影响。"我"的孤独无处不在，整个文本里漫溢着孤独而又感伤的氛围。孤独让"我"痛苦，它是敌人，并由此认为"孤独的人是可耻辱的"；孤独赠予"我"重新选择的自由，它也是朋友，和大头在水泥管里建立的友谊，认为"那是一种成年人永远也无法理解的幸福时光"。三是，表达"他人即地狱"的哲理。小说中的母亲、父亲、我、哥哥、蓝丫、林秀秀、大头、四爷、罗杨等组成了一个有意味的关系网，处于这个关系网中的任何一分子，都要受制于"他者"的制约。他们的幸福或痛苦、收获或伤害、逃逸或死亡，往往不是自己主观实践的结果，而是别人给予或阻碍的产物。这是中国版的"他人即地狱"理念！《人脉》将父子情、祖孙情、师徒情、兄妹情、男女情融为一体，按照作家的理想，他要"着重刻画人物在特殊历史时期和陌生环境下情感归属的种种可能以及传统文化观念对个人性格潜移默化的影响"，同时，"也要深入探究一下人群的排他性、共融性以及相互依存等社会心理学话题"。按照小说的呈现层次——历史（社会生活）意韵层、审美意韵层、哲理意韵层——来解读这部小说，这里对人群"排他性、共融性以及相互依存性"和对"情感归属的种种可能"的探讨，应属于哲理意韵层，这体现了张学东的长篇小说在写作难度、深度上敢于探索，勇于实践的勇气和信心。总之，张学东的"成长叙事"无论书写何种荒诞的历史场景，无论描写何种有悖常规的现实生活，无论表现何种变异的复杂人性，都始终守望着人文关怀这片母亲般的绿洲，即对人、人性、人情和人的生存保有一份悲天悯人的情怀。这体现了他对历史理性和人文关怀的双重关照。他的叙述姿态是传统而又现代的，典型地代表了70年代出生的作家对待传统、看待历史、感知现实的特点。这样的审美追求，在日益浮躁的当下，让我们看到了文学的希望。

鲁太光：正如以上大家所谈到的，张学东的确是一位勤奋的作家，产量大，题材广，主题多，且多有佳作涌现，这在70后作家群体中是不多见的。这里我也期待学东兄今后能在从量变到质变的创作路上，有一个更大的发展。

○跨时空研讨○

《画皮》：人皮易画，人心难求

赵芳婷

2008年9月，由陈嘉上导演，周迅、陈坤、赵薇、甄子丹、孙俪等影星联袂主演的商业大片《画皮》在内地上映，在短短数月间创造了票房佳绩。尽管影视界对此片的评价仁者见仁，但不可否认的是，影片确实在商业上取得了足以超越同类影视作品的空前成功。与此同时，在改编中国古典小说的探索上，影片也给影视界创造了可供参考和借鉴的蓝本。《画皮》从中国古典名著《聊斋志异》中吸取故事框架，将现代观念、现实批判和人文关怀注入其中，以"旧瓶装新酒"的模式讲述了一个观众既熟悉又陌生、既雅俗共赏又触动心灵的鬼怪故事。无疑是一个有益的尝试。《画皮》的成功并非偶然，从改编的角度上来说有其深层原因。

首先，把握"原著精神"是影片《画皮》成功的基石。这里所说的"原著精神"并不局限于《画皮》这篇小说本身，而指整部《聊斋志异》所传达的普世价值，郭沫若曾评价蒲松龄的《聊斋志异》："写鬼写妖高人一筹，刺贪刺虐入木三分。""虽然写的大多是一些花妖鬼魅的故事，充满奇思异想，但它却深切地反映了现实的社会人生，反映了广大人民群众的思想感情。"这也成就了《聊斋志异》深刻的人性关怀和现实批判。影片《画皮》没有单纯将原著中"女鬼画皮"的故事架构作为满足观众猎奇心理的"噱头"，而是秉承"借鬼喻人"的原则，于扣人心弦的故事中言说人性的善恶美丑，乃至影射当今的现实生活。从这一点来说，《画皮》对原著主要精神的把握是比较准确的。

其次，《画皮》对原著故事的"第二次阅读"成为其改编成功的关键。电影与文学不同，其基本特性之一便是商业性。对于一部改编自文学名著的电影来说，不论其多么忠实地用影像再现了原著的深刻主题和故事情节，如果得不到观众的喜爱和认可，也只能是曲高和寡、孤芳自赏。短篇小说《画皮》跌宕起伏、奇幻诡异的故事具有强烈的感染力，这为影视改编提供了较大的可能性。以往根据《画皮》改编的作品均拍摄成惊悚片或恐怖片，主题基本是关于"恶鬼复仇""美色杀人"以及讽刺世人"忠妄不分"等，总的来说缺乏对原有文本的"再阅读"。

正如一些学者指出的那样："有些名著、畅销书或轰动性的人物与事件虽然已经被人'阅读'过一次，但也可能由于这样那样的原因，人们或来不及对其做深度解读，看不出其背后的真实意义，或时过境迁，其又呈现出某种新的意义，或不同的主题对其有不同的解释，还存在着第二次阅读的必要。"《聊斋志异》作为中国古典短篇文言文小说的巅峰之作，在文学史上具有崇高的地位。但我们也必须看到，当今社会的文化土壤已完全不同于蒲松龄所处的时代，要想将《聊斋志异》中的故事改编成影视作品，如果不对原著进行必要的再加工再创造，是很难得到观众认可和接受的。这里必须说明的是，"第二次阅读"必须以主题为灵魂。

将影片《画皮》与原著相比照，可以发现电影无论是从情节叙事、人物设置、主题呈现上都对原著进行了改编。在小说《画皮》的结尾，蒲松龄阐发了他对这个"恶鬼复仇"故事的评论："愚哉世人！明明妖也而以为美。迷哉愚人！明明忠也而以为妄。然爱人之色而渔之，妻亦将食人之唾而甘之矣。天道好还，但愚而迷者不悟耳。哀哉！"据此，我们对小说《画皮》主题的基本理解是"告诫人们不要为表面伪装的假象所迷惑，要透过现象看本质，否则就会上当受骗。"也有学者认为，"尽管作者借题发挥，指斥世间美妖不分、忠妄不辨，旨在宣扬天道好还、因果报应的思想，但重点还是戒色止淫，告诫人们不要为色所迷惑。为色所迷，即如王生，前车之鉴，令人可畏"。这样的主题在电影《画皮》中也都得到了体现。王生（陈坤饰）与其妻佩蓉（赵薇饰）本是恩爱夫妻，但在画皮的九霄美狐小唯（周迅饰）的离间下，两人之间产生裂痕。王生被小唯的美色所惑，以至于不识真假，不分是非，最后竟相信妻子佩蓉即是狐妖，并亲手杀死妻子。虽起因在于九霄美狐，但王生及周围的人被色欲蒙蔽双眼则是悲剧的根源。王生被欲望冲昏头脑，以至于无从辨别是非对错，甚至抛妻弃友。画皮的九霄美狐"是王生色欲幻想的外化"，是一面折射和拷问人性的"风月宝鉴"。从这个角度上来说，影片的主创人员对原小说的理解是准确的。

然而，影片对原著的改编并没有就此止步，而是以原著主题为基础，通过王生、佩蓉和小唯之间复杂的"三角恋"，尝试将爱情引入主题框架之中，进而折射现代人的情感困惑和性爱观念。在小说中，女鬼与王生之间并无爱情可言，女鬼利用王生的色欲达到自保的目的，当她发觉王生出卖自己后"坏寝门而入，径登生床，裂生腹，掬生心而去"。手段之凶残狠毒，完全符合其"恶鬼"的形象。而电影中的九霄美狐钟情于王生，意欲将其据为己有，她并没有采取暴力杀死佩蓉，占有王生，而是采取各种手段离间夫妻感情，她的最终目的是得到王生的真心，而并非他的躯壳。如果说原著中的"掬心""换心"传达的是将"凡心"换作"道心"，那么电影中的"夺心"则传达了对人性和爱情的思索。小唯必须靠吃人心来维持其所披人皮的新鲜，同时她企图通过猎取王生的爱情来实现从妖到人的精神转化。她认为只要颠覆和破坏佩蓉在王生心中的地位，便可以实现自己"夺心"的计划。但她恰恰忽略了人心的"忠诚"，虽然她成功地将佩蓉变化成妖魔充当自己的替罪羊，但最终却无法割裂王生与佩蓉之间的誓约与忠诚，当她最终绝望地发现死亡也无法消解这种忠诚时，她终于意识到自己的彻底失败。这是一个很有趣的转变，从原著的物理上的"掏心"到电影中的情感上的"夺心"，"心"作为主题的载体，成为电影《画皮》的一个深层符号。

小说《画皮》中陈氏被认为是一位贞节的妻子，她凭借对丈夫的坚定爱情不惜自我牺牲，从而挽救了丈夫的生命。从表象上看，影片中的佩蓉似乎是与原著人物最接近的角色。然而，佩蓉这个角色实际上被赋予了更多的女性意识和现代爱情观。曾经有学者指出，小说《画皮》中的陈氏与其丈夫王生的关系并非现代观念中的"恩爱夫妻"，作为妻子，"她所缺少的是性的吸引与交流"。王生死后，陈氏为救丈夫遭到乞丐的羞辱，"他对陈氏不仅在精神上而且在肉体上百般折磨，实际上就是一种肉体与精神的强奸的象征"。陈氏救夫的行为很难简单地归因于"爱情"，她的"受辱""救夫"尽到了一位贞节妻子的伦理责任，但其动机却并非源于女性自身的情感诉求。电影《画皮》中的佩蓉则被改编成了一位爱情守护神，她身上有传统女性的贤淑，但如果说面对第三者的出现，原著中的陈氏只能无奈地观望，那么电影中的佩蓉则是先发制人，想方设法捍卫自己的婚姻和爱情。她捍卫的不是"王夫人"的社会地位，而是她与丈夫王生之间的爱情誓约。她对这种誓约的忠诚最终战胜了对小唯的嫉妒，心甘情愿地作为爱情的殉道者成全王生下半生的幸福。她对小唯说的那句话"你永远不会明白什么是爱"，在影片最后的殉情和重生中得到了印证。

电影《画皮》中的王生无疑是对原著人物改编力度最大的角色。电影中的王生颠覆了原著中"被引诱""被迫害"的男性形象，而更多地表现出一种道德困惑与伦理挣扎。原著中王生与女鬼的关系仅仅是性爱层面上的，而电影中王生对小唯除了性的渴望之外，还有一种保护与怜悯的感情，这种情感使其无法认清妖的真面目，甚至开始怀疑和疏远自己的妻子。王生最后的杀妻与自杀，正是其内心道德战胜色欲的象征。如果说他亲手杀妻是为了维护"大义"的万般无奈之举，那么其自杀则是万分悔恨中的自我救赎。

电影对原著的改编突出表现在主题的变化上。电影试图更多的从现代人关于婚姻、伦理、爱情、性爱以及男女关系的角度来重新讲述《聊斋志异》中的这个经典故事。影片中复杂的情感关系呈现出了各种不同的爱情观。蜥蜴精小易（戚玉武饰）对小唯的爱恋完全是一种对女神的崇拜，这种单方面的痴恋在最终的牺牲中灰飞烟灭；夏冰（孙俪饰）对庞勇（甄子丹饰）的爱促使她拔出了一直无法开启的斩妖宝剑，进而使其意识到"世间的很多事，不是靠杀光可以完结的"；佩蓉和王生在自我牺牲和拯救对方中捍卫了爱情的忠诚，并最终令小唯认清了"人间之爱"的真谛。尽管她最后褪去了"人皮"，重新回归了"兽"的形态，但真正领悟了"人心"。而影片以男性的自省、婚姻的重生、"第三者"的隐退为最终结局，又似乎在影射当今社会婚姻关系的现实。王生的那句"我爱你，但我已经有佩蓉了"显然是在同情"第三者"的同时，宣扬了主流意识形态的伦理标准。

电影《画皮》在主题、人物关系、人物形象等方面均对原著进行了"第二次阅读"，影片将现代意识、自我意识和女性意识注入原有的故事框架中，探讨和折射了现代人的情感、伦理困境。如果说原著的结局诠释了"正义战胜邪恶"，那么电影则讲述了人心的自我救赎。人之所以为人，便是由于其内心强大的道德感和自我牺牲意识。因此"画皮"容易，拥有一颗真正的"人心"却是艰难的，往往需要付出沉重的代价。影片《画皮》揭示的正是这样一种朴素的情理。电影从改编文学作品的角度上看，它丰富了原小说的主题系。近年来，好莱坞的"魔幻旋风"席卷全球，《指环王》《哈利波特》《木乃伊》等一大批魔幻题材的影片赚足票房。许多人在感叹中国没有排出具有本土文化特色魔幻片的同时，却忽视了《聊斋志异》这部古典小说所具有的影视改编的无限潜能。从这一点来说，影片《画皮》在改编《聊斋志异》上取得了初步的突破和成功，可以说是一个有益的尝试。相信本着严肃的创作态度和社会责任感，在兼顾商业性和原著思想价值的基础上，影视工作者完全可以让《聊斋志异》这部古代文学名著继续在中国的影视创作中大放异彩。

○跨时空研讨○

《画皮Ⅱ》：华语电影创作的新尺度

孟庆雷　房留祥

　　《画皮Ⅱ》将人间恋情与佛家哲理结合起来，通过人妖换心的故事将心灵与肉体的冲突细致入微地结合起来，在登顶华语电影票房的同时也给观众以心灵的震撼。围绕人与妖的区别也即是人之本心与皮相的争夺，片中众人因为各自各种原因，都在追求表面的过程中而不同程度地丧失了自我。乌尔善以佛家悲悯的情怀向我们展示了皮相与心相的区别，执迷各种皮相的众生本身即是苦海之一角。从而使当下娱乐与传统哲学思辨融为一体，为当下华语电影的发展提供了一个成功的范例。

　　如果说2011年公映的《刀见笑》，由于其前卫的叙述风格及情节安排，无论在业内还是在观众那里都还存在很大争议的话，那么《画皮Ⅱ》作为蒙古族导演乌尔善执导的第二部电影，则完成了传统佛学观念与商业大片的一次完美结合。在一举斩获华语票房第一的同时，也将佛家对肉体与心灵冲突这一古老哲学命题诠释得蕴含丰富，且可以进行多层面的解读与接收。

　　就风格而言这是一次回归，承接的是古典传统的才子佳人奇幻传奇类型。在经过了《刀见笑》的小试牛刀之后，乌尔善在《画皮Ⅱ》中放弃了纯粹形式的探索，开始把故事内容与外在的形式技巧结合起来，在唯美的画面中讲述纯正的生死恋情及人生哲理。通过美轮美奂的画面与古典幽雅的音乐，将佛家文化中的皮相与心灵之冲突巧妙地植入进来，使爱情超越个体一己之悲喜，上升到人对自身灵魂与肉体之关系的反思上。

《画皮Ⅱ》又并不给人以说教的感觉，可以说该片最大的成功就是能够适合不同知识层次的群体，无论是大学生还是一般白领，甚至知识层次更高的人群都能从中找到适合自己的观点及话题。通过多方面地渲染与探究皮相与心相的关系。《画皮Ⅱ》成功地吸引了当下年轻人的目光，将商业操作与传统文化展示结合起来，从而使当下娱乐与传统哲学思辨融为一体，为当下华语电影的发展提供了一个成功的范例。本片在相对高比例的舆论评价中，并没有获得公正的待遇。《画皮Ⅱ》与《画皮》观众群最大的不同，在于观众年龄的下降，令本片与《暮光之城》《饥饿游戏》等电影成为青年亚文化的特例。这也是票房轨迹非常彪悍和意外的终极原因，又同时承继中国古代奇幻文学的青春叙事母题。

华语电影制作的初步规范化

《画皮Ⅱ》上映不久便打破多项华语电影纪录，迄今为止7亿多的票房，创造华语电影有史以来最高票房纪录，这显然是一项巨大的成功。然而，相较于其商业成功本身而言，对于当下的华语电影制作来说，更重要的是其制作模式。因为单独一部影片的成功并不能真正说明什么，毕竟对于电影娱乐来说，影响成功的因素很多，不能排除偶然因素。对于本片而言，深处国产电影保护月的档期、坚决只上映3D版本带来的高票价及无高清盗版，都令制片人的选择成为喜欢大放马后炮人士的褒奖原因。

《画皮Ⅱ》的成功不是偶然的产物，在它背后有着明晰的现代电影制作标准，可以说，《画皮Ⅱ》的成功是现代产业操作方式的胜利，从它身上我们可以观察到当今华语电影发展的趋势，透过《画皮Ⅱ》我们能发现今后电影制作可能的成功模式。

可以说，当今时代电影制作已经进入产业化、信息化的时代，中国电影却远远落后。《画皮Ⅱ》的成功在华语电影中是一种新的运作方式，它摒弃了传统手工作坊式的电影制作转而采用现代式的操作，因而，它的成功其实也意味着当下我国电影制作某种程度上的产业升级。

历时四年时间，汇集众多明星及业内各种实力派专业人士，再加上多家实力雄厚的投资方，《画皮Ⅱ》向我们展示了电影制作现代化流水操作的基本模式。在这一过程中，无论导演、制片人、艺术总监、演员还是投资方，他们都是电影工厂里的组成部件，各司其职的共同完成这一银幕戏。

以完整的制作团队为核心，通过现代产业制作方式来打造《画皮Ⅱ》，这可以说是各创作方的共同理念。即如导演乌尔善所言："我认为一部好电影不是靠个人才华能完成的，它是一整套包括艺术、管理、制作、科技、营销等标准体系指导下的运营结果。电影导演在创作类型电影时应该走的标准步骤是：市场定位、剧本策划、概念设计、分镜头设计、三维动态演示、特效技术测试、美术设计、模型制作、演员排练等等。拍摄是否顺利在于前期准备是否完善，我不相信个人能力，我相信的是团队和组织团队的方法是否科学，是否能把个人能量凝聚为集体智慧。"

从长远的角度来看，乌尔善的观点无疑是合理的。随着电影制作中的科技含量越来越高，对技术及创作的要求也越来越强，而作为创作个体其能力毕竟是有限的，走向团队合作是一个必然的趋势。而组建一个复杂的团队需要一位总的掌舵手，因而制片人在整个流程中的地位就格外引人瞩目。

作为《画皮Ⅱ》的制片人庞洪除了启用导演乌尔善之外，还请来著名监制陈国富、第九届香港金像奖得主摄影指导黄岳泰、香港动作协会会长董玮、亚洲概念设计师天野喜孝、曾获奥斯卡提名的配乐创作石田胜范、艺术总监杨真鉴等"各大高手"为其护航，以及由宁夏电影制片厂、鼎龙达国际文化传媒有限公司、华谊兄弟和麒麟影业四方合作的出品方。这一操作模式形式完整的产业链，共同发挥出最佳的制作效果。

这一创作模式有些类似于好莱坞电影制作的制片人中心模式，但事实上并不完全一致。相对于好莱坞电影制作中制片人的大权在握，《画皮Ⅱ》所开创的模式中制片人的作用更多的是协调。这一点宁夏电影集团有限公司总裁杨洪涛说得更明确："《画皮Ⅱ》前期策划以艺术总监杨真鉴为中心，在制作过程当中以制片人庞洪为中心，在艺术创作过程当中以导演乌尔善为中心。在制片过程中的不同环节其中各主要操作者的地位也不同，分工协作式地完成共同的目标规划，这或许是《画皮Ⅱ》最大的收获。"

庞洪在制片时即希望摸索出一条新的道路，在好莱坞大片的步步紧逼下，国产电影能够凭此成功突围。《画皮》可以说基本实现了这一制作初衷，在目前的华语电影中第一次做到规范化制作。通过合理地协调投资方、制片人、导演、演员等众多元素，成功地将诸多部门整合到一起，为国产电影的商业化道路提供了宝贵的经验。

皮相与心相的辩证

《画皮Ⅱ》受观众欢迎，既是国际潮流的趋势，也是古今文化的涟漪，落实到观众情感带入，就是追问无论皮相心相如何，你为何爱我、爱我什么、怎样爱，这些确实是观众在同时消费电影和情感的同步过程。

就华语电影而言，尽管之前也有魔幻类电影的创作尝试，但总的来说没有真正意义上的成熟作品，这其中技术固然是一个因素，但缺乏传统文化根基，不顾及中国的基本文化情境而生硬地模仿与改编西方作品则是其最根本的原因。横观西方经典魔幻题材电影如《指环王》《暮光之城》《哈利·波特》《木乃伊》等众多大片，尽管其中的故事如天马行空般匪夷所思，引得观众如痴如醉，但仔细分析时就会发现，这其中除了奇特的想象力之外，西方传统文化的支撑作用是不可忽略的。正是基督教的献身精神、仁爱思想以及西方传统文化中的探险精神与有关魔法、吸血鬼、木乃伊等传说的结合才造就了以上诸多大片的永恒魅力。

因而，华语魔幻片要想真正创作出属于自己的经典魔幻大片就必须抛弃那种跟在西方后面亦步亦趋地模仿复制的作法，向自己的传统文化靠拢。在这一点上，《画皮Ⅱ》可以说迈出了最关键的一步。出身于蒙古族的导演乌尔善拥有深厚的佛学修养，对佛家文化可谓驾轻就熟，将换皮的故事与佛家文化中的皮相与心相之辩证关系相结合可谓水到渠成。植根于创作者与观众的文化传统的魔幻题材，才是可能走出的正确道路。

就佛家而言，现实世界中种种表相皆是幻相，是使人沉迷堕落的虚妄之源，佛家一再强调要想达到真如之境就必须超脱于诸幻相之外。然而幻相并不是外在于我的假象，它们都只是人类欲望的折射或表达，因而，说到底所有虚妄之相其根本之源还在于我们各自的内心，因此可以说所有皮相都是心之幻相，相由心生。所以《金刚经》曰："若菩萨有我相、人相、众生相、寿者相，即非菩萨。"无论我相、人相、众生相、寿者相都只是心之幻相，而幻相现则心相迷，所以所谓菩萨必不能迷于诸幻相，他只是本心之相。乌尔善正是通过其佛学修养，为《画皮Ⅱ》打造出特有的东方意境。

东传佛教重视心灵体验而轻视肉体享受，视身体为臭皮囊，只有通过戒定慧的修行才能脱去肉身的累赘而真正体悟到佛家之真谛。这种思想对于促使人们不要执迷于肉体享受而追求精神价值具有重要的推动作用，在当下这个物欲高涨的时代尤其有振聋发聩的作用。在当下心灵生态环境中，西藏、丽江等地成为当代人心灵栖息之圣地，基本很多人只能浮光掠影或者心向往之，或者只是某种姿态，然而姿态代表着向往，这也是精神产品的属性。

现代人由于越来越看重肉体享受而忽视心灵交流，对潜规则的默认、一夜情、杯水主义等行为成为司空见惯的现实，从而使许多人丧失了对爱情的信心而更加沉迷于肉体的享乐。尽管是一个古老的故事，但《画皮Ⅱ》却将现代人爱情中心灵与肉体的分离用一种极端的方式表现出来。靖公主（赵薇饰演）痴恋霍心（陈坤饰演）但无奈容貌被毁，一直不敢直面对方，直到被逼和亲时才不得不去做最后的努力，而途中相遇的狐妖小唯（周迅饰演）尽管拥有绝世容颜却没有人类的心。

这样一道选择难题就摆在男主人公霍心面前，是选择优美的外表还是选择痴爱自己的心灵？所谓霍心，从字面解释即是惑心，代表心相的迷惑。因而，妖术在这里实在只是一个借口，一个让男人为自己被色相所迷惑的蹩脚的理由。或许我们也都知道美丽的外表所具有的强大的诱惑力，但是很少愿意能公开承认自己就是那个被诱惑的对象，因而总愿意为自己的"出轨"找一些能让自己信服的解释。没有男人不介意女人的容貌的，拥有这张天下无双的容貌你就会得到他的爱。小唯对靖公主的告诫是一种苍白的真实，而故事的发展似乎也印证了这一说法。霍心与靖公主的初体验恰恰是在对方换了容貌之后，我们无法确证小唯的观点是否真的正确，但至少在靖公主还是靖公主本尊的样子时，这段经历肯定不会发生。

当靖公主受不住小唯的诱惑而答应换皮时，她的爱情事实上就已经输了。对于自我本身的不自信导致了心灵的进一步迷失，这其实预示着心灵本身的缺憾，即无论多坚实的爱情都须要承载它的肉身。而这似乎也可以看作现代人爱情的一个折射：在当今的时代，无论怎样解释，肉体本身的美丽总是占据着核心的位置。一切幻相皆来自内心的欲望，《画皮Ⅱ》将相由心生这一思想细致入微地展现了出来。霍心表面上看来是被小唯的妖术所迷惑，实际上更多的是内心的不坚定与名利之欲在蛊惑自己。

以心换皮可以说是整个故事的精髓，也是传统佛家文化与现代娱乐相融合的经典构思。在这个叙事层面，本片顺利从聊斋故事一跃为青少年最关心的爱的真诚与否的终极追问，《暮光之城》的吸血鬼背景、《饥饿游戏》的未来末世格局，与本片的魔幻舞台，归根结底都是引导观众进入人戏不分的情境，观众必须带入才能产生最广泛的消费力。现代消费社会是绝对的化妆与修饰的技术时代，每个人的面容与心灵的真善判断都成为难题，每个个体都有着无数艺术作品和现代科技带来的双重修饰，这也是我们社会的"魔幻"特色。再求索中国古代文化体系，唐传奇、《牡丹亭》《红楼梦》与《聊斋志异》等构成中国式魔幻青春叙事母题，起死回生、报恩寄托、色相蛊惑等等的主人公，从年龄上都不过十几岁，纯粹的青春爱情，往往跨越生死、阴阳、物种。本片通过两个女性对情、色、爱的犹疑判断和坚毅探讨，令观众明白中国本土有着足够的故事资源。

作为狐妖的小唯尽管美丽无双却没有感受这一切的心灵，她只是一张外在的皮相，通过掠食肉心培植出来的皮相。我们可以把它看作是一种心灵的丧失，肉心培养的只是外在的表相，而无法培养体验真正的内心。

或许对于红尘中的众生来说，我们的肉心培养的大多是这样一种表相，而且甚至不见得如此娇艳。作为皮相的小唯其实就是在红尘中穿梭的众生之相，当然多数的大众并没有意识到这一点。

而作为人类的靖公主可以说是红尘中迷失的芸芸众生的代表，虽然拥有心灵这一最宝贵的人类财富，却不知道去珍惜爱护，任由它蒙尘落埃。当她决定将自己的心换给小唯时，也正是人类对于自己最宝贵财富不知珍惜的结果。然而，一切美好的事物都只有在失去之后才知道它的可贵之处，只有真正失去了自己的心之后靖公主才明白一颗人类之心的重要之处。

如果说，狐妖小唯象征着丧失心灵的人类，靖公主象征着不知珍惜心灵的人类，霍心象征着迷失心灵的人类，那么可以看到整个《画皮Ⅱ》就是对人类心灵的追寻。当小唯将心还给靖公主后，尽管她失去了肉心，却收获了真正关于人类心灵的体验；而经过心的失而复得，靖公主也明悟心灵之于肉体的重要性。至于霍心，如何拔除眼前幻相就是将眼睛从色界移开，用心灵来感受世界的本然面目。所以，当霍心自残双目时，他的内心才真正明亮起来，才真正看到这个世界中值得自己去珍惜和爱恋的东西。

通过以相换心这样一个曲折动人的故事，乌尔善将佛家重视心灵扬弃肉体的思想巧妙地融入进来（宋朝之后，中国思想界有着三教合一的倾向，本片以架空的世界，佛教伦理为主，但也有儒家的君臣之分、道家的炼道等相关内容）。本片成绩有起伏，失衡之处也不少，但绝对不同于欧美基督教文化为背景的好莱坞电影话语体系，这对于当下沉迷于肉体及物质享受的现代人来说，无疑是别样一种警示，提醒他们能在滚滚红尘中不至于彻底迷失了自我。

市场与舆论的分离

《画皮Ⅱ》的成功不仅对于电影制作机制提出了新的构想，努力创建华语电影制作的新途径，它对于电影评估机制的冲击同样是不可忽视的。长期以来，在影视领域发行方、观众与影评人三方基本处于游离状态，缺乏有效的沟通机制，陷入各自为战、自说自话的窘境。

把握学院派话语权的体制内专业人士，包括有着各种头衔的学者、专家和教授，年龄普遍在 35 岁以上。而活跃的报刊及网络影评人、电影记者，则多数是以 25 至 35 岁的男性为主，根据多种民意调查显示，当前电影观众以 20 岁上下的女观众为主。毫无疑问，对于电影与观众之间的关系，不但发行方不了解，专业人士与市场的距离很遥远，评价标准的度量衡差异加大。也只是根据各自的口味来评价电影，或者走向学院派的理论解读，或者走向印象式观感，从而把观众这一真正的电影消费主体忽略。而艺恩咨询网、中国各种电影结构等，都不能提供及时、有效的分析报告，从而使华语电影缺乏有效的第三方评估机制。

《画皮Ⅱ》在宣传初期同样遇到这一问题，从最初的内部看片会上，在上海国际电影节作为开幕片之后，收获的反馈，喧哗中多是负面预期。然而当正式上映一开始，就跌破一地眼镜，随后各种劲爆数据更是让批评者纷纷改弦更张或缄口不语。显然，这种仍然以旧有的批评模式来应对新式创作方式的批评机制本身亦面临困境，舆论与市场的分离使我们不得不重新思考三者之间的关系。

《画皮Ⅱ》在这方面也进行了有益的尝试，就电影内容而言其设置故事时自有其内在寓意。中国传统历来重视心灵而轻视肉体，然而在现代社会中，肉体的美丽却越来越占据生活的核心，各种整容、美容、选美把肉体的重要性推到一个前所未有的高度，也使得肉体与心灵的距离越来越远，我们对于肉体的迷恋远远超过了对心灵的理解。可以说，是当下不断提速的商业社会造成了心相之间的深度分离，《画皮Ⅱ》通过换皮将其推向前台，与其说它是一曲神话，毋宁看作是现实世界的神话翻版。众多批评者显然没有看到《画皮Ⅱ》所蕴含的这一潜在社会心理焦虑，而剧组人员在策划这一故事时却有相当的市场体验，这种心灵与肉体的交锋对于年轻观众的吸引力是不可估量的。

而在具体的营销上，《画皮Ⅱ》也特别注意与观众的互动，将观众作为电影市场的真正主体。杨真鉴说：《画皮Ⅱ》的成功，与营销息息相关，营销最重要的一点，就是你是否能够把电影的灵魂用营销的方式推销出去，我想我们做到了。我们用四分之一的精力在做营销，从筹备开始就一直在操作。营销宣传上，始终有我们的思想，没有去渲染电影多牛，也没有绯闻八卦，我们构成了一个完整的营销体系，如当时我们宣传人员就多达六组，我们积极利用微博等，将电影的思想贯穿到底。每一步都服务于观众。我们觉得，观众买不买票看这部电影，有着多年原因，跟观众的互动有关系。"与此同时，与《画皮Ⅱ》有关的各种产品也相继开发，将其完全推向了市场化。

这一营销方式显然与传统模式有别，从而也造成市场与舆论的分离。就《画皮Ⅱ》而言，以市场为主的制作、宣发策略是准确的，将营销的对象设定为20周岁上下的女观众为主，她们具备选择观看电影的权力（花的往往是男朋友或父母的钱，然而品味却是自己的惑与劫。即使和闺蜜一起，也有着足够的话题），进而推动舆论的风向，从而促使批评界发生变化，这是其基本的途径。这一方式与其制作方式是紧密相联系的，那就是走向规范化与专业化，与此相反的是，我们的舆论机制尚未完全适应这一转化，故而初期多有批评杂音。观察《画皮Ⅱ》公映过程中的舆论环境，就能很清晰地发现，很多具有话语权的人士，与现实的市场反应、对本土化倾向的美学叙事，有着相当明显的隔膜。

然而，随着电影制作与观众市场的进一步密切化，舆论批评与制作方的互动也势必发生变化。无论是舆论界还是制作方，在将来的电影制作中都将不能再无视观众的声音，这应该是《画皮Ⅱ》在市场与舆论方面所作的贡献。

佛家以"贪、嗔、痴、慢、疑"为人之五毒，《画皮Ⅱ》中各色人物或者因贪成欲，或者因嗔成怒，或者因痴成恨，或者因疑成离，恰恰是一幅人世苦海之众生相。围绕人与妖的区别也即是人之本心与皮相的争夺，片中众人因为各自各种原因，都在追求表面的过程中而不同程度地丧失了自我。乌尔善以佛家悲悯的情怀向我们展示了皮相与心相的区别，执迷各种皮相的众生本身即是苦海之一角。人径与妖途的差异正在一念之本心，本心的迷失就是走向妖途的开始，这对于现代娱乐社会中各种痴迷于表相的人们来说，实在是一种最好的警示。

同时，《画皮Ⅱ》通过流水生产线的方式将华语电影从小作坊时代转向工业时代，在平衡投资人、导演、制片人、观众等各方面利益时也做出了有益的探索，其所建立的营销体系在紧抓观众市场时也推动了制作方、观众与批评界的新式互动。总之，无论就电影内容而言，还是就外在组织形式来说，《画皮Ⅱ》都是华语电影制作中极为重要的、且具有现实参考价值的开拓之作。

○跨时空研讨○

季栋梁《上庄记》带给我们的思考和启示

李建军等

编者按：季栋梁中篇小说《上庄记》在《山花》2011年第4期发表，《小说选刊》2011年第6期选载，入选中国当代文学最新作品排行榜(2011)，荣获第五届《北京文学·中篇小说月报》奖。《北京文学》授奖词是：对农村"空巢"现象带来的问题和贫瘠现状的揭示，让人触目惊心。第一人称"我"的视角，提供了观照农村现实的一个恰切角度，既不过分渲染，又不无动于衷，体现了饱满的现实主义情怀。浓郁的田园意味，舒缓的诗意表达。既不将田园当成桃花源，也不将乡村苦难作为表达愤怒的载体，体现出一种敦厚温润的风格。

季栋梁在中篇小说《上庄记》的基础上，创作了长篇小说《上庄记》，于2014年5月由北京十月文艺出版社出版。

这部长篇小说，里面的故事情节并不复杂，写的是一位下乡扶贫干部如何与老村长里应外合，频频出招，解决农村教育问题乃至贫穷问题的故事。在那些故事的讲述中，我们显然能感受到一种所谓的"正能量"，但是，作者呈现出来的问题却依然触目惊心。表面上看，通过找朋友、求老板，扶贫干部似乎解决了村里的问题，老村长也感激不尽，很是满意，但实际上却隐含着更大的问题：谁该成为解决这些问题的真正主体？而正是在这一层面，小说体现出了现实主义文学的某种冷峻。

季栋梁说："倘若按照常规的小说写作，写一个或几个人、一家或几家人的命运纠葛，就无法反映目前整个农村恍惚、焦虑、困惑的现状……因此，我选择了原生态的写作。"所谓原生态写作就是不借助虚构，不凭借想象，原原本本，客观摹写。也许，在残酷的现实面前，虚构已是对现实世界的亵渎。当越来越多的文学成为"美声唱法"时，原生态写作就显出了它的生猛和力量。

2015年4月23日，由中国图书评论学会与中央电视台科教频道联合举办的"2014中国好书"在央视一套隆重揭晓，季栋梁的长篇小说《上庄记》以底气、地气、正气做胆，以冷峻克制的笔触，艺术传真的方式和饱满的现实主义情怀，深情关注留守儿童教育之痛，全景式揭示了当下西部农村实际的生存状态，摘得文学艺术类大奖。

《上庄记》先后荣获第十三届精神文明建设"五个一工程"入选图书；2014年度"大众喜爱的50种图书"；2014年度京版十大好书；中国出版协会2014年度30本好书；《中国教育报》2014年度教师喜爱的100本书；新华网·新华读书2014年9月"十大好书"；中国图书评论学会大众好书榜；第二届中国读友读品节特别推荐书单——给官员推荐的10本书；《中国新闻出版报》2014年度好书等诸多奖项荣誉。并先后被中央国家机关和陕西、河北等省推荐为"强素质·作表率"读书活动2015年推荐书目和全民阅读推荐书目。

为了让读者全面深入了解这部作品，我们特摘编一组评介文章。

费祎：《上庄记》读来让人十分伤感，正如作者季栋梁所感慨的那般，"《上庄记》是客观的、真实的，正由于此，写得很痛苦、很无奈"。读者的读后感能与作者的创作心理相接近，怎么说，也是小说的成功之处。《上庄记》写一个扶贫干部"我"到一个山村"上庄"扶贫即教书的一系列经历。在看似平淡安详的叙述语气下，老村长、李谷、盼香、朱小文……朴实、执拗、憨厚而生命力顽强的这些山里人一个个呈现在读者眼前，他们的过往，现在尤其是将来，深深揪动了读者的心。小说写出了中国山村不为人知的困境，也写出了山村人真实的生存状态和精神面貌。成功的小说，一面在于让读者沉浸，一面也同时让读者深思。在这一点上，我认为《上庄记》是一篇非常好的作品。

纳杨：季栋梁的《上庄记》反映了乡村空巢的教育问题。到上庄扶贫的"我"本来以为自己不会给这里带来实质性的帮助，因为上庄一没资源二没劳动力，想要脱贫非常困难。但当"我"真正面对上庄的贫困，面对精壮劳力都进城打工后留下的空地、空家，还是深受震撼。当"我"了解到希望以教育改变上庄命运的老村长的一片苦心，看到在艰苦条件下仍坚持学习的孩子们，欣然接受了老村长的安排，在村学校里认真地做起了教师。小说带有某种调研报告的色彩，所涉及的问题非常多。

张艳梅：为季栋梁的《上庄记》所感动。小说写一个贫困村的村长为孩子上学所付出的努力，还有下去扶贫的干部、大学生在乡村的所见所感，以及乡村孩子的处境和命运。大山里的上庄，贫穷落后，年轻人多半进城打工了，留下老幼孤寡。背叛、抛弃、换亲、出走，感情世界的凉薄和挣扎，触动人心；简陋、破败、萧条、冷清，生活世界的艰难和守望，引人深思。唯有孩子朝气蓬勃，这是老村长眼里的希望，也是老村长心中的重担。小学校也是一样的荒芜，没有老师，没有写字的本子，没有水，甚至没有足够的取暖设施。干旱、寒冷，包围着努力求学的孩子，包围着他们的家园。

老村长是乡村的守护者；李谷、长武、盼香等人是时刻渴望告别乡村的叛逃者；朱小文、马鹏程和马万里兄弟、顾小军这些孩子身上有着乡村世界与城市文化的双重投影。而"我"作为乡村的外来者，不可能真正融入其中，只是在客居、思考和行动中，试图以外力改变乡村的命运，也带出了知识分子对自身以及对时代生活和社会体制的反省。

小说没有贯穿始终的故事，片段的印象，更像一次走访的散记，弥散在挡山的猫蹄蹄花迫人的香气之中。开学典礼、六一表彰大会，摘枸杞，打水窖，是日常生活的白描，也是精神世界的折射。父辈的命运、孩子的道路，缠绕在一起，有沉重的压抑感和疼痛感，又得以在猎猎山风中获得一种升华。还是那句话，爱有多难，就有多强大。

筱　青： 一边听着音乐，一边看《小说选刊》上季栋梁的中篇小说《上庄记》，写的是作者下乡扶贫见到的山区留守儿童的教育现状。没有过多的如此这般的所谓描写，没有刻意的跌宕起伏情节，喜欢这种平淡朴实的文字，给人的感觉就像是有一个人在你对面诉说，一切都是不经意间，一切都是淡淡的。

在创作谈里，作者这样说"恍惚　焦虑　困惑"。尤其是作者帮村里的孩子往省城里转学，一个电话就解决了，而这对于深山老林里的人们来说遥不可及，更是难以想象的。这么多年了，扶贫、结对子，真正解决了多少实际问题？倒不如一个普通教师上一年的课，给几个孩子解决进城就读来得实在。但那毕竟只是解决了几个孩子而已，又有多少个这样幸运的孩子？而谁又会脚踏实地去做实事呢？也许作者正是处于这种无奈，才用文字诉说自己的情怀。

雅各教育： 看季栋梁的中篇小说《上庄记》，几次三番留下眼泪。可以说，小说带给我的，除了对苦难叙事的深切的同情和理解，更多则是因着作者描述的精准，比如说对善与恶的冲突揭示的彻底所带了温湿柔润。

《上庄记》是一篇农村题材的小说，反映一名作为制度化的下乡扶贫干部在一个名叫"上庄"的贫困山村的所见所闻、所作所思的小说。该小说通过农村教育，农村孩子的上学为主线串起了所有的情节，包括上庄的经济、文化、婚姻等，因着这些内容介绍的丰满，我觉得自己的阅读其实就是在接受提醒，作者提醒我们这些所谓的做教育研究的学者，面向农村的教育、农村教育中出现的问题及其解决之道的教育政策，如何才能更加符合当地老百姓的最真切的需求。我们这些所谓的研究者，如果闭门造车，如果仅仅是画画图纸还好，如果车真的造出来，跑到路上了，不仅不能跑得快、跑得好，或许真的成为幸福生活的一大隐患。

教育研究领域，多年来一直提倡"跨学科研究"，现在的我，越来越感觉到，真正的跨学科研究，最好的载体应该是小说。可惜，我所接触到的所有教育研究学者，几乎没有一个人以这种文体来承载他对教育的观察与思考。

通　川： 或许每个人都对贫穷的无数种面貌做过这样那样的想象，但是，相信在我们读过了季栋梁的中篇小说《上庄记》后，会对上庄那令人痛心的落后与贫穷感同身受。

上庄穷，然而，这里有着一群像全天下所有的孩子一样朝气蓬勃的留守儿童，这是老村长眼里的希望，也是老村长心中的重担。所幸，上庄还有这位古道热肠的老者，他煞费苦心，软磨硬泡，终于被他想出了解决没有老师上课问题的办法：扶贫干部留在上庄当一年老师就算是完成本单位的扶贫任务。这是没有办法的办法，也是眼下最奏效的办法，因为，恶劣的条件根本留不住正儿八经的教师。就这样，在这里扶贫变成了支教。其实，仔细想来，这段情节颇具隐喻意味：老村长选择让孩子受教育来代替物资援助的扶贫方式正是由于他是一位高瞻远瞩的智者，他深深地懂得精神的贫穷才是真正的贫穷。唯有教育的春风化雨才能在心灵的荒漠中孕育出最美的绿洲，输血容易造血难，对教育的支持无疑是最务实的扶贫。开学典礼和六一儿童节的"盛况"都是小村精神财富匮乏的侧面写照。当然，也体现出人们对教育最虔诚的崇尚。

上庄的贫穷让人备感震撼，有了"我"这样一个城里人的见证，交通闭塞、缺水干旱、靠天吃饭、缺医少药……更加显得深重，令人窒息。上庄百姓朴实、善良、热情，然而在恶劣条件的逼迫下，越来越多的人到城里打工，桑巧、周长春背叛了当初对婚姻的承诺；李谷、盼香等人选择逃离，追求更舒适、有更多机会的城市生活。然而，老村长是最坚定执着的守望者，带领人们同自然或人为的困境进行着艰苦卓绝的斗争，斗争的成果显而易见，孩子上学没老师问题得到了解决，而且这方法貌似效果不错，有学生年年获奖。

然而这样的教育，还是有不容忽视的隐忧，令我们揪着的一颗心难以释怀，人们并不把受教育作为掌握文化知识、提高个人素质的途径，而是把它当作走出上庄、进城生活和出人头地的唯一选择。这种理解无疑带有浓厚的封建记忆色彩，把念书和"中状元"联系在一起毕竟是对现代教育的狭隘认知，面临各种阻力，这样的教育还能在上庄被争取多少次？而对教育这样的错误认知在广大的农村的普遍存在不得不让我们更加担忧。归根结底，造成这种局面的罪魁无非就是让人难以再忍受的落后与贫穷。生活在这些地区的儿童怎能不令我们同情？这样地区的教育问题怎能不令我们忧虑？这样地区的人们在恶劣生存状态下的顽强挣扎怎能不令我们感动？

"百年大计，教育为本。""教育的不公平是最大的不公平。""再穷不能穷教育，再苦不能苦孩子。"在这里我们由衷感觉到如果这些铿锵有力的口号只是嘴上喊喊那便是怎一个苍白了得？

读罢作品，内心的感动还会随我们对故事的记忆留存许久，我们该好好感谢作者季栋梁，因为，早已习惯了灯红酒绿、物欲横流的城市生活的我们，太需要这种最原生态的感动来柔软我们日渐物质的心灵。季栋梁的这篇小说更像是他本人真实生活的写照，他不仅深入偏远山区支教，还从事很多捐助活动。我们应该感谢作者季栋梁以其悲悯的情怀和行动来为我们进行最深刻的精神洗礼。作为一名教育工作者，我强烈推荐我的学生都能品读这篇作品，也让他们和我一起体会这令人痛心的感动。深切希望我们身边那些从小生活在城镇衣食无忧的孩子能学会好好珍惜学习机会，学会感恩。同时，也呼吁我们大家多多关注关心贫困山区儿童受教育问题，更衷心祝愿我们国家的教育政策越来越完善，越来越先进，让所有的孩子都能享受教育雨露的滋润，让他们健康快乐的成长。

疏延祥：季栋梁的《上庄记》反映的是乡村教育问题。"我"被分配到上庄扶贫，还没有到任，上庄的刘老村长就带着一只宰后的羊来了，"我"以为老村长这样做，是希望获得扶贫款，到了上庄后，才知老村长这样急着找"我"，盼着"我"来，是要"我"做四十几个娃的教师。

随着乡村人口增长的缓慢以及一些学生随父母进入城市读书，农村中小学撤校并校越来越多，上庄小学就在这种潮流中面临撤校的命运。新的庙台小学离上庄远，一二三年级的学生太小，走不了那么多路，老村长就多方活动，保留了上庄小学。但上面派不来教师，这大山沟也没有人愿意来，老村长只好利用上级每年都要来人扶贫的机会，让扶贫的公务人员教一年孩子。这些扶贫的人都有大学文化，而且来自城市，一旦被老村长和村民的热情所感动，都能全身心投入到对孩子的教学事业之中，因此上庄这几年的教学很有成效，孩子屡屡得奖。

上庄和全国的农村基本一样，对教育很重视。家长都希望孩子将来能考上大学，不重复自己的老路。上庄小学每年开学都要开大会，升旗。一学年结束了，三年级就算毕业了，还要开毕业典礼，表彰优秀学生。开会时，老村长要在主席台就座，讲话，老师和学生代表也要发言，留在农村的男女老少都要来看。在村民和小学生看来，这不是形式主义，有表决心、鼓舞人心、促学习劲头之效。

上庄的这种做法好，我的朋友姚文学说："《上庄记》中，学校召开大会的情节，我看了倍感亲切，我在读小学时，我的那个母校正是这样。至今还记得，一年几次大会的隆重场景，我作为学生代表曾经对着学校的那个包着红布的麦克风发过言，第一次非常紧张，后来锻炼锻炼，就自然多了。"我也记得，刚粉碎"四人帮"时，我就读的农村中学也有这样类似的会议，全校学生集中在外面的操场上。公社负责文教的干事要来讲话，校长和老师、同学的代表发言，说的都是好好学习的事儿。这么多年过去了，想起来还非常温馨。

上庄是贫穷的，完全靠天吃饭，要是老天赏脸，还能糊个肚圆；要是雨水少，连吃饭都困难。《上庄记》一方面揭示了上庄人对教育的渴望，一方面又反映了他们惊人的贫困。"我"在这一年的扶贫过程中，与孩子、村民结下了深厚的情感。"我"在单位的旅游款和孩子们摘枸杞的钱最终化成两个水窖，"我"动用在城市的关系，把两个孩子转到城里上学，这些描写都是可信的。正如《小说选刊》的编者所说，当人们读到《上庄记》中的"土桌子，土台子，里面坐着一群土孩子"，还有一个一心读书一个放学后就砍柴、做活的马家兄弟以及顾小军父子在夏季的时候都在城市拾瓶子，我们不能不沉重。

读《上庄记》，我一方面为村民重视教育的行为而感动，一方面又为此担心。在村民眼里，教育不是人格的养成和知识的获得，二是如科举一般，走出乡村，上大学，在城里找一份好工作。教育和生养他们的土地没有任何关系，它不能让受教育者在家乡的土地上发现自己，培养出热爱家乡、建设家乡的情感。这样的教育是悬空的，甚至是危险的。家乡是草木和庄稼的生长，是天空的飞鸟和热闹庄严的民风民俗，我们的中小学教育有多少这方面的内容？

赵　勇：长篇小说《上庄记》故事情节并不复杂。作为下乡的扶贫干部，"我"一到上庄就被那里的贫困与破落惊呆了。学校里有40多个学生，却没有一个老师，扶贫干部也就理所当然地成了教师。一些孩子不断随打工的父母进城，上庄的教育就更没人重视，已有名存实亡之虞。于是，老村长和"我"便里应外合，频频出招，试图从教育问题入手，由此扩而大之，进一步解决上庄的贫穷问题。然而，对于一个扶贫干部来说，"我"能使用的招数又是极为有限的。因为"我"从自己的那个文化单位要不来钱，便只好不断找关系、求老板，通过自己的人脉资源解决问题。比如，"我"为了让盼香的两个儿子去省城读书，动用了省教育厅同学的关系；为了让村里的几个特困户脱贫，"我"又与人合伙给功老板"下套"，让老板把20多万元的红包送到了乡下。这位扶贫干部下乡一年，好像已成为解决问题的专家。表面上他是解决了问题，但同时，这种解决本身已让人感到辛酸和无奈。另一方面，这种解决方式又治标不治本，于是，问题看似得到了解决，但背后却隐含着更严峻的问题——面对穷山恶水，面对由老弱病残苦苦支撑的村庄，如何才能让他们彻底走出贫困呢？村民希望所寄托者，是一个人脉广、关系多的扶贫干部，且这位干部恰恰又能被贫穷震撼出同情之心。倘若扶贫干部没什么能耐，问题又该如何解决呢？这便是这部小说的吊诡之处，而恰恰是这种吊诡显示出现实主义精神的某种力度。因为表面上看，作者已用种种"歪门邪道"解决了问题，但实际上，这似乎也是他提出更大问题的一种策略和技巧。我想，一个作家，或者一个无权无势的扶贫干部，当问题已远远超出他的解决能力时，他所能做的也就是这些了。

除了这种现实主义的冷峻之外，我还在小说中看到了一种理想主义的温情。小说中有一个细节："我"当记者时曾写过一篇文章，名为《一根烟》，那是在写另一个上庄的贫困。"我"进村之后，向村民一根根地散烟。在这些人中，有个名叫朱光耀的村民，他虽然接了烟，却并不抽，而是架到自己的耳朵上。起初，"我"以为这是一位爱占便宜、怕吃亏的男人，后来才得知，原来老朱是位孝子，他拿这根烟是为了回去孝敬老娘。不管弄到什么东西，让老娘先尝已成为朱光耀的下意识行为。于是，"我"被震惊了。"我"的老板功坐泰读了这篇文章，内心受到了感动，于是主动联系了这位扶贫干部。也正是这样，才有了后面的故事："我"给他"下套"，功老板也借坡下驴，主动"上套"。我把这处细节看作一道理想主义的微光，它一方面依然让文学（《一根烟》那个真实朴素的故事）具有了撼动人心的力量，另一方面也在很大程度上改写了老板的形象。《上庄记》为我们呈现了一个读了文学作品还能热泪盈眶的老板，一个为了寻到作者打了58个电话的老板。现实中，这样的老板究竟占多大比例，无从统计，但小说中的这个功老板却有慈悲之心，尚慈善之道。他不但让"我"渡过了难关，而且还为小说注入了一股暖意。

在小说《上庄记》中，能够体现现实主义冷峻和理想主义温情的还有老村长这一人物形象。在"我"的眼中，老村长是"狡黠精明"的，他懂得与扶贫干部搞好关系，于是便有了小说开头老村长拎着蛇皮口袋给"我"送羊腿的那一幕。然而，随着小说故事的逐渐展开，我们才看到这种"精明"背后，深藏不露的是他对上庄这块土地的大爱之情。因为老村长不可能接近上层，他便只能用自己朴实的言行亲自打开底层社会这幅世态人心的画卷，默默地传递爱的能量，并用这种能量潜移默化地感动扶贫干部，让后者不得不去为上庄奔走呼号。他既是乡村世界这架机器能够正常运转的润滑剂，又是让扶贫工作能够落实到位的发动机。他的苦苦支撑让人感到了某种悲壮，他的不屈不挠又让人感受到一种温暖。可以说，正是这样的人支撑着底层的民间社会，让人们看到了希望。

与此同时，季栋梁在小说《上庄记》中，凭借着对老村长这一人物形象的塑造，既让他有了赵树理笔下"中间人物"的文学光彩，同时又为他注入了当今时代丰厚的道德伦理内涵。这样，老村长也就成了一位典型人物，成了老黑格尔所谓的"这一个"。也正是因此，这个特殊的人物形象丰富了当代文学的人物画廊。

李建军：季栋梁的长篇小说《上庄记》，通过真实而细致的叙事，讲述了农村的学校教育所面临的严峻问题，讲述了一个西北偏远村庄所面临的艰难境遇。

上庄是落后的，现代生活的基本条件，全都不具备。没有电，没水，也没有人了——年轻人都外出打工了，只有年老年幼的，留在村里。学校面临撤并，上学成为留守儿童的奢望。面对生活的艰难和苦难，作者的叙事态度，镇定而温暖，充满深深的爱意。在作者的眼里，这里的人虽然贫穷，但是可爱的；土地虽然贫瘠，却是美丽的。从作品的字里行间，我们可以看到作者对乡土文明的深情眷恋，对高原自然风光的赞美。他爱村庄里的人们，爱那里的民歌和生活情调，爱那里的一草一木，显示出像泥土一样朴实而宽厚的情怀，他能从乡野的土地上，发现那些极易被忽略的美。他通过对一花一草的描写，来象征性地赞美那里的人，赞美人的坚韧的生活态度和美好的情感世界。

当然，这不是一部仅仅满足于从外部展开叙事的轻飘飘的"浪漫主义"作品，而是一部深入到生活的内部展开叙事的沉甸甸的"现实主义"作品。从叙事方式来看，作者追求一种朴实、扎实、厚实的叙事效果，有时甚至显示出学者的严谨和缜密，就此而言，我们甚至可以将他这部小说赞扬性地命名为"报告小说"。作者让自己的想象服从真实性的制约，将描写的客观性置于想象的主观性之上。他不仅在叙事中"追踪蹑迹"地追寻事实，"如其所是"地描写细节，而且还通过注释的方式，弥补小说叙事之不足，给读者提供更多的阅读信息，提供了很多理解作品叙事内容的重要数据。例如，叙写到农村学校的关停情节的时候，作者就"撤点并校"一事做了详细解释，有了这样的客观信息，小说中扶贫教师"我"的所思所想和所作所为，才显示出重要的道德意味和迫切的现实意义。

在这部作品里，作者用生动而丰富的细节，呈现了农村留守人群的艰难的生活现状，显示出一个现实主义作家的关注现实和民生的写作自觉。而作者对自然村落面临的转型危机的隐忧，对往昔生活日渐式微的感伤，也给读者留下了深刻的印象。作者的隐忧和感伤，不是杞人忧天的自寻烦恼，不是见月伤心的自作多情，而是来自于他对严峻现状的了解。他在小说的一条注释里，详细地介绍了他所掌握的数据："根据民政部的统计数字，我国自然村落 10 年前有 360 万个，现在只剩下 270 万个，过去 10 年总共消失了 90 万个自然村，每天都有 80 至 100 个村落消失。"所以，在小说的情节事象里，作者也写到了乡村生活的温馨和浪漫，小说里的人物，能在闹社火的时候，张口就来地"说仪程"；会在祭奠亡灵的时候，唱祈福驱邪的"转九曲"；会用悦耳动听的民歌，表达自己的喜怒哀乐，表达自己对美好生活的向往。

"为什么我的眼里常含着泪水？因为我对这土地爱得深沉。"由于深爱着自己笔下的人物，而且深深地理解他们的疼痛和欣悦，所以，季栋梁往往能够贴近生活，深入人物的内心世界，来写他们的情感和性格，从而塑造了一个个栩栩如生的人物形象。作者有自觉的文体意识，语言干净而准确，文笔细腻而不乏诗意，显示出一种成熟的修辞能力。总之，《上庄记》是乡土文学写作的重要收获，是近年来不多见的厚重之作，是一部值得人们认真阅读的忧患之作。

牛学智：上庄在生态移民中问题丛生，最棘手的显然不单单是教育问题，更包括那些可能永远无条件城镇化的农村在整个城镇化中如何处置的问题等等，其中的悲情、悲剧、悲哀，实际上一度被幸福故事、快乐叙述和"好心态"的处世哲学所遮蔽。在此层面上再来审视一系列思想文化问题，我个人觉得，它们的"热"意味着人文知识分子甚至普通大众，对理性的回归、对讲道理的热爱和对基本良知的呼唤——当幸福、快乐故事和"好心态"哲学弥漫之时，这些人性的基本方面其实是被忽略甚至有意回避的，尽管它们或许并没有彻底消失。

至少有三点启示，需要重点强调。

一是文学能力说到底是对世界真相的独到感知。《上庄记》中对西北偏远农村世界现状的感知，严格说早已出现在众多社会学和经济学调研报告中了，只不过那些致力于城镇化建设的方法和措施，其结构体例的确没有把农村内部人的命运和遭际纳入进去。而季栋梁的发现和感知，正好指向了不能或无条件城镇化的农村社会到底该怎么办的问题。他的这个感知和发现，正与年前两会当中个别代表委员的描述有深层的一致性，即"什么时候中国人办事不求人了"，"什么时候中国的青年人不感到迷茫无助了"，就说明中国真的进步了。西北农村弥漫着凡办事都一定得求人的气氛，同时，不要说青年人无助迷茫，就连"空巢"的老人和学龄孩子，照样被无处不在的焦虑所裹挟。这些问题当然并非《上庄记》首次叙述，只不过它们过去经常隐没在数据后面罢了。没有切身体验和感知，数据就只是一个中性的媒介，它不会深入到人的命运皱褶里去，也就不可能看到数据背后的真相。

二是文学价值之所以备受关注，不是因为文学好玩，而在于文学能于众多价值中发现核心价值。说到目前中国的农村社会，我们习惯于一种二元思维，什么城乡对立、价值失衡、自我迷失、贫富差距等等。应该说这些问题都是目前的重要社会问题，可惜的是，这些问题在一般的文学表达和社会学调查中，都是通过层层分解的方法提出来的，即是最终以个体的名义提交的。如此一来，核心问题、核心价值实际上一直处于被消解的境地。《上庄记》里提出的核心问题和核心价值是什么呢？是农民作为农村社会主体性的问题。种地、收割、上学、致富、造屋、办事乃至谋求发展等等，能否由农民做主呢？在我们的一些宏大规划中，答案好像是否定的。而这些能做主却偏偏做不了主的大小事情，实际成了农民本人日复一日变得颓唐、无助、迷茫的根本原因。他们无法确切地感受到改革开放所带来的红利，也无法确切地体验到几乎所有惠民、富民政策的实惠。他们还要继续为本来正常的开支，譬如因基本的医疗、教育、住房的不公平而付出高昂的代价，乃至花尽半生或一辈子所积攒的全部积蓄。包括《上庄记》在内，《平凡的世界》《中国在梁庄》《出梁庄记》《涂自强的个人悲伤》等等，它们不约而同，几乎都通过文学的发现眼光，于众多问题和价值中，发现并叙述出了当前中国农村社会的核心问题和急需的核心价值。

三是通过个人故事的普遍化，讲述了时代突出的阶层故事、民族故事和中国故事。人们喜欢读这一类型的作品，是因为他们在文本中产生了共鸣、达成了共识的内容，实乃与自身经历、体验、经验和感知十分相似。正因相似，说明内容所告知的、叙事所显示的和思想所触及的，是一个普遍而异常尖锐的现象。对共同现象的持续思索，特别是集体无意识思考，表明该现象或问题已经是或至少是此时此刻中国某一阶层的普遍关切，围绕其中的才是具体道德伦理问题、价值期许问题和文化认同问题。如此来看，如果没上升到这个高度，不管何样读物，要成为全民阅读的热点都会很困难。

而正是在这个层面，前面所提到的这些作品正需要有个正确导向，引导读者正确理解其内在意图。比如《平凡的世界》，孙氏兄弟为生存本能所驱赶的奋力拼搏，就不宜放大为"励志故事"，否则会曲解作家路遥的真正意图。路遥所希望的仅仅是孙氏兄弟赖以生存生活的环境能有个好的社会机制支持罢了。《上庄记》有些读者可能会读成诗意乡村的挽歌，总愿意在搞笑诙谐的语言中逗留，而至于把"上庄"世界看作一个小品一般的娱乐对象，如此做，季栋梁的意图和苦苦思索不但被消解了，还可能被披上文化传统主义的审美外衣，思索于是终止于哈哈一笑。同理，读《涂自强的个人悲伤》，如果只无止无休地埋怨那个总是碰壁总是失败总是办事不顺的倒霉蛋涂自强，那么，方方想要通过涂自强个人悲伤出示的涂自强所跻身的这一阶层的集体悲剧和社会现实遭遇，就不可能被正视，社会的不公将如何得到起码的干预和改善呢？读《中国在梁庄》《出梁庄记》更是如此，思维不能老停留在乡村诗意不诗意、谁怎么没有富起来、谁又怎么如此窝囊等低层次水平。需要追问造成形形色色底层群体如此命运的社会机制根源，因为这些作品中的几乎每一个成员，都生活得比我们更艰辛、更努力。

如此等等，如果不在这样一个基本语境来看待这些作品的"热"，如果不在近乎集体无意识的大众阅读选择中，来理解这些作品的关注点，我们就可能只是在消费这些印刷品，而不是思索这些作品所郑重显示的时代思想诉求。

尤屹峰：《上庄记》是我近年读到的难得的好小说。作家以现实主义的责任担当，将一双睿智的眼睛紧盯在社会最底层，将一颗滚烫而又富有良知的心紧贴在那片极为贫穷、落后、残破而又濒临消失的传统村落之上，直面我国城市化进程中城乡较为尖锐的各种复杂现实矛盾。

《上庄记》用文学艺术形式，简洁而形象地为我们展现了"上庄"这一典型民间历史文化生态"博物馆"的真实面貌和濒临的衰败现状。这些千百年保持着先民居住遗风的院落和村落及其形成的独特文化，在经济大潮的冲击下，在城乡"二元"融合的进程中，遭遇着萧条、衰败甚至消亡的厄运。作家在客观的叙写中，不无浓浓的痛惜和无奈之情——这些千百年一直承袭延续的民族先民居住文化将要这样悄无声息地衰落甚至消亡，一座座民间历史文化生态"博物馆"将会这样坍塌，怎不叫生长于斯熟悉斯的作者生出揪心的痛惜之情！一个普通的文学工作者，无有能力改变"上庄"的命运，无法更无力阻挡这漫漶荡涤的大潮，只能用质朴的语言真挚地描绘出"上庄"居住文化的图像，保存一点许多年后能够忆起的痕迹。"城市还没有做好接受他们的准备——农村却已经萧条衰败了。"（《上庄记》，292页）

上庄独具"老庄子"历史和地域特色的婚丧嫁娶文化、节俗文化、饮食文化、编织和刺绣文化，内容丰富、品种繁多的民间文学，充满童趣的民间游戏，保持传统礼俗、坚守尊老敬师礼数等，展示了老庄子丰富的文化底蕴。《上庄记》最大的文化价值之一是使用了鲜活的乡土语言，保存了最有质感的民间语言标本。这些鲜活的方言土语，具有研究地域民族学、民俗学、文化心理学等多重意义和价值。但随着影视、广播等官方普通话的"渗透"，随着"99部队"的渐次逝去，尤其随着上庄年轻人毅然决然地离开村子进城被城市语言同化，同样面临着消亡的命运。

文化是一个民族赖以生存与发展的血脉和精神支柱，优秀的传统文化是这个民族文化的精华和宝贵财富。不管一个民族的物质文化多么发达，而这个民族一旦传统文化开始衰落与消亡，意味着这个民族将失去民族之魂与根基。作家季栋梁以历史的责任感和文化人的担当，创作了《上庄记》，借"我"这个人物形象，为"上庄子"即民族传统文化唱着一曲沉痛的挽歌，他用"我"为"上庄子"优秀传统文化做强行的记录和存档工作而召唤人们的文化良知的觉醒，为我们当下在加快城乡一体化建设，建设小康社会中如何既做好现代物质文明发展，又做好优秀传统文化保护提出了急迫解决的问题。